Malika Ferdjoukh

Quatre sœurs

l'école des loisirs
11, rue de Sèvres, Paris 6e

Première publication en quatre volumes
(Enid, Hortense, Bettina *et* Geneviève)
à l'école des loisirs en 2003

Loi n° 49.956 du 16 juillet 1949 sur les publications
destinées à la jeunesse : mai 2010
Dépôt légal : septembre 2011
Imprimé en France par CPI Bussière
à Saint-Amand-Montrond
N° d'impr. : 112813/1.

ISBN 978-2-211-20196-4

Pour Naïma, Cassandre,
Orane et Mélinda, quatre sœurs.

Pour Véronique aux six sœurs,
et pour Roxane qui a un frère,
en souvenir des loukoums
et du patinage artistique.

Aux cinq Marx Brothers
qui auraient pu être des sœurs.

Pour Geneviève, bien sûr.

Sommaire

Enid

L'automne

1

Des bruits dans la vieille tour
ou
De l'utilité d'avoir des sœurs

Parfois, Enid aurait préféré avoir un peu moins de sœurs.

– Deux m'auraient suffi, confia-t-elle à Gulliver Doniphon qui partageait avec elle la banquette du car scolaire.

Gulliver se pinça la paupière gauche, examina avec tendresse son pouce où trois cils venaient de rendre l'âme :

– Si tu n'avais que deux sœurs, tu choisirais qui ?

Enid se pencha pour contempler, très intéressée elle aussi, les cils défunts de Gulliver.

– J'en sais rien. J'ai pas dit que je choisirais.

– Quatre moins deux égale deux. Si deux suffisent, celles qui restent sont à mettre à la poubelle.

Enid fixa Gulliver avec perplexité, vaguement choquée même. Il expédia d'une pichenette désinvolte les cadavres de cils en direction du dossier de devant. Gulliver Doniphon avait sept frères et sœurs.

– Faudrait pouvoir faire un roulement, conclut-il. Un jour l'une, un jour l'autre.

Le car freina sur cette improbabilité. Enid dit salut à Gulliver puis à la cantonade avant d'empoigner son sac à dos. Elle était la seule élève à descendre à cet arrêt.

Sur le marchepied, déjà, le vent redressa ses cheveux et les pans de sa parka en l'air. Quand elle sauta sur le talus, ce fut pire, elle faillit s'envoler. Heureusement son sac pesait autant que si elle y hébergeait trois éléphanteaux.

– Ciao Verre-de-lait ! lança la voix de Liselotte Porot par une vitre prestement refermée.

Enid décida que, pour la peine, demain elle l'appellerait Lisebotte Poireau, et que...

Impossible. Ni demain, ni après-demain. Pour la bonne raison que ce serait samedi et dimanche.

Elle entendit les rires de ses camarades. Et plus rien, parce que le bus était reparti, que le vent soufflait autour, que les buissons et les bruyères chahutaient partout à l'infini de la lande.

Cette année elle devait faire dix-sept pas depuis l'abribus jusqu'au chemin qui conduisait à la maison. Dix-huit l'automne dernier. Preuve que ses jambes s'allongeaient.

Dix-sept pas donc. Et l'impasse de l'Atlantique commençait ; un sentier ainsi baptisé par les cartes routières car il finissait dans l'océan du même nom. Pour arriver tout au bout, jusqu'au bord de la falaise – « *au bout du bout* », disait Hortense –, il fallait marcher sur six cents mètres de lande très fruste et très misanthrope. Mais avant le bord, juste avant la falaise et la mer, il y avait la Vill'Hervé. La maison.

Enid courut le long de la bosse centrale du chemin, là où le genêt traçait un joli jaune fanfaron. Son sac à dos lui donnait la silhouette d'une tortue en compétition avec un lièvre invisible.

Le drôle de chemin. Il y avait beaucoup d'agitation au creux des broussailles, des frémissements, des frénésies miniatures. Une multitude s'y cachait ; des êtres pas méchants, curieux comme des pies, légers comme des esprits, poltrons, malicieux, élastiques, tout petits. Enid faisait bien attention où elle posait les pieds.

Elle dépassa la maison de vacances toute fermée des Brogden (au n° 6). Ensuite (au n° 4), le pavillon à un étage qui avait été la maison de gardien de la Vill'Hervé, inoccupé depuis des années.

La voiture de Basile arriva soudain en face, Enid ralentit. La voiture aussi. Quand elles furent l'une à côté de l'autre, la vitre descendit, la tête de Basile apparut, que le vent ébouriffa presto.

– Tu rentres de l'école ? demanda-t-il en souriant.

Elle lui fit la bise sans répondre. D'où aurait-elle bien pu venir, à cette heure-ci ? De Patagonie ?

Elle lui sourit. Basile avait l'air embarrassé. Comme souvent. Pas uniquement avec les enfants, avec les grandes personnes aussi.

– Il y a quelqu'un de malade ? demanda Enid.

Basile était médecin.

– Non. Je passais juste pour dire bonjour.

Basile était médecin, mais d'abord – et surtout – amoureux de Charlie, l'aînée des cinq sœurs Verdelaine. Le bras replié en travers de la portière, il contemplait le bouton de sa manche.

– Et toi ? ajouta-t-il distraitement. L'école ?

– Mmmoui.

Ce n'était absolument pas une réponse, mais Basile hocha la tête comme si Enid venait de lui exposer le bilan complet de sa vie scolaire. Il n'écoutait pas et elle le savait bien.

– Tu donneras ça à Charlie ?

Il tira un paquet de la boîte à gants. (Voilà à quoi il pensait, en fait, depuis le début de la conversation.)

– C'est quoi ?

– Un bouquin que je lui avais promis. Tu y penseras ?

Enid s'étonna :

– Charlie n'est pas à la maison ?

– Je n'ai vu personne.

Ils se regardèrent sans plus savoir quoi dire.

Cela arrivait fréquemment avec Basile. Mais ce n'était pas grave puisqu'il était un vieil ami de la famille. Pour ainsi dire il était de la famille. Tout le monde savait qu'un jour il épouserait leur grande sœur Charlie même si tout-ça-tout-ça (etc. !) demeurait encore très flou.

Il fit une mimique. Probablement qu'il ne connaissait rien de mieux pour faire sourire une petite fille de neuf ans et demi. Ses yeux demeurèrent mélancoliques. Enid découvrit subitement que les cheveux de Basile étaient devenus plus pâles. Ou peut-être qu'il en avait moins ?... C'est vrai qu'il était vieux ! Ils avaient fêté ensemble ses vingt-neuf ans en septembre.

Sa voiture démarra vite, comme un scarabée emporté par la bourrasque, en direction de la route, tandis qu'Enid repartait sur le chemin en boxant les rafales.

Quand elle arriva au double porche, la maison semblait vide, en effet. Enid se mit à courir, pressée de se mettre à l'abri du vent et de ses hurlements effrayants. La Vill'Hervé était une grosse chose en granit brun et beige, avec des lucarnes aux frontons, une tourelle dodue à l'arrière qui cachait un escalier à vis, de petites niches à pigeons en bordure des toits. Enid déboula dans le hall en claironnant :

– Houhou ! C'est mouâââââ...

Personne.

Elle en profita pour ne pas s'essuyer les pieds et balancer son sac au milieu du salon. Elle se déchaussa, se tortilla pour s'extraire de sa parka et bifurqua dare-dare côté cuisine.

Elle y débusqua un cake aux noix (signé Geneviève), s'en coupa deux tranches, chacune épaisse comme un cahier de 254 pages. Et elle se versa un gobelet de sirop à la violette. Ingrid et Roberto apparurent pour quémander des miettes.

– Moi d'abord ! leur rétorqua Enid. Vous ne revenez pas de huit heures d'école, vous !

Et alors ? riposta leur œil indigné. Les deux chats ne la lâchèrent pas d'un mollet avant d'avoir eu un brin de comestible à se coller derrière la moustache.

Comme elle leur versait une lichée de crème Mont-Blanc vanille (denrée habituellement réservée aux bipèdes humains), des bruits sourds ébranlèrent la vieille maison. Enid leva les yeux au plafond. Charlie était donc là !

– T'es où ?

Toujours aucune réponse. Mais un instant plus tard, il y eut les *pang-pang-pang* d'un marteau. Ça venait de la tour… Engloutissant la deuxième tranche de cake, le paquet de Basile sous le bras, Enid monta en courant. Comme toujours elle passa très vite devant la quatrième porte du premier étage ; très vite et sans regarder. Au bout du corridor elle s'arrêta au bas de l'autre escalier.

– Charlie ?

Les marches de cet escalier à vis étaient très hautes. Ces grands blocs de pierre étaient si étroits dans les angles qu'une danseuse même très douée n'aurait pas pu s'y dresser sur les pointes.

– Charlie !

Enid frissonna.

Dans la vieille tour, lorsque le vent soufflait comme aujourd'hui, il vous gelait sans que l'on sache exactement d'où il venait.

– Déjà là ? répondit (enfin) une voix dans les hauteurs. Il est quelle heure ?

Une jeune fille en jean et chemise à manches roulées apparut au détour du colimaçon : Charlie, vingt-trois ans, un marteau à la main, des clous au coin de la bouche.

– Qu'est-ce que tu fabriques ?

– Je répare la porte de la chambre d'amis. La dernière fois qu'il y a eu un grain, elle a claqué toute la nuit et on n'a pas fermé l'œil, tu te rappelles ?

Charlotte, dite Charlie, aînée de toutes les sœurs Verdelaine, secoua son poignet qu'elle plaqua à son oreille, et grogna :

– Saloperie de montre.

– Il va y avoir un grain ?

– La météo a lancé un avis de tempête. Quelle heure il se fait ?

– L'heure de goûter ? suggéra Enid, angélique.

– N'essaie pas de me faire croire que tu n'as pas ouvert le frigo.

Sa petite sœur lui tendit le paquet.

– Pour toi. Basile m'a bien recommandé de ne pas oublier.

Charlie cracha ses clous, les fourra dans une poche, se frotta les mains contre les hanches et prit le paquet.

– Basile ? Tu l'as vu ? Pas dans le car de l'école, j'imagine ?

– Dans l'impasse.

– Il aurait pu pousser jusqu'ici.

– Il est venu. Il n'a trouvé personne.

Le regard bleu de Charlie sur sa jeune sœur fut traversé d'une lueur indéfinissable. Elle haussa les épaules.

– Rien vu, rien entendu. L'idiot. Il sait pourtant que la maison est grande. Avec ce vent en plus. Bon, va goûter. Geneviève a fait un cake aux noix ce matin.

Elle pointa le menton sur le chandail d'Enid.

– Quelque chose me dit que tu y as déjà goûté.

– Tu ne l'ouvres pas, ce paquet ?

– Tu as goûté le cake ?

– Une tranche ! plaida Enid en époussetant les miettes délatrices.

– Va pour une deuxième. Mais pas trois. Vu ?

– Qu'est-ce que tu crois ! J'ai pas envie d'avoir mal au cœur.

Enid redescendit à cloche-pied l'escalier à vis pour retrouver la cuisine, et se tailler sa troisième tranche.

– Ne te gêne surtout pas, dit sa mère qui apparut, assise sur le coin de la table, et comme toujours sans prévenir.

Elle portait le short bleu et le bain-de-soleil que les filles lui avaient offert l'été avant sa mort. Ce n'était pas du tout une tenue de saison mais elle ne semblait pas avoir froid.

Elle ne pouvait pas avoir froid.

– Il en reste, argua Enid.

– Je croyais que tu n'avais pas envie d'être malade.

– Je ne serai pas malade.

Elle avala sa tranche. Sa mère disparut (là aussi, sans prévenir). Et le cake pesa un peu plus qu'il aurait dû dans l'estomac d'Enid.

*
* *

Quand Bettina rentra du collège, Geneviève et Hortense étaient déjà arrivées par le bus précédent.

– J'étais avec les copines, se dépêcha-t-elle d'expliquer avant qu'on la questionne. Béhotéguy ne comprenait rien à notre problème de maths.

– Votre problème ce n'était pas plutôt Juan ? susurra Hortense.

Juan était le fils Heurtebise de la pâtisserie « À l'Ange Heurtebise ». Il avait débarqué une semaine plus tôt de Paris pour aider sa mère et, depuis, Bettina et ses copines raffolaient des viennoiseries.

– La ferme, grommela Bettina, yeux mi-clos, sac à dos pointé façon lance-roquette sur sa cadette.

Enid renifla comme si ça empestait :

– Il est vieux. Il a quinze ans.

– J'ai dit : la ferme ! gronda Bettina, la menaçant à son tour.

Charlie attendit que le hasard les réunissent toutes les cinq dans la cuisine pour annoncer :

– La mère d'Andrée-Marie s'est cassé la cheville.

Elle était en train de remplir des formulaires de la

Sécurité sociale sur le coin de la grande table en bois noir. Charlie attendait toujours d'en avoir une pile de dix pour s'offrir une chance de se voir rembourser un total magnifique. Ce qui n'arrivait évidemment jamais.

– En faisant une randonnée en Bolivie, compléta-t-elle. Ou en Mongolie. Enfin quelque part par là.

– Par là où ? ricana Hortense. La Bolivie se trouve en Amérique du Sud, et la Mongolie...

– Je sais où se trouve la Mongolie, coupa Charlie. C'était pour faire court.

– Tu as au moins le mérite de renouveler la dérive des continents.

– La mère d'Andrée-Marie a été rapatriée chez elle.

Elles connaissaient toutes de vue Andrée-Marie qui travaillait chez Hubuc Laboratoires, dans la même unité de recherche que Charlie. En outre, Charlie parlait souvent d'elle dans ce que Bettina appelait « Le petit feuilleton socio-entomologique d'Hubuc Lab ».

– Elle a toute notre sympathie, dit Hortense avec une politesse pleine de gravité, de sorte qu'on se demanda si elle faisait de l'ironie ou non.

– Mais en quoi doit-on se sentir absolument concernées ? ajouta Bettina.

Charlie ne quitta pas des yeux le formulaire en cours de remplissage : *Si le malade n'est pas l'assuré...*

– Andrée-Marie part au chevet de sa mère. Paul est dans le Midi...

– Qui est Paul ?

– Son mari. Il fait la tournée des hôpitaux.

– Il est malade aussi ?

– Il représente Hubuc Laboratoires.

– Je me répète, en quoi cela nous concern...

– Nous sommes en zone B. L'internat de Colombe est en zone C.

– Colombe ? Ils élèvent des oiseaux en plus ?
– Colombe. Leur fille.
– Quel drôle de nom, dit Enid. Pour une fille.
– Mais *C'EST* un nom de fille !
– Je veux dire pour un humain, précisa Enid.
– J'en connais une, question prénom, qui ferait mieux de…

Charlie abandonna sa phrase en milieu de chemin.

– Tu disais que tu voulais faire court, l'encouragea Bettina.

Charlie signa son ultime formulaire de la soirée, le glissa dans une enveloppe où il retrouva ses semblables. Elle soupira :

– Faisons court. On va héberger Colombe à la Vill'Hervé quelques jours. Le temps des vacances de la zone C.

Elle regarda ses sœurs en un bref panoramique :

– J'insiste, dit-elle, pour qu'aucune de vous ne la traite de noms d'oiseaux !

Et une rafale dans la cheminée ponctua son air sévère d'une gerbe d'étincelles violettes.

2

L'Emmerdeuse
ou
Couette vole !

– Ah merde ! s'exclama Bettina devant son ordinateur. Salope de Ligea !

Ce qui ne troubla nullement ses sœurs. Bettina apostrophait Lady Ligea Headless et ses treize Dark Pumpkins. Il était 9 heures du soir.

Allongée à même la tommette, devant la cheminée obèse et tordue de la cuisine, Enid se faisait béatement piétiner le foie par Roberto.

Hortense lisait intensément (Hortense lisait toujours intensément) *Marjorie Morningstar*, appuyée d'un coude sur le banc, son talon gauche calé dans une moulure du vaisselier mitoyen.

Quelque part à l'étage, Geneviève pliait du linge ; c'est ce qu'elle avait annoncé et c'était sûrement vrai puisque ses sœurs avaient appris que Geneviève ne mentait jamais.

Debout devant la gazinière, Charlie faisait des tests culinaires. L'air sentait la châtaigne tiède.

– Ah merde ! répéta Bettina, toujours à l'adresse de Lady Ligea.

Ce fut son dernier juron de la soirée, le calme revint. Du moins à l'intérieur de la maison. Car au-dehors la tempête faisait rage. Le vent n'avait cessé d'enfler au fil des heures, tordant les bruyères de la lande, secouant les gonds et les châssis de la vieille maison, ses hurlements montaient de la falaise comme une meute aux ventres creux.

Charlie, à son fourneau, fit volte-face en fixant bien droit la ligne d'horizon de sa cuillère en bois.

– Tu es sûre de la recette ? dit-elle à Hortense. Je n'arrive pas à obtenir la consistance d'une confiture.

– Inspire-toi du cerveau de Bettina.

– Abrutie, grogna Bettina.

– Goûte ça, ordonna Charlie.

Sans cesser de lire, Hortense inclina la tête en ouvrant le bec. Charlie y versa un peu de la mixture.

– Soit c'est dur comme du caramel, soupira-t-elle. Soit c'est mou comme, euh…

– … du caramel mou ?

Hortense avala. Sa langue fit un numéro de claquettes. L'œil toujours rivé au destin de Marjorie Morningstar, elle énuméra :

– Trop de sucre. Trop ferme. Pas assez cuit. Peut mieux faire.

Charlie pivota. Et re-pivota (ce qui la ramena au point de départ), en maugréant :

– À cause de Bettina. Elle était censée surveiller la balance quand je versais le sucre.

– Le monde entier sait que c'est Bettina qu'il faut surveiller.

– Abrutie, grogna derechef Bettina.

– Des couettes ! s'exclama Enid, le nez collé à la buée de la fenêtre.

– Qu'est-ce qu'elle raconte, elle ?

Enid s'était perchée sur la tablette encastrée sous la fenêtre. Roberto sur une épaule, Ingrid sur un bras, elle scrutait les turbulences de la nuit.

– On dirait des couettes qui volent, répéta-t-elle. Les nuages.

Mais la question avait déjà été oubliée. Charlie rajusta les gros chenets à têtes d'ours dont on ignorait s'ils ouvraient les mâchoires pour rire ou pour mordre. Elle tisonna, jeta une bûche, le feu grimpa.

– J'aime mieux la crème de marrons en boîte, surtout celle d'Hyper Promo, fit Enid. Roberto aussi.

Elle réfléchit avant d'ajouter :

– Ingrid, je sais pas.

Bettina hurla « Téléphone ! », laissant Lady Ligea Headless en plan sur l'écran pour courir décrocher.

– Il est où ce téléphone ? aboya-t-elle. Enid ! Si tu l'as encore oublié aux W.-C...

Elle le dénicha au fond d'une casserole, se rappelant qu'elle l'avait posé là tout à l'heure, après le coup de fil de son amie Denise.

– Allô ?

À l'autre bout, il y eut des violons. Puis une voix :

– Hortense ?

– Non. C'est... Geneviève, mentit Bettina en reconnaissant son interlocutrice.

Elle fit une grimace et appliqua l'écouteur sur son foie comme un stéthoscope :

« L'Emmerdeuse ! » articula-t-elle en silence. En train d'écouter son crooner au nom mortel !

Le jeu favori de Bettina quand l'Emmerdeuse téléphonait était de lui faire croire qu'elle parlait à quelqu'un d'autre.

– Comment vas-tu, tante Lucrèce ? demanda-t-elle, obséquieuse.

– Mal. Tu le sais. Mes acouphènes toujours. Et je t'ai déjà raconté ma thalasso ratée à...

– C'est à Bettina que tu as raconté ta thalasso ratée, tante Lucrèce, pas à moi.

Bettina faillit ajouter : « Pour les acouphènes, tu n'as qu'à moins écouter tes crooners à la noix. »

– Vraiment ? s'étonna tante Lucrèce. Je croyais que tu étais Bett… Oh, on ne s'y retrouve jamais entre vous cinq ! Quelle idée de…

– Hortense veut te parler, dit Bettina. Je te la passe.

Elle ne lui passa pas du tout Hortense. Elle compta jusqu'à huit, le temps de quelques grimaces, et sans même prendre la peine de contrefaire sa voix :

– Tante Lucrèce ? reprit Bettina. C'est moi Hortense. Comment vas-tu ?

– Eh bien, comme je le disais à ta sœur… euh, laquelle c'était déjà… ?

– Geneviève, tante Lucrèce, l'assura sans vergogne Bettina.

– Geneviève ? Ah ?… Peu importe. Je lui disais que ma thalasso avait…

Geneviève débarqua à ce moment-là dans la cuisine, une bassine de linge propre sur la hanche :

– C'est qui ?

Bettina lui fit une imitation de tête de lama. Puis de requin-scie. De cochon préhistorique. De chameau atrabilaire. Geneviève prit l'appareil.

– Tante Lucrèce, c'est toi ? Geneviève. Peux-tu répéter, s'il te plaît ?

Bettina retourna à sa place, en pouffant avec Enid. Personne n'aimait beaucoup tante Lucrèce, mais Geneviève était la seule à culpabiliser.

La voix de leur tante résonnait dans l'appareil, audible à dix mètres. Avec, comme toujours, en fond sonore, les violons et la voix de… comment s'appelait-il déjà, ce chanteur en bonbon rose dont elle raffolait tant ?

– … je viens de poster votre chèque, conclut tante Lucrèce. Je précise que ça m'a coûté un aller-retour à pied dans le froid alors que le docteur m'a donné l'ordre formel de ne pas mettre le nez...

– Le chèque, répéta Bettina. Elle l'a posté !

Geneviève lui fit signe de baisser la voix. Tante Lucrèce était leur cotutrice légale. Décision prise à la mort de leurs parents par le juge qui avait trouvé la responsabilité trop lourde pour leur seule aînée. Dans la pratique, ça se résumait à un chèque de tante Lucrèce le 2 du mois, et à sa visite le 36. Situation qui convenait à toutes.

Quand Geneviève raccrocha après moult remerciements, elles s'écroulèrent avec des rires comme des hennissements.

Mais c'était un rire trop fort. Trop véhément pour être joyeux, trop puissant pour ne pas dissimuler une douleur plus puissante encore.

– Est-ce qu'elle écoute autre chose que ce chanteur au nom à coucher dans la lune ?

– Si ça la met de meilleure humeur pour faire des chèques...

– En tout cas, il arrive pile celui-là. Avec la...

– Humperdinck.

– Hein ?

– Le nom de son crooner. Engelbert Humperdinck.

– Un nom pareil, ça peut servir de bigoudis.

– Ou de corde à nœuds.

Elles rugirent.

– Tu peux répéter ? C'est quoi ce nom à coucher dans le métro ?

– Engelbert Humperdinck.

– À tes souhaits.

Elles se calmèrent ; le bruit de la tempête reprit le dessus. Un voile de tristesse tomba alors sur toute la vaste cuisine, jusque dans l'âtre où les têtes d'ours étaient bien les seules à rire dans la vieille cheminée tordue. Ce fut comme une brume, une poudre grise, comme un éclairage qui baisse.

Pour Charlie, Enid, Geneviève, Bettina et Hortense Verdelaine, chaque coup de téléphone de tante Lucrèce leur rappelait avec violence que leurs parents étaient morts.

Un claquement brutal les fit sursauter. Toutes les cinq tournèrent la tête. Une des hautes fenêtres à meneaux s'était ouverte. Les battants frappèrent le mur à toute volée, et rebondirent, et claquèrent à nouveau, sous les poings du vent. Une bourrasque cracha un ballot de feuilles, et gonfla le rideau jusqu'au plafond comme un jupon.

Il fallut se mettre à trois pour en venir à bout et refermer. Le rideau retomba mollement. Bettina darda un œil accusateur sur Enid.

– Qui a tripoté le loquet ?

– Pas moi ! affirma l'incriminée.

Sa voix tremblait. La violence du vent l'avait effrayée.

– J'espère qu'il n'y a personne en mer en ce moment, murmura Hortense, et sa voix leur donna à toutes le frisson.

Serrant son torchon, Charlie suçait pensivement sa cuillère en bois. Elle leva un coin de rideau pour scruter la nuit déchaînée.

– On dirait des explosions.

– Ce sont les vagues au bas de la falaise.

– Il faudra, dit Charlie soucieuse, faire abattre le vieux sycomore. J'ai peur qu'il ne résiste pas à la prochaine tempête. On aurait déjà dû s'en occuper.

– Le sycomore ?... Mais Swift, alors ? Et Blitz ?

Blitz était l'écureuil, et Swift la pipistrelle, qui avaient élu domicile dans le tronc creux du vieil arbre.

– Ils se trouveront un autre hôtel. On leur donnera le *Guide du routard* du parc.

Enid se jeta dans les bras de Geneviève, fermant fort les paupières.

– J'ai peur, s'écria-t-elle d'une voix menue.

Elle resta blottie, agrippée à la taille de sa sœur.

*
* *

Charlie se couchait en principe la dernière. Auparavant elle faisait la tournée bisous. Elle montait embrasser toutes ses sœurs, même Bettina qui avait treize ans et demi, même Geneviève qui en avait quinze passés. Leur mère avait fait cela chaque soir et l'aînée avait pris la relève.

Pour commencer on entendait le *tlêêk* de l'interrupteur qu'elle allumait au rez-de-chaussée, puis c'était son pas, net, tonique, sur les marches du Macaroni, le grand escalier qui desservait les paliers de la Vill'Hervé. Enfin c'était son ombre, puis sa voix, par l'entrebâillement des portes.

Quand Charlie arriva dans la chambre d'Enid ce soir-là, elle trouva Geneviève qui y faisait du repassage. Pour être précis, Geneviève repassait l'intérieur du lit d'Enid. La couette était rabattue, le fer glissait sur le drap du dessous. Une vapeur s'échappait.

– C'est quoi ce trafic ?

– J'avais froid ! geignit Enid.

– Les draps sont humides, expliqua Geneviève. Quand on rentre dedans, ça grince.

– Zriiixxzeeeeeee ! fit Enid, imitant au plus près le grincement d'un talon nu sur une toile de drap mal sèche.

– Ça n'arriverait pas si tu aérais ce lit, observa Charlie. Tous les matins je te le serine.

– Zriiixxzeeeeeee... Zriiixxzeeeeeee...

– Allez hop, fini. Dodo ! dit Geneviève.

Elle débrancha le fer qu'elle rangea debout sur le rebord intérieur de la fenêtre après avoir patiemment enroulé le fil dans son compartiment. Geneviève faisait toujours les choses de cette façon, patiente, méticuleuse, parce qu'elle aimait que la Vill'Hervé soit une maison agréable.

– Elle sont bien fermées, mes fenêtres ? dit Enid en s'enfouissant entre les draps tout chauds.

Charlie vérifia les crémones, les volets, le radiateur. Après quoi elle dit que tout était OK, zou on dort ! au nez qui dépassait du bord de la couette. Elle embrassa le nez en question, Geneviève aussi, et les deux grandes quittèrent la chambre de la petite.

Enid fit définitivement disparaître le bout de narine qui sortait encore. Ne restaient que ses yeux, bien noirs, qui allaient de gauche à droite de la pièce, et inversement. C'est-à-dire de la commode aux lambris, des lambris à la commode, où un nœud dans le bois avait l'air d'une grenouille plongeant dans le troisième tiroir.

Avec précaution, Enid sortit une épaule, un bras, puis elle émit un genre de *chouk chouk chouk* avec le coin des lèvres. Deux ombres grises jaillirent aussitôt des profondeurs de l'obscurité. Deux ombres qui savaient qu'il fallait rester coites, sans moufter, tant qu'elles n'avaient pas entendu ce *chouk chouk chouk*. Signal que « l'ennemi » (au hasard : Charlie) était loin. Roberto et Ingrid s'arrondirent dans un creux de couette et s'endormirent aussi sec. Avec parfois un pivotement des oreilles qui indiquait que si la tempête ne les impressionnait pas, ils ne l'oubliaient pas.

– Ce n'est rien, 2, 3, 4, du tout, dit soudain papa. Souviens-toi, 6, 7, de ce grain… non, c'est vrai, 9, 10, tu étais trop jeune, tu ne peux pas, 11, 12, 13, te rappeler…

Il était en train de faire ses pompes au sol, au rythme du vent. Comme maman, il savait apparaître au moment inattendu. Et à son habitude, il n'était pas très bien coiffé.

– Tu n'es pas très bien coiffé, lui dit Enid avec un peu de sévérité. Et tes chaussettes ne sont pas de la même couleur.

– 17, 18, ah ? (Il vérifia.) Exact. Heureusement, 21, que tu es là pour me le dire.

– Tu viens me faire un bisou ?

Il se mit debout et lui donna un énorme baiser très bruyant, qui la chatouilla. Un qui faisait rire. Elle rit. D'accord, papa n'était jamais bien coiffé mais il sentait bon et il la faisait rigoler. Elle le scruta, devenant grave.

– C'est long comment, l'éternité ? demanda-t-elle.

Et bien entendu il disparut à ce moment-là. Elle aurait dû s'en douter. Depuis sa mort, papa ne répondait plus aux questions.

Enid resta immobile, à écouter les volets tirer avec colère sur les loquets comme des molosses sur leurs laisses, et les arbres qui craquaient, et les vagues qui frappaient la falaise avec l'air de vouloir la démolir.

Avec un soupir, très fort, très long, mais qui ne couvrit pas le tapage, elle finit par se boucher les oreilles, fermer les yeux, et dormir.

*
* *

Un hurlement déchirant l'éveilla en pleine nuit.

3

L'escalier est un gouffre sans fond
ou
C'est quoi ce trafic ?

Elle s'assit d'un bond. Puis elle retomba au creux de son oreiller, absolument terrifiée. La tempête n'était donc pas finie ? Enid inclina la tête pour mieux écouter. Sans respirer.

Dehors, quelque chose craquait et grinçait en même temps ! Et la petite fille eut le pressentiment brutal qu'un malheur immense arrivait.

Elle alluma la lampe. Ingrid et Roberto étaient en alerte eux aussi, museau vibrant, moustaches tendues. Enid sauta du lit ; elle enfila vite ses pantoufles, empoigna les chats à bras-le-corps et courut à la porte.

Une muraille de ténèbres se dressa devant elle. Impossible de sortir. Impossible de voir les choses du couloir, des choses qu'elle voyait pourtant un million de fois par jour ! Où était le parquet ? Et les murs au joli tissu rayé ? Et le bahut rouge ? On ne distinguait rien.

Au bout de ses chaussons, le sol était un précipice noir. Elle resta figée sur le seuil de la chambre comme au bord d'une montagne. Si elle avançait un seul orteil, elle serait immédiatement happée dans un gouffre sans fin.

Elle se mit à trembler. Les chats sentirent sa peur et leurs griffes crochetèrent les manches de son pyjama.

– Comment se fait-il que tu ne dormes pas ?

Tlêêk.

La lumière. Les objets bondirent aussitôt à leur place. Le parquet. Le bahut rouge. Les murs. Le tissu rayé. C'était bien le couloir qu'on connaissait, celui de tous les jours, où elle patinait en chaussettes quand on venait de cirer, ce brave vieux couloir de la Vill'Hervé. Avec, debout au milieu, Geneviève, en chemise, qui la toisait d'un œil un tantinet sévère.

– Qu'est-ce que tu fabriques plantée dans le noir ? Et les chats, qu'est-ce qu'ils font ici avec toi ?

Enid lâcha les deux bestioles qui dévalèrent le Macaroni avec la plus grande innocence.

– Je ne trouvais pas le bouton pour allumer !

– Ça n'explique pas pourquoi les chats ne sont pas dans leur panier et toi dans ton lit.

– J'ai entendu un grand cri, et on aurait dit quelqu'un qui avait mal, et ça m'a réveillée en sursaut, et j'ai eu peur, et…

– C'est le sycomore. Le vent le fait craquer de partout, mais il tient bon. Allez, zou ! Au lit !

Enid était soulagée d'apprendre que le cri n'était pas un vrai cri, mais elle restait inquiète. Dans le grand sycomore qui gigotait et était secoué de partout, Blitz l'écureuil et Swift la chauve-souris devaient être morts de peur dans leurs trous.

– Tu veux du lait chaud ? proposa Geneviève.

Après vous avoir fait les gros yeux, Geneviève essayait toujours de vous faire plaisir.

– Hon, hon, dit Enid.

– Alors dodo. Fourre ta tête sous la couette, tu n'entendras rien.

Enid s'abstint de remarquer qu'elle faisait ça depuis le début, en vain. Et Geneviève pouvait causer ! Elle, elle dormait dans le lit clos du grand-tonton Ephrem, un lit qui fermait comme un placard. Le seul endroit de la maison où, en ce moment, la tempête ne devait pas plus déranger qu'un froissement de Post-it. Pour être franc, Geneviève occupait ce lit parce que aucune de ses sœurs n'avait jamais voulu « roupiller dans une boîte ». Maintenant elle l'adorait et ne l'aurait laissé à personne.

Enid quémanda un ultime bisou et réintégra sa chambre en laissant la porte ouverte. Ceci pour faciliter le retour d'Ingrid et de Roberto qui, parfaitement au courant, revinrent après dix minutes.

– Chut ! leur dit Enid, un doigt sur les lèvres comme s'ils menaçaient de se lancer dans une conférence. Pas un mot, je dois redescendre.

Après avoir attendu le *piuliik* qui indiquait que, dans sa chambre, Geneviève avait éteint sa lampe, Enid se releva, enfila son pantalon, son gros chandail gris avec *Colorado Territory* imprimé dessus, et remit ses pantoufles.

– Je vais dans le parc, expliqua-t-elle aux chats que ce remue-ménage assommait. Je vais donner mon écharpe jaune à Swift, la rouge à Blitz. Ils auront moins froid. Et ils pourront se cacher la tête dedans.

Elle sortit à pas de loup, écharpes jaune et rouge à son cou. Les couloirs de la Vill'Hervé étaient déserts. Ses autres occupantes au fond de leurs lits d'où peu de choses auraient pu les tirer. Pour autant il ne fut pas facile à Enid de se faufiler dehors. Couloirs et escaliers étaient vides, mais aussi extrêmement sombres. La lune fit une apparition, mais si brève entre les nuages qui roulaient au galop qu'on aurait cru un éclair. Et tout replongea définitivement dans le noir.

Puis il y avait cette fichue quatrième porte… Vite, Enid fila devant. La dépassa. En fermant les yeux.

Le Macaroni. Toutes ses marches grinçaient. Exprès probablement. Pour un peu Enid aurait remercié la tempête dont le vacarme couvrait tout.

La porte du hall donna également matière à réflexion. Il ne fallait pas qu'elle lui échappe des mains, elle allait devoir la retenir très fort, sinon elle claquerait sur le mur et alors...

Avec précaution elle poussa le gros fauteuil à oreilles contre le battant. Enid tira lentement le verrou, tourna la clef, le loquet.

C'était une porte ventrue, en bois épais, aux ferrures lourdes. Le gros fauteuil ne résista pas. Sitôt le loquet levé, vent et porte le renversèrent avec furie et il se retrouva les quatre pieds en l'air au milieu du hall. Le porte-parapluie en fer bascula. Enid n'eut que le temps d'agripper la porte et de s'y retenir.

Ce raffut... Quelqu'un allait forcément venir ! Geneviève encore ? Charlie ? Oh là là ! Vite !...

Enid respira un grand coup et, sans même tenter de refermer ce qui ne pouvait plus l'être, elle plongea dans l'ouragan.

*
* *

Cent bras l'arrachèrent vers cent directions différentes. On la tira, on la poussa, on voulut l'enfoncer dans le sol, la propulser vers ces nuages qui roulaient comme des rochers...

Elle tomba par terre, un de ses chaussons s'envola. Elle pensa à Swift, à Blitz, au sycomore... Elles étaient où, les écharpes ? Ah, son cou. Elle les noua d'un deuxième nœud, par prudence.

Quand elle restait par terre le vent paraissait moins méchant. Mais dès qu'elle essayait de se mettre debout, il voulait lui arracher la tête. Elle s'étendit sur le sol et rampa.

L'herbe était sèche et glissait doucement sous ses coudes. Ce n'était pas la façon la plus rapide d'avancer, mais la meilleure de tromper l'ouragan.

Au pied du sycomore, elle siffla les deux notes qui tiraient habituellement Blitz hors de sa maison. Il ne se montra pas. Dormait-il ? Mais peut-être n'entendait-il pas avec ce boucan ?

Elle se dressa, s'accrocha à une poignée d'herbes. L'arbre était creux, mort depuis plusieurs années. D'ailleurs Enid avait longtemps cru que le métier d'un *syco-mort* était de servir de repaire aux insectes, mulots et autres habitants minuscules.

– Swift ! Blitz !

Le tronc était trop large pour ses bras, alors elle agrippa ses ongles à l'écorce.

– Blitz ! Swift !

Il pleuvait des cailloux, des rafales, des poussières, des herbes sèches. Elle se rappela une légende où un typhon faisait voler les vaches. Le *Magicien d'Oz*, où une tornade emportait le petit chien Toto de l'autre côté de l'arc-en-ciel. Était-elle au cœur d'un cyclone ? Allait-elle s'envoler par-dessus la falaise ?

– Ta mère ! hurla Enid avec ardeur. Je ne m'envolerai pas comme une vache !

Au même instant, le sycomore oscilla. Il émit un très long craquement. Enid leva les yeux avec angoisse. Était-ce un cri d'arbre, son cri de sycomore, cet horrible grincement ? Criait-il quelque chose ?

Elle lâcha le tronc comme s'il brûlait. Une bourrasque en profita pour la traîner à plat ventre sur la pelouse vers les massifs de fleurs. La margelle du puits passa à toute allure près d'elle.

Enid tendit la main mais ses doigts dérapèrent. Elle hurla encore, ballottée d'un bout à un autre de la pelouse, comme une balle entre des raquettes géantes. Elle fut projetée dans le massif de zinnias.

Enid y demeura aplatie, étourdie. Lorsqu'elle rouvrit les yeux, elle assista au spectacle le plus effrayant du monde : *le sycomore était en train de grandir !*

De seconde en seconde il grandissait ! Ses racines le soulevaient sur lui-même, hors de lui-même, hors de la pelouse, elles se tordaient comme des pieuvres, et le sol montait et descendait comme si un monstre enfoui venait de s'y réveiller.

Le cri d'Enid se mêla à celui du sycomore lorsqu'il bascula et se fracassa à l'intérieur du puits.

*
* *

– Il était redevenu vivant, raconta-t-elle à ses sœurs, on le voyait sortir de la terre, on aurait dit qu'un ogre l'arrachait, et alors…

– Et alors on roupille ! coupa Hortense en lui donnant une pichenette.

Les quatre aînées avaient décidé qu'après une telle émotion, la petite ne devait pas dormir seule. Ladite petite en profita pour réclamer le lit clos de Geneviève.

– Personne n'a jamais voulu de ce lit ! râla Geneviève pour la forme.

– Mais tu adores jouer à l'infirmière ! dit Bettina soulagée de ne pas avoir à partager son territoire (sa chambre si jolie !) avec cette petite brute d'Enid.

– En tout cas pas de chats ! avertit Geneviève.

– Quels chats ? fit Charlie.

Enid dévia prestement la conversation :

– Ni Blitz ni Swift ne m'ont répondu ! geignit-elle.

– Preuve qu'ils sont intelligents, eux !

– Et qu'ils sont restés à l'abri, eux !

– Tu crois qu'ils sont toujours dans le sycomore ?

– Sûrement pas. Un écureuil ça saute, une chauve-souris ça vole !

– … et un bébé, ça dort !

– Je ne suis pas un bébé.

– Tu n'es pas non plus un écureuil.

Geneviève, sur la plus haute des trois marches du lit clos, remonta la couette sur sa petite sœur, et la borda pendant que les autres s'éclipsaient en bâillant. Enid garda les yeux fermés.

– Tu aurais pu être blessée ! chuchota Geneviève en éteignant la lampe. Je ne t'avais pas dit de rester au lit ?

Enid ne répondit pas. Geneviève enjamba le bord du lit clos, se glissa sous la couette à côté de sa sœur et rabattit la porte. Le bruit de la tempête devint un genre de lointain ronflement.

– … Si le sycomore t'avait démolie, toi, au lieu du puits, hein ?

Mais le sommeil venait d'emporter Enid. Dehors, loin, étouffé par les parois du lit clos, l'ouragan balbutiait. Geneviève posa la tête sur son bras replié et s'endormit aussi.

4

Mme Chaudière et M. Belmonbiche
ou
Au secours, le lait déborde !

Au matin le vent était tombé mais il avait tout refroidi : les murs, la mer, le ciel, les orteils.

Dans la maison somnolente, Charlie s'arracha du lit avec, brrr, des centaines de frissons dans le dos. Si l'automne avait oublié d'apparaître en septembre, il doublait les bouchées pour rattraper son retard, le fourbe ! Vite, elle enfila son plus-vieux-plus-gros-pull par-dessus son pyjama, puis ses pantoufles, et descendit à la cuisine.

Brrr. Et re-brrr. Malgré les efforts du plus-vieux-plus-gros-pull, elle grelottait. Un soupir de vapeur blanche jaillit en cornet de ses lèvres. Le premier froid... Ça signifiait qu'il allait falloir tirer Mme Chaudière de son hibernation estivale...

L'horreur. Car, furieuse d'avoir été abandonnée deux saisons, la dame en question prenait une semaine de vengeance en se livrant à toutes sortes de représailles. Chaque année, pareil.

On avait bien déjà évoqué le remplacement de la rombière pour une efficace et juvénile installation mais, après cinq devis, Charlie avait opté pour le *statu quo* : les prix demandés étaient trop affolants.

– Navré, désolé, pardon, dit son père en s'asseyant en tailleur devant la niche à bois. J'aurais aimé vous laisser plus d'argent.

Elle lui jeta un coup d'œil. Attifé comme un voleur de poules, évidemment. Il pouvait être si élégant quand il voulait !

– Que fais-tu dans ce pantalon de golf ? dit-elle.

– J'ai attrapé le premier truc dans l'armoire ce matin. Il fait froid ?

– On gèle, dit-elle. C'est l'automne, ici. Où est maman ?

– Elle rend visite à une voisine. Pour la chaudière, tu ne peux pas demander un crédit ?

Elle soupira tout en cherchant les allumettes.

– Il faudrait un crédit pour les nouilles, le pain, l'eau, la moutarde, la bouffe des chats, tout. Si tu vois la boîte d'allumettes…

Il la lui montra, posée sur un angle de tiroir entrouvert. Il semblait chagriné. Charlie lui tapota le genou.

– Tu n'as jamais gagné d'argent, papa, dit-elle doucement. Et tu t'habilles comme un balai. Mais c'est pour ça qu'on t'aime.

Elle l'embrassa et il disparut. Son père était la personne que Charlie avait adoré le plus au monde. Si ses sœurs avaient su qu'elle faisait la causette avec lui près de deux ans après sa mort… Elle eut un petit rire.

Elle posa bouilloire et casserole de lait sur la gazinière. Elle se rendit ensuite dans le local mitoyen où logeait Mme Chaudière. Laquelle était une ventrue débonnaire, l'air de tout sauf d'une enquiquineuse. Mais ne pas s'y fier, surtout. Cette ronchon pouvait se montrer vraiment garce.

– Hello-hello-hello, lui susurra Charlie de sa voix la plus enjôleuse. On a bien dodo ? On veut miam-miam ? Prête à flamber sans histoires, sans casser les pieds au pauvre monde ? Bravo-bravo-bravo…

Elle la gavait de journaux et de petit bois depuis dix bonnes minutes quand il y eut un bruit de pas dans la cuisine.

– Qui que tu sois, cria-t-elle, plongée jusqu'au plexus dans la gueule de la chaudière, surveille la casserole de lait et fais griller les tartines !

Au grognement, elle devina que le « qui-que-tu-sois » était Enid. Intuition que confirma l'apparition de deux masses poilues nanties de pattes et de ronrons automatiques. À leur sourire félon et leur mine effrontée, il était évident qu'Ingrid et Roberto avaient dormi sur le lit d'Enid. Un de ces soirs, se promit Charlie (comme chaque matin), elle les chasserait à coups de balai.

– Tu as mis tes chaussons ? cria-t-elle.

Enid apparut sur le seuil. Oui, elle avait mis ses chaussons, chiffonnés par leur virée nocturne, mais mettables. Charlie se félicita *in petto*. La petite sœur devenait grande. L'an dernier, Enid pouvait rester en chemise, à claquer des dents et à rabâcher : « J'ai froid, j'ai froid, j'ai froid », sans penser que l'antidote était d'enfiler un pull.

– Le puits est tout dégringolé à l'intérieur. Il ressemble au dernier gâteau au yaourt d'Hortense.

Charlie comprit exactement ce qu'Enid voulait dire.

– Mmm, grommela-t-elle en s'extirpant des intestins de la chaudière. Le couvercle s'est cassé net. Ça va coûter bonbon encore. Comme si on avait besoin de ça. Tu n'oublies pas le lait ?

Docile, Enid alla voir, trouva le lait on ne peut plus serein, dans sa casserole, sur son feu. Elle revint.

– Le sycomore aussi est tout dégringolé, dit-elle. Comment on va le sortir ?

Charlie ne répondit pas : elle était au moment crucial où il fallait tourner « LE » bouton stratégique, côté cœur, de Mme Chaudière. Un millimètre de trop ou de pas assez, et la vieille chipie ferait grève.

– Hein, dis ? Comment on va faire ? insista la petite.

– Enid, articula Charlie avec une douceur qu'un étranger aurait jugée angélique mais qu'Enid savait vénéneuse, peux-tu la boucler trois minutes s'il te plaît ?

Enid la boucla.

Charlie aspira profond. Elle empoigna « LE » bouton et, très délicatement, tourna, tourna, tourna... Ce fut le moment que choisit Roberto pour témoigner son affection : il sauta à pattes jointes sur l'épaule de Charlie.

Charlie lâcha « LE » bouton. Et tout de suite après un gros mot. Si gros, si énorme qu'il frappa le chat comme une pierre et le fit déguerpir en flèche sous l'étagère à bocaux.

Enid resta bouche bée. Était-ce bien Charlie, sa grande sœur Charlie, qui venait de proférer ce... Oui, aucun doute, même qu'elle le répétait une deuxième... non, une troisième fois !

– Va falloir attendre deux heures maintenant ! Et vider tous les journaux ! Et le petit bois ! Et se geler les fesses toute la matinée ! Si je revois ce x... de x... de x... d'animal, je le...

Lorsque Ingrid entendit Charlie exposer ses projets, elle prit la tangente à son tour. Dans la cuisine, quelqu'un hurla :

– Le lait déborde !

C'était Hortense. Elle coupa le gaz, vint s'appuyer à la porte du local. Le visage de ses sœurs portait l'expression d'une insondable consternation.

– Alors ? persifla-t-elle. On met du lait sur le feu et on laisse sans surveillance ?

La mimique d'Enid l'avertit, mais trop tard. Charlie poussa un cri de bête enragée.

Tout dégringolé à l'intérieur. Le jargon d'Enid avait le mérite d'être clair : la margelle du puits s'était effondrée sous la chute du sycomore comme dans une implosion.

– Bien sûr c'est pas qu'avec son poids que c't'arbre a tout

écrabouillé, expliqua le monsieur de l'entreprise que Charlie appela.

À vrai dire il était le remplaçant du remplaçant du monsieur de l'entreprise que Charlie appela, car « avec c'te tempête de c'te nuit, pas une maison qu'a pas eu son pet » !

– Les pierres d'vaient être mal jointes, moisies même, dit le monsieur. A suffi que le tronc en frappe une, et bang ! boule de neige !

– Bang boule de neige ? répétèrent les filles.

– Comme un sucre qui fait tomber un sucre qui fait tomber un autre sucre ?... dit Geneviève.

– Voilà, fit le monsieur.

Il s'appelait Belmonbiche Philippe. Il mastiquait un chewing-gum vert qui apparaissait entre ses dents de côté chaque fois qu'il prononçait des mots avec des *é* et des *i*.

M. Belmonbiche contemplait la moitié inférieure du sycomore, la seule visible. Le reste étant dans le puits. Le brave végétal y avait plongé avec une belle énergie, tête la première. Ses racines pointaient au ciel leurs milliers de tentacules.

– Le pauv' vieux, soupira M. Belmonbiche.

Et les cinq sœurs eurent en mémoire, à la même seconde, la voix de leur père en train de soupirer « *Pauvre vieux !* » devant le tronc, debout mais mort, du sycomore. « *Il est né avec votre grand-mère Dina. Je ne peux pas l'abattre, j'aurais l'impression d'enterrer cette pauvre femme deux fois.* »

Le sycomore y avait gagné un sursis. Broussailles, lierre, mousse venant lui prêter appui et soutien.

– Mais Blitz et Swift ? s'écria Enid.

– Tu crois qu'ils sont au fond du puits, eux aussi ? s'informa Bettina pleine de curiosité.

Le chewing-gum de M. Belmonbiche parut s'interroger sur le sens des mots « Swift » et « Blitz ».

– Qu'est-ce que... commença M. Belmonbiche.

– Blitz ! cria brusquement Enid.

– Écoute, commença Charlie en prenant un ton de circonstance. Si Blitz se trouvait dans l'arbre au moment de la chute, il y a des chances pour... je veux dire une probabilité que...

– Blitz ! hurla à nouveau Enid.

C'était une exclamation d'allégresse. Un mini-parachute roux s'élança du hêtre voisin et vint rebondir sur la poitrine de la petite sœur.

– Blitz, répéta doucement Enid en serrant l'écureuil contre elle.

M. Belmonbiche se gratta le pavillon de l'oreille du bout de l'auriculaire.

– Ça va coûter combien, ces travaux ? attaqua Charlie.

Il déplia les doigts un à un, en énumérant :

– Dépose du tronc pourri. Enlèvement et débarras des gravats. Remplacement d'une dalle en marbre. Pose et scellement de pierres de paroi. Rebouchage. Cimentage...

– Combien ? coupa Charlie.

Elle n'avait pas aimé « tronc pourri » pour désigner l'arbre vénérable qui avait vu naître l'aïeule Dina.

Belmonbiche énonça un chiffre qui les fit pâlir.

– Pour un puits à sec ? se récria Charlie.

– Un puits qui ne sert à rien ? renchérit Hortense. Tari depuis un siècle ?

– Qu'on garde pour la déco ? dit Bettina.

– Pour faire joli ? précisa Enid.

– Pour le souvenir ? dit Geneviève.

– Si cher ? insista Charlie.

Cerné, M. Belmonbiche eut le recul de Jason devant les Gorgones, et manqua déglutir son chewing-gum.

– Pour le vernis, il n'y a pas d'urgence, concéda-t-il. On peut s'en occuper plus tard.

– Combien sans le vernis ?

Sans, le résultat donnait autant le vertige qu'avec.

Hortense secoua ses cheveux courts.

– Autant nous bouffer les tripes, dit-elle d'une voix lugubre. À la sauce gribiche.

– Je pense, commença Charlie, qu'on va très bien se passer de ces trav…

– Autre proposition ! s'exclama M. Belmonbiche. On débarrasse c't'engeance (*Le sycomore ! Une engeance !* Charlie frémit.) On rebouche le puits. Trois quarts de boulot en moins. Le prix suivra.

– C'est-à-dire ? insista Bettina.

Il annonça une somme nettement plus raisonnable. De toute façon leur budget était tellement ric-rac que le plus bas des prix ne conviendrait jamais.

Mais le spectacle permanent du vieux puits démoli, gueule ouverte, avalant le sycomore tel un boa digérant un dinosaure, était par trop déprimant. Charlie dit « OK ça marche », avec un soupir.

– Pas dans l'immédiat, dit M. Belmonbiche avec un petit arrondi de chewing-gum côté molaires.

– Quand ?

– Avec c'te tempête n'y a que des pets, je vous dis. Rendez-vous dans que'qu' jours ?

– Bon.

C'était déjà assez triste de penser que, cette nuit, le sycomore mort était réellement mort.

*
* *

– J'arrête de fumer, annonça Charlie à Geneviève sur la plage.

Elle secoua la jambe pour délivrer son bottillon que la vase absorbait avec tendresse. Elle rattrapa sa sœur.

– Espérons que ce sera la bonne, répondit Geneviève, neutre. Voilà quarante-douze fois que tu arrêtes.

Elle ramassa une poignée de varech qu'elle secoua et jeta dans la bassine en plastique rose que portait Charlie.

– Minute. Je n'arrête pas totalement. Je t'explique : en fumant la moitié de ma ration hebdomadaire, je ferai une économie annuelle qui nous permettra de payer M. Belmonbiche haut la main.

– Hein ? Attendre un an avant de déblayer le sycomore et boucher le puits ? s'écria Geneviève.

Au bout de sa main se balançait un goémon en forme de bonhomme desséché.

– Non. Mais il n'est jamais trop tard pour faire des économies. Écoute...

Et tout en remplissant d'algues la bassine rose, Charlie expliqua que, puisqu'elle achetait un paquet par semaine, ça signifiait qu'elle fumait 2,8571428 cigarettes par jour, donc qu'en fumant la moitié, c'est-à-dire 1,4285714, elle divisait par deux sa dépense hebdomadaire, soit une économie de 52 fois...

– On rentre ? l'interrompit Geneviève qui venait d'apercevoir un rassemblement de nuages renfrognés, là-bas, sur l'océan. Il va pleuvoir !

Charlie secoua la bassine rose pour y répartir les algues. Elle se demanda si c'était une si bonne idée. Pas de rentrer à la maison – vu la tronche sinistre du ciel c'était l'évidence –, mais si ça valait le coup de se priver de 1,4285714 cigarette par jour pour une maison qui menaçait de crouler à chaque grain. Tout ça pour économiser 52 fois... combien déjà ?

– J'espère qu'on ne va pas se taper une nouvelle tempête cette nuit ! dit-elle en glissant son bras sous celui de sa sœur jusqu'à l'escalier pointu à flanc de falaise.

À la maison, il y avait Hortense qui écrivait mystérieusement (Hortense écrivait forcément mystérieusement), pelotonnée contre le radiateur du salon. Bettina qui regardait le clip des « Un trou dans la tête » à la télé. Enid qui reniflait et se mouchait.

– Tu pleures ?

– Non, répondit Enid, les yeux remplis de larmes.

Geneviève s'agenouilla près d'elle.

– Qu'est-ce que tu as ?

Geneviève sentait la vase et le varech. Parfois Enid trouvait que ça sentait bon, d'autres fois non. Là, c'était bon.

– Elle croit, intervint Bettina, que sa copine Dracula a été écrabouillée pendant la chute du sycom…

– Elle s'appelle pas Dracula ! Elle s'appelle Swift.

– Tout le monde sait que les vampires se changent en chauves-souris.

Charlie fronça les sourcils.

– Il existe, grogna-t-elle, des vampires avec des cheveux roux, une queue-de-cheval, des baskets à semelles d'air et une grande gueule !

En réponse, Bettina cala son casque télé de part et d'autre de sa queue-de-cheval rousse, et piaula avec le clip sur l'écran « *Tell me youuuu love me Juniiiiie Moooon* »… Enid lui lança un coussin qui passa à côté. Bettina finit par quitter la pièce.

La petite se blottit au creux des bras de Geneviève. Là elle prit sa décision. Si Swift était dans le puits, blessée, prisonnière des branches, elle descendrait au fond et la délivrerait.

5

Sainte Colombe et Sainte Nitouche
ou
Le fantôme est un musicien

Le vent s'était levé, la pluie tombait. En quinze secondes de parc, Enid fut trempée des cheveux aux chaussettes. Les ourlets de son jean se mirent à peser vingt kilos, son pull la tira vers le bas.

Devant le puits elle contempla le sycomore qui n'avait pas l'air bien intelligent, comme ça, à faire le poirier, les pieds en haut et la tête en bas. Il avait davantage l'allure d'un long poireau, d'ailleurs, que d'un poirier. En tout cas pas très fute-fute.

– Swift ? appela-t-elle.

Elle se pencha sur la margelle. Des gravats. Des branchages qui bouchaient la vue. Enid appela la pipistrelle. Elle écarta une branche. Dans l'interstice, cria :

– Swiiiiiift !! Répoooonds !!

C'est alors qu'il se passa *quelque chose*.

Une rafale de vent arriva de la mer, enflant, grossissant en ballots de brindilles qui tournèrent dans l'espace et autour du puits, comme les boules de cristal de Tintin. Enid eut la sensation très bizarre que des vibrations de cordes l'emplissaient tout entière, comme si sa poitrine était devenue un violoncelle, ou une guitare. Ses côtes résonnaient, jusqu'à son cœur, jusqu'à ses poumons, d'un *vibrato* profond, enfoui, souterrain.

Un son éclata à ses oreilles. Une voix ? Ou bien des sanglots... Des sanglots d'opéra, une voix en pleurs, une musique bizarre qui remplissait l'air, le parc, la pluie, et même les brins de pelouse.

Enid hurla.

Comme la fois où elle avait aperçu un bout de *Scream* sur la vidéo de Bettina. Elle détala à la vitesse de l'éclair tandis que l'étrange musique, derrière, gémissait et sanglotait, de plus en plus fort.

*
*   *

Charlie et Geneviève revinrent trempées, puantes et frigorifiées du potager où elles avaient gavé d'algues la machine à compost. Dans le salon, la télé hurlait à tue-tête et Hortense vociférait :

– Éteins cette putain de télé ! Comment veux-tu que je me concentre !

– Tu n'as qu'à aller dans ta chambre ! rétorqua Bettina qui entonna « *Tell meeee youuu love me Juniiiie* »...

– Je veux être dans le salon ! Tu ne peux pas m'en empêcher !

Bettina se tourna vers les deux aînées qui débarquaient :

– Vous pouvez dire à cette rabat-joie qu'elle m'enquiquine sérieux ? dit-elle en désignant Hortense d'un pouce plein de mépris.

– Elle a enlevé son casque dès que vous êtes sorties ! Et que je te mets la télé à fond ! C'est bien pour emmerder le monde !

Charlie alla appuyer sur le bouton de la télévision, qui émit un houps d'étonnement et se tut. La moutarde chatouilla Bettina :

– Y en a marre ! Elle n'a qu'à aller écrire ses âneries ailleurs !

– Ce ne sont pas des âneries ! Ce ne sont pas des âneries ! Ce ne sont pas...

Un flot de larmes étouffa Hortense. Loin d'en être émue, Bettina lâcha :

– Pétasse.

Elle poussa le bouton de la télé, qui émit un hips de surprise avant de recommencer à brailler. Hortense s'effondra en pleurs.

– Suffit !! tonna Charlie.

Elle tira la prise électrique. La télé proféra un couac d'indignation avant de se taire définitivement. Folle de rage, Bettina attrapa le cahier qu'Hortense serrait contre son estomac. Un stylo traversa l'espace du salon. Bettina se mit à rire et à sautiller autour de la table comme une démente, et à secouer le cahier tous azimuts. Hortense devint toute blanche.

– Rends-moi ça ! souffla-t-elle.

– Rends-lui, Bettina ! supplia Geneviève.

Gambadant autour de la table, Bettina ouvrit le cahier au hasard et lut d'une voix de stentor :

– ... *ne m'accorde pas plus d'importance que si j'étais une cafetière. Mais j'observe et je juge. Et une cafetière qui juge ça peut faire très mal...*

Elle gloussa de joie, se tortilla de bonheur.

– Une cafetière qui juge ? cria-t-elle, secouant le cahier comme un drapeau. Ça veut dire quoi ? Ça n'a ni queue ni tête ce que tu écris ma pauvre amie ! C'est pour ces conneries que tu nous casses les pieds ? !

Hortense était si pâle qu'elle en était presque grise. Elle se jeta à plat ventre sur la table et agrippa sa sœur par le chandail. Bettina eut beau tirer, repousser la main qui la tenait, donner des tapes, crier « Lâche-moi ! Laisse-moi ! » Hortense tint bon.

Charlie se lança également en travers de la table, un peu au hasard, sans but précis. Geneviève se dit qu'il était temps de prendre le genre de décision courageuse qu'elle ne prendrait jamais, comme par exemple jeter une casserole d'eau froide sur tout le monde.

Un toussotement, soudain, les arrêta toutes et leur fit lever la tête.

À l'entrée du salon, se tenait une fille qu'elles ne connaissaient pas. Une fille qui portait un manteau bleu marine et une lourde tresse brune qui reposait tranquillement sur son épaule droite. De ses yeux limpides, interrogateurs, elle contemplait les quatre sœurs. Hortense qui sanglotait de rage sur la table, arrimée au pull de Bettina qui secouait le cahier en riant comme une possédée. Geneviève et Charlie échevelées qui empestaient la vase et la vieille algue.

– Bonjour, dit l'inconnue à tresse brune. Je me suis permis d'entrer. J'avais sonné quatre fois avant.

Dans sa bouche ce fut une simple énonciation, absolument pas un reproche.

– Je suis Colombe, la fille d'Andrée-Marie. Maman a dû vous dire.

– Colombe ! s'écria Charlie en se redressant. Bien sûr.

– Vous m'attendiez plus tard, je sais, mais la SNCF ne m'a pas laissé le choix. Soit j'arrivais maintenant, soit vers minuit.

Elle avait une voix douce, unie, liquide.

– Tu as très bien fait, dit amicalement Geneviève.

Bettina dévisagea avec curiosité cette Colombe qui roucoulait des phrases stupéfiantes, comme « La SNCF ne m'a pas laissé le choix », elle la détailla avec attention et sut quasi instantanément qu'elle ne serait jamais l'amie de cette fille-là.

Hortense en profita pour récupérer son cahier et l'abriter sous son tee-shirt.

La porte se rouvrit avec fracas. Le vent projeta au milieu du tapis une pauvre Enid ébouriffée, sans respiration, tremblante.

– Il y a un fantôme dans le parc ! couina-t-elle. Un fantôme qui pleure et qui chante ! Je viens de l'entendre !

Charlie adressa à Colombe un sourire qu'elle voulut à tout prix rassurant.

*
* *

Bettina avait le privilège d'une salle de bains pour elle toute seule, par le simple fait que sa chambre était isolée côté tour. Ce n'était donc pas un cadeau de ses sœurs. Plutôt un moyen d'avoir la paix, la durée d'occupation d'une salle de bains par Bettina allant de quarante-cinq minutes (si elle était pressée) à deux heures et plus (dimanches, vacances et fêtes).

Pour Bettina c'était *ad hoc*. Avec un *hic*, pourtant, en cas d'invités. Sa chambre étant contiguë à la chambre d'amis, elle devait obligeamment (voire *obligatoirement*) partager *SA* salle de bains avec tout visiteur de la Vill'Hervé.

À elle, donc, l'honneur de montrer les lieux à Colombe.

– Voilà, dit-elle en ouvrant la chambre d'amis.

– C'est très joli. Et... oh, ça donne sur la mer !

Même chose chaque fois. Comme s'ils découvraient le Grand Canyon sur Mars. Bettina pointa son doigt blasé vers le couloir.

– La salle de bains est à côté.

Elle dégagea d'une chaise les vestiges de ses essayages matinaux : pulls, robes, jupes, pantalons, chemises, jeta tout en vrac dans le panier à linge qu'elle referma d'une belle claque.

– Elles sont à toi ces petites boîtes ? s'émerveilla Colombe. Et ces adorables flacons ?

Bettina escamota une boîte et deux flacons. Ce qui libéra une surface de dix centimètres carrés sur une étagère bourrée à craquer. Elle dit :

– Comme ça, tu peux y ranger des affaires.

– Je n'ai rien de ce genre. En fait, je ne sais pas me maquiller, avoua Colombe avec un sourire coupable. J'ai essayé une fois. Une vraie cata. (Après une hésitation :) Tu m'apprendras ?

– Mmm, fit Bettina sans se compromettre. Là, tu as la penderie. Elle est pleine, mais tu n'as pas l'air d'avoir tellement, euh, de vêtements.

Colombe tapota sa petite valise.

– C'est vrai, rit-elle. Je ne m'encombre jamais en voyage.

Bettina dut s'avouer que Colombe s'illuminait d'une beauté très particulière lorsqu'elle riait. Mais cette tresse était une aberration. Et ces chaussures ! Et ces fringues morfondues !

– Tu as voyagé beaucoup ? dit-elle pour être polie.

– Mes parents ont bossé pour des labos un peu partout. Tokyo. Rio. Le Cap. Abidjan. Je les accompagnais. Mais il y a deux ans, maman a voulu revenir. J'étais ravie.

Bettina la regarda avec mépris. De quoi se plaignait cette fille ? D'avoir fait le tour de la Terre à treize ans ?

– Je suis du genre bain-qui-s'étire-en-longueur, dit-elle. Et toi ?

– Le genre douche véloce, répondit Colombe. Vite expédiée, précisa-t-elle en remarquant l'expression de Bettina.

Douche véloce. Impressionnant. Bettina se garda de montrer son soulagement. Colombe lui avait répondu ça exprès, elle en était sûre. Mauvaise pioche. Bettina avait horreur qu'on essaie d'être gentil avec elle. Elle trouvait ça louche ou, pire, d'une impardonnable niaiserie.

– Et cette histoire de fantôme ? demanda soudain Colombe.

– Rien de grave. C'est Enid.

– Enid ? C'est quoi un Enid ?

– Un truc qui porte des barrettes Sweet Mimi et qui cause beaucoup. Ma petite sœur en l'occurrence.

– Oh, pardon.

– C'est rien. Tout le monde ne peut pas avoir un prénom comme le tien.

Bettina conserva un air parfaitement sérieux. Colombe lui jeta un regard incertain. Elles revinrent à la chambre d'amis. Colombe ouvrit sa valise et commença à ranger ses habits. Bettina réprima un hoquet en n'y apercevant que des affaires blanches et/ou bleu marine, pliées, rangées, roulées, alignées.

– Tu as peur des fantômes ? reprit Bettina.

– Non. Mais ça laisse la place à l'imagination, n'est-ce pas ?

Bettina la contempla un court moment, bouche bée. Cette fille sortait des phrases proprement hurluberlues.

– Enid aime bien inventer.

– Elle avait pourtant l'air convaincu. Et d'avoir vraiment la frousse.

– Elle se raconte des histoires... Dis donc, tu fais du combien ? s'exclama Bettina en voyant Colombe sortir de sa valise une chose en coton (blanc et bleu bien sûr).

Colombe devint très rouge.

– 90 B, répondit-elle. Je sais, j'ai trop de poitrine pour mon âge.

Bettina garda le silence. Elle n'allait certainement pas dire à Colombe que non, elle n'était pas trop grosse, sa poitrine. Ni qu'elle lui allait plutôt bien, même ! Qu'elle-même avait souvent rêvé de faire du... Ah non, elle ne dirait pas ça. Elle répondit simplement :

– Si ça ne te gêne pas pour lire.

Colombe sourit. Bettina demeura impassible. Colombe plia deux autres soutiens-gorge.

– Tu crois qu'Enid a inventé son fantôme ?

Elle m'enquiquine avec cette histoire. Elle est en train de me faire la conversation.

– Enid raconte aussi qu'il y a des bonshommes qui vivent sous les bruyères et les champignons.

– Moi aussi quand j'avais son âge, je...

– Je te laisse. Je t'ai montré tout ce qui peut t'être utile. J'ai des trucs à faire.

Ne surtout pas lui montrer qu'on pouvait la trouver intéressante.

– D'accord, dit Colombe. À tout à l'heure.

En redescendant, Bettina songea qu'en plus d'un super-sourire et d'une super-poitrine, cette sainte-nitouche avait les yeux d'un bleu marine ravissant.

*
* *

La douceur et la placidité de leur invitée fit, aux cinq sœurs, l'effet d'un gaz calmant.

À Charlie elle rappelait le cache-théière en tricot de tante Lucrèce ; à Enid, les livres de petite fille de sa mère, rouge et doré, dans la caisse du grenier ; à Bettina elle évoquait leur vieux Trivial Pursuit sans fromages. Si on lui posait n'importe quelle question, par exemple en combien de temps une scolopendre parcourt la circonférence d'un tronc de takamaka , Colombe répondrait, c'était certain : « Neuf secondes un quart par temps de pluie, cinq secondes et demie par temps sec. » Pour Geneviève, elle était ce col Claudine en dentelle qui dormait plié dans l'armoire du premier. À Hortense, Colombe n'évoquait rien de spécial, sinon que, grâce à elle, son cahier bien-aimé avait été arraché aux griffes de Bettina, et pour ça elle lui offrait à jamais sa sympathie.

Pour Basile, qui leur rendit visite ce même jour, elle était simplement une jolie fille de plus dans le bastion féminin de la Vill'Hervé.

C'était dimanche et il était 17 heures quand il débarqua ; et comme toujours, lorsque sa visite tombait un dimanche à 17 heures, Basile apportait des gâteaux.

– De l'Ange Heurtebise, précisa-t-il.

Le fameux salon de thé en ville. Enid glissa un regard par en dessous – *hé hé hé* – à Bettina qui fit semblant de rien.

– J'ai aperçu ce pauvre sycomore, dit Basile en déroulant son mètre cinquante d'écharpe. Il se prend de passion pour la spéléo ?

– Le ciel lui est tombé sur la tête.

– Encore heureux qu'il ne soit pas tombé sur la maison.

– Le ciel ou le sycomore ?

– Il aurait pu assommer Enid. Elle traînait dehors en pleine nuit, cette débile.

– Qu'est-ce que tu fabriquais dehors la nuit, Enid ?

– Elle cherchait sa chauve-souris. Elle la cherche encore, d'ailleurs.

– C'est peut-être elle que tu as entendue chanter tout à l'heure dans le parc ?

Enid ne répondit rien à personne. Elle n'avait pas rêvé, elle le savait. Elle avait entendu un fantôme. Mais convaincre les grands c'était comme vouloir qu'un chewing-gum mâchouillé une heure conserve son goût du début. Elle avait vaguement espéré que Basile la prendrait au sérieux. Mais elle le vit bientôt se détourner pour s'intéresser à la manière qu'avait Charlie, dans le canapé, de croiser distraitement ses doigts de pied. Le spectacle paraissait le fasciner.

– Très mmmmmh, ta marquise ! le complimenta Hortense en lui offrant une mini-miette de la marquise en question. Bien meilleure qu'une certaine confiture de châtaignes !

– Merci ! dit Charlie.

– Merci, dit Basile qui ignorait tout de la tentative culinaire de sa dulcinée. Est-ce que tu as jeté un œil à mon livre ? ajouta-t-il à l'intention de ladite dulcinée.

– Ton livre ? (Charlie se souvint.) Celui que tu as confié à Enid ? Oui, oui. Mais vraiment un œil, tu sais.

– Veux-tu goûter à la confiture de châtaignes de Charlie, Basile ? susurra Hortense pour enfoncer le clou.

– Refuse, conseilla Bettina. Ou tes rêves sur Charlie vont s'évanouir.

– Mes rêves, soupira Basile, Charlie sait bien qu'elle les peuple depuis toujours.

Bettina gloussa un *woufff !* sémillant. Geneviève mordillait son pouce. Colombe leva le nez de sa tasse et observa ce qu'elle pouvait observer de Basile là où elle se trouvait : un trois quarts profil gauche et un revers d'oreille.

– Simple formule, dit Charlie d'un ton qui prouvait qu'elle était touchée. Mais jolie.

Colombe la vit se pencher vers le trois quarts profil pour y déposer un bisou souriant.

– Merci, chuchota Charlie au revers d'oreille qui devint rose vif.

Enid se demandait à quel moment ces grandes asperges (apparemment sourdes !) remarqueraient que le fantôme était en train de faire sa musique *en ce moment même et qu'elle était la seule à l'entendre !*

6

Un chocolat, un !
ou
La complainte du coupeur de bois

Charlie marchait en balançant son panier à bûches vide. Il faisait déjà nuit à seulement 17 h 30, et plutôt frisquet. Le vent avait repris des forces et elle ne regrettait pas d'avoir enfilé ce cher plus-vieux-plus-gros-pull. Évidemment, elle songea bien (ce fut bref) que ce n'était pas avec ce machin sur le dos qu'elle atteignait des pics de splendeur… Mais bon. Il n'y avait que ce cher vieux Basile.

Sans remarquer qu'elle usait des mêmes épithètes pour son amoureux présumé et pour la guenille qu'elle portait, Charlie cheminait, donc, direction l'abri-bûches à l'ouest du parc.

Le son d'un pas familier la fit ralentir, deux bras prirent sa taille. Sans se retourner elle avait reconnu Basile, comme elle reconnut son baiser quand il l'enlaça. C'était un baiser paisible, familier, bienveillant. Quand ce fut fini, elle garda les yeux fermés.

– C'est qui ? interrogea-t-elle.

Elle s'esclaffa. Basile prit le temps de fermer le bouton-pression de son col de blouson, puis il délesta Charlie du panier. Elle s'était remise à marcher.

– Est-ce que ce n'est pas trop lourd ? dit-il.

– Tu plaisantes, ce panier est vide.

– Je parle de cette grande baraque, des charges, de tes sœurs...

Charlie s'arrêta.

– C'est quoi ces détours ? Tu veux m'épouser et devenir chef de famille ?

– Pourquoi pas ?

Après un silence :

– Ça va faire plus d'un an et demi que vous êtes seules, n'est-ce pas ?

– Tu veux dire depuis la mort de maman et de papa ?

– Oui.

– Dix-neuf mois, et vingt-deux jours.

Elle récupéra le panier qu'elle fit tournoyer.

– On va le couper, ce bois ?

– Pourquoi pas ? répéta Basile en la rattrapant. La vie serait tellement plus simple pour toi.

– Si c'est là ton seul motif, c'est non docteur.

Il la reprit dans ses bras. Dans la nuit du parc, il n'apercevait d'elle que la petite lune brillante de son sourire, rien d'autre.

– Idiote, chuchota-t-il. Tu sais bien que...

– Que... ?

Il inclina la tête afin de viser le sourire. Ils avaient la même taille depuis leur adolescence. Il avait longtemps eu l'espoir de la dépasser de trois ou quatre centimètres. Maintenant il était trop tard. Il l'embrassa. La petite lune continua de briller.

– Tu sais bien, reprit-il, que j'ai toujours...

– Chut. Écoute.

Quelqu'un s'était mis à pleurer tout là-bas, de l'autre côté des arbres... Des plaintes déchirantes qui arrivaient par vagues, avec les rafales de vent.

– C'est le fantôme, le copain d'Enid, dit Basile.

Il rit nerveusement et serra Charlie un peu plus.

– On dirait qu'ils sont plusieurs. Une armada d'ectoplasmes.

Elle le repoussa d'un geste léger, le nez dressé.

– Tais-toi donc. Écoute.

– Je ne fais que ça, baby. Outre t'embrasser bien entendu.

– Tu n'entends pas autre chose ?

Un craquement de bois sec et de feuilles mortes... Charlie écarta tout à fait Basile. Quelqu'un marchait derrière eux, dans les broussailles. Une ombre courte se profila.

– Enid ! C'est toi qui pleures comme ça ?

L'ombre d'Enid secoua la tête.

– Non c'est pas moi, dit-elle. C'est le fantôme. C'est lui qui pleure, on dirait comme une chanson.

Les sanglots lointains se déchaînèrent par bouffées, comme un ressac dans la nuit froide. Après un temps Enid interrogea d'une petite voix :

– Vous me croyez maintenant ?

Charlie lui entoura les épaules en silence. Après tout, elle-même bavardait régulièrement avec les fantômes de papa-maman... Elle se demanda si la petite les avait vus s'embrasser, Basile et elle.

*

* *

– Moi je dis : ça a un rapport avec Swift. Sa disparition.

On était le lendemain. Autour de Gulliver et d'Enid, la nuit d'automne tombait avec les feuilles mortes, les élèves du groupe scolaire se pressaient vers les cars.

– Swift, c'est l'écureuil ? finit par demander Gulliver.

– La chauve-souris. Je te l'ai répété cent fois. L'écureuil, c'est Blitz et il a seulement déménagé d'arbre. Mais elle, je ne l'ai pas revue depuis la tempête.

Gulliver gratta affectueusement la croûte brunâtre qui décorait son coude. Il s'était brûlé la semaine précédente en fabriquant des torches égyptiennes de son invention. Il suggéra :

– Est-ce que ce ne serait pas le fantôme de ta chauve-souris qui revient ?

L'œil d'Enid le gela sur place.

– Swift n'est pas morte ! dit-elle avec force. Elle a des ailes. Quand le sycomore est tombé elle s'est envolée. Certain.

Elle reçut une tape sur l'épaule. Elle se retourna. Elle reconnut la DBB, la Division Bête et Bouchée. C'est-à-dire Denise, Béhotéguy, et Bettina. Bettina qui lui expliqua d'un trait qu'elle ne prendrait pas le car puisqu'elle allait chercher Charlie au labo à 18 heures, que, donc, elles rentreraient ensemble en voiture.

– Tu viens avec nous ? acheva-t-elle.

Enid savait parfaitement que Bettina n'avait pas du tout envie d'être flanquée d'une petite sœur. Mais comme Charlie interdisait à Bettina de rater exprès le car pour traîner en ville avec ses copines, la présence d'Enid cautionnait ses escapades.

– Geneviève sort dans un quart d'heure, grogna Enid. Demande-lui de vous accompagner.

– C'est son jour de baby-sitting, on t'offre un chocolat.

Enid rechignait par principe, en fait. Car même sans la promesse du chocolat et en dépit de Béhotéguy et de Denise qui ricanaient trop fort et trop souvent, elle adorait accompagner Bettina dans ses équipées d'après collège.

– Je sais où vous allez, dit Gulliver en décollant triomphalement la croûte de son coude.

Ses torches égyptiennes ressemblaient à celles des explorateurs dans les films, quand ils sont poursuivis par la momie vengeresse. Il les avait fabriquées de ses mains : la preuve. Il était très fier.

– Ah oui ? Et où ? lui lança Béhotéguy avec une grimace.

– À l'Ange Heurtebise... et je sais pourquoi !

– Oh ça va, mouflet !

– À cause du serveur ! cria Gulliver en s'esquivant rapido à l'intérieur du car.

Il colla sa bouche sur la vitre entrebâillée :

– Pour voir Juan ! hurla-t-il. Les DBB sont folles amoureuses de lui !

Il vit Enid éclater de rire derrière Bettina.

Denise, Béhotéguy et Bettina poussèrent la porte de l'Ange Heurtebise.

– Il est là ? grommela Bettina dans sa barbe. Regarde, Enid, s'il te plaît.

– De qui tu parles ? fit innocemment Enid.

– S'il te plaît. Ne fais pas l'idiote.

– Oui, Juan est là.

– S'il te plaît. Moins fort.

– Il nous voit ?

– Non, dit Enid. Comme d'habitude.

– Garce.

– Ben c'est vrai, il ne vous regarde jamais.

– Oh, faites-la taire !

À une table, dans un angle, un garçon leur fit signe. Clovis Boulesteix, du collège. Bettina marqua une hésitation.

– On s'assoit avec lui ? souffla-t-elle.

– Pourquoi pas ? fit Béhotéguy. Ça rendra peut-être Juan jaloux.

Elles s'installèrent près de Clovis.

– Alors, dit-il, cette soirée sangoulinante, vous la faites quand finalement ?

– Le soir de Halloween.

– Pour Halloween il y a déjà une super-fête en ville. Pourquoi pas avant ? Vendredi par exemple ?

Il commanda un far aux pruneaux, les filles un chocolat.

– Et aussi de la tarte, réclama Enid.

– Te gêne surtout pas ! marmonna Bettina. Une tarte à n'importe quoi, s'il vous plaît madame Heurtebise !

Le regard de Juan croisa celui de Bettina sans qu'elle y lise la moindre lueur d'intérêt. Enid, petite saleté, avait raison. Il se fichait complètement d'elles. Donc d'elle. Elle espérait qu'il apporterait la tarte commandée, mais c'est Mme Heurtebise qui les servit.

Bettina soupira et se tourna vers Clovis :

– Tu as raison. Ça ferait deux occasions de s'amuser. Mais…

Clovis attaqua son far.

– Mais, dit Bettina, on a prévu que ce serait une soirée entre filles.

Il engloutit sa bouchée et répondit, placide :

– Vous changerez d'avis quand…

Il se tut. Il était tombé sur un pruneau. Dégustation de plusieurs secondes.

– Quand vous saurez que… continua-t-il.

Il lécha sa cuillère.

– Accouche.

Il s'essuya les mains :

– J'ai une vidéo hyper sangoulinante. Mon oncle Pietro me l'a envoyée de Newark.

– Tu as un oncle Pierrot à New York, toi ?

– Pietro à Newark.

– Qu'est-ce que c'est ?

– Une ville dans le New Jersey.

– Le film, idiot. C'est quoi ?

– *Charpie, le retour.*

Elles s'exclamèrent. Quoi ! *Charpie la poupée qui tue, le retour* !!! S'extasiant, Bettina pencha discrètement la tête en direction de Juan. Il nettoyait le filtre du percolateur. Sans savoir combien il était mignon avec le reflet de l'inox sur sa narine droite.

– Problème : il n'y a pas de sous-titres français, précisa Clovis.

– Bah, dit Béhotéguy, dans les films d'horreur les dialogues sont tous les mêmes, « *Oh my God !* » ça veut dire : « *Au secours, le tueur est enfermé dans la même pièce que moi !* »

– Et « *Fuck him !* » ça veut dire : « *Je lui tire dessus au Magnum 357 depuis une plombe, pourquoi est-il toujours vivant ? !* »

– Moi, j'ai emprunté *Rappelle-toi dans le grenier cet hiver n° 2* et *Hurlements psychotiques III*. Et toi, Bého, tu amènes quoi ?

– Des manchons de poulet mexicaine.

– Tuméfiant, dit Clovis.

– Superblime, dit Denise.

– Merde, grommela Bettina en se figeant sur sa chaise.

On suivit son regard, Enid reconnut Colombe. La tresse toujours sagement arrondie sur l'épaulette de son manteau marine. Elle ne les voyait pas, elle leur tournait le dos, Juan était en train de lui servir des tuiles aux amandes au comptoir.

– Tu la connais ? fit Béhotéguy.

– Mignonne, nota Clovis.

– Si on aime le genre volatile obsolète.

– C'est quoi obsolète ? dit Enid.

– Préhistorique. Hors service.

– Ç'a son charme, assura Clovis. C'est qui cette fille ?

– Un drame de la zone C.

– …

– La fille d'une collègue de Charlie. Elle s'appelle, tenez-vous bien, Pigeon.

– Colombe, corrigea loyalement Enid. Elle est à la maison pour huit jours.

Colombe se retourna en entendant son nom. Elle s'éclaira en reconnaissant Enid et Bettina. Bettina se renfrogna. Colombe hésita, puis elle s'avança.

– Je passais en ville prendre le courrier de mes parents, expliqua-t-elle. J'en profite pour acheter des tuiles aux amandes.

Silence froid. Enid se demanda ce qu'elle pouvait bien dire pour être gentille. Colombe secoua gaiement le paquet qu'elle tenait :

– On aime les tuiles à la Vill'Hervé ?

– Sans pigeon dessus ! souffla Bettina à Béhotéguy et Denise qui pouffèrent.

Colombe eut un sourire d'incertitude.

– Assieds-toi, l'invita Clovis très gentleman.

Bettina lui écrasa illico une basket et les orteils qui se trouvaient dedans. Clovis encaissa héroïquement. Il s'écarta pour ménager une place à Colombe.

– Non, merci, dit-elle. Le bus de Collinière va arriver. C'est bien ce bus-là pour la Vill'Hervé ?

– Bettina et Enid rentrent en voiture tout à l'heure avec Charlie, lui apprit Clovis avec une candeur perfide. Laisse le bus et repartez toutes ensemble.

Il résista stoïquement au massacre de ses orteils par une Bettina très remontée. D'accord, Colombe était un prénom incurable mais elle avait de jolis yeux en biais, ça méritait un petit écrabouillis de pieds.

Colombe finit par s'asseoir, un peu raide.

– Tu prends quoi ? demanda Clovis.

– La même chose que toi.

*
*   *

Geneviève achevait sa séance d'étirements lorsque M. Qol Moi lui apporta de nouveaux gants de muay thaï.

– Aujourd'hui on aborde l'endurance, dit-il de sa voix chantante et douce.

– Au sac ?

– Au sac. Tu vas lui livrer un vrai combat. Pendant, mettons, sept minutes.

Geneviève jeta un long regard aux autres combattants qui s'entraînaient dans la salle, puis à son propre reflet renvoyé en série par de hauts miroirs.

– Prête ?

– Prête.

Elle marcha vers le long boudin de cuir noir. M. Qol Moi sourit. C'était un homme fin, dont le geste élégant et la nonchalance ne laissaient pas présager sa foudroyante force de frappe au combat.

– Pas ce sac, dit-il. L'autre est moins dur, tu te feras moins mal.

Geneviève prit sa garde, coudes écartés, poings à hauteur des yeux.

– Travaille les poings et les coudes pendant deux reprises, ensuite les pieds et les genoux.

Geneviève eut un sourire intérieur. Si ses sœurs savaient qu'en fait de baby-sitting, elle faisait de la boxe thaïe... Son bras se détendit en un direct fulgurant. Elle adorait ça.

*
* *

Juan apporta le chocolat de Colombe, le plateau en équilibre sur son bras fléchi, comme s'il enlaçait une danseuse. Ses yeux et ses cheveux étaient d'un roux extraordinairement doux.

Après enquête, les filles avaient fini par savoir que le beau Juan, quinze ans, vivait chez son père à Paris (zone C), qu'il passait ses vacances chez sa mère à qui il donnait un coup de main.

Il contourna la table pour poser la tasse devant Colombe. Enid intercepta le drôle de regard qu'il jeta à Bettina. Mais Bettina était trop furieuse de la présence de Colombe pour remarquer quoi que ce soit. Enid fut surprise mais incapable de déchiffrer le sens du regard de Juan sur sa sœur.

Il se passa alors un événement bref, violent et sonore. La tasse de Colombe sauta hors de la table, plana sous les trous de nez d'Enid avant d'aller se fracasser par terre. Tous les clients se retournèrent. Colombe fixa avec stupeur la tache de chocolat qui s'élargissait sur le devant de son manteau.

Enid mit cinq secondes pour comprendre que c'était le bras de Bettina (vif ! brusque !) qui avait percuté la tasse de Colombe. Une seule pour deviner que c'était exprès.

– Va vite te nettoyer ! s'exclama Béhotéguy.

– Désolée, navrée ! répétait Bettina avec un sourire invisible qu'Enid fut la seule à sentir.

Colombe se précipita aux toilettes. Enid fixa sa sœur. Bettina effaçait tranquillement les traces de chocolat sur la table avec un coin de serviette en papier.

Au lavabo, Colombe frotta son manteau avec un Kleenex. Mais cela fit un tas de miettes blanches, pas terribles sur du bleu marine.

La porte s'ouvrit derrière. Par le miroir elle aperçut le serveur roux qui lui avait servi les tuiles aux amandes et le chocolat. Ses beaux yeux avaient une expression navrée mais elle eut droit à son sourire, un beau sourire qui la toucha.

Il lui tendit un torchon propre :

– Ce sera plus pratique avec ça.

Il l'aida à rincer, puis il lui retira son manteau et appuya sur le bouton du sèche-mains. Le manteau renvoya le souffle chaud de l'appareil vers leurs visages penchés. La tresse de Colombe roula sur le tablier de Juan. Il sourit.

Quand le tissu fut presque sec et la tache quasi disparue, il regagna la porte à reculons tandis qu'elle remettait son manteau.

– Ça ira ?

– C'est parfait.

Elle se demanda si elle rougissait mais n'osa pas vérifier dans la glace. Elle boutonna son manteau.

– Merci, dit-elle encore.

Quand elle retrouva les autres, Colombe voulut regarder Bettina, mais ses yeux l'évitèrent.

– Je vais prendre le bus finalement, dit Colombe.

Elle s'éloigna. Bettina posa enfin les yeux sur elle, sur son dos, et la détesta plus que jamais. Elle la détesta de faire semblant d'ignorer qu'elle avait renversé la tasse exprès.

– Hé ! lui cria Enid. Rentre avec nous en voiture !

– Oui, ne sois pas ridicule ! s'exclama Bettina avec mépris. Charlie va croire que tu nous snobes !

Colombe hésita, et revint. Son expression était calme même s'il y avait deux plaques rose vif sur ses joues.

– Je ne suis pas snob, dit-elle. D'accord, je rentre avec vous.

7

Baldaquin, Harpe et Panna cotta
ou
Une nuit chez les fantômes

Elle se réveilla cette nuit-là le cœur battant. Ce n'était pas la tempête. Il ne pleuvait pas... mais le vent soufflait assez fort pour agiter le loquet du volet. Était-ce ce qui l'avait réveillée ? Non... Il y avait un bruit... Un son qu'elle connaissait bien maintenant.

OOOOooooohhhhhoooooOOOO...

Le fantôme.

Sa plainte déchirante couvrait celle du vent, en ondes tremblées *depuis l'intérieur* des murs, le ventre de la maison. C'était horrible à entendre.

Enid partit tambouriner chez Geneviève. Geneviève était déjà debout. Malgré le lit clos, impossible d'échapper aux affreuses plaintes qui *sortaient des murs*. Elle courut allumer toutes les lumières du palier, une Enid terrifiée pendue à son bras.

Charlie, Bettina et Hortense sortirent bientôt... Tout emmitouflées, car le vent s'infiltrait par chaque fissure de la vieille maison.

– Vous entendez ?

– C'est le fantôme.

– Arrête avec ça, Enid ! Ça n'existe pas.

– Ne crie pas. Elle n'y est pour rien, pauvre chaton.

– Mais ce boucan existe bien, lui !

– On dirait des enfants qui chantent… ou qui pleurent. Ou qui pleurent en chantant. Peut-être emmurés depuis des siècles…

– Tais-toi, Hortense. Tu me donnes des frissons.

Bettina émit une sorte de couinement. Effarée, elle pointait le doigt.

Dans un angle mal éclairé du long couloir, une ombre pâle marchait… Enid se cacha les yeux dans la chemise de Geneviève. La voix nerveuse d'Hortense éclata :

– Qu'est-ce que c'est, ce bazar ?

Celle de Charlie, plus forte, agacée :

– Colombe ! Cesse de jouer à l'ectoplasme s'il te plaît !

Enid dégagea un œil. La silhouette pâle était bien celle de Colombe. Une Colombe bizarre, qui marchait en oscillant, les poings crispés, paupières fermées. C'était terrifiant à voir, surtout avec ces pleurs dans les murs…

– Elle est somnambule, dit Geneviève. Il ne faut pas la réveiller, je vais la reconduire dans son lit.

Elle alla doucement prendre Colombe par la main, avec un signe aux autres pour qu'elles se taisent, conseil qu'elles n'avaient aucun mal à suivre car elles étaient pétrifiées de peur et de froid.

– Allez, au lit ! dit Geneviève quand elle revint quelques minutes plus tard. On a école demain matin.

Évidemment personne ne put dormir. Après avoir tourné et tourné une bonne demi-heure dans son lit, Enid finit par descendre à la cuisine pour y boire un verre de lait chaud.

Elle y trouva le lait et les verres sur la table, avec, autour, quatre sœurs et deux chats qui avaient eu la même idée qu'elle.

– Tu ne dors pas non plus ? Tiens, mange.

Hortense lui tendit une tuile aux amandes.

– Colombe dort ?

– Comme un bébé. On se demande comment avec ce vacarme.

Charlie lécha le glaçage de sa tuile.

– Demain, dit-elle, je supplie Basile de dormir ici.

On gloussa. Elle resta impassible.

– Peut-être, continua-t-elle posément, que la présence d'un garçon éloignera les esprits.

Autres rires. Charlie darda un œil soupçonneux sur les visages autour de la table. Tout le monde était plongé dans son verre de lait. Y compris les chats.

– J'ai perdu une bague, leur annonça Colombe au petit déjeuner. Si vous la trouvez, ou si quelqu'un la rapporte, vous saurez que c'est la mienne.

Après cette nuit éprouvante, elles somnolaient plus ou moins sur leurs tartines. Une bonne nouvelle avait cependant adouci ce début de journée : Madame Chaudière s'était allumée sans chipoter. Il faisait bon.

– Une bague ? répéta Charlie aussi hébétée que si on lui demandait de déplacer les statues de l'île de Pâques avec un doigt.

– Une bague comment ? interrogea Enid.

– Avec des losanges en pâte de verre, de toutes les couleurs. Comme l'habit d'Arlequin.

Bettina leva mentalement les yeux au ciel. L'habit d'Arlequin. Phrase typique à la Colombe.

– Vous avez vu quelque chose ? interrogea Hortense.

Personne n'avait rien vu. Colombe eut un soupir fataliste.

– Ça devait arriver. J'ai tellement peur de l'abîmer que je l'enlève trop souvent. Et voilà.

– Si elle est dans la maison, tu la retrouveras, assura Geneviève.

– À moins que le fantôme… commença Bettina qui se tut dès qu'elle vit l'expression de ses sœurs.

La voiture de Basile freina à cet instant sous le double porche. Charlie lui avait téléphoné dès le réveil, il avait promis de passer avant sa première consultation.

Il entra dans la grande cuisine avec, aux lèvres, une réplique allègre au sujet du fantôme. Il la ravala illico : les filles avaient l'air sinistre.

– Coucou ! dit-il en laissant choir son gros sac de voyage sur le carrelage. Me voilà à la rescousse.

Bettina désigna du menton le gros sac :

– Tu comptes rester chez nous dix ans ?

Il rougit.

– Non, se défendit-il. Mais Charlie n'a pas précisé combien de temps…

– L'unité de temps d'un fantôme est l'éternité, énonça Hortense, lugubre. Es-tu là pour toujours ?

– Quelques jours seulement, dit Charlie en faisant les gros yeux à ses sœurs. Si ça ne te dérange pas, Basile.

– Bien sûr que non.

Oh non non non ! pensèrent en chœur, et avec un sourire intérieur, Enid, Bettina, Geneviève et Hortense. Par amour, Basile combattrait tous les esprits et tous les au-delà, et demeurerait à la Vill'Hervé aussi longtemps que le souhaiterait Charlie. Pour lui, ce serait toujours trop court de toute façon.

Mais elles gardèrent cela pour elles. Elles aimaient bien Basile.

*
* *

Le mercredi, Gulliver accompagna Enid à la ferme Pailleminot, à deux kilomètres, pour acheter du lait et des œufs. Ils tractaient le caddie écossais.

– Il est revenu, votre fantôme ? s'enquit Gulliver.
– Cette nuit il a dormi. Nous aussi.
– J'aimerais rester, une fois, pour voir.
– La maison commence à être pleine.
– Est-ce que tu as retrouvé (Gulliver chercha le nom, ne trouva pas)… ta chauve-souris ?
– Non.
Il n'insista pas.
Sidonie Pailleminot, prévenue par Charlie, avait préparé bouteilles de lait, crème et boîtes d'œufs. Sidonie avait fréquenté les mêmes classes que Charlie, puis une école de commerce à Paris. C'était une grande jolie femme qui arborait un rouge flamboyant sur les lèvres et sur les ongles.
– Ça roule à la Vill'Hervé ? demanda-t-elle tandis qu'Enid comptait sa monnaie.
– Ouais… Ce serait mieux sans fantôme.
– Fantôme ? répéta Sidonie.
– Celui qui pleure chaque nuit, expliqua Gulliver.
– Pas chaque nuit, corrigea Enid. Des fois. Avec la tempête.
Sidonie s'esclaffa :
– Serait-ce le fantôme de Guillemette Auberjonois ?
– Guillemette Auberge… quoi ?
Le nom sonnait vaguement familier à Enid. Elle délaissa un instant sa monnaie pour dévisager Sidonie qui souriait.
– C'est qui ?
– La propriétaire de la Vill'Hervé, longtemps avant ton arrière-grand-père. Vous ne connaissez pas l'histoire ?
Enid avait entendu ses parents en parler, mais c'était loin…
– Tu nous la racontes ?
– D'abord, j'ai fait de la panna cotta. Qui en veut ? Son goût va extraordinairement bien avec les histoires.
Sidonie coupa deux grosses tranches de panna cotta dans une terrine.

– Alors, comme ça, on ne connaît pas la chagrinante et très horrifiante histoire de Guillemette Auberjonois ? Oyez, mes agneaux, oyez…

Elle passa son index sur le bord de la terrine, lécha sa récolte.

– Il était une fois… Gildaz et Guillemette Auberjonois, seigneurs d'Esquille, qui s'aiment d'amour fou. Ils sont mariés et vivent dans une belle maison appelée La Falaise. Gildaz ne vit que pour sa Guillemette, et Guillemette pour son Gildaz. La belle aime aussi la harpe. Gildaz lui en offre une, en bois de Hongrie, les cordes sont de Venise. Guillemette en joue comme un ange, on vient de loin pour l'écouter. Par une nuit de tempête en octobre… tragédie. Alors que son époux est en voyage, le voile du baldaquin de Guillemette prend feu. La chambre est bientôt en flammes. La harpe flambe. Guillemette veut la sauver, elle la traîne. L'objet est lourd. Guillemette s'épuise. Le vent attise le brasier. Cernée par le feu, elle meurt brûlée vive.

– C'est terrible ! murmura Enid avec un frisson.

– Moins que cette panna cotta qui est terrible… ment délicieuse. Bon, je continue ? À son retour, l'époux éperdu de douleur se plonge un poignard dans le cœur. Et La Falaise devient une maison maudite. Vide. Hantée. Personne n'ose y habiter. Cinquante ans plus tard, c'est une ruine. On est en 1918. L'année où ton arrière-grand-père, Hervé Verdelaine, pêcheur de son état, revient de guerre. Et qu'est-ce qu'une maison hantée après une foutue guerre, hein ? Hervé n'a pas peur. Il la rachète six sous à la municipalité et, avec ses frères et sœurs, il décide de la remettre debout.

Enid connaissait cette partie de l'histoire. Hervé et sa famille qui avaient taillé le granit bloc par bloc, scié le bois de la charpente, découpé l'ardoise, reboisé le parc…

Douze années de labeur pour que La Falaise devienne la Vill'Hervé.

– Octobre, continua Sidonie. Guillemette pourrait bien avoir envie de se rappeler à notre bon souvenir !

Elle piocha des miettes qu'elle était seule à voir au fond de la terrine.

– Je ne devrais pas, dit-elle. Ma ligne. Mais elle est trop top ma panna cotta, hein ?

– Trop ! opina Gulliver. Tu penses vraiment que ça pourrait être Guillemette ?

Sidonie éclata de rire.

– N'allez pas croire ces sottises ! C'est une histoire comme il s'en raconte un tas à propos de toutes les maisons par ici. Ne vous prenez pas la tête !

Elle montra la terrine :

– Une dernière lichette ?

Enid et Gulliver firent non. Sidonie leur découpa une grosse part à chacun, qu'elle enveloppa dans du papier alu, et rangea le reste au frais.

– Comment il s'appelle, déjà, cet instrument ? reprit Enid.

– Quel instrument ?

– À Guillemette.

– Une harpe. Mais tout ça n'est qu'une légende.

Sidonie les embrassa et ils repartirent, tirant leur caddie rempli. Enid attendit d'avoir parcouru une centaine de mètres pour dire :

– C'est peut-être elle, le fantôme… Guillemette Auberbidule.

– Moi, je sais même pas quel son ça fait, une harpe.

– Tu vois Harpo ? Le muet de Marx Brothers ? C'est de ça qu'il joue.

– Oh.

Ce soir-là, Enid attendit, allongée dans son lit, les yeux fixés au plafond de la nuit. Mais il n'y eut que le silence. Le vent était absent. Et le fantôme resta muet.

8

Baby-sitting et Shadow boxing
ou
Massacre pour une baguette de pain

Geneviève revint fort tard, hors d'haleine et en sueur de son « baby-sitting » du vendredi.

– Ce sont les petites Deshoulières que tu gardes ? Ou un rassemblement de pitbulls ? observa Charlie.

– À cause du bus ! haleta Geneviève qui aurait rougi si elle n'avait déjà été cramoisie. J'ai couru.

Elle monta pour échapper aux interrogations, et se doucher. Sur la dernière marche du Macaroni, Hortense attendait, serviette à l'épaule, savon à la main, *Supersheila* sur les genoux.

– Tu crois pouvoir utiliser la salle de bains ? l'arrêta-t-elle. Nenni. La Division Bête et Bouchée a débarqué !

Zut ! La soirée sangoulinante de Bettina et ses copines... Totalement oubliée ! Restait la salle de bains de la chambre d'amis.

– Erreur ! dit Hortense, lisant les pensées de sa sœur. Dans celle-ci, il y a Colombe. Et désolée, mais Enid et moi, on est déjà sur liste d'attente.

Geneviève se réfugia dans sa chambre. Tant pis. Puisqu'elle portait encore, sous ses vêtements, sa tenue de « baby-sitting » (autrement dit de boxe thaïe), autant prolonger l'entraînement.

Elle s'enferma, retira jean et pull, se retrouva en short et brassière de combat. Elle serra son *mung kon* autour du front, toucha le *kuang rang* à son cou, enfila ses gants qu'elle gardait cachés dans son sac et, devant la glace de l'armoire, entama une séance de shadow boxing.

Son père apparut dans le miroir, l'épaule appuyée à la paroi du lit clos. Elle avait toujours aimé sa façon de se tenir, les mains dans les poches.

– Tu devrais peut-être leur avouer, non ?

– Hello, Fred, dit-elle. Quoi de neuf ?

– Dis-leur la vérité.

– Un de ces jours.

Elle baissa la tête pour esquiver un direct de son ombre.

– Cachottière, murmura Fred, amusé.

En se penchant pour expédier un swing, elle aperçut sa mère qui cherchait un livre sur l'étagère.

– Tu es là toi aussi ? dit-elle.

– J'aimerais relire *L'Île d'Espérance*, dit sa mère. Je pensais que tu l'avais ici.

– Il est chez Charlie.

– Alors je le lui demanderai.

Geneviève cessa de boxer et pivota pour scruter son père et sa mère :

– Parce que vous lui rendez aussi visite, à Charlie ?

Son père sourit, un doigt sur les lèvres, le bras autour de sa femme, puis ils disparurent ensemble.

Geneviève détailla son ombre solitaire dans le miroir. Si ses sœurs avaient su qu'elle possédait deux secrets !

À l'autre bout du couloir, dans la salle de bains, dûment verrouillée elle aussi, Bettina, Denise et Béhotéguy faisaient des essais de maquillage horrifique en vue du prochain jeudi. Béhotéguy avait acheté des boucles d'oreilles tarentules, Denise des tatouages chauves-souris ; Bettina essayait des lentilles yeux-de-vipère.

– Faut cracher dessus pour que ça adhère à l'œil.

– Berk ! Tu es sûre ? Tu as lu la notice ?

– Non. Mais Eurydice Sachet en première D, elle crache sur ses lentilles de myope.

Bettina cracha donc. La lentille s'envola de l'index. Riant, s'exclamant, les filles cherchèrent à quatre pattes sur le carrelage.

– Je l'ai !

– Imbécile, c'est pas une lentille.

– C'est le faux ongle que tu avais perdu.

On frappa à la porte.

– Merci pour le pain, Bettina ! cria la voix de Charlie.

– Merde, le pain ! murmura Bettina en se donnant une tape sur le front. Complètement sorti de la tête... Hé, Charlie !

Mais Charlie s'était déjà éloignée, son pas décrut dans l'escalier.

– On dégage d'ici, conseilla Bettina quand la lentille fut enfin récupérée.

Elles s'admirèrent une dernière fois. Sur le palier, elles croisèrent Colombe qui libérait l'autre salle de bains.

– Magnifique ! s'exclama-t-elle, sincère. C'est pour la soirée sangoulinante ?

– Non. Juste des essais pour jeudi.

Jeudi était le soir d'Halloween et ce serait la fête en ville. Il y avait des affiches partout.

– Vous ferez votre petit effet, dit Colombe.

Elles la regardèrent descendre sans un mot. Bettina lui fit une grimace derrière le dos. Quand Colombe eut disparu, Denise percha sa voix :

– Vous ferez votre petit effet, aoh hui, vrêment !

Et toutes trois explosèrent d'un rire que Colombe, au rez-de-chaussée, entendit parfaitement.

Plus tard, leur maquillage fut accueilli par les exclamations joyeuses d'Enid et de Charlie. Colombe, à l'ordinateur, qui n'avait aucune raison de montrer davantage d'amabilité envers ces trois pestes, garda les yeux rivés à son écran.

Bettina remarqua soudain qu'Enid dégustait une tartine au chocolat.

– Il reste donc du pain. Bien la peine de me reprocher d'avoir oublié d'en acheter !

– Oublié ? s'étonna Charlie. Les baguettes dans la cuisine, ce n'est pas toi ?

– Pas du tout. Je pensais que ton merci tout à l'heure était ironique.

Il y eut un flottement.

– C'est toi Hortense ?

– Non.

– Geneviève ? Enid ?

– Non.

– Non.

– Le fantôme ?

– Ah ! La ferme, Enid !

– C'est moi, dit Colombe.

Elles se tournèrent.

– J'ai entendu ce matin Charlie qui disait à Bettina de penser au pain. Et euh... Voilà, c'est tout. Il y en a assez, j'espère ?

La moutarde picota les yeux de Bettina.

Colombe avait entendu Charlie ce matin lui demander de...

– Et si j'en avais acheté, dit-elle glaciale, tu en aurais fait quoi de tes baguettes ? Des armatures de Wonderbra 95 C ?

Elle eut le plaisir de voir Colombe pâlir.

– Je t'ai vue entrer avec tes amies au magasin de farces et attrapes, expliqua Colombe calmement. La boulangerie allait fermer. J'ai pensé que tu avais oublié.

Denise et Béhotéguy serrèrent chacune un bras de Bettina. Sans mesurer l'intensité dramatique de ce qui se déroulait, Charlie sourit à Colombe :

– Basile te sera reconnaissant. Lui qui mange du pain avec sa pizza !

Elle alla en cuisine, où Enid se préparait une nouvelle tartine. Colombe se retrouva seule face à ses trois ennemies.

– Bravo, sainte Nitouche ! persifla Bettina.

– Je ne voulais pas qu'elle sache que c'était moi, assura Colombe, mais…

Béhotéguy émit un son désobligeant avec sa bouche et conclut :

– Bouffonne.

Elles sortirent en se tenant le bras. Colombe leur tira la langue. Enid revint avec sa tartine. Elle regarda Colombe, lui trouva l'air gentil et triste. Elle chercha à dire quelque chose de gentil et gai.

– Ton amoureux va arriver.

Un éclair traversa les yeux de Colombe.

– Mon amoureux ?

Enid fut surprise de voir qu'elle semblait effectivement attendre.

– Clovis Boulesteix. Il vient à la soirée sangoulinante.

Enid s'esclaffa. Colombe s'esclaffa aussi, comme si la réponse était désopilante. L'idée traversa Enid que Colombe était peut-être vraiment amoureuse de Clovis.

– Tu iras voir les films sangoulinants chez Bettina ?

– Je ne crois pas, répondit Colombe.

Elle fit rouler sa tresse de l'épaule droite à la gauche.

– Moi non plus, dit Enid. Je suis trop petite.

*
* *

Red Goose, Connecticut. Par une nuit d'orage, la poupée Charpie est démolie dans une pulsion infanticide par sa propriétaire de cinq ans. Pour se venger, Charpie massacre à tour de bras, même quand elle n'en a plus (de bras).

Au bout de six orages et 41 minutes de film, les deux teenagers vedettes font l'amour dans la salle de biologie déserte de la vénérable Red Goose High School. Pas si déserte... puisqu'ils ont enfermé avec eux l'abominable Charpie qui les épie depuis le placard aux éprouvettes.

Bettina murmura :

– Faut trouver un plan.

Sans perdre de vue les projets criminels de la hideuse Charpie, Denise souffla :

– À propos de quoi ?

– Charpie ? dit Clovis.

– Juan ? dit Béhotéguy.

– Tes notes déplorables en physique-chimie ?

Là-bas, Charpie fracasse les bocaux d'organes dans un bruit de tonnerre. « *Oh my God !* » glapit la teenager vedette, signifiant selon la règle que la tueuse se trouve dans la même pièce qu'elle.

– Pour ridiculiser sainte Nitouche, dit Bettina.

Red Goose, Connecticut. Ça décime grave. Charpie écharpe. À la brisure d'éprouvette, au tesson de bocal, avec les dents, etc.

– Tu veux te venger comme Charpie ?

– Juste lui donner une leçon.

– Qu'est-ce qu'elle t'a fait ? dit Clovis. Elle a acheté le pain que tu étais censée prendre, bon et alors ?

– Je hais son côté mère Teresa-des-Batignolles.

– Vrai ! dit Béhotéguy. Son air je-suis-toute-de-bonté-mais-tu-ne-t'en-rends-pas-compte est horripilant.

Charpie se faufile à l'arrière d'une décapotable avec l'idée joviale de trucider d'autres teenagers qui se pelotent sur la banquette avant.

– Tu ne peux pas te venger de quelqu'un simplement à cause d'une *mère Teresa attitude* ! s'écria Clovis entre les broiements d'os et les geysers d'hémoglobine à l'écran.

– C'est une excellente raison, au contraire.

– Quel genre de plan ? demanda Béhotéguy.

Charpie massacre sévère. Le cric de la décapotable chignole à tout-va, méthode Black et Decker mâtinée de boucherie en période aphteuse.

– Un truc qui la massacre, dit Bettina. Moralement.

– Qui la laisse K-O, c'est ça ?

– Super K-O.

Red Goose, Connecticut. Charpie a enfin eu la peau du tueur de poupée tueuse. À l'écran, le beau Donny Jepp vit indubitablement sa dernière seconde de superstar du film. *The end.* À moins que… L'œil de verre de Charpie palpite. Option pour *Charpie 3… Le retour du retour.*

Béhotéguy, Bettina, Denise et Clovis avalèrent ensuite, et sans respirer, les restes de pizza, *Rappelle-toi dans le grenier cet hiver n° 2,* le tiramisu de Geneviève, les manchons mexicaine, *Hurlements psychotiques III…* Et alors, tout le monde se réveilla d'un bond !

Un : parce que tout le monde s'était assoupi au cinquante-huitième hurlement psychotique.

Deux : parce qu'un cri, pas psychotique mais tout proche, venait de transpercer la nuit.

Les filles et Clovis demeurèrent immobiles, pétrifiés au fond du clic-clac.

– C'était quoi ? bredouilla Denise.

C'était Enid. Elle dormait, ou plutôt cauchemardait en boule sur le sol, cachée entre le mur et le clic-clac.

– La traître. Elle a regardé tous les films dans notre dos !

*
* *

Enid subtilisa le téléphone portable de Bettina et s'enferma dans les toilettes du premier pour appeler Gulliver. Est-ce qu'il pouvait venir maintenant ? Oui, maintenant.

Gulliver protesta. Il avait volley, vu qu'on était samedi, et avant il amenait sa petite sœur Bilitis chez le kiné pour sa scoliose.

– Après alors. Mais pas trop tard.

– Pour quoi faire ?

– Amène un portable. Et tes torches égyptiennes.

– Pour quoi faire ?!

Elle raccrocha. Gulliver débarqua à vélo vers 3 heures, Enid l'attendait à l'entrée de l'impasse. Il avait les torches et le portable.

– Celui de ma mère. C'est quoi le plan ? dit-il en couchant son vélo dans la bruyère.

Elle l'attira sous les arbres du parc, et le conduisit au puits où le sycomore se momifiait en sa pose d'éternel plongeur. Elle saisit un rouleau de corde dissimulé sous un tas de feuilles.

Elle regarda autour, mit un doigt sur la bouche avant de chuchoter :

– Je vais descendre dans le puits.

– Avec la corde ? Tu es folle ! Tu es nulle en gym !

– Je ne suis pas nulle. M. Bertouchaud dit juste que je suis réfractaire. Ça veut dire nulle, « réfractaire » ? Je me retiendrai aux branches du sycomore.

– Tu vas faire quoi dans ce trou ?

– Chercher Swift.

– Je descends avec toi.

– Ah non.

– Pourquoi tu m'as fait venir alors ?

– Pour donner l'alerte en cas d'accident. Un plongeur ne plonge jamais seul.

– Et j'alerte qui ?

– Personne. Y a pas encore d'accident, que je sache. C'est quoi le numéro de ton portable ?

– C'est pas le mien. C'est à ma mère.

Enid leva les yeux, *ffffff !*

– C'est quoi le numéro du portable-à-ta-mère ?

Il le lui donna. Elle le composa sur le second appareil, qu'elle tira de sa poche. Le téléphone de Gulliver sonna. Elle lui dit de décrocher et de ne plus raccrocher surtout, ça servirait de talkie-walkie tout le temps où elle serait dans le puits, et maintenant, hop, fissa. Elle noua la corde au tronc du hêtre voisin. Gulliver jeta un coup d'œil par la margelle écroulée. L'arbre bouchait à peu près tout, à part quelques trous de ténèbres.

– Et (il hésita)... si tu retrouves ta chauve-souris et qu'elle est morte ?

Le petit front d'Enid se crispa :

– Je lui ferai une tombe. C'est prévu.

Et tandis qu'elle enfourchait la corde et tentait de s'immiscer entre les branches serrées du sycomore, Gulliver se souvint que les parents d'Enid n'avaient pas de tombe, leur voiture avait brûlé lors de l'accident ; ils avaient péri carbonisés. Sous la pierre qui portait leurs noms au cimetière, il n'y avait personne.

Il frissonna. Il coassa « Ça va ? » dans le portable. La voix d'Enid répondit « Ça va ! », lointaine, grésillante, déjà aquatique.

Au début, Enid n'eut presque pas à agripper la corde grâce aux branches qui l'encerclaient et la retenaient. Mais bientôt il y en eut moins, et tout s'assombrit. Un courant d'air remua ses cheveux et les pans de son chandail.

Elle atteignit ce qui devait être la cime du sycomore et commença à se tenir plus solidement à la corde. Elle attendit d'être plus bas pour allumer la première torche.

Ces torches avaient le mérite d'être légères et jetables. Gulliver les avait brillamment fabriquées : des crayons en fait, coiffés de bandelettes imprégnées de bougie et d'une mixture verdâtre.

La flamme était claire et dansante. Enid constata qu'il ne restait que quelques mètres avant le fond, et que là-haut la pointe renversée du sycomore était loin.

– Géniale, ta torche-momie ! hurla-t-elle au portable.

– Je t'aperçois... encore... un peu, grésilla Gulliver.

Elle avait mal aux mains et, comme la paroi devenait lisse, que ses pieds peinaient à trouver des appuis, que les branchages faisaient un bouchon au-dessus, elle fut saisie d'un violent vertige d'angoisse.

Elle demeura immobile le temps de respirer plusieurs fois. Elle planta la torche égyptienne dans une fissure, en alluma deux autres qu'elle piqua dans d'autres fissures.

Ouf. Mieux. On voyait même la boue, les gravats et les branches dégringolées au fond. Son œil s'arrêta à mi-chemin, sur une brèche dans la paroi.

Il s'agissait d'un trou du diamètre d'une marmite. La peur d'Enid s'envola, remplacée par la curiosité. Elle se laissa glisser.

– Qu'est-ce que tu fous ? vociféra le portable.

À la chute du sycomore, le choc avait été si brutal que la paroi basse du puits était effondrée. À la hauteur du trou, le vent sifflait entre les blocs encore en place. Enid prit appui sur une pierre et tenta d'une main d'agrandir la brèche. Le vent projeta la poussière dans sa figure. Elle ferma les yeux en toussant, et cessa de creuser.

De toutes ses forces, elle appuya un talon sur une pierre en équilibre... La pierre bascula, et tout s'effondra autour de la brèche. Une rafale à la puissance inouïe jaillit comme un torrent, bondit sur Enid et l'écarta violemment, éteignant toutes les torches.

– Ça va ? crépita Gulliver.

– Je suis dans le noir et je ne trouve pas l'interrupteur !

– Idiote Remonte !

Elle remonta de deux mètres dans l'obscurité.

Elle frotta ses paumes contre le salpêtre de la paroi pour que ça glisse moins. Lorsqu'elle fut hors de l'influence du vent, elle ralluma une torche.

La brèche était devenue un trou énorme, béant sur une galerie ou un autre puits. Elle hésita. S'y engouffrer maintenant ?

Ses paumes brûlaient, ses bras et ses cuisses tiraient.

Elle se hissa le long de la corde, avec lenteur, glissant tout le temps. Quand elle toucha enfin le sycomore, les branches l'aidèrent tout juste à ne pas retomber au fond. Ses épaules étaient lourdes. Jamais elle n'aurait cru être si heureuse de revoir l'incisive cassée de Gulliver.

– Tu as retrouvé ta chauve-souris ?

Enid secoua la tête sans rien dire. Swift avait dû se réfugier dans le tunnel, abri idéal pour une pipistrelle.

– On y retournera, dit-elle. Faut juste mieux s'équiper.

Au salon, Bettina très énervée roulait sens dessus dessous les coussins du canapé.

– Une heure ! rugit-elle. Une heure que j'essaie de mettre la main sur mon portable ! L'avez vu ?

– J'ai celui de ma mère, murmura Gulliver, candide.

Enid se détourna, sortit discrètement l'objet de sa poche et le glissa sous le panier des chats.

9

Fantôme en plein couscous
ou
Lettre d'un inconnu

Une flambée crépitait dans la cheminée de la cuisine.

Hortense était seule absente, pour cause d'anniversaire d'une fille de sa classe. Basile s'était lancé dans l'élaboration d'un couscous qui s'éternisait. Charlie était rompue par une bagarre sans merci (mais gagnée) avec Mme Chaudière. Geneviève s'enduisait le biceps avec l'élixir *Contrecoups de l'abbé Perdrigeon* (elle avait reçu le tranchant du pied de sa partenaire de boxe, mais tout le monde à la maison croyait à une facétie des petites Deshoulières). Enid élaborait mille et une façons de retrouver une chauve-souris dans un souterrain mystérieux. Et Bettina était à la grinche.

Par ailleurs une tempête se levait, le vent grossissait de seconde en seconde, la pluie frappait d'un côté les vitres qui, de l'autre côté, ruisselaient d'une douce vapeur de bouillon à couscous.

– Arrête de grincher, Bettina, par pitié ! gémit Charlie.

– Elle a ses bricoles, dit Enid. Chaque mois pareil.

– Même pas vrai ! Je ne les ai pas ! Menteuse. Et voleuse de portable !

– Menteuse toi-même ! Je ne sais pas comment ton portable a atterri sous le panier d'Ingrid et Roberto !

– Parce que tu l'y as mis !

– À propos, fit Geneviève au fond du fauteuil (déplacé expressément dans la cuisine afin de mirer Basile confectionnant son couscous), qui a fini le dernier paquet de Lulu Ultra Mince et oublié d'en racheter ?

Personne ne répondit, bien sûr.

– Je demande ça pour qu'on ne rachète pas le modèle avec les ailettes. J'aime pas avec les ailettes.

– Moi non plus, dit Bettina. Ça colle aux poils et ça fait mal.

Elle se rappela la présence de Basile, faufila un regard vers lui… L'air indifférent, il malaxait avec délicatesse une boulette de menthe et de coriandre. Elle pouffa. Geneviève aussi et Charlie sourit.

– C'est quoi les règles ? crut opportun de demander Enid.

– La fin du cycle menstruel féminin, répondit le docteur Basile en saupoudrant amoureusement son bouillon d'une pincée de cumin. L'ovule non fécondé et les structures endométriales se font la malle Chantal.

– Ça fait mal ? interrogea Enid.

Basile goûta le bouillon, le couscous, et encore le bouillon. Il clapota du coin de la bouche.

– Le plus souvent non. Ce bouillon est une ambroisie… Mais ça peut arriver.

– Et pour les bébés ?

– Quoi les bébés ?

– Comment est-ce qu'on fait les…?

Charlie ouvrit la bouche pour couper court. Ce fut très précisément à cet instant qu'une puissante rafale ébranla la maison, et que le fantôme entama sa sérénade.

Ils cessèrent net de parler. Leurs cinq visages levés, leurs dix oreilles aux aguets. La plainte s'élevait des entrailles de la vieille bâtisse, modulée, douloureuse, tragique.

OOOOooooohhhhhoooooOOOO…

Charlie et Bettina s'agrippèrent à Basile ; Enid à Geneviève ; Geneviève aux chats.

– *Oh my God*, hoqueta Bettina comme une teenager de film gore, mais réellement épouvantée.

La petite figure livide de Colombe apparut au chambranle de l'entrée, entre stupeur, frayeur et tresse défaite.

– Est-ce que c'est… ? commença-t-elle.

OOOOooooohhhhhoooooOOOO…

La mélopée vous empoignait au creux du ventre, vous tordait le cœur et l'estomac, suppliait, vous implorait, *pourquoi ooooh ouuuui pouuuurquoi tant de douuuuleurs ?…*

Atroce.

Enid eut la vision de Guillemette Auberjonois dans les flammes de son baldaquin. Elle étreignit son estomac… N'était-ce pas… les vibrations d'une harpe qu'on entendait ?

Ils étaient tétanisés.

Jusqu'à ce que Bettina réagisse. Elle bondit sur la stéréo et expédia un disque au hasard dans la gueule du lecteur.

La musique partit comme un coup de feu. Décapitant la tempête, la pluie, le vent ; effaçant gémissements et plaintes de la maison.

Ils furent surpris. Assourdis. Mais ô combien soulagés ! La tempête ne fut plus qu'un bruit d'avalanche souterraine. Quant au fantôme… Il fit ce qu'il devait faire, pffft, il disparut !

Il ne resta que la musique des *Demoiselles de Rochefort*.

Les marins sont bien plus marrants
Que tous les forains réunis
Les marins font de mauvais maris
Mais les marins font de bons amants
Marins, amis, amants ou maris
Les marins sont toujours absents

Bettina démarra une danse de démon. Basile quitta son couscous pour enlacer Charlie.

Veux-tu pour ça que je t'assassine
Ou veux-tu que je meure d'amour ?

Bientôt tout le monde se mit à sauter, trépigner, caracoler, hurler à tue-tête :

Tu avais tout pour me séduire
Le nez, la bouche, le front, les ch'veux
Si tu avais eu les yeux bleus
J'aurais pu d'amour pour toi mourir…
… j'aurais pu pour toi mourir d'amour

– Stoooop ! Téléphone.

Enid coupa le sifflet aux *Demoiselles*. Basile troqua Charlie contre sa marmite de bouillon. Bettina alla décrocher.

– Salut ! Je dérange ? Colombe est là ? J'ai retrouvé sa bague dans mon sac. Elle a dû y tomber l'autre soir…

Bettina se tourna vers Colombe :

– Clovis a retrouvé ta bague.

Enid, qui était près de Colombe, la vit battre des cils, l'air de ne pas y croire.

– Clovis ? répéta-t-elle. Ma bague ?

Elle devint un peu rose, puis un peu pâle. Avec la harpe spectrale en fond sonore, Colombe leur parut encore plus éthérée que d'habitude.

*
* *

– Non. Pas question de lui envoyer ça par e-mail. Elle se douterait que ça vient de nous.

Bettina se pencha.

– Pour qu'elle ne nous soupçonne pas, le mieux est de lui écrire chez ses parents. Puisqu'elle passe prendre le courrier en leur absence.

– Tu as leur adresse ?

Bettina exhiba un petit carré turquoise.

– Copiée sur l'agenda de Charlie.

Clovis fit la moue. Béhotéguy garda le silence. Denise trempa une lèvre dans sa limonade rose. Ils étaient à l'Ange Heurtebise, le cours de techno ayant été annulé pour cause de grippe (les élèves avaient traduit « crise de nerfs ») de M. Economidès.

– C'est bête, finit par dire Clovis, et pitoyable.

– Et... méchant, osa ajouter Béhotéguy.

Bettina rit, agitant le papier comme un éventail.

– Vous êtes trop sérieux ! Voyons, ce n'est qu'une blague.

– Rien de plus sérieux qu'une blague, dit quelqu'un. Vous avez l'air de conspirateurs.

C'était Juan, avec les macarons à la pistache de Denise. Bettina lui lança un regard. Pour une fois qu'il leur parlait ! Il jouait au rabat-joie.

Il posa l'assiette de macarons et repartit en hâte, l'air de ne pas vouloir déranger. Bettina contempla ses amis.

– Très bien. Je l'écrirai seule, cette lettre.

– Oh, bon. OK. Je joue avec toi, dit Denise. Et toi, Bého ?

– Je ne sais pas, fit Béhotéguy après un silence.

Juan revint avec le milk-shake de Clovis. Il se pencha :

– Au fait, dit-il à Clovis, tu n'as pas oublié de lui rendre ?

Clovis vira aussitôt écarlate. Comme les filles semblaient ignorer de quoi il était question, Juan leur dit :

– Votre amie, celle qui a la longue tresse...

– Colombe, coupa sèchement Bettina. Elle n'est pas notre amie.

Juan regarda le verre de milk-shake en continuant d'expliquer :

– Elle avait oublié sa bague. Vous savez, le jour du chocolat renversé. C'est moi qui l'ai trouvée sur le coin du lavabo. J'espérais qu'elle repasserait. Pour la lui rendre. Mais comme on ne l'a pas revue…

Les trois filles fixèrent Clovis qui resta muet. Juan avait remis la bague à Clovis. Mais… pourquoi Clovis avait-il prétendu avoir trouvé la bague dans son sac ?

– Il y a un problème ? demanda Juan étonné par leur silence.

Bettina leva les yeux. Juan ne leur avait jamais tant parlé. Elle devait au moins ça à « l'amie à longue tresse ». Juan se tourna vers elle. Mais Bettina ne distingua rien dans ses yeux qu'un iris roux qui ne lui parlait pas. Elle sourit. Juan sourit aussi, agréablement, comme un serveur à une cliente.

– *No problem*, dit-elle. Colombe a récupéré sa bague.

Quel débile, ce Clovis. Il avait menti uniquement pour se faire mousser auprès de cette bêcheuse.

– Colombe. C'est comme ça qu'elle s'appelle ? continua Juan. C'est rare.

– Vaut mieux ! s'esclaffa Bettina.

Juan passa son torchon sur leur table, entre les soucoupes.

– Limonade ? proposa-t-il. Offerte par la maison.

Bettina surprit son regard rapide sur elle. Et, subitement, une idée la frappa. Et si… ?

Son cœur fit un bond. Peut-être Juan faisait-il semblant de ne pas la voir. Semblant de ne pas lui trouver d'intérêt. Semblant… par timidité. Cette limonade qu'il leur offrait, par exemple… N'était-ce pas à elle qu'il l'offrait en réalité ?

Il s'éloigna, mais pas tant que ça, de quelques pas. Comme s'il voulait rester proche d'eux. D'elle. Oui, elle ne rêvait pas. Il la regardait à nouveau. Il s'occupa d'autres clients mais son attention, Bettina le sentait, restait fixée à leur table.

Son cœur cogna vif, fort. Pour cacher ces pensées troublantes, elle piqua du nez dans son sac, piocha une feuille et un stylo. Elle respira.

– J'écris cette lettre.

– Si tu crois que…

– Encore une fois, ce n'est qu'une blague !

Elle écrivit et, tout en écrivant, lut :

Chère Colombe,

Tu ne m'as probablement jamais remarqué. Mais moi, depuis que je t'ai vue, je suis fou amoureux de toi. Je serai jeudi soir sur la place des Érables, exactement sous le cinquième érable, à gauche, le côté du cœur, à la fête de Halloween. Je serai habillé en Judex le cambrioleur. Toi, tu seras Irma Vep la fatale. Alors je volerai ton cœur. Car le mien, tu l'as déjà pris.

Signé…

– Signé qui ? demanda Bettina en relevant la tête. Je pensais à *Amour Sincère*.

– Au point où on en est ! marmonna Clovis.

– Tu ne vas pas envoyer ça ! chuchota Denise. Cette… cochonnerie ?

– Pourquoi pas ? De toute façon, c'est écrit.

– Relis.

Bettina relut la lettre.

– Un peu bla-bla à la noix ! nota Béhotéguy.

– Une lettre d'amour c'est forcément bla-bla à la noix.

– C'est toi qui as inventé « le mien tu l'as déjà pris », « à gauche, le côté du cœur », toutes ces âneries ?

– Non, admit Bettina. Un jour Basile a écrit une lettre dans ce goût-là à Charlie.

– Quelle abomination, s'écria Clovis écœuré.

– L'amour fait sortir de drôles de trucs ! soupira Denise.

– « Amour Sincère », c'est Basile aussi ?

– Non. Courrier du cœur de *Futile*.

– Tu as vraiment lu une lettre de Basile adressée à ta sœur ?

– Les hasards du nettoyage à sec. Alors ? *Alea jacta est ?*

– Si tu y tiens, soupira Denise.

– J'y tiens.

L'œil de Bettina devint rêveur.

– Je veux voir la tête de cette pimbêche, le soir de la fête, place des Érables, quand elle ira à ce rendez-vous et comprendra qu'Amour Sincère, c'est nous !

*
* *

Elles se rencontrèrent en ville au coin de la rue Vidor, la nuit d'automne était tombée dans un flot de feuilles brunes ; elles entrèrent en collision.

Bettina qui allait glisser la lettre d'Amour Sincère dans la boîte aux lettres des parents de Colombe.

Geneviève qui avait mené un train d'enfer à son sac de boxe thaïe.

Après le choc elles s'entre-regardèrent, l'une et l'autre ahuries. Elles rougirent. Par bonheur il faisait nuit, nous l'avons dit, cela ne se remarqua pas. Bettina ne voulait pas dire où elle allait ; Geneviève d'où elle venait. L'embarras de l'une masqua l'embarras de l'autre. Et vice versa.

– Je vais chercher Charlie au labo, expliqua Bettina. Tu rentres avec nous ?

Geneviève hésita. Elle était en sueur, sentait la fatigue et le combat.

Tout raconter aurait tout simplifié. Et Geneviève haïssait plus que tout mentir. Mais elle craignait les ricanements de Bettina, un haussement d'épaules d'une Charlie vexée, ou de devenir une moquerie dans le journal intime d'Hortense. Puis, dans le fond, ça lui plaisait d'avoir un secret.

– Non, dit-elle. Allez-y seules. J'ai des courses à faire. Je prendrai le bus.

Bettina s'échappa, soulagée de n'avoir pas à supporter une Geneviève trop lumineuse pour elle. Et Geneviève crut s'éviter la curiosité d'une sœur dont elle ignorait qu'elle était plutôt en veilleuse ce soir-là.

Quand Bettina arriva à l'adresse des parents de Colombe, sa mère se trouvait dans le hall de l'immeuble. Lucie Verdelaine avait beau porter un maillot de bain, un bob en jean rose, et tenir un cornet de glace praliné à la main, elle ne se priva pas de toiser Bettina d'un œil sévère.

– Maman... Qu'est-ce que tu fabriques là ?

– Es-tu bien sûre de ce que tu fais ? demanda sa mère sans élever la voix (elle élevait rarement la voix).

Bettina baissa les yeux sur l'enveloppe d'Amour Sincère ; elle hésita.

– Est-ce indispensable ? interrogea alors la voix de son père. Tu ne crois pas que tu vas le regretter ?

Il venait d'apparaître près de l'ascenseur. Il portait son grand tablier en plastique kaki, celui de quand il avait repeint le local de la chaudière.

– Est-ce indispensable ? répéta-t-il gentiment. Vraiment ?

Bettina ferma les yeux. Il fallait qu'ils disparaissent ! Tous les deux. Vite. Elle rouvrit les yeux. Elle était absolument seule.

Elle murmura :

– Indispensable, oui.

Elle jeta la lettre dans la boîte.

*
* *

La Belle ajusta un point de colle sous le favori postiche de la Bête, qui dut se faire violence pour ne pas se gratter.

– Tu me plais beaucoup, la Bête ! roucoula la Belle.

– Oui ? grommela la Bête. Et quelle récompense aurai-je pour me prêter à de telles avanies ?

– On y réfléchira, susurra la Belle.

Enid sortit de sa chambre au moment où la Bête extorquait un baiser à la Belle malgré les masques, perruques et maquillages. Enid prit une expression de profond chagrin.

– J'ai mal à la tête, gémit-elle. Et la colique.

La Belle redevint immédiatement Charlie pour repousser la Bête (qui leva son masque pour redevenir Basile). Elle s'agenouilla, inquiète, près de sa petite sœur.

– La colique ? Tu as encore mangé des saloperies ? Des fraises Tagada ? Des Popeye au sorbitol ?

Enid se frotta les paupières.

– Mme Leleu a dit qu'il y a une épidémie de gastruc-machin dans notre classe.

– Allons bon ! soupira Charlie.

Basile examina Enid, Charlie la mit au lit et décida de prendre sa température. Elle tambourina à la salle de bains où se trouvaient l'armoire à pharmacie avec le thermomètre et, pour l'heure, Bettina et ses copines.

– Thermomètre ! leur cria Charlie.

La porte bâilla au bout de quelques secondes. Un bras sortit avec, au bout, un petit tube cylindrique. Charlie s'en empara, la porte aussitôt se referma.

– Gastro sans fièvre, conclut Basile après auscultation. Pas méchant. Mais pas question de faire la fête. Médicaments, bouillon, et hop, repos !

– Je reste avec elle, décréta Charlie. Tant pis pour la fête.

– Pas la peine, dit Hortense qui venait aux nouvelles. Il était prévu que je passe la soirée ici. Tu sais bien que je n'aime pas la foule. Je ferai la garde-malade.

– Vous avez entendu Hortense ? s'époumona Charlie lorsque les autres vinrent s'agglutiner pour apercevoir la malade. Elle a horreur de la foule !

On coucha et on borda Enid. Puis l'on se prépara à monter en voiture pour aller en ville, qu'on fût déguisé en n'importe quoi (façon Béhotéguy, entre Mary Poppins et Échappée de l'Asile) ou en quelqu'un de précis (Bettina en Vicki Vale de *Batman*).

– Enid s'est couchée sans piper, s'étonna la Fiancée de Frankenstein (Geneviève).

– Elle doit vraiment être mal.

– Colombe ! s'exclama soudain Basile. On allait l'oublier.

Bettina échangea un regard avec ses deux amies. L'oublier ? Pas de danger.

Colombe apparut en haut du Macaroni. La surprise les cloua tous sur place.

Elle portait les collants et le body noirs d'Irma Vep, la célèbre vampire du cinéma muet, complice du beau Judex, le voleur en chapeau et cape de satin noir ; elle avait roulé sa tresse pour mieux ajuster son masque. Ça lui donnait une allure de danseuse.

Bettina dut convenir que cela lui allait fichtrement bien, qu'elle était étonnamment jolie.

La fourbe.

– Je vais mettre un manteau, dit Colombe à qui leur silence étonné tira un sourire d'embarras. J'ai peur d'avoir froid.

Basile l'aida à enfiler son manteau, et lui offrit son bras libre :

– Six filles pour un garçon ! dit-il galamment. C'est vraiment soir de fête !

Bettina donna des coups de coude à Denise et à Béhotéguy : Colombe glissait en cachette une enveloppe dans sa poche. La lettre d'Amour Sincère...

Quand il n'y eut plus aucun bruit que le chuchotis familier de la mer au bas de la falaise et le bruissement des pages du livre qu'Hortense lisait dans la chambre à côté, Enid s'assit sur son lit et murmura :

– Tu peux sortir.

Les chats virent alors la penderie s'ouvrir, et la tête rouge, soufflante, crachotante de Gulliver Doniphon apparaître entre les cintres.

– Tu m'as entendue dans mon numéro de malade ? chuchota Enid. J'ai été géniale.

– J'avais des moufles dans l'oreille droite, une raquette dans la gauche, et une capuche de duffle-coat sur la tête, répondit-il. Seuls les X-Men auraient pu t'entendre !

10

Le secret de Guillemette
ou
Amour, mystère et boule de pomme

À la lumière des torches égyptiennes, la boue au fond du puits avait l'aspect d'une soupe jaune. Peut-être y en avait-il, pensa Enid avec effroi, sur plus de 138 centimètres (sa taille à la dernière visite médicale de l'école) ? Si elle tombait, elle mourrait noyée, étouffée, sans pouvoir crier.

– J'ai pied ! cria Gulliver au-dessous, au bas de l'échelle de corde.

Quelle splendide idée, cette échelle de corde, elle s'en voulait de ne pas l'avoir eue. On tanguait dessus comme sur une chaloupe de paquebot... tout ça à l'intérieur d'un puits, sous un sycomore renversé !

– Attention au vent.

Le trou dans la paroi s'était encore élargi, d'autres blocs écroulés, le vent glacé jaillissait de là en grondant comme un fleuve. À son niveau les torches s'éteignirent. Sauf deux. Celles qu'ils avaient plantées dans un bocal d'asperges (idée d'Enid, dont elle était très fière). Leur flamme à l'abri montait droit.

Ils avaient aussi une lampe à piles. Gulliver avait des torches plein le sac à dos. Et des sablés à l'anis, des cakes aux fruits, une bouteille d'eau de 50 cl, des pétards du

14 Juillet en cas de détresse, une boussole, une boîte de pansements.

Enid se coula la première dans le trou, son bocal d'asperges à bout de bras. Ils étaient au début (ou à la fin) d'un boyau dont ils ne voyaient pas l'autre bout. Ils ne voyaient plus leurs baskets non plus, englouties par la soupe jaune. Sur les murs autour, des champignons veloutés donnaient l'impression qu'ils pouvaient grandir en vingt secondes si l'envie les prenait.

– Swift ! appela Enid.

Un rat rampa à la verticale, clone de Spiderman en plus poilu et moins rigolo. Une pierre dégringola sans bruit dans la soupe jaune.

– Chut, fit Gulliver.

– T'as peur ?

– Mmmmunpeu.

Ils firent une chose qu'ils n'avaient jamais faite depuis qu'ils se connaissaient : ils se prirent la main. Et ils avancèrent, pieds engloutis, *vouich, vouich, vouich*... Tous les dix pas, ils vérifiaient la boussole.

– Devine où on est, dit soudain Enid.

– Quelque part sous la terre, répondit Gulliver.

– Sous la maison.

À mesure qu'ils progressaient, le vent prenait de l'ampleur et donnait de la voix. Impossible de craquer la moindre allumette désormais. Enid alluma la lampe à piles.

– Écoute ! souffla Gulliver.

Un son... tout proche... Une clameur sourde... musicale... horriblement familière...

– On se trouve où, là ?

– Dans la falaise. Je crois.

Le plafond s'éleva brusquement et la galerie s'agrandit pour se transformer en une vaste grotte. Ce qu'ils virent alors les étonna si fort qu'ils poussèrent ensemble un cri.

*
* *

– L'enfer est vide ce soir ! s'écria quelqu'un dans la foule. Tous ses démons sont sortis !

Squelettes, sorcières, Dracula, Capitaine Crochet, Cruella, vendeurs de merguez et autres monstres erraient par les rues de la ville.

Denise, Béhotéguy, et Bettina s'exclamèrent de joie en tombant sur Clovis devant le pressing. Il était avec deux copains, tous déguisés en Harry Potter, petites lunettes, cicatrice, chouette et cape d'invisibilité (inefficace *a priori*).

– En panne, les capes ! se moqua Denise.

– Dommage pour toi, Clovis. Tu aurais pu espionner tu-sais-Qui.

– Colombe n'est pas avec vous ?

– On l'a charitablement laissée s'éclipser. Devine pourquoi...

Elles rirent.

– On va la retrouver, va.

Elles étaient convenues avec Basile, Charlie et Geneviève de se retrouver dans une heure sur l'esplanade où l'on sacrifierait Loïk le Faucheux sur son bûcher, et d'où serait tiré le feu d'artifice.

Clovis sema ses deux copains et, lorsque l'horloge du beffroi indiqua moins vingt, il suivit Béhotéguy, Denise et Bettina en direction de la place des Érables où le bal des Créatures se trémoussait avec entrain. On voyait la Belle qui rock'n'rollait ferme avec sa Bête.

– Récapitulons, chuchota Bettina. On se planque le plus près possible de l'érable numéro 5.

– Bâbord. Côté cœur, ricana Denise.

– Quand vous-savez-Qui pointe le bout de son nez...

– On la laisse mariner un peu, et puis...

– Wâââââ !!!

– Quoi, wââââ ?

– On lui tombe dessus et on lui crie : « Wââââ ! Amour Sincère, Amour Par Terre ! »

– C'est trop nul, dit Béhotéguy.

– Débile. Mais ça me fait rire ! rétorqua Bettina.

Ils trouvèrent où se cacher derrière le kiosque à journaux fermé, et dans un buisson de mufliers rouges. Ils s'installèrent par deux et, donc, attendirent.

Le rock'n'roll était devenu une valse. La Belle se lova contre sa Bête.

– Ils vont se marier ? souffla Béhotéguy qui faisait équipe avec Bettina dans les mufliers.

– Qui ?

– La Belle et la Bête.

– Ils le seraient déjà… si Basile faisait moins la Bête !

– Charlie ne l'aime pas ?

– Je suppose que si.

– Ils couchent ?

– Depuis des lustres et belle lurette. En ce moment, comme il habite à la maison, il fait semblant de dormir dans le bureau de papa, mais tout le monde sait qu'à l'extinction des feux il va la retrouver dans sa chambre.

Béhotéguy tira la manche de Bettina. Derrière le kiosque, Clovis et Denise avaient vu eux aussi…

Irma Vep !

Sa silhouette était en partie effacée par le manteau marine, son visage cagoulé et masqué d'un loup noir. Irma Vep s'appuya sur une borne de la place, regarda l'heure au beffroi et attendit.

– Pile poil à l'heure.

Ils ne bougèrent pas. Pas exactement pour « la faire mariner » comme prévu. Plutôt qu'ils ne savaient trop quoi faire, ni comment, ni à quel moment. Clovis fit un signe interrogateur vers les mufliers. Allaient-ils sortir en criant ? Bettina secoua la tête. Pas tout de suite.

– On y va quand ? chuchota Béhotéguy.

Personne ne savait. Ils se sentaient imbéciles tout à coup. Se demandaient s'il ne valait pas mieux prendre leurs jambes à leur cou. Aucun n'osa le dire.

Côté bal, la valse redevint rock'n'roll, la Bête alla acheter deux Perrier à la buvette, en offrit un à la Belle, et ils se remirent à rock'n'roller. La Belle avait chaud, son maquillage virait crémeux, elle commençait à ressembler à la Bête.

Nouveau coup d'œil au beffroi. Irma Vep regardait autour d'elle. Dans le buisson et derrière le kiosque, les comploteurs se tassèrent.

– Eh bien ? articula Clovis en silence. On y go ?

Soudain... Une silhouette apparut de l'autre côté de la place. Celle d'un garçon, en haut-de-forme et cape de satin noir.

– Hé ! souffla Denise. Pince-moi !

Ils se fixèrent tous les quatre, sidérés.

– Judex !

Par quel ahurissant passe-passe un Judex débarquait-il dans leur blague ?

La stupeur leur fit oublier la prudence. Ils se redressèrent pour tenter de deviner le visage sous le déguisement, l'humain derrière le rôle.

Judex s'approcha d'Irma Vep. Sa bouche sous le masque s'ouvrit en un large sourire.

– Merde ! glapit Bettina à voix basse. C'est qui ce mec ?

– Amour Sincère, grommela Clovis.

Pas du tout prévu !

Quand Judex fut assez près, Irma Vep lui sourit. Quand il s'arrêta devant elle, elle leva sa main gantée de noir et se démasqua. Sa figure blanche apparut, sa tresse roula.

L'expression qui illumina alors le visage de Colombe, personne ne pourra jamais la décrire, songea Bettina. Ce fut un éclair, un éclat qui jaillit de ses yeux depuis son âme, se dit Béhotéguy. Si le bonheur est une étincelle, pensa Denise, le visage de Colombe est une explosion d'étincelles. Clovis trouva, quant à lui, qu'elle n'avait jamais été aussi jolie.

Ils demeurèrent dans l'ombre, silencieux, conscients qu'il se passait quelque chose d'imprévu, quelque chose qu'ils ne comprenaient pas, qui les dépassaient.

Judex souriait aussi mais il gardait son masque. Il prit Colombe par le coude et lui parla à l'oreille. Il montra un scooter garé à deux mètres.

– Il... il va l'embarquer !

– Ils ne vont pas partir et nous laisser comme ça ? s'indigna Denise.

Après un long temps (la musique du bal changea une fois, nota Bettina), Judex retira enfin son chapeau de satin, glissa les doigts dans ses cheveux. Après quelques paroles qu'on ne pouvait pas entendre, Colombe leva les bras et, doucement, ôta elle-même le masque de Judex.

Au kiosque et dans les buissons, on dut se retenir pour ne pas hurler. Clovis lâcha : « P'tain ! » à voix basse.

Le garçon sans masque qui enfourcha le scooter et qui jucha Colombe derrière lui, ce garçon dont elle enlaça la poitrine avec un éclatant bonheur, celui qui démolissait leur sale petite blague le plus tranquillement du monde pour inverser les joies de la soirée, ce Judex aux beaux yeux sombres et aux cheveux doux, c'était Juan.

– P'tain, répéta Clovis.

Il n'en revenait vraiment pas.

Le scooter aux deux silhouettes enlacées contourna la place, les frôla sans les voir. Bettina eut juste le temps d'apercevoir deux sourires.

*
* *

La grotte était large et haute, c'était une sorte de crypte. Et la lampe avait fait jaillir de l'ombre deux masses sombres.

Ni Gulliver ni Enid ne comprirent tout de suite de quoi il s'agissait. Puis ils virent que c'étaient deux tombeaux bâtis à même la roche.

Les deux enfants restèrent immobiles, pétrifiés par la peur, la peur du noir, la peur du sacré, de ces morts qui venaient de surgir des ténèbres. Peur de ce chant plaintif qui arrivait de nulle part et de partout. Car c'est bien ça qu'ils entendaient, ils étaient même en plein dedans... L'horrible chant du fantôme !

OOOOooooohhhhhoooooOOOO...

– J'ai peur, murmura Gulliver.

En face, s'ouvrait un autre tunnel, plus étroit que celui qu'ils avaient quitté. Un courant violent en venait ; un vent sauvage, multiplié par la forme en goulot.

Enid écouta... Le vent, la musique qui arrivait par vagues... au gré des vagues... du vent... Elle pointa la lampe vers les hauteurs de la crypte.

La voûte tremblotait de centaines de petits cônes qui pendaient comme des grappes de raisin. L'une d'elles se détacha subitement du plafond et tomba droit sur eux. Gulliver esquiva. Enid sentit un tissu chaud, frémissant, lui frôler le cou.

Enfin, enfin, elle comprit.

– Swift ! C'est Swift !

La pipistrelle exécuta une sorte de ballet vibrant et joyeux autour d'elle, l'air de la saluer.

– Elle me reconnaît.

Quelque chose, peut-être un sanglot, peut-être un rire, dansait dans la poitrine d'Enid. Un quelque chose qui resta muet, incapable de s'échapper. La chauve-souris regagna peu à peu la voûte dans son étrange vol clignotant et se fondit parmi les grappes.

– Regarde.

Gulliver captura la roche dans le cercle de sa lampe. Ils virent un objet grandiose, magnifique, sculpté dans la pierre. Et tout devint clair. Enid sut enfin qui était le fantôme.

Haute de plus d'un mètre, une harpe se dressait sur un piton de pierre. Son manche était ourlé dans le granit mais ses cordes étaient de véritables cordes, tendues à l'extrême. Elles vibraient.

Le vent déboulait comme un diable du tunnel en goulot, balayait la crypte, frappait les cordes de la harpe, les secouait, les tourmentait, les animait, car il avait mille doigts, et libérait ce *vibrato* poignant comme une plainte.

– La mer... Elle est à l'autre bout.

Ils se trouvaient au cœur de la falaise.

Gulliver repensa au schéma de Mlle Hans-Rim sur l'appareil digestif. Une bouchée de pain y descendait, cahin-caha, dans des tubes, des boyaux, des tortillons. Deux bouchées dans le ventre d'un monstre en pierre, voilà ce qu'ils étaient.

– On l'entend fort. Ce tunnel doit déboucher sur le flanc de la falaise, au-dessus de la mer.

Par tempête, quel concert ! Quelle symphonie ! Quel déchaînement ! Avec quel appétit le vent « jouait » alors de la harpe ! Jusqu'à être entendu au travers des murs de la maison ; jusqu'à emplir le parc entier de cette musique venue d'ailleurs !

– Comment se fait-il qu'on ne l'ait jamais entendue avant ? interrogea Gulliver.

– Le sycomore. En démolissant la dalle du puits et la paroi, il a libéré le vent. C'est ce qui provoque ce courant d'air de géant.

La peur les quitta aussi brusquement qu'un paquet tombé de leurs épaules. Ils avancèrent doucement, toujours en se tenant la main, vers les sépultures. Sur l'une d'elles, dévorée de champignons, ils purent déchiffrer :

« Ci-gist
Guillemette Auberjonois, baronne d'Esquille.
Priez pour son âme qui trépassa
la nuit du 23 octobre 1870.
Que sa harpe enchante son au-delà.
Gildaz, l'époux bien-aimé qui la pleure. »

L'autre était celle de Gildaz Auberjonois, qui s'était poignardé le cœur de chagrin.

Enid et Gulliver contemplaient les deux sépulcres tandis que, au-dessus de leurs crânes, l'âme de Guillemette jouait de la harpe *via* l'esprit du vent. Enid pensa à ses parents morts, brûlés eux aussi, dans leur voiture accidentée. Et brusquement, là, sous la terre, elle se mit à pleurer.

*
* *

Juan paya les deux cornets de châtaignes grillées, en offrit un à Colombe. Ils étaient sur un pont de la rivière qui traversait la ville. Apparut un défilé de monstres brandisseurs de potirons illuminés, qui chantaient : « Au village on a de beaux assassinats… »

Sans regarder Juan mais tout en épluchant une châtaigne, Colombe se décida à parler la première :

– Je peux dire deux choses ?

Il répondit oui bien sûr, prit un marron, dit « *fff* » ça brûle ces machins, et l'écouta.

– D'abord ta lettre, dit-elle. Je l'ai trouvée stéréotypée. Convenue. Amour Sincère, et toutes ces sornettes…

– Je ne t'ai pas envoyé de lettre...
– Tu ne m'as pas écrit ?
– 'on, dit Juan la bouche pleine. Ouaw ! 'est 'aud !
– Tu ne m'as pas donné rendez-vous sur l'Esplanade, toi en Judex, moi en Irma Vep ?
– Pas du tout. Mais Irma Vep, ça te va super-bien.
Elle souffla sur son marron décortiqué, plissa le nez. Sur le qui-vive.
– Explique-moi. C'est un complot ?
Il sourit.
Et elle eut très envie de l'embrasser.
– Un vrai complot. Un complot avec des comploteurs. Mais qui nous donne l'occasion de nous revoir.
– Tu as monté une blague avec les autres ?
– Plutôt contre.
Il vit qu'elle était au bord des larmes.
– Je n'ai rien à voir avec eux, se hâta-t-il de préciser.
Et il lui expliqua tout. Comment il les avait entendus conspirer à l'Ange Heurtebise alors qu'il servait la table d'à côté. Comment il en avait été révolté. Comment il avait décidé de déjouer leur intrigue en faisant apparaître Judex.
Colombe l'écouta. Avec beaucoup d'attention au début. Puis de moins en moins. Elle regardait trop ses yeux, se berçait trop de sa voix. Quand il eut terminé, elle sourit.
– Tu as voulu leur donner une leçon ?
– Je ne suis pas un donneur de leçons. Disons que j'aime aussi les farces.
Il lui offrit le marron qu'il venait d'éplucher. Elle le prit.
– A'en'ion ! 'est 'aud ! dit-il en s'imitant lui-même, comme s'il mâchait un marron brûlant.
Elle croqua le marron. Il était parfait.
– Donc, tu as fait ça seulement pour rire ?
– Pour rire avec toi. Rire avec quelqu'un, ça veut déjà dire... plein de choses.

Elle dégusta le marron. Puis :

– Tu sais, ma bague… J'ai fait exprès de l'oublier sur le rebord du lavabo.

Une épluchure grillée s'échappa des doigts de Juan. Des potirons lumineux marchaient sur le pont en chantant : « Andy Hardy avait deux têtes, l'une sur les épaules, l'autre sous son bras… »

– Tu veux dire exprès-exprès ?

– Mmm.

Il rougit. Au moins autant qu'elle.

– Pousse-toi, Mandrake ! l'apostropha un monstre vert qui défilait.

– J'avais envie qu'on se revoie, dit-elle.

– Je t'ai attendue. Pourquoi tu n'es jamais passée la récupérer ?

– Vous gênez le passage, voyez pas ? leur cria un monstre violet qui les jeta l'un contre l'autre.

– Je suis venue. La première fois, tu livrais des croissants. La seconde, je n'ai pas osé déranger, tu étais occupé avec un groupe de touristes.

– Vous allez avec nous ? les invita un minuscule monstre rose. On va brûler Loïk le Faucheux.

– On n'a pas d'allumettes, lui répondit Juan.

– Et on ne connaît pas vos chansons, ajouta Colombe.

– Et on n'a pas les couleurs qu'il faut, acheva Juan en montrant leurs habits noirs.

Le monstre rose leur tira une langue rose et partit.

Ils n'avaient plus envie de châtaignes.

– Je te raccompagne, dit Juan.

Un monstre bleu et un jaune fermaient le défilé en traînant les pieds. Juan offrit son cornet de châtaignes au monstre jaune, Colombe le sien au bleu. Les deux monstres, ragaillardis, rattrapèrent le défilé en braillant : « Andy Hardy a bien dix doigts, mais ils sont là où il faut pas… »

Juan prit deux casques dans le compartiment sous le siège du scooter, rangea son haut-de-forme à la place. Il donna un casque à Colombe et enfila le sien pendant qu'elle s'installait.

Le feu d'artifice éclata d'un coup, dans un Niagara de bruit et de lumières. Les monstres du défilé changèrent de couleurs.

Vite, très vite, jetant ses mots comme des sacs encombrants, Colombe s'écria :

– Il reste trois jours. Seulement trois. Mes vacances sont finies. (Avec une grimace :) Je suis en zone C.

« Andy Hardy n'a plus d'œil mais il a trois bras ah ah ah… »

– Demain, dit Juan, c'est Toussaint. On part ramasser des pignons en forêt avec mon oncle. Tu viendras ?

Trois jours. Ne pas penser que c'était court. Mais que demain serait le premier. Et que ce serait magnifique. Juste absolument magnifique.

– Dis oui.

Il s'assit sur le scooter. Il ne démarra pas tout de suite. La nuit, par-dessus, éclata en comètes, en arcs-en-ciel, en volcans.

Elle mit les bras autour de lui. Elle posa la joue sur son dos et serra fort.

– Oui, murmura-t-elle en fermant les yeux.

11

Pensées dans un lit
ou
On lit dans mes pensées

Le plus horrible, ce qui l'emplissait de rage, de colère, de honte, était d'avoir cru que Juan s'était un jour intéressé à elle. Elle aurait voulu hurler de tout son cœur, mais tout ce qu'elle pouvait faire, c'était manger son oreiller et déglutir ses larmes.

Bettina avait parfaitement compris la trahison de Juan. Tra-hi-son. Comment avait-il pu prendre le parti de cette pimbêche ? Comment pouvait-il lui trouver de l'intérêt ? Comment ? Elle n'arrivait pas à comprendre.

Sa gorge couina, ses narines s'emplirent de larmes. Bettina suffoqua comme une noyée. Elle avait la sensation douloureuse et misérable d'avoir le cœur planté de clous.

Elle s'assit sur le lit, hors d'haleine, le coin du drap roulé dans la bouche. L'image de Colombe, avec son teint de crème fraîche, sa tresse et ses yeux tranquilles, traversa les ténèbres de la chambre... Bettina ouvrit ses yeux brûlants de larmes. Il faisait nuit et Colombe n'était pas là, bien entendu. Elle était à côté, dans la chambre d'amis... Un sanglot de rage lui coupa la respiration.

Elle finit par se lever. Le parquet était glacial. Elle fouilla la commode, fébrile, trouva ce qu'elle cherchait. Une paire de ciseaux pointus.

Elle ouvrit sa porte sans faire grincer les gonds et, tel un fantôme, Bettina entra dans la chambre d'amis.

*
* *

Enid, un couloir plus loin, ne dormait pas plus que Bettina. Mais elle était nettement moins tourmentée.

Blottie dans son lit, Roberto sur un flanc, Ingrid sur l'autre, la petite écoutait. Le vent montait. Deviendrait-il assez fort pour que les vibrations traversent les murs de la Vill'Hervé depuis la crypte ?

Elle finit par entendre. Mais pas tout de suite. Au milieu de la nuit, quand le vent l'éveilla à la presque fin d'un rêve. Enid ouvrit un œil mais resta immobile. Elle n'avait plus peur. Elle éprouva même du plaisir à écouter cette drôle de mélodie. Et à se dire qu'elle était la seule personne de la maison à savoir d'où elle venait.

Elle vit qu'on entrebâillait la porte. Elle ferma les yeux illico. Ingrid et Roberto itou.

Enid reconnut Charlie et Basile. Ils chuchotaient :

– Tu vois, elle n'a pas peur : elle pionce.

– Cet abruti de fantôme fait pourtant un de ces boucans !

– Tu n'y crois pas sérieusement, j'espère ?

– À quoi ?

– À ce fantôme.

– Non.

Charlie avait hésité avant de répondre. Enid respirait à peine. Charlie reprit tout bas :

– Flagrant délit. Je me doutais que ces deux sacs à puces dormaient avec elle.

– J'en connais deux autres qui sont en situation irrégulière…

– Pour toi, tout le monde est au courant.

– Nous sommes censés l'ignorer.

– Chut, elle va se réveiller.

– Si ça se trouve, elle fait semblant.

Enid serra les paupières. Elle avait très envie de bouger, de se tourner, d'éternuer, de parler, de rire, de…

– J'aimerais qu'il arrête ses conneries.

– Qui ?

– Le fantôme.

Quand ils sortirent, la porte se rabattit sans bruit. Enid ouvrit les yeux. Elle se sentait en paix avec la musique, en paix avec tous les fantômes de la terre et d'ailleurs. Le secret de Guillemette était devenu le sien. La harpe était sa façon de parler aux humains. Enid caressa Ingrid et Roberto.

– Top secret. Dites : « Je le jure. »

Ils jurèrent. C'est-à-dire qu'ils gloussèrent d'ennui. Mais Enid était apaisée. Elle avait retrouvé Swift et découvert le secret du fantôme.

Quand on rencontre l'Éternité à neuf ans et demi, on ne craint plus grand-chose.

*
* *

Un bout de soleil s'allongea sur un coin de couette et parut vouloir se reposer là. Mais il se releva pour aller pianoter azertyuiop sur le clavier de l'ordinateur, bifurqua, qsdfghjklm, et tomba, bing, sur l'œil de Bettina.

Pendant une seconde Bettina se sentit exactement pareille aux autres matins, en résumé une fille plutôt pas moche, sans histoires, rien d'autre à se reprocher qu'un 4/20 en sciences ou que se trouver moins ravageuse que Renee Zellweger, bref, aussi heureuse qu'on peut l'être à treize ans et demi.

La seconde suivante la saisit d'une puissante envie de vomir. Sa tête était pleine de douleurs ; et toujours ces clous au cœur. Non, ce n'étaient plus les mêmes. Ce n'étaient plus ces clous de rage ou de colère. Plutôt de dégoût, et de honte. De culpabilité. Une question horrible se posa à elle.

Comment affronter le regard du monde aujourd'hui ?

Elle cacha son visage et essaya de se rendormir.

– Tu devrais te lever, fit la voix de son père.

– Tu devrais te lever, fit la voix de sa mère.

Ils étaient en tenue d'équitation, avec des traces d'herbe aux talons. Ils avaient l'air pressé.

– Allez. Tôt ou tard tu devras affronter.

Sa mère lui caressa la joue :

– Courage. Tu sais ce que tu as à faire. On t'aime.

Bettina plongea la figure dans l'oreiller.

Deux minutes plus tard on frappa à la porte. Son cœur gigota comme un fou.

– Bettina ? appela Geneviève. 10 heures !

– Mmm.

– Tu vas bien ?

– Mmm.

Puis Enid s'en vint claironner :

– Tu es réveillée ?

– Mmm.

– On t'a gardé de la crème de chez Sidonie !

Bettina se boucha les oreilles. Ce qui ne l'empêcha pas d'entendre Charlie tambouriner :

– Debout là-dedans ! Tu m'entends ?

Charlie poussa la porte, déboula dans la pièce, tira le rideau en clamant que 10 heures du matin était une limite raisonnable pour…

– OK, OK, OK, grommela Bettina. Je descends.

– Et ne te lave pas les cheveux un par un, s'il te plaît, on a encore besoin de la salle de bains !

Pourquoi disait-elle ça ?

Non, probablement par hasard. Bettina n'occupa pas la salle de bains trois heures mais fit néanmoins les choses avec lenteur. À un moment, Hortense vint lancer à travers la porte :

– Continue, et ce sera bientôt l'heure du dîner !

Vint le moment où il fallut VRAIMENT descendre. Elle ne pouvait plus reculer.

Bettina saisit son courage par les cornes et l'emporta comme elle pouvait. Elle devait absolument descendre avec lui. Ce ne fut pas sans peine car il voulait se sauver, lui échapper, la laisser se dépatouiller toute seule. Lui aussi avait honte. Mais ils finirent par atteindre la cuisine ensemble.

On y finissait la vaisselle du petit déjeuner. Charlie et Hortense lavaient, Basile, Geneviève et Colombe essuyaient et rangeaient. Belle journée de Toussaint en somme.

Bettina regarda vers Colombe. Colombe l'observait déjà, avec cette expression indéchiffrable. Était-ce un sourire ? Bettina, mal à l'aise, détourna la tête.

– Toi aussi, hein, tu es surprise ? s'exclama Enid.

– Nous, on trouve ça super-joli, appuya Charlie. N'est-ce pas qu'on l'a toutes trouvée jolie, Colombe, comme ça ?

– Tous, corrigea doucement Basile. Le masculin l'emporte sur...

– Le plus incroyable, c'est qu'elle les a coupés sans l'aide de personne. Fortiche, non ?

Colombe glissa ses dix doigts dans ses cheveux très courts, cela fit des sillons. Comme la fourchette dans la purée, nota Bettina.

– Ça m'a pris comme ça, expliqua-t-elle. J'ai rêvé cette nuit qu'on coupait ma tresse. Ce matin, je... j'ai fignolé le travail.

– Dis-lui, Bettina, qu'elle est jolie comme un cœur.

Bettina but un verre d'eau. Pouh. Horriblement amer. Et Colombe restait irrémédiablement jolie.

– Elle est très bien, dit-elle tout bas.

– De notre Bettina, ce « très bien » est un supercompliment... Colombe, tu peux le traduire par « divine » !

Le sourire invisible de Colombe raviva la colère de Bettina. Oh, qu'elle la détestait ! Elle haïssait la gentillesse de ses yeux calmes et de son pieux mensonge ! Elle aurait préféré une dénonciation ! Qu'elle dise : « C'est elle ! Bettina a tranché ma tresse d'un coup de ciseaux, cette nuit, pendant que je dormais ! Bettina est une jalouse ! une envieuse ! »

Mais non. Elle avait *charitablement* menti ! Bettina aurait voulu la mordre pour ça.

« Elle s'attend à ce que je lui fasse des excuses, songea Bettina en battant méchamment son yaourt dans ses céréales. Elle peut mourir ! »

– Tu montes ton yaourt en neige ? se moqua Hortense.

Bettina posa sa cuillère.

– Je dois partir, dit soudain Colombe (elle avait rosi). Je... Des amis m'ont proposé une balade en forêt avec eux toute la journée.

Bettina la regarda une nouvelle fois. Elle pensa :

« Elle a l'air bien trop heureuse pour que je lui fasse des excuses ! »

De sa poche, Bettina sortit la tresse coupée et la posa sur la table, devant Colombe.

– Tu n'as pas rêvé, dit-elle. On t'a coupé les tifs cette nuit.

Colombe contempla la tresse, la caressa du bout d'un doigt. Elle la souleva comme un serpent mort et, posément, la jeta dans la poubelle en fer vert.

– Ça m'aide à me sentir différente, murmura-t-elle. Mais je ne te remercie pas, ça te mettrait en colère.

*

* *

Pour la première fois depuis la mort de ses parents, Enid passa sans courir devant la quatrième porte du premier étage. Elle faillit même entrer.

Mais non. Ça, elle le ferait une autre fois.

Dans le matin ensoleillé de Toussaint, les cinq sœurs allèrent fleurir de bruyère les tombes vides de Lucie et Fred Verdelaine.

L'après-midi, M. Belmonbiche téléphona. Il avait une heure de libre, une tracteuse de libre, un collègue de libre, bref, tout était époustouflamment libre, est-ce qu'ils pouvaient venir dégager le sycomore de son puits ?

– Pas trop tôt ! soupira Charlie en raccrochant.

Enid sentit son cœur battre. Sous le sycomore, M. Belmonbiche remarquerait-il le trou ? Le tunnel ? Le vent ? Que dirait-il ? Que ferait-il ? Le secret serait-il découvert ?

Il remarqua le trou, évidemment. Pourtant il ne fit rien. Philippe Belmonbiche était un professionnel. Mais un professionnel dé-bor-dé. Et il savait les Verdelaine très fauchées.

– Colmater c'truc ? Pose et Dépose. Échafaudage. Escalade. Rebouchage. Ça va vous coûter…

Et de proférer un de ces chiffres cardiotoniques dont il avait le secret.

– Non, dit fermement Charlie. C'est trop.

Cela arrangeait M. Belmonbiche. Avec ce défilé de tempêtes, il avait du boulot jusque-là et au-delà.

– Bon, conclut-il, on r'colle le couvercle. Ciment. Pas cher. On r'bouche. Ni vu ni connu.

Son chewing-gum était rose aujourd'hui, et folâtrait toujours d'une molaire à l'autre, entre *é* et *i*.

Le sycomore fut tracté, hissé dans une benne, le couvercle du puits réparé, posé sur la margelle. M. Belmonbiche et collègue furent chaleureusement remerciés. Enid, soulagée, regarda le camion qui s'éloignait dans l'impasse.

L'après-midi elle téléphona à Gulliver qui revenait de son volley.

– Bouché, le puits ? dit-il. Comment qu'elle va faire ta chauve-souris pour sortir ?

Elle haussa les épaules.

– Idiot. Par la falaise. Le tunnel qui donne sur la mer. Dis ?

– Mmm ?

– On ira voir ça de la plage ?

– Mmm.

– Dis ?

– Mmm ?

– Top secret, hein ?

– Top de top.

– On verra par où qu'elle entre et sort.

– Bon, dit Gulliver avec un enthousiasme modique. C'est quoi, au fait, son nom, à ta chauve-souris ?

Hortense surgit, hagarde, dans le vestibule. Enid raccrocha en vitesse.

– Branle-baaaaas ! brama Hortense.

Nul besoin d'en dire plus. À la Vill'Hervé, « Branle-baaaaas ! » était le cri de guerre qui précédait chaque apparition de tante Lucrèce.

Sa Twingo passa le double porche et stoppa devant le perron arrière, côté cuisine. Charlie noua en hâte un tablier ciré autour d'elle pour masquer son tee-shirt à trous-trous. Bettina effaça son rouge à lèvres d'un coup de torchon. Enid poussa Ingrid et Roberto hors de la maison pour cause d'allergies goujates de la tata, et incompatibilité avec Delmer, son swamp-terrier. Quant à Hortense et Geneviève, elles ne firent rien, sinon essayer d'avoir l'air normal, ce qui leur donna l'air louche. Basile, lui, prépara son sourire le plus médicinal.

Lorsque tante Lucrèce parut, avec son tailleur du catalogue Tamard, sa mine la plus excédée, et Delmer qui bavait, elles surent qu'elles sacrifieraient, comme chaque fois, l'après-midi à ses lamentations.

– Quelle course ! souffla la tante en s'effondrant dans le canapé, presque sur Delmer.

À cet instant précis, Ingrid réintégra en catimini la maison, bientôt suivie par Roberto. Ils négocièrent un chemin qui devait leur éviter une rencontre avec Delmer, mais le chien les aperçut et aboya à casser les oreilles.

Il bondit par-dessus la tata qui poussa un cri. Et tandis qu'il partait courser les félins félons à l'étage, tante Lucrèce s'écroula un peu plus dans le sofa, au bord de la syncope.

– Vite, mon sac ! gémit-elle. Mon vieil armagnac ! Mon vieil armagnac…

Bettina bondit sur ses pieds et tourna la tête dans tous les sens, l'air de chercher quelqu'un.

– Un vieillard maniaque ? répéta-t-elle. Où ça, un vieillard maniaque ?

Hortense

L'hiver

1

Le Père Noël a une formule 1

Petit bout du journal d'Hortense
(un mercredi en novembre)

Être fille unique, j'aurais adoré. Puis je me rends compte que ça signifie cette chose affreuse : je me serais retrouvée orpheline à la mort de maman et papa, et alors j'ai un frisson.

Pourtant c'est difficile d'être 1 parmi 5, une dans la multitude. J'ai du mal à le supporter des fois. Par exemple ce matin au petit déjeuner, quand Bettina...

*
* *

Ce matin-là au petit déjeuner, Bettina s'écria :

– Vous savez quoi ?

Enid, Hortense et Charlie attendirent en silence. Bettina allait leur donner la réponse dans dix secondes. Pourquoi se fatiguer. Seule Geneviève lui répondit :

– Tu vas nous le dire.

C'était bien Geneviève. On lui parlait, elle répondait.

– Dans sept semaines et demie c'est Noël.

– Et alors ? dit Charlie en raflant la pile de bols sales.

– Alors les cadeaux.

Hortense colla sur son index une miette avant qu'elle soit happée par le ramasse-miettes d'Enid. Elle la croqua, objecta :

– Un peu tôt. Les magasins n'ont même pas installé leurs vitrines.

– Les Galeries Réunies, si. Et le numéro de décembre de *Futile* vient de paraître.

– Ah. Alors, marmonna Charlie, si le numéro de décembre de *Futile* est paru !

– Sept semaines et demie c'est long, insista Hortense.

– Pas tant que ça.

– Le Père Noël a des bottes de sept lieues, dit Enid.

– Des rennes formule 1 plutôt ! dit Bettina.

Hortense leva un sourcil. Présage chez elle d'un commencement de surchauffe mentale :

– Trouve un autre prétexte pour courir les magasins, dit-elle à Bettina. Ne compte pas sur nous pour t'accompagner.

Bettina adorait arpenter les magasins avec une escorte. Ladite escorte devait se taire, opiner du chef quand Bettina s'exclamait : « Génial ces bigoudis pour cils, hon ? » ; à l'occasion l'aider à porter les gros paquets et, le soir, opiner derechef du chef quand elle demandait : « Journée géniale, hon ? »

Hortense leva son autre sourcil. Signal d'énervement imminent.

– Hortense a raison, dit Geneviève, on a le temps.

Bettina s'irrita.

– Avec ce raisonnement chou-rave, on se retrouvera au 24 en oubliant que c'est le 24...

– Mme Brogden ! s'illumina Charlie. Je savais que j'avais oublié un truc !

– Mme Brogden vient pour Noël ?

– Non...

Charlie vérifia l'heure : plus que quarante minutes. Elle farfouilla dans la boîte à clefs (ex-boîte-de-p'tits-beurre) décorée de Pinocchio violets, en expliquant à toute vitesse :

– Elle prête sa maison à des amis dont la gamine a été très malade. Elle vient ici en convalescence avec une infirmière. La gamine, pas Mme Brogden. Compris ? Tiens, Geneviève. Les clefs. Tu iras aérer et chauffer avant qu'elles arrivent ?

M. et Mme Brogden étaient les Parisiens propriétaires du n° 6 de l'impasse de l'Atlantique. Ils y passaient l'été. Le reste de l'année ils confiaient aux Verdelaine la garde des clefs.

Charlie enfila la canadienne offerte par ses parents l'hiver qui avait suivi son bac (voilà cinq ans), lustrée aux coudes, aux poches, et aux coutures noircies ; elle agita les doigts, lança à ce soir les filles, un bisou à la ronde, et sortit.

Puis repassa la tête :

– Nanouk Surgelés livre ce matin. Il faut une permanence. Sortez pas toutes en même temps.

Elle disparut.

Sitôt que sa voiture eut franchi le double porche couvert de lichen, Bettina se versa un deuxième thé, se confitura une Krisprolls. Elle extirpa de la réserve à bûches le numéro de décembre de *Futile*.

– Comment peut-on lire des âneries pareilles ? demanda Hortense.

Ni dédain ni mépris. Qu'une gigantesque compassion.

– C'est vrai, comment ? admit Bettina dans une intonation dangereuse.

Elle lut le sommaire à voix haute :

– Page 22, « Comment le rendre dingue amoureux ? » En effet ÇA NE PEUT PAS te concerner, Hortense ! En revanche, tiens, cet échantillon de shampooing pour cheveux gras te concerne terriblement, je te l'offre. Page 66, « Mannequin, pourquoi pas toi ? » Hummm, non, vraiment pas toi, Hortense… Page 47, « Es-tu une serial charmeuse ? » Si tu veux connaître la réponse je te prête cette ânerie, conclut Bettina avec amabilité. Hortense était rouge vif, prête à éclater. Geneviève émit un petit clappement de langue.

C'était le moment où Enid se demandait si elle passerait l'après-midi à la piscine avec Gulliver ou bien chez Sidonie à la ferme où les chatons de la Zaza étaient nés. À moins d'aller d'abord à la ferme avec Gulliver, ensuite à... ? Des cris et des éclats l'arrachèrent à ses conjectures.

– Espèce de bourrique ! hurlait Hortense. Bécasse ! Arrête de m'humilier !

Ingrid et Roberto désertèrent le coin de cheminée avec des airs de reproche. Bettina reprit sa lecture, la mine toujours affable.

– « Que portes-tu pour dormir ? A : un tee-shirt défraîchi. B : une jolie chemise en satin. Ou C : ton parfum préfé... » ?

– Tu vas te taire ! hurla Hortense qui éclata en sanglots.

Geneviève prit Hortense dans ses bras.

– Ne te mets pas dans cet état. Tu vois bien qu'elle te fait enrager. Tais-toi Bettina.

– Tais-toi Bettina, dit Enid.

– « Te fais-tu régulièrement de nouveaux amis ? » continua Bettina, imperturbable. « A : Oui tu es bien dans ta peau et tu aimes connaître des gens nouveaux. B : Tu as déjà plein d'amis et... »

Le paquet de Krisprolls fonça droit sur la joue de Bettina où il explosa dans un bruit de chapelure. Bettina écarquilla les yeux. Hortense fit demi-tour et sortit de la pièce en courant. Silence.

– Cette fille n'a aucun humour, dit Bettina en se frottant la joue.

– Et toi aucun tact, rétorqua Geneviève en ramassant le paquet.

On klaxonna dehors. Enid bondit à la fenêtre.

– Nanouk Surgelés !

Elle alla ouvrir au livreur, un garçon de quinze, seize ans.

– Salut ! dit-il. Livraison de l'Abominable Homme des Glaces.

Se moquait-il de lui-même ? Il n'avait pas tort. Au premier abord, il était difficile de lui trouver autre chose qu'un grand sourire et de beaux cheveux blond clair, car le reste semblait d'une extrême laideur. Bettina, la plus critique, nota les beaux cheveux en question, les dents bien alignées, mais aussi, les grandes oreilles, le long nez, le long menton, l'élevage de points noirs sur le nez et le front.

– Cinq cartons. Je les pose devant le congélateur ?

– S'il vous plaît, dit Geneviève. Par là.

L'Abominable Homme des Glaces repartit au camion Nanouk où le chauffeur lisait le journal. Il revint avec deux cartons dans les bras. Ses oreilles étaient si décollées que, de profil, on avait l'impression qu'il n'en avait pas. Il se pencha vers Bettina replongée dans *Futile*.

– Tordus, ces tests, dit-il. Ma sœur, on lui conseille de sortir, d'être moins timorée… Et tu sais quoi ? Vicky va en boîte tous les soirs. Quand elle séchera une sortie, c'est que les talibans seront à Brive-la-Gaillarde.

– Elle a quel âge ? demanda Geneviève.

– Vingt ans.

Geneviève se tut, pensive. Charlie en avait à peine vingt et un quand leurs parents étaient morts. Prendre ses jeunes sœurs en charge si tôt lui avait mangé son insouciance, bousillé ses études de médecine et une belle part de sa jeunesse. Irrattrapable.

Bettina aussi était songeuse, pas pour les mêmes raisons. Cet Abominable Homme des Glaces ressemblait à Spooky le copain sympa-moche de la série américaine *Cooper Lane*, le sympa-moche de toutes les séries américaines pour ados, celui qui ne trouve jamais de petite amie, ou alors des sympas-moches comme lui.

Il partit chercher le reste de cartons dans le camion Nanouk.

– Il est rigolo, dit Enid.

– Très gentil, dit Geneviève.

– C'est généralement ce qu'on dit des moches, dit Bettina.

Il reparut avec la facture. Ses yeux se braquèrent à nouveau sur Bettina, qui se détourna. Ce toupet. Avec sa tronche. Elle faillit ricaner de mépris.

– Je m'appelle Merlin, dit-il.

Il promena la main sous une chaise et fit apparaître un sachet de fruits de la passion surgelés.

Ce culot ! Cette façon ! Je m'appelle Machin (non, Merlin) comme s'il s'adressait à elle toute seule ! Comment ce… ce Spooky de série télé osait-il être effleuré par l'idée qu'elle pouvait, elle, résolument ravissante, lui accorder une miette d'attention ? Com-ment o-sait-il !!

– Merlin ! s'écria Geneviève. Et tu fais de la magie ? Alors tu es l'Enchanteur, pas l'Abominable !

Il sourit. Ce sourire était ce qu'il possédait de plus surprenant. Et il fallait convenir que c'était le plus joli sourire du monde.

– Tiens, dit Geneviève en lui donnant un pourboire. Tout ce que j'ai comme monnaie.

Il fit jaillir une rose en tissu d'une boîte de cœurs d'artichauts gelés.

– Parfait, dit-il dans un rond de bras illusionniste. Quelques cours de magie et je transformerai ces pièces en billets.

Il les quitta dans un effet de manches à la Houdini.

– Un rigolo, dit Enid.

– Oui, dit Geneviève.

– Ce qui ne le rend pas plus beau, conclut Bettina.

– Et toi pas plus aimable, rétorqua paisiblement Geneviève.

*
*   *

Petit bout du journal d'Hortense

(samedi)

Au fond, si Bettina m'énerve autant c'est parce que je lui envie un tas de choses que je n'ai pas. Que je n'aurai jamais. Exemple : sa façon cruellement légère de dire : « Si tu ne viens pas à Bettina, ce n'est pas Bettina qui ira à toi ! »

Elle n'est pas la plus jolie de nous toutes. La plus belle (après Charlie bien sûr), c'est Geneviève (mais elle ne le sait pas, c'est là son charme). Non, Bettina a un visage vif, un œil piquant, elle fait songer à du pointu, à de l'étincelant, une aiguille. Un poignard. Ciselée, séduisante, très gaffe-à-vous.

Elle sait être gentille… lorsqu'elle ne veut pas avoir l'air d'être méchante.

La plus belle, dis-je, c'est Geneviève. Elle est très féminine, c'est la blonde de la famille (excepté maman, mais ça ne compte plus maintenant). Elle a aussi de beaux seins, elle les cache mais je les ai vus l'autre jour quand elle a défait sa chemise avant la douche. Ses yeux sont noirs, comme la dame dans la tour du poème de Gérard de Nerval qu'on a étudié l'an dernier « El Desdichado ». C'est magnifique des cheveux clairs avec des yeux sombres.

Mais au fond, c'est moi la Desdichada. La déshéritée. La sans-rien. Je ne sais pas à qui je ressemble.

Pas à maman qui était gaie. Ses petits pieds ronds dans ses souliers plats. Ses pantalons à trop grandes fleurs. Ses frisottis, ses robes larges. Je devrais dire : je ne sais pas à quoi je ressemble. À rien. Je ne ressemble à rien.

Pas à papa. Papa qui demandait pourquoi on ne bâtissait pas les villes au bord de la mer, puisque l'air y est propre. Papa qui aimait tellement les gens.

Les gens, je n'aime pas tellement. Enfin, ça dépend lesquels. Si Bettina n'était pas ma sœur, je ne lui accorderais pas un regard, elle n'aurait pas plus d'intérêt pour moi qu'une de ces niaises de ma classe. Un exemple au hasard : Ursula Mourletatier. La conne royale. Bettina – pardonne-moi Bettina – aussi est conne.

Problème : c'est ma sœur.
J'écris depuis MA falaise.

*
* *

Le vent sur la falaise n'était pas fort mais très froid. Hortense donna un tour supplémentaire à son écharpe bleu rose vert. Elle ne détestait pas le froid sur ses joues, la peau qui tirait, les larmes qui sortaient. Elle tapota son crayon contre son incisive en fixant le large.

Elle verra, se dit-elle. Quand je serai grande, célèbre et admirée, Bettina se rendra compte.

De quoi ?

Hortense hésitait entre trois ou quatre avenirs : architecte de monuments éternels. Zuleika Lester de *Cooper Lane* à la télé. Chirurgienne pour malades incurables qu'elle serait seule à pouvoir sauver.

Ou comédienne. Oui, c'était le métier parmi tous qu'elle préférait. Elle rangea son crayon et son cahier dans son manteau.

Elle se trouvait sur le promontoire creusé en panier de chien. Quand elle y était assise comme ça, adossée au roc, personne ne pouvait la voir. Excepté les mouettes, les macareux et les goélands qui la survolaient, leurs ailes comme des ancres, leurs pattes comme des coquilles Saint-Jacques.

Comédienne. Le vent de l'océan grossissait ses larmes, frisottait ses cheveux coupés. On distinguait jusqu'au phare de Potron-Soufflant contre les nuages foncés. Elle tira son bonnet bien fort sur ses oreilles. Elle respira, et jeta par-dessus le promontoire sur les flots :

Sois désormais le Cid, qu'à ce grand nom tout cède,
Qu'il devienne l'effroi de Grenade et Tolède...

Derrière, on battit des mains.

Et l'on éclata de rire.

Hortense se retourna avec colère, prête à incendier Bettina qui avait osé la suivre jusqu'ici pour se moquer d'elle...

Ce n'était pas Bettina. Ni aucune de ses sœurs. La fille devant elle était une inconnue.

– Salut ! dit la fille. Continue, c'était pas mal.

Malgré son air rieur, elle semblait sincère. Elle expliqua :

– Je rigole parce que c'est trop marrant ici pour, hum, déclamer Corneille.

Elle avait une voix basse, assez agréable. Ses cheveux châtains étaient pincés de chaque côté (bien que plus courts que ceux d'Hortense) par une barrette en forme d'hippopotame vert.

– En fait, reprit-elle, c'est l'endroit idéal. *Top of the world*. Corneille sur la falaise et les mouettes dans le ciel... Complètement Seine-et-Marne !

Et l'inconnue partit dans un fou rire. Hortense eut l'impression, pour la première fois de sa vie, d'entendre quelqu'un qui proférait des choses plus étranges qu'elle. Elle sourit.

Y a rien d'plus beau
que d'être dans l'show
business, j'connais pas
d'autre business plus beau !...

– Corneille aussi ?

– Marilyn Monroe.

Elles éclatèrent de rire.

– J'aurais aimé être comédienne plus tard, dit la fille aux hippopotames verts.

– Tu dis ça comme si tu avais quatre-vingt-dix-neuf ans.

– J'ai plus que ça.

Elle lui coula un regard en biais :

– C'est ta maison, là-bas ?

– La Vill'Hervé. Oui.

– Oh.

Après un silence empli de vent et de mouettes, elle dit :

– Laisse-moi deviner. Tu n'es pas Charlie. Tu n'es pas Enid…

– Je suis Hortense. (Frappée d'une illumination :) Muguette ? C'est toi la locataire des Brogden ?

– À titre gracieux, ils sont copains avec mes parents. Et je n'y habite pas seule, j'ai une Zerbinski pour me garder.

– Une Zerbinski ? Ça consiste en quoi ?

– En un mélange de cuirassé Potemkine, de bistouri, de carabinier, d'éther, avec un soupçon de papillon de nuit.

– Ta chienne pitbull ?

– Mon infirmière.

– Elle est si horrible ?

– Pire. Tarn-et-Garonne.

Elle rit et ajouta :

– Je l'aime beaucoup mais, comme elle ne le sait pas, ne lui répète pas.

Quelle drôle de fille.

– Tu suis des cours de théâtre ? continua Muguette.

– Non.

– Pourquoi pas ?

– Euh…

– Si tu as envie de jouer des textes, il y a d'autres endroits que cette falaise.

Une série de frissons secoua la drôle de fille aux cheveux courts, des dizaines de frissons. Sa tête grelottait sur son cou tout maigre et les hippopotames verts avaient soudain l'air de peser autant que des vrais.

– J'ai froid. J'ai tout le temps froid *maintenant*. Je rentre.

Elle quitta la falaise sans saluer Hortense, en sautillant drôlement sur une jambe.

2

Un amant, maman ?

De retour de la falaise, Hortense trouva Geneviève assise, occupée à se masser un lobe d'oreille entre le pouce et le majeur. Signe qu'elle bouillait d'exaspération (mais il fallait bien la connaître pour le savoir).

– Ah, te voilà ! dit-elle d'un ton uni.

Elle souleva son sac de sport qui était prêt depuis si longtemps que Roberto s'y était installé pour dormir en rond. L'air las, il partit rejoindre Ingrid sous le Macaroni, l'escalier tordu de la Vill'Hervé.

– Je t'attendais pour qu'Enid ne reste pas seule ici, soupira Geneviève. J'ai fait des cookies. Dans le placard. Étagère du haut.

– J'étais sur la falaise. Fallait m'appeler.

– J'aurais bien fini par le faire.

– Tu vas garder les jumelles Deshoulières ?

– Mm.

Hortense savait exactement quand Geneviève mentait parce que, justement, elle ne mentait jamais.

Là, elle mentait. Chaque semaine, quand elle affirmait partir baby-sitter les petites Deshoulières, c'était faux. Hortense était la seule à l'avoir deviné. Mais elle s'en fichait ; elle n'avait, au fond, aucune envie de savoir ce que ça cachait.

Geneviève glissa la tête par la bandoulière de son sac :

– Ça ira ?

Elle culpabilisait, en plus. Qu'elle s'en aille donc ! Hortense adorait quand la maison était vide, qu'elle y était (enfin) seule. Elle accompagna Geneviève à la porte.

– J'ai rencontré Muguette.

– Muguette ?

– La fille chez les Brogden. Quelle maladie elle a ?

– Charlie doit le savoir, dit Geneviève.

Elle envoya un bisou, et enfourcha son vélo.

De fait, les jumelles Deshoulières n'existaient pas. Geneviève avait piqué le nom d'une marque de soupières. Si elle avait parlé des enfants Bonvoisin ou de la petite Élodie Janissaire, la supercherie eût été découverte, forcément, car chez ceux-là elle faisait VRAIMENT du baby-sitting. Mais que craindre de jumelles imaginaires ?

Elle arriva en ville vingt minutes plus tard, roula jusqu'à la rue George-Apley, et s'engouffra dans la cour d'un immeuble bas. Elle gara le vélo, poussa une porte où sur une plaque en plexiglas orange on lisait ces mots mystérieux :

QOL MOI NAT
Muay Thaï (boxe thaïe)

Dans la salle d'entraînement, M. Qol Moi accueillit Geneviève avec un sourire, et un de ses gestes élégants.

Geneviève enfila sa tenue au vestiaire et elle alla faire son échauffement en salle. M. Qol Moi la rejoignit :

– On travaillera au paos tout à l'heure.

– Après le sac ?

– Bien sûr.

– Ça tombe bien. Je suis hyper-énervée.

– Tes sœurs ?

– Qui d'autre ?

– Après la séance, répondit M. Qol Moi avec son drôle de

sourire qui se voyait à peine, ton moral et tes mollets seront en acier. Mais d'abord, relaxe-toi. Mets la musique et fais ton *ram muay*.

– D'accord. (Geneviève fit une grimace.) Mais pas avant ÇA !!...

La rotation de son buste donna toute sa puissance au coup. Geneviève percuta le cuir d'un crochet foudroyant. Elle se sentit beaucoup mieux.

*
* *

– Ma mère a déjà eu un amant, murmura Béhotéguy.

– Ta mère ? s'exclama Bettina.

– Ta mère ? s'exclama Denise.

– Tu veux dire...

– Ma mère, oui.

– Un vrai amant ?

Béhotéguy soupira. Elle roula au-dessus du nombril le tee-shirt qu'elle venait d'enfiler devant le miroir.

– Quand on couche avec quelqu'un qui n'est pas son mari, c'est qu'on a un amant, non ?

– Ton père le sait ?

C'était *Fringues Afternoon* dans la chambre de Denise. Les trois amies s'échangeaient des vêtements qu'elles essayaient à tour de rôle. La moquette offrait une implacable ressemblance avec une place de bal au lendemain du 14 Juillet.

– Et toi ? Comment tu sais ?

– Ils en parlaient, un soir. Je les ai entendus. À ce que j'ai compris, ça se passait quand j'avais huit ans. Mais ça m'a fait bizarre d'apprendre un truc pareil.

À Bettina et Denise aussi, ça faisait bizarre. Difficile d'imaginer la très convenable Mme Permoullet, maman de Béhotéguy, dans pareil désordre amoureux. Bettina lui trouvait l'air d'un jeune homme mûr avec ses cheveux pâles si courts qu'on pouvait la croire chauve de loin, ses cols mousquetaires, ses lavallières Scaramouche... Elle qui obligeait tout le monde à la suivre au temple le dimanche.

– Comment ça s'est terminé ?

– Ben tu vois, ils vivent toujours ensemble.

– Je suppose qu'ils se sont expliqués.

– Ou qu'ils s'aiment moins. Ou qu'ils s'en fichent. Ou les deux, murmura Béhotéguy après un silence.

On frappa. Mme Comencini passa une tête porteuse d'un ample turban en éponge turquoise, puis le reste du corps, dont un bras qui tenait un plateau d'adorables feuilletés au gorgonzola. Elle avait aussi un manteau de vison négligemment jeté sur l'épaule, et elle fumait un cigarillo. Son sourire étincela, tout de rouge et de dents.

– Cette chambrrre ! On se crrroirrrait dans l'estomac d'une chèvrrre ! À prrropos... Tenez.

– Merci maman, dit Denise, mais on ne peut plus rien avaler.

– Complètement rien ! dit Bettina.

– On doit partir, ajouta Béhotéguy. Ce n'était pas un goûter, c'était un... un...

– Un petit en-cas, rrrien de plus ! Pourrrquoi vous n'avez pas amené la *piccolina Inuit* ! Et la *gentilissima Sushi*. Elles, elles aurrraient mangé ma nourrriturrre !

Dans la phonétique toute personnelle de Mme Comencini, Inuit était Enid, et Sushi, Suzy la petite sœur de Béhotéguy.

Elle rattrapa le vison qui s'évadait de son épaule, le fit voler sur le canapé où il rejoignit une demi-douzaine de jumeaux. Sous ses allures de diva, la mère de Denise était couturière-retoucheuse. Elle cousait à domicile les doublures de manteaux haute couture qu'arboraient ensuite des top models et des stars de cinéma. Travail pour lequel elle était très appréciée... et extrêmement sous-payée. Un jour,

Denise avait découvert qu'avec la somme de manteaux empilés sur le canapé familial, sa mère aurait pu nourrir la famille pendant dix-neuf ans et quatre mois.

– Vous ne goûtez pas *al mio tiramisù* ?

– Merci, mais il est tard.

– *Non tanto !* s'insurgea Mme Comencini, branlant du turban éponge et traçant des comètes au cigarillo dans l'espace. Je vais en mettrrre dans *una bolsa* et vous l'emporterrez à la maison. Pourrr *Inuit* et pourrr *Sushi.*

Six minutes plus tard, Denise beugla à sa mère depuis le vestibule :

– Je les raccompagne au coin de la rue !

Bettina enviait Denise et Béhotéguy qui habitaient toutes les deux des appartements en ville. Elle ne détestait pas la Vill'Hervé, mais on s'y sentait loin de tout. Le moindre shopping, ou cinéma, devenait un voyage. Mais dans quatre ans elle passerait son permis, et alors... Elle opéra une brusque volte-face.

Là-bas, en train de traverser la chaussée, il y avait un garçon... Ce garçon... aux surgelés... si laid... Elle ne voulait pas le voir ! Ni lui parler !

Mais lui, il l'avait vue ! Et, à son air rayonnant, tandis qu'il fonçait comme vers la reine de Suède et de Tasmanie réunies, elle comprit que lui avait bel et bien l'intention de lui parler.

3

L'Abominable Homme des Glaces

– Tu me reconnais ?

Bettina, écarlate, se tourna avec une extrême lenteur, ses talons grincèrent. Les regards de Denise et Béhotéguy passèrent de lui à elle, d'elle à lui, et vice versa. Et re-vice versa.

– L'Abominable Homme des Glaces ! dit-il, joyeux.

– Ah... dit-elle.

Avec une petite voix languissante censée symboliser le paroxysme de la désinvolture. Elle ajouta :

– Hyper Promo ? La semaine dernière ? Le caissier ?

– Nanouk Surgelés. Ce matin. Le livreur.

Il était plus laid que dans son souvenir. Ce nez. Une ignominie. Ces points noirs. Ces oreilles. Une abomination. Même si le sourire rachetait. Rachetait un peu.

Bettina garda le silence. Exprès. Il finirait bien par comprendre. Voir qu'il gênait. La laisser.

Mais non. Il enchaîna sans remarquer l'hostilité :

– J'ai des places pour le film avec Donny Jepp. Ça te dit ?

– Des places ? Bien sûr, dit-elle méchamment. Si tu n'es pas inclus dans le prix de la mienne.

Il rit. Rien ne pouvait décidément rabattre sa belle humeur.

– Hélas si. C'est une invitation pour deux. Impossible d'y aller sans moi.

Il lui fit une grimace non dénuée de malice, et lui tourna le dos, mains aux poches, veste au vent.

Denise renifla d'une narine :

– Il a la pêche, lui, dis donc.

– Moche, dit Béhotéguy. Très.

– Pire on ne trouve pas, dit Denise.

– Dommage pour Donny Jepp.

– Encore que. Au cinéma, tu n'es pas supposée regarder le type assis à côté.

– Il n'est pas complètement antipathique, nuança Béhotéguy.

Bettina s'accroupit pour débloquer son antivol de vélo.

– Les sympas-moches, c'est supportable, dit-elle. Mais uniquement dans les feuilletons télé.

*
* *

Petit bout du journal d'Hortense

Sale coup de la prof de français : elle nous a fait lire un passage du *Berceau volant* à deux voix. D'abord ç'a été Aramis Pardonche en duo avec Audrey, puis moi avec devinez qui… Ursula Mourletatier. La royale conne. Évidemment Mme Latour-Destours ne l'a pas fait exprès, mais ça m'a mise dans un tel état, je veux dire comme d'habitude, d'avoir à parler devant tout le monde, face à Mourletatier en plus ! Du coup je ne savais plus où on en était, alors que jusque-là j'avais suivi. Latour-Destours s'est agacée, ça m'a rendue encore plus nerveuse. Première phrase, j'ai cafouillé. J'ai dit « serpette » au lieu de « civette ». La classe a ri pendant une semaine (cinq minutes au moins !).

Latour-Destours a dit : « Verdelaine, vous viendrez me voir après le cours. » Ce qui n'a rien arrangé. Je n'ai plus écouté du tout.

À la sonnerie, pendant que les autres sortaient, je suis allée trouver Latour-Destours ; son bureau est perché sur une estrade, et donc il m'arrivait à la poitrine et le crâne de Latour-Destours dépassait le mien d'un bon demi-mètre. Elle a fermé le cahier où elle écrivait et rangé ses lunettes.

Latour-Destours ressemble à l'idée que je me faisais, à neuf ans, de Mme de Fleurville dans *Les Petites Filles modèles* : boulette de frisottis roux sur le front, corsage à nœuds, jupe ample dont on se dit qu'elle dissimule des cerceaux et des dentelles. Au reste, notre dialogue fut très comtesse de Ségur. À peu près ceci :

MME LATOUR-DESTOURS (*Gentiment grondeuse*)

Eh bien, Verdelaine ! Quand cesserez-vous de bredouiller et de rougir pour une malheureuse lecture ?

HORTENSE (*Bredouillant et rougissant*)

Je... Je ne sais pas, madame.

MME LATOUR-DESTOURS (*De même*)

Vous avez le trac, c'est ça ? Vous avez peur de parler en public ?

HORTENSE (*De même*)

Je... crois.

MME LATOUR-DESTOURS

Avouez que ce n'est pas très rationnel.

HORTENSE

Je... J'avoue.

MME LATOUR-DESTOURS (*Ironique*)

Il existe des moyens pour vous faire parler.

Elle m'a tendu un petit carton crème.

MME LATOUR-DESTOURS

Voilà ce qu'il vous faut, je crois. Même si le but n'est pas de faire de vous la nouvelle Deborah Kerr, ceci vous aidera peut-être. Allez-y de ma part.

Elle s'est levée dans son nuage de frisottis et ses jupons. Elle est sortie. Qui c'était, Deborah Kerr ? J'ai baissé les yeux sur le petit carton crème :

ZOLTAN LERMONTOV
cours d'art dramatique
corps, espace, geste, voix

Deuxième fois en quelques jours qu'on me conseillait de suivre des cours de comédie... Un signe ?

Peut-être suis-je destinée à devenir Zuleika Lester de *Cooper Lane* après tout.

*
* *

Elle s'arrangeait pour ne pas emprunter le même bus que ses sœurs. Hortense descendit donc seule à l'arrêt. Mais au lieu de prendre l'impasse de l'Atlantique vers la maison, elle coupa à travers la lande et retrouva son cher panier de chien sculpté dans la falaise. Elle jeta son sac sur l'herbe froide et voulut s'asseoir, mais une exclamation l'empêcha :

– Ho ! Je t'ai vue !

Hortense s'agenouilla et rampa jusqu'au bord. Quinze mètres de falaise plus bas, sur la grève à marée basse, Muguette faisait de grands signes. Sa tête renversée riait. Hortense nota qu'elle ne portait pas de manteau.

– T'as pas froid ? cria-t-elle.

Mais le vent projeta sa question vers les terres. Muguette mit la main en cornet devant son oreille. Hortense répéta. En vain. Elle décida de descendre les marches en granit.

– Tu dois cailler, dit-elle quand elle eut atteint la plage.

Muguette était en pull et pantalon, mais pieds nus sur le sable mouillé, sans veste, sans écharpe.

– J'ai pas froid.

– L'autre jour tu disais que tu avais toujours froid. Tu as même ajouté : « Maintenant. »

– Ça dépend. Tu reviens du collège ?

Hortense fit mmm. Elle se demandait si elle allait retirer son manteau, par solidarité, quand Muguette détala brusquement dans un petit jet de vase douce, de sa drôle de manière, en sautillant sur un pied, et en criant quelque chose qu'Hortense ne comprit pas. Elle revint sur ses pas, toujours en sautillant :

– Chiche !

– Chiche quoi ? s'énerva Hortense.

– Qu'on se baigne !

Elle riait, mais ça n'avait pas l'air d'une plaisanterie.

– Tu es zinzin ! En plein mois de novembre !

La mer glissait entre les rochers avec un bruit de limonade.

– Juste les pieds.

– Quelle horreur. Ici, même en juin, personne ne se baigne. Sauf les touristes norvégiens.

– Quand alors ? Quand est-ce que vous vous baignez ?

– Trois jours en août.

Muguette lui jeta le même regard que l'autre jour, un regard en rideau opaque.

– Cet été, dit-elle, je serai Meurthe-et-Moselle. Plus là.

– Tu veux dire ici ?

– Ici. Partout. Nulle part.

Elle se gratta entre les sourcils.

– Je me baigne, décréta-t-elle.

Et elle marcha vers le rivage où de l'écume flottait comme de la plume, au-dessus des écueils.

– De la barbe à papa ! rit Muguette.

Une vague l'isola au milieu de l'eau. Son pantalon vert foncé devint noir trempé. Hortense frissonna.

– Reviens !

Le vent froid qui venait de l'eau la saisit, la raidit. Hortense retira ses chaussures, ses chaussettes, les posa sur un rocher à l'abri ; elle roula son pantalon et s'approcha de Muguette avec précaution.

– Reviens, supplia-t-elle. Tu es complètement... Ille-et-Vilaine !

– C'est moins froid au bout d'un moment.

Le visage de Muguette était bleu pâle. Hortense attrapa Muguette par le coude et la tira vers le sable sec. Muguette se laissa faire.

Elles tombèrent toutes les deux assises sur le sable. Muguette grelottait.

– Prends mon manteau, dit Hortense.

Muguette s'y enroula, fit la marionnette avec une manche.

– Il est triste, ton manteau. Tu portes toujours du bleu marine ?

– Pas toujours. Je l'ai acheté à la mort de mes parents.

– C'est idiot, dit Muguette.

Elle frotta à nouveau l'espace entre ses sourcils. Elle demanda :

– Ils sont morts quand ?

– Il y a presque deux ans.

– Ils étaient malades ?

– Accident de voiture.

– C'est con ton histoire de bleu marine. Du rose, du jaune, ou des fleurs, ça n'empêche pas de penser à eux.

– Je sais. Tu devrais rentrer. Toi aussi tu es toute bleue.

– Pas marine, j'espère.

Elle rit.

– Pas mal ton « Ille-et-Vilaine »...

– C'est quoi la maladie que tu as eue ?

À cet instant, une voix vola par-dessus la falaise. Les deux filles levèrent la tête. Une silhouette descendait à toute allure les marches.

– Zerbinski, marmonna Muguette.

– Le pitbull ?

Mais lorsque l'infirmière s'approcha d'elles, Hortense fut toute surprise. Zerbinski était une jeune femme frêle, aux doux yeux noirs, à la démarche dansante. Elle portait un pull-over blanc et un pantalon en velours grenat.

– Bonjour, dit-elle à Hortense qui se redressait.

Elle tourna la tête vers Muguette qui détourna la sienne, lui tendit le duffle-coat orange qu'elle tenait. Elle dit :

– On rentre ?

Malgré le point d'interrogation c'était un ordre. Elle offrit ses deux mains à Muguette qui s'y accrocha pour se mettre debout.

– Maintenant que Muguette a son manteau, reprends le tien, dit Zerbinski à Hortense. Tu habites la Vill'Hervé ?

Hortense hocha.

– Merci.

Hortense les suivit jusqu'en haut de la falaise. L'infirmière soulevait parfois Muguette qui s'essoufflait. Elle devait être très forte, en dépit de son apparence mince et douce. Puis Hortense comprit que c'était Muguette qui était maigre et légère.

Sur la lande, Hortense bifurqua vers la Vill'Hervé. Mais avant, Muguette lui lança un clin d'œil par-dessus l'épaule de Zerbinski.

4

Je ne veux pas qu'un garçon me lèche la joue

C'était le tour de Bettina d'emmener Enid à la piscine ce mercredi-là.

Dans la cabine, elle lui enfila son bonnet de bain, une copie caoutchouc du casque Transbionic de Shaggaï Mostra, la venimeuse *clonesse* du jeu vidéo.

– À quoi tu penses ? lui demanda la petite.

– Pourquoi ?

– Tu as l'air de penser.

– Ça te paraît si bizarre ?

Question qui ébranla Enid.

– Je me disais, expliqua Bettina, que les mondes du virtuel déploient des cohortes de femelles barbares et de vengeresses fatales et que je me situe bien loin de tous ces modèles !

Enid en resta baba.

– Laisse tomber, enchaîna Bettina, c'est de la philosophie.

Enid tritura son bonnet.

– Ça tire les cheveux. J'en veux pas.

– Tu vas avoir tes allergies aux oreilles.

– J'en veux pas. Enlève-moi-le.

– On dit : enlève-le-moi. Et, non, je ne l'enlève pas.

– Tu n'es pas ma grande sœur.

– Hélas si.

– Non non non, tu n'es pas ma sœur, se mit à chantonner Enid. Moi, ma sœur, MA VRAIE GRANDE SŒUR, elle est très très très gentille.

– Eh bien, on est d'accord : c'est moi.

Elles sortirent enfin de la cabine où Bettina avait sué un quart d'heure à enfiler sa tenue de bain à la petite sœur. Enid fila sur le carrelage. Avec sa coiffe Transbionic Shaggaï Mostra, elle ressemblait à un vaste coquelicot à jambes.

– Attends-moi ! lui cria Bettina.

Enid ralentit. Mais uniquement pour que Bettina puisse l'entendre fredonner :

– Ma VRAIE GRANDE SŒUR, elle est VRAIMENT très jolie. Elle porte dix bracelets, quatre en or, deux en argent, deux en émeraude, trois en rubis que je lui ai offerts parce qu'elle est VRAIMENT gentille, et trois en diamant...

– Ça fait quatorze bracelets, fit remarquer Bettina. Pas dix.

Elles arrivaient au bord du bassin. Imperturbable, Enid continua :

– Ma VRAIE GRANDE SŒUR à moi, elle a TELLEMENT d'amoureux qui l'invitent tout le temps, qu'elle ne peut pas dire oui à tous. Alors, à ceux qui téléphonent quand elle est déjà invitée, je réponds qu'elle a mal à la tête pour ne pas leur faire de la peine.

Bettina fut saisie d'un brusque coup de cafard.

– Ah, tais-toi ! grogna-t-elle.

Des nageurs se tournèrent, puis se remirent à suivre les figures d'un plongeur qui s'envolait du tremplin sous la voûte avant de fondre vers l'eau en un piqué royal.

– Regarde ce type, dit Bettina à Enid dans l'espoir de dévier le cours de ses élucubrations.

Enid suivit avec intérêt les évolutions du plongeur. Ce qui ne l'empêcha pas de remettre ça :

– Ma VRAIE GRANDE SŒUR à moi, elle ne crie jamais. Elle sourit toujours. Parce qu'elle est TRÈS contente que je sois sa petite sœur...

Bettina la lâcha, et sauta à l'eau avec ce qui lui sembla être un bruit de vieux paquet. Lorsqu'elle remonta dans un million de bulles, Enid l'observait depuis le bord.

– Tu me fais penser, dit-elle, à ce film où on jetait un mort du bateau, et où...

– Viens ! coupa Bettina. Je vais t'aider.

Elle heurta un nageur qui lui sourit, l'air proprement réjoui.

– Oh ! bonjour !

Elle reconnut en lui le plongeur virevoltant. Puis elle reconnut... Son cœur fit un vol plané.

Pas lui ! Oh non, pas lui ! Pas avec Enid qui les scrutait en ce moment même de ses yeux fouineurs ! Dieu sait ce que la petite teigne irait partout colporter avec ses chansonnettes sournoises. À Denise et Béhotéguy, par exemple, quand elles viendraient à la maison... Horreur.

– Bonjour ! répéta le garçon.

Elle le fixa comme s'il débarquait de la lune. Il sourit, modeste, comme s'il en venait en effet.

C'étaient ses cheveux mouillés. Elle ne l'avait pas reconnu. Pourquoi, justement aujourd'hui, était-il ici ? En ce jour de corvée avec Enid ? OH POURQUÔA ! ?

– Bonjour, prononça-t-elle du bout des dents, ce qui lui fit avaler un peu de piscine.

Elle lui tourna le dos en recrachant. Il la rejoignit d'une brasse.

– Mon invitation tient toujours.

– Mon refus aussi.

Le bonnet d'Enid surgit des eaux et flotta entre eux comme un morceau de plate-bande en fleur.

– C'est qui ? voulut-elle savoir.

Presque aussitôt elle poussa un cri :

– Je te reconnais ! Le rigolo des surgelés ! Merlin le magicien ! Qu'est-ce que tu fais ici ? Tu nous suis ?

– C'est vrai ça, cracha Bettina, tu nous suis ?

– On habite une ville où il y a une seule piscine et un seul mercredi après-midi par semaine, répliqua-t-il. Tu en déduis quoi ?

– Que cette ville est trop petite, que l'un de nous doit partir.

Il sourit. Vraiment beau ce sourire. On en oubliait les oreilles… les points noirs… le… Holà. Non… Impossible à oublier, le nez !

– J'avais fini, de toute façon.

– Tu pars déjà ? fit Enid. C'est pas à cause de Bettina ?

Sagace Enid. Bettina mit la tête sous l'eau pour cacher sa rougeur. Elle refit surface plus loin et attendit.

… quoi ?

La réponse lui apparut, aussi nette qu'un coup de ciseaux dans un tissu : elle voulait revoir Merlin sourire.

Un peu de brasse indienne lui permit de constater qu'il était sorti de l'eau. Il marchait au bord, Enid courait à sa suite, la petite punaise.

Bettina ne put entendre ce qu'ils se disaient mais elle se jura de passer un savon à Enid pour oser parler ainsi à un inconnu.

Elle le vit effleurer le bonnet Shaggaï Mostra. Une jonquille en plastique apparut dans sa main. Il l'offrit à Enid, puis il la quitta tandis qu'elle sautait dans l'eau rejoindre sa sœur.

– Pour toi ! dit-elle en tendant la jonquille à Bettina. De la part de Merlin.

Bettina écarta la fleur d'un geste, provoquant une minihoule à la surface de l'eau.

– De quoi avez-vous parlé ? demanda-t-elle.

– J'ai dit que j'aimerais bien plonger comme lui.

– Tu as un cil sur la joue. À gauche.

Bien entendu Enid frotta à droite. Bettina tapota sous l'œil gauche. Le cil tomba dans l'eau.

– Tu veux apprendre à plonger, et alors ?

– J'ai demandé à Merlin s'il pouvait m'apprendre.

– …

– Il a dit que oui. Il veut bien.

Bettina regarda sa sœur comme si elle avait annoncé qu'elle adoptait un loris d'Indonésie.

Subitement, là-haut, telles deux apparitions sur le mont Olympe, Denise et Béhotéguy surgirent sur la galerie. Bettina jeta illico la jonquille derrière l'échelle.

Elle eut honte de son geste, mais avoir à expliquer la présence de cette fleur eût été pire. D'un regard circulaire elle engloba le bassin. Ouf. Il n'était plus là. Enid barbotait du côté du petit bain. Bettina entama une longueur.

Denise arriva bientôt et lui fit signe, puis Béhotéguy. Toutes les deux plongèrent et rattrapèrent Bettina.

– Tu sais quoi ?

– Quoi ? dit Bettina.

– On en a vu deux qui s'embrassaient.

– Le garçon léchait la joue de la fille.

– Avec la langue.

Elles hurlèrent en chœur :

– Bêêrrkk !

– Et l'oreille aussi !

Elles hurlèrent encore plus fort :

– Bêêêêêrrrrrkkkkk !!

Bettina se promit bien, si un jour un garçon tentait de lui lécher la joue, de lui envoyer une claque gratinée.

Elles s'éclaboussèrent en riant de bon cœur. Béhotéguy se réfugia près de l'échelle. Tout en roulant distraitement sa bretelle de maillot entre le pouce et l'index, elle dit à Bettina :

– Au fait. On a aperçu ton amoureux en arrivant.

– Amoureux ?

Bettina se raidit, se sentit couler. Elle agita les pieds.

– De qui tu parles ?

– Mais si. Celui de l'autre jour.

– Donny Jepp.

– Oreilles-de-Batman.

Denise et Béhotéguy glapirent. Bettina parut frappée d'amnésie.

– Vois pas.

– Ton livreur de surgelés, précisa enfin Denise.

Un temps.

– Oh lui ! se souvint Bettina, la voix traînante. Ce n'est pas MON livreur. Encore moins mon amoureux.

Comme elle aurait dit : « Ce n'est pas du tout ma pointure. »

– Il t'observait de la balustrade.

Bettina digéra l'information, surprise de n'être pas si mécontente que ça.

– Tu lèves le petit doigt, il tombe cuit.

– Je ne lèverai pas un cheveu.

– Il a l'air sympa.

– S'il n'était pas si moche…

– Mais il l'est ! coupa sèchement Bettina.

*
* *

Quelque part dans un vieil immeuble du centre-ville, Hortense appuya sur une sonnette. Une jeune fille en mini-jupe de peluche rouge et en col roulé pied-de-poule ouvrit. Elle tenait *Bajazet* de Racine qu'elle était manifestement en train d'apprendre. Elle regarda Hortense de bas en haut, sans hostilité ni cordialité.

– C'est commencé depuis un quart d'heure. Lermontov va t'engueuler, sauve qui peut, *je vois mon imprudence, je vois que rien n'échappe à votre prévoyance…*

– Je… Je ne suis pas élève. Je viens m'inscrire.

L'autre leva les yeux au ciel et recula pour la laisser entrer.

– Dragica Davidovitch, dit-elle en refermant. *Holà, gardes, qu'on vienne, je n'ai rien à vous dire…* Tout le monde m'appelle Dédée.

– Hortense Verdelaine.

– Pour les inscriptions, c'est Louise… *et ta mort suffira pour me justifier.* Je t'y conduis.

Elles passèrent sous les visages d'Ingrid Bergman, de Geneviève Page, de Claude Rich, de Walter Pidgeon, épinglés aux affiches de *Stromboli, Le Cid, Désiré, Nick Carter.*

Dédée la conduisit jusqu'à une porte, après une longue bibliothèque.

– C'est là… *que tout rentre ici dans l'ordre accoutumé…* Welcome, Verdelaine, dans l'antichambre de l'ANPE Spectacle.

*
* *

Cela débuta par un gratouillis, léger, léger. Enid, qui se confectionnait un building de pain-endive-Vache qui rit, l'entendit mais elle crut à un borborygme du vieux frigo.

Charlie, dans la salle de bains, se séchait les cheveux. Basile en cuisine pétrissait la pâte pour la quiche du dîner. Hortense, plongée dans *L'Arche dans la tempête* d'Elizabeth Goudge, n'entendait que les fureurs du roman. Le reste de la maisonnée était dispersé dans des coins divers.

En conclusion : le deuxième gratouillis, personne ne l'entendit.

En revanche, les conséquences du troisième furent audibles pour tous.

Le troisième gratouillis. Il se produisit dans le couloir, à l'instant où Charlie, cheveux séchés brossés, cherchait dans le tiroir à couverts une baguette chinoise pour fixer son chignon.

Le gratouillis. Il provint du tuyau d'évacuation qu'hébergeait, comme un ver solitaire, la plinthe du couloir. Charlie baissa les yeux et reconnut séance tenante l'œil rouge qui la toisait.

Elle resta clouée sur place. L'œil disparut prudemment dans les ombres. Un murmure tomba des lèvres de Charlie :

– Mycroft.

Avec incrédulité, dégoût, accablement. Elle se précipita dans la salle à manger pour y jeter ce cri :

– Mycroft !

Mot mystérieux qui possédait une signification familiale évidente puisque aussitôt ce fut l'état d'urgence. Geneviève, Bettina et Enid apparurent, Hortense lâcha son bouquin, Basile sa quiche. Ce n'était qu'un nom, mais braillé par tous :

– MYCROFT !!!

5

Merlin du soir espoir

En tout cas le mot fut magique pour les deux chats. Ingrid démarra en flèche, allégrement escortée de Roberto : leur ennemi juré pointait le museau !

Mycroft était un rat. De la taille d'un chat. Si retors, si filou, si suprêmement intelligent qu'Hortense l'avait baptisé Mycroft Holmes, frère de Sherlock.

Mycroft était un intermittent du spectacle : il entrait en représentation quand ça lui chantait. La dernière avait eu lieu trois mois plus tôt. Qu'avait-il fait depuis ? Mystère. Mais Charlie fut horrifiée à l'idée de partager à nouveau leur quotidien avec lui. Nul doute qu'il avait de nombreux potes dans les trous de la maison, mais eux, ils restaient discrets : ils s'esquivaient à la moindre humanité.

Mycroft était un fier-à-bras, un peur-de-rien, un m'avez-vous-vu-en-poudre-d'escampette, un ne-vous-gênez-pas-pour-moi-je-me-sers-tout-seul. Pour résumer : un Apache.

On s'arma de pantoufles, d'un *Marie-Claire* « Spécial mode d'hiver », d'une tapette à moustiques, d'un torchon XXL et autres munitions, et l'on partit en guerre.

– C'est de la dynamite qu'il nous faut ! grommela Charlie en constatant que l'arme de Basile était son exemplaire de *L'Ennemi commun* d'Eric Ambler, et celle de Geneviève une grosse tranche de Leerdamer.

– Ou un gigot congelé, chuchota Hortense en pensant à Roald Dahl.

Ils avançaient à pas de Sioux. Ils stoppèrent au seuil de la buanderie. Charlie mit un doigt sur les lèvres.

Silence et immobilité. L'Infâme allait-il craquer le premier ? Il savait faire preuve d'une patience diabolique. Enid sentit se réveiller sa vieille allergie de derrière les oreilles, la méchante, celle avec gratouillage violent. Une crête de poils hérissés sur la colonne, Roberto et Ingrid avaient des poses de tyrannosaures. Silence et immobilité.

Basile se posta en tête, son *Ennemi commun* brandi de toute la grandeur de ses cinquante pages. Le rat planta son œil acajou dans celui du jeune homme et ils s'observèrent.

L'Œil dut regarder Caïn avec cette expression-là.

– Je ne peux pas, dit soudain Basile à voix basse.

Et il laissa retomber sa main avec le livre.

Le Vil entendit… et comprit. Il se réfugia d'un bond sous la console. Charlie laissa éclater son dépit.

– Qu'est-ce qui t'a pris ? dit-elle à Basile. Moins une et tu pouvais l'occire !

– Je… Je n'ai pas pu. Son regard…

– Quoi son regard ?

– Un genre de télépathie, tu vois ?

– Pas du tout. Sois plus précis je te prie.

– Il m'a parlé.

– Hein ? ! Tu laisses la vie sauve à ce rat qui bouffe mes magazines et nos petits-suisses à l'ananas parce qu'il t'a parlé ?

– Qu'est-ce qu'il a dit ? interrogea Enid très intéressée.

– Qu'il nourrit sa famille. Ses frères et sœurs, sa vieille mère…

– Quoi !! s'écria Charlie. Parce qu'il a AUSSI une famille ? !

Elle regarda Basile, et sourit. Elle ouvrit la bouche. Il ne sut jamais ce qu'elle avait l'intention de dire car on sonna à la porte. Ils se tournèrent d'un bloc. L'Odieux en profita pour achever dare-dare sa retraite sous les tuyaux.

On reposa tapette, *Ennemi commun*, pantoufles, Leerdamer, *Marie-Claire* Spécial, etc. Bettina alla ouvrir.

Un sourire l'attendait sur le seuil.

– Bonjour !

– Bonsoir ! rectifia-t-elle sèchement.

– Je sais : drôle d'heure pour une livraison.

La main sur la poignée, elle fixa Merlin comme on fixe la piqûre qu'un moustique vient de vous faire au mollet.

– Parce qu'il y a une livraison ?

– Oui. Celle que vous n'attendez pas.

– Magnifique. Mais encore ?

Le sourire s'élargit.

– Une livraison ? Quelle livraison ? beugla Charlie depuis le salon.

– Oui, quelle livraison ? répéta Bettina avec hauteur.

– Ici ! Là ! répondit Merlin à tue-tête, en élevant une boîte isotherme au-dessus de sa tête.

Basile apparut derrière Bettina, puis Geneviève, puis Enid qui comprit avant tout le monde :

– Une glace ! hurla-t-elle. Pour nous ?

– Cadeau de Nanouk Surgelés à ses meilleurs clients.

Les occupants de la Vill'Hervé étaient maintenant agglutinés à la porte, mais c'est Bettina que Merlin ne quittait pas des yeux. Enid dévala le perron parce qu'elle venait de repérer le vélo anglais de Merlin. Elle l'enfourcha et se mit à faire de grands cercles dans l'allée.

– Hum, grommela Basile. 9 heures passées. Ça ne pouvait pas attendre demain ?

– Attendre ? Une glace ? s'indigna Geneviève.

Merlin lui jeta un regard de gratitude. Elle lui retourna un clin d'œil joyeux.

– Elle est à quoi ?

– Vanille, cookie, granduja, caramel, croûte en chocolat, socle de nougatine, cerises au marasquin, pâte d'amandes à la pista…

– Ce n'est pas une glace, c'est la Foire de Paris ! coupa Bettina.

À cet instant précis, l'Infernal jaillit des ombres du couloir, bondit par-dessus des pieds et fila dehors comme une flèche, Ingrid et Roberto à ses trousses. On eut juste le temps de voir un morceau de lard sous sa moustache.

– Mycroft !

– Mycroft ? répéta Merlin. Qui est-ce ?

– Tu ne comprendrais pas, dit Bettina.

– Le Monstre de la maison, dit Geneviève.

– Le Malin de la Vill'Hervé.

– Le Puant, dit Charlie. L'Ignominieux.

– Le Rongeur Démoniaque, dit Basile. Il vient de voler ce qui devait faire de ma quiche un morceau de Mozart.

– Je n'ai vu qu'un morceau de lard, cria Enid sur le vélo.

– C'est exactement ça, soupira Basile.

Charlie lui fit un bisou sur le nez.

– Laisse tomber, dit-elle. Enid ? Rentre immédiatement.

Elle débarrassa Merlin du carton isotherme.

– À quoi elle est déjà, cette glace ?

– Décor à la cerise, dit Basile, morose, fond en cookie, la vanille au caramel et, euh… la pistache au nougat ?

– Du tout ! coupa Hortense, les cerises sont en chocolat, le caramel sous le granduja et…

– Faux ! se récria Enid. Le chocolat est à la cerise, le socle en vanille, et les…

Leurs rires décrurent vers l'intérieur de la maison. Bettina et Merlin se retrouvèrent seuls sous la lanterne du perron.

– On va chasser le Mycroft ? proposa-t-il.

– Trop malin pour toi.

Il marqua un silence. Il leva le menton en direction de l'abri aux bûches. Il siffla en douceur les premières notes d'un concerto de Rachmaninov que Charlie jouait parfois au piano. La nuit ne bougea pas.

– Tu le crois mélomane ? ironisa Bettina.

Il sifflota à nouveau. Schubert cette fois.

On bougea. L'œil pointu perça l'obscurité des bûches. Bettina retint son souffle. Avec lenteur, avec délicatesse, Merlin sortit de ses poches des cacahuètes, une, deux, trois.

Mycroft demeura immobile. Merlin chantonna, à nouveau sur Rachmaninov :

– Ces caouettes sont pour toi... viens donc les chercher... viens...

Il les lança une par une. Vif comme l'éclair, le rat les attrapa toutes et regagna son abri.

– En quoi nourrir l'ennemi est-il une victoire ? s'enquit Bettina.

– L'affamer n'en est pas une non plus. Dans le fond, cet animal vous aime.

– Pardon ?

– Pourquoi prend-il autant de risques pour se nourrir alors qu'il pourrait faire ses courses, pépère, dans un grenier de ferme ou une grange bien remplie ?

Bettina ne trouva rien à redire à ça. Elle frissonna.

– Et toi ? reprit Merlin. Pourquoi tu restes à te geler en ma compagnie alors que tu m'as fait comprendre cent fois que je ne suis pas assez beau pour toi ?

Elle rougit. Sans trouver davantage de réponse.

– Mon invitation au cinéma est encore valable, dit-il. Mais plus pour longtemps.

– Oh, dit-elle. On se bat au portillon pour t'accompagner ?

– Non. Mais sa validité est limitée.

– Invite quelqu'un d'autre.

– C'est avec toi que je veux y aller.

Elle le scruta. Et se surprit à devoir chercher des défauts que jusqu'ici elle voyait au premier coup d'œil. Elle se gratta la joue, croisa les bras. Ce devait être la lanterne... Toute brunie par les poussières, les pluies, les crottes d'insectes et d'oiseaux, elle adoucissait l'air d'un tendre halo orangé.

– Mercredi ? souffla-t-il.

Elle sentit son cœur gigoter sous ses bras croisés.

– D'accord. La séance de quatre heures, dit-elle tout bas.

Il lui décroisa les bras, prit ses deux mains. Il se pencha comme s'il allait l'embrasser, mais il ne l'embrassa pas. Il chuchota :

– Laisse sa chance à Mycroft. Les hideux gagnent parfois à être connus.

Il se pencha à nouveau. Il ne fit que sourire, de ce sourire qui noyait le cœur.

– Salut.

Il monta sur le vélo anglais, fit une acrobatie qui le fit ressembler à un avion sur sa piste d'envol, puis il disparut vers la grille.

– Alors ? s'enquit Charlie quand Bettina les rejoignit. Il s'est carapaté ?

– À vélo.

– À vélo ? Mycroft ?

Bettina la regarda gravement.

– Mycroft nous aime. Il pourrait faire ses courses, pépère, dans une grange. Mais il aime cette maison. Comme nous. Laissons-lui une chance.

Charlie haussa un sourcil ébahi, adressa à Basile un petit geste rond qui signifiait qu'elle doutait du mental de sa cadette.

Enid, elle, fredonna des paroles sans queue ni tête où il était question d'une sirène (avec queue et joli minois) qui se trouvait un amoureux dans une piscine.

*
*   *

Petit bout du journal d'Hortense

Je suis nulle nulle nulle nulle nulle nulle nulle nulle nulle nulle nulle nulle nulle nulle nulle nulle nulle !

J'ai participé ce soir à un cours de théâtre pour la PREMIÈRE et DERNIÈRE fois de ma vie ! Me suis jamais sentie aussi ver de terre.

Lermontov enseigne l'art dramatique depuis trente ans. Avec un nom pareil, j'attendais un type de quatre mètres de hauteur sous plafond. Pas du tout. C'est un court bonhomme aux joues rouges, la lippe pendante qui donne envie de lui faire beuleup-beuleup comme à un bébé, un peu asthmatique, et de lourdes paupières de tortue qui lui font un air chinois.

Quand je me suis inscrite, il ne m'a même pas saluée.

– Votre nom ?

– Hortense Verdelaine.

– Vous êtes jeune.

– Douze ans.

(Vrai dans quelques mois.)

– Pourquoi voulez-vous apprendre la comédie ?

À cause de Zuleika Lester dans *Cooper Lane*. J'ai bredouillé :

– Parce que je... je ne sais pas jouer.

– Un motif comme un autre.

Je me suis sentie imbécile et désolée de n'avoir pas de réponse plus brillante.

– Asseyez-vous et observez.

Ce que j'ai fait. Je me suis blottie contre le mur, sur un strapontin loin des lumières. Sur scène il y avait deux filles et deux garçons. Ils me paraissaient magnifiques. Une des filles s'est brusquement mise à pleurer. On aurait dit la fuite dans le grenier de la tour à la Vill'Hervé un jour de grand orage. Top du top dans le genre larmes.

Moi, je ne saurai jamais pleurer. Moi, pour que je pleure, il faut me rouer de coups. Le dernier coup que j'ai reçu, c'était la mort de maman et papa. Et encore : je n'ai pas pleuré tout de suite. Trois semaines pour que je comprenne.

– Inutile de nous inonder, Luna Pellicer ! a tonné Lermontov. Araminia est un personnage sensible mais sans sensiblerie ! La faire pleurer devant l'homme qu'elle aime est un contresens !

Sur la scène, Luna la pleureuse (environ dix-sept ans) a vite séché les larmes indésirables, qu'elle a échangé contre un petit air contrit.

– Araminia a du chagrin ! a-t-elle objecté.

– Les larmes sont-elles l'apanage de la tristesse ? Le cœur d'Araminia saigne. Elle meurt de chagrin. Mais des larmes, ah non non non ! Recommencez, Pellicer !

Comme ça jusqu'à la fin. Chaque fois j'avais l'impression d'être devant les acteurs les plus doués de la terre et vlan, Lermontov fichait tout en l'air. Il n'avait pas tort. Car, à la fin du cours, Araminia semblait plus intelligente, plus subtile, plus... poignante. C'est la salle qui pleurait.

Quelqu'un est venu s'asseoir à côté de moi. C'était la fille qui m'avait accueillie l'autre jour, Dragica Davidovitch, Dédée. Encore plus ravissante avec des collants rose et vert, que moi je ne porterai jamais même seule dans une cave, et un genre de tutu vert qui la situait quelque part entre Robin des Bois et Peter Pan.

– Il est génial, hein ? a-t-elle soufflé.

Je ne sais pas. Mais j'avais soudain conscience de ma platitude, de ma transparence, de mon VIDE TOTAL. Ça ne me disait plus rien d'être décortiquée par l'œil de tortue de Lermontov, de venir l'affronter trois fois par semaine. Si les larmes d'Araminia lui semblaient exécrables, comment allait-il me trouver, moi ?

Voilà. J'étais venue. J'avais vu. Ne reviendrais plus.

C'est ce que je venais de décider quand Lermontov s'est retourné subitement vers moi et m'a tendu un livre :

– Tenez, Verdelaine. *Le Petit-Maître corrigé* de Marivaux. Pour la prochaine fois, étudiez cette scène-ci...

J'ai ouvert la bouche pour lui expliquer que ce n'était pas la peine, que je ne reviendrais pas. Rien pu dire.

Je suis nulle, nulle, nulle, nulle, nulle, nulle...

6

Cinéma et duplicité

Un : éplucher les horaires pour arriver en retard exprès au cinéma. Deux : s'éclipser en douce de la Vill'Hervé pour éviter les questions gênantes. Trois : être moche, mais alors moche moche !

Bettina accomplit sans mal le un et le deux. Elle partit sans être vue et arriva au Kino-Multiplex avec seize minutes de retard. Mais lorsqu'elle reçut le sourire admiratif et ravi de Merlin depuis la file où il l'attendait, elle comprit que, malgré ses efforts, elle ne réussirait jamais à le persuader du trois.

Vite. Un aperçu des cinq files d'attente… Parfait, elle n'y connaissait personne. Alors seulement elle avança à découvert.

– J'avais peur que tu changes d'avis, dit Merlin.

Elle aurait pu. Une petite voix le lui avait même suggéré. Mais elle voulait voir le film. Unique raison.

– J'ai pris les billets, dit-il.

– Je croyais que tu avais une invitation.

– À échanger contre des exonérés.

Il sourit encore. Elle éprouva une envie chameau de lui pincer son (long) nez, parce que ce sourire la remuait chaque fois plus.

– Et si je n'étais pas venue ? Ton invitation était gâchée.

– Mon plaisir aussi, dit-il. Je ne serais pas allé voir le film

Pour le coup, elle eut envie de le battre, de le trancher, hacher menu, d'être à ce point adorable. Les larmes lui montèrent aux yeux. Pourquoi est-ce que tout n'était pas comme elle l'aurait voulu ? Pour mieux refouler ses larmes, elle vérifia à nouveau la foule aux guichets.

– Tu attends quelqu'un ? demanda Merlin.

Personne surtout. Ne voir aucune tête connue ! Elle avait calculé son retard au millimètre ; le gros des spectateurs se trouvait déjà dans la salle.

Dans la vitrine d'un distributeur de boissons, l'irruption de son propre reflet fut un vrai choc. Elle fut presque prise de panique.

Elle pouvait donc être si moche moche ?

Elle avait piqué à Charlie son plus-gros-plus-vieux-pull chmeurk, une jupe dadame à carreaux pouah, et elle s'était tortillonné une boule de cheveux dans le cou bâââh. Renégate complète.

Comme ça, pensa-t-elle rageusement, lui et elle s'affrontaient à égalité !

Ils entrèrent dans la salle. Il proposa de s'asseoir au centre, mais elle préféra le fond (pour croiser le moins de monde possible, mais cela elle ne le précisa pas). Dans les lumières demi-baissées les bandes-annonces défilaient.

– J'ai un peu soif, dit-elle.

– Tu veux quoi ?

– Un jus de pomme.

Il s'exécuta de bonne grâce. En quittant le fauteuil, il eut une manière extrêmement élégante d'enjamber l'accoudoir. Elle le suivit des yeux.

C'est alors qu'elle aperçut Andrée-Marie qui s'avançait pour prendre place dans sa rangée.

Andrée-Marie travaillait au laboratoire avec Charlie. Elle connaissait les Verdelaine. Particulièrement depuis cet automne, car sa fille Colombe était venue séjourner à la Vill'Hervé. Andrée-Marie s'installa à quelques sièges, elle était accompagnée d'une amie.

Un souvenir glaça Bettina. Colombe… Colombe étudiait dans un internat de la zone C. Mais gros problème : elle sortait avec Juan, le fils de l'Ange Heurtebise, la pâtisserie fréquentée par tout le collège !

Bettina se cacha le visage derrière les doigts. Andrée-Marie discutait avec son amie. Elle faisait presque face à Bettina… S'il lui prenait l'idée de dévier le regard de seulement trente degrés…

Elle va me voir. Forcément. Me voir avec… Ooooh. Bettina se démancha le cou en direction de la porte battante. Pas de Merlin, ouf.

Du calme. Que pourrait-il se passer ? Rien…

Mais si ! Le pire !

LE PIRE !

Le cerveau de Bettina échafauda avec précision :

Lors d'un coup de fil banal à sa fille, Andrée-Marie se souviendrait : *Au fait, tu ne sais pas qui j'ai vu au cinéma l'autre jour ? Bettina ! Attifée comme une poubelle, et avec un chignon ! Enfin je devrais appeler ça une crotte, une crottouille même ! Elle était avec un garçon. Alors là, le garçon, fallait le voir pour le croire ! Quasimodo après un accident de cirque ! Un nez… Des oreilles…*

Bettina serra fort les paupières, en proie à un effrayant vertige. La suite, elle la voyait encore plus clairement… Colombe écrivant à son Juan chéri du fond de sa zone C pour lui raconter sa vie de pensionnaire sinistre, trop heureuse de pimenter sa lettre assommante d'un post-scriptum : *Au fait, maman m'a raconté qu'elle a vu Bettina au cinéma, fringuée comme une pelleteuse, avec un nain qui a eu un accident de cirque ! Le pauvre a, paraît-il, un nez et des oreilles qu'on dirait une cafetière…*

Et le bouquet final, l'horreur infernale, Juan à la pâtisserie rapporterait en distribuant des chouquettes à Denise et Béhotéguy (dans l'hypothèse la plus apocalyptique Ursula Mourletatier était AUSSI là) : *Au fait, votre copine Bettina sort avec un nez et des oreilles qui...*

C'en fut trop.

Bettina se redressa d'un bond.

Le visage à moitié enfoui dans la vaste manche du pull de Charlie, elle se dépêcha de prendre la direction opposée, celle de la sortie de secours, et quitta les lieux au moment où le générique démarrait... et où Merlin revenait avec la canette de jus de pomme.

*

* *

Hortense lut sept fois en entier *Le Petit-Maître corrigé*...

Petit bout du journal d'Hortense

... J'ai été surprise que la jeune première de la pièce s'appelle Hortense comme moi. J'ignore si Zoltan Lermontov l'a fait exprès ; en tout cas, elle et moi, on ne se ressemble pas. Elle me fait l'effet d'une pimbêche, d'une pétasse. Bon, malgré tout, à la troisième lecture j'ai commencé à la saisir ; et à la septième j'avais très envie d'être elle. Alors j'ai bossé ma scène.

Et ce matin je me suis réveillée avec la sensation d'avoir mangé des clous. À midi les clous étaient toujours là. À quatre heures ils s'étaient, en plus, chargés de courant électrique. Quand la sonnerie du collège nous a propulsés vers la sortie, j'avais l'impression d'être une centrale nucléaire.

Une centrale nucléaire sur le point d'exploser.

– Verdelaine nous montrera ce qu'elle a préparé, a dit Lermontov quand je suis arrivée au cours à 17 h 31. Il a ajusté ses lunettes (jaunes, les verres sont jaunes). Mais auparavant, Julius a sa lecture de *Trois hommes dans la neige* d'Erich Kästner. Julius ?

À cet instant précis la centrale explosa.

Elle a tout effacé de mon cerveau et de mes muscles. Je ne me suis plus souvenue de rien. Plus un mot. Plus un geste. Je les avais pourtant répétés et répétés. Je suis restée tassée comme une serpillière sur ma chaise tout le temps que Julius lisait ce qui me paraissait du swahili.

Quand il a eu fini, Lermontov m'a fait signe de lui succéder sur la scène. J'ai cru que j'allais faire pipi dans mon jean. Horreur et abomination, c'est un jean de Bettina.

– Verdelaine ? a fait Lermontov derrière ses lunettes jaunes (pipi justement).

Je me suis lentement dépliée. On me dévisageait. Je les sentais sur mes joues, tous ces yeux curieux comme des ailes d'insectes.

– Davidovitch vous donnera la réplique.

Dédée a feuilleté le livre de la pièce. J'ai prié pour que ça dure, que ça s'éternise, qu'elle ne trouve jamais jamais la page... Elle l'a trouvée.

Et elle s'est mise à lire : *Eh bien Madame ! Quand sortirez-vous de la rêverie où vous êtes ? Vous m'avez appelée, me voilà, et vous ne dites mot.*

Moi non plus, je n'ai dit mot. Pas un. Bouche cousue. Le noir. Comme le soir où je descendais le Macaroni à la Vill'Hervé et que quelqu'un, à l'étage, a brusquement éteint l'interrupteur.

Seule idée que j'avais : m'enfouir dans ce plancher comme un clams dans du sable.

Une sonnette a retenti. Dédée s'est levée pour ouvrir et ça m'a sauvé, deux secondes un dixième de vie.

– Verdelaine ? Vous l'avez préparée cette scène oui ou non ?

– ...

– Alors ?

– Oui.

– Retirez les mains de votre dos. Respirez fort. Avec le ventre. Sentez comme il enfle.

Aux environs du ventre, si je remue quoi que ce soit, je n'ose imaginer ce qui peut arriver... Ça n'enfle pas du tout. Ça profère un gargouillis de soda secoué. Dédée revient du hall. Quelqu'un l'accompagne...

Muguette !

J'ai été prise d'une quinte de toux révoltante. Muguette ?

Muguette… Qu'est-ce qu'elle fout ici ? Pourquoi est-elle venue me voir ?

Je l'ai regardée, ahurie. Elle m'a souri, lancé un clin d'œil. Lermontov s'est retourné.

– Une auditrice libre, a expliqué Dédée.

L'attention s'est refixée sur moi. Quelque chose de bizarre s'est alors passé. Plus de gargouillis, plus de clous ni de centrale nucléaire. Le texte m'est apparu aussi net et flamboyant qu'une cape de toréador. Et j'ai foncé, cornes baissées, dans une espèce d'éblouissement.

Après, ce fut inexplicable. J'ai vu l'œil ardent de Zoltan Lermontov quand il a ôté ses verres pisseux. Et Nina, et Julius, et Dédée, étonnés. Et les autres qui se taisaient. Et Muguette, au fond, qui m'applaudissait en version muette.

Dans le bus du retour, je lui ai demandé :

– Qu'est-ce qui t'a pris de venir ?

– Je voulais savoir comment tu te débrouillais.

– Zerbinski est au courant ?

– T'es Loir-et-Cher, toi ! Et même Haute-Saône ! Non, je l'ai installée devant *Les Plus Belles Années de notre vie*… Choisi exprès un film long. (Elle a jeté un œil à ma montre.) Ça finit dans un quart d'heure. Tu connais pas ma tactique ? Je dis à Zerbinski que j'ai envie de voir tel film que je choisis en fonction de sa durée. Je commence à le regarder avec elle. Au bout de dix minutes, j'annonce que je monte faire une sieste. En fait je sors me balader et je reviens juste avant le mot « FIN ».

– Tu m'épates.

Elle m'a souri, énigmatique.

– Toi aussi, tu m'épates. Je n'imaginais pas que tu aurais le cran de jouer.

Je ne lui ai pas dit qu'elle y était un peu pour quelque chose. Mais elle est si futée qu'elle l'a probablement deviné.

– Je pourrais t'aider à répéter tes prochaines scènes.

Ça m'a enchantée. Je me sentais soudain moins inintéressante.

– Tu sais quoi ? a repris Muguette. Tu devrais t'exercer dans la vie réelle.

– Comment ça ?

– Regarde.

Elle s'est levée et a marché vers le chauffeur. Elle a dit, d'une voix mourante :

– Vous pouvez stopper, m'sieur. Je… je suis malade.

La mine inquiète, il a freiné aussitôt, puis a ouvert la porte avant. Muguette est descendue en courant sur le talus et elle a fait semblant d'avoir des crampes au ventre et de vouloir vomir sans y arriver. Elle a toussé et craché. Les cinq ou six autres passagers la regardaient par la vitre avec un peu de compassion, un peu de dégoût.

Quand elle est remontée, une dame s'est discrètement écartée le temps qu'elle passe.

– Pas mal, dis-je.

Muguette m'a flanqué un grand coup sur la cuisse qui m'a arraché un cri de surprise et de douleur. Sous l'œil effaré des voyageurs, elle m'a hurlé aux oreilles :

– Imbécile ! Ce n'est pas un rôle ! Moi je suis vraiment malade !

*
* *

Lorsqu'elle allait à la ferme chaque premier mercredi du mois pour approvisionner la Vill'Hervé en lait, beurre, œufs et fromage, ce qu'Enid aimait par-dessus tout à la ferme, c'était rendre visite à Grosse Machine.

Grosse Machine mettait le lait dans des briques. À un bout il y avait la cuve de lait ; à l'autre, un rouleau de cartons épais. Grosse Machine découpait les cartons, les pliait en forme de brique, envoyait le lait dedans, puis hop, son long bras muni d'une pince chauffante (jumelle, version démoniaque, du fer à friser de Bettina) collait les bords du carton rempli.

Si Grosse Machine réussissait tout ça, c'est qu'elle obéissait aux ordres du Petit Ordinateur Très Intelligent commandé par Sidonie derrière une vitre.

En voyant arriver Enid, Gulliver et leur fidèle caddie écossais, Sidonie Pailleminot leur cria :

– J'ai une surprise pour vous !

Ils regardèrent autour, au cas où la surprise aurait été là. Mais c'était la laiterie habituelle : un bâtiment en métal et carrelage blanc. Sans surprise.

– Il reste du cabilloton aujourd'hui ! dit encore Sidonie.

Hortense, Gulliver et Basile raffolaient de ce petit fromage blanc à base de lait caillé, mais Enid n'en aimait pas du tout l'odeur.

– C'est la surprise ? demanda-t-elle sur un ton poli qui, espérait-elle, cacherait sa déception.

Sidonie eut un fin sourire. Elle laissa Petit Ordinateur Très Intelligent entre les mains d'Angélique, son assistante.

– Suivez-moi ! ordonna-t-elle, mystérieuse.

Elle les mena dehors, dans la cour de la ferme, jusqu'au mur où s'appuyait un cagibi à outils qu'elle ouvrit. La porte racla la terre battue. Il faisait noir, les deux enfants écarquillèrent les yeux pour voir plus vite.

Rien. Toujours pas de surprise.

– Par terre.

Ils obéirent, cherchèrent. Et ils virent. Ils tombèrent alors en pâmoison :

– La Zaza a eu ses petits !

– Ils sont mignons !

– Trop mignons.

Il y en avait quatre. Vraiment petits. S'il n'y avait pas eu leur mère et son air fiérot, on aurait pu les prendre pour un alignement de socquettes roulées.

Ce fut le début d'un extatique « après-midi à la ferme ».

*
* *

Bettina se morfondait devant la télé. Charlie travaillait, Hortense était à son cours de théâtre, Geneviève à un baby-sitting (en fait à son entraînement de boxe, mais Bettina l'ignorait), les petits à la ferme.

Côté copines c'était la désertion. La mère de Denise recevait à dîner et avait exigé que sa fille reste l'aider, quant à Béhotéguy, sa dernière note de maths était si catastrophique que ses parents venaient de lui coller une série de cours de rattrapage.

Mais Bettina aurait pu s'accommoder de tout ça, passer l'après-midi tranquille… si une question n'avait cessé de la tarauder.

Cette question était la suivante : comment en finir avec ce remords qui la bouffait comme une méchante rouille depuis qu'elle avait laissé Merlin en plan au cinéma ?

Elle ne trouvait pas de réponse et zappait comme une folle furieuse… jusqu'à tomber sur la trente-neuvième minute du deux cent soixante-quatorzième épisode de *Sunbeach Party*. Moment crucial où Zelda Applecraft avouait qu'elle haïssait les freesias que lui offrait chaque matin Rodney K. Fitzmaurice.

Ceci n'avait aucun rapport avec cela. Mais Bettina eut instantanément LA réponse à SON problème.

7

Freesias et Valériana

Grâce, donc, aux freesias de Rodney K. Fitzmaurice pour sa Zelda, Bettina eut l'idée du siècle : téléphoner à Merlin pour lui présenter ses excuses.

*
* *

Sauf que, d'excuse, elle n'en avait pas.

Là encore, Rodney K. (prononcer Kê) et Zelda apportèrent leurs lumières. En les écoutant ânonner leurs dialogues, Bettina trouva : elle dirait qu'elle s'était sentie mal.

Pourquoi pas ? La fleur la plus simple est la plus éloquente (roucoulait Rodney Kê). L'excuse la moins tarabiscotée serait la plus digeste (se dit Bettina). Elle chercha le numéro de Nanouk Surgelés, le nota, et passa le dernier quart d'heure de *Sunbeach Party* à se préparer psychologiquement.

Quand Rodney Kê eut envoyé (au lieu de freesias) son poing dans la tronche de Zelda, le générique se déroula à la vitesse d'une bobine à coudre et Bettina alla boire un verre d'eau. Elle se posta dix minutes devant le téléphone en songeant que, peut-être, il se mettrait à sonner...

Il sonna !

Bettina le contempla quelques secondes, médusée. Décrocha dans un sursaut.

Ce n'était pas le téléphone. Elle fit valdinguer le combiné sur le canapé et courut ouvrir.

Elle vit une paire d'yeux vert pomme, un chapeau en tuyau de cheminée rouge, deux rangées de dents qui souriaient avec une horrifiante cordialité, une robe imprimée d'huîtres vertes assorties à un éventail qu'on agitait sous son nez.

Le tout appartenant à la même personne. Une dame qui paraissait sortie d'une de ces comédies musicales hippopotamesques dont raffolait tante Lucrèce. D'ailleurs, la dame était elle-même hippopotamesque. Bien que petite, ses biceps et ses hanches lui interdisaient un passage de face par la porte.

– Oui ? s'enquit poliment Bettina.

La dame agita plus vigoureusement son éventail et émit un genre de rot avant de pépier d'une voix essoufflée :

– Pardon, pardon... Je dérange, hein ? C'est pour ma nièce...

Nouveau rot. Nouvelle agitation d'éventail.

– Je suis sa tante Valériana. Savez-vous où elle se trouve ?

Japonais, l'accent ? Balinais ? Martien ?

– Je pourrai vous renseigner sur votre nièce... si vous me dites de qui vous êtes la tante ! rétorqua Bettina avec ce sourire vaguement condescendant qu'elle réservait aux interlocuteurs classés « moches », ou « définitivement cons », ou « grotesques ».

Elle fourra illico la tante Valériana dans une quatrième catégorie inusitée jusqu'ici, « moche grotesque définitivement con ».

– Ah mais oui ! oui ! J'oubliais ! Ma nièce c'est Muguette, qui habite là-bas.

– Muguette ?

– Ah, vous la connaissez ! Elle m'en fait voir, la peste ! Quand elle était petite, elle remplissait ma baignoire de pain pour nourrir les canards en plastique ! Et avec ma sciatique qui me fait comme un marteau-piqueur, là, dans la fesse droite…

Elle s'interrompit pour se moucher à grand bruit derrière l'éventail, son corps énorme tout secoué de soubresauts. Bettina l'observa, un peu ennuyée.

– Ma sœur Hortense connaît mieux Muguette que moi, dit-elle. Voulez-vous revenir quand elle sera là ?

La dame étouffa un sanglot dans sa manche. Bettina se demanda s'il fallait la faire entrer. Elle n'en avait aucune envie. Ça retarderait son coup de fil à Merlin.

– Un verre d'eau, je vous prie ! hoqueta la dame.

Bettina le lui apporta. Les grandes dents de la dame cognèrent le bord du verre ; elle but avec des lapements dégoûtants. Elle releva son regard vert pomme.

– Merci, merci, d'habitude j'ai une bouteille sur moi, là dans ma poche (elle farfouilla dans les volants de sa robe), je ne sais pas où je l'ai mise, je l'avais pourtant, une étiquette et un bouchon rouges…

Elle proféra une cascade de sons bizarres. Sanglots ? Rires ? Hoquets ?

– Pardon, j'éternue, c'est des crises que j'ai… mes allergies… Mon achme, vous m'excusez, oui ?

– Votre achme ? Oh, asthme.

– Mon achme, oui. Il me faut vite ma fumigation, et ma pulvérisation, et mon inhalation, et ma… pardon, s'il vous plaît, je vous prie, au revoir…

La dame fit une volte-face et remonta l'impasse à une allure que sa corpulence et son « achme » n'auraient pas laissé présager.

Bettina rabattit la porte, pfff. Quelle casse-pieds.

Elle s'en retourna au téléphone. Elle posa la main sur le combiné, compta jusqu'à six…

– Nanouk Surgelés ?

– Vous faites erreur ! aboya une voix.

On raccrocha. Elle recompta six et recommença.

– Nanouk Surgelés ?

Le numéro de votre correspondant a changé. Désormais veuillez composer le…

Elle nota, re-compta, re-composa.

– Nanouk Surgelés ?

– Le siège ou l'entrepôt ?

Bonne question. Au hasard :

– L'entrepôt.

– Quel service ?

– Euh… La livraison.

– Vous êtes un fournisseur ?

– Non.

– Un particulier ?

– C'est ça.

– Si c'est un problème concernant une erreur ou un retard, je vous passe le service clientèle.

– Oh non, ce n'est pas…

Trop tard.

– Service-clientèle-Stéphanie-Ballankxjrsqpjnddr-bonjour !

Ballan-quoi ? Bettina prit sa respiration et parla à toute allure :

– J'aimerais parler à Merlin s'il vous plaît, aux livraisons, merci.

Un silence. Puis Stéphanie Ballankxjrsqpjnddr reprit :

– Vous voulez dire M. Gillespie ?

– Si son prénom c'est Merlin…

– Qui dois-je annoncer ?

– Euh. Bettina.

– Bettina qui ?

Bettina fut à un doigt de raccrocher.

– Bettina tout court, soupira-t-elle.

Petite musique. Petite sonnerie.

– Bettina ?

Au son de sa voix, elle crut mourir de trac. Elle se pinça la lèvre supérieure entre le pouce et le petit doigt, commença à y arracher des bouts de peau, mais s'entendit répondre de la voix la plus calme du monde :

– Merlin ?... Je voulais m'excuser pour le cinéma. J'étais très mal. Je n'arrivais plus à respirer. Je suis claustrophobe tu comprends, il fallait que je sorte prendre l'air le plus vite possible et...

Et elle parla, expliqua, donna un tas de détails qui venaient tout seuls, faciles, persuasifs, qui la persuadaient elle-même. Quand elle eut fini, elle dit :

– Voilà.

– Je comprends.

– Tu m'en veux encore ?

– Je ne t'en voulais pas. J'ai bien pensé qu'il devait y avoir une raison... plus forte que toi.

– Merci, tu es gentil.

Elle redit :

– Voilà.

Puis :

– C'est tout. Salut.

– Salut, répondit-il.

Elle entendit sa respiration et crut qu'il allait ajouter quelque chose, mais il ne dit rien. Elle raccrocha avec les impressions du coureur de marathon qui a franchi l'arrivée : soulagement, joie, épuisement. Et une douleur au côté gauche.

*
* *

– J'ai pas fait mon anglais pour demain, dit Julianne.

– Moi oui, dit Bettina. Je peux te le passer.

– Vrai ? Sympa. Ma sœur avait promis de m'aider et tu sais quoi, à 8 heures hier soir, la voilà qui se met à faire la liste des films où Bruce Willis porte une moumoute et ceux où il n'en a pas. Ça l'a emmenée à 2 heures du mat !

– Conclusion ? fit Bettina en ouvrant son sac à dos pour donner le texte.

– Je lui demande : comment peux-tu être amoureuse d'un type qui met sept mille perruques ? Devine ce qu'elle me répond ?

– Sais pas.

– « Mon rêve c'est d'être l'une de ces perruques ! »

Bettina sourit distraitement. Elle inspectait du regard la rue autour. Elle n'aimait pas particulièrement la compagnie de Julianne. Mais Julianne habitait un quartier qui, en cette minute, l'intéressait vivement.

Enfin elle aperçut sur le boulevard ce qu'elle espérait depuis leur sortie : un petit Eskimo en néon bleu qui clignotait dans la nuit précoce : *Nanouk Surgelés*.

Le cœur de Bettina fit un entrechat...

– Je te laisse, dit-elle sans se rendre compte qu'elle coupait Julianne en plein milieu d'une histoire drôle.

Julianne lui lança un coup d'œil de côté, et se tut.

– La nuit tombe et je ne veux pas rater le bus, tenta minablement d'expliquer Bettina.

– Oh, fit Julianne en lorgnant l'Eskimo bleu avec un air d'avoir tout compris. Je me demandais pourquoi tu m'accompagnais..

– Qu'est-ce que tu veux dire ?

- Béhotéguy raconte que tu es amoureuse d'un livreur de surgelés.

– Elle ment.

Béhotéguy. Vile ragoteuse. Bettina sentit une pelote de colère grossir au fond de sa gorge.

– Pas la peine de t'énerver. Ni de rougir.

Julianne baissa les yeux sur le cahier d'anglais de Bettina qu'elle avait à la main. Elle parut réfléchir, puis le rendit.

– Reprends-le, dit-elle. Ma sœur finira bien par laisser tomber Bruce Willis. Ou j'essaierai de le faire toute seule.

Elle tourna le dos à Bettina et la quitta.

Bettina se retrouva seule dans la lumière congelée du petit Eskimo. Elle courut à l'abri d'une porte cochère.

Elle attendrait Merlin pour lui parler… mais il fallait que ç'ait l'air d'être « par hasard ». Il ne manquerait plus qu'il la voie faire le pied de grue ici ! À cette seule idée, la honte lui montait au visage.

Elle patienta quelques minutes, échafaudant quinze scénarios sur le mode de « je passais par là ».

Aucun ne tenait.

Elle fit demi-tour, et s'enfuit.

8

Mon cœur fait boum

Geneviève sortit du bus en regrettant de n'être pas une de ces filles avec des miroirs plein leur sac. Si le bleu à son menton ressemblait à celui qui lui poussait en ce moment sur le bras (genre petit-four à la myrtille), elle devait être repoussante. Et elle aurait droit à des questions.

Elle entra dans l'impasse. Elle se demandait pour la énième fois comment expliquer ces hématomes à ses sœurs, quand une main jaillit du crépuscule, et se posa sur son bras. Sur le petit-four bleu.

Geneviève, de surprise, laissa choir son sac de sport.

– Je vous ai fait peur, og, je suis vraiment, oui, vraiment désolée ! claironna une voix près de sa joue. Vous ne savez pas qui je suis, je vais vous le dire car je n'ai rien à cacher et, og, og, je vois bien que je vous fais peur. Je suis la tante de ma nièce, vous la connaissez, elle habite à quelques pas, là-bas...

Noyée par ce flot, Geneviève contempla avec ahurissement l'étrange personne qui l'agrippait.

– Je me présente : Valériana, la tante de Muguette, il paraît que vous la connaissez, vous êtes Hortense je crois ?...

– Non, bredouilla Geneviève un peu soûlée. Je suis sa grande sœur. Hortense doit être à la maison. Vous désirez la voir ?

– Oh oui, s'il vous plaît, je vous prie. Et quelque chose à boire aussi, ça me ferait bien plaisir, d'habitude j'ai une minigourde avec du remontant, oh rien de fort, hein, je ne suis pas pocharde, ha, ha, ha, og, mais cette peste de Muguette a dû s'amuser à me la cacher, je ne la trouve plus... Pas ma nièce, la gourde... quoique ma nièce ait disparu aussi... Je la reconnaîtrai pourtant, rose avec un nœud vert, la gourde, pas ma nièce...

Son chapeau (un accordéon en feutre rouge) s'agita de soubresauts. La dame plongea le nez dans un mouchoir spacieux et se moucha avec un bruit de pétard.

– Pardon... Excusez... Mon allergie qui reprend, toute cette bruyère, og... Je mourrai de mon achme...

– Achme ?

– C'est ça, j'ai de l'achme...

Geneviève ouvrit la porte de la Vill'Hervé et la grosse dame pénétra en crabe dans le hall. Elle regarda autour d'elle en continuant de se moucher et d'émettre de drôles de sons dont on ne savait trop s'ils venaient de la gorge ou de l'intestin.

– Hortense ? appela Geneviève. Quelqu'un te demande !

Personne ne répondit. Dans le salon, Bettina était au téléphone.

– ... Où ça, une fête ? était en train de dire Bettina. Chez toi ? Tes parents sont d'accord ? Génial...

– Hortense ! appela Geneviève vers les hauteurs du Macaroni. Pour toi !

– Elle prend son bain ! répondit la voix de Charlie depuis un recoin non identifié.

– Venez, proposa Geneviève à la tante Valériana qui restait plantée dans l'entrée.

– Ça ne fait rien, je reviendrai, je voulais juste lui dire que j'étais contente, og, og, que ma petite Muguette se soit fait une amie, j'aime beaucoup ma nièce même si elle peut se montrer une vraie charogne quand...

Un éternuement la coupa.

Elle se dandina vers la porte.

– Je vais rentrer, mon achme, og, une plaie...

Geneviève lui ouvrit. L'étonnante tante sortit en biais. Geneviève ne savait trop comment conclure.

– Repassez demain, proposa-t-elle sans réfléchir. Pour le thé ? Comme ça vous serez sûre de voir Hortense.

– Oui, oui, og, merci, oootch...

Elle sortit, emplissant la nuit d'éternuements farouches.

– Quel bestiau, dit Geneviève abasourdie.

– Elle est déjà venue hier, lui dit Bettina. Allô ? Non, non, je parlais à Geneviève de la folle d'à côté... Avec des rayures et des trous, tu vois le genre de pull ? Fabulo-craquant. Bon, je te laisse...

– On a eu de la visite ? s'enquit Charlie en surgissant de son recoin.

– Eh bien, fit Bettina après avoir raccroché. Disons un mélange de la Sorcière de l'Ouest, du Joyeux Chevrier de la famille Trapp, de Drew Barrymore piaillant dans *Scream*. Au fait, mais ça n'a aucun rapport, Gersende fête son anniversaire samedi et je suis invitée.

Elle grimpa à l'étage, où on l'entendit tambouriner à la salle de bains :

– Hortense ! T'en mets un temps !

Geneviève, elle, s'autorisa un coup d'œil discret dans la glace du bahut. Si elle gardait la tête légèrement inclinée, là, comme ça, on ne voyait pas trop le bleu sous son menton. Sauf si on était beaucoup plus petit qu'elle. Attention avec Enid.

Elle alla boire un long verre de jus de raisin à la cuisine. Il subsistait dans l'évier toute la vaisselle sale du petit déjeuner. Elle se confectionna un sandwich bacon-cheddar-marmelade, noua un grand torchon autour d'elle et, entre deux bouchées, se mit à laver la vaisselle. C'est là qu'on l'oubliait le mieux.

*
* *

Les parents de Gersende avaient prêté leur garage et loué des spots fluo flashy. Aurèle, grand frère de Gersende, faisait le DJ. Il y avait trois tables de boissons et de victuailles, six cartons de réserves, et les troisièmes A, B, C, D du collège. Bref, une fête avec tout ce qu'il fallait.

– Z'avez vu la robe de Gersende ? chuchota Béhotéguy.

– Une robe ? Où ça une robe ? persifla Bettina.

– Les cinq millimètres carrés de coton qui tiennent à ses épaules par deux fils ?

Les DBB gloussèrent, et ne s'arrêtèrent que lorsque Gersende s'approcha d'elles en souriant :

– Pourquoi vous rigolez ?

– Rien. Denise dit des bêtises.

Gersende remonta une bretelle de sa robe (ce qui les fit pouffer derechef) :

– Prenez du clafoutis aux noix, dit-elle, c'est la mère de Julianne qui l'a fait. Glorieux.

Elles goûtèrent au clafoutis, un peu honteuses que Gersende se montre amicale alors qu'elles se moquaient d'elle. Le DJ démarra un morceau *dry blood ethnic* et Clovis Boulesteix invita Béhotéguy, qui se dépêcha d'avaler sa bouchée.

Denise et Bettina restèrent seules un instant. Isild les rejoignit bientôt, puis Laurie qui déclara, alors que personne ne lui demandait rien, qu'elle n'était pas du tout, mais alors pas du tout, superstitieuse.

– Moi, hurla Isild pour couvrir la musique qu'Aurèle poussait à fond, ma mère est superstitieuse depuis le jour où une copine lui a tiré les tarots et lui a prédit un grand malheur.

– Ah ? Elle l'a eu ? mugit Denise.

– Pas un ! Deux malheurs ! vociféra Isild. Le soir même !

– Quoi ? tonitrua Bettina.

– Un : mon père avait cuisiné le dîner. Deux : une collègue qu'ils avaient invitée leur a offert l'intégrale de Céline.

– Les sacs ou les chaussures ?

Un cri fusa dans la ténèbre clignotante. C'était Jean-Rachid dont le tee-shirt venait de recevoir le sorbet à la goyave d'Anne-Lucette.

La musique changea. C'était un *beat nuclear*, Bettina adorait. Elle martela du menton. Wolfgang Phuong, de 3e C, l'invita. Il dansait un peu répétitif mais pas si mal. Il la réinvita au morceau suivant, qui était un *sick bounce*. En sueur, elle alla rejoindre un groupe qui riait comme une tribu de choucas près du buffet.

– Mon père est top flingué depuis qu'il s'est remarié, racontait Ovide à Gaétane. Et ta mère ?

– Six mois qu'elle sort avec un mec complètement tour Eiffel ! répondit Gaétane, qui enchaîna à l'attention de Lili : Hypersolaire, ta jupe, dis donc.

– C'est mon oncle qui me l'a faite. En couture il cartonne top Niagara.

Bettina prit une louchée de jus rose dans un grand saladier orange et se remplit un gobelet d'apparence propre. Elle goûta : Malabar + Fraise Haribo + Basilic. Elle fit une grimace et abandonna lâchement le gobelet comme s'il était vide.

Un couloir de lumière ouvrit subitement l'obscurité. Quelqu'un avait coulissé la porte du garage. Une silhouette s'encadra en découpe chinoise.

– Nanouk Surgelés ! Livraison ! cria la voix de Merlin par-dessus la musique. Qui accuse réception ?

Bettina manqua s'évanouir.

Elle devina qu'à la même seconde, quelque part parmi les danseurs, Denise et Béhotéguy l'observaient. Ne pas avoir l'air d'avoir l'air, surtout. Elle attrapa un gobelet au hasard sur la table. C'était le Malabar-Haribo-Basilic qu'elle venait d'abandonner. Elle but. Avec lenteur. En goûtant chaque gorgée. Une fois fini, elle eut l'impression d'avoir dérivé cinq jours sur une chaloupe gonflable.

Merlin, donc, était ici.

Elle se raccrocha à la table et se retint de plonger dessous. Elle se contenta de cligner des paupières. Quand elle les rouvrit, Jeannine Mur venait d'attraper Merlin par le coude et l'entraînait dans une démonstration frénétique de *speed slide*.

– Il danse ! chuchota la voix de Denise à son oreille.

– Dis donc, c'est pas ton livreur de surgelés favori ? susurra Béhotéguy. Il se débrouille *jet-issimo* !

– Ce n'est pas mon…

Elle renonça. C'est vrai qu'il dansait bien. Ses bras et ses hanches avaient des rythmes flottants ; sa partenaire était aux anges.

Bettina se dit qu'elle tuerait un jour Jeannine Mur, et fut sincèrement surprise de se découvrir jalouse.

Elle ne fut pas seule à l'être. Solange Bigne interposa entre Jeannine et Merlin des sautillements pleins d'allégresse. Lavinella les rejoignit, puis Hermengarde. Le DJ fit grimper la musique au grand dam des garçons que toutes les filles désertaient avec entrain pour aller faire trois petits tours avec ce livreur de surgelés qui se déhanchait comme un dieu.

Bettina se resservit de la mixture Basilic-Haribo.

– Tout va bien ? s'enquit, derrière, la voix anxieuse de Mme Peyrasolognot, maman de Gersende et d'Aurèle.

– Je… crois, répondit faiblement Bettina avant de comprendre que la maman de Gersende avait posé la question en général, pas à elle en particulier.

Ce qui devait arriver arriva. À danser de l'une à l'autre et dans tous les azimuts, une pirouette projeta Merlin devant elle. Il disparut aussitôt en tournoyant avec Julianne à l'autre bout du garage. Il y resta jusqu'à ce qu'une pirouette le ramène, cette fois en compagnie d'Hippolyta Renoir, sous le nez de Bettina.

– Il me semblait bien que c'était toi, dit-il, et il redisparut de l'autre côté.

– Tu danses avec moi ? reprit-il en réapparaissant avec Ilona.

Il lâcha sans façon les épaules d'Ilona pour entourer celles de Bettina. Il l'attira à lui et lui serra la taille. Il dansait délicieusement. Glorieux, aurait dit Gersende. Hypersolaire. Tour Eiffel. Top Niagara.

Elle se dégagea. Avant qu'il puisse insister, Lavinella était déjà entre eux et le DJ accélérait le rythme.

– Ce type bouge *dry-guérilla* ! cria Lili dans la nuit scintillante.

Dry-guérilla ? Bettina n'avait jamais entendu, mais elle voyait très bien ce que Lili voulait dire.

Le bras de Merlin revint à elle, et se fit insistant. Il s'enroula, vite, autour de ses omoplates, et l'emporta au milieu de la pièce. Elle pensa oh mon Dieu je danse, je danse avec lui et c'est un délice, et elle tourbillonna loin de lui, puis tout près, puis loin, et encore tout près. Son front toucha son menton. Elle entrevit le sourire de Merlin, si bouleversant, si joli, elle sentait la pression de ses pouces sur ses bras, et elle devina qu'il ressentait la même joie qu'elle, le même bonheur.

Leur danse dura de longues, de merveilleuses secondes, ou minutes, jusqu'à ce que l'oreille gauche de Bettina intercepte le début d'une phrase qui traversait l'espace :

– C'est quand même dommage qu'il soit si...

Elle n'entendit pas la fin.

Mais ce n'était pas difficile.

Qu'il soit si...

Si vilain, ingrat, si disgracieux, si pas regardable, inesthétique, si...

Ce matin, en se lavant les cheveux, elle s'était trompé de

robinet au rinçage, elle avait tourné l'eau froide. C'est exactement ce qu'elle ressentait.

Ses yeux s'emplirent de larmes. Elle repoussa Merlin et se détourna avec colère. Il la rattrapa par un poignet.

– Bettina... Tu ne danses plus ?

– Je ne danse plus.

– Même avec moi ?

– Je ne danse plus !

Elle avait du mal à parler. Elle se faisait l'effet d'une marmite pleine de rancune et d'envie de cracher. Elle se sentait méchante, mauvaise. Elle donna un coup de poing à Merlin, elle le rata, mais dans la pénombre il ne s'aperçut de rien. Il lui dit :

– Moi j'aime vraiment danser avec toi.

Elle lui en voulut encore plus d'être si gentil, de ne pas comprendre. Les regards autour d'eux se firent curieux, pointus comme des punaises.

– Qu'est-ce que tu as ? continuait sa voix au-dessus de sa joue. Une fois tu es gentille et la fois d'après tu piques. Moi qui voulais te dire à quel point j'étais heureux hier quand je t'ai vue attendre devant Nanouk...

– Hier ?

Elle blêmit. Il l'avait vue poireauter. Épiée peut-être... Et il racontait tout ici !

– Je t'ai fait signe par la fenêtre, mais tu t'es sauvée en courant au moment où je descendais te rejoindre.

Elle était écarlate, muette, furieuse. Il osait révéler ça à tout le monde. Non, pas tout le monde, pire : les copains et les copines du collège.

Elle le regarda, mortifiée, hors d'elle. Avec un méchant sourire, elle articula :

– Tu crois que j'étais là-bas pour toi ?... Prétentieux ! Tu te crois si agréable à regarder ? Erreur et boulette, mon vieux. Je n'aime que les beaux mecs. Ce que visiblement tu n'es pas !

9

Sombre dimanche, très sombre lundi

Vers 15 h 11 ce dimanche une photo du grand salon de la Vill'Hervé aurait fixé, pour une éternité plus ou moins brève :

• Le thermomètre qui affichait huit petits degrés derrière la vitre ;

• Charlie sur un escabeau en train de changer l'ampoule du plafonnier et regardant l'épisode 218 de *Cooper Lane* à la télé ;

• Hortense et Enid sous une couverture au fond du vieux canapé orange, regardant l'épisode 218 de *Cooper Lane* ;

• Geneviève qui rédigeait la liste des courses de la quinzaine sur l'e-mail de M. Chantemerle, épicier en ville, en regardant l'épisode 218 de *Cooper Lane* ;

• Ingrid et Roberto qui se léchaient les flancs en ne regardant rien d'autre que leurs poils.

Dans cet épisode intitulé « Menthe ou Chocolat ? », Cooper Lane, *college boy* américain aux gros yeux bleus, découvrait qu'il raffolait des tartes à la menthe alors qu'il avait vécu jusque-là en croyant le contraire.

– C'est quoi une maison sous influence du feng chui ? s'informa Enid, suite à un dialogue obscur du héros à gros yeux bleus.

– Imagine la Vill'Hervé avec le linge lavé, plié, rangé, la vaisselle étincelante, le parquet ciré…

– … la vieille horloge jetée, les cochonneries de Bettina à la poubelle, le tableau des faisans morts de tante Lucrèce enterré, les bouquins pas empilés par terre, mais rangés. Voilà. On sera peut-être, je dis bien peut-être, sous influence du feng chui…

– J'aime notre vieille horloge ! se récria Geneviève.

– J'adore que les bouquins soient en bazar partout.

– Les faisans morts de tante Lucrèce, tout de même, c'est un cadeau.

– Qu'entends-tu par « cochonneries de Bettina » ?

– Adieu donc, feng chui ! conclut Charlie, toujours perchée.

Un grincement à l'étage leur apprit que Bettina sortait de la salle de bains où elle était enfermée depuis le déjeuner. Elle descendit les rejoindre.

– Il est déconseillé de se baigner sitôt après manger, tu le sais ? dit Hortense.

– Je n'ai pas pris de bain, lui rétorqua Bettina.

Un énorme drap-éponge lui entourait la tête tel le génie d'Aladin. Elle était absolument ravissante mais ses sœurs se seraient jetées au feu que de lui dire.

– Me suis fait un henné, précisa Bettina.

Elle déroula le drap-éponge et ses cheveux apparurent, étrangement multicolores.

– C'est quoi c'te couleur ? dit Enid.

– *Caffè caffè*.

– Tu auras mal lu, dit paisiblement Hortense. Ne serait-ce pas plutôt *Fécaca* ?

Hortense reçut l'éponge en pleine tête. Ce qui déclencha la sonnerie du téléphone. Le cheveu en tumulte, Bettina décrocha. Des violons et une voix de crooner vibrèrent à son oreille. Elle sut immédiatement qui était en ligne.

– Tante Lucrèce ! chuchota-t-elle loin du micro. Qui a prononcé son nom tout à l'heure ? Celle-là est une sorcière !

Tante Lucrèce ?... Non, ce n'est pas Bettina ; moi, c'est Hortense.

Son grand bonheur était de faire croire à tante Lucrèce qu'elle ne parlait jamais à la bonne personne.

– Je te passe Geneviève.

Elle tendit le combiné à Charlie qui descendit de son escabeau.

– Dis-lui que tu es Geneviève, murmura Bettina, et aussi qu'on n'a pas reçu son chèque mensuel. Pour voir.

Charlie essuya ses mains pleines de poussière sur les fesses de son pantalon.

– Tante Lucrèce ? C'est Charlie. Non, pas Geneviève...

Les autres s'en retournèrent aux affres choco-mentholées de Cooper Lane aux gros yeux bleus.

– Qu'est-ce qui s'est passé ? s'enquit Bettina en désignant la télé.

Comme personne ne répondait, elle flanqua sa serviette maculée de henné dans le linge sale, et remonta s'enfermer dans la salle de bains.

Elle peigna, pour la sixième fois en cinquante-sept minutes, ses cheveux devenus multicolores. Le mode d'emploi sur l'étui promettait de chatoyants reflets acajou. Elle espérait de tout son cœur que le mode d'emploi ne mentait pas. Pour l'instant ils étaient mouillés et cette imbécile d'Hortense avait raison : ils avaient une drôle de tête.

Elle quitta la salle de bains et tomba, justement, sur Hortense, laquelle, justement, attendait la salle de bains :

– Je commençais à croire que tu réapparaîtrais dans une semaine !

– Il y a une autre salle de bains, rétorqua Bettina.

– C'est celle-là que je veux.

Bettina lui retourna une grimace et s'en alla fouiller dans la chambre de Geneviève, sûre d'y dénicher ce qu'elle voulait (et qu'elle dénicha) : du joli papier à lettres jaune pâle, les enveloppes assorties, des timbres. Elle emprunta cinq feuilles, deux enveloppes, un timbre, et courut s'enfermer dans sa chambre.

Le cœur battant (et pas seulement parce qu'elle avait couru), elle commença : *Cher Merlin.*

Raya tout de suite. Remplaça son stylo bleu par un noir. Puis *Cher Merlin* par *Mon cher Merlin.* Elle réfléchit. Continua :

Excuse-moi pour mon attitude à la fête de Gersende. Je ne sais pas ce qui s'est passé. Il faisait un peu sombre, j'avais la tête...

Elle déchira la feuille, en prit une autre.

Mon cher Merlin. Je suis bête bête bête et je te demande pardon. Je me suis comportée comme une peste parce que mes copines étaient là et j'avais si peur qu'elles disent...

Que tu es laid ? Elle déchira encore. Elle soupira, rangea ce qui restait de papier. Elle demeura à son bureau, à contempler les copeaux dans le taille-crayon transparent. Au bout d'un moment elle repoussa tout. Elle reprit sa brosse et se peigna pour la septième fois.

*
* *

Au rez-de-chaussée, tout était bien qui finissait bien : Cooper Lane savait désormais qu'il aimait autant les tartes à la menthe que les baisers de Mildred, et il le lui avouait en musique.

Précisément, c'est au milieu d'un trémolo en *mi* mineur qu'un hurlement en contre-*ut* jaillit de la gorge d'Enid. La petite, épouvantée, fixait la fenêtre proche ; et lorsqu'elles virent ce qu'elle voyait, Geneviève et Charlie durent se retenir pour ne pas hurler à leur tour.

À travers les carreaux embués, s'agitait une tête échevelée, rouge vif, toute remuée de tics et de tremblements. Une vision de cauchemar. Une main en mitaine rampa, telle une tarentule verte, pour cogner à la vitre.

– C'est quoi... cette chose ? souffla Charlie.

Geneviève fit claquer sa langue.

– Zut... Complètement oublié. Hier je l'ai invitée à prendre le thé.

– Seigneur. C'est bien la sorcière de *Blanche-Neige* ?

– Seulement la tata Valériana de notre voisine.

– Si elle te vend des pommes rouges, ne les mange pas surtout.

Enid dévisagea sa sœur aînée avec une légère inquiétude. Geneviève alla ouvrir la porte-fenêtre, et le vent de novembre entra dans un grand frisson de feuilles. Le visage de tante Valériana s'encadra, réjoui, poudré d'orange vif et de rose cauchemardesque sous de gros sourcils. Elle remit en place son châle qu'une bourrasque avait déroulé et s'y emmitoufla jusqu'au nez.

– Bonjour ! Bonjour ! chevrota-t-elle. Ce vent, hein ! À se demander comment on tient debout !

– Entrez, dit aimablement Geneviève. Enid, tu fais chauffer le thé, s'il te plaît ?

La dame n'était pas seule. Derrière, remontant le talus de bruyère, Muguette suivait, la mine frigorifiée. Elle entra avec sa tante. Tante Valériana s'assit au bord de la chauffeuse. Empoignant sa nièce par le coude, elle la posta d'autorité devant la cheminée où grésillaient quelques braises.

– Tu as la tremblote, gronda-t-elle. Attends, je vais te donner quelques gouttes de...

Elle fouilla dans son sac. Son chapeau dérapa sur son front. Enid fit des paris avec elle-même. Tomberait-il ? Quand ? Où ?

Il ne tomba pas, en dépit des gestes électriques de la dame. Les autres ne surent jamais quelles gouttes elle cherchait car elle s'arrêta soudain, index en l'air :

– La bouilloire siffle !

La bouilloire ne sifflait pas du tout. La maison était silencieuse et les filles se demandèrent sérieusement ce qu'il en était de sa santé auditive. En retrait, Muguette se toqua le front pour signifier que, la pauvre, c'était sa santé mentale. Charlie, Geneviève et Enid prirent l'air qui convenait.

– Quelle belle maison ! s'écria la tante. Ces rideaux bleus !

Le rideau était en fin d'existence, rongé aux insectes, pâli par la lumière, mais certainement pas bleu. Beige, tout au plus.

– Et ce canapé vert ! Assorti à la nappe ! Quel goût magnifique !

La pauvre créature. Le canapé vert était orange, et sans aucun lien avec la nappe aux ananas brodés.

– Vous êtes dalmatienne ? s'enquit Enid.

– Pardon ? s'étrangla la dame.

– Voulez-vous des biscuits ? intervint Charlie. Geneviève ? Ils sont dans le buffet.

Mais Enid voulait en avoir le cœur net.

– Dalmatienne ! martela-t-elle. Comme Thaddée Champoulet, à l'école. Il ne voit pas les couleurs.

– Daltonienne, rectifia Muguette. Tata Valériana voit parfaitement les couleurs. Mais, des fois, elle mélange leurs noms.

– Ah, dit Charlie.

– Oh, dit Enid.

– Un cookie ? dit Geneviève en versant le thé dans les tasses.

– Mouche-toi, ordonna soudain la tata à sa nièce. Tu vas tousser sinon. (Elle se tourna vers les filles.) Ça coule à l'arrière de la gorge, direct sur les bronches, et après c'est cof cof cof toute la nuit…

Elle-même s'étrangla et se mit à tousser. Elle tira un mouchoir de sa manche et se l'appliqua sur la bouche. On l'observa anxieusement.

– Donnez-lui de l'eau, dit Muguette gravement.

Dans les plis du châle, la toux submergeait la tata, la suffoquait, l'empêchait de parler. Des larmes coulèrent sur ses joues orange et rose.

– Madame ! s'alarma Geneviève. Ça va ?

– C'est rien, dit Muguette imperturbable. Ça arrive parfois. C'est sa goutte.

– Goutte ? s'étonna Charlie. En quoi la g...

Tante Valériana parut vouloir articuler des mots, mais rien d'autre qu'un tohu-bohu de caverne ne sortit de sa gorge. Sa grosse poitrine semblait un volcan sur le point d'exploser. Ses yeux vert pomme virèrent rouge framboise, elle agita ses mitaines sous ses narines.

– Elle s'évente, grommela Charlie, elle va dire quelque chose.

– Elle n'y arrive pas, elle étouffe, dit Geneviève.

– Elle a envie de vomir, traduisit Muguette.

Elles dévisageaient la tata, atterrées. Elle porta une boule de châle à ses lèvres. Elle bondit dans un hoquet et se précipita droit à la cuisine, d'où leur parvinrent borborygmes, essoufflements, flatuosités, ébrouements, crépitations, ultrasons, blop-blop et reniflements.

Le visage attentif de Bettina parut en haut du Macaroni.

– C'est quoi, ce ramdam ?

– Rien, dit Muguette d'un ton neutre. Tante Valériana a la nausée.

– Dans la cuisine, précisa Charlie dans un souffle.

Entre les barreaux de la rampe, la jolie bouche de Bettina se retroussa, dégoûtée.

– Non ? Elle vomit vraiment ? Dans l'évier de la cuisine ?

*
* *

– J'y crois pas ! Elle a dégobillé dans votre cuisine ?

– Non. Elle avait juste le hoquet.

Denise et Béhotéguy poussèrent des hennissements qui pouvaient être des rires. Vénus Ouédraougo, principale du collège, qui croisait à proximité, darda un œil glaçant sur Bettina.

– Qu'est-ce que cette tenue, Verdelaine ? Et qu'avez-vous fait à vos cheveux ?

– Un henné, madame.

– La prochaine fois, mettez la dose conseillée. Ou utilisez un minuteur. Quant à ces collants et cette jupe...

Elle désigna du doigt le collant tigre, la jupe chenille dont les artistes déchirures au cutter avaient exigé deux heures quinze de concentration.

– On sera certainement ravi, chez vous, d'augmenter le stock de chiffons de ménage...

Mme Ouédraougo s'éloigna, ses jolies jambes en collants noirs martelant les dalles du couloir. Bettina et Denise jetèrent une grimace à la martingale de son tailleur.

– L'écoute pas, dit Denise. Elles sont super-purulentes, tes fringues !

– Guerrières ! renchérit Béhotéguy.

La sonnerie vrilla l'air. Béhotéguy glissa à Bettina :

– C'est pour lui, tes investigations vestimentaires ?

– Lui qui ? demanda Bettina qui regretta aussitôt.

– Les surgelés. C'est quoi son nom... Pépin ? Mandrin ?

– Merlin, murmura Bettina.

– La façon dont vous dansiez, toi et lui !

– Tu es amoureuse ? chuchota Denise en entrant dans la classe.

– T'en avais l'air.

– De lui ? s'indigna Bettina. Ça va pas ! Je ne...

– Encore un mot, Verdelaine, et c'est la permanence !

Elle se tut. En classe, Béhotéguy lui souffla :

– Tu peux nous le dire, tu sais. Ce n'est pas parce qu'il est moche qu'on te jettera la pierre...

Le cœur de Bettina se tordit. C'était la chose la plus cruelle qu'on lui ait jamais dite. Elle avala trois fois sa salive pour barrer la route à un sanglot inattendu mais d'une rare violence. Après, elle réussit une espèce de sourire.

– Le jour où je tomberai amoureuse de Bugs Bunny, dit-elle vaillamment, j'enverrai des faire-part.

– Sortez, Verdelaine ! En permanence !

Bettina n'aimait pas le lundi en général, mais celui-ci elle le haït de tout son cœur.

*
* *

– Et ta tante ? interrogea Enid lorsque Muguette leur rendit visite deux jours après la grande scène de tante Valériana.

– Super-forme. Elle a dévoré un poulet entier à midi.

– Hein ? Entier entier ?

– Les deux pattes, les deux ailes, le blanc. Et même les intérieurs.

Enid détestait les intérieurs de poulet. Et de lapin, de veau... Les intérieurs de tout, en fait. Muguette se tourna vers Hortense :

– J'ai appris qu'il y avait des petits chats à la ferme.

– On les a vus, avec Gulliver ! s'écria Enid.

– Tu m'accompagnes, Hortense ? demanda Muguette. Je veux les voir.

– C'est loin. Tu seras fatiguée avant qu'on soit à la moitié du chemin.

– J'ai apporté ça ! dit Muguette avec un sourire radieux.

« Ça » était un fauteuil roulant. Hortense le regarda et eut l'impression de recevoir un mauvais coup au plexus. Avec ce machin, la maladie de Muguette entrait à la Vill'Hervé, aussi réelle, aussi douloureuse qu'un poing qui frappe. Elle se sentit pleine de désarroi, elle regarda Muguette que le boutonnage de son manteau semblait absorber.

– On passera par la route, proposa Muguette. Tu voudras bien me pousser ? Je t'aiderai avec les mains.

Hortense posa le livre qu'elle lisait, à cheval sur un accoudoir.

– Et Zerbinski ?

– Je l'ai mise devant *Lawrence d'Arabie*. On a cent trente-quatre minutes.

Muguette prit le livre, lut le titre *Papa Longues Jambes*.

– Elle est morte en donnant naissance à son bébé. Tu savais ?

– Qui ?

– L'auteur. Jean Webster. C'est terrible, non ? Si la médecine avait été plus fine à cette époque, elle aurait pu écrire plein d'autres livres géniaux.

Elle s'assit dans le fauteuil roulant. C'était bizarre de voir Muguette ainsi. Elle faisait encore plus mince, encore plus petite. La voix de Geneviève, dans le hall, demanda si elle avait besoin d'une couverture.

– Oh oui, je veux bien, lui cria Muguette. J'ai toujours froid, ajouta-t-elle d'un ton d'excuse.

– Je peux venir aussi ? suggéra Enid.

– Et quoi encore ! s'interposa Charlie. Tu as trois devoirs de maths, deux de grammaire, une poésie !

La couverture autour des genoux, Muguette débloqua le frein du fauteuil roulant et, poussée par Hortense, elle remonta l'impasse en direction de la route.

Quarante minutes plus tard, elles atteignaient la ferme de Sidonie. Quand elle y allait seule, Hortense mettait un quart d'heure. Sidonie lavait des pommes de terre dans un grand bac en plastique jaune.

– Pas souvent qu'on te voit par ici ! s'exclama-t-elle en tendant la joue à Hortense.

Elle s'essuya les mains à un torchon propre pour serrer celle de Muguette.

– Vous avez des petits chats… ?

– Pas moi. Notre Zaza.

– Je peux les voir ?

Sidonie replongea les mains dans le bac à pommes de terre. Elle fronça les sourcils.

– Voyez Jean-Ro, mon beau-frère. C'est lui qui… doit s'occuper d'eux.

Jean-Ro se trouvait dans l'arrière-cour. Hortense roula Muguette jusque-là. Jean-Ro était un long type sec aux lobes d'oreilles qui pendaient, ce qui lui donnait un air touchant de chien. Hortense se souvenait que, petite, elle avait peur de lui parce qu'elle l'avait vu brandir des poules par les pattes, tête en bas. À cette époque, elle était convaincue qu'il pouvait faire ça à tous les êtres de la terre, y compris elle-même.

*
* *

Petit bout du journal d'Hortense

Jean-Ro était content de me voir, il m'a fait une grosse bise. On lui a dit qu'on avait envie de voir les chatons. Il nous a expliqué qu'il aurait fallu s'en occuper dès leur naissance mais il n'avait pas eu le temps avec le boulot à la laiterie, quant à Sidonie elle en était incapable.

– De quoi ? a demandé Muguette.

Jean-Ro a baissé les yeux sur elle. Jusque-là, on aurait dit qu'il n'osait pas, à cause du fauteuil roulant. Et même, il a détourné la tête, mais c'est parce que Muguette avait un drôle de regard glacé comme une hache, brûlant comme un charbon.

– Venez.

Il nous a conduites jusqu'au coffre de la camionnette, l'a ouvert. Quatre petits amours étaient là, empilés comme des poings dans une poche. Ça faisait presque peur de les voir si minuscules. J'ai demandé :

– Vous allez les donner à qui ?

– Personne n'en veut. Sidonie a passé une annonce dans le journal de la mairie. Personne. Y a eu trop de portées ce printemps et cet été. Novembre, tout le monde a eu sa dose.

J'ai baissé les yeux vers Muguette. C'est elle qui m'a fait peur. Vraiment peur. Elle avait des frissons, elle respirait fort. Elle avait des taches roses sur les joues. Elle a subitement hurlé :

– Ne les tuez pas ! S'il vous plaît ! S'il vous plaît !

Elle a éclaté en sanglots, et moi, j'ai eu l'impression que mon cœur se décrochait et tombait dans mes genoux, j'avais envie de pleurer aussi. Muguette a continué de hurler, elle s'est levée du fauteuil et a commencé à frapper Jean-Ro à la poitrine. Il n'avait pas l'air d'avoir mal, il avait l'air désolé. Il murmurait :

– Chut, cocotte, calme-toi, c'est la vie, qu'est-ce qu'on y peut...

Moi j'avais envie de lui dire que c'était pas la vie, mais la mort. Et Muguette secouait la tête dans tous les sens, on aurait cru qu'elle allait s'évanouir, elle n'arrivait plus à respirer, et elle pleurait, elle hurlait ne les tuez pas, s'il vous plaît... À la fin, Jean-Ro l'a soulevée en l'air et l'a emportée vers la laiterie, moi derrière eux. Il a dit à Sidonie : « Tiens la gamine, elle a une crise de nerfs. » Sidonie a pris Muguette à son tour (je crois que même moi je pourrais la porter tellement elle est fine), elle l'a installée dans le bureau, a fait chauffer du lait et nous a donné des biscuits.

Je crois que c'est de voir Muguette si fragile au fond de la chaise, l'air d'un petit chat elle-même, que l'idée m'est venue. J'ai profité que Sidonie ne faisait pas attention pour ressortir à toute vitesse. J'ai couru vers la camionnette. Le coffre était resté ouvert. J'ai pioché un chaton au hasard et l'ai glissé dans la poche de mon manteau.

Quand je suis revenue à la laiterie, Muguette ne disait plus rien. Même pas merci ou ça va, rien. Sidonie m'a fait signe de la suivre dans une pièce derrière. Je sentais, dans ma poche, le chaton qui se tortillait, tout chaud, contre ma cuisse. J'avais peur qu'il miaule. J'ai fait exprès de parler, de toussoter, de me racler la gorge à tout bout de champ.

– La pauvre, a dit Sidonie, qu'est-ce qu'elle a ?

– C'est les chats…

– Ça je sais. Je veux dire, de quoi est-elle malade ?

– Je ne sais pas, dis-je.

C'est vrai… Je ne connaissais pas le nom de sa maladie. Je ne savais même pas si c'était grave. Ni si c'était fini ou si elle allait guérir. Sidonie a posé sa main sur mon dos. Elle a dit :

– Écoute. On ne peut pas garder les bestiaux, mais tu lui diras qu'on les a donnés, d'accord ? Qu'on a trouvé des gens. Mieux vaut mentir que la mettre dans un état pareil.

Le bestiau, celui de ma poche, ne bougeait plus. Comme s'il avait compris qu'il ne fallait pas moufter. Je l'ai caressé. J'ai dit :

– D'accord.

Puis on est revenues.

Muguette m'a jeté un regard, comme si je l'avais trahie. Mais quand elle verrait le petit chat… au moins un de sauvé. Un de sauvé et c'est toute la Terre qu'on sauve. Maman disait ça. Je ne suis pas sûre qu'elle ne disait pas ça simplement pour nous consoler.

On a repris la direction de la route. Mais comme il commençait à faire nuit et vraiment froid, j'ai dit qu'on ferait mieux de rentrer en bus. Muguette ne décrochait plus un mot depuis la laiterie. J'ai sorti le chaton de ma poche. Il tenait au complet dans ma main, et je n'ai pas une très grande main. J'ai dit :

– Regarde.

Ses yeux n'en ont pas cru leurs yeux. Elle a renversé la tête sur le dossier du fauteuil roulant et elle a hurlé de rire. Je me suis sentie bien. J'ai souri.

On a failli manquer le bus ! Le chauffeur nous a aidées à plier le fauteuil et à l'installer dans le compartiment à bagages. Et on est allées s'installer au fond, toutes les deux. Une fois sur la banquette, elle a ouvert la couverture qu'elle tenait toujours… Et c'est moi qui ai explosé de rire.

Il y avait le reste des chats, trois petits endormis en rond. J'ai placé le quatrième, c'était un noir et blanc, parmi eux. Et on a rigolé encore longtemps, avec Muguette.

Mais on n'était pas sorties de l'auberge.

10

Tempête sur la côte et dans les cœurs

Une brise balaya les côtes de Finlande, mit le cap sur l'Écosse où elle gagna en force, en froid et en tourbillons, elle continua à folle allure vers la France où elle montra à tous ce qu'est un bon gros début d'hiver.

Le néon du petit Eskimo colorait en bleu la doudoune rose de Bettina, du coup la doudoune était violette. Le nez de Bettina violet également. De froid. Et aussi ses lèvres. Elle s'abrita sous un auvent. Elle pensa oh mon Dieu je suis en train de l'attendre, je pèle de froid, et je suis ridicule.

N'empêche. Elle avait laissé Denise et Béhotéguy sirotant leur chocolat chaud à l'Ange Heurtebise. Elle les envia.

N'empêche.

Merlin apparut soudain sous le porche, la nuit de novembre était tombée. En à peine un regard, Bettina avait reconnu sa silhouette en longueur, sa manière de fourrer le poing dans sa poche, avec détachement. Il dit au revoir à une collègue et il se dirigea seul vers le parking à vélos.

Bettina vérifia que personne ne le suivait. Elle courut vers lui.

Le bruit de ses pas lui fit lever la tête. Il était en train de défaire son antivol, accroupi. Il lui jeta un œil par-dessus l'épaule, sans la moindre expression d'étonnement, de colère, ou de n'importe quoi, sur son visage tranquille. Elle pensa oh mon Dieu qu'est-ce que je vais bien pouvoir lui...

– Bonjour !

Il répondit :

– Bonjour.

Elle pensa oh mon Dieu c'est pas gagné. Et elle s'accroupit à côté de lui, près de la roue du vélo.

– Je voulais te voir. Je voulais déjà te voir l'autre jour, quand...

Il ne répondit rien et libéra l'antivol. Elle pensa il n'a même pas vu que j'ai changé le roux de mes cheveux.

– Laisse-moi t'expliquer, dit-elle. Depuis qu'on se connaît, je...

– Tu ne me donnes jamais l'impression qu'on se connaît, Bettina. J'ai même l'impression que tu fais tout pour avoir l'air du contraire.

Il disait la vérité. Pourquoi est-ce que ça faisait si mal ?

– C'est faux, mentit-elle. Pourquoi je ferais ça ?

– Je ne sais pas. Toi tu dois le savoir.

Elle baissa la tête. Merlin se releva, empoigna le guidon et poussa le vélo devant lui. Elle se redressa d'un bond et le rattrapa. Ils marchèrent un moment côte à côte, dans les rafales d'hiver, silencieux. Elle pensa oh mon Dieu j'aimerais vraiment, tout de suite, qu'il m'embrasse et me dise qu'il ne m'en veut pas. Elle mordilla le pouce de son gant.

– L'autre jour, commença-t-elle, à la fête de Gersende...

– Oui ?

– J'aimais bien quand on dansait.

– Moi aussi.

Il alluma la lanterne au-dessus de la roue.

– Je peux être tellement débile, des fois... Je voudrais que tu m'excuses. Je le veux très fort.

Il ne répondit rien, poussant son guidon. Le néon du petit Eskimo n'était plus qu'une lueur sur le trottoir, derrière.

– Je ne t'en veux pas, Bettina, je t'assure. Mais tu vois, ce jour-là, tu as changé quelque chose. Comme si tu avais fermé une porte pour toujours.

Pour toujours. Elle tira sur le gant de sa main droite, le rangea, posa la main sur le guidon, à côté de sa main à lui qu'elle n'osa pas toucher.

– Pour moi aussi ça a changé quelque chose. C'est vrai. Je suis…

Elle ravala le mot « amoureuse » qui lui venait. Elle dit :

– … différente.

Il la regarda, comme on regarde un petit animal qu'on aime bien mais qui a pris toute la place sur le canapé où on a justement envie de s'installer.

– C'est bien, finit-il par dire.

Il coinça le bas de son pantalon dans ses boots. Se redressa.

– Tu as changé la couleur de tes cheveux…

– Tu n'aimes pas ?

– Tu es toujours jolie.

Elle songea mon Dieu, c'est pour toi, c'est pour toi. Il dit soudain :

– Excuse-moi, je dois rentrer. Salut.

Elle le regarda enfourcher son vélo et filer vers le carrefour. Elle pensa mon Dieu il faut que je le rappelle. Vite. Puis elle pensa s'il croit que je vais le supplier ! Puis oh mon Dieu si ça se trouve c'est la dernière fois que je le vois !

– Salut, murmura-t-elle.

Le vélo avait disparu depuis une bonne minute.

*
* *

La veille de son monologue devant Lermontov, Hortense fut saisie de violentes crampes d'estomac. Elle ne dit rien à personne, mais les crampes la torturèrent une bonne partie de la nuit. Au matin, Geneviève, effrayée par sa mine et ses cernes, voulut appeler Basile.

– Ah non ! Pas de Basile. Pas de toubib. J'ai mal dormi c'est tout.

Heureusement, ce jour-là elle n'avait cours que le matin. Pendant la géo, elle alla s'enfermer dans les toilettes pour réviser ses tirades. Elle avait répété, répété tous les jours avec Muguette, et c'était comme si son cerveau était passé au lave-linge, 95 °C, blanc très sale, avec Javel. Elle s'assit sur la lunette des W.-C. et fondit en larmes.

À midi, Muguette vint déjeuner avec elle à la Vill'Hervé. Mais comme il y avait aussi Enid et Gulliver, elles ne purent rien se dire à propos des chatons. Ce n'est que lorsque les deux petits quittèrent la maison que Muguette secoua allégrement le bras d'Hortense, les yeux brillants.

– Je les ai planqués au grenier près du chauffage. Je me suis levée quatre fois cette nuit pour leur donner du lait. Mais ils mangent moyennement. J'ai peur qu'ils meurent... Tu m'écoutes ?

– Oui.

– J'ai une idée.

L'idée, c'était de kidnapper la Zaza, leur mère, de l'installer avec eux au grenier jusqu'à ce qu'ils soient sevrés.

– Mais la Zaza appartient à Sidonie. Si elle la croit perdue, elle aura du chagrin.

– On la rendra. (Muguette fit une moue suppliante.) Sans quoi ils vont mourir.

C'est ainsi qu'elles se retrouvèrent, une heure plus tard, en train de ramper aux alentours de la ferme.

*
* *

Petit bout du journal d'Hortense

Muguette n'a évidemment pas pris le fauteuil roulant. Question d'invisibilité. On a fait la route à pied. En arrivant, elle était épuisée. Elle s'appuyait à mon bras, je l'entendais respirer alors que d'habitude non. Mais, coup de bol : la Zaza se léchait paisiblement sous l'auvent du poulailler. J'ai fait signe à Muguette de rester comme elle était, c'est-à-dire cachée derrière le mur, et je me suis faufilée, direction la Zaza qui se léchait. Et qui m'a regardée avec un genre de haussement de sourcils. J'ai minaudé deux, trois de ces borborygmes idiots qu'on fait aux chats, en regardant autour de moi mais il n'y avait personne, et je l'ai chopée. Ma Zaza s'est tortillée. Je me suis dit : quelles gourdes, on n'a pas pensé à prendre un sac ou quelque chose ! Je suis repartie en serrant la Zaza, jusqu'au mur où l'attendait Muguette.

Et j'ai eu la panique de ma vie. Muguette n'était plus là. C'est ce que j'ai cru. Puis j'ai vu qu'elle était écroulée par terre, toute blanche, les bras crispés autour de sa poitrine. J'ai lâché la Zaza qui s'est installée tranquillement plus loin, pour continuer à se lécher et voir ce que c'était que tout ce cirque. J'ai crié en chuchotant :

– Muguette ! Réveille-toi !

Je ne savais pas quoi faire. Je lui ai donné des tapes sur la joue gauche, la droite. Je me suis redressée, j'ai regardé autour et j'ai bramé :

– Au secours ! Quelqu'un !

– Tu vas la fermer, oui ? a grondé la voix de Muguette dans l'herbe. T'es folle de hurler comme ça !

– Tu avais l'air morte !

Elle s'est assise, doucement, sur l'herbe froide et desséchée.

– Je suis tombée dans les pommes. Ça ne t'est jamais arrivé ?

– Non.

– Moi, tout le temps. C'est parce qu'on a trop marché, ça ne dure pas longtemps. Allez, aide-moi. Non, attends... Y a personne ?

Non. Miracle. Personne n'avait entendu mes cris.

– La Zaza.

Mais cette fois, la chatte ne se laissa pas faire. À nos imbéciles *mini minou*, elle s'est tirée au galop et on ne l'a pas revue.

– Faut trouver une autre solution.

– Pas aujourd'hui.
– Les petits vont mourir.
– À cinq heures, j'ai Lermontov et…
– On va chez le vétérinaire. Maintenant.

J'ai soupiré. J'ai dit OK, du moment que j'étais à l'heure chez Lermontov. On est parties chez le véto.

*
* *

Journal d'Hortense (même soir)

Dans l'après-midi les crampes ont empiré. Mais pas question d'en parler. Même pas à Muguette. D'autant qu'elle était obnubilée par cette histoire de chats.

Je ne sais pas si la véto a gobé ce que Muguette lui a déblatéré (qu'on avait trouvé les bêtes dans une poubelle du centre-ville, derrière le théâtre des Burgraves, cette fille est vraiment Tarn-et-Garonne !) mais elle nous a conseillé de lui confier les chats. Son assistant s'en occuperait, les nourrirait avec du lait spécial, et une fois sevrés on trouverait à qui les donner. Moi, ça m'a paru magnifique. J'ai promis qu'on les apporterait.

Muguette, elle, a tout de suite tiré la tronche parce qu'il s'agissait de s'en séparer. Quand on est ressorties de chez la véto, je l'ai laissée prendre le car toute seule puisque j'avais Lermontov. J'ai aussitôt oublié les chats !

À mesure que je marchais, ma bouche prenait un drôle de goût, ma langue me tirait jusqu'aux oreilles. Et j'avais dans l'intestin une armada de sauterelles en pleine technoparade.

Comme d'habitude, c'est Dédée qui m'a ouvert. En col roulé fil d'or, lorgnons, jupe turquoise décorée de tranches de pastèque, et *Suréna* de Corneille serré sous le coude gauche. Comme d'hab, tout cela lui allait divinement. Elle tira la langue au mur où Bette Davis dans *Eve* nous toisait avec dédain.

– Lermontov est d'une humeur à chier, dit-elle.

Banal.

Sauf qu'aujourd'hui j'avais un texte... Lermontov m'a alpaguée sitôt que je suis entrée.

– Nous vous écoutons, Verdelaine.

– Tout... de suite ?

J'ai secoué des miettes imaginaires de ma jupe grise sans pastèques. J'ai avancé en crabe vers l'estrade. L'idée que leurs yeux à tous suivaient mes pas et mes mouvements, ça me déprimait dix tonnes. Passé les trois marches de l'estrade, je n'ai pas eu le courage d'affronter tous ces regards ; j'ai piqué du nez dans mon texte, j'ai ânonné :

– Leu Peutit maîtreu corrigé. Scèneu quatreu, acteu deux. C'est le moment où l'héroïne...

– Jouez.

J'ai respiré, ce qui me posait un paquet de problèmes avec ma langue et mes oreilles.

Puis, oh là là, ma voix a parlé.

À la deuxième réplique, les sauterelles cessèrent de trépigner. Mon cerveau s'est mis à fonctionner subliminal, à faire des zooms en pointillés : sur une écaillure de plâtre au mur d'en face ; sur mes pieds qui ressemblaient à des barques. Et il y eut ces gouttes d'eau qui tombaient du plafond sur ma manche en points sombres.

Plus tard, Dédée m'a dit qu'elle avait pleuré quand j'avais pleuré. Mais j'entendais mal, mon cerveau faisait Maine-et-Loire, toujours ces zooms en pointillés. Les lunettes jaunes de notre professeur. Ses joues beuleup-beuleup. Son froncement de front, étonné, doux, presque amical. Et puis tous ces bras de filles et de garçons qui me serraient, me secouaient les épaules... Eh ! Qu'est-ce que tu dis Dédée ? J'ai pleuré ? Moi ? Où ça ? Je croyais à des gouttes du plafond...

– Verdelaine ! a rugi Lermontov. Vous aurez cent deux répliques à apprendre d'ici Noël !

– Noël ? ai-je répété, ahurie. Cent deux répl... ?

– Le rôle d'Hortense tout entier. Comptez !

Et j'ai enfin compris. On allait jouer *Le Petit-Maître corrigé* à Noël et Lermontov donnait à Hortense le rôle d'Hortense. Les sauterelles sont aussitôt reparties rock and roll.

– Mer… ci, monsieur.

– Magnez-vous les fesses, Verdelaine. Nous n'avons que quelques semaines. Foncez.

J'ai foncé. Droit aux toilettes.

*
* *

Basile reparut à la Vill'Hervé avec la tempête, une fin d'après-midi.

Il y trouva tout le monde, ou presque. Enid qui dessinait la carte de France sur un cahier et qui leva à peine les yeux sur lui, Bettina qui avait modifié un truc à ses cheveux (mais quoi ?), Geneviève qui l'embrassa en tapotant gentiment le dos de son pardessus, ce qu'il n'aimait pas spécialement, et Gulliver qui disputait une partie de go avec Hortense.

– Bonjour, dit-il.

Il posa sa sacoche sur une chaise et s'assit en se lissant le sourcil droit du bout du doigt. Personne ne fit attention à lui.

– Où est Charlie ? demanda-t-il au bout d'un moment.

– Ça dépend, répondit Enid par-dessus sa carte de France.

Enid traçait les fleuves. Son problème était de ne pas percuter le Rhône avec la Seine.

– Ça dépend ? De quoi ? dit Basile.

– De comment tu t'appelles.

Il avait parfois l'impression que les habitant(e)s de la Vill'Hervé parlait un langage à part.

– Si tu es Paul, expliqua Enid, elle ne rentrera pas avant demain. Si tu es Jean-Luc, elle est partie dîner avec Jacques. Si tu es Jacques, elle dîne avec Paul. Lequel es-tu ?

Depuis ce matin, Basile avait vidé un furoncle, annoncé un cancer, découvert une appendicite et un ulcère, écouté les plaintes de Mme Pyramidonge, ce qui n'était pas rien, celles de M. Colocricoz, ce qui était pire. Il était lessivé. Néanmoins il lui restait une infinie patience.

– Je suis Basile, dit Basile. Y a-t-il un message pour moi ?

– Basile ? Attends, je réfléchis. Tu n'es pas ce garçon qui vient régulièrement nous faire un couscous ?

– Je suis.

– Qui fait semblant de coucher dans le bureau mais qui va rejoindre ma grande sœur dans sa chambre quand tout le monde est...

– Charlie est au grenier ! interrompit Geneviève. Elle sera contente de te voir !

Basile lui adressa une mimique de gratitude. Il se leva, passa près d'Enid, désigna sa carte de France :

– Attention, dit-il. Ta Bretagne copine comme cochon avec ton Languedoc-Roussillon.

Il disparut dans l'escalier. Bettina lui embraya le pas. Mais elle le laissa continuer seul en direction du grenier ; elle s'arrêta au premier. Et se barricada dans sa chambre pour la énième fois de la journée et de la semaine.

Elle s'étendit en travers du lit et contempla fixement un coin de l'oreiller. Ç'aurait pu être l'ourlet du drap. Ou les boutons de la couette. Mais l'oreiller était en face.

Elle repensait à chez Gersende, quand Merlin était apparu dans le couloir de lumière, l'avait prise dans ses bras et fait danser. Elle repensait à lui au cinéma. Sa façon d'être gentil, et drôle, et serviable. Elle repensait à la piscine, ses plongeons lyriques, son sourire poétique...

Elle aurait tout donné pour changer le film. Dialogues et scénario. Zapper ce qu'elle avait dit et fait de désagréable. Elle avait tant envie qu'il la reprenne dans ses bras, de lui dire qu'elle le trouvait beau. Elle avait même envie que... qu'il lui lèche la joue, tiens. Et tant pis si Denise et Béhotéguy trouvaient ça bêêêêrrkk.

Mais c'était foutu, trop tard. Et si douloureux qu'elle n'arrivait même pas à pleurer.

*
* *

Le vent tomba mais le froid demeura. Swift, la chauve-souris chérie d'Enid, avait cessé de venir se pendre au hêtre qui touchait les fenêtres. Elle partit hiberner dans sa caverne secrète avec les copines.

Geneviève était la seule à avoir encore envie de descendre sur la plage. Mais ce jour-là elle réussit tout de même à arracher Hortense à sa sacrée-bon-sang-de-pièce-de-théâtre pour l'aider à collecter varech et algues vertes. Elles enfilèrent bottes en plastique, cirés à capuche, écharpes, gants, et elles traversèrent la lande tachetée du dernier rose des bruyères.

Les galets sur la vase ressemblaient à des feuilles mortes.

– Bettina n'a pas l'air en forme ces temps-ci, dit Geneviève. Tu as remarqué ?

Oui, Hortense avait remarqué. Ce devait être une histoire de garçon. Il y avait toujours des garçons dans les états d'âme de Bettina.

– Un peu, répondit Hortense, qui n'avait pas envie de parler de Bettina.

– Regarde ça ! s'exclama Geneviève en soulevant une lourde guirlande d'algues.

Elles marchèrent en silence sur le gris mouillé du sable.

– J'espère que ce n'est pas grave, ajouta Geneviève.

Son esprit était revenu à Bettina.

– Je crois qu'elle est malheureuse, dit-elle. Je le suppose car, au fond, elle ne nous dit rien. Je veux dire, sur elle.

Elle-même ne disait pas grand-chose à ses sœurs. Par exemple, elle n'aurait pas su préciser les raisons qui lui faisaient dissimuler ses cours de boxe thaïe. Elle savait seulement qu'elle ne voulait pas en parler. Et pour Enid, Hortense, Charlie et Bettina, ce devait être pareil. À cinq on ne peut pas se parler de tout. Ni même à deux d'ailleurs.

– Et toi ? dit-elle, avec un sourire, à Hortense qui rinçait une pelote d'algues dans l'eau de mer. Tu caches aussi des trucs à tes quatre sœurs ?

Elle fut à peine surprise de la voir rougir. Elle la prit affectueusement par le cou et l'embrassa sur la frange. L'autre lui jeta le lourd regard de ses yeux sombres. Geneviève rit encore et se dit qu'Hortense deviendrait probablement une belle fille aux yeux de velours noir, qu'elle l'ignorait, que c'était très bien comme ça.

Un appel transperça le chuintement des vagues. Elles levèrent la tête, vers là où la falaise enjambait les flots de son pas de géante. Muguette descendait la pente à toute allure.

– Doucement ! lui cria Geneviève. Ne tombe pas.

Muguette ne tomba pas, mais était à bout de souffle en arrivant en bas. Hortense et Geneviève furent surprises de voir qu'elle pleurait. Muguette s'agrippa à Hortense.

– Les petits chats… haleta-t-elle.

– Oui ? Quoi ?

– Il y en a un, il est en train de mourir. Il ne bouge pas.

– C'est la véto qui t'a appelée ?

Muguette secoua la tête. Elle reprit son souffle et dit tout bas :

– Ils ne sont pas chez elle. Je t'ai dit que je les y emmenais, mais j'ai menti. Ils… Ils sont toujours ici, au grenier.

Elle éclata en sanglots bruyants. Geneviève s'avança, posa son sac d'algues sur le sable et dit :

– Je ne comprends rien.

Petit bout du journal d'Hortense

Quelle idiote. Mais quelle iiiiiiidiote. Cette fille est complètement Deux-Sèvres.

*
* *

– Je ne comprends pas, dit Denise à Bettina. Pourquoi tu cachottes ? On est tes amies. Si tu craques pour ce mec, tu peux nous le dire.

– Tu as honte de lui ? glissa Julianne.

Bettina regarda les gâteaux qu'on apportait sur la table. Elle pensa c'est drôle, je n'ai même pas envie de leur casser la figure, je devrais pourtant, non ?

Béhotéguy posa une brioche sur l'assiette de Bettina. Bettina repoussa l'assiette. Elles étaient à l'Ange Heurtebise, avec Gersende, Clovis, Hippolyta, Julianne, Jeannine. Tous l'avaient vue danser avec Merlin. Elle pensa il y a des siècles de ça dans une autre vie.

– En tout cas, fit Julianne en plongeant son cake dans sa tasse, ce type dansait bang-fulgurant.

Elle fit signe à Isild, au comptoir, de venir les rejoindre mais Isild était avec son Jean-Rachid chéri et tous deux s'installèrent au flipper numérique…

– Moi, reprit Jeannine, quand j'étais raide Colorado de Wolfgang Phuong, en septembre, je le racontais à tout le monde !

– Qu'est-ce que tu ne racontes pas à tout le monde ? dit Hippolyta.

– Quand j'ai mes règles, répliqua Jeannine du tac au tac.

On pouffa. Sauf Bettina.

– Moi, je le trouve mignon, murmura Gersende, rêveuse.

– Wolfgang Phuong ?

– Wolfgang Phuong aussi. Mais je parle du livreur de surgelés.

– Tu rigoles ! Il a des… commença Julianne qui reçut un talon de Sketchers dans les chevilles (elle ne sut jamais de qui).

Bettina se redressa tout à coup et se pencha pour les dévisager tour à tour, et dans les yeux, eux, ses amis, Julianne, Hippolyta, Béhotéguy, Denise, Gersende, Clovis, Jeannine.

Une sorte de flamme remuait ses yeux, comme si elle louchait, mais personne n'eut l'idée de rire, car cette flamme bizarre faisait peur.

Elle parla, articulant et martelant la table avec la brioche de Béhotéguy au rythme de sa respiration rauque :

– Il s'appelle Merlin. J'ai dansé avec lui. Je suis allée au cinéma avec lui. Et à la piscine aussi. Il a voulu m'embrasser, je l'ai repoussé. Il a voulu que je lui présente mes amis, je l'ai caché. C'est un garçon bien et je l'ai blessé. Et vous savez quoi ? Je regrette. Je le regrette comme jamais je n'ai regretté quelque chose. Maintenant je voudrais qu'il soit là, ici, avec moi, au lieu que ce soit vous. Maintenant je voudrais qu'il me prenne dans ses bras ! Qu'il m'embrasse ! Qu'il me lèche la joue ! Voilà.

Elle tremblait. Tout le monde la fixait en silence. Même le flipper s'était tu.

Bettina ramassa son sac à dos, repoussa sa chaise avec la cuisse, et sortit. Elle traversa en courant les deux rues qui la séparaient de l'arrêt de bus.

Elle attendit le bus, toute droite, son sac pressé sur le ventre, la bouche serrée. Quand il arriva, elle monta, s'installa sur le dernier siège de la dernière rangée, là où personne ne pouvait la voir sangloter.

11

Quatre petits chats et un gros rat

Hermine Lesbettes, comme son nom l'indique, est docteur vétérinaire. C'est à elle que Muguette a consenti à confier la vie et l'avenir de Rhésus, Cathéter, Greffon et Transfusion, les quatre chatons rescapés.

Lorsque Muguette leur rend visite en cette fin de matinée, Hortense l'accompagne. Le Dr Lesbettes leur montre comment on donne le biberon, où ils dorment, où ils jouent, elle leur apprend aussi que trois d'entre eux sont déjà réservés grâce à l'annonce punaisée dans la salle d'attente. Qui ? Qui ? demandent-elles. Un jeune garçon nommé Toni dont le chat malade est mort l'année dernière, et une dame qui en prend deux pour sa mère qui vit seule.

– Ah. Ils resteront donc ensemble, ceux-là, note Hortense.

Le Dr Lesbettes soulève les chatons comme si elle ramassait des torchons trempés, les remet dans leur panier, et le panier dans une grande cage. Muguette continue d'être silencieuse.

Quand elles quittent la clinique du Dr Lesbettes, il reste cinquante minutes avant le prochain car. Elles décident d'aller voir les vitrines de Noël en ville. Elles admirent un bon moment l'éléphant en mousse qui fuit sur son tapis roulant pourchassé par des souris en feutrine. Et les singes en peluche et en toque blanche qui font sauter des crêpes suspendues à des fils invisibles.

– Tu savais que Laurel est devenu hémiplégique quand Hardy est mort ? dit subitement Muguette.

Hortense arrondit ses doigts gantés de laine autour de ses lèvres et souffle un jet de vapeur. Pour gagner du temps. Que peut-elle répondre ? La question de Muguette sort tellement de nulle part. Pourquoi parle-t-elle de Laurel et Hardy ? En plus, Hortense n'est pas sûre du sens d'« hémiplégique ». Ni si Hardy est le gros ou le maigre.

– Ah ? dit-elle simplement.

Muguette lui jette un regard aigu sous des sourcils creusés.

– Tu sais ce que ça veut dire ?

– Quoi ?

– Hémiplégique.

– Qu'il est tombé malade ?

– Malade quel genre ?

– ... d'une hémiplégie. Non ?

Muguette donne un coup de moufle dans la vitrine. Une petite fille la dévisage avec intérêt en grignotant une pomme d'amour vermillon.

– Et c'est quoi une hémiplégie ? insiste Muguette d'une voix toute basse et aiguë à la fois, comme si elle se retenait de crier.

Hortense a envie de répondre : « Ce que tu peux être chiante ! » Et profite d'un mouvement de la foule pour se laisser porter vers la vitrine suivante. On y voit des cosmonautes argent qui cabriolent dans l'espace pendus à des fils, comme les crêpes. Muguette resurgit bientôt avec, derrière, la petite fille dont la pomme d'amour penche vers sa manche.

– Alors ? C'est quoi ? revient-elle à la charge.

– De quoi tu parles ? s'énerve Hortense.

– Tu sais. Hémiplégique.

La gamine à la pomme d'amour les scrute sous le nez, fascinée ; Muguette ne fait pas du tout attention à elle.

– Réponds ! hurle-t-elle, mais sans vraiment hurler : elle a juste l'air.

– Mon pépé il est tombé hémiplégique ! dit tout à coup la fillette à la pomme. Maman, elle dit : « Pépé, il est tombé hémiplégique le jour de mon anniversaire. »

– Et ça veut dire quoi ? souffle Muguette sans lui accorder un regard mais en fixant Hortense.

Une clameur stridente monte des enfants autour. La pomme d'amour penche encore, et reste collée sur la manche de Muguette (qui ne voit rien). C'est que les cosmonautes se sont mis à se lancer des lasers bleus, orange, dorés. La vitrine semble exploser sous le feu d'artifice et les cris d'enthousiasme.

– Ça veut dire qu'il peut plus conduire sa Clio, répond la petite fille. Quand on est hémiplégique, on peut pas conduire une Clio. Ma mère, elle me l'a dit.

Stan Laurel ne pouvait donc pas conduire une Clio. Point barre. Hortense a bien envie de répondre ça, mais Muguette pourrait piquer une crise de nerfs. En outre, une idée lui frappe l'esprit :

– Le car ! Il reste huit minutes !

Elle sort de la cohue en deux bonds et court vers le trottoir d'en face où il y a moins de monde. Elle court entre des paquets, des sacs en plastique, des rollers, des uniformes gris et rouge qui chantent *Adeste fidelis* au son de carillons.

Elle se retourne. Muguette a disparu. Ah non, elle est là-bas… C'est difficile pour elle de courir. D'ailleurs elle ne court pas puisqu'elle a du mal, mais ne veut pas montrer qu'elle a du mal. Alors elle marche. À son rythme. En faisant semblant d'admirer le paysage.

Hortense revient sur ses pas. Plus que trois minutes jusqu'au car. Elle rejoint Muguette qui feint de seulement l'apercevoir.

– Rien ne sert de courir quand on est avec moi, tu sais. Ça finit toujours qu'il faut m'attendre. Et tu fais le chemin deux fois.

Elles interceptent le car au moment où il démarre. Comme toujours, elles s'installent au fond. Si Muguette lui redemande le sens du mot hémiplégique, Hortense la plantera là pour aller s'asseoir devant. Mais Muguette ne dit rien et on roule.

Hortense commence à se détendre et à penser que son amie a oublié quand soudain, d'une voix douce, Muguette dit :

– La moitié de Stan Laurel est tombée paralysée quand Oliver Hardy est mort. C'est ça hémiplégique.

Elle aligne les doigts de ses mains, examine ses ongles comme s'ils étaient la chose la plus importante du monde.

*
* *

Hortense ouvrit son cahier intime en faisant tourner les pages à rebours. 96 pages. Son quatrième cahier en deux ans. Hortense éprouvait un vrai chagrin à mesurer qu'une année de sa vie tenait en 192 pages.

Elle alla chercher le premier des quatre cahiers dans le tiroir intérieur de l'armoire.

Il était rouge comme les autres, mais elle savait qu'il était le premier parce que… eh bien, à son air de premier. Elle le pinça et fit défiler les pages. De temps en temps, elle stoppait, lisait quelques lignes, recommençait. Cela donna à peu près ceci :

Papa a dit hier que Charlie commençait à nous les casser sérieux avec ses histoires de mecs. Il a raison, à entendre notre chère grande sœur, tous les garçons de la fac et de la Terre veulent se jeter par la fenêtre pour elle.

Hortense fixa le mur.

Charlie avait renoncé à la fac, à ses études de médecine, à tous les garçons de la Terre, pour prendre en main le destin de ses sœurs et de la Vill'Hervé.

Geneviève a cassé une assiette hier, dans la cuisine. Exprès. Juste pour entendre le son que ça faisait. C'est ce qu'elle a fini par avouer. Moi je dis que notre chère Geneviève, sous ses airs de grande belle blonde sereine, est la plus folle de nous toutes. Mais je suis la seule à le savoir.

Hortense fixa le mur.

Papa et maman sont morts. J'écris ces mots et ça ne veut rien dire, rien, rien du tout. Maman et papa sont morts vendredi et je...

Hortense fixa le mur.

Changer de page vite, vite.

J'ai regardé dans le frigo tout à l'heure. Il y avait des yaourts achetés par maman, des compotes, du riz au lait, du jambon en tranches, de la moutarde... des trucs qu'elle avait achetés avant sa mort. Et j'ai sangloté en pensant que la date de mort de toute cette nourriture arrivait APRÈS celle de maman et papa. Je l'ai imaginée en train d'acheter ces compotes, riz, moutarde, jambon, de vérifier les dates de péremption sans se douter qu'ils allaient lui survivre.

Hortense fixa le mur.

Longtemps elle avait caché dans un coin du cellier une gelée de pomme que sa mère avait confectionnée deux semaines avant l'accident.

Un matin, Charlie avait découvert le pot où la gelée avait pourri... et l'avait jeté. Hortense avait réagi avec une violence qui laissa ses sœurs pantoises. Elle cria, hurla, pleura, cassa, piqua la plus belle crise de nerfs de sa vie. Elle était allée fouiller la poubelle au bout de l'impasse, mais les éboueurs étaient passés. Plusieurs jours elle ne parla à personne.

Fred Astaire. Hier, Gene Kelly. Les comédies musicales me remplissent de bonheur et me font pleurer de tristesse. Il y a donc des bonheurs tristes ?

Hortense fixa le mur.

Les comédies musicales. C'était la période, après l'accident des parents, où elle se montrait tellement odieuse que ses sœurs l'avaient envoyée chez tante Lucrèce. « Ça te fera du bien. » Hortense se fichait que ça lui fasse du bien ou du mal. Elle avait envie de cracher sur l'univers vivant. Elle avait donc passé trois semaines avec Delmer et tante Lucrèce.

Contre toute attente, elle avait apprécié. Tante Lucrèce était avare, ronchon sur tout, et tout le temps. Elle ne regardait que des comédies musicales en noir et blanc ou Technicolor vieilles d'un siècle, faisait des soupes de cresson, des mijotés à la crème, des semoules au lait d'amande, elle tricota à Hortense une écharpe mauve au point de coquille, crochet 4, en écoutant Sinatra, Vic Damone et Engelbert Humperdinck. Et Hortense se prit à éprouver quelque chose qui s'apparentait à la pose d'une pommade fraîche sur une brûlure vive.

Aujourd'hui, je descends à la cave chercher de vieux journaux pour le feu. Soudain, un cri ! Un hurlement qui me dresse les poils. Je remonte dare-dare. Une voix contrite m'arrête : « Pardon, je t'ai fait peur ? » Geneviève. C'est elle qui hurlait. Toute seule dans la cave. Elle m'a expliqué, tu sais, c'est tellement dur depuis que maman et papa… Je suis tombée dans ses bras et on a pleuré ensemble sous les tresses d'oignons.

*
* *

À 0 h 10 cette nuit-là, personne, pas même Charlie et Basile, n'entendit Bettina descendre sur la pointe des pieds jusqu'à la cuisine. On l'entendit encore moins débrancher le congélateur. Ou plutôt si, il y eut quatre oreilles : celles de Roberto et Ingrid qui, toujours prêts aux agapes, emboîtèrent allégrement le pas à la jeune fille malgré l'heure tardive. Mais comme personne par la suite n'eut l'idée de les interroger, et qu'ils étaient de nature fort discrète, on n'en sut rien.

*
* *

À 8 h 10, le lendemain matin, tout le monde entendit le juron strident que poussa Charlie lorsque, fonçant ressusciter Mme Chaudière dans son local, elle se retrouva les pieds noyés sous six centimètres d'eau.

– Saloperie ! brailla-t-elle d'une voix si puissante que toute la maison rappliqua, excepté les chats qui déguerpirent. Sans compter cette autre saloperie qui me gonfle chaque jour un peu plus !

Les saloperies en question étant respectivement Mycroft et Mme Chaudière.

– Qu'est-ce qui se passe ? s'informa Geneviève du seuil où tout le monde stoppa pour cause de sol immergé.

– Un tuyau qui a pété ? suggéra Enid.

Basile, en pyjama, retira ses pantoufles et, courageusement, fit un pas. Bettina l'admira d'esquisser à peine une moue quand l'eau glacée lui avala les chevilles.

– Saloperie de rongeur ! répétait Charlie folle de rage. Il va le payer ! Et si tu me dis encore, continua-t-elle en fixant hargneusement le pauvre Basile, qu'il a une famille à nourrir, je... !

Il lui donna un gros baiser qui claqua sur sa joue comme un écho aux clapotis autour de leurs orteils.

– Voyons, dit-il, apaisant. Quel rapport entre cette Bérézina et notre Mycroft ?

– Ce n'est pas NOTRE Mycroft ! tonna Charlie.

Elle prit une respiration pour rassembler son calme, son flegme et son sang-froid. Après quoi elle reprit, la voix tremblante :

– Il a arraché la prise du congélo. Ce qui signifie que cet être malfaisant...

– ... et vil, compléta Hortense.

– Hein ?

– Je dis : cet être malfaisant et vil...

– ... a fait fondre la glace du congélo pour nous empêcher de bouffer ! Et nous ruiner !

Charlie ouvrit le congélateur. Tous poussèrent le même cri d'horreur. Bettina seule ne dit rien et détourna le regard.

– On dirait une décharge

– L'estomac de Gargantua.

– Lors d'une digestion particulièrement pénible...

– Quand il est sur le point de gerber...

– Mais qu'il n'y arrive pas.

Petits pois, oignons, tagliatelles et pizzas baignaient dans une mosaïque de liquide marron, jaune et vert ; un gigot flottait sur des framboises écrasées, les épinards baignaient dans le tiramisù...

– C'est moi qui vais gerber.

Charlie referma la boîte de Pandore.

– Saleté ! pesta-t-elle encore mais avec résignation. Au moins dix heures pour nettoyer ça ! Et je ne parle pas du pognon que tout ce gâchis nous coûte !

– Je propose qu'on petit-déjeune avant, dit Basile.

– D'accord !

– Tu es sûre que c'est Mycroft ?

– Tu nous connais d'autres ennemis ?

– On va faire d'urgence une nouvelle commande.

Si Bettina, malgré sa honte, sa culpabilité et son horreur d'elle-même, sentit son cœur faire l'équivalent d'un saut de cent soixante-sept mètres à l'élastique dans le vide céleste, c'est que cette phrase, elle l'attendait de toute son âme depuis qu'elle avait arraché la prise du congélateur cette nuit.

Nouvelle commande. Nouvelle livraison.

Pardon Mycroft, pensa-t-elle en fermant les yeux. Ce n'est pas contre toi, c'est juste pour revoir Merlin.

12

Ne vois-tu rien venir ?

Chez Nanouk Surgelés le délai de livraison habituel était d'environ deux jours. Pour oublier qu'elle attendait, Bettina usa d'un tas de tromperies vis-à-vis d'elle-même. C'est ainsi que :

JOUR 1, MATIN :

Elle essaya de lire un roman où l'héroïne disait : « Je suis brune, j'ai les yeux noisette, pourtant je suis jolie. » Phrase qu'elle lut trente et une fois avant de laisser le livre en plan et de monter dans sa chambre se tatouer un perroquet aubergine sur la clavicule. Elle se maquilla les cils jusqu'à ce qu'ils ressemblent à des oursins. Elle essaya onze échantillons de rouge à lèvres dont *Myrtille Torride* et *Celebrity Poivron*. Elle se démaquilla en se trémoussant sur le dernier tube des Cherokee Wasp. Enfin elle s'écroula à plat ventre sur le lit et ne remua plus.

JOUR 1, APRÈS-MIDI :

Bettina regarda *Les Simpson*. C'était l'épisode où Homer Simpson échoue sur une île du Pacifique, et lèche le dos de petites grenouilles rouges dont le goût lui rappelle sa bière préférée. Un sauvage lui dit : « Si Dieu est tout-puissant, Il devrait s'en foutre d'être vénéré ou non. » À quoi Homer répond que Dieu est aussi névrosé que Barbra Streisand avant son mariage. Bettina, assommée, finit par se réfugier dans ses pénates. Elle écouta *Monsieur William* à tue-tête, enfila ses Sketchers dorées en chantant Qu'alliez-vous faire dans la Treizième Avenuuuuue ? Elle mit un caleçon à paillettes et un maillot anis à pastilles léopard. Puis un tricot violine aux coutures zèbre, puis un jaune à incrustations prince-de-galles, et un argenté piqué de boulettes en cuir.

À la fin, elle envoya tout valser aux quatre coins, elle s'allongea en culotte et seins nus, et ne bougea plus.

JOUR 2, MIDI :

Bettina se brossa les cheveux, tête en bas. Cent vingt coups de brosse, comme dans les romans à crinolines. Après quoi elle s'enferma à clef pour écouter seize fois de suite *Préparez votre, préparez votre pâte, dans une jatte, dans une jatte plate*, de *Peau d'Âne*, immobile par terre, contemplant en alternance son pied gauche et la rayure en forme de flèche du papier peint.

JOUR 2, SOIR :

Elle fit son devoir d'anglais, son devoir de chimie, ceux d'histoire et de maths, puis elle rédigea une fiche de lecture sur Émile Poupard, poète du XIXe siècle. Soudain elle aperçut ses ongles qu'elle trouva urgent de limer. Ce qu'elle fit. Puis s'accouda à son bureau. Resta immobile à fixer l'espace.

*
* *

Enid, ce même soir, s'enferma dans les toilettes pour faire pipi et s'entretenir avec son ami le Gnome de la Chasse d'Eau. Ça faisait longtemps qu'ils ne s'étaient pas parlé. Elle lui racontait ce qui lui passait par la tête, il répondait en tapotant doucement le tuyau derrière la cuvette. Il s'agissait d'une véritable conversation.

– Depuis que papa et maman sont morts, lui dit-elle, Noël c'est moins bien. Même s'il y a toujours des cadeaux. Je suis moins contente. Tu comprends ?

Oui, répondit le Gnome par deux coups légers au tuyau.

– Ce soir on mange des lasagnes au chou, continua-t-elle, sans s'excuser du changement de sujet (c'est ça qui était bien avec le Gnome, il ne s'offusquait de rien, il aimait la variété). Ça veut dire qu'on n'a plus assez de sous jusqu'à la prochaine paie de Charlie, alors on va bouffer des lasagnes au chou jusqu'à la fin du mois. J'espère que Charlie a prévu autre chose pour Noël.

Elle avait fini de faire pipi mais elle resta assise afin de prolonger l'entretien.

– Moi, continua-t-elle, ce que j'aimerais comme cadeau, c'est un Kyppy. C'est en peluche, c'est pas vraiment un animal. Enfin, pas un connu. Tu lui touches les oreilles il dit : « Tu me chatouilles », tu lui touches le nez, il dit : « Atchoum, je suis désolé », tu lui touches le ventre, il dit qu'il a faim et qu'il veut manger des topinambours... C'est comme si on lui parlait vraiment.

Elle songea qu'elle le vexait peut-être et précisa aussitôt :

– Enfin, ce n'est pas comme avec toi. Lui, il est électronique... Mais je ne peux pas m'enfermer tout le temps aux W.-C. pour parler, tu comprends ça ?

Le Gnome émit un petit toc de sympathie. Le carillon de l'entrée interrompit l'entretien.

– Je vais ouvriiiiir ! hurla Bettina dans le salon.

Enid l'entendit passer en trombe devant la porte des toilettes. Elle laissa momentanément le Gnome et tendit l'oreille. Depuis plusieurs jours, Bettina avait l'air d'attendre... Quoi ? Une visite ? Un coup de fil ? Elle avait une drôle d'expression, celle de Panoramix quand il reçoit un menhir sur la tête dans *Astérix et le Combat des chefs*, qu'il ne se souvient de rien, et qu'il appelle ses amis : « Monsieur ? »

Après la cavalcade, Enid perçut un silence (Bettina devait s'admirer dans le miroir du portemanteau), puis la porte de l'entrée qui s'ouvrit très lentement, avec prudence, comme si Bettina accueillait Jack l'Éventreur.

– Nanouk Surgelés ! s'exclama une voix.

*
* *

Sur le seuil, le livreur de Nanouk Surgelés portait des baskets jaunes, un blouson en laine orange, de gros gants assortis ; une queue-de-cheval retenue par une barrette rose, et le même rose sur les joues.

– Hello, Lucinda, murmura Bettina.

Lucinda était la jeune fille qui livrait les produits Nanouk bien avant l'apparition de Merlin.

– Bonjour. Je mets ça où ?

– Ici.

– Ça ne va pas ? demanda Lucinda. Tu me regardes comme si tu voulais me cuisiner ces champignons qu'on ne doit pas manger.

Bettina secoua la tête, incapable de parler. Elle était gorgée de larmes. Un geste, et elles auraient jailli par flots de ses yeux.

– Celui-là aussi je le laisse là ? demanda Lucinda en apportant un deuxième carton.

Bettina garda le silence. Geneviève alla chercher deux billets dans la tirelire collective, c'est-à-dire le moule à kouglof, paya, signa la fiche.

Enid sortit des toilettes.

– On a pensé au nougat glacé ?

– Aide-moi à ranger plutôt ! dit Geneviève.

Bettina se précipita dans l'escalier. Sur le palier, elle rencontra Hortense qui répétait sa pièce. Bettina la poussa, sans plus d'égards que si elle eût été une porte.

HORTENSE : *Il faudra qu'on me dise mille fois « je vous aime » avant que je le croie et que je m'en soucie...*

BETTINA : Tu peux la boucler cinq minutes s'il te plaît ?

HORTENSE : *Quoi ! Vous êtes là, madame ?*

BETTINA : Tu la fermes, oui ?!

Hortense trouvait l'acoustique du palier plus flatteuse. Mais Bettina avait la mine ravagée et un air qui fichait la trouille ; elle réintégra presto sa chambre.

Bettina se réfugia dans la sienne. Elle mit la radio à fond. Les piaulements de Cindi Sauerkrout et de ses Cream Monsters emplirent la pièce comme dix mille chats affamés. Charlie ne fut pas longue à venir tambouriner à la porte. Puis ce fut Hortense qui hurla quelque chose où on distingua juste : « ... tranquille, merde ! »

Bettina se mit à danser telle une possédée, agitant ses cheveux avec violence, en tous sens, comme si elle voulait s'arracher la tête. Dans la glace, la masse de ses cheveux faisait des tourniquets comme une longue serpillière rousse.

Quand Cindi et ses Cream Monsters se turent, Bettina éteignit la radio. Elle s'assit, en nage, hors d'haleine, au bord du lit, les bras pendants.

Pourquoi Merlin n'était-il pas venu ?

*
* *

L'air devint bleu comme du cristal, aussi coupant. Un vent envoyé d'Anatolie couvrit de gel toute l'Europe de l'Ouest et doubla le labeur de Mme Chaudière.

Basile passa deux matinées à lui examiner les entrailles dans les yeux, à les démonter, les nettoyer, les remonter. Mme Chaudière parut satisfaite et prête à quelque effort. La Vill'Hervé baignait dans une tiédeur bienheureuse quand Hortense annonça un soir :

– Dans huit jours, la couturière.

– Tu te fais faire des vêtements ?

– Pas question ! s'écria énergiquement Charlie. Ça coûte la peau des genoux ! Ou bien ce sera purée matin midi et soir pendant trois ans, y compris Noël, Pâques, Thanksgiving et Krishna Day !

– Au théâtre on appelle couturière la première représentation publique. La plupart du temps devant les copains.

– Ouaaaah ! fit Geneviève en serrant Hortense dans ses bras.

Hortense s'écarta avec un rien d'agacement.

– Lermontov nous a distribué les cartons. Dites-moi qui vous voulez inviter et je...

– T'as le trac ? voulut savoir Enid.

Cette seule question déclenchait de violentes nausées chez Hortense. Les sauterelles avaient désormais table ouverte dans son estomac, son foie, sa rate et sa cage thoracique. Elles y faisaient du trampoline, même la nuit. Elle devait absolument les ignorer sous peine de virer Lot-et-Jura...

– Elle aura lieu le 21, dit-elle. Premier jour des vacances de Noël.

Hortense sentit le regard étonné et curieux de ses quatre sœurs sur elle. Avec la date qui se précisait, le « théâtre d'Hortense » prenait un sérieux coup de sérieux.

– On invite qui on veut ? demanda Bettina.

– Si tu viens avec tes poufs pour ricaner et te moquer de moi...

– Quelle date tu disais ?

Hortense répéta. Bettina arbora alors une mine quasi éolienne... Elle prit des invitations dans le paquet qu'Hortense leur tendait et les compta.

– Donne-m'en plus s'il te plaît.

– Toi, Béhotéguy, Denise, ça fait trois.

– Il m'en faut encore. Pour leurs parents.

– Et qui d'autre ?

Enid, qui était en train de lancer des petits pois extra-fins à Roberto, s'écria :

– Merlin, j'en suis sûre.

Bettina la foudroya d'un œil d'encre.

– Absolument pas, sale naine.

Enid leva le poing et visa Bettina, qui esquiva et en profita pour prendre Hortense de vitesse et empocher quelques invitations supplémentaires. Elle disparut dans l'escalier.

Elle s'enferma dans sa chambre, s'assit à son bureau. Elle glissa une invitation dans une enveloppe bleue, la cacheta et écrivit, en prenant garde que son écriture ne trahisse le tremblement de sa main : *Merlin, aux bons soins de Nanouk Surgelés, 18, boulevard de...*

*
* *

À l'aube toute grise, Hortense se réveilla sans ouvrir les yeux. Les sauterelles. Elles seraient là jusqu'au 21.

Elle allongea précautionneusement le bout d'un pied vers le bord du drap, étira l'orteil hors de la couette. L'orteil se dressa, tâta l'atmosphère à la façon d'un petit tentacule pâle et dodu... et retourna vite sous le duvet tiède.

Gla gla, pensa Hortense les yeux toujours clos. Cette conne de...

De Mme Chaudière, qui d'autre ? Charlie allait devoir sérieusement s'en occuper, ou bien on passerait l'hiver à s'amputer les doigts de pied. Hortense s'extirpa du lit sans sortir de sa couette. C'est-à-dire qu'elle la serra fort autour d'elle et descendit avec les chats derrière elle. De dos elle ressemblait à une espèce de grosse tortue molle.

Pendant que l'eau chauffait, elle alla voir du côté de Mme Chaudière. Froide. Évanouie. Morte.

Hortense s'emmitoufla un peu plus dans sa couette portative et se réfugia sur le banc de la cuisine, le plus près possible de la gazinière. Quand l'eau fut prête, elle en versa sur un sachet de chocolat soluble ; elle laissa le reste continuer à bouillir, pour la vapeur. Elle but une gorgée. Les sauterelles se calmèrent une seconde. Elle prit *Le Petit-Maître corrigé* sur le buffet et commença à répéter.

13

Un pitbull en anorak

De la même manière qu'elle avait guetté la livraison de surgelés, Bettina guetta la téléphone, le facteur et les moteurs. À la moindre sonnette ou sonnerie, au moindre vrombissement, elle jaillissait de nulle part et courait ouvrir. Ou se jetait sur le téléphone. Parfois décrochait quand il fallait ouvrir, et inversement.

Un soir vers 9 heures, il y eut un moteur de mobylette. Bettina se propulsa littéralement sur le perron. En jupe de laine potiron, collants rayés rouge et orange, gros chandail brun et foulard vert pelouse.

C'était le facteur. À cette heure tardive, il ne distribuait pas de courrier, il proposait ses calendriers de fin d'année. Il parut charmé de l'apparition polychrome de Bettina.

– Aussi attrayante qu'un sapin de Noël ! dit-il.

Charlie lui acheta un calendrier, laissant à Enid le choix de la photo (Enid hésita longtemps entre la vue des Alpes qui lui rappelait le dernier hiver au ski avec leurs parents, les bébés épagneuls dans leur panier et les dauphins dans leur bassin). Le facteur fut très patient.

Bettina, déçue, les avait quittés.

Le soir du lendemain, la sonnette d'entrée retentit à 8 h 30. Bettina se rua. En pantalon jaune écossais, gilet mauve, bottes bleues et chapeau-cloche framboise.

La femme qui se tenait sur le seuil était petite, menue, avec un serre-tête en velours, un anorak noir. Très jolie. Mais ce n'était pas Merlin. Bettina soupira.

– Bonjour. Cécilia Zerbinski. Muguette vous a probablement parlé de moi, je suis son infirmière.

Hortense arriva derrière Bettina et coula un regard par-dessus son épaule. Zerbinski ! Elle avait donc un prénom. Et même un beau prénom. L'infirmière reconnut Hortense.

– Désolée de vous déranger, dit-elle. Un fusible vient de sauter. Notre premier étage est plongé dans l'obscurité. 6 ampères, 230 volts, vous auriez ça ?

On la fit entrer. Elle était un peu plus âgée que Charlie. Geneviève voulut la débarrasser de son anorak. Cécilia Zerbinski déclina et se contenta d'ouvrir sa fermeture Éclair.

– Je ne reste pas, Muguette est seule dans le noir. Je ne veux qu'un fusible. 6 ampères, 230 volts.

– Dommage que Basile ne soit pas là, dit Enid.

– Qui a besoin de lui ? dit Geneviève. Nous savons toutes changer un fusible. Et Basile est surtout calé en courts-circuits.

– Alors nous sommes deux ! rit Cécilia Zerbinski.

Hortense prépara une camomille express pendant que Geneviève et Enid allaient fourrager dans le placard à outils.

– Vous ne vous ennuyez pas trop ? demanda Charlie à l'infirmière. C'est isolé par ici.

– J'adorerais que Muguette apprenne que le verbe s'ennuyer existe.

– Vous ne voulez vraiment pas vous asseoir ?

– Merci, non. Je n'ai besoin que d'un fusible 6 ampères, 230 volts.

– En voilà un ! s'écria Enid. Dans son emballage !

– Oh parfait.

Cécilia Zerbinski finit sa tasse, prit le fusible et remonta la fermeture de son anorak.

– Eh bien. Merci beaucoup.
Enid posa une main sur sa manche.
– C'est quoi qu'elle a, Muguette ? C'est grave ?

*
* *

Petit bout du journal d'Hortense

Le silence a écrasé la maison entière.

– Une leucémie, a répondu Zerbinski.

C'était donc grave. Mais Enid, elle, ne savait pas ; alors elle a redit :

– C'est grave ?

– On en guérit de plus en plus.

Zerbinski a expliqué qu'on saurait au prochain bilan si le traitement avait marché. En attendant, Muguette avait besoin de repos. Voilà pourquoi elles étaient venues dans le pavillon des Brogden.

– Heureusement que vous n'êtes pas toute seule pour vous occuper d'elle ! a dit Geneviève. Qu'elle a aussi sa tante Valér...

J'ai coupé :

– Une autre camomille ?

– Merci, non, a répété Zerbinski. Je n'avais besoin que d'un fusible...

– ... 6 ampères, 230 volts, dis-je. Vous êtes beaucoup plus sympathique que...

Que quoi ? Comment finir ma phrase ? Que tout ce que Muguette dit sur vous ? Je me suis frotté une narine.

– Que... les infirmières en général.

Cécilia tira distraitement une bouloche du bout de pull qui dépassait de sa manche.

– Muguette m'appelle le pitbull. Sans doute parce qu'elle m'aime beaucoup.

J'ai dû rougir, foooff...

– Mais, a-t-elle continué en souriant, elle ne sait pas que, comme je l'adore, je l'appelle Petite Punaise.

14

Noël menu
ou
Menu de Noël

On entra dans la période des cachotteries de Noël. On essaya de ne pas être vu avec des achats, on s'enferma à double tour pour emballer des cadeaux qu'on fourra dans des endroits où ils étaient censés n'être jamais découverts.

Enid trouva ainsi un paquet qui dépassait du réservoir de la chasse d'eau un jour où elle levait le nez pour interpeller le Gnome. Emplie de curiosité (bien que devinant de quoi il s'agissait), elle se percha et attrapa.

C'était le cadeau de Basile pour elle. Elle lutta une minute (courte mais violente) contre l'envie de l'ouvrir. Pour finir elle le repoussa de côté pour ne plus le voir d'en bas et dégager la corniche qui servait de repose-pieds au Gnome. Le même jour Geneviève découvrit sous le buffet deux paquets dorés ; et le lendemain Charlie en trouva deux autres au fond du panier de bûches.

Quand Hortense arriva ce soir-là, elle glissa en vitesse ses achats dans un lieu connu d'elle seule : un trou, grignoté par Mycroft et famille, sous le ventre du gros fauteuil à oreilles.

– On prévoit une dinde ? interrogeait Geneviève dans la pièce voisine.

– Si c'est au prix du kilo de pommes de terre, répondit Charlie.

Hortense les rejoignit. Geneviève faisait les listes du réveillon ; Charlie, l'air torve, signait des t.i.p., envoyait des r.i.b. de la b.n.p.p., paraphait des c.i.l. de l'u.r.s.f. pour la n.r.s.u…

– Si vous voulez bouffer une dinde gratos, dit Hortense, bouffez Bettina.

Après s'être assurée que Bettina n'était pas là.

– Foie gras ? continua Geneviève.

– Trop cher, fit Charlie.

– Pas si on l'achète chez Sidonie.

– J'ai dit non.

– Bûche glacée ?

– On peut la faire.

– Qui ça « on » ?

– Toi.

Geneviève scruta sa sœur aînée droit dans l'œil :

– Pour la langouste, les Saint-Jacques et le homard, on part en radeau poser des casiers en mer ?

– Qui a dit qu'on devait manger homard et Saint-Jacques ? grogna Charlie.

Bettina débarqua. Bottes fuchsia, bonnet et écharpe dorés, paupières prune.

Elle lança à Charlie :

– Tu vires pingre comme tata Lucrèce, ou bien on est pauvres ?

– Je vire pingre parce qu'on est pauvres.

– Tant que ça ?

– Pire.

Où Bettina avait-elle pêché l'idée de se confectionner cette ceinture en fausse fourrure ? s'étonna *in petto* Hortense. Geneviève suçota son crayon :

– J'ai une idée géniale de menu-réveillon. Sandwiches à la purée, rôti de laitue, soufflé de carambars.

Charlie abdiqua. Avec parcimonie.

– OK pour la dinde et la bûche. Mais nicht foie gras et nicht homard.

– Wunderbar, dit Geneviève. De toute manière je suis contre le gavage des oies et je refuse d'ébouillanter des êtres vivants sauf ceux qui veulent me faire avaler une bûche de carambars le soir de Noël.

On sonna. Tout le monde remarqua le coup d'œil vif de Bettina à son reflet dans la glace, sa façon de repositionner son bonnet doré, puis de disparaître en criant :

– J'y vais !

– Elle y est déjà, nota Geneviève.

– Elle attend le Père Noël ?

Et ce penchant subit à s'attifer comme un feu de Bengale ! songea Hortense en quittant la pièce pour gravir le Macaroni quatre à quatre. Elle trouvait Bettina pitoyablement Creuse-et-Oise.

En bas, après un dernier coup d'œil à sa silhouette *via* la porte vitrée qui la séparait du hall, Bettina alla ouvrir.

– Salut.

Elle n'essaya pas de cacher sa déception. Elle en rajouta même un peu. Mais Denise lui sourit, et Béhotéguy agita les doigts.

– Salut. On venait… te dire…

Des yeux, Denise appela Béhotéguy à l'aide.

– Te dire qu'on…

Béhotéguy se tut à son tour. Toutes les deux battaient la semelle sous le vent froid du perron. Bettina les fit entrer.

– Tu as reçu notre e-mail ?

Bettina secoua la tête. Elle n'avait pas allumé l'ordinateur depuis… Oui, tiens, quand ?

Depuis l'anniversaire de Gersende.

– On voulait te dire, reprit Béhotéguy, qu'on était…

Et, devinant que la phrase allait une fois de plus faire naufrage, Denise se mit en apnée pour jeter :

– On vient te dire que les DBB sans le deuxième B, c'est, c'est, c'est hyper-pustule.

– Trop macabre ! renchérit Béhotéguy, qui ajouta : Ce Pépin avait l'air génial. Si, c'est vrai…

Denise lui pinça un morceau de bras. Pas la peine d'en faire trop.

– Merlin, murmura Bettina.

Il fallait parler. Mais comme on ne savait pas de quoi, Bettina pointa au hasard le doigt sur les bottes roses de Béhotéguy :

– Tu les as trouvées dans une pâtisserie ?

Elles hurlèrent de rire. Geneviève passa une tête.

– Vous avez entendu ?

– Quoi ?

– Écoutez.

– J'entends rien.

– Je vous assure.

Il n'y avait aucun bruit. Geneviève affirma que c'était plus évident dans le salon. Elles allèrent donc dans le salon où Charlie faisait des additions sur sa calculette, et où Enid dessinait des girafes sur la buée des fenêtres. On n'entendait toujours rien.

Mais trente secondes plus tard le bruit fut là, soudain audible, précis, clair. D'abord une pétarade, puis un moteur en débrayage.

Enid, à la fenêtre, ouvrit des yeux épouvantés en voyant la Twingo débouler sous le double porche.

– Branle-baaaaas ! Aux abris ! hurla-t-elle en dégringolant de sa planchette. Tata Lucrèèèèèce !

À la première sommation, tout le monde avait saisi et conclu. À la deuxième, Geneviève et Charlie, Bettina et Hortense (redescendue dare-dare) se regroupèrent en un bond au centre du salon. À la troisième, le canapé se couvrit miraculeusement d'un plaid, la table d'une nappe. Les chaussures en goguette disparurent, les tiroirs furent poussés, les livres accumoncelés dans un angle, sous les yeux ébaubis de Denise et Béhotéguy.

Elles reprirent haleine, leurs yeux fouillant les recoins comme des phares, en quête d'oubli rédhibitoire. Charlie écrasa la cigarette qu'elle fumait.

– Merde, ça va puer.

– Merde, les chats...

– Merde, qui a prononcé le nom de tante Lucrèce ? grogna Hortense en fixant Bettina. Celle-là est une sorcière.

– Oh, ça va.

Dans le même laps de temps cependant, tante Lucrèce et Delmer, son swamp-terrier, avaient le pied et la patte hors de la Twingo.

– D'habitude elle prévient.

– Bettina, ce strass sur ta narine...

– Geneviève, attache tes cheveux.

Dehors, tante Lucrèce beugla :

– Est-ce que quelqu'une aura l'idée de venir m'aider ?

Charlie croqua un tic-tac menthe et courut au secours de sa tante, pendant que ses sœurs expédiaient dans la cheminée mégots oubliés et moutons en poil de chat.

– Mes chéries ! clama tante Lucrèce dans le hall. Vous avez bien failli ne pas me voir !

– ...

– J'ai commencé mes emplettes de Noel. Les petits achats uniquement. J'aurais préféré faire ça en novembre, c'est moins cher mais...

Tante Lucrèce apparut dans le salon, flanquée à sa droite d'une chose verte qui sentait délicieusement, à sa gauche d'un être à la couleur approximative qui puait indéniablement. Un épicéa. Et Delmer le swamp-terrier.

– Regardez ! dit-elle, royale. Un sapin !

L'épicéa était monté en graine, un peu filoche, voire filochard, mais pas antipathique. Charlie avait vu ses jumeaux chez Hyper Promo. Bettina songea qu'il serait l'alibi de tante Lucrèce pour ne pas leur remettre dès aujourd'hui le chèque du mois (pas tout le même jour !) et pour s'inviter à leur réveillon.

Le nez de tante Lucrèce sonda l'espace du salon, sitôt imité par Delmer :

– Quelque chose a grillé ici ?

(Oui, une cigarette.)

Charlie s'étrangla. Mais Bettina, avec une grâce d'héroïne romantique, s'exclama :

– Ô Dieu, le grille-pain !

Et elle fonça à la cuisine. Les sinus de tante Lucrèce ne supportaient ni cigarette, ni pipe, ni poils. Pas même sur un écran de cinéma.

– Tu bois quelque chose, ma tante ?

– Merci, non. Et puis oui. J'ai arpenté les magasins tout l'après-midi, j'ai les pieds en coulis, avez-vous des pantoufles ?

Ce qui voulait dire qu'elle restait la soirée. Hortense alla rejoindre Bettina qui baguenaudait en cuisine.

– Tu grilles vraiment du pain ? s'étonna-t-elle.

– Ben tiens. Faut authentifier nos mensonges.

Hortense s'empara d'une carafe, y aperçut les traces de doigts d'Enid, chercha un chiffon sous l'évier. Là, quatre yeux dorés la fixaient avec circonspection.

– Restez planqués, vous deux, chuchota-t-elle à Ingrid et Roberto. Ou la tata ne fera qu'une bouchée de vous.

Plus loin, sur le côté du frigo, elle découvrit une autre paire d'yeux. Rouges, ceux-là. Et qui expliquaient trop bien la présence des chats.

– Oh non. Mycroft, s'il te plaît, montre-toi gentleman.

Elle revint au salon avec Bettina et une carafe d'orgeat, et boucla soigneusement la cuisine derrière elle. Tante Lucrèce expliquait que, cette année, elle avait prévu de faire ses gros achats de Noël...

– ... avec vous cinq, mes chéries ! Dites-moi que c'est une bonne idée.

– Merveilleuse, s'écria Bettina en une discrète (mais parfaite) imitation de sa tante, qui ne s'aperçut de rien.

– Comme ça vous choisirez vous-même vos cadeaux. Dans la mesure du raisonnable naturellement.

– Naturellement.

Les cinq sœurs se demandaient quelle différence faisait tante Lucrèce entre ses « petits » et ses « gros » cadeaux. Elles avaient l'impression de ne connaître que les premiers.

– Regardez. J'ai trouvé un disque en promotion... Vous avez de quoi l'écouter ?

C'est bien ce qu'elles craignaient. Le même crooner, celui dont leur tante collectionnait les multiples versions de chansons. Il avait un nom à coucher dans un peuplier, et seule Hortense, qui avait vécu trois semaines chez tante Lucrèce, pouvait le prononcer.

– Euh, on doit partir, annonça Denise.

– Le bus passe bientôt, appuya Béhotéguy.

– Lâcheuses, souffla Bettina en les raccompagnant à la porte.

Elles lui firent la bise, puis au revoir avec leurs gants. Finalement, pensa Bettina, l'arrivée de tante Lucrèce leur avait évité d'évoquer Merlin. Pour une fois, merci tata. Parler de lui, elle n'en avait pas du tout envie.

*
* *

Le reste de la soirée fut consacré à la décoration du sapin et du salon. À 21 heures, Basile arriva et s'y mit aussi. On appela Muguette en renfort. Surprise, Zerbinski l'accompagnait.

– Dînons tous ensemble, proposa Charlie. Muguette, tu peux appeler ta tante Valéria…

Muguette fit tomber un lutin en terre cuite du sapin, et tout le monde s'affaira à trouver la meilleure façon de lui recoller la silhouette, on oublia (un peu volontairement) tante Valériana.

À un moment, Charlie retrouva Basile, seul en cuisine, découpant des bananes destinées à être flambées. Il l'embrassa. Elle aussi.

– Tu tiens le coup ? chuchota-t-elle. Tante Lucrèce te couve littéralement des yeux. Tu devrais demander sa main.

– Je suis bien trop dépensier pour elle.

– Elle économise pour deux. Pour quatre. Non, huit, au diable l'avarice.

– La bigamie est punie par la loi.

– Tu es donc déjà marié ? À qui ? Avoue !

– À la fille la plus miroboldigieustouflante du monde.

Il se pencha. Charlie frotta son nez à son menton. Ils ignoraient que leurs gestes étaient scrupuleusement suivis par deux yeux rouges et quatre dorés.

– Je suis miroboldigieustouflante, c'est vrai ? murmura Charlie.

– Ai-je dit que c'était toi ? Quand ? Où ? Comment ?

– Avec tes yeux. Tes beaux yeux marron aux jolies petites taches, euh… marron, non ?

Enid entra. Charlie collecta aussitôt les peaux de banane pour les flanquer à la poubelle, Basile se mit à touiller le sirop. Enid les toisa, soupçonneuse :

– Tante Lucrèce demande où en est le flambage des bananes. On lui dit qu'elles sont en train de cramer grave ?

Basile regarda la poêle qui fumait. Il poussa un juron et se précipita.

Deux heures plus tard, tante Lucrèce repartait avec non seulement l'invitation au réveillon escomptée, mais une autre pour la couturière du *Petit-Maître*, et l'assurance d'être accompagnée par ses nièces à ses achats de Noël.

Comme après chacune de ses apparitions, on se sentait lessivé. Soulagé. Et insondablement triste. Parce que, avec tante Lucrèce (elle n'y pouvait rien, la pauvre), la mort de leurs parents redevenait une douleur palpable, révoltante comme un cadavre de chien qui ressort à la surface d'un lac.

15

Tout le monde sont là... sauf un

La neige tomba sérieusement dès le lendemain, début des vacances scolaires, mais personne ne pouvait deviner (pas même un sincère météorologue, si cette espèce existe) qu'elle tomberait jusqu'au 31 décembre.

Le soir de la couturière, tout le monde portait fourrure, doudoune, duffle-coat, anorak... Le hall du théâtre des Burgraves ressemblait au catalogue automne-hiver de La Redoute. Charlie trouva Cécilia Zerbinski très chic dans sa veste chinoise en satin matelassé et son pantalon de soie. Elle baissa les yeux sur sa vieille canadienne luisante aux arrondis, noircie aux plis. Elle regarda Basile, l'air de s'excuser, mais il épluchait le programme et eût été bien surpris par les pensées de sa belle. Elle s'appuya sur son épaule en silence.

– Il faudra bientôt entrer pour garder une brochette de places, dit-il, ou on se retrouvera dispersés dans toute la salle. Ah, Geneviève ! Avec Enid et Gulliver ! Hou ! Hou !

Il agita les bras.

En contrebas des marches, Bettina avait trouvé refuge près d'un pilier en simili-marbre. Elle cherchait un visage précis dans la foule et n'avait pas envie que ça se remarque. Elle portait la veste bordeaux de sa mère, une jupe courte sur d'épais collants à kangourous roses, de gros boots couleur banane. Elle avait changé plusieurs fois de tenue aujourd'hui. Hortense lui avait glissé perfidement que les serpents eux-mêmes ne muaient pas six fois par jour.

Une semaine qu'elle avait envoyé l'invitation à Merlin. Il l'avait forcément reçue. Il n'avait pas téléphoné. Peut-être qu'il s'en fichait. Peut-être pour lui faire la surprise. Sans savoir que c'était une torture. Elle se promit que, s'il débarquait là, maintenant, elle ferait semblant de ne pas le voir et embrasserait un inconnu sur la bouche !

Non.

Et puis si.

Oh non.

– Tu te caches ? dit Enid en surgissant. On entre. T'as du noir, là.

– Du noir ? Où ?... Oh, allez-y sans moi. Je... vous rejoins.

Du noir sur la figure. Calamité. Elle n'osa pas frotter. Elle quitta la foule sous les flocons, espérant cette fois que Merlin n'arriverait pas. Pas avec du noir sur ma bobine. Elle aperçut Denise accompagnée de sa mère. Elle déguerpit vers un petit couloir en velours rouge ; après un virage elle erra six bonnes minutes avant de tomber sur une porte en moleskine avec « W.-C. » inscrit dessus.

C'était un petit coin au sens strict : un angle fermé par un battant verni, avec un minuscule lave-mains surmonté d'une glace en cuivre où elle s'examina. Elle frotta la tache avec un coin de kleenex. La paupière fut rose vif. Bettina tapota avec de l'eau froide. Glacée même. Ce fut pire. Son mascara bavait. Se maquiller était décidément un piège à rallonge...

Elle réfléchissait aux moyens de s'en tirer, lorsqu'elle entendit un chuintement. Bettina fixa le battant, elle alla tourner la poignée. Le verrou était fermé. Le bruit reprit après quelques instants. On aurait dit une plainte retenue.

– Ça ne va pas ? dit-elle. Vous êtes malade ?

Pas de réponse. La personne était-elle évanouie ?

– Je vais prévenir quelqu'un, cria-t-elle. Je reviens !

Le verrou cliqueta. La porte s'entrouvrit. Bettina ne put s'empêcher d'avoir un pincement de peur. Ça ressemblait à la scène où, à Red Goose, Connecticut, Charpie-la-poupée-qui-tue sort de la cuisine avec un couteau long comme une tringle à rideaux.

Ce qui apparut avait plutôt l'aspect d'un petit paquet de chiffons mouillés. Bettina poussa une exclamation.

– Mais !... Tu n'es pas dans ta loge à te préparer ?!

À la stupeur et au grand embarras de sa sœur, Hortense s'affaissa sur le sol où elle se mit à sangloter, en tas.

– Hortense ! murmura Bettina.

Elle s'agenouilla, lui toucha l'épaule, répéta « Hortense ? » en lui tendant son kleenex.

– Laisse-moi ! Je ne jouerai pas !

Le trac. Poison des grands comédiens. Bettina se sentit désemparée. Il fallait que quelqu'un raisonne Hortense, lui parle, la rassure. Pour sa part, elle ne se sentait pas du tout de taille. En outre, elle devait repartir, Merlin serait peut-être... La porte s'ouvrit sur Enid et Muguette.

– Bettina, on t'attend ! commença Enid. Qu'est-ce que tu...

– Qu'est-ce que tu fous là, toi ? cria Muguette à Hortense qui reniflait toujours sur le carrelage. Tu joues Guignol ?

Puisqu'il y avait une relève, Bettina décida de disparaître. Sur le seuil elle fut bousculée par une fille en robe Watteau et mouche sur la pommette.

– Tu es là ! On te cherche partout ! cria la fille à Hortense.

Bettina promit à sa joue une mouche identique pour Noël et s'éclipsa.

– J'irai pas, Dédée ! J'irai pas ! sanglota Hortense.

– Dis ça à Lermontov. Il aboie tous azimuts.

– Je ne jouerai pas !
Dédée s'accroupit entre Enid et Muguette.
– Ça fait longtemps qu'elle est dans cet état ?
– Sais pas, dit Muguette.
– Elle pique sa crise, dit Enid.
– Mer-de !!! hurla Dédée.
– Tout à fait d'accord, dit Muguette
– Si on ouvrait le robinet sur sa tête ?
– C'est un vieux supplice chinois.
– Ils avaient des robinets à l'époque en Chine ?
– Hortense ! Arrête !
– Oui, s'il te plaît, arrête.

Dédée déroula vingt mètres de papier-toilette pour moucher Hortense. Muguette fut prise d'une illumination.

– Pense à ma pauvre tante Valériana qui n'a pas pu venir te voir ce soir. Pense à la dernière fois que... tu l'as vue. Elle était si fière quand... tu lui as joué ton rôle. Tu te rappelles ?

Hortense releva la tête et montra ce qui ressemblait pour l'heure à un petit radis bouilli et qui était son nez. Contre toute attente, elle sourit.

Enid haussa un sourcil. Dédée regarda Muguette comme un miracle.

– Pour-quoi... Pour-quoi, fit Hortense dans une suite de gros hoquets, pour-quoi elle n'est pas là, tante Valériana ?

– Elle a la rate qui se dilate, fut la réponse, lugubre, de Muguette.

Une explosion de rire jaillit d'Hortense. Passé la surprise, les autres rirent aussi, même si la plaisanterie restait parfaitement fumeuse pour Enid et Dédée.

D'un bond, Hortense se précipita à la cuvette. En l'entendant vomir, les autres eurent un soupir soulagé.

Elle reparut quarante-deux secondes plus tard.

– Ça va... moins mal.

– Ouste ! Au maquillage ! brama Dédée en la poussant dehors.

Elle sourit à Enid et Muguette.

– On va bosser dur pour faire une héroïne XVIIIe de cet épouvantail qui a pris la pluie !

Enid et Muguette retrouvèrent les autres dans la salle qui s'était remplie. Elles s'assirent aux places qu'on leur avait gardées. Celle de Bettina demeurait vide.

– Qu'est-ce qu'elle fout ? marmotta Charlie.

– Il rrreste du temps, dit Mme Comencini. Au théâtrrre, ils ne commencent jamais à l'heurrrre.

Par courtoisie pour les spectateurs derrière, Mme Comencini ne portait pas un de ses célèbres turbans, mais tout le monde était fasciné par sa robe bleue imprimée d'amples roses jaunes.

– Je vais voir, déclara Denise.

– Elle va prrrobablement arrrriver.

Bettina avait retrouvé son pilier en faux marbre d'où elle pouvait voir sans être vue. Tout était blanc dehors. De plus en plus blanc car il y avait de moins en moins de monde. Quelques retardataires.

Il pouvait encore arriver. S'il travaillait tard par exemple.

Les minutes passaient. Il neigeait.

Il neigeait. Les minutes passaient.

À la fine sonnerie qui annonce la fermeture des portes, le hall se vida.

– Ça va commencer, mademoiselle, dit une ouvreuse. Vous attendez quelqu'un ?

– Non, fit-elle en se sentant rougir.

Elle finit par rejoindre son fauteuil, à côté de Mme Comencini.

– À cette heure-ci que t'arrives ? grogna Charlie.

– J'étais aux toilettes, se rebiffa-t-elle, c'est interdit ?

Elle entendit Enid pouffer avec Gulliver.

Bettina se retint de bondir par-dessus la rangée de genoux pour leur griffer méthodiquement les joues. Trop tard de toute façon, les lumières baissaient.

En une minute, le monde pour Bettina avait pris l'aspect ravagé d'un paysage après douze cyclones. De sorte qu'il s'écoula un bout de temps avant qu'elle reconnaisse en la sublime demoiselle à bouclettes, et aux lèvres de laquelle le public semblait accroché, cette curieuse bête d'Hortense. Sa petite sœur.

*
* *

Lorsqu'elle en prend conscience, Bettina tourne la tête et regarde ses trois sœurs. Comme si elle avait du mal à y croire. Elle aperçoit des larmes dans les yeux de Geneviève.

Alors, elle se met à écouter. Elle écoute Hortense, et la regarde, pour la première fois depuis bien longtemps.

L'héroïne sur la scène se prénomme aussi Hortense. L'histoire raconte comment une jeune provinciale pousse son amoureux Rosimond, un petit-maître de Paris, charmant mais poseur, à lui dire : « Je vous aime. » Mots qu'il ne peut jamais prononcer, persuadé qu'il sera ridicule. Bien sûr, il finit par comprendre que le vrai ridicule c'est de se taire.

Les larmes sortent de Bettina. Elle se dit oh mon Dieu qu'est-ce qui m'arrive, pas maintenant ! pas ici ! avec tout ce monde ! Ses larmes redoublent. Quelle prétentieuse, quelle arrogante, je suis un petit-maître moi aussi, s'il n'est pas venu, tu n'as que ce que tu mérites.

Rosimond sur scène étreint Hortense avec passion et l'embrasse. Ça fait bizarre de voir leur Hortense, drôle d'animal, enlacée et embrassée par un garçon.

– ... *cet amour je ne vous l'ai caché que par le plus incroyable orgueil...*

Bettina pleure en silence.

La main de Mme Comencini lui presse doucement le bras. Elle a dû l'entendre renifler et veut la réconforter.

Pourquoi Merlin n'est-il pas venu ?

*
* *

Les vingt-quatre heures qui suivirent la représentation, Hortense eut l'impression grisante que l'œil de l'univers sur sa personne avait changé. Le téléphone n'arrêtait pas de sonner. Dédée voulait lui parler. Ou Théodore. Ou Jules. Ou Ovide. Ou…

Charlie prenait une voix posée pour s'adresser à elle. Basile pareil. Comme si elle avait grandi de trois décennies. Geneviève la couvait d'attentions, de confiseries, d'affection. Bettina la lorgnait avec une expression inédite. Et Muguette était aussi heureuse que si elle-même avait joué.

Mme Latour-Destours, sa prof de français, qui avait assisté à la représentation, l'aborda le surlendemain chez M. Chantemerle, épicier de la ville, où Hortense achetait des échalotes, du Canard WC et du maïs en boîte.

Leur dialogue fut, selon l'habitude, très comtesse de Ségur :

MME LATOUR-DESTOURS (*Gentiment*)

Je n'ai guère eu le temps de vous dire bravo, Verdelaine, vous étiez très entourée, mais le cœur y était.

HORTENSE (*Modeste*)

Merci, madame.

MME LATOUR-DESTOURS (*De même*)

Peut-être serez-vous une nouvelle Deborah Kerr, après tout. Vous vous sentez de taille pour un oral désormais ?

HORTENSE

Je, je n'en suis pas sûre... Je vous porte votre sac ?

MME LATOUR-DESTOURS (*Riant*)

Je n'habite pas loin ; merci tout de même.

HORTENSE (*Embarrassée*)

C'est moi... moi qui vous remercie. Pour m'avoir fait connaître M. Lermontov.

MME LATOUR-DESTOURS

C'est un ami. Mon père et lui jouent ensemble à la pétanque. Ses cours vous réussissent, on dirait. Avant, vous n'auriez jamais osé me demander de porter mon sac. Joyeux Noël, Hortense.

HORTENSE

Bonnes fêtes, madame.

Mme Latour-Destours s'éloigna dans un froufrou de dentelles. Hortense haussa un sourcil. Lermontov ? Joueur de pétanque ?

Et c'était qui, cette Deborah Kerr, flûte ?

Le lendemain, la vie d'Hortense redevenait normale. Charlie beugla qu'elle lui avait piqué un pull sans permission, Bettina ricana quand elle prit son cahier intime sous le bras, Geneviève réclama son aide pour secouer la nappe, Basile la poussa sans douceur pour se faire une place acceptable sur le canapé, Ingrid et Roberto firent de la varappe sur sa nuque. Bref, on la traita comme l'Hortense habituelle.

Sauf qu'elle savait qu'une part d'elle-même était morte le soir de la représentation. Elle pouvait situer l'instant exact : quand Virgile Viel, dix-sept ans, qui interprétait son amoureux, l'avait empoignée par les poignets, et tirée à lui pour l'embrasser.

Se débattre ? Elle était bien trop son personnage pour y penser. Et, s'il fut inattendu, le baiser n'était pas désagréable.

Plutôt agréable en fait. Les lèvres de Virgile avaient la texture du coin de coussin qu'elle mordillait en regardant la télé. Mais c'était drôle, perturbant même, qu'un baiser de théâtre eût été son premier baiser.

Voilà ce qu'elle ressassait en tenant *Ma sœur est une sorcière* sans réussir à lire, et quand le téléphone sonna.

Elle se leva avec la secrète satisfaction de ne voir personne se déranger… puisque, depuis la veille, il ne sonnait que pour elle. Elle décrocha.

– Salut, dit Virgile.

– Salut.

– Je voulais te dire. Ma mère t'a trouvée hypergéniale. Que tu jouais avec beaucoup de maturité…

– Merci. Toi aussi t'étais super, elle te l'a dit ?

– Moyen. Elle me fera des compliments quand j'aurai escaladé la tour Eiffel sur les oreilles. Oh, euh, j'appelle aussi… pour m'excuser.

– …

– Quand je t'ai embrassée, tu sais ? L'idée n'était pas de moi… C'est…

– …

– Lermontov. Il voulait que tu ne sois pas au courant… Pour que tu aies une expression particulière.

– Oh.

Elle avala l'information en silence. Puis :

– Il l'a eue, j'espère… L'expression.

– Il arrête pas de dire plein de trucs sympas sur toi.

– C'est la moindre des choses.

Un vaste rire lui chatouilla la poitrine. Elle essaya de se maîtriser.

– Salut, dit-elle. Et merci à ta mère.

Elle raccrocha et alla s'écrouler comme une masse dans le canapé pour rigoler tout son soûl. Le téléphone sonna à nouveau. Elle alla décrocher.

À l'autre bout du salon, devant un petit banc vert qui supportait tout un attirail de manucure, Bettina vernissait ses orteils. Un bigoudi de Geneviève calé entre chaque, elle étalait une couleur différente par ongle. Églantine, carmin, pêche, réséda, pétunia.

– Pour toi ! lui cria Hortense.

Elle se rassit et considéra Bettina par-dessus *Ma sœur est une sorcière*.

Bettina eut l'air surprise et débordée. Par ses pieds, ses ongles, ses bigoudis, ses flacons… Elle se propulsa à clochepied pour saisir le téléphone, retourna *idem* jusqu'au petit banc vert. L'écouteur bloqué entre oreille et clavicule, elle leva un pied puis l'autre, agitant les orteils pour sécher plus vite…

– Bettina ?

Elle lâcha le flacon pétunia, qui eut l'élégance de choir sur un paquet de kleenex, mais la sottise de renverser églantine qui bouscula réséda.

– Bettina…

C'était Merlin.

16

Tante Valériana versus Tante Lucrèce

– Bettina ? répéta Merlin.

– Ou… i, euh, tu ne quittes pas ?

Oubliant ses doigts de pied, elle déserta le salon pour s'isoler sous la courbe du Macaroni.

– Voilà.

Elle attendit qu'il parle le premier.

– Ça va ?

Que crois-tu, pauvre bille ? Que j'attends comme une plante que tu veuilles m'appeler ?

– Ça va, dit-elle.

Oui ! J'attends comme une plante !

Oui, je suis lamentablement heureuse que tu appelles enfin !

– Je te remercie pour l'invitation au théâtre.

Pourquoi n'es-tu pas venu, crétin ? Pourquoi ne m'as-tu pas téléphoné ? Elle hurlait sans qu'aucun son ne sorte de sa bouche. *Tu sais ce que j'en fais de tes mercis ?*

Elle attendit.

– En fait, je l'ai reçue seulement ce matin, en arrivant au travail. J'étais parti avec mes parents, on est revenus hier soir.

Bettina tirailla une petite peau au coin de sa lèvre. Il ne savait pas ! Il ne savait rien ! Il l'avait lue seulement ce matin !

– Tu… étais absent ? demanda-t-elle.

– Je t'entends mal.
– Tu étais en vacances ?
– Pas exactement. Nanouk Surgelés a muté mes parents au magasin de Villeneuve. Ils ont passé la semaine à s'occuper d'inventaire, de devis, de comptabilité, tout ça...

Elle s'arracha une dernière peau. Elle aurait voulu lui raconter comme elle l'avait attendu près du pilier en faux marbre.

– Bettina...

Le cœur de Bettina se cogna la tête dans sa cage.

– J'aimerais qu'on se parle.
– Bien sûr.
– Je t'entends vraiment mal.
– Où ça ?
– Une fête foraine s'est installée ce matin sur le boulevard de la Mer. Mercredi midi ? Devant la grande roue ?

Elle dit : « D'accord. » Un silence flotta. Puis Merlin lui dit : « Au revoir. » Elle répondit : « Au revoir. »

Voilà.

*
* *

Bettina j'aimerais qu'on se parle. Boulevard de la Mer devant la grande roue...

Une fête foraine. On ne pouvait s'y dire que des choses... des choses délicieuses, n'est-ce pas ? Bettina retourna au salon avec un sourire de sirène. Elle rangea ses vernis, ses limes, ses bigoudis... Hortense l'épia derrière *Ma sœur est une sorcière* comme si Bettina en était devenue une.

– Tu me permets une question ?
– Mmmm ? fit Bettina sans écouter.

Boulevard de la Mer, mercredi, grande roue, j'aimerais qu'on se parle...

– Hé ! Ho ! Je te cause !

Bettina fixa sa cadette avec l'expression d'un chauve à qui l'on vient d'arracher sa perruque.

– C'est exprès, lui susurra Hortense, que tu as verni un seul pied ?

*
* *

– Seigneur ! souffla tante Lucrèce en pinçant Geneviève. Nous allons devoir nous promener avec cette... créature ?

– La tante Valériana tient beaucoup à faire ses achats de Noël en notre compagnie.

Au rayon des sourires, tante Lucrèce n'avait pas grand-chose en boutique et, devant l'hurluberlu qui s'avançait, sa quête fut particulièrement laborieuse.

– Og ! éternua tante Valériana en déployant un mouchoir aussi spacieux qu'une liquette de walkyrie. Pardon... les podéchappements, mezallergies, og, cétinfernal !...

Elle éternua sept fois avant d'être prise en charge par une Muguette aux mimiques fatalistes.

Toutes venaient de se retrouver en ville autour du sapin géant de l'Esplanade. Bettina arriva avec Enid en bus. Charlie avait obtenu son après-midi d'Hubuc Lab. Geneviève débarquait de sa boxe (elle avait pris une douche et cachait ses cheveux humides sous un bonnet emprunté à M. Qol Moi qui lui tombait sur les yeux).

– Et Hortense ? interrogea tante Lucrèce.

– Réunion avec son prof de théâtre, dit Bettina. Elle nous rejoint à quatre heures devant les Galeries Réunies.

Tante Valériana éternua. Elle portait une grosse doudoune de ski bleue qui s'accordait avec sa jupe fleurie à peu près aussi bien qu'une louche de confiture avec une brandade de poisson. Et toujours ce chapeau en tuyau à fumée.

Elle fixa tante Lucrèce de ses yeux vert pomme et lui offrit son sourire tout en dents.

– Mon achme, voyez… Je devrais habiter la montagne mais vous savez ce que c'est, ma nièce ne veut rien savoir, og, og, c'est une vraie bourrique, hein Muguette, tu es une bourrique ? Elle préfère la mer sans penser à sa tata qui souffre…

Elle sanglota dans sa manche de doudoune, avec des bruits plus répugnants les uns que les autres. Tante Lucrèce eut un recul de dégoût. Muguette leur sourit, l'air absolument navré.

– Ferme-la, tantine, dit-elle. Tu ne vois pas que tu nous fais honte ?

Ce qui augmenta pleurs et hoquets, et pétrifia tout le monde.

– Elle ne devrait pas lui parler comme ça, chuchota Geneviève, peinée.

En ville, la neige se réduisait à du trottoir mouillé. En temps normal c'eût été morne et déprimant ; mais en cette avant-veille de Noël, lumières et guirlandes s'en trouvaient multipliées. Dans la foule pressée des magasins, longs paquets et gros cadeaux ressemblaient à des personnages en marche…

Sur le boulevard couvert de monde, un jeune homme en passe-montagne bleu foncé attendait son destin. Il ignorait que ce destin se nommait tante Lucrèce.

Tante Lucrèce qui, dans une papeterie, râlait contre l'absence d'Hortense :

– Comment savoir si elle préfère le rouge ou le bleu ?

Charlie se garda de lui faire remarquer qu'elle offrait TOUJOURS des stylos à Hortense. Alors la couleur !… Bettina eut envie de lui demander pourquoi elle n'achetait pas les deux puisqu'ils étaient à moins 50 %. Enid songeait c'est ça, ses gros achats ?

Tante Valériana, dans un geste de brute, s'empara soudain des deux stylos et les renifla avec des grognements.

– Joli… Veux-tu les mêmes, og, nièce chérie ? veutu, veutu, Muguette ?

– Ce sont les derniers, informa la vendeuse.

Et le visage de tante Lucrèce fut traversé d'une lueur inquiète à l'idée que cette… créature lui fasse rater un achat à moitié prix.

– Joli… répétait tante Valériana, humant tour à tour le stylo rouge et le stylo bleu.

Un filet de bave déborda de ses larges dents et tomba comme du sucre liquide sur les stylos. Elle marmonna quelque chose qui n'était même pas une excuse. Elle fouilla dans sa doudoune, tira le mouchoir où elle avait toussé, craché, éternué tout l'après-midi, et – très soigneusement – elle essuya les stylos. En suite de quoi, elle les tendit à tante Lucrèce en souriant.

– Voilà. Ils sont propres.

Tante Lucrèce réprima un hoquet. Même au supplice de la chèvre, elle n'y aurait pas touché.

– Je crois, dit-elle la voix éteinte, que je vais lui choisir autre chose.

Elles sortirent de la boutique. Elles avaient à peine parcouru cinquante mètres qu'un jeune homme en passe-montagne bleu foncé fondit sur tante Lucrèce.

En clair, c'était un voleur et il voulait lui arracher son sac.

Le sac resta où il se trouvait. C'était une carne de trente-deux ans, une peau de buffle qui avait vu bien des Noëls. Un simple vide-gousset ne lui ferait pas lâcher bride ! Laquelle demeura entortillée dans le poing ferme de la tata, soit l'équivalent d'un bloc de ciment.

Mais le choc des contraires renversa la dame. Le tire-laine tira. Le sac ne venait toujours pas. Il leva alors la main pour… on ne sut quoi. Car Geneviève bondit face à lui, dans la position où l'immense Bud Pui Suoy attaqua le non moins immense Lu Quito Almendros le 17 janvier 1997 au Muay

Thai World Championship de Saratoga, Alabama, USA, pour le mettre K-O.

Geneviève ne mit pas le voleur K-O. Elle lui porta un low-kick en vrille, suivi d'un blocage circulaire et d'un coup de coude en marteau (au cas où) ; le bras en crochet, elle lui attrapa la jambe et la souleva. M. Qol Moi aurait trouvé un manque d'amplitude à tout ça mais, après tout, elle n'était qu'en deuxième année... Et l'adversaire était par terre !

Les fesses dans la neige, il se tenait le bras et tâtait son nez.

– Police ! cria tante Lucrèce. Je veux la police !

Geneviève se pencha vers le garçon, lui tendit un kleenex propre et plein de sollicitude.

– Filez ! souffla-t-elle. Ouste !

Sur le même ton, Enid renchérit :

– Ouais, foutez le camp !

– Je ne mettrais pas mon pire ennemi entre ces mains-là ! chuchota Bettina en désignant tante Lucrèce au voleur.

Il ne s'éternisa pas sur le trottoir, ni sur le flot de perplexité qui le submergeait. Il bondit sur ses talons et déguerpit sur le boulevard.

– Il s'est carapaté ! s'indigna tante Lucrèce.

– Qu'est-ce qu'un voleur peut faire d'autre ? murmura Charlie.

On s'attroupa autour.

– Laisse tomber, dit Bettina à sa tante.

– Tu as ton sac, dit Enid, c'est le principal.

Bettina scruta Geneviève avec un sourire en coin.

– Il était mignon, murmura-t-elle, c'est pour ça que tu lui as facilité la fuite ?

Elles se retournèrent. Car, derrière, se déroulait une scène proprement stupéfiante.

Pendant la bousculade, tante Valériana aussi était tombée par terre. Elle essayait de se relever, mais doudoune et embonpoint valsaient avec son centre de gravité, malgré le soutien de Muguette.

On vola à son secours. Et tandis que Charlie, Geneviève et Bettina attrapaient la grosse dame par tout ce qu'il était possible de l'attraper, on remarqua une série de choses bizarres :

1° Tante Valériana avait un œil vert pomme, et l'autre noir.

2° Son ventre était devenu une bosse... dans le cou.

3° Tante Valériana avait de jolies chevilles minces et jeunes.

4° Ses longues dents étaient posées en deux rangées sur le bitume.

On comprit tout. On cria :

– Hortense !!!

Et elles hurlèrent de rire au grand dam de tante Lucrèce, qui racontait à un badaud la biographie de la peau de buffle de trente-deux ans dont elle défiait quiconque aurait l'idée de la lui voler.

Elle se retourna juste à temps pour assister, à son total ahurissement, à la fin du strip-tease de tante Valériana en plein milieu du boulevard.

– Seigneur... murmura-t-elle. Jusqu'où ira cette créature ? Mon Dieu... mais c'est Hortense !

17

Tout sur ma tante

Petit bout du journal d'Hortense

Tante Lucrèce voulait absolument déposer plainte au commissariat, ce qui nous a fait perdre du temps. D'autant qu'on a donné dix signalements différents du voleur. Après, on a jeté la tata dans sa Twingo avec ses paquets et la promesse de se revoir demain au réveillon.

Et victoire : Je (enfin, *tante Valériana*) l'ai empêchée de m'acheter sa saleté de stylo !

Pour se reposer (plus de tante Lucrèce que des courses), Charlie nous a proposé un chocolat à l'Ange Heurtebise. Mais Bettina a dit qu'une fête foraine s'était installée pour les vacances de Noël sur le boulevard de la Mer. On y est allées. Et tout en mangeant des gaufres, des crêpes et des chichis devant les baraques, on a eu droit à des questionnaires en règle, Geneviève et moi. Mais Geneviève n'a pas vraiment expliqué.

– Pourquoi tu nous as caché ça ?

– Tu aurais fait gogo-girl, encore !

– Mais de la boxe thaïe !...

– Tu m'apprendras ? a réclamé Enid.

Geneviève a remis son bonnet qui ressemblait à une chaussette avachie. Ses joues étaient rose vif.

– Je n'ai rien dit parce que... ça me plaisait. J'ai trop souvent l'impression qu'on peut lire mes pensées comme si elles défilaient sur mon pull.

Moi, j'ai bien compris. Je passe mon temps à cacher n'importe quoi, même quand j'achète un timbre. Mais ce sera coton pour elle de se trouver un autre secret !

Quand ç'a été mon tour d'être au banc des accusés, l'avocate Muguette a expliqué que « tante Valériana », c'était pour m'exercer à être quelqu'un d'autre, une musculation d'acteur. J'ai conclu :

– Je ne devais pas être mauvaise puisque vous êtes toutes tombées dedans !

– Pourquoi est-ce qu'elle se mouchait et éternuait autant ? a demandé Bettina en observant la grande roue en action. Pourquoi ces bruits répugnants ?

Muguette m'a donné un grand coup dans les côtes.

– Elle se marrait tellement ! Le pire, c'est le jour où elle a « vomi » dans l'évier de la cuisine. J'ai vraiment cru que vous alliez deviner.

Ce soir, quand je l'ai reconduite au pavillon des Brogden, Muguette a dit :

– On ira voir les petits chats la semaine prochaine ?

J'ai répondu d'accord au moment où Zerbinski ouvrait. Muguette a chanté en gueulant :

Ho, ho ! Quelle journée !
Ho ! ho ! J'ai trop rigolé !

Zerbinski a dit :

– Tes parents ont appelé. Ils arrivent demain pour passer Noël avec toi.

Muguette a marqué un temps. Puis elle s'est mise à gueuler encore plus fort :

Ho, ho ! Quelle journée !
Ho ! ho ! C'est pas terminé !

J'ai dit :

– Si on passait le réveillon tous ensemble ?

*
* *

Bettina aperçut Merlin au bas de la grande roue et courut vers lui dans la neige. La bise de la mer était glacée, mais autour des baraques l'air de midi était un mélange tiède de néons, de sucre, de vapeurs.

Elle lui trouva une mine de corsaire avec son bonnet rayé et son écharpe au vent. Elle renversa la joue, qu'il n'ait plus qu'à se pencher pour l'embrasser, mais il ne se pencha pas. Elle montra la roue.

– On y va ?

– Si tu veux.

Il paya les places et ils grimpèrent dans une nacelle rose. Dans la suivante, deux fillettes s'installèrent avec leur très anxieuse mamie.

– Tu as mis ta ceinture ? dit Merlin.

Il vérifia et bloqua la sécurité. La cabine se hissa d'un cran, d'un autre, et d'un autre. En contrebas, le boulevard de la Mer ressembla à une manche de chemise lisse sur une table de repassage. Quelques flocons jouaient à papillons.

– Elles te vont bien, ces boucles d'oreilles, dit Merlin.

– Merci. Ton bonnet aussi te va bien.

Il pouffa. D'un air triste. Comme s'il pensait qu'elle disait ça pour rire.

– C'est vrai, insista-t-elle.

Et c'était pire. Elle réalisa de façon nette, déchirante, qu'il ne pouvait pas croire aux choses bien qu'elle pensait de lui.

– Je vais bientôt déménager, dit-il.

– Déménager ?

Le cœur de Bettina s'éleva comme un mini-parachute : la grande roue venait de prendre son élan.

– Déménager ?

– Mes parents vont s'occuper de cette succursale à Villeneuve. Mais…

Il tira sur son bonnet. Bettina eut envie de rire car une de ses oreilles était sortie. Elle ne trouvait plus ça laid, plus du tout, au contraire c'était adorablement touchant, ça donnait envie de saisir le lobe entre le pouce et l'index et d'y déposer un bisou.

– Mais ce n'est pas que pour ça que je voulais te voir.

C'est pour me dire que tu m'aimes, idiot. Déménagement ou pas, on arrivera à se voir. Quarante kilomètres, ce n'est jamais qu'une demi-heure de train.

Le boulevard, la neige et la mer volaient comme un décor autour de la roue. On se serait cru dans un vieux film où les personnages causent devant une toile peinte. Merlin se lança, à toute vitesse :

– Pour commencer, sache que jamais, jamais une fille ne m'a fait autant d'effet que toi, Bettina. Je crois que c'était la première fois que je tombais réellement amoureux. Et ça m'a rendu si malheureux que toi… Tu n'as jamais eu l'air de prendre tout ça au sérieux. Moi je l'étais, Bettina, terriblement sérieux, terriblement amoureux… À un point que tu ne sauras jamais. J'aurais pu… je ne sais pas, faire de la varappe sur cette roue si tu me l'avais demandé. J'aurais pu… avaler un gratin de choux-fleurs, dix gratins si tu l'avais voulu. Je hais le gratin de choux-fleurs. Le jour de l'anniversaire de Gersende, quand tu m'as dit cette… cette phrase horrible, blessante, je me suis demandé comment un être humain pouvait se montrer aussi méchant avec un autre être humain.

– Je… je suis désolée, murmura Bettina.

– Je t'en ai voulu… jusqu'à ces derniers jours. Quand mes parents nous ont annoncé qu'on allait vivre ailleurs, j'ai tout de suite pensé à toi. Je serais loin. Je ne te verrais plus… Et tu sais quoi, Bettina ? Ça ne m'a pas fait de peine. Pas vraiment. À cet anniversaire, il s'est passé quelque chose de magique, je veux dire quand on a dansé. Comme si on avait respiré ensemble. Et puis tout a basculé, tchak, à cent quatre-vingts degrés. Par terre. Après ça je ne pouvais plus te regarder de la même façon.

C'est affreux, c'est horrible, parce que moi aussi je ne pouvais plus te regarder de la même façon. Moi, je te voyais mieux, je t'ai vu magnifique !

La nacelle s'immobilisa au sommet de son cercle. Les vents hurlèrent dans les armatures, et mirent des larmes dans les yeux de Bettina.

– Pardon, Merlin. Je ne suis pas aussi méchante. Je ne le voulais pas en tout cas.

– Bien sûr que si, dit-il avec un sourire très doux. Tu le voulais. Les belles ont le droit d'être méchantes avec les moches.

– Ce n'est pas vrai !

– Mais les moches ont exactement le même droit avec les belles. On peut nommer ça l'équilibre des espèces.

Il se pencha et fit ce qu'elle avait tant voulu, rêvé qu'il fît : il lui donna un baiser.

Sur la joue. Et tout en rangeant son oreille sous le bonnet rayé. Elle faillit rire à nouveau. Comment un geste aussi absurde pouvait-il lui bousculer le cœur à ce point ?

La roue recommença à tourner, la nacelle à descendre.

Sans réfléchir elle embrassa Merlin sur les lèvres. Quand elle s'écarta, il l'observait d'un air bizarre. Il gratta du bout de l'ongle une écaille de peinture sur la barre de soutien.

– Il y a trois semaines, tu m'aurais mis la tête à l'envers, Bettina.

La cabine arriva en bas. Le vendeur de billets vint ouvrir. Merlin sortit. Il se tourna vers Bettina qui demeurait assise.

– Un autre tour, miss ? dit le vendeur avec un clin d'œil à Merlin. La demoiselle a l'air d'aimer. Allez-y !

Mais Merlin secoua la tête.

– Tu restes ? demanda-t-il.

Elle fit oui, recroquevillée sur son siège.

Merlin lui acheta un billet. Il la regarda dans les yeux pendant qu'un monsieur et son fils prenaient place à côté d'elle.

– Au revoir, dit-il.

– Salut, dit Bettina.

Il s'éloigna. Tandis que la roue s'élevait à nouveau dans les flocons, il devint une petite tache sur l'ourlet bien repassé du boulevard. Bettina attendit d'être tout en haut.

Là, sous l'œil éberlué du monsieur et de son fils, elle s'accrocha très fort à la barre et elle hurla.

18

My favorite things

Bettina s'enferma deux heures dans la salle de bains. Elle ne prit ni douche ni bain, ne se maquilla ni ne se démaquilla, ne s'habilla ni ne se déshabilla. Elle resta assise sur le sac de linge sale, le menton sur les mains, à observer les petits insectes argentés qui se tortillaient sur la faïence.

Elle ne pleura pas. Elle avait bien trop de sanglots pour savoir par lequel commencer.

Des pensées, des mots se tortillaient dans son esprit, comme les minuscules invertébrés par terre.

Jamais une fille ne m'avait fait autant d'effet que toi, Bettina... J'aurais pu avaler dix gratins de choux-fleurs, je hais le gratin de choux-fleurs... Tu m'aurais mis la tête l'envers...

Bettina se regarda dans le miroir. Tout ne pouvait pas avoir tellement changé depuis la fête de Gersende ! Pas depuis si peu de temps... Pourtant, si tout avait complètement changé pour elle, pourquoi pas pour lui ?

La vérité, c'est qu'elle l'avait aimé sans s'en apercevoir... C'est possible, ça ? Oh mon Dieu, cette couleur de cheveux ! Pas étonnant qu'il lui ait dit toutes ces choses terribles... Je suis laide, laide, laide comme un pou, ça rappelait une vieille chanson à la tante Lucrèce. Il fallait qu'elle retrouve sa belle couleur naturelle, c'était comme ça qu'elle lui avait plu, c'est comme ça qu'elle le ferait changer d'avis.

Car il devait changer d'avis. Elle n'irait pas le voir tout de suite. Elle lui donnerait le temps de regretter, d'avoir des remords, de penser à elle... Pas trop longtemps tout de même. Un peu. Et puis elle réapparaîtrait. Et il changerait d'avis.

Il changerait d'avis. Forcément !

Elle lui ferait à nouveau de l'effet. Elle lui ferait manger quarante gratins de choux-fleurs. Elle lui mettrait la tête à l'envers.

*
* *

Petit bout du journal d'Hortense

Réveillon à 10/20. Ni bon ni mauvais ; sans maman ni papa, ça ne sera plus jamais aussi bien de toute façon. L'an dernier c'était pire, et l'année où ils sont morts je n'en parle pas, le chaos. Les parents de Muguette ont débarqué en voiture la veille. Ils sont hyper-zen, on se demande comment cette excitée de Muguette peut être leur fille. Ils ont paru ravis que leur fille ne se retrouve pas seule avec une infirmière et eux pour Noël, ils sont arrivés à la Vill'Hervé avec des fruits confits et une bûche. On n'a pas osé leur dire qu'il y en avait déjà une, à l'orange, douze parts, faite par Geneviève (qui d'autre ?).

Basile, lui, a réveillonné chez ses parents, mais il avait promis d'être avec nous le lendemain midi, au déjeuner de Noël, pour finir les restes. Cadeau de tante Lucrèce : elle a déniché un stylo en promo. Vert... Elle me l'a offert.

Cerise on ze cadeau : comme elle ne sort jamais après 21 heures, elle est restée dormir ! !

Franchement, dans le genre Noël en famille, je préférerais avec oncle Florentin – le petit frère barjo de maman – qui vit à Paris avec sa femme Jupitère et leurs jumeaux Harry et Désirée. Au moins ils sont drôles, eux. Et aussi fauchés que nous. Voilà pourquoi on les voit si peu.

Tante Lucrèce est la tante de papa, donc notre grand-tante. Bettina, cette langue fourchue, a une théorie sur le chèque mensuel :

tante Lucrèce paie moins d'impôts grâce à nous. La tata prend en tout cas un chien de plaisir à nous faire mariner, comme si elle nous offrait chaque fois le trésor du Grand Condor ! Le chèque tombe à la dernière heure du dernier jour. Il n'est pas foudroyant mais, bon, on compte dessus.

Le jour de Noël a commencé rigolo. Tout était comme il faut : la neige dehors, le feu dans la cheminée, le sapin qui clignotait, Enid portait un survêtement rouge made in Père Noël. Basile est arrivé à 11 heures, le nez dégoulinant de froid, la frange blanche de gel, des sacs, des cadeaux plein le coffre de sa voiture. Il avait fait le marché. Des huîtres, un rôti, les lychees, des clémentines, du champagne. Tout comme il faut, oui.

– Je croyais qu'on devait finir les restes ? a ronchonné Charlie.

– Où c'est qu'il reste des restes ? ai-je gloussé.

– Il y a des boîtes d'épinards hachés ! a répondu Charlie.

Les yeux de tante Lucrèce (elle était encore là, eh oui !) ont brillé devant les huîtres. Et ceux de Delmer devant le rôti. On s'est dépêchés de tout planquer. À midi, le téléphone a sonné ; Bettina ne s'est pas ruée dessus, bizarrement. Elle est restée au fond du fauteuil orange à compter les bouloches de son pull ; Geneviève a décroché.

– Les parents de Muguette ont dû reprendre la route il y a une heure. Cécilia demande si...

– Bien sûr. Qu'elles viennent, on les attend !

Bref, c'est un peu après que ça a commencé à se gâter, avec le disque que tante Lucrèce a sorti d'un paquet (cadeau de Charlie). On a toutes frémi parce qu'on espérait qu'elle l'écouterait chez elle.

Évidemment, il s'agissait du même crooner que d'habitude, avec son nom à coucher dans une barque.

– Je peux ? a-t-elle demandé, mielleuse.

– Bien sûr, ma tante, a dit Charlie, voix éteinte.

On s'est farci toute la face.

Presque. Parce qu'à un moment, un bruit dans la cuisine a attiré Delmer devant la porte et il s'est mis à japper et à clabauder. J'y avais enfermé Ingrid et Roberto. Tante Lucrèce, qui savourait *I love you baby and it is quite all right* comme on suce un bonbon, s'est redressée.

– Delmer !… Qu'y a-t-il dans cette cuisine ?

Comme Delmer ne répondait pas, Enid a dit :

– Mais rien du tout.

Et pourtant il y avait du monde : Roberto, Ingrid, et aussi Mycroft et family. J'ai cligné un œil pour prévenir de ne pas ouvrir…

– Ce n'est rien, ma tante, dit Geneviève. Regarde !

… la porte !

Deux hérissons ont jailli de nulle part. Du fond des galaxies, on aurait dit. Poils et queues dressés, Ingrid et Roberto faisaient penser aux têtes-de-loup du ramoneur. Delmer, lui, a trouvé que ça ressemblait simplement à des chats. Et comme il ne peut pas les souffrir, il s'est élancé à leur poursuite à travers les pièces, les couloirs, et les marches du Macaroni. Et Mycroft a déboulé à son tour pour grossir cette troupe de cinglés. La tata a jappé :

– Delmer ! Chéri !

Elle a démarré sur-le-champ une séance d'éternuements.

– Même, tchout, une pub pour, tchout, chats à la télé, hoqueta-t-elle, ça me donne des allerg…

Muguette et Zerbinski ont alors carillonné à la porte, les bras chargés de houx. Quand elle a su que Zerbinski était infirmière, tata Lucrèce l'a noyée de questions : les tests d'allergie ceci, elle ne supportait pas les piqûres cela, mais les nouveaux avec sucres patati, c'était plus efficace patata…

Je suis montée à l'étage verrouiller la porte de l'escalier. On ne la ferme jamais, mais là, il valait mieux laisser félins et rongeurs régler leurs problèmes hors humains.

On s'est toutes retrouvées avec Basile dans la cuisine, pour avoir la paix, tante Lucrèce ayant kidnappé la pauvre Zerbinski au salon (« Et le chat, on en guérit ? » demandait-elle comme si Ingrid et Roberto étaient des virus). Et puis on avait intérêt à être nombreux, vu la montagne d'huîtres à ouvrir.

– Votre dinde d'hier soir, s'informa Basile en faisant sauter les coquilles de trois huîtres pendant que nous, on s'escrimait à seulement y glisser la lame du couteau, elle était farcie à quoi ?

Et pendant qu'Enid expliquait comment elle avait broyé le foie, Bettina comment elle avait tranché le croupion d'un coup de Fiskars, Charlie fendu le cou pour y glisser le pain écrasé qui... Muguette a dit soudain, d'une toute petite, toute petite voix :

– Je ne me sens pas...

Elle est devenue grise et elle est tombée dans les pommes.

*
* *

Basile emporta Muguette en voiture, klaxon hurlant, aux urgences de l'hôpital Florence-Cor de Villeneuve. Zerbinski l'accompagnait. Hortense voulut aussi mais Charlie s'y opposa.

La suite de ce 25 décembre se déroula dans une ambiance morose. D'autant que tante Lucrèce se crut obligée de retarder son départ...

Au bout d'une heure passée à rogner des os de dinde, des noyaux de lychees et leurs ongles, elles reçurent un coup de fil de Basile depuis un couloir des urgences. Il expliqua à Hortense – qui avait décroché – que Muguette avait fait une brusque chute de plaquettes. Hortense visualisa une brassée de petites plaques en verre qui dégringolaient dans ses chaussures, comme le ciment d'une benne.

– C'est quoi les plaquettes ? dit-elle, sachant qu'elle ne comprendrait rien aux explications du docteur Basile.

Il n'expliqua rien, à sa grande surprise. Il dit simplement que ces plaquettes, un sang en bonne santé devait en contenir entre 200 000 et 400 000 par mm^3.

– Muguette est très au-dessous.

– On peut pas lui en donner ?

– C'est ce qu'on fait. Mais il faudra que son sang les fabrique lui-même. Ou Muguette sera obligée de rester à l'hôpital.

Basile demanda à parler à Charlie qui l'écouta en disant « OK », « d'accord », « entendu » et raccrocha en silence. Ce qui était plus angoissant finalement. Mais Hortense n'osa plus interroger personne.

À 15 heures, une fois gobée une belle quinzaine d'huîtres, tante Lucrèce se décida à rentrer chez elle. Elle quitta le fauteuil qui la tenait entre ses bras depuis deux jours, elle tira discrètement sur sa jupe qui rentrait dans ses fesses, puis elle appela :

– Delmer ? On part…

Elle extirpa le swamp-terrier de derrière le canapé et le souleva dans ses bras. Il fallut vingt minutes avant qu'elle rassemble ses affaires, celles du chien, ses vêtements, ses cadeaux, et fasse ses adieux à chacune en répétant qu'elle était navrée pour cette petite Violette (ou, euh, Rosette ?), qu'elle espérait que ce n'était pas grave, à cet âge-là on se remet toujours, ce n'est pas comme les vieilles dames, suivez mon regard.

On la raccompagna à la Twingo et, lorsqu'elle ne fut plus qu'un panache de fumée au bout d'un pot d'échappement au bout de l'impasse gelée, cinq bouches exhalèrent cinq panaches de soulagement.

Il y en eut même sept si l'on comptait Ingrid et Roberto derrière la vitre. Mais leurs soupirs ne se virent pas car il faisait chaud dans la maison.

Hortense remit du bois dans la cheminée. Et l'on regarda en silence les flammes.

– C'est grave de ne pas avoir de plaquettes ?

On ne répondit pas tout de suite à Enid. Charlie ne dit pas que Basile avait semblé préoccupé.

Un silence, encore. Les flammes.

– Si on jouait, dit soudain Enid, au jeu de *la mélodie du bonheur* ?

Elles n'y avaient pas joué depuis très longtemps. Mais l'humeur était tellement lugubre qu'on aurait dit oui à n'importe quoi. Charlie donna le départ :

– À toi Enid. Quelle est la chose que tu préfères ?

La petite réfléchit.

– J'aime sentir mes pieds qui puent quand je retire mes chaussettes le mardi soir.

– Pourquoi le mardi ?

– On a sport.

– Peuh ! se récria Hortense. On ne joue pas à la « chose la plus dégueu », je te signale.

– Laisse-la, Bettina. Souviens-toi, maman avait accepté que tu dises que c'était faire pipi après que tu te sois retenue dans le car.

– J'étais petite.

– Enid est petite.

– Je ne suis pas petite !

Le jeu de la mélodie du bonheur, appris de leur mère dès l'enfance, était une méthode mi-Coué mi-Verdelaine pour se remonter le moral en ne pensant rien qu'à des choses qu'on aimait.

– Si tu avais droit au pipi, argua Enid, j'ai droit aux pieds qui puent !

– Geneviève ?

– Moi, ce que je préfère c'est frapper dans mon coussin de boxe jusqu'à ce que j'aie une petite douleur dans le poignet gauche.

– Maso.

– Non. Ça veut juste dire que mon esprit, à cette minute précise, baigne dans la sérénité.

– Moi, dit Bettina, ce que je préfère, c'est quand un garçon me dit que… je lui mets la tête à l'envers.

– Et ça t'arrive souvent ? ricana Hortense.

– Pas plus tard qu'hier ! s'écria Bettina dont les joues s'empourprèrent.

– Conseille-lui de goûter au sirop d'orgeat d'Hyper Promo. Il saura ce que c'est d'avoir vraiment la tête à l'envers. Et l'estomac.

– Est-ce que je peux dire encore un truc ? réclama Enid. La deuxième chose que je préfère, c'est quand je dis que je m'appelle Julia.

Charlie parut scandalisée.

– Tu as honte de ton prénom ? Celui que ta mère et ton père t'ont choisi pour la vie ?

– La vie c'est long.

– Vous savez bien que c'est le hasard s'ils m'ont appelée Enid.

C'était vrai. Dans la chambre de la clinique où Mme Verdelaine exhibait fièrement son nourrisson anonyme, M. Verdelaine énumérait le dix millième prénom du *Dico des prénoms*. Aucun ne leur plaisait. Lucie Verdelaine avait alors formulé une espèce de vœu :

– Le premier prénom de fille qui sera prononcé dans cette chambre sera celui de ce bébé sans nom.

Il s'écoula quelques heures et quelques visites durant lesquelles Lucie et Fred épièrent phrases et paroles. Elle avait eu quelques sueurs froides lorsqu'on lui apporta le dernier best-seller de Myrtille Trouvé. Mais le prénom ne fut pas prononcé.

Arriva le moment où Charlie, qui passait voir sa mère en sortant du lycée, alluma la télé à la seconde où un homme braillait sur l'écran : « J'en parlerai à Enid, ma femme. » Il s'agissait d'un film avec Jerry Lewis et Dean Martin. Lucie avait regardé Fred. Et vice versa. En chœur ils avaient lancé :

– Charlie, voici ta sœur Enid !

Charlie n'avait pas été étonnée outre mesure. Elle-même devait son nom à l'héroïne de *L'Ombre d'un doute*. La boucle se bouclait.

– Ingrate ! dit Charlie à sa petite sœur.

– Ouaip. Mais ça fait du bien de temps en temps de s'appeler Julia.

– Heureusement que maman n'a pas eu cette idée saugrenue avec moi ! s'écria Bettina, qui devait son prénom au célèbre mannequin à nez retroussé des années 50. Si la télé avait passé un western ou un opéra, vous me voyez m'appeler Stella Dallas ou Hildegonde.

– Et toi, Hortense ?

– Quoi ?

– La chose que tu préfères.

– Eh bien, c'est en ce moment. Tenir ce vieux Roberto sur mes genoux et vous écouter dire des âneries.

Le feu dans l'âtre avait l'air beaucoup moins lugubre, il grimpait presque dans le conduit, illuminait la pièce et les visages des cinq sœurs. Hortense eut l'impression qu'il ne pouvait rien arriver de terrible. Muguette allait obligatoirement guérir. Elle le devait.

– J'oubliais ! ajouta-t-elle. J'aime quand tante Lucrèce nous rend visite...

– Cette fille est folle.

– Parce que j'adore la voir partir !

Geneviève cessa soudain de rire et se mordit la joue.

– Écoutez.

– Non, pitié, tu ne vas pas...

Mais Geneviève avait parfaitement entendu. Tout d'abord, aucune n'osa se lever pour aller vérifier à la fenêtre.

– Vas-y, Enid. S'il te plaît.

Enid obéit. Mais le moteur de la Twingo était reconnaissable entre mille. Pas la peine de se le cacher. C'était bien tante Lucrèce qui revenait.

19

« Mouillé en janvier
Rouillé en février »

Édith

Aucune ne bougea. Ni Roberto sur les genoux d'Hortense. Ni Ingrid sur le crâne d'Enid. Peut-être, dans la cuisine, y eut-il un léger frémissement du côté des tuyaux de Mycroft. Et encore, impossible de le jurer.

– Qui a prononcé le nom de tante Lucrèce ? grogna Bettina.

– Celle-là est une sorcière !!! hurlèrent-elles en chœur.

Quand tante Lucrèce sonna, on mit un certain temps à lui ouvrir. Mais enfin, on ouvrit.

– Oh ! s'exclama Charlie, feignant la surprise. Tu as oublié quelque chose ?

Tante Lucrèce agita un papier en l'air, avec cette mine que devait avoir Christophe Colomb en ramenant l'or des Indiens qu'il avait massacrés.

– Le chèque !

À l'intérieur, tout le monde leva les yeux au ciel. On l'avait oublié, celui-là...

– Ce n'est pas un peu tôt ? glissa Charlie avec un rien de perfidie. On n'est que le 25.

L'humour était pour tante Lucrèce un genre de parent

très pauvre. Elle prit la réflexion de Charlie au pied de la lettre, et l'air magnanime.

– Du tout. Tenez, mes chéries.

Charlie plia le chèque et le rangea dans sa poche en se demandant s'il fallait inviter leur tante à boire un truc chaud. Tout de même, il faisait froid, il neigeait, elle était revenue exprès...

Au même instant, Roberto vit Delmer, et Delmer vit Roberto ; quant à Ingrid, elle venait d'entendre un bruit du côté des tuyaux.

Hortense alla sournoisement ouvrir la cuisine. Les deux chats s'y engouffrèrent. Delmer se lança à leur poursuite. Tante Lucrèce émit un cri.

– Delmer ! Ah, ne me dites pas qu'il n'y a rien dans cette cuisine !

Elles ouvrirent de grands yeux innocents.

– Maintenant, il y a Delmer.

Tante Lucrèce démarra une séance d'éternuements. Les filles s'empressèrent autour d'elle.

– Ne t'inquiète pas. On va prendre soin de toi.

– On va te faire une tisane.

– Un grog.

– On va te traiter comme...

– Comme si tu étais une VIP !

– Voilà. Une VIP.

Tante Lucrèce sursauta :

– Comment ça, insolentes... Comment ça, une vieille pie ? !

Bettina

Le printemps

1

Prêt-à-porter de printemps

Parfois, Bettina pensait que si elle n'avait pas eu de sœur, elle ne s'en serait pas portée plus mal. Elle eût préféré l'équivalent… en frères. Ou mieux : une jumelle. Deux elle-même.

Elle se le disait souvent au printemps parce que c'est une période particulièrement éprouvante dans la vie d'une fille qui a quatre sœurs.

Le printemps s'annonçait toujours par les allergies primeurs d'Enid. Et par l'absence de Basile, le fiancé de Charlie, qui passait dix jours chez son frère viticulteur à Orange.

On savait enfin qu'il (le printemps) arrivait quand Charlie, leur aînée, faisait irruption dans le salon et qu'au lieu de beugler : « Décidément ça ressemble à l'estomac d'une chèvre, ici ! », elle demandait :

– Mes genoux, vous en pensez quoi ?

Un vague quelque chose, de l'ordre de la cloche d'alarme, agitait alors l'esprit de ses sœurs.

– On pense quoi ?…

– De quoi ?

– Oui, quoi ?

– De mes genoux !

– On en pense quoi ?

Il ne s'agissait pas d'une surdité collective, mais d'une légitime stupeur ; les rotules de Charlie n'étant jamais, aux autres saisons, un sujet de conversation.

Ce printemps-là ne fit pas exception.

Enid, Geneviève, Bettina et Hortense contemplèrent leur aînée. Jupe remontée, Charlie tournicotait sur les talons afin d'exhiber, pile, face, les articulations en question.

– Pourquoi ? demanda Enid, méfiante.

Il pouvait s'agir d'un piège. Du genre de ceux que vous tendait Pélagie Neveu, la mono de la classe d'équitation, qui vous interpellait avec la mine de qui vous a mitonné tendrement une tarte normande :

– Que ceux qui ont vu *Titanic* lèvent le doigt !

Hop ! Enid et tous les élèves avaient levé quinze doigts chacun, remplis d'espoir – en attendant de l'être de tarte.

Pélagie Neveu avait susurré :

– Tout ça ? Bravo. Qui l'a vu deux fois ?

Tout le monde re-hop ! Sauf Enid. Qui avait dit adieu à la tarte normande et maudit Hortense, laquelle l'avait dissuadée d'aller revoir *Titanic* sous prétexte que Leonardo avait le gabarit d'un cachalot, qu'il était donc à sa place au fond de l'eau.

Pélagie avait enchaîné illico :

– Ceux-là, rassemblez les harnais, rangez-les par numéros, graissez les selles, mettez-les dans les box, changez les litières, et...

Enid avait, ce jour-là, perdu une grande part de sa confiance en l'humain adulte. Et finalement remercié Hortense.

– Tes genoux ? répéta Bettina, circonspecte. Eh bien... Ce sont des genoux.

L'ourlet retomba. Charlie ne se satisfaisait pas du tout de cette affirmation. Geneviève se hâta d'ajouter :

– Tu as des rhumatismes ?

– Ah, parce que pour toi je suis entrée dans l'ère du lumbago et de l'ostéoporose ?

Charlie fit demi-tour, l'air pincé. Geneviève la rattrapa :

– Ils sont renversants, tes genoux. Tu as des genoux à se mettre à genoux. Si j'avais à choisir entre une caisse de Bart Simpson en chocolat et ton genou droit, je prendrais le genou.

Charlie cala le poing sur sa hanche.

– Qu'est-ce qui cloche avec mon gauche ?

Elle poursuivit :

– Hier soir, avec les restes de deux robes j'en ai fabriqué une troisième et, hum, j'aimerais votre avis.

Elle courut chercher la robe et la plaqua contre elle. Bettina eut un hoquet. Geneviève se mordit la lèvre. Enid émit un OOOOuch.

– C'est... pour... toi ?

– Meu-oui.

Charlie arborait l'expression de ceux qui lancent une blague qu'ils sont seuls à trouver rigolote.

– Mon avis, dit Hortense, c'est qu'elle descend trop bas du haut...

– ... et monte trop haut du bas ! compléta Bettina.

La robe était magnifique. Du satin partout, du rouge, du gris, du vert, du doré. Bref, une robe de top model, de festival de Cannes.

Mais pas pour Charlie. Pas leur sœur.

Aucune sœur !

– Elle n'est pas... trop... euh...

– Courte ? (Charlie pouffa.) Si. Mais puisque j'ai des jambes de fée.

Bettina insista :

– Tu ne crois pas qu'elle est... enfin...

– Décolletée ? Si. Mais puisque j'ai...

– Tu as ?...

– Des seins de déesse.

– C'est Basile qui dit ça ? demanda Enid.

Geneviève ne disait mot, et contemplait une de ces cartes

dont M. Souarédissé, marabout africain qui habitait non loin de son lycée, inondait les élèves à chaque sortie. Elle venait de la retrouver au fond de sa poche :

« *Idissé Souarédissé, résultats surprenants et définitifs. Succès, bonheur, magie sexuelle, emprise irrésistible, chance mystérieuse, encerclement protecteur, désenvoûtement…* »

Que signifiait « encerclement protecteur » ? Et « chance mystérieuse » ? Quant à « magie sexuelle »…

– Des seins de déesse, répéta Charlie. Et Geneviève a dit il y a cinq minutes que mes genoux…

– J'ai pas dit tous tes genoux. J'ai dit le droit !

– Tu vas porter ça ? demanda Hortense comme elle aurait demandé : « Tu vas manger cette compote de hannetons ? »

– Pourquoi pas ?

– Quand ?

– À l'occasion.

Elles soupirèrent. Si Charlie projetait de mettre cette robe « à l'occasion », il y avait des chances que celle-ci ne se présente jamais… puisque Charlie ne portait jamais de robe ! Excepté une fois l'an, en début de printemps. Le lendemain elle revenait à ses bons vieux pantalons.

Geneviève poursuivit sa lecture distraite de la prose de M. Souarédissé :

« *Retour de l'infidèle, numéros gagnants du Loto, il te prévient si le train ou l'avion que tu dois prendre va s'accidenter, il…* »

– Train ! cria-t-elle soudain. Harry ! Désirée !

Elles se levèrent d'un bond, électrisées. Train ! Gare ! Petits cousins ! De Paris !

Car c'était là un autre signe de printemps : Harry et Désirée, les enfants de leur tonton Florentin – plus connu sous le vocable familial de « frère barjo de maman » –, venaient chaque année passer les vacances à la Vill'Hervé. Leur train était annoncé pour 17 h 11.

Il était 17 h 00.

*
* *

Voilà comment, par cet adorable samedi d'un printemps à peine né, Charlie, Geneviève, Bettina, Hortense et Enid – respectivement 23, 15, 13, 12 et 9 ans – débarquèrent au triple galop à la gare.

Le train avait du retard. Elles s'écroulèrent, soulagées, hors d'haleine, sur les sièges en plastique du quai. L'après-midi était clair, ponctué de nuages souples et de brises aussi légères que des bises (sur les joues).

– Dommage que Jupitère ne puisse pas venir avec les petits cette année.

– Il y a des gens qui bossent. Sache-le, même si tu n'en fais pas partie, chère Bettina.

– Tonton Florentin ne travaille pas, chère Charlie, rétorqua Bettina. Trente-quatre ans, une épouse, deux enfants, il a moins d'excuses que moi !

– C'est un artiste, dit Geneviève.

– Hum, fit Hortense.

– Un poète, insista Geneviève qui prenait par principe la défense des absents.

– Navigateur solitaire, cireur à Lisbonne, manucure à Londres, apiculteur dans l'Aubrac, et maintenant figurant de films, moi j'appelle ça un haricot sauteur ! conclut Bettina, définitive.

– Il arrive ! s'exclama Geneviève en montrant l'horizon des rails où le train parut comme un bouton au bout d'une fermeture Éclair.

La loco fit pschitt, et ralentit. Les cinq filles étirèrent le cou, penchèrent la tête. Hortense aperçut Harry à une vitre ; elle agita le bras. Le train s'arrêta. Deux silhouettes menues et brunes sautèrent sur le quai. Les cinq filles s'élancèrent.

Désirée pointa l'index sur son frère, et débita :

– Il a bu sa limonade et la moitié de la mienne, il a mangé ses sandwiches, une pomme, un yaourt, un paquet de Chouchoco, mon riz au lait et mon orange. Mais il a encore très soif et très faim.

– J'ai très soif et très faim ! appuya Harry.

Hortense fut la première à l'embrasser. Il eut un recul, comme s'il protégeait l'or de Moctezuma.

– 'tention ! Tu vas me tuer Rosette !

Il montra une boîte de TicTac à l'anis :

– Elle est là-dedans.

– Ah ! ajouta Désirée. J'oubliais : il a aussi bouffé les TicTac.

– On dit pas bouffer ! protesta-t-il. Un gros mot, un euro !

Il tendit la main.

– Un gros mot, un euro ! répéta-t-il sans intention de céder.

– Qui est Rosette ? demanda Charlie penchée avec bienveillance sur la petite boîte transparente.

Elle se redressa aussitôt. Rosette frémissait d'antennes dans une carapace marron, avait des pattes innombrables, la mine pas engageante du tout.

– Rosette ?

– Un cafard ! s'exclama Bettina.

– Un gros, dit Geneviève.

– Une cafarde, corrigea Harry. C'est une fille.

– Une ?...

– Euh, comment tu vois ça ?

– Elle a des ailes.

– ...

– Avec des ailes, c'est une cafarde, expliqua-t-il d'un air d'évidence implacable.

– Il l'a chopée dans le trou du lavabo du TGV, raconta Désirée.

– J'ai mangé les TicTac pour qu'elle ait de la place, dit-il avec une flamme dans l'œil qui n'était pas sans rappeler Roméo, Rodrigue, voire Rhett Butler.

Charlie adressa un sourire tendu à ses sœurs.

– Les, hum, les Rosette, ça fait beaucoup de bébés, Harry. Je te propose de la relâcher dans l'herbe avant de…

– Nooooon ! hurla le gamin. Je veux garder Rosette ! Je veux ma cafarde !

Des voyageurs jetèrent un œil cinglant à ces grandes filles qui martyrisaient un plus petit.

– Des colonies de cafards à la maison… murmura Geneviève atterrée.

– Un comble ! soupira Bettina.

– Un gros mot ! lui hurla-t-il en tendant la main. Tu as dit un gros mot. Un euro !

Geneviève songea que le printemps n'était pas gagné.

2

Adam et Ève et ma première cigarette

On installa Harry et Désirée devant un bol de cacao et un vieux reste de gâteau de crêpes. Geneviève regretta l'absence de Basile, qui savait improviser des goûters de famille nombreuse en quatre minutes.

– Papa joue au théâtre en ce moment, répondit Désirée à la question de Charlie.

– Quelle pièce ? demanda Hortense qui suivait les cours de Zoltan Lermontov dans le but de devenir l'équivalent de Zuleika Lester dans *Cooper Lane* à la télé.

– Ça s'appelle *Adam et Ève et moi,* répondit Désirée en léchant le cacao sur sa lèvre du haut.

– *Adam et Ève* ET MOI ? répéta Bettina. Ça veut dire quoi ?

– Qu'il y a Adam, dit Enid.

– Et Ève, dit Désirée.

– Et un troisième sbire, dit Geneviève.

– Quel troisième sbire ?

– C'est un gros mot, « sbire » ?

– Pas si gros. Il n'a que cinq lettres.

– Qui est ce « et moi » ? reprit Charlie en collant sur son pouce un bout de gâteau qu'elle goba.

– C'est papa qui joue le rôle, dit Désirée.

– Le paradis n'est vraiment plus ce qu'il était ! conclut Bettina.

– Maman dit la même chose, nota Harry.

Il glissa une miette dans la boîte de TicTac, miette promptement avalée par l'occupante. Autour, on fit la grimace.

– Comment va votre mère ? s'enquit Geneviève. Comment va Jupitère ?

– Elle dit qu'elle est drôlement contente qu'on soit absents deux semaines, qu'elle va souffler un petit coup.

Charlie souffla un grand coup.

*
* *

Une demi-heure plus tard, on se retrouva au bas de la falaise, derrière la maison, à projeter des cerfs-volants contre les nuages.

Adossées à la paroi, Charlie et Geneviève observaient les autres. Charlie sortit ses cigarettes, mais elle changea d'avis et les rangea.

– Donne-m'en une, dit Geneviève en mâchonnant une brindille encore rêche et verte du printemps très neuf.

– Depuis quand tu fumes ?

– Depuis jamais. Je veux juste essayer.

– Non. Si tu t'y mets toi aussi, ça emmène notre budget en dessous du seuil de pauvreté.

– Arrête avec ça.

– J'aimerais tant ! soupira Charlie.

Elle ressortit le paquet, un briquet, alluma finalement une cigarette. En tira deux bouffées avant de l'offrir à sa sœur. Geneviève la fit rouler entre ses doigts, sans la fumer.

– Qu'est-ce qui se passe ? demanda-t-elle.

– Rien de grave : on n'a plus un sou.

– On n'en a jamais beaucoup.

– Je n'ai pas dit « pas beaucoup », j'ai dit « plus un».

Geneviève porta la cigarette à sa bouche et cessa de respirer. Au bout d'un moment, le filtre fut mouillé. Elle recracha la cigarette et se remit à respirer.

– Il ne nous reste rien de… ?

– Non.

– Je parle de l'argent de papa et maman.

– Je viens de te répondre. Non.

– Je croyais…

– Depuis leur mort on vit sur ce fric. Deux ans. Ça s'épuise. Ce que je gagne au labo, pour cinq c'est rigolade et patachmolle : du vent. Quant au chèque mensuel de tante Lucrèce, il nourrit à la rigueur les chats.

Elle soupira. Elle arracha la cigarette à Geneviève, avala une bouffée, la lui rendit. On entendait les rires des petits par-dessus les genêts, les cerfs-volants qui sifflaient sur leurs têtes.

– Mon albatros ! hurla Enid en tirant le fil du sien.

Il restait quatre centimètres de cigarette. Geneviève ferma les yeux très très fort, serra les lèvres autour du filtre, 3, 2, 1…

– Qu'est-ce qu'on peut faire ? dit-elle en aspirant la première bouffée de la première cigarette de toute sa vie.

Dans les films et les livres on toussait. Geneviève ne toussa pas. Mais la falaise eut un genre de grand hoquet qui remua les nuages et la plaqua, suffoquée, à la paroi.

– J'ai eu une idée… commença Charlie.

Bettina arriva au galop. Elle s'affala à leurs pieds, poursuivie par Désirée qui criait :

– Elle m'a pris ma bobine ! Elle m'a pris ma bobine !

Harry et Enid accoururent à leur suite. Hortense, à son habitude, marchait tranquillement derrière.

Geneviève et Charlie regardèrent sans ciller les petits qui s'écharpaient. Geneviève avala sa seconde bouffée. La falaise fit un autre bond. Cette fois Geneviève toussa violemment. Charlie récupéra la cigarette.

– Arrête tes conneries.

– Un gros mot, un euro ! hurla Harry dont la tête sortit d'un méli-mélo de bras et de cheveux.

– C'est quoi ton idée ? demanda Geneviève.

Elle reprenait son souffle avec peine. Sa voix était tout étranglée.

Charlie attendit que Bettina et les trois petits se fussent éloignés.

Hortense avait dépassé tout le monde pour regagner seule la Vill'Hervé.

– L'unique moyen de s'en sortir, répondit Charlie.

– Tu ne vas pas te prostituer au moins ?

– Je suis bien trop paresseuse. Non, l'idée c'est...

– Elle me tire les cheveux ! couinait Harry au loin.

Elles lui répondirent d'un sourire absent.

– C'est de ?... reprit Geneviève.

– Louer la Vill'Hervé.

*
* *

– Pas toute la maison ! expliqua Charlie pour la treizième fois en une heure. Seulement une partie de la tour et une salle de bains.

– Pas ma salle de bains ? se récria Bettina.

– Non. Pas TA salle de bains.

– Que vas-tu abandonner aux mains d'étrangers ? gémit Hortense.

– On ne pourrait pas trouver une autre solution ?

Charlie toisa ses sœurs, bras croisés :

– J'attends vos propositions. Mais pas question d'emprunter, de jouer au Loto ou au tiercé, ni à aucun jeu de hasard. Si vous voulez, on peut manger un jour sur trois, ne plus acheter de fringues pendant 192 mois, c'est-à-dire seize ans, supprimer les téléphones, vendre nos meubles, dormir dans des cartons, s'éclairer à la bougie, aller en ville à pied pour éviter les tickets de bus, se laver l'une après l'autre sans changer l'eau du bain... Je continue ?

Elle regarda Hortense, Bettina et Geneviève assises autour de la grande table. Enid jouait dehors avec les cousins.

– Tu peux épouser un mec riche, dit Bettina.

– Si tu en connais, présente-nous.

– Pourquoi pas Basile ? Il ne demande que ça.

– Un : je me marie si je veux. Deux : certainement pas pour cette raison-là. Trois : tu connais un médecin de campagne riche ?

– Ça fait pourtant longtemps que vous entretenez une relation…

– … sentimentale…

– … suivie.

La chaise de Charlie grinça avec exaspération.

– J'ai, depuis longtemps, une relation sentimentale suivie avec le yucca du salon et mon huile de bain au freesia. Je ne les épouse pas pour autant !

Hortense sourit.

– Dommage. Basile fait un couscous méga.

– S'il était là, dit Bettina, ce soir on y aurait eu droit.

– Bon ! reprit Charlie. Cette digression signifie-t-elle que vous ratifiez ma proposition ?

– Ça veut dire quoi ? s'écria Enid en surgissant par la porte-fenêtre avec Harry et Désirée, tous rouges et échevelés. Elle parle quelle langue, Charlie ?

– Je dis : puisque tout le monde est d'accord avec ma proposition…

– Quelle proposition ? dit Désirée.

– Louer la chambre des parents et les deux pièces mitoyennes.

– QUOI ! s'exclamèrent quatre voix. La chambre de papa et maman ! Tu ne l'avais pas dit !

– C'est la seule qui ait deux portes. Le locataire pourra sortir par la tour au lieu du hall. Ça le rend indépendant, et nous aussi. On ne partagera que la cuisine.

– Mais… cette chambre.
– *Leur* chambre.
– On n'y a pas touché depuis…
– Justement. Il est temps d'y faire le ménage.
– Qu'est-ce qu'on fera de leurs affaires ? Où on les mettra ?
– Grenier. Cave. Couloirs. Placards. Ce n'est pas ce qui manque ici.
Hortense sentit les larmes lui piquer les paupières.
– Je ne veux pas toucher à leur chambre !
Charlie appuya les deux paumes sur son front comme si elle voulait y enfoncer ou y faire disparaître quelque chose.
– On n'a pas le choix, dit-elle à voix basse. C'est ça, ou adieu à la maison.
Un ange passa, traînant les pieds. On faillit l'entendre.
– On met une annonce dans le journal ? reprit Bettina.
Charlie se gratta un pavillon d'oreille.
– C'est fait. Elle passe lundi matin.
Un quadruple soupir flotta dans la vaste cuisine.
– Merde, grommela Bettina, je ne m'y habituerai…
– Un gros mot, un euro ! brama Harry.
– Je disais : je ne m'y habituerai jamais.
– Tu me dois un euro.
Comme Harry tendait la main, Bettina lui jeta un œil distrait. Œil distrait qui devint rond de stupeur.
– Qu'est-ce que c'est que ÇA ?!
Harry plongea un regard négligent vers le sol où, au bout d'une ficelle, évoluait un être vivant et vert. Désirée répondit pour lui :
– C'est un crabe.
– Je vois bien. La question est : est-il à sa place à l'intérieur de cette maison ?
– Je l'ai apprivoisé, argua Harry.
– La maîtresse leur a lu *Le Petit Prince*, expliqua Désirée comme une réponse à toutes les questions.

– Je l'ai trouvé sur la plage. Il était tout seul.

Charlie ferma les yeux, compta jusqu'à sept, le temps de baisser sa tension d'un cran.

– Harry, articula-t-elle, crois-tu que cet animal soit heureux que tu le prennes pour un caniche ?

Le petit réfléchit.

– Il aboie pas, dit-il.

– Tu ne penses pas que cette horr... cette bête et Rosette préféreraient retrouver leurs copains ?

– Ils en avaient pas.

– Si tu lâches Rosette dans le jardin, elle se trouvera certainement une copine. Quant à ce crabe...

– Xavier-Lucien.

– Il se dénichera bien un pote sous les rochers.

Harry réfléchit encore.

– D'accord. Je vais les relâcher...

Elles retinrent leur souffle.

– ... à la fin des vacances. Quand on repartira à Paris. Est-ce que je peux les garder jusque-là ?

Geneviève songea qu'avec un crabe vert en laisse, une cafarde dans une boîte de TicTac et un(e) locataire à l'étage, le printemps n'était VRAIMENT pas gagné.

3

Cils en portemanteau, colliers en papier-toilette

LETTRE D'HORTENSE À MUGUETTE

Ma chère,

La véto m'a donné des nouvelles de nos chatons, ils sont en super forme. Transfusion, par exemple, est chez un crémier. Elle a doublé de volume en un mois, tu imagines ! Et toi ? Ça va ? Zerbinski a appelé pour dire que le traitement te fatiguait beaucoup. Tiens bon !

Ici, c'est le bazar. Charlie a eu une idée de génie pour mettre du beurre dans nos épinards : louer trois pièces à l'étage, dont la chambre de papa et maman et la salle d'eau qui va avec. Deux jours qu'on vide, qu'on débarrasse, qu'on emballe, monte et descend des cartons (mais aucun locataire en vue !), tout ça dans l'escalier hyperraide de la tour, ça file des crampes aux mollets.

Ambiance bizarre. La chambre des parents, on n'y avait rien touché depuis qu'ils sont, j'ai du mal à l'écrire... depuis leur accident. (Tu as vu ça ? J'écris les mots en tout petit, comme si je voulais que ça n'existe pas.) Sous le lit j'ai trouvé l'élastique à pompon avec lequel maman attachait ses cheveux les jours de chaleur pour passer l'aspiro. On n'avait pas balayé depuis... Je n'avais pas envie de pleurer, j'avais l'impression que maman me tenait le petit doigt, comme avant, pour m'encourager. J'ai accroché l'élastique dans mes cheveux. Ils ont drôlement poussé depuis janvier, quand tu es partie dans cet hôpital suisse.

J'oublie de préciser que c'est aussi le bordel pour cause de cousins en vacances chez nous. Harry, sept ans. Désirée, huit. Leur père, c'est tonton Florentin, le frère barjo de maman. Barjo pour mille raisons. Geneviève et maman ont un faible pour lui. L'artiste de la famille. Il est acteur, mais je ne l'ai vu qu'une fois au théâtre, il y a quatre ans, quand on a été à Paris. Au cinéma son plus grand rôle est une manche de veste derrière un platane. Sa femme s'appelle Jupitère, ce qui est assez rigolo. Harry collectionne les bêtes dégueu, ce qui est moins drôle. Il a trouvé dans le TGV un cafard qu'il a appelé Rosette, et en bas de la falaise un crabe vert nommé Xavier-Lucien, qu'il promène au bout d'une ficelle. Les chats l'intéressent moyen. Que les bêtes dégueu, je te dis.

Bon. Tu me donnes de tes nouvelles, oui ou non ? Je t'embrasse fort. Ainsi que Zerbinski. Tout le monde ici fait pareil,

Hortense.

*
*   *

Dans le car scolaire, le regard de Bettina dénicha quasi immédiatement Denise Comencini et Béhotéguy Permoullet sur la banquette du fond. Elles lui gardaient la place habituelle.

– Qu'est-ce que vous vous êtes fait aux yeux ? demanda-t-elle en s'approchant.

Ses deux amies pouffèrent.

Denise ouvrit sa paume où gisait un tube doré.

– Gigantic Monumental Lash, dit-elle. Ça fait les cils sévèrement grandioses. Mets-en.

Bettina lorgna l'objet, puis Béhotéguy, et Denise.

– Vous avez des yeux de Minnie Mouse, dit-elle. Je ne suis pas sûre de vouloir une tronche de dessin animé.

Elle prit néanmoins la brosse et le petit miroir que lui tendait Béhotéguy, puis attaqua le maquillage de ses cils. Les deux autres s'esclaffèrent. Il y a quinze jours, Denise avait changé de rire. Cela arrivait deux fois par an environ. L'actuel démarrait façon trente castagnettes et s'achevait comme le grelot de Mme Foubirou lorsqu'un client poussait la porte de son pressing.

– Qu'est-ce qu'il y a ? interrogea Bettina *via* le miroir, un œil sur ses paupières qui noircissaient au gré de Gigantic Monumental, l'autre sur les forsythias qui défilaient derrière la vitre.

– On est invitées ! annonça Denise.

– Mercredi, précisa Béhotéguy.

– Au Klaatu Space.

– C'est quoi ? interrogea Bettina, toujours entre cils et forsythias.

Un cahot du car fit apparaître sa frange dans le miroir. Ses cheveux retrouvaient enfin leur couleur d'origine, un roux vif qu'elle avait foncé un peu avant Noël. Un peu avant le départ de Merlin.

– On en a déjà causé, tu n'écoutes jamais. Le Klaatu Space est le nouveau *game zone* en ville. Il a ouvert hier.

– Dépêche de te finir l'autre œil, on arrive.

Bettina amorça presto le brossage du second œil. Pas question d'arriver au collège avec la tête du Joker.

– Ensuite ? réclama-t-elle.

Le duo castagnettes-et-grelot fusa d'entre les lèvres de Denise.

– Tu ne demandes pas QUI nous invite ?

– QUI nous invite ?

– Ma mère fréquente le même club de gym que Mme Entresangle.

– Qui est Mme… ?

– On s'en fiche. Dans la famille Entresangle je demande uniquement le fils.

– Et qui est le f… ?

Les portes s'ouvrirent. Le car se trouvait sur le parking. Les élèves sortirent.

Bettina attendit d'avoir rejoint la rotonde centrale du collège pour reposer sa question. Avant, elle fit un signe à Isild et Gersende qui papotaient sous le panneau d'affichage.

– Alors ! reprit-elle. Ce fils ! Qui est-ce ?

– Darius.

Pour le coup elle ouvrit de grands yeux.

– Darius ? Du lycée Jacques-Becker ? Qu'on a vu à la coupe intercollèges de volley ? Ce mec ASSEZ mignon ?

– *Who else ?* prononça Denise, très héroïne en V.O. Rectificatif : il n'est pas « ASSEZ mignon » mais sévèrement phénix. Il accompagnait sa mère qui rendait visite à la mienne. J'arrivais pas à le croire. Lui ! Dans notre salon ! Il m'a parlé le premier, moi j'étais aussi bavarde qu'une pince à linge.

Béhotéguy, qui avait déjà entendu l'histoire deux fois, ne semblait pas du tout ennuyée par la troisième édition qui s'annonçait. Mais un tac tac tac de talons aiguilles, derrière, coupa court. Talons qu'on pouvait attribuer, yeux fermés, à Mme Ouédraougo, principale du collège.

– Comencini, Verdelaine et Permoullet ! énuméra-t-elle avec la même fluidité que si elle avait cité Haddock, Milou et Tintin. Vous prenez racine ?

Les autres élèves étaient déjà loin dans le couloir.

– On y va, assura Denise.

Mme Ouédraougo glissa une main dans la poche de son tailleur (elle avait toujours de jolis tailleurs aux couleurs vives) et les scruta avec étonnement.

– Qu'est-il arrivé à vos cils ?

– Euh, dit Denise. C'est Gigant…

Bettina lui donna un coup de coude. Mme Ouédraougo hocha la tête.

– Accrochez-y vos vestes, conseilla-t-elle aussi gravement que si elle leur avait recommandé un sirop pour la toux. Voilà des cils assez longs pour servir de portemanteaux.

Stoïques, les filles la regardèrent s'éloigner.

– Laissez tomber, dit Denise comme si on avait proposé

un lynchage de Mme la principale. Je continue : Darius m'a dit qu'il serait mercredi au Klaatu Space avec deux copains, qu'on pouvait venir aussi. C'est pas une invitation, ça ?

Au pas de course elles rattrapèrent leur classe.

– Tu les connais, ses copains ? demanda Béhotéguy.

– Comencini, Verdelaine et Permoullet, silence ! ordonna M. Lachesis.

Elles entrèrent dans la salle et prirent place. M. Lachesis fit l'appel. Impossible de prononcer un mot avant trois minutes au moins.

Bettina pensa juste que Donny Jepp lui-même aurait pu lui donner rendez-vous, c'était Merlin qu'elle voulait voir et embrasser.

*
* *

Harry laissa Xavier-Lucien prendre de l'avance. Pas facile, un crabe ça marche de côté, il fallait prévoir à chaque démarrage.

Harry arriva à la plage. Désirée poussa un cri en les voyant, lui et le crustacé.

– Va-t'en. J'ai peur des crabes.

Charlie était là aussi. Elle confectionnait une drôle de chose, une espèce de grand collier avec le carton central de rouleaux de papier-toilette.

– Qu'est-ce que tu fais ? demanda Harry.

– Une collerette Catherine de Médicis, lui répondit Charlie. On la peindra en blanc.

Harry n'avait pas la moindre idée de qui était Catherine de Médicis. Désirée non plus, d'ailleurs. En fait, ils entendaient « Catherine de Midi-Six », ce qui les rendait tout autant perplexes.

Harry tendit à Charlie une énorme épingle de nourrice ouverte.

– Attention, dit-elle. Tu peux te piquer. Que veux-tu que j'en fasse ?

– Fais-moi un piercing, dit-il, grave. Au sourcil. Comme celui de Brandon Potts.

– Qui est Brandon Potts ?

– Il joue dans *La Famille Abernathy*, indiqua Désirée. C'est celui qui crache dans les pizzas avant de les livrer.

– Quel sale type. Harry… Tu veux vraiment lui ressembler ?

Harry agita son épingle sous le nez de Charlie.

– Désirée invente. Je veux pas un piercing pour ça. C'est… pour autre chose.

Il avait battu des paupières.

Charlie secoua la tête.

– D'abord on ne fait jamais de piercing avec une épingle. C'est douloureux et très dangereux. Ensuite, tu ne veux pas attendre encore un peu ?

– Combien de temps ?

– Une douzaine d'années.

– C'est long ?

– Le temps de se regarder quatre fois dans la glace et de se trouver changé.

Harry hocha la tête. Xavier-Lucien tirait sur la ficelle.

– Tu devrais le libérer, ajouta Charlie en nouant ensemble deux cylindres de papier-toilette.

– Pas tout de suite.

– Ce crabe est horriblement malheureux.

Harry fronça les sourcils mais il garda le silence.

– J'ai froid, dit Désirée.

– Mets mon pull, dit Charlie en assemblant deux nouveaux cylindres.

– À la place d'un piercing, reprit Harry, est-ce que tu peux me faire un tatouage ?

Charlie sourit.

– Un qui se lave, alors.

Il réfléchit.

– D'accord. Un qui se lave.

– Bon. Et qui représente quoi ?

Sa sœur avait enfilé le pull de Charlie et s'éloignait sur la grève à la recherche de galets.

– Tu ne le répéteras pas ? souffla-t-il.

– Jamais ! dit Charlie.

Il mâchouilla sa joue et dit à toute vitesse :

– Écris « Nadia Love ».

Charlie le regarda avec gravité.

– Ce sera un très joli tatouage. C'est pour Nadia que tu voulais te percer le sourcil ?

Il opina.

– Elle s'appelle Nadia Interlenghi. C'est une grande de CE1. Papa dit que la différence d'âge c'est pas grave.

Charlie lui pinça le menton. Il se pencha et lui donna une bise. Elle en profita :

– Tu es sûr que tu ne veux pas remettre Xavier-Marcel...

– Xavier-Lucien.

– ... en liberté ?

Il secoua la tête. Non. Pas encore.

Désirée revint à toutes jambes, les éclaboussant de sable pâteux et gris.

– Regardez ! Des têtes ! Des sourires !

Elle avait trouvé six galets où la mer et peut-être le hasard avaient tracé des yeux, des bouches, des physionomies souriantes, effrayantes, amusantes, pas contentes. Harry admira un peu puis, comme Xavier-Lucien tirait sur la ficelle direction maison (probablement un hasard là aussi), il remonta la falaise et retourna à la Vill'Hervé où il fit une rencontre des plus fascinantes.

*
* *

Elle eut lieu sous le Macaroni, là où personne n'allait jamais, sauf quand il fallait cacher un truc dans le placard. C'était trop bas, en pente, pas éclairé, plein de poussière. Personne n'y allait, donc, sauf Harry quand il passait ses vacances à la Vill'Hervé, l'endroit était à sa taille ; et sauf Mycroft à qui, justement, les endroits sans humain convenaient tout à fait.

Le petit garçon et le rat s'y retrouvèrent, quasiment nez à nez.

Mycroft ne détala pas comme il l'aurait fait avec n'importe quel humain de la maison. Pour deux raisons : il savait qu'il n'avait rien à craindre d'un si petit garçon. Il savait que l'animal vert au bout de la ficelle était un crabe.

Et Mycroft, aventurier des falaises, vagabond de la lande, avait déjà goûté à la chair de crabe. Il aimait ça.

Harry connaissait Mycroft.

Le voyou avait sa réputation dans la famille. Mais c'était la première fois qu'il le voyait.

Harry comprit immédiatement pourquoi l'œil du rat restait fixé sur le crabe. Lequel s'affola et se mit à tirer sur la ficelle. Harry se plaça entre les deux, devant une pile de vieux magazines.

– Tu vas pas bouffer Xavier-Lucien ? murmura-t-il, trop ému pour s'autopénaliser d'un euro. Si ?

Il n'osait prendre le crabe à pleines mains. Il se sentait responsable, pourtant. Il aurait dû écouter Charlie tout à l'heure. Le libérer, le laisser fuir sur le sable.

Le rat fit un saut spectaculaire. Harry bondit de l'autre côté. Il attrapa un magazine qu'il glissa prestement sous les pattes du crabe et le roula dedans.

Il ouvrit la porte et ressortit à toute allure.

Il fonça vers la falaise, dévala l'escalier d'accès à la grève ; il déroula le journal et dénoua la ficelle.

Xavier-Lucien sentit l'air de la liberté filer sur sa carapace verte. Sans attendre, il détala comme une pelote de pierre et se réfugia dans un trou du sable où il se fondit dans le bienfaisant anonymat des crabes sans prénom.

– Hé ! Harrycot ! appela Désirée dans les rochers. Qu'est-ce que tu fous ?

– Un gros mot, un euro, chantonna Harry.

– Viens ! On va chercher d'autres sourires !

Désirée portait sa collerette enfin terminée de Catherine de Bidule-Six en rouleaux de papier-toilette. Elle scrutait le sable avec Charlie. Harry leur tourna le dos. Il jeta un dernier regard vers le trou où Xavier-Lucien avait disparu pour toujours. Puis il remonta l'escalier, galopa dans la lande jusqu'à la maison.

Le hall baignait dans une légère pénombre. Harry s'arrêta, sans penser à fermer la porte. Il avança à longs pas lents jusque sous l'escalier.

– Mycroft ? souffla-t-il.

Il s'agenouilla.

– Mycroft. Moi, c'est Harry.

4

Un poireau, un euro !

Geneviève n'osa pas montrer à leur sœur aînée la facture du nettoyage des rideaux. Lorsque Charlie demanda : « Ça coûtait combien ? », Geneviève fit mine de laisser échapper le paquet plastique, elle fit ouchpst, et Charlie l'aida, et elle oublia la question.

Nettoyés, ils étaient beaux, avivés, sentaient la vapeur et le frais ; le futur locataire y serait forcément sensible...

Perchée sur un tabouret dans la chambre des parents, Geneviève empoigna le rideau plié que lui tendait Hortense.

– Tu te rends compte...

Hortense se tut.

– Quoi ? dit Geneviève en déployant le rideau.

– Au nettoyage précédent...

– Tais-toi. Je sais.

– Maman était vivante. C'est elle qui les avait apportés au pressing.

– L'autre rideau, s'il te plaît.

– Ça me tue. Les objets, qui ne vivent pas, vivent plus longtemps que les êtres vivants, ça me tue vraiment.

Geneviève fit glisser les derniers anneaux sur la tringle.

– Je trouve ça réconfortant au contraire. Grâce aux objets, les vivants continuent de vivre.

– ...

– Réfléchis. La maison, le Macaroni, le bahut à l'étage, les photos… Ce sont les gardiens de nos souvenirs.

Elle sauta du tabouret et se planta devant sa sœur. Hortense retenait ses larmes. Geneviève la serra, et tout en la serrant elle observait les rideaux pendus.

– Ils ont rajeuni. La chambre aussi. On a bien fait de tout briquer, d'enlever des meubles. On voit le soleil.

Désirée déboula au salon dix minutes plus tard, ses souliers pleins de terre du parc.

– Hé ! se récria Hortense. Ne commence pas à tout saloper ! On vient de passer deux heures à…

– Un gros mot, un euro ! cria une voix quelque part sous l'escalier.

– Je répète : saloper ! Rien à foutre d'un petit con qui joue à l'espion !

Harry sortit de sous le Macaroni, fasciné :

– Tu ne dis que des gros mots !

– Et alors ? Qu'est-ce que tu fous d'abord sous cet escalier ?

– Au moins pour dix euros ! conclut-il avec convoitise.

– Ne me détourne pas du sujet. Désirée ! beugla Hortense, arrête de piétiner où c'est propre !

Geneviève s'approcha de Désirée et lui expliqua gentiment :

– On va recevoir les visites pour l'annonce. Tout doit être nickel. Essaie de…

Elle se tut, traversée par une inspiration.

– Désirée, tu sais quoi ?

– … ?

– Tu vas aller dans le potager. Tu vas cueillir… euh… des poireaux, tiens. Tu sais à quoi ça ressemble, des poireaux ?

– Évidemment. Ils ont les cheveux verts.

Hortense ricana :

– Il y a beaucoup de cheveux verts dans un potager pour une petite tête de Parisienne. Tiens, au hasard… des topinambours, quelle gueule ça a ?

– Un gros mot, un…

– Les Parisiens ne savent rien aux légumes !

– Les poireaux, je connais ! dit Désirée vexée. Combien j'en cueille ?

– De quoi faire une grosse, grosse soupe.

– Une TRÈS GROSSE soupe !

La petite sortit. Hortense se tourna.

– Toi, Harry, sors de ton trou.

– Je joue.

– À quoi ?

– À *Highwonder*.

– Sous l'escalier ?

– On peut jouer à *Highwonder* où qu'on veut.

– Tout seul ?

– Avec Rosette.

On sonna.

Charlie sortit du cellier où elle tentait d'apaiser les sautes d'humeur de Mme Chaudière. Geneviève alla ouvrir.

Il y avait là un homme, les mains dans les poches de son pardessus, son col relevé, et qui (remarquèrent-elles bientôt) se raclait la gorge toutes les vingt-deux secondes et reniflait les trente-huit restantes. Il les salua.

– Charles Montéchal. Je viens pour l'annonce.

Charlie sourit à l'inconnu qui ne lui sourit pas.

– Charlotte Verdelaine. Beau début de printemps, n'est-ce pas ? Un peu frais mais…

Quelles sortes d'arbres avez-vous ?

La question les prit au dépourvu.

– Euh. Des pins…

– Des érables, un tilleul, des charmes, des…

– Une catastrophe. Les pièces louées donnent-elles sur la mer ?

– Ou… i.

L'homme sembla un peu soulagé.

Mais son regard, soudain, se figea d'horreur. Il plaqua un mouchoir sous ses narines. L'air embauma le menthol et l'eucalyptus.

– Ce... cet animal ! dit-il d'une voix mourante. Chassez-le. Vite.

– Que... quel animal, monsieur Montéchelle ? demanda Hortense

– Montéchal. Ce... celui-là.

L'homme se mit à tousser, à éternuer, à s'étrangler. Il pointa le doigt sur Ingrid qui se léchait placidement devant la cheminée. En un percutant demi-tour, il s'élança dans le hall et ouvrit la porte en grand. Il aspira, comme un noyé.

– Polyallergique, marmotta-t-il. Poussière. Pollen. Graminées, fougères, conifères. Acariens. Poil animal. Lactose. Sulfites. Kiwis. Noix. Cacahuètes...

– Un enfer, compatit Geneviève.

– Faites-vous désensibiliser, monsieur Machinal, dit Hortense.

– Montéchal. Je suis allergique aux médecins. Téléphoner pour prendre un rendez-vous me couvre d'eczéma. Il n'y a que l'air marin qui me convienne.

– Désolée, dit Charlie. Désolée, monsieur Monchital.

– Montéchal. Moi aussi, croyez-le.

Ce fut le moment choisi par Ingrid pour venir faire connaissance avec cet inconnu. Elle arriva vers lui, la queue en point d'interrogation. L'œil du pauvre homme roula avec terreur au bord des paupières. Il gémit :

– Retenez... cette bête !

– Elle vous aime.

– Tous m'aiment ! haleta-t-il. Voilà mon calvaire. Ils adorent me renifler...

– Un enfer, répéta Geneviève.

Hortense souleva Ingrid et la rapporta dans le salon. Le visiteur semblait consterné. Il rangea son mouchoir, ce qui atténua le relent d'eucalyptus. Une ombre fila soudain entre ses pieds. Il poussa un faible cri.

– Mycroft ! appela Harry en bondissant de dessous l'escalier. Reviens !

– Mycroft ? questionna le monsieur dans un hoquet d'agonie. Qui est... Mycroft ?

En réponse, le rat stoppa exactement à ses pieds, le fixant de ses yeux rouges, flairant l'ourlet de son pantalon.

– Vous avez raison, murmura Charlie gravement. Ces bêtes vous aiment.

Le rat détala par la porte entrouverte.

M. Montéchal était vert, gris, pétrifié. Après une demi-minute d'hébétude, il tendit une main tremblante à chacune.

– Je crains de... Adieu.

Il détala à son tour. Elles l'entendirent remonter l'impasse d'un pas vif, puis au trot, puis au galop.

– Ils m'aiment tous ! psalmodia Hortense.

– Ils adorent me renifler ! hoqueta Charlie.

– L'enfer, dit Geneviève.

– Était-il allergique aux filles ?

Elles s'écroulèrent. Charlie fronça tout à coup les sourcils.

– Ce type m'a fait décider une chose.

– Quoi ?

– Pas de location à un homme de moins de soixante-dix-sept ans.

– Pourquoi ? demanda Hortense.

– Question d'équilibre ! fut l'énigmatique réponse de Charlie. Qui ajouta : Je vais accrocher une pancarte à l'entrée de l'impasse.

Désirée s'en revint peu après du potager, sa récolte de poireaux en travers des bras, empilée jusqu'au menton.

– Tout ça !? s'exclama-t-on.

– J'ai tout pris ! annonça-t-elle fièrement.

– Ce gâchis ! persifla Hortense en quittant la pièce.

– Je n'ai pas dit de tout cueillir, soupira Geneviève.

Désirée se tut, l'air embarrassé. Geneviève la prit par l'épaule et l'embrassa.

– Pas grave, ça repoussera. Ce soir on fait une grande soupe. Et demain une quiche aux poireaux.

– Vu la quantité, dit Charlie, on peut d'ores et déjà programmer la semaine : fondue de poireaux, gratin de poireaux, flan de poireaux, poireaux vinaigrette, euh… d'autres idées ?

Aucune ne remarqua l'expression étrange de Désirée.

Car, pour dire la vérité, cette brassée de poireaux était la partie visible de l'iceberg… Désirée en avait cueilli quatre fois plus ! Le reste était resté en tas à l'entrée du potager pour cause de bras trop petits.

Désirée n'osa rien avouer. Elle réfléchit.

Il devait bien y avoir des moyens d'écouler tous ces sacrés poireaux, bon gré mal gré, et le plus discrètement possible.

*
* *

LETTRE D'HORTENSE À MUGUETTE

Au téléphone dimanche tu avais ta voix normale, ta voix gaie. Est-ce que les dernières analyses ont été bonnes ? Ici, on n'a toujours pas trouvé de locataire. La dernière visite était assez drôle. Une dame. Charlie lui donnait quarante-deux ans. Moi, cinquante-cinq, Enid soixante et un, et Geneviève trente. Le flou, quoi. Elle est arrivée en manteau de velours noir brodé, chapeau assorti, très reine de Blanche-Neige, et un maquillage… comment dire ? Disons qu'elle avait l'air de s'être maquillée le matin par-dessus son maquillage de la veille.

Au cours de sa visite, elle citait sa mère à tout bout de champ. Exemples :

– Maman adooore ce genre de table !

– Maman dit qu'il faut croââre en les femmes.

– Exââââctement comme maman : elle cire chââââque semaine !

À la fin, Charlie lui a demandé si elle pensait louer avec sa mère.

– Oh ! non, a-t-elle répondu. On ne se voit plus depuis deux ans, nous sommes fâchées.

Fin de l'histoire. Donne-nous de tes nouvelles. Si écrire ou téléphoner te fatigue, demande à Zerbinski de faire l'écrivain. J'ai hâte d'être à cet été pour que tout ça soit fini et que tu viennes passer les vacances avec nous à la Vill'Hervé. Je t'embrasse avec tout le monde ici. Ingrid et Roberto te lèchent une oreille chacun.

*
* *

Le mercredi, le printemps s'accorda une RTT et laissa tout le boulot à quelques nuages gris et gras tout chargés de mauvaises intentions.

Bettina avait enfilé son coupe-vent rouge à capuche, un pantalon en jersey rose, un chandail pied-de-poule. Sur le parvis des Fossés, entre le musée de la Préhistoire qu'elle n'avait jamais visité et le pressing de Mme Foubirou, le Klaatu Space étalait ses néons rutilants comme des glaçons.

Denise était déjà là.

– Ils sont arrivés ? demanda Bettina en remontant le zip de son coupe-vent jusqu'au nez.

Il faisait vraiment frais.

– Pas encore. J'ai jeté un œil à l'intérieur. Sévèrement brushing. Tu vois la salle de jeux à Villeneuve ?

– Oui.

– Oublie. Rien à voir. Le nain et l'ogre. David et Poltergeist.

Béhotéguy arriva, un sac bourré de linge sur l'épaule.

– Quand j'ai dit où j'allais, ma mère a sauté sur les draps sales. Vous m'attendez ?

Elle s'engouffra dans la laverie. Denise jeta un regard nerveux aux alentours.

– De quoi j'ai l'air ?

– Comme d'habitude, dit Bettina.

– Mes boucles d'oreilles ?

Denise pencha la tête en dégageant une oreille. Ses boucles étaient de minuscules cadres pour photos lilliputiennes.

– Je vais lui demander sa photo. Je la mettrai dans ce cadre, et la mienne de l'autre côté.

– La seule chose qu'on puisse loger dans ces trucs, c'est une rognure d'ongle.

– Tu crois que Darius s'arrachera une rognure rien que pour moi ? murmura Denise rêveuse.

– De quoi j'ai l'air ? demanda Béhotéguy en déboulant de la laverie.

– D'une nana qui attend un garçon, dit Bettina.

Elles n'attendirent plus très longtemps. Trois garçons débouchèrent au coin, côté musée de la Préhistoire. Bettina, en les regardant s'approcher, se dit que Darius était vraiment mignon, que Denise avait du pot.

Devant elles, les garçons rirent avec une vague gêne que Darius balaya d'un :

– Joseph c'est lui. Raymond c'est lui. Moi c'est Darius.

L'on rit comme si c'était la meilleure des blagues. Après quoi, ils mirent le cap sur le Klaatu. Denise fit un clin d'œil discret à Béhotéguy et à Bettina qui détesta ça.

Elle sentit que Raymond calait son pas sur le sien. Et réalisa qu'elle l'avait à peine regardé. Elle tourna la tête vers le bout de la rue, mouvement qui lui permit d'intercepter une rapide image de lui.

Eh bien, il avait des cheveux comme elle aimait, drus, clairs, en désordre comme de l'herbe, un nez droit, des lèvres relevées aux coins.

Plutôt agréable.

5

Jeunes z'hommes de moins de 77 ans

– Un PC pour deux ? dit Darius.

L'intonation penchait plus vers la proposition que la question. D'ailleurs, il ne restait que trois ordinateurs libres. La salle comptait une quarantaine d'écrans et presque autant de joueurs. Bettina songea aux poulets alignés en batterie avant qu'on leur coupe le cou. Elle secoua la tête malgré elle.

Raymond laissa Bettina s'installer devant un ordinateur et, à l'instar des copains, approcha un siège et s'assit.

Le jeu était assez amusant, et s'intitulait *Target Labyrinth*. Dans un paysage en 3D, on tenait une arme qui dégommait l'adversaire si on était plus rapide que lui. Primaire mais efficace. Après vingt minutes, Denise était assise sur les genoux de Darius, Béhotéguy avait des fous rires à répétition avec Joseph. Côté Bettina, la main de Raymond lui broyait le poignet dans le seul but, apparemment, d'abattre les zombies du labyrinthe.

Après dix minutes, Raymond posa le menton sur l'épaule de Bettina et, tout en jouant, l'y laissa. Les bouffons en 3D furent bientôt occis.

Joseph annonça qu'il avait soif et proposa d'aller acheter des canettes de Lemon Pulp. Ils quittèrent la salle de jeux. Darius avait passé le bras autour de Denise. Joseph partageait une canette avec Béhotéguy toujours au milieu d'un fou rire. Quant à Raymond – pas besoin d'être Mme Tarot pour deviner –, il aurait visiblement aimé que les choses s'accélèrent avec Bettina. Attrapant n'importe quel prétexte pour lui labourer un bras, ou le cou, ou les doigts.

Jusque-là il n'avait guère causé puisqu'ils jouaient. Dehors, elle découvrit qu'il parlait.

Sa conversation avait autant d'intérêt qu'un presse-agrumes. À un moment (ils arrivaient au parc de la ville), il dit :

– Tu ressembles à Nicole Kidman. Jeune. Un peu à Drew Barrymore aussi… Et à Virginie Ledoyen en rousse…

– Ah ? On m'a toujours dit que je ressemblais à Rosa la Rouge de Montrouge.

– Hein ?

– Où sont les autres ? demanda-t-elle charitablement.

Denise était en train de se laisser embrasser derrière le grand cèdre là-bas. Béhotéguy était encore plus facile à situer, elle riait.

Alors qu'ils traversaient une pelouse, Raymond prit soudain Bettina entre ses bras et posa ses lèvres sur les siennes. Elle le poussa. Il insista. Elle sentit sa salive. Elle le poussa encore.

– Zut ! dit-elle en se dégageant. Tu saisis quand on a envie ou pas ?

– Tu n'as pas envie ? s'informa-t-il, sincèrement étonné.

– Pas du tout, non.

Elle regarda ses cheveux qui étaient comme elle aimait, son nez droit, ses jolies lèvres… Mon Dieu, mon Dieu, quel gâchis.

– Excuse-moi, dit-elle. Je n'ai pas la tête à…

Béhotéguy avait cessé de rire là-bas.

– Tu sors avec quelqu'un d'autre ?

Si seulement.

– C'est pas ça, dit-elle.

– Alors ? demanda Raymond.

Il la reprit dans ses bras. Elle n'en crut ni ses yeux ni ses oreilles. Elle le repoussa avec énergie.

– Alors rien ! s'énerva-t-elle.

– Tu es mon genre, tu sais, insista-t-il. J'adore Nicole Kidman et Drew Barrymore et Virginie Le...

Bettina fut subitement saisie d'une violente et folle nostalgie de Merlin Gillespie. Elle attendait depuis si longtemps de le revoir. Comme si son cœur s'était mis en hiver.

Mais l'hiver était fini. Son cœur s'entrouvrait. On était à l'heure du coucou (tiens, c'était rigolo ça), des jonquilles, des genêts, des forsythias...

Elle avait envie, très très envie de revoir Merlin.

– Tu m'excuses, Raymond ? Je rentre.

– Déjà ? On n'a même pas causé !

Vaut mieux pas. Elle le pensa, mais ne le dit pas.

*
* *

Charlie et Geneviève avaient accompagné à la piscine Enid, Gulliver, Harry et Désirée : un choc des titans. Elles les ramenèrent pour goûter. Elles étaient moulues, mais les quatre petits pétaient la forme.

– Peux-tu préparer un chocolat ? gémit Charlie vers Hortense qui les accueillit sur le perron. Par pitié.

La bande des quatre eut tôt fait de s'égailler dans tous les coins de la maison. Les deux aînées n'avaient plus le courage de rien.

Le téléphone sonna.

– Réponds ! implora Charlie à l'intention d'Hortense. Par pitié.

C'était Basile.

– Je ne peux pas lui parler à ta place, dit Hortense en lui tendant l'appareil. Même par pitié. C'est TON petit ami.

– Basile ? geignit Charlie au téléphone. Voufff. Je me sens à peu près aussi vaillante qu'un vieux hachis de vieille viande... Et toi ?

Elle s'exila dans le cellier avec le téléphone, un peu pour ne pas gêner ses sœurs, beaucoup pour s'épancher en paix. Elle s'assit sur un bout du socle de Mme Chaudière (glaciale comme à son habitude). Elle chuchota :

– Tu me manques. La maison est un zoo sans toi... Oui, j'ai hâte... Moi aussi je t'...

À cet endroit de la communication, l'aînée de la famille émit une série de clappements qui n'étaient pas sans rappeler le chouk chouk qu'Enid envoyait à Roberto et Ingrid, le soir, signal qu'ils pouvaient dormir sur son édredon. De petits baisers discrets en fait.

Un rire étouffé lui fit tourner la tête. Elle embrassa une dernière fois Basile et raccrocha.

– Montrez-vous, sales gosses !

Ils surgirent des quatre coins, Enid, Désirée, Gulliver et Harry, piaillant comme des martinets dans un ciel d'été. Elle s'en débarrassa avec un paquet de cookies avant de regagner le salon. Bettina arrivait et troquait son ultracourt chandail pied-de-poule contre un ample pull en laine polaire.

– On a un locataire ! annonça soudain Charlie. Ou plutôt : une locataire.

Tout le monde la regarda.

– Mme Hubuc, ma chère patronne, expliqua-t-elle, pense que ça intéressera sa nièce qui doit suivre un stage de plusieurs mois à...

Hortense fit un saut de carpe dans son fauteuil.

– Impossible ! coupa-t-elle. J'allais justement vous annoncer...

– Nous annoncer... ?

Hortense se gratta l'estomac.

– Euh. Que ce n'est plus possible de le louer... désormais.

– Et pourquoi, *par pitié* ?
– Il est…
Toux d'Hortense.
– … déjà…
Toux.
– … loué !
Geneviève fouailla ses cheveux à deux mains, de la nuque au front. Mèches rebroussées, elle ressemblait à un Iroquois.
– Annule ! jeta-t-elle.
Hortense tortilla ses doigts, ses lèvres, ses lobes d'oreilles, ses joues. Quand il n'y eut plus rien de tortillable, elle avoua :
– Impossible.
– Tu n'as rien signé, j'espère ?
– Non.
– De toute façon tu es mineure. Ta signature vaut autant qu'une empreinte d'Ingrid.
– Mais j'ai promis !
– À qui ? s'écria Charlie irritée.
– À… un homme.
– Il a plus de 77 ans ?
– 28.
– Voilà qui résout le problème. On avait dit…
– Il a débarqué cet après-midi, il a vu la pancarte. C'est la première personne qui avait l'air d'apprécier la maison. Je veux dire de l'apprécier vraiment. Je n'ai pas eu besoin de faire l'article. Il aimait tout. Tout. Tout.
– Tu as ses coordonnées ? On appelle. On annule.
– Il s'appelle Tancrède, il est de Paris. Il dit que cet endroit correspond exactement à ce qu'il recherche.
– Quel genre de Tancrède ? demanda Bettina.
Hortense marqua un temps puis elle énuméra :
– Grand, bien construit, cicatrice de deux centimètres au menton, genre fossette, jacquard en alpaga à motifs orange et

gris, jean gris foncé, chaussures chamois, gants chamois, blouson chamois.

– Avec tout ce chamois, il va gambader dans le parc, nota Bettina. Beau ?

– Pas mal, dit Hortense modeste.

– Je vois, dit Geneviève.

– N'empêche, dit Charlie. J'annule et j'appelle Mme Hubuc.

– Il... a *déjà* versé la caution, avoua Hortense toute rouge.

– Combien ?

– Trois loyers.

Trois loy... !

Charlie eut le vertige. Avec ça, elle allait enfin pouvoir payer le... la... ou bien les...

– On rend tout tout de suite ! s'étrangla-t-elle. Qu'il ne se fasse pas une fausse joie.

– Et, ajouta Geneviève, qu'il ne commence pas à organiser son déménagement.

Hortense tourna sept fois sa langue.

– Il... a *déjà* déménagé, finit-elle par dire. Il avait trois valises et cinq cartons avec lui dans la voiture.

– Quelle voiture ? s'étouffa Charlie.

– La sienne. Une Ford Mondeo garée derrière. Au pied de la tour.

Enid, Bettina, Geneviève, Charlie et, par pur mimétisme, Harry et Désirée fixèrent Hortense comme si elle avait déclenché le bouton nucléaire.

– Tu veux dire qu'il est... là-haut ? gargouilla Charlie d'une voix proche de l'extinction.

Un léger sifflotement traversa l'air.

– Il n'y est plus, dit Hortense. Il est à côté.

Elles tournèrent la tête à l'instant où il apparut.

– Bonsoir ! dit-il avec un grand sourire.

– Tancrède, le présenta Hortense dans un murmure.

Il leva la main, la fit pivoter, à la manière d'*Ainsi font font font les marionnettes*.

– Ce poireau bouchait mon pot d'échappement ! dit-il avec bonne humeur. Vous avez une idée de qui a bien pu l'y mettre ?

6

Une jolie fille couleur gris perle

C'était une matinée radieuse à la mine fraîche d'une demoiselle allant à son premier bal, où les nuées jouaient à cache-nez autour des falaises.

Chaque matin, chaque soir, depuis l'apparition du printemps, quelqu'un se dévouait pour enduire de pommade antigrattouille le tour des oreilles d'Enid.

Aujourd'hui c'était Hortense.

– On dit « oreilles d'Enid » comme on dit « oreilles d'âne ».

– Anne qui ? dit Enid.

L'opération se déroulait, comme toutes les choses d'importance, dans la cuisine. Enid et Hortense étaient assises en tandem sur le vieux banc. Pour s'occuper d'oreilles c'est encore le plus commode, ainsi que pour suivre par la porte ouverte du salon l'épisode 413 de *Cooper Lane*. Cooper affrontait le dilemme suivant : écrirait-il à sa fiancée sur du papier rose ou du papier jaune ?

Épisode déjà vu + dénouement connu (Cooper envoyait un e-mail) = concentration fluctuante. Les deux sœurs fluctuaient donc.

– Tu vas écrire à Muguette ?

– Ce soir. Arrête de gigoter.

– Fais-lui des grosses bises. Comment elle va ?

– Pas bien je crois. Avec elle, difficile de savoir. Elle est si...

Hortense chercha, mais ne trouva pas de mot.

– J'aimerais aller la voir, continua-t-elle. Mais Zurich c'est loin et compliqué. Et cher. Tourne-toi et donne-moi l'autre oreille.

Enid obéit.

– Il va l'embrasser, là, là.

Elles firent une pause, le temps d'admirer la rediffusion du baiser de Cooper à Zuleika Lester. Après quoi, Enid reprit :

– Et Paris, c'est loin ?

– Moins que Zurich. Arrête de gigoter.

– Tu sais pourquoi ce Tancrède a atterri ici ?

– Il l'a expliqué. Le calme. L'odeur de l'océan. L'excentration.

– Ça veut dire quoi ?

– Qu'on habite dans un trou. Il se planque peut-être.

– Tu crois qu'il est de la Mafia ?

– On n'est pas dans *Les Stompanato*. Arrête de gigoter.

– Il ressemble à aucun Stompanato, il a des dents comme George Clooney, toutes serrées. Tu trouves pas ?

– Bof, non. Mais il monte l'escalier – arrête de gigoter – comme Fred Astaire, très vite, sur le bout des pieds, la main dans la poche.

– Tu l'as drôlement bien regardé. Fred Lester, il est de la famille à Zuleika ?

– Fred Astaire. Un mec qui danse sur les murs dans les vieux films que tante Lucrèce regarde toute la journée. Arrête de gigoter.

*
* *

Les fourmis avaient commencé par chatouiller le bout de son gros orteil. Puis le reste de la troupe – au moins cent mille – remonta, serré comme les Romains d'*Astérix*, le long de son mollet, de sa cuisse.

Harry sentit la sueur tomber sur sa main. Les fourmis le

grattaient, s'enfonçaient dans la peau, dévoraient ses muscles. Il se rappela un film animalier où un lapin dévoré par les fourmis légionnaires avait fini par ressembler à une arête de poisson.

Lentement, Harry souleva le pied et l'étira contre le mur. Les fourmis refluèrent, et battirent en retraite.

Précisons que Harry se trouvait dans un endroit où il n'aurait pas dû être. Mais il ne pouvait absolument pas en bouger.

Il était caché, couché, sous le bahut à pieds du premier étage sans autre but que d'être tranquille à contempler Rosette dans sa boîte de TicTac. Il y avait un poireau à côté de lui. Mais Harry n'était pas de ceux qui s'étonnent de la présence d'un poireau frais sous un bahut.

Soudain, un bruit.

Aplati sur le sol, cerné par les quatre pieds en bois, Harry voyait sans être vu. Mais qui aurait eu l'idée de se plier en deux pour regarder sous un bahut ? À part Harry, probablement personne.

Un bruit, donc. Harry rangea la boîte dans sa poche et attendit sans bouger.

Il reconnut le locataire. D'où il se trouvait, il pouvait l'observer depuis ses talons de chaussures jusqu'à la poche poitrine de sa chemise. Le locataire – son nom, c'était quoi déjà ? – finissait d'emménager. Il déplaçait des cartons où des bandes rouges, marquées Fragile, étaient collées.

L'homme arracha une bande et ouvrit un carton. Avec beaucoup de précautions il extirpa un objet que Harry ne put pas voir car il était enveloppé dans du plastique à bulles. L'homme l'emporta dans la pièce voisine de la chambre. Et il revint, et il repartit avec un paquet semblable, et recommença trois fois.

Harry aurait aimé savoir ce qu'étaient ces mystérieux objets emballés. Impossible. Il entendit que ça cliquetait comme du verre.

Il commençait à bâiller d'ennui quand, soudain, quelque chose frémit dans son champ de vision. Harry tordit le cou et aperçut... Mycroft ! Lui aussi observait le nouvel habitant de la maison... De SA maison. Car Mycroft connaissait probablement plus de secrets sur ces murs que les occupants humains. Harry agita la main en signe d'amitié. Mycroft ne fit rien. Mais Harry comprenait que le rat se montrât réservé, vu les circonstances.

Le locataire ouvrait un quatrième carton. Mêmes gestes. Et les fourmis qui revenaient. À l'autre jambe.

Cela dura, sembla-t-il, un siècle... jusqu'au moment où l'homme ressortit de la chambre avec une cage longue et basse. Harry faillit s'en cogner la tête contre le fond du bahut ! Dans la cage il y avait... un rat ! Un rat beaucoup plus petit que Mycroft, d'une ravissante couleur gris perle.

Mycroft l'avait repéré lui aussi. Et Harry aurait pu jurer qu'une lueur illuminait son regard rouge. Un copain pour lui ! Harry lui fit un clin d'œil.

– Comment ça va, ma jolie ? questionna la voix du locataire.

Nul doute, il s'adressait au rat gris. Très gentiment. Au fait... « Ma jolie » ? C'était donc ?...

Mycroft retourna le clin d'œil à Harry. Eh oui. Une fille.

Le locataire emporta la cage dans la troisième pièce, et revint défaire le dernier carton. Il poussa brusquement une exclamation de douleur, se mit à sautiller d'un pied sur l'autre, façon vaudou. Il s'écria :

– Ah, merde, merde, saloperie d'agrafe !

Il suça son pouce meurtri.

Fut-ce l'ennui ? Les fourmis ? Un réflexe ? Ras le bol d'être plié ? Harry bondit du sol pour rugir face à un Tancrède ébahi :

– Un gros mot, un euro !

*
* *

LETTRE D'HORTENSE À MUGUETTE

Tu en mets un temps à répondre ! Je sais très bien que tu étais là quand j'ai téléphoné à l'hôpital avant-hier. Pourquoi fais-tu dire que tu es descendue dans le jardin ? Si tu es fatiguée, si tu n'as simplement pas envie de parler, il suffit de le dire, tu sais. Je comprendrai. Mais je préfère que tu ne mentes pas. Pardon de te parler franc, mais toi non plus tu ne supporterais pas, avoue ? Stop. Fin du quart d'heure engueulade. Dis-moi dans ta prochaine lettre (que j'attends ! que j'attends !) si tu as reçu *L'Aventure de Mme Muir.* Tante Lucrèce adore ce film, ça ne doit surtout pas t'empêcher de l'aimer aussi !

Avec tout ça je ne t'ai pas parlé de Tancrède, notre locataire.

Il est installé, ça y est. Charlie ne voulait pas de jeunes z'hommes à la Vill'Hervé… Mais il l'a entortillée et mise dans sa poche. Et nous avec.

On ne peut pas lui reprocher d'encombrer. Il travaille toute la journée dans son trois pièces-salle d'eau. À quoi ? *No sé.* Personne ne sait. On a cru à un écrivain, mais non. Son travail cliquette, tinte, clapote, clochette, grince… Tancrède, c'est le « Mystérieux Locataire ».

Il est gentil, poli. Un peu distrait, ce qui ajoute à son charme… Transition idéale pour arriver à *ze last but not least* : IL EST BEAU !

Bettina lui trouve la fossette d'Angelo Alba, le skieur olympique. Moi, la démarche de Fred Astaire. Enid, les dents de George Clooney. Désirée, les yeux en plis de Nelson Mandela quand il rit. Harry assure que Rosette et lui ont la même expression intelligente. (Je n'ai pas osé vérifier !) Devant cette avalanche de comparaisons, Charlie a conclu : il ressemble à un ours, oui ! terré au fond de sa tour !

Son « appartement » est séparé du reste de la maison (c'est-à-dire nous) par la porte du milieu de palier. Porte qu'on ne fermait jamais jusque-là. Mais Charlie est catégorique sur ce point : chacun chez soi. Ça n'empêche pas qu'elle soit prête à lui monter à dîner quand, à 23 heures, on l'entend qui bosse sans avoir mangé. Bettina s'est moquée : « Les femmes veulent toujours nourrir les mecs malgré eux. » Charlie a rougi.

Tout de même. Qu'est-ce qu'il fabrique ? C'est quoi son boulot ? Des fois, sous la porte, ça sent divinement bon, la fleur, la soie, les fruits, les bougies parfumées. D'autres fois ça pue infect, carton bouilli, semelle usée, orange moisie. Depuis qu'il est là, il n'a reçu aucun courrier, pas une lettre. Tu ne trouves pas ça titillant ?

C'est tout pour le divin ténébreux. Je t'embrasse. Tout le monde t'embrasse.

Et écris !!!

*
* *

C'était un printemps normal. Averse, soleil, averse, et ainsi de suite. Chaque matin, les vagues vous jetaient un regard bienveillant, soulevaient leurs petits chapeaux d'écume pour vous souhaiter une belle journée. Et hop, un seau d'eau vous tombait sur la tête. Et les vagues se tordaient. De rire, évidemment.

Entre deux pluies, Enid et Désirée récoltèrent des couteaux. Elles fouillaient le sable. Désirée confondait leurs trous avec ceux des crabes, Enid observait un silence charitable (ces Parisiens !).

Harry descendit l'escalier de falaise, un seau à la main.

– Je viens vous aider.

– Si tu le dis.

– J'ai vu un drôle d'oiseau sortir de la falaise, dit-il.

– Y en a plein, dit Enid. Surtout au printemps.

– Tiens, regarde !

Elle regarda. Une ombre surgit d'un trou dans la falaise. Enid identifia immédiatement le vol en vibrations.

– C'est pas un oiseau. C'est une chauve-souris.

Désirée poussa un couinement apeuré.

– Des chauves-souris !

– Elles sortent le soir surtout. Ne t'inquiète pas, elles ne font pas de mal.

– Elles s'agrippent aux cheveux.

– J'en connais une, on est très copines. Elle s'appelle Swift.

Enid hésita. Elle ne voulait pas révéler le secret de la Vill'Hervé qu'elle était seule à connaître. Mais ces bêtises sur les chauves-souris l'énervaient.

– Elles vivent dans des grottes à l'intérieur de la falaise, dit-elle. Et le truc des cheveux, c'est des conneries. Je sais, un gros mot, un euro.

Mais Harry n'avait retenu qu'une chose. « Des chauves-souris dans la falaise. »

– Tu la connais bien, cette... Souiff ?

– Une bonne copine. Ces temps-ci elle hibernait, mais avec le printemps elle va revenir pendouiller la tête en bas aux arbres devant ma chambre.

Désirée frissonna. Une chauve-souris qui pendouillait la tête en bas, beuh, non merci. Harry, lui, bavait d'envie.

– Je pourrais la voir ?

– Si elle veut. Vite, là ! Un couteau...

Mais le mollusque s'était déjà enfoui, ne laissant qu'une bulle dans le sable.

Les deux filles s'éloignèrent pour continuer leur pêche. Harry demeura sur la grève, son seau à la main. Il attendit qu'une chauve-souris ressorte du cœur de la falaise. Mais rien. Il repartit, tout rêveur, en chantonnant :

– *Dans la maison de l'ours, on n'entend que le vent, mais si tu attends l'ours dans sa maison, il te croquera sûrement...*

7

Boire et chanter

Charlie leva les yeux au plafond.

Enid et Désirée faisaient le concours de celle qui crachait le plus loin son noyau d'olive. Elles visaient la cheminée. Avec une mauvaise volonté éclatante, les noyaux atterrissaient entre la neuvième et la onzième latte du parquet.

Charlie leva les yeux au plafond.

Bettina était plongée dans *Futile* de mars. L'article intitulé « Tu es blonde... et alors ? » n'aurait logiquement pas dû l'intéresser puisqu'elle était rousse. Mais bon.

Charlie leva les yeux au plafond.

Harry endormi sur ses genoux, Geneviève déchiffrait un problème de maths. « Soit la fonction affine f définie par f(x) =... »

Charlie fixa le plafond.

– 21 h 22 ! lança-t-elle.

Avec un tel accent de tragédie que tout le monde la dévisagea.

– Il ne mange pas ! Il ne fait jamais la cuisine !

Geneviève comprit la première.

– Il doit vivre de sandwiches à la crème d'anchois.

– Matin, midi et soir ?

– Parisien. Célibataire. Élémentaire.

Charlie fonça à la cuisine, suivie par les chats pleins d'espoir. On l'entendit fouiller, secouer, déplier, ouvrir des tiroirs, fermer des placards. Elle revint avec un sac Hyper Promo qui débordait.

– Tiens, euh, toi, Hortense... Monte-lui ça.

– Pourquoi moi ?

– Geneviève alors ?

– Désolée. J'ai là une diabolique fonction f(x) qui ne demande qu'à me filer entre les doigts.

Charlie montra le sac HP à Bettina qui rétorqua d'un pprfrftstr parfaitement clair.

– Pourquoi tu n'y vas pas toi-même ? questionna Désirée, innocente étonnée.

Charlie étrécit les paupières en un regard lourd de malédictions. Désirée se rencogna.

– Tant pis, dit Charlie. Personne n'ira.

On sonna à la porte. Qui pouvait à une pareille heure ?... Bettina s'était levée. Comme chaque fois qu'on sonnait.

Elle reparut dans le salon une demi-minute plus tard, en compagnie de Mystérieux Locataire.

– Tancrède est passé par le jardin. Il avait peur de déranger en empruntant le Macaroni.

– Le Macaroni ? répéta-t-il.

– Notre escalier central.

– Ah ben ça alors, lança Enid, c'est rigolo parce que justement on parlait de...

Un livre vola au ras de ses cheveux et atterrit dans le canapé.

– Range ce bouquin là-haut, veux-tu ? susurra Charlie en la fixant droit dans la pupille.

Enid comprit et se tut. Mais pas Désirée qui insista :

– Enid a raison. C'est drôle, Charlie venait de remplir tout un sac HP pour...

Une main se posa sur sa bouche. Maternelle. Implacable. Désirée fixa avec étonnement Bettina, qui lui renvoya un sourire affectueux, et qui retira sa main en murmurant :

– Tu as des traces du chocolat que tu viens de boire. Va te débarbouiller.

Désirée se dirigea docilement vers l'évier. À mi-chemin, elle stoppa :

– Je n'ai pas bu de cho…

– Va vite, coupa gentiment Charlie.

Un léger tremblement de l'air… Une petite voix conseilla à Désirée d'obéir. Tancrède se tenait toujours à l'orée du salon, un peu embarrassé.

– Eh bien. J'ai l'air idiot. Je viens de m'apercevoir que je n'ai plus de pain.

Charlie offrit au locataire un sourire totalement inédit. Un sourire qui faisait penser à Fifi Brindacier, aux jardins de Babylone, à *La Flûte enchantée*, à la fatale Shaggaï Mostra du jeu vidéo.

– Vous alliez dîner ? s'enquit-elle.

– Eh bien. Je travaillais. Je n'ai pas vu l'heure.

– On allait justement grignoter. Vous vous joignez à nous ?

– Eh bien. Je ne voudrais pas vous…

– Pas du tout.

– Eh bien. Volontiers. Je n'ai plus grand-chose là-haut.

– Ici c'est bombance et mâche-dru !

Elle se tourna vers ses sœurs.

– On met la table ?

On la fixa avec stupeur et incrédulité. Oserait-elle les faire dîner deux fois ?

*
* *

Elle osa. Et ce ne fut pas désagréable en fait.

Au début on tatillonna, on chipota, mais, la soirée s'étirant, on se remit à avaler avec franchise. Tancrède était beau garçon, il se révéla un invité délicieux.

– C'est quoi alors votre job ? l'interrogea Enid en enfournant sa troisième compote de poires.

Il gardait les deux mains à plat sur la table. Ses ongles étaient rigolos, en trapèze, comme des gommettes, songea Harry qui s'endormait pour la quinzième fois sur les genoux d'Hortense.

– Je fais de la recherche.

– En quoi ? demanda Charlie en dégoupillant le foie gras offert par une collègue qui avait une maison dans le Gers.

Elle y plongea un couteau, posa sur son pain grillé l'équivalent d'une grosse épluchure.

Tancrède trancha le jambon sec posé sur une planche devant lui :

– Je travaille pour un laboratoire.

– Moi aussi, dit Charlie la bouche pleine.

– Les cliquetis de verre ! s'illumina Hortense. C'est donc des éprouvettes, des fioles, des trucs comme ça ?

Elle imagina le labo du Dr Jekyll dans la chambre des parents.

– Exact. La situation géographique de cette maison est idéale. Il me fallait l'océan, les embruns, l'iode… Et une parfaite tranquillité.

– Hum, fit Charlie en engloutissant une autre épluchure. Je ne suis pas sûre que cette maison soit un modèle de silence.

– Je n'ai pas parlé de silence, corrigea-t-il, mais de tranquillité.

Énigmatique. Même s'il ne parut pas en avoir conscience.

– Vous aussi vous travaillez dans un labo ? reprit-il.

Geneviève, qui se trouvait à côté de Charlie, aperçut de petites plaques rouges sur la nuque de leur aînée.

– Mon boulot n'y est guère intéressant, éluda Charlie. On ouvre une autre bouteille ?

Elle disparut dans le cellier. On regarda en silence Tancrède savourer la fin du jambon sec comme s'il s'agissait du dernier acte de *Polyeucte*.

– Tu vas rester longtemps ? demanda soudain Harry.

– Le temps nécessaire.

– À quoi ?

– À mes recherches.

– Tu cherches quoi ?

Charlie revint avec une bouteille ouverte. Geneviève posa la main sur son verre pour signifier non merci. Bettina tendit le sien.

– Tu es trop jeune, dit Charlie.

– Une goutte ! insista Bettina.

– Une goutte ! cria Enid.

– Une goutte ! crièrent Désirée, Hortense, Harry.

Charlie capitula.

Plus tard il y eut d'autres gouttes. Même Geneviève se laissa convaincre. Puis Harry voulut des crêpes, Hortense se mit à pouffer à cause du laboratoire du Dr Jekyll dans la chambre des parents, Bettina approcha son verre de sa paupière et dans les scintillements du liquide elle distingua le visage de Merlin, plouf il apparaissait, replouf il disparaissait.

Tancrède aligna des verres plus ou moins pleins et les fit tinter jusqu'à obtenir la gamme. Ensuite de quoi il joua *Roses de Picardie*, puis *Yellow rose of Texas*. Harry se réveilla à *Red roses for a blue angel* au milieu d'applaudissements et il se sentit en pleine forme.

Désirée chanta *L'araignée Gypsie monte à la gouttière* et, en trio avec Enid et Harry, *Le Capitaine Béri Béri*.

– À moi ! réclama Tancrède. Je vais chanter *Le Bistrot*.

– Ah non ! s'écria Charlie qui ébouriffa ses cheveux déjà fort bousculés. Pas de chanson à boire !

Une mèche resta toute droite sur son crâne.

– Pas une chanson à boire ! protesta-t-il. Une chanson de déses… boir !

Lui aussi s'ébouriffait les cheveux. Il tira sur le col de son pull, inspira, et démarra :

– *Dans un coin pourri...*

– Ça commence bien ! gloussa Hortense.

– C'est mieux après ? rit Bettina.

Tancrède leva la main pour faire silence. Désirée, placée en face de Charlie, nota que lorsqu'elle regardait le locataire (c'est-à-dire presque tout le temps), Charlie avait les yeux de Théophane.

– *Dans un coin pourri du pauvre Paris,* reprit Tancrède.

– Tu chantes vraiment, là ? se moqua Bettina.

– Elle a l'air dure, ta chanson ! persifla Enid.

– Un dernier, pour t'éclaircir la voix ! dit Geneviève en emplissant le verre de Tancrède.

– T'occupe, chante ! encouragea Charlie.

On venait de franchir le Rubicon du tutoiement et personne ne s'en rendit compte. Tancrède but une gorgée, ôta le pull vert mélèze qui lui allait si bien. Dessous, il portait un tee-shirt gris clair qui, pour tout dire, lui allait encore mieux.

Dans un coin pourri
du pauvre Paris,
sur une place,
l'est un vieux bistrot
tenu par un gros
dégueulasse.
Si t'as le bec fin,
s'il te faut du vin
d'première classe,
va donc à Passy,
le nectar d'ici
te dépasse.

Il prit Geneviève par la taille et l'engagea dans un pas de deux aux allures de marche des canards.

Mais si t'as l'gosier

qu'une armure d'acier
matelasse,
goûte à ce velours,
ce petit bleu lourd
de menaces.

Il laissa Geneviève, invita Bettina pour une java clopin-clopinante mâtinée de *Grease* et de *Rappons sous la pluie*.

Tu trouveras là
la fine fleur de la
populace,
tous les marmiteux,
les calamiteux
de la place,
qui viennent en rang
comme des harengs
voir en face
la belle du bistrot,
la femme à ce gros
dégueulasse.

Il laissa Bettina, et fit tournoyer durant deux couplets à un demi-mètre des tommettes une Désirée qui gloussait aux anges.

Que je boive à fond
l'eau de toutes les fon-
taines Wallace,
si dès aujourd'hui
tu n'es pas séduit
par la grâce
de cette jolie fée
qui d'un bouge a fait
un palace
avec ses appas
du haut jusqu'en bas
bien en place.

Il laissa Désirée, pour emporter Enid dans un genre de trébuchant tango.

Ces trésors exquis,
qui les embrasse ?
Qui les enlace ?
Vraiment c'en est trop !
Tout ça pour ce gros
dégueulasse.

Il laissa Enid, et fit tourbillonner Hortense à toute vitesse comme une crinoline. Elle retomba, étourdie, sur le banc.

Tancrède fit une pause. Il transpirait un peu. Il se versa de l'eau, but, secoua les dernières gouttes sur sa tête.

– Me souviens plus de la suite, s'excusa-t-il. Seulement de la fin.

Il s'inclina devant Charlie.

Les filles devinèrent que les minutes précédentes n'avaient existé que pour cette minute-là. Il n'avait dansé avec chacune que pour danser avec elle. Il voulut la serrer contre lui, mais Charlie eut un recul. Ils dansèrent avec vingt centimètres d'espace entre eux.

C'est injuste et fou,
mais que voulez-vous
qu'on y fasse ?
L'amour se fait vieux,
il n'a plus les yeux
bien en place…
Dans un coin pourri
du pauvre Paris,
sur une place,
une espèce de fée
d'un vieux bouge a fait
un palace.

Tancrède et Charlie dansèrent quelques secondes encore, en silence, puis tout le monde applaudit. Les plaques roses sur la nuque de Charlie (nota Geneviève) atteignaient maintenant son menton.

– Hop, au dodo ! dit-elle enfin. Les petits sont morts de fatigue.

– Pas vrai, marmonna Harry en rouvrant l'œil qu'il avait fermé.

Et qu'il referma.

*
* *

Avant d'aller se coucher, Enid prit le temps d'un pipi, occasion d'une conversation avec le Gnome de la Chasse d'eau.

Quand elle se fut glissée dans son lit, elle lança son *chouk chouk chouk* qui attirait Ingrid et Roberto en rond sur son édredon, deux bouillottes avec des poils.

– Tu dors ? chuchota Enid à Désirée qui partageait sa chambre.

– Mmmnon.

– Tu as vu Tancrède ?

– Quoi ?

– Comment qu'il a serré Charlie et qu'elle a pas voulu.

– Mmmoui.

– Elle est fiancée avec Basile.

– Maman a sa cousine Antoinette qui a trois maris.

– Ça existe ? s'étonna Enid.

– Elle se débrouille.

– Faudra rien dire à Basile. Sinon c'est j't'embrouille et compagnie.

– Je dirai rien… Sommeil.

– Tu as déjà été amoureuse ?

– Mmmm. Sais pas.

– Allez.

– Anatole Gracededieu. Je t'en ai parlé.

– Moi, c'est Gulliver.

– Je sais... Sommeil.

– Pas vraiment amoureuse. Mais il aime les tartes à la citrouille comme moi. Il hait les glaces au café comme moi. Je suis sûre que c'est un signe. Maman a épousé papa parce qu'il était le seul à jouer au minigolf avec elle sans avoir peur du ridicule. Elle racontait ça.

Dans l'obscurité, Désirée rouvrit des yeux bien réveillés, se tourna vers Enid en se calant sur un coude.

– Mes parents, ils arrêtent pas de s'engueuler qu'ils ont pas de pognon.

– Tu veux dire tonton Florentin et tata Jupitère ?

– C'est les seuls que j'ai comme parents. Maman dit qu'elle en a marre de bosser quatorze heures par jour. Papa lui répond qu'un artiste, ça travaille vingt-quatre heures sur vingt-quatre.

– Qu'est-ce qu'elle fait, ta mère ?

– Elle accueille les gens quand ils arrivent au restaurant, elle leur dit à quelle table ils doivent s'asseoir, elle demande s'ils prennent un apéritif.

Après un silence, la voix d'Enid s'éleva dans la nuit, vacillante de sommeil :

– Sympa... comme boulot.

– Elle a pas l'air de trouver ça sympa. Elle s'engueule tout le temps avec papa.

Désirée contempla les dessins qui surgissaient sur ses paupières quand elle les serrait fort.

– Avec Tancrède, reprit-elle ta sœur Charlie faisait des yeux comme Théophane.

– ... Sommeil.

Après un moment, Enid demanda tout de même :

– 'est qui, Théophane ?

– Le poisson rouge de la classe.

*
* *

Hortense, elle, s'examinait dans la glace de sa chambre et s'y faisait un tas de grimaces. Elle retira son chandail d'un coup brusque… Elle voulait les prendre par surprise.

Ils étaient là, brimborions pâles, roses, anxieux, l'air d'implorer du secours, de demander qu'on fasse absolument quelque chose, qu'on les arrose, leur donne de l'engrais, des vitamines, des céréales, des calories, bref n'importe quoi qui les fasse pousser, grandir, devenir deux beaux gros seins bien sains.

En une nuit, pouvait-il se passer un truc ?

Pousseraient-ils comme le Haricot magique de Jack ?

Hortense enfla son torse de profil dans la glace, se dévisagea d'un air tragique et fit :

– Aaaaaaaargh !

*
* *

Bettina s'observa également, mais dans la haute armoire du couloir. Est-ce qu'elle n'avait pas un peu grossi de la fesse gauche ? Si Merlin revenait maintenant, que se passerait-il ?

De retour dans sa chambre, elle écrivit un brouillon de brouillon : « Je pense à toi. Je pense à toi. Tu ne sauras jamais combien je pense à toi. Combien je regrette, etc., etc. »

Elle déchira cette lettre comme les précédentes. Elle se coucha grelottante et attendit le sommeil.

8

De la vie sentimentale des vers de terre

Bettina se réveilla une heure plus tard avec la sensation imprévue d'avoir déjà fini sa nuit. Et un peu mal à la tête. Elle se leva, et presque immédiatement une chaleur tomba sur sa cuisse. Elle sut alors ce qui l'avait éveillée.

Elle marcha pieds nus jusqu'à la salle de bains. Évidemment le paquet de serviettes périodiques était vide. Elle pesta contre la frangine anonyme qui n'avait pas remis de paquet neuf. Elle retourna mettre ses pantoufles et se rendit de l'autre côté du couloir. Sa chambre était assez isolée, c'était le prix pour une salle de bains rien qu'à soi.

Bettina contourna les balustres du Macaroni. Une lueur montait du rez-de-chaussée. De la cuisine ou du cellier.

Elle trouva des tampons dans le tiroir de Charlie. Elle n'aimait pas tellement ça – elle manquait même de pratique. Mais pas le choix. Elle choisit le modèle le plus petit. Principe de précaution.

Quand elle l'eut mis en place (ce qui prit huit bonnes minutes, soit sept et demie de plus que ce qu'affirmait le mode d'emploi) elle retourna à l'escalier, intriguée par cette lumière au rez-de-chaussée. Qui occupait la cuisine à cette heure ?

Elle glissa en silence jusqu'au bas des marches.

– Un délice, ces pancakes, déclara la voix de Tancrède.

– Botte secrète de tante Lucrèce, répondit celle de Charlie.

– Qui est tante Lucrèce ?

– La chose qui lui ressemble le plus est la décoction de ciguë.

– Ce n'est pas très gentil.

– *Elle* n'est pas très gentille. Soyons aimables, disons seulement qu'elle est râleuse, grippe-sou, égoïste, cancanière, chiante…

Bettina poussa la porte :

– Un gros mot, un euro, chuchota-t-elle.

– Tu ne dors pas ?

– Très mal, merci, et vous ?

– Pareil, dit Charlie. Envie d'un lait chaud… Et j'arrive ici, hasard et abracadabra ! Le lait chaud était prêt ! Tancrède avait eu la même idée.

Bettina balaya d'un œil narquois la grande table : pancakes, petits-beurres, cacao, confiture, beurre, sirop…

– Vous attendez un meeting d'ogres ?

Elle tartina un pancake de gelée de pommes maison. Tout en mordant elle lorgna le visage de sa sœur, tenta de deviner si… vraiment… hasard et abracadabra il y avait.

Coïncidence, la présence de Tancrède ?

Impossible à confirmer.

Pas d'œillade sentimentale, d'intrigue cachottière, pas de signe d'amour en tapinois. Charlie préparait une casserole de lait avec sa figure de tous les jours.

La tête de Geneviève parut à la porte.

– Chouette, du lait chaud !

Elle entra la totalité de sa personne en agitant un plumeau blanc et vert au bout de son poing :

– Le *serial semeur* de poireaux a encore frappé. Trouvé ça derrière ma porte. Il reste des pancakes ?

– Un seul. Je vais en refaire.

La pluie se mit à tomber.

Geneviève alla soulever un coin de rideau. L'obscurité peuplait le paysage de fantômes et de suppositions. Elle était contente d'être à l'abri, avec l'odeur des pancakes, la gelée de pommes. Elle aimait se trouver là, à 2 h 11 du matin, dans la chère vieille maison, avec ses sœurs, et Tancrède, elle aimait qu'il fasse nuit, chaud dedans, et pluie dehors. Elle regarda sa grande sœur. Charlie glissait la pâte dans la poêle avec une expression (Geneviève chercha l'adjectif)... vagabonde. Voilà. Vagabonde.

La porte s'ouvrit sur Hortense et ses mini-cheveux en explosion. Roberto, puis Ingrid, derrière elle.

Charlie ouvrit une seconde boîte de lait qu'elle versa dans une casserole extra-large.

– Tu es une sœur parfaite, s'extasia Geneviève, non sans malice.

– Je sais, riposta Charlie tranquillement. Problème : le moule ne se fabrique plus.

*

* *

Désirée s'armait de patience. Deux jours, et ce serait vacances pour toutes les zones ; Enid serait enfin libre. Pas drôle de passer les journées avec Harry sur le dos. Quant à Charlie, elle s'échinait à vous distraire avec des séances film, des séances lecture, et même des séances bataille navale sur feuilles quadrillées... Forcément, ça finissait qu'on se sentait un peu boulet.

Elle sortit de la maison à cloche-pied dans les ronds de sa corde à sauter. Elle sautillait lentement, l'air de boitiller, de s'être tordu le pied. Ça lui plaisait de s'imaginer blessée. Sa jambe mal soignée se mettrait à pourrir comme dans le film où le légionnaire se tranchait le pied au coutelas en déclarant : « Ça pue, faut tout enlever ! » Du coup, ses parents se hurleraient un peu moins dessus. Maman laisserait tomber son travail et papa cesserait de faire le moi dans *Adam et Ève et moi*.

Elle trouva Harry accroupi près d'une plate-bande.

– Tu regardes quoi ?

– Chhh.

Elle s'accroupit près de lui. Regarda. Elle s'exclama avec dégoût :

– Comment tu peux toucher à ces trucs !

Harry leva en l'air une espèce de zigzag rose qu'il glissa dans un grand bocal rempli de terre, d'herbe, et d'un tas d'autres zigzags roses.

– C'est pas des trucs. C'est des vers.

Elle répondit « bêêêêkr » et s'enfuit à cloche-pied vers l'impasse.

Harry était très absorbé par l'imbroglio vivant de son bocal. Il décida de transporter tout ça sur la lande. Les vers y auraient plus de terre.

Sur la lande, il aperçut un ballon de poils qui se révéla être un lapin. Harry resta immobile à l'observer. Ses oreilles ressemblaient à des feuilles d'endive, quoique beaucoup plus amicales. Quand il eut disparu dans un terrier, Harry attendit. Mais aucun ballon poilu à oreilles d'endive ne reparut. Il revint à ses vers.

Il renversa le bocal sur un talus. Les vers gigotèrent comme des spaghettis bien huilés. Ils étaient huit mais si entortillés qu'ils faisaient foule. Harry les détailla avec attention.

Au bout de dix minutes il pouvait énumérer leurs différences. Et, donc, leur donner à chacun un nom. Mariannick. Nouria. Cindy. Exupéry. Firmin. Lætitia. Hippolyte. Juju. Firmin commença à se faufiler en terre.

– Voilà des vers gras et juteux !

Harry leva la tête. Tancrède posa par terre le gros sac en toile qu'il portait à l'épaule et s'agenouilla devant Mariannick, Nouria, Cindy, Exupéry, Lætitia, Hippolyte, Juju, et Firmin dont on ne distinguait plus qu'une pointe de queue.

– Ils sont superbes, ajouta Tancrède. Tu les as trouvés où ?

– Là-bas.

Harry se sentit tout rempli de bonheur. Il les trouvait très jolis lui aussi. Tancrède était la première personne à apprécier ses vers.

– J'aimerais qu'ils aient des bébés.

– Ah, ah, dit Tancrède.

Ce n'était pas un « ah ah » moqueur, encore moins un « ah ah » entendu, ni même surpris. Non, c'était un « ah ah » serein, paisible, un « ah ah » qui offrait des perspectives. Tancrède s'assit directement sur le sol, cala sa longue jambe contre une pierre, replia l'autre.

– Un ver de terre est à la fois monsieur et dame, expliqua-t-il. Fille et garçon. Bleu et rose.

– Tu veux dire mâle et femelle ?

Tancrède lui glissa un regard de côté. Il hocha la tête.

– Voilà.

– Comme les escargots ?

– Comme les escargots.

Harry prit un temps de réflexion.

– Et les cafards ? demanda-t-il.

– Ah. Les cafards, je ne sais pas.

Harry regarda les mains de Tancrède qui étaient longues et claires, avec ses ongles comme des gommettes, pas du tout des mains d'ours *a priori*. Même si on voyait du poil brun sur les poignets, sous les manches.

– Tu vas te marier avec Charlie ? demanda Harry.

Tancrède se releva, en donnant de grandes tapes sur les cuisses et les fesses de son pantalon. Un panache de terre sèche vola aux narines de Harry.

– On n'en a pas encore parlé, dit Tancrède sur un ton de

confidence. Mais s'il en est question, tu le sauras en premier, c'est promis.

Avant de s'éloigner, il grattouilla le sommet du crâne de Harry. Harry détestait qu'on lui fasse cela mais il ne dit rien car il aimait bien Tancrède. Et ce qu'il lui avait appris sur les vers de terre, filles et garçons à la fois, ouvrait des mondes nouveaux. Dommage qu'il n'ait rien su au sujet des cafards.

Et qu'en était-il des chauves-souris ? On disait « une souris » mais on disait « un chauve ». Conclusion ? Mâle ou femelle ?

Il se rappela la chauve-souris, copine d'Enid, qui vivait dans la falaise mais venait pendouiller la tête en bas devant la fenêtre. Il eut très envie de la voir.

Il mit le cap sur la falaise.

À mesure qu'il avançait, le vent grossissait, les oiseaux tournaient autour, plus nombreux. Ils jaillissaient du vide de la falaise comme si une main de géant les projetait au ciel. Ils poussaient un tas de cris, piquaient comme des avions sans pilote, l'air de subitement vouloir s'écrabouiller sur le sable.

Harry arriva au bord de la falaise, les oreilles pleines de vagues et de vent, son chandail gonflé en bouée. Il sortit la boîte de TicTac. Rosette frémit de toutes ses antennes. Devait-il la relâcher comme Xavier-Lucien ? Drôle de voyage depuis les toilettes du TGV. Y avait-il des cafards au moins, par ici ?

Rosette avait des ailes. Elle s'envolerait peut-être ? Mais se ferait sûrement gober par un martinet… Ou un poisson si elle tombait dans la mer.

Harry au bord. Le vent épais vous enveloppait comme une couverture… Il vous soufflait aux oreilles qu'il était très fort, que s'il faisait voler les feuilles, pourquoi pas vous ? Pourquoi pas toi, petit Harry léger ?

Harry, au bord de la falaise, tendit ses bras comme s'il avait des ailes, et il s'envola.

*
* *

Il n'avait jamais pris l'avion. Il fut donc très surpris que, dans son estomac, les tartines de son petit déjeuner décollent en même temps que lui. Et fichtrement étonné de voir le ciel faire la balançoire avec la mer, et vice versa. Mais ce qui le stupéfia, ce fut cette sensation d'être la balle de tennis qui file par-dessus le filet.

Il n'eut pas peur. Il n'eut pas le temps. Même lorsque la falaise entière lui tomba dessus à la vitesse d'un météore.

*
* *

Ils avaient 2 400 cheveux à eux trois. Même réunis sur un seul crâne, 2 400 cheveux c'est mince, ça fait un scalp quasi inexistant. En revanche, ils avaient tous de l'embonpoint.

Jacques, Paul et Pierre. L'addition de leurs âges donnait deux cent six ans.

Ils avançaient doucettement sur le chemin des douaniers au-dessus de la mer.

– Si je m'écoutais, dit Paul, j'irais faire un tour chez Janique.

Paul était amoureux de Janique (Janique, soixante-six ans, sourire de dix-neuf), qui demeurait 57, rue des Jeûneurs. Paul habitait au 55.

– Si je m'écoutais, reprit Jacques, je dirais que c'est une bonne idée. Mais ce n'est pas une bonne idée.

Lui aussi était amoureux de Janique. Il habitait au 59 de la même rue.

– Si on la trouve en compagnie de quelqu'un d'autre ? dit Pierre.

Il occupait un appartement au 56, face au 57 de Janique. Et, bien sûr, il était amoureux d'elle.

– Je te donnerais bien une raclée pour penser une chose pareille. Quel autre ?

– Philippe. Ou Bernard.

– Si je m'écou...

– Chut.

Ils tendirent l'oreille.

– Quoi ?

– On dirait des cris.

– Les mouettes.

– On y va ? reprit Paul. Je parle de Janique. On va la voir quand même ?

– On sera ridicules. On regrettera de t'avoir écouté.

– Mais, imaginez... Elle nous accueille dans sa robe bleue...

– Bleu paon. Avec le col crème. Elle nous offre son fondant aux pommes...

– ... et son café. Alors oui, on regrettera. On regrettera de ne pas m'avoir écouté.

– Chut. Ces cris, encore...

Ils levèrent le nez.

– Mais non. Il n'y a rien.

Ils repartirent. À force de ne pas s'écouter, les trois vieux promeneurs chauves étaient devenus un peu sourds.

*
*   *

Pourtant Harry criait tout ce qu'il pouvait.

Il avait atterri dans les genêts en buissons à flanc de falaise. Ça le piquait partout, son bras saignait, mais il avait réussi à se mettre debout. Il se trouvait sur une corniche suspendue dans le vide. Dessous, il y avait quinze mètres de falaise verticale, la mer et ses fureurs.

Harry s'assit le plus loin possible du bord (pas assez loin à son goût).

Il vérifia qu'il avait toujours la boîte de TicTac avec lui. Rosette lui fit un petit coucou d'antennes. Il chercha son regard. Difficile de fixer un cafard dans les yeux. Ça baisse la tête tout le temps. La timidité, probablement.

– Je crie ? lui demanda-t-il en suçotant le sang de son bras.

Les oiseaux menaient une sarabande indignée autour de lui. Que fabriquait cet intrus sur *leur* corniche ?

– Désolé, dit l'intrus, j'aimerais être ailleurs.

En bas, les trois têtes chauves disparurent à un tournant du chemin des douaniers.

Harry se remit quand même à hurler. Il cria et s'égosilla un bon bout de temps. Parfois il trouvait que ça ressemblait à Tarzan, parfois à Gillia Moore quand elle se fait mordre dans *Les Clones de Dracula*. Parfois à la mouette à pois gris qui rigolait en faisant des atterrissages sur la corniche d'à côté.

Personne n'entendit.

Il eut le vertige, et il se rencogna sur sa roche. Il avait peur du gouffre, peur de se pencher, peur de s'écorcher aux épines.

Pour se rassurer, il raconta *Riquet à la houppe* à Rosette.

9

The trouble with Harry

Charlie se redressa d'un coup de reins, sa brosse à cheveux en l'air :

– On fait quoi à midi ?

Elle reprit sa pose initiale, c'est-à-dire pliée en deux au soleil, sur la portion de ciment, trois mètres sur trois, royalement baptisée « terrasse ». Elle observa, tête en bas, Geneviève attablée au milieu du salon, dans le rectangle sombre de la porte-fenêtre.

– Nouilles chinoises ? répondit Geneviève au hasard et en grignotant son stylo.

Elle essayait de mettre un terme au devoir de chimie qu'elle devait rendre cet après-midi. Projet semé d'opposants : Roberto qui voulait à tout prix se coucher en travers de sa copie, Charlie qui lui adressait la parole toutes les onze secondes.

– Bonne idée ! dit Charlie. Ils sont passés où ?

– Qui ?

– Nos deux petits.

– Désirée saute à la corde dans le parc.

– Et Harry ?

– La dernière fois qu'on l'a vu, c'était…

– Oui… Quand ?

Charlie se tapota l'épaule avec le dos de la brosse, Geneviève rogna son stylo. La dernière fois, c'était…

– Il y a longtemps.
– Ce môme est un emmerdeur.

Elles appelèrent Harry. Et partirent à sa recherche. Aucune n'eut l'idée d'interroger Ingrid, qui avait pourtant croisé Harry trottinant vers la lande avec son bocal de vers de terre.

Elles trouvèrent Désirée qui sautait effectivement à la corde dans l'allée du parc.

– Où est ton frère ?

– 347, 348, 349... Sais pas... 50, 51, 52...

– Viens. Tu vas nous aider à le chercher.

– ... 55, peux pas, 56, j'en suis à 1 357, 58, si je m'arrête, 59, c'est foutu, 60, 61...

Charlie lui fonça dessus. En deux bonds elle fut à l'intérieur de la corde en action. Le fil cogna ses mollets et cessa net de tourner. Désirée poussa un cri de dépit.

– Je sais pas où est Harry ! éclata-t-elle. Et je m'en fous ! Tu viens de me faire rater le record de Zerline Lotiron ! Elle a fait 1 381 sauts en novembre dernier.

– Félicitations à Zerline Lotiron, rétorqua Charlie. Toi, tu vas nous aider à trouver ce môme abominable !

*
* *

Harry n'était nulle part dans la maison. En tout cas, nulle part où elles fouillèrent. Y compris le recoin en pente sous l'escalier où l'on n'entrevit qu'un éclair de queue de Mycroft.

– Et s'il était chez... ?

Charlie comprit et précéda Geneviève dans l'escalier, direction l'appartement de Tancrède. Qui ouvrit au cinquième coup frappé. Un parfum envahit tout le palier, notable mais indéchiffrable.

Tancrède avait la moitié de ses cheveux qui penchait à droite, preuve des passages répétés de sa main soucieuse.

– Harry est là ? demanda Charlie.

– Harry ? répéta-t-il, plongeant illico ladite main soucieuse dans ses cheveux, l'air de se demander qui diable était Harry.

Son œil s'éclaira enfin.

– Non. Pourquoi ?

– Ça sent la salade carottes-oranges de Mme Assina, notre voisine du sixième, à Paris, dit soudain Désirée.

– Il y a une salade carottes-oranges par ici ? s'enquit Geneviève.

– Absolument pas. En fait…

Elles attendirent la fin d'une phrase qui n'arriva jamais.

– On dérange ?

– Non, non. J'ai vu Harry tout à l'heure ! Il ramassait, euh, des vers de terre.

– Je l'ai vu aussi ! dit Désirée.

– Où ? interrogea Charlie.

– Dans les plates-bandes, derrière la maison, dit Tancrède.

Geneviève renifla et pencha la tête vers la porte bâillante, mais Tancrède tira un peu plus de battant vers lui.

Cachait-il quelque chose ? Quelqu'un ? Pas Harry, tout de même ?

– Ça sent la colle de tante Lucrèce, dit Geneviève, celle qui sert à lui tenir ses faux cils.

– Faux cils ?

Tancrède la dévisagea comme s'il avait affaire à l'idiot du village.

– Tu lui as parlé ? demanda Charlie.

– À votre tante Lucrèce ? Je ne l'ai même jamais vue.

– Harry ! s'agaça-t-elle. Il t'a dit quelque chose ?

– Mais oui, nous, euh, nous avons parlé en effet.

– De quoi ?

– De la sexualité des annelés.

– …

– Quand je l'ai quitté, il m'a semblé qu'il fermait son bocal de vers de terre…

– Un bocal !

– Ce môme est infect.

– … avec l'intention d'aller en déterrer d'autres.

Elles contemplèrent Tancrède en silence. Puis :

– Tu sais où ? demanda Charlie.

– Vers la lande. À ce qu'il m'a semblé.

– La lande ! fit Geneviève. La falaise !

– Ce môme est mortel.

Elles dévalèrent le Macaroni dans un vacarme de trente pelleteuses. Tancrède s'enferma d'un vigoureux coup d'épaule. Les odeurs de carottes-oranges et de colle à faux cils disparurent aussitôt du palier.

*
* *

Désirée fondit en larmes. Elle avait perdu Harry. Pourrait-elle expliquer ça à sa mère et son père ? La croiraient-ils quand elle dirait qu'elle n'y était pour rien alors qu'elle avait clamé tout l'hiver qu'elle allait le tuer parce qu'elle en avait marre de l'entendre renifler cette nouille jaune qui lui coulait du nez ?

Elle renifla.

Elle jeta à Geneviève un regard trempé de détresse. Geneviève la serra. Elles étaient toutes les trois sur la falaise, loin derrière la maison, au milieu des fougères et des bruyères.

– Chut ! dit brusquement Charlie.

Elles tendirent le nez au vent, les narines bien ouvertes. Ça permet de mieux écouter et de mieux entendre, tout le monde sait ça.

Et elles entendirent. Cette voix, cette colère, ces cris…

– Harry !!!

Elles s'immobilisèrent tout au bord, et bientôt aperçurent Harry entre mer et air, plaqué en contrebas de la paroi, posé sur une espèce de galette en roche.

– Qu'est-ce que tu fais sur ce frisbee ? cria Désirée, toute larme instantanément séchée.

– Il faut une corde, s'écria Geneviève. L'attacher autour de lui pour le remonter.

Au fond du gouffre, les vagues montaient et descendaient avec un bruit de succion aussi dégoûtant qu'horrifiant. Charlie ferma les yeux.

– Non, souffla-t-elle, la gorge étranglée. S'il la noue mal, si ça se défait...

Elle frissonna.

À cet endroit, la falaise mesurait trois Vill'Hervé superposées. En à-pic sur les rochers et l'océan si gourmand de petits enfants.

– Je vais quand même en chercher une ! cria Geneviève. Et appeler Tancrède. Plus il y aura de bras...

Elle fit demi-tour. Le vent ici rencontrait peu d'obstacles, il pouvait souffler en silence, mais, s'il le décidait, il vous expédiait en l'air avec la force d'un sumo.

Quand Geneviève arriva, une silhouette déboula sur le perron. Tancrède ! La gratitude la fit presque trébucher. Il reçut la jeune fille dans ses bras. En trois phrases, sans respirer, elle lui expliqua la situation.

Ils trouvèrent une corde dans le garage après plusieurs minutes de recherches paniquées. Le rouleau calait une imprimante hors d'usage qui servait elle-même de béquille à des annuaires périmés.

Tancrède coinça le rouleau de corde sur son épaule et bondit à la suite de Geneviève qui filait déjà vers la falaise.

Le vent et la course eurent vite fait de basculer sa moitié de cheveux vers la gauche.

*
* *

Harry leva les yeux et vit d'abord un pied. Puis un autre pied.

– Pas trop tôt, marmonna-t-il à l'intention de Rosette (toujours au chaud de la boîte de TicTac).

Ce qui descendait était une vaste et longue silhouette, mais d'en dessous on ne distinguait qu'un pantalon en gros velours et des pieds nus. Chaque orteil tâtant les creux de la paroi avant de s'y appuyer. On aurait dit qu'ils flairaient.

– Charlie ? dit Harry.

Le visage anxieux de Charlie apparut plus haut, contre le ciel. Ce n'était donc pas Charlie qui descendait. Geneviève ? La silhouette était trop large. Spiderman ? Pas dans ce velours marron qui lui donnait l'air d'un ours en varappe.

Un ours ! Harry approcha la boîte de son visage, de façon que Rosette puisse le regarder dans les yeux.

– L'ours vient nous sauver, lui chuchota-t-il.

Il se mit à fredonner tout bas :

– *Sur la falaise de l'ours, y a mille tonnes de vent, mais si tu te casses les dents, l'ours viendra te sauver en un rien de temps...*

Un bras le souleva dans les airs. L'océan tourna sur lui-même. Harry se retrouva accroché à une poitrine. Il serra très fort, et plus fort encore la boîte avec Rosette. La mer et les rochers s'éloignaient à mesure que l'ours grimpait. Harry se rendit subitement compte qu'il n'avait pas vu le trou des chauves-souris. Ni même de chauves-souris. Il pencha la tête par-dessus l'épaule qui le soutenait.

– Hé ! protesta Tancrède. Pas de geste brusque, jeune homme. Tu veux qu'on dégringole ?

Ils arrivèrent en haut. Tancrède déposa l'enfant entre les bras tendus de Charlie. Harry vit la bouche de Charlie traverser l'espace au-dessus de lui, en direction du menton de Tancrède, où elle atterrit avec un léger vfoutch.

Ils se regardèrent les uns les autres pendant quelques secondes. Désirée eut un petit rire surpris. Geneviève aussi. Tancrède était rouge. Charlie plutôt rose.

– Tu nous as fait peur, chuchota Charlie à l'oreille de Harry. Petit couillon.

La main de Harry se détendit tel un ressort.

– Un gros mot, un euro.

Tancrède éclata de rire. Et Harry songea que le rire d'un ours était le rire le plus rassurant du monde.

*
* *

LETTRE D'HORTENSE À MUGUETTE

Chère toi,

Deux nouvelles. Une Bouches-du-Rhône. Une Indre-et-Loire.

1°) On a trouvé un poireau sur la nature morte au mur de l'escalier. Le *serial farceur* l'avait coincé dans le cadre. Idée de génie ! Ce tableau (offert à maman par tante Lucrèce) met en scène des radis, des navets, une asperge, une cloche, une pantoufle. Dans cette salade variée, le poireau jouait idéalement l'homme invisible et le concombre masqué !

2°) Ma sœur Charlie est amoureuse. Tu n'y vois rien à redire. Sauf si je te dis que ce n'est plus de Basile !

Avant-hier, Tancrède a sauvé Harry en un coup de mollet. Toute la soirée, ce fut Tancrède par-ci Tancrède par-là. Elle l'a invité à dîner, mais il a décliné : trop de boulot urgent. Bettina a sauté sur l'occasion pour questionner. Boulot quoi ? Boulot qui ? Urgent comment ? Il a souri pour éviter de répondre et il s'est calfeutré chez lui.

Ce matin, Charlie avait disparu. On ne l'a revue qu'à 11 heures. Elle était en ville… chez le coiffeur ! Là non plus, tu n'y vois rien à redire ? Sauf si je te dis que depuis trois ans, c'est Geneviève qui coupe les cheveux à tout le monde ici pour cause d'économie !

On est restées à la fixer, mâchoire pendante, pendant dix bonnes minutes. Tu vois Bugs Bunny qui n'arrive plus à fermer la bouche à cause du débouche-évier qu'il a avalé ? Eh bien, on avait toutes la tronche à Bugs Bunny. La *big sister* était belle à mourir !

Harry lui a demandé si elle allait se marier. Sale gosse. Je vais finir par croire qu'il est brillant !

Jusqu'ici elle n'était que Charlie. Une fille. Notre frangine. Depuis ce matin elle est LA PLUS BELLE NANA DU COIN.

Du coup, après sifflets et flatteries, Bettina lui a réclamé une avance sur son argent de poche du mois prochain. Et tu sais quoi ? Charlie lui a dit OK. Tu imagines ? Un vrai bang sur la tête ! Bettina a regretté de ne pas avoir demandé deux mois…

J'espère que mes histoires te font un peu rigoler, parce que toi, ton silence me tape sur les nerfs et me donne envie de te frapper.

*

* *

Le dernier jour avant les vacances de printemps, Mme Ouédraougo renonça à exiger des élèves des choses aussi simples que monter l'escalier sans éclater de rire à chaque marche, ou répéter que le meilleur moyen de ne pas avoir à recracher son chewing-gum était encore de ne pas en mettre dans sa bouche.

– Raymond demande après toi ! glissa Denise à Bettina pendant l'anglais.

Bettina usa trois secondes à se rappeler qui était Raymond.

– Ah, dit-elle enfin d'un petit ton posé. Lui.

– Tu lui reproches quoi ? s'informa Béhotéguy.

– Rien. Enfin. Je sais pas.

– *Your turn, Veurdlene !* ordonna Mrs. Hipton-Willow.

Bettina piqua du nez et lut :

– *All or nothing at all, that's what…*

Quand elle eut fini, elle fixa la prof avec une expression concentrée, marmonna sans remuer les lèvres :

– Avec Raymond j'ai l'impression de parler à une flaque d'eau.

– Tu exagères.

– Je t'assure. Il a le QI d'un chapeau.

Elle n'ajouta pas que Darius et Joseph lui faisaient à peu près le même effet. Elle ne voulait pas les peiner.

– *Go on, Permoullette !* lança Mrs. Hipton-Willow pas dupe.

– *All or nothing at…* euh non, *the more haunting castle of…*

Après la lecture de Béhotéguy, elles demeurèrent cinquante-huit secondes silencieuses afin d'endormir les suspicions de Mrs. Hipton-Willow. Puis, dévisageant leur professeur avec un intérêt profond, les lèvres presque immobiles, Bettina chuchota :

– Vous pourriez me prêter des sous pour un billet de train ?

Ses deux amies tournèrent la tête. La pupille de Mrs. Hipton-Willow s'étrécit, comme frappée d'une lumière violente.

– 'ttention, grommela Bettina en se grattant la paupière.

Elles attendirent. Mrs. Hipton-Willow leur tourna le dos. Bettina reprit tout bas :

– J'ai demandé à Charlie mon argent du mois prochain, mais ce n'est pas assez.

– Tu vas où ? souffla Denise en suivant les méandres de Mrs. Hipton-Willow entre les élèves.

Bettina hésita. Béhotéguy sourit. Denise ne fut pas longue à comprendre aussi.

– Merlin ?

– Tu en es encore là ?

Des larmes sautèrent aux yeux de Bettina. Subites. Imprévues. Elle tenta d'immobiliser son regard sur Mrs. Hipton-

Willow mais celle-ci était devenue aussi floue qu'une lettre sous une averse.

– Tu as des nouvelles ?

Bettina fit non.

– On pensait que c'était oublié.

Bettina fit non.

– Tu n'as pas la trouille ? De le revoir ?

Affreusement, oui. Bettina fit non.

En un quart de seconde Mrs. Hipton-Willow se matérialisa devant elles, glapissant :

– *Get out !* Allez ! En permanence ! *All of you !*

10

Le bonheur c'est un truc qui s'appelle Merlin

– Tu trouves pas bizarre, ces poireaux partout ? demanda Enid à Désirée.

Désirée fit une moue fataliste. Non, un poireau sur un tableau ou dans un pot d'échappement, ça tombait sur des maisons très bien. Elle fit rouler son poing fermé sur le clavier du piano. Le résultat fut étonnamment joli.

– C'est papa qui m'a appris, c'est un boogie-woogie.

À son tour, Enid fit rouler son poing. Cela donna quelque chose entre la cavalcade dans l'escalier et la fanfare des poules.

– La plus bizarre, reprit-elle, c'est ma sœur.

– Laquelle ?

Enid lui jeta un coup d'œil.

Cette question signifiait-elle que Désirée les trouvait TOUTES bizarres ?

– Charlie.

– L'amour ça rend les gens pas comme d'habitude, déclara Désirée. Ma mère répète tout le temps à mon père : « J'étais aveugle quand je suis tombée amoureuse de toi. » Ou bien : « J'étais sourde. » Ou : « Quelle idiote j'ai été. »

Elle plissa le nez, ferma les yeux et boogie-wooga dix fois avec ardeur, avant de dire :

– Ils vont divorcer. Mes parents.

Enid réfléchit. Puis elle dit :

– Basile aussi. Quand il apprendra.

– Basile et Charlie ne sont pas mariés.

Enid frappa le clavier avec énergie. Désirée l'imita. Elles braillèrent à tue-tête :

– Ils ne sont pas mariéééééés, pas mariéééééés !

Enid souffla.

– Ça sentait drôle chez Tancrède, hier soir.

– Ça sent toujours drôle.

– Oui mais hier soir ça sentait le charbon à l'anis.

– À midi, ça faisait penser à de la crème Nivea avec de l'artichaut et de la bougie.

– Tout à l'heure, c'était de l'huître mélangée à, tu sais, les feutres indélébiles, quand tu retires le capuchon.

– C'est vrai, ça sent bizarre chez lui.

Elles se regardèrent.

– Il est sorti.

Elles se firent une grimace. Un sourire. Elles se levèrent en même temps.

– Attention que Harry ne nous voie pas.

Sans bruit, elles montèrent à l'étage. Harry fut invisible.

En fait, quelques minutes auparavant, Harry se trouvait encore dans la cuisine.

Il entendait sa sœur taper le piano avec sa cousine dans le salon.

Il était avec Mycroft. Le rat avait surgi des entrailles de Mme Chaudière pour se présenter à Harry. Preuve de son estime pour ce petit humain.

Harry se trouva donc face à face avec le mini Belzébuth de la Vill'Hervé. Et, à son air doucereux, il comprit que l'animal voulait lui parler.

– Tu as besoin d'aide ? demanda Harry.

– Est-ce que je peux te faire confiance ? répondit le rat.

– Je sais garder un secret.

– M'étonnerait ! ricana l'autre. Vous, humains, vous êtes de vraies faces de...

Il se tut en plissant ses yeux rouges.

– On dit « face de rat », rétorqua tranquillement Harry. C'est ça que tu voulais dire ?

– Ça va, cesse de faire le malin. Oui, tu peux m'aider.

Dans un élan prodigieux il sauta sur le buffet et montra du bout du museau un trousseau de clefs. Harry se mordit la joue.

– Les clefs de Charlie ? Tu ne sauras pas t'en servir.

– Moi, non... C'est là que tu interviens. Tu vois cette clef ? C'est celle du nouveau locataire.

Harry ouvrit des yeux ronds.

– On n'a pas le droit d'entrer chez lui ! s'écria-t-il, effrayé et excité à la fois.

– Pourquoi, je te prie ?

– Il n'est pas là !

– Je n'entre chez les gens qu'en leur absence ! Règle d'or de mon manuel de survie. Prends cette clef, je te dis.

Harry finit par obéir et suivre Mycroft à l'étage. Devant chez Tancrède, Harry hésita. Le rat le tira par le bas du pantalon.

– Vas-y.

– Si on me voit...

– On ne te verra pas.

Harry tourna la clef et ouvrit. Il entra, suivi du rongeur.

La chambre ne présentait rien de remarquable. Mycroft conduisit sans attendre Harry dans la pièce mitoyenne. Nettement plus intéressante.

Ce qui avait été jadis une buanderie ressemblait maintenant à un laboratoire. Sous la fenêtre, dans l'évier profond, s'empilaient fioles, pipettes, bouteilles, bocaux, carafons, flacons... Sur les étagères, des rangées d'éprouvettes étiquetées. Ça rappelait le comptoir à bonbons de l'Ange Heurtebise. Harry lut : « Escholtzia, calendula, lilia lupus… »

Et il y avait une odeur… comme s'il y en avait cent mille. Des odeurs connues, inconnues, bizarres (d'abat-jour chaud), surprenantes (de gruyère mélangé au fer des cintres du pressing), oubliées (de coton déchiré, quand maman transformait les vieux draps en chiffons), etc.

Mycroft se moquait de ça. Il se dirigea direct vers la cage posée sur la table. À l'intérieur, la demoiselle gris perle attendait avec des airs de princesse.

– Tu peux la sortir de là ? lança Mycroft à Harry.

Harry sursauta.

– Tancrède ne sera pas content, dit-il.

– Tu aimerais vivre dans une prison grande comme une carte de vœux ?

Harry soupira.

– Elle s'appelle comment ?

À travers le grillage, la demoiselle flaira l'oreille de Mycroft et parut lui confier quelque chose.

– Milady, dit Mycroft. Elle ne parle pas ta langue. Tu lui ouvres, s'il te plaît ?

– Je n'ai pas le droit.

– Prends-le.

Harry secoua la tête.

– Impossible.

Mycroft trépigna.

À cet instant, dans la pièce d'à côté, la porte grinça. Harry, sans réfléchir, se cacha sous la table et rabattit la nappe. Mycroft le rejoignit prestement.

C'étaient les filles. Ils entendirent la voix anxieuse de Désirée :

– C'est ouvert, tu ne trouves pas ça bizarre ?

– Tancrède sait que personne n'entrera jamais chez lui en son absence, répondit la voix d'Enid.

– La preuve ! ricana Mycroft à l'oreille de Harry.

Sous la nappe, ils ne respiraient plus. Soudain il y eut un faible cri, poussé par Désirée.

– Regarde ! Un rat. Dans la cage.

– Il est joli. Il faudra lui présenter Mycroft.

Mycroft fit un clin d'œil à Harry.

– À quoi ça sert, tous ces flacons ? poursuivit Enid.

Un cliquetis prouva qu'elle en ouvrait un.

– Oumffaaah… Ça pue.

Autre cliquetis.

– Celui-là, il sent les…

Mycroft s'agita. Il devait intervenir ou on allait passer la journée sous la table à écouter leurs idioties !

Il prit son air le plus redoutable, yeux fulminants, babines relevées, crocs luisants. Il jaillit d'un bond au milieu de la pièce. Harry entendit deux « Ah ! » tremblants.

Mycroft n'avait pas l'air commode. Le cœur sens dessus dessous, Enid empoigna bravement la main de Désirée, et elles rebroussèrent chemin, lentement. Dehors, elles descendirent quatre à quatre.

Harry attendit avant de s'extirper de sa cachette. Mycroft musardait déjà autour de la cage de Milady. Ils conversaient tous deux dans un langage inconnu.

– Bon, dit Harry. Voici ce que je te propose : je n'ouvre pas la cage, mais je t'emmène la voir chaque fois que Tancrède sera sorti.

– Promis ?

Harry hocha la tête.

– Mieux que rien, bougonna l'animal. Tu permets ? On aimerait se causer deux secondes seul à seule…

*
* *

Lettre d'Hortense à Muguette

Tu as lu les *Anastasia* que je t'ai envoyés ? J'adore. Cette fille, elle est comme je voudrais être, elle est incroyable. Tiens, tu sais, quand elle essaie de grimper à la corde et qu'elle lâche tout ? Elle me ressemble. Toi, par contre, tu serais plutôt son petit frère Sam.

Ici, une seule chose à dire : Oh ! là, là, là, là, là, là !

Hier soir, pour amuser les cousins, Charlie a eu une de ses idées ringardes de monitrice de colo : une soirée Las Vegas.

On a installé les jeux sur les tables de jardin : roulette, backgammon, cartes. Le truc, c'était de s'habiller very chic, very smart. Geneviève, Harry et moi, on était en pingouin, nœud pap, plastron, chapeau et moustaches au crayon gras. Charlie, Enid et Bettina ont fait les belles dames. Charlie avait sa fameuse robe festival de Cannes, Bettina un short doré, un bandeau argent autour de la poitrine, Enid la robe couleur soleil de son coffret Peau d'Âne qui commence à être trop petite, Désirée la robe couleur de lune du même coffret, et qui est trop grande.

On avait mis de la musique casino, tu vois le genre, vomissante. Bref, on gagnait des allumettes, des yaourts et des rince-doigts. Ça s'est déchaîné quand Bettina a traité Enid de tricheuse… Là, Tancrède a fait son apparition !

Surprise. Il s'était noué un foulard en papillon pour avoir l'air pingouin aussi. Il a expliqué que les rires et la musique l'avaient attiré à sa fenêtre, et lui avaient donné envie de descendre jouer avec nous. Est-ce qu'il pouvait ?

Les crottes de moustiques sur notre vieille lanterne rendaient Charlie toute rose. Et aussi Bettina. Et Geneviève. Même Enid et Désirée. Et moi probablement. Car je me suis sentie soudain terriblement déguisée devant notre beau locataire. Et j'ai envié (même si jamais je ne porterai de trucs pareils !) le short doré de Bettina, la robe de Charlie. J'ai regardé Geneviève (mon sosie avec sa moustache au crayon gras), elle m'a souri, d'un cœur un peu serré. Elle aussi aurait préféré avoir l'air moins cruche.

Enfin tant pis. Charlie était top, c'était le principal. Tu l'aurais vue…

Une lumière ! Sa robe lui allait magnifiquement. Tancrède a vite eu chaud. Envolé le foulard papillon ! Il a perdu cinq fois à la roulette contre Charlie. J'ai dit : « Un gage ! » Il a pris la main de Charlie dans la sienne, il l'a embrassée dans le creux. Et, à sa façon de retirer vite la main, on a vu que Charlie était un peu chose.

Pour finir, je tiens à dire que je suis contente du coup de fil de Zerbinski, hier, qui m'a rassurée à ton sujet. Mais s'il avait été de toi, avec ta voix, ç'aurait été encore mieux. On est en vacances, tu peux téléphoner quand tu veux. Même à minuit. Si, si, je t'assure. Je t'embrasse fort.

*
* *

Bettina sortit de la gare. La main sur sa poche comme pour la protéger de la pluie mais il ne pleuvait pas du tout. Se demandant comment effacer ce sourire idiot qu'elle avait depuis l'achat de son billet aller-retour.

– Aller-retour pour où ? avait demandé le garçon au guichet.

Bettina avait pensé : « Pour le bonheur », parce que ça sonnait joli. Parce que Zuleika aurait dit un truc comme ça dans *Cooper Lane*. Parce qu'une gare ça évoque toujours un tas de films. Et que… le bonheur c'était peut-être un truc qui s'appelait Merlin.

Elle caressa sa poche, ses billets, et se dit : « Oh ! mon Dieu, arrête de sourire, quoi, mais arrête… »

*
* *

Comme promis, Harry attendit que Tancrède quitte la maison pour monter ouvrir à Mycroft. Il fut convenu qu'il repasserait un quart d'heure après, et, plein de tact, il le laissa en tête-à-tête avec Milady.

Harry, pour changer, sortit côté tour. L'escalier à vis

tournait beaucoup, les marches étaient hautes, il faisait sombre. Harry se retrouva dehors avec soulagement.

La porte de la tour donnait sur l'arrière, juste avant la lande. Harry se mit à déambuler, penché, à la recherche d'un animal qui pourrait devenir un nouvel ami. Une coccinelle ? Un gendarme ? Un scarabée ?

Une voix l'arrêta.

Harry releva la tête et aperçut Tancrède au loin. Machinalement il s'accroupit, vérifiant qu'il avait toujours la clef dans sa poche.

Il entendit une autre voix. Caché par les fougères et les genêts, il vit alors... Charlie.

Charlie et Tancrède discutaient au milieu de la lande. Harry se ratatina un peu plus.

Il n'entendait pas ce qu'ils disaient, juste le son de leurs voix, un rire de temps en temps. Harry glissa un œil par-dessus les feuilles.

Ils ne discutaient pas, en fait. Tancrède avait pris Charlie dans ses bras et l'embrassait. Harry observa le baiser. Il trouvait cela intéressant, d'autant qu'ils ne faisaient pas du tout attention à lui.

Tancrède retira sa veste et l'étendit soigneusement par terre. Charlie s'y assit... et se releva aussitôt ! Harry les vit éclater de rire tandis que Charlie extirpait un poireau de la poche de la veste.

Harry en profita pour se rapprocher. Assez pour les entendre désormais.

– Le *serial arracheur* de poireaux continue de frapper, dit Charlie en riant.

Elle balança au hasard le poireau qui atterrit à quinze centimètres de Harry.

Tancrède étala à nouveau la veste par terre. Charlie s'y assit. Tancrède se laissa tomber à côté d'elle, il la reprit dans ses bras et à nouveau l'embrassa. Sa main caressait les cheveux de Charlie, l'autre main remontait du poignet au creux du coude.

Le baiser s'interrompit brutalement. Tancrède lâcha Charlie, sauta sur ses pieds en s'écriant :

– Des fourmis ! Des centaines ! Saloperie…

Harry jaillit alors d'entre les herbes devant eux, et il cria :

– Un gros mot, un euro !

Ils le dévisagèrent, cloués de stupeur.

– Harry ! finit par dire Charlie en se dressant d'un bond, et avec le geste de boutonner son gilet qui était pourtant très bien boutonné. Qu'est-ce que tu fais là ?

– J'habite ici pour les vacances, répliqua-t-il avec flegme. Vous faisiez l'amour ? continua-t-il dans l'unique but d'être informé.

Tancrède se mit à rire.

– Tu comptes faire quoi avec tous tes euros ?

– M'acheter une gerboise.

– Oh, dit Tancrède très intéressé. Une gerboise ! Tu sais que c'est un animal de la famille des rongeurs dont les pattes arrière sont de véritables ressorts qui…

Il avait pris le petit garçon par l'épaule. Charlie les regarda s'éloigner vers la maison. Elle sourit. Elle ramassa la veste de Tancrède, la secoua ; un poireau tomba de l'autre poche.

Un énorme fou rire la saisit.

11

Ronde de nuit

Son billet acheté (et valable deux mois), Bettina étudia le calendrier. Quel jour serait le bon ? Le meilleur ? Avant la fin des vacances, naturellement ; mais pas le week-end, ses sœurs poseraient des questions. À vrai dire, tout dépendait :

a) de ce demi-kilo à zapper de ses fesses ;

b) du rendez-vous avec Marinella la coiffeuse ;

c) du temps que mettrait Geneviève à coudre l'ourlet de la jupe spéciale jour J ;

d) de son courage à affronter Merlin ;

e) d'un tas d'autres raisons pas forcément avouables.

Elle déchira cette liste et descendit en cuisine. Elle y trouva Ingrid étendue tel un fauve miniature en travers des tommettes. Bettina la souleva dans ses bras.

– Mardi ? Vendredi ? À ton avis ?

Ingrid lui lécha le genou au « di » de vendredi.

– Vendredi. Ça marche ! décida Bettina.

Et (c'était idiot) le trac la submergea soudain, comme si c'était déjà vendredi, dans le train. Elle se sentit délivrée, et complètement terrorisée.

Pour se tromper l'esprit, elle attrapa des boîtes, des paquets, des pots dans le placard.

– Tu penses faire quoi avec ça ? demanda sa mère.

Bettina tourna la tête.

– Ça faisait longtemps ! murmura-t-elle. Tu apparais toujours quand on ne t'attend plus.

Lucie Verdelaine portait ce ciré jaune qui la faisait ressembler à un cap-hornier de livre d'images, et de grosses bottes en caoutchouc vert. Elle prit Ingrid et s'envola au plafond, s'assit sur un coin du vaisselier. Elle passa le doigt sur la moulure, le montra à sa fille :

– Pas terrible, le ménage. Cette poussière.

– On fait ce qu'on peut. Tu n'avais qu'à pas mourir. Papa n'est pas avec toi ?

– Il anime une conférence sur l'émission de gaz polluants en enfer. Il veut élaborer une charte de bonne conduite envers les damnés.

– Papa pense toujours aux autres, dit Bettina avec tendresse.

Sa mère se pencha, tira sur son ciré pour un plus joli tombé, et caressa Ingrid en balançant ses pieds dans le vide.

– Je me trompe ou tu fais mon fameux gâteau sans cuisson ?

– Ton mille-feuille de petits-beurre aux spéculoos, *yes sir*. Ne me dis rien, j'essaie de me souvenir.

Bettina émietta un paquet de spéculoos qu'elle mélangea avec du beurre et du fromage frais. Elle quêta l'approbation de sa mère qui l'observait, jambes pendantes, depuis le haut du vaisselier. Ingrid était très attentive aussi.

– Euh… ensuite ? demanda Bettina.

Elle nota que sa mère ne portait plus le ciré mais son grand tablier en vichy bleu. C'était un don depuis sa mort. Elle pouvait changer de vêtements en une seconde.

Lucie Verdelaine sauta dans le vide et atterrit gracieusement, façon Mary Poppins, sur la pointe des pieds (ses bottes de pêche étaient devenues des ballerines à brides).

– Une dose de Nescafé dilué pour parfumer. Il est rangé où, le moule à cake ? Si on peut appeler ça rangé…

Bettina le trouva et disposa au fond une couche de petits-beurre, versa dessus le mélange aux spéculoos.

– Pour finir, dit sa mère, une couche de petits-beurre. Tasse doucement. Il ne faut pas casser.

Ingrid, descendue elle aussi du buffet, léchait le fond de fromage. Bettina plaça le moule dans le réfrigérateur.

– Merci, dit-elle. C'est la seule recette que je suis capable de cuisiner. Tu te souviens ? Mon premier gâteau de...

Son regard chercha dans la pièce. Elle était à nouveau seule avec la chatte. Sa mère avait disparu. Bettina soupira.

– Juste au moment où j'allais te parler de Merlin... Zut. Si je dis que je n'ai jamais été amoureuse comme ça, est-ce que tu réapparaîtras ?

Lucie demeura invisible.

– Zut, marmonna Bettina en regardant Ingrid dans les yeux. Tu ne veux pas me dire où elle est passée ?

*
* *

Après son séjour au frais, le mille-feuille de spéculoos avait le fondant qui convenait. Hortense coupa une tranche pour Geneviève, une autre pour elle.

– Relis-moi tout, dit-elle, la bouche pleine.

LETTRE DE ZERBINSKI À HORTENSE

Chère Hortense,

Muguette a bien reçu ta lettre, elle était folle de joie. Tes lettres lui font toujours un bien fou. Tu la fais sourire et rire très souvent. Si elle ne te répond pas ces derniers temps, c'est qu'elle est extrêmement faible. Les médecins l'ont installée en chambre stérile afin qu'elle n'attrape aucun microbe. Elle est protégée par une espèce de tente en plastique transparent, nous la voyons et nous lui parlons à travers. Son taux de plaquettes a chuté et son corps ne peut pas se défendre. Notre seul espoir c'est la greffe de moelle osseuse, mais pour ça il faut un donneur dont la moelle soit compatible.

En attendant, fais-la rire. Elle en a besoin,

Cécilia Zerbinski.

Hortense posa ce qui restait de sa tranche de gâteau, coinça son pouce entre deux canines et amorça l'implacable destruction de son ongle.

– Je vais écrire qu'elle peut prendre la mienne, de moelle, déclara-t-elle.

Geneviève sourit.

– On va d'abord chercher dans sa famille. Ils ont plus de chances d'y trouver une personne compatible.

– Compatible ?

– Quelqu'un dont la moelle va s'accorder avec celle du malade.

– Avec Muguette on s'est engueulées souvent. À propos de rien du tout.

– Quel rapport ?

– Incompatibilité d'humeur. Espérons qu'une moelle, ça fait moins de chichis.

*
* *

Cette nuit-là fut une nuit de pleine lune.

Bettina alla boire un verre d'eau dans la salle de bains. Au retour, sa pantoufle heurta le bahut. Cela fit un faible poung qui ne réveilla personne. Sauf Désirée.

Désirée dormait mal depuis qu'une brise de mer avait secoué deux, trois fois le volet. Elle se leva et sortit sur le palier, laissant Enid endormie dans la chambre. Elle se rendit à pas de loup chez Geneviève, avec l'idée que le lit clos aux épaisses parois l'abriterait des bruits de volet. Elle grimpa les trois marches qui menaient au lit, se glissa sous le drap à côté de Geneviève qui ouvrit un œil, et se rendormit en la prenant pour Enid.

Enid, dans sa chambre, s'éveilla une heure plus tard avec une fringante envie de faire pipi. Elle aperçut le lit de Désirée. Vide. Elle était seule. Même Ingrid et Roberto lui faisaient faux bond. Revenant des toilettes, elle entra dans la chambre de Charlie. Elle roula sous la couette, somnolente, avant de remarquer que là aussi elle serait seule. Charlie n'était pas dans son lit. Mais Enid avait trop, bien trop sommeil pour se relever et chercher encore de la compagnie. Elle s'endormit.

À côté, éveillée par un rude coup de talon de Désirée qui rêvait de pédalo, Geneviève s'adossa à ses oreillers. Elle distingua le pyjama jaune de Désirée, se demanda comment elle avait pu atterrir là, puis elle se dit que, puisque Désirée se trouvait là, son lit était vacant et elle pouvait donc aller y dormir. Geneviève se leva et se rendit dans la chambre d'Enid. Où il n'y avait personne, dans aucun lit. Geneviève se coucha dans le premier, celui d'Enid. Et dormit.

Hortense, qui avait vu passer l'ombre de Geneviève par l'entrebâillement de sa porte, se leva pour lui faire la causette. Hortense était sensible aux pleines lunes. Mais quand elle fut dans le couloir, Geneviève avait disparu. Hortense alla ouvrir le lit clos. Elle n'y trouva que Désirée qui ronflait en faisant du pédalo. Elle ressortit, vit la chambre d'Enid ouverte et Geneviève dans le lit d'Enid. Hortense se coucha dans l'autre lit, celui de Désirée ; il était vraiment trop petit ; elle alla se réfugier chez Charlie. Mais la chambre était désormais occupée par Enid.

Hortense décida de regagner ses pénates. Surprise. Harry, entre-temps, s'était levé et y avait trouvé de quoi dormir. Il ronflait comme un bienheureux.

Hortense erra deux minutes dans le couloir et… tomba

sur Bettina qui avait encore soif, et qui, charitablement, l'invita à partager sa chambre.

Au matin, presque tout le monde se réveilla dans une chambre qui n'était pas la sienne. Exemples : Enid qui nota que Charlie n'avait pas passé la nuit dans son lit ; Hortense qui, en secouant sa couette où Harry avait dormi, tomba nez à nez avec Rosette.

*
* *

Elles avaient au loin la mer avec sa surface lisse et bien astiquée et, autour, son odeur délicieusement mêlée à celle des primevères, à la sève d'on ne savait quels arbres, aux jacinthes naissantes, aux céréales mouillées dans les bols du petit déjeuner.

Charlie arriva sur la terrasse. Elle portait son gros peignoir en éponge rose poudre, ses cheveux humides sentaient le shampooing frais.

– Il va faire beau ?

Hortense croqua sa Krisprolls d'un air grave.

– Je ne te connais pas assez pour répondre à une question aussi intime.

Enid recracha sa bouchée de biscottes.

– Andouilles, dit suavement Charlie.

Elle se tailla, en bâillant, une tartine qu'elle couvrit de beurre puis de confiture de mirabelles. D'un ton dégagé :

– Tancrède descend déjeuner avec nous.

Les autres prirent l'air neutre. Oh. Très bien. D'accord. Entendu.

Il apparut dix secondes plus tard, dans un peignoir en éponge chamois, rasé, sentant le gel douche.

– Hello, dit-il avec un sourire comme s'il avait déjeuné avec elles tous les matins de ces dix dernières années.

Il chassa d'une pichenette Roberto qui avait établi ses

quartiers sur une chaise vide. Il s'y assit. Geneviève poussa la théière vers lui. Enid le sucre. Bettina le pot à lait. Hortense les céréales.

– HP ne signifie pas hôpital psychiatrique, précisa Hortense en désignant la marque sur le paquet, mais Hyper Promo. Ce qui ne veut pas dire que c'est mauvais ; juste mou, sans goût, et outrageusement dégueulasse.

– Ce qui peut conduire en effet à l'hôpital psychiatrique, conclut-il, sobre, en se servant.

– Ma théorie est qu'Hyper Promo est un prête-nom.

– Oh ? Et HP un code secret ?

– Pourquoi pas ? dit Hortense. Pour Hypocrite et Perfide, par exemple.

– Ou Hardi Petit, lança Bettina.

Sans se concerter elles enchaînèrent :

– Hasard et Péripétie.

– Hamour et Préservatif.

Charlie fronça les sourcils.

– Huile et Poivre, continua Tancrède en mordant son pain. Hippo et Potame. (Il sourit à Charlie.) Hirsute et Princesse. Huitième merveille et Petit-gris. Hurluberlu et ravissante.

– Ravissante avec un P ?

Tout le monde rit, sauf Roberto qui attendait qu'on veuille bien lui restituer sa chaise.

– Les petits ne sont pas descendus ?

– Ils dorment encore.

– Les Parisiens, ça ne sait pas résister à l'air de l'océan, énonça Enid.

Tancrède remonta le revers de son peignoir. Il quitta sa chaise.

– Justement ce petit vent… Je monte m'habiller.

– Tu as froid ? demanda Geneviève.

– Les Parisiens, ça ne sait pas résister à l'air de l'océan ! lança-t-il.

Il disparut derrière la tour. Roberto réintégra sa place. Charlie regarda ses quatre sœurs.

– Il est adorablement gentil. Agréable. Délicat.

Hortense tendit les doigts et cueillit une feuille de lilas qu'elle mordilla en alternance avec son pain.

– Basile, dit-elle, est aussi gentil, agréable et délicat. Et loyal. Et droit. Et généreux.

– N'ajoute pas « honnête, bon et humain », on croirait que tu parles du curé de Sainte-Menehould.

Geneviève versa du café à Charlie.

– S'il y a du soleil dimanche, il nous emmène en bateau, annonça Charlie.

Le bruit d'un moteur traversa le matin léger. Une voiture remontait l'impasse. Enid se tordit le cou pour voir par-delà le mur de la terrasse. Les autres avaient suspendu leurs gestes.

Charlie avait pâli.

– Ho, ho ! hurla Enid en s'agenouillant sur son siège. Basile ! C'est Basile ! Ho, ho !

12

Torticardie

Au bas du perron, Enid, Geneviève, Bettina et Hortense firent cercle autour de Basile.

– Tu as changé de voiture ?

– De couleur de voiture, dit-il.

– C'est quoi ce jaune ?

– Un jaune.

– Qu'est-ce que tu trimballes dans ton coffre ? Une forêt primaire ?

– Des persils bibliques.

Du coffre grand ouvert jaillissaient deux troncs tordus.

– Ils ont le torticolis ou c'est le voyage ?

– Tu ne vois pas ? C'est de joie qu'ils tortillent.

Basile sauta de la voiture. Il les embrassa toutes, avec un regard vers la maison.

– Charlie est là ?

Charlie surgit de la terrasse. Au-dessus de son col en éponge rose, de petites plaques d'un beau rouge nervosité montaient à l'assaut de son cou. En l'observant bien (c'était le cas), on voyait sa paupière battre.

– Je suis là.

Elle embrassa brièvement Basile. Après quoi il plongea dans le coffre, en tira le premier persil biblique.

– Un olivier adolescent. Il lui faudra s'adapter au climat. Avec de l'affection, bien sûr.

Il le posa dans l'allée, extirpa l'autre.

– Vigne volage. Pour la tonnelle de la terrasse.

– Où ça, une tonnelle ? s'étonna Hortense.

– Celle que je vous fabriquerai ce week-end.

– C'était comment, ces vacances en Provence ?

– Vacances ? J'ai dû bêcher, m'enivrer, arroser, m'enivrer, planter, m'enivrer, bouturer...

– T'enivrer ? répéta Enid.

– D'histoires drôles. Mon viticulteur de frère en dégaine toutes les trois minutes. Il m'a laissé assez de provisions pour une poilade matin et soir pendant dix décennies.

Il porta les arbustes sur la terrasse, secoua ses mains terreuses l'une contre l'autre.

– Je n'en ai pas fini de bêcher, arroser, planter, bouturer. Et de m'enivrer, bien sûr.

– D'histoires drôles ? dit Bettina lugubre.

– De baisers ! clama-t-il en riant et en les attrapant pour les embrasser toutes à nouveau.

Il avait entre les bras autant de sœurs qu'il pouvait, environ quatre et demie, Charlie en première ligne, tout contre lui.

– Je suis bien content d'être ici. Ça valait le coup de se lever tôt, dit-il. On m'offre le petit déjeuner ?

Roberto lui céda obligeamment sa chaise. En contrepartie Basile l'étala sur ses genoux. L'animal se laissa pendre en biais avec un air de béatitude et de vieille serpillière.

Basile fixa la tasse retournée sur la soucoupe devant lui.

– Cette tasse est de trop ou vous aviez prévu mon retour imprévu ?

Charlie se frotta une paupière.

– On t'apporte un bol, dit-elle.

Tancrède apparut. En pantalon gris clair et col roulé bleu ciel, les pieds nus, un sourire aux lèvres.

Le regard de Basile fit trois allers-retours. De Tancrède à lui-même, à son costume brutalisé par un réveil à l'aube et cinq heures de route. De Tancrède à Charlie au peignoir rose, aux cheveux pas secs, au regard cramponné au pain en tranches. De Tancrède aux sœurs de Charlie ; à leur air *rien du tout*, leur mine *oh ! mais non voyons*.

Il comprit à peu près tout en trois ou quatre secondes.

– Basile, Tancrède, présenta Charlie. Tancrède est notre locataire. Il habite dans la tour.

– Bonjour, dit gaiement Basile en libérant sa chaise.

Il a, songea Hortense, le sourire du type qui voit s'écrouler un immeuble devant lui.

– Bonjour, répondit Tancrède en lui serrant chaleureusement la main, et reprenant sa place.

Basile demeura deux instants en suspens, Roberto dans les bras, le sourire un peu sens dessus dessous, l'air de chercher une bouée. Geneviève lui en jeta une, dérisoire :

– Tu prends du thé ?

– S'il te plaît.

Bettina lui tendit la théière. Il se servit en contemplant le dauphin du set de table. Il se rendit subitement compte qu'il faisait couler le thé sur la tasse retournée. Il avait oublié de la mettre dans le bon sens.

– Oh, murmura-t-il.

Geneviève épongea avec sa serviette. Il grimaça comiquement :

– Voilà qu'on bouche le haut des tasses maintenant.

Enid, Geneviève et Hortense sourirent. Il se tourna vers Tancrède.

– J'imagine que vous occupez la chambre des parents ?

Sa voix eut un tremblement si ténu que chacune pensa qu'elle l'avait rêvé.

– Ainsi que les deux pièces mitoyennes, précisa Tancrède.

Basile garda le silence. Mais elles entendirent parfaitement ce qu'il ne disait pas.

Il grattouilla Roberto suspendu au pan de sa veste comme un koala à sa mère, puis il fit ce qu'on fait quand tout devient insupportable, il se leva en regardant sa montre.

– Il faut que j'y aille. Le dispensaire ouvre dans une heure, mais après ce congé je dois...

Il fit un sourire à Bettina et à Geneviève, un clin d'œil à Enid, ébouriffa les cheveux d'Hortense. Il souleva la tasse restée à l'envers, examina le dessous :

– Et en plus, dit-il avec la même grimace, ils ne mettent plus de fond.

Tancrède alla diplomatiquement chercher quelque chose en cuisine. Basile s'apprêtait à regagner la voiture. Il eut un petit geste d'adieu.

– À plus tard.

Charlie le rattrapa dans l'allée.

– À ce soir ? dit-elle.

Il la scruta.

– Je ne suis pas sûr.

– Je t'appelle.

Il disparut dans la voiture sans un signe aux cinq filles qui le regardaient.

– Il n'a rien bu, fit Bettina.

Elle se versa un bol de thé, le porta à ses lèvres. Elle recracha en hurlant. Elle plongea la main dans la théière et en extirpa une matière verdâtre gluante.

– Poireau en infusion.

*
* *

– Elle ne se marie plus avec lui ?

– Elle va se marier avec Tancrède ?

Elles étaient sans Charlie, en compagnie de Harry et Désirée, disposées en rond sur le lit clos de Geneviève.

– Le mariage est une solution définitive à une nervosité

passagère, énonça Hortense qui avait vu 174 épisodes de *Cooper Lane*.

– Basile n'était pas une simple « nervosité », riposta loyalement Bettina.

– En revanche, Tancrède…

– Elle ne pense qu'à lui.

– La gorge pleine de taches roses quand il est là.

– Elle lui a préparé une ratatouille. Je veux dire, une vraie. En cuisinant les légumes un par un.

– C'est elle, la ratatouille.

– Regardez ! brailla Harry pendu à la corniche du lit. Je fais Tarzan ! Waaahhiiôôôôuu !

Il lâcha la corniche et dégringola dans la couette au milieu des filles waaahhiiôôôôuu !

Les filles le contemplèrent, l'œil morne, qui se dépêtrait des replis de la couette. Il s'enfuit dans le couloir, waaahhiioôôôuu…

– Charlie aime Basile.

– Mais elle est amoureuse de Tancrède.

– Je croyais que c'était la même chose, dit Enid.

– La différence est grande comme ton estomac.

– Qu'est-ce qu'on peut faire ?

– Rien surtout, s'écria Geneviève. Ce ne sont pas nos oignons.

– Mais Basile…

– Ce ne sont pas nos oignons !

– Ni nos poireaux. Et ça reste une vache de ratatouille.

*
* *

LETTRE D'HORTENSE À MUGUETTE

Je t'ai raconté comment s'est passé le retour de Basile. Eh bien, le soir non plus ça n'a pas été rigolo. Il est revenu finalement. Pour parler. Et ils ont parlé ! On les a entendus discuter deux heures, Basile et

Charlie, dans l'ancien bureau de papa. Charlie pleurait. Basile pleurait. Nous aussi. Même si on n'entendait rien de ce qui se racontait.

Quand ils sont ressortis (il y a une demi-heure), Basile était pâle, ses paupières gonflées comme si deux cent vingt-huit moustiques l'avaient piqué. Charlie avait bien sûr ses plaques rouges. Leurs mains tremblaient. Ils ne se sont pas embrassés quand Basile est parti.

On a compris que c'était fini.

C'est bizarre, pendant que je t'écris, j'ai l'impression que je me rends compte seulement maintenant de ce que ça signifie vraiment. C'EST FINI.

Plus de couscous le samedi. Plus de quiche Mozart. Plus d'anniversaires, de Halloween, de Noël ensemble. J'ai envie de pleurer. J'aime beaucoup Basile. Il est gentil. C'est vrai, tellement gentil.

Je vais pourtant te confier un secret, un vrai, et tu es la seule personne à qui j'ose dire ça. Si j'étais Charlie, j'aurais fait la même chose. Sans la moindre hésitation. Je serais tombée amoureuse de Tancrède.

*

* *

– Fin de la phase préparatoire, dit M. Qol Moi de sa voix menue. On passe à la neutralisation ?

– Quels enchaînements ? demanda Geneviève.

– Du genre efficace, par exemple.

– Poing, poing, jambe ? dit-elle en joignant les mouvements à la parole. Ou poing, jambe, poing ? Ou bien jambe, jambe, poing ? Ou alors jambe, poing, jambe ?…

Elle volait littéralement au-dessus du tapis, enchaînant lancés, directs, blocages, front kicks… ébranlant le sac de sable sous les coups.

– Tu es un cheval sauvage aujourd'hui, murmura M. Qol Moi.

– Je vais avaler la terre toute crue.

– Un problème avec les sœurs ?

– Une sœur.

– Remède : une séance au paos.

Il apporta le paos, coussin en cuir rectangulaire. Geneviève visa, yeux mi-clos, les poings à la hauteur des joues.

Elle imagina que les éraflures, là, étaient les sourcils de Charlie. Cette petite tache, son nez. Ce pli du cuir, sa bouche. Voilà. La tête de sa grande sœur tout entière.

Elle l'écrabouilla d'un uppercut foudroyant. Derrière, M. Qol Moi émit un léger yups, mais il résista.

– Je ne suis pas un cheval, grogna-t-elle. Je suis le tigre qui a mangé le cheval !

13

Moi aussi on m'a adorée

Mme Permoullet ouvrit à Bettina. Avec son jodhpur, sa chemise à carreaux et ses bottes, elle semblait parée pour une chasse au skunks dans le Dakota-du-Nord.

– Bonjour. Tu es trempée. Entre. Vous allez faire quoi de votre après-midi ?

La mère de Béhotéguy s'exprimait ainsi, phrases courtes, ponctuées de questions hors sujet, de pichenettes à des saletés non visibles sur sa manche. À Bettina elle était toujours apparue comme une espèce de Margaret Thatcher, au féminin.

Bettina sélectionna son air franc du collier :

– On va à la bibliothèque municipale.

C'était ce qu'elles avaient convenu de dire avec Béhotéguy.

– Il pleut. Ça fraîchouille. Vous avez vraiment l'intention de bosser votre français ?

L'arrivée de Béhotéguy épargna à Bettina un mensonge pénible. Béhotéguy empoigna un vaste parapluie vert où des lézards jaunes déployaient des parapluies verts où des lézards jaunes déployaient des parapluies verts où...

– Qu'est-ce qu'on pourrait faire d'autre par ce temps ? dit-elle.

Mme Permoullet chiquenauda son pantalon, lissa d'une paume ses cheveux concis et pâles, très *Victor Victoria*. Sous certains angles, elle paraissait sans scalp.

– Tes bottes, Béhotéguy. Ton bonnet. Et, tiens, tu passes devant la quincaillerie, achète de la colle à bois. Tu n'auras pas froid ?

Dans la rue, abritées par leur ciel vert à lézards, Béhotéguy et Bettina parlèrent de Denise qui s'était décommandée en fin de matinée.

– Because Darius, expliqua Béhotéguy. Elle est...

Elle évalua les mots qu'elle connaissait. Conclut :

– Hypermétrope totale de lui.

– Et toi ? Joseph ?

– Oh ! il me fait marrer, c'est tout.

Elles dépassèrent (sans un regard) la bibliothèque municipale, poursuivant route et conversation.

– Tu crois qu'ils vont faire des trucs ensemble ?

– Qui ?

– Denise et Darius.

– Quels trucs ?

– Ho, hé.

– Je ne suis pas Mme Tarot.

Elles passèrent sous une marquise dont les néons roses clignotaient Bowling et s'arrêtèrent à la caisse.

– Deux entrées, s'il vous plaît. Plus les chaussures.

– Combien ?

– Deux paires.

– Vos pointures ! soupira le caissier.

Elles rangèrent leurs baskets au vestiaire, enfilèrent les souliers de bowling. Dans la salle, trois pistes sur douze étaient libres. Elles choisirent celle du fond, qui donnait sur une baie vitrée, la rue et le haut des arbres. Béhotéguy ouvrit le jeu, et abattit quatre quilles.

– Mouais, dit-elle. Et toi ? Tu en es où avec Merlin ?

Bettina haussa les épaules. Elle balança le bras et projeta sa boule.

Une seule quille resta debout.

– Ça veut dire quoi, *ça* ? (Béhotéguy imita son haussement d'épaules.)

– Ça veut dire... *ça*. (Bettina re-haussa les épaules.)

Elle donna une boule à Béhotéguy. À une petite table derrière, près d'une plante verte, un garçon avec un jean rouge buvait un Pulp Lemon à la paille en observant les joueurs.

– Tu ne devais pas aller à Villeneuve le revoir ?

– Si.

– Alors ?

La boule de Bettina partit en diagonale et rata la cible.

– Il te reste une semaine de vacances. Décide-toi, cocotte.

– Je suis décidée. J'attends le bon moment.

Béhotéguy n'insista pas et rejoua. Derrière, quelqu'un s'exclama :

– Tentaculaire, cette plante ! Qu'est-ce que c'est ?

Le garçon au jean rouge aspira dans sa paille et dit :

– Elle appartient à la famille des zinnias.

– Aux Zinnias ? reprit l'autre. Parce qu'ils sont en vacances et vous leur gardez ?

Bettina, qui regardait jouer Béhotéguy, ne put s'empêcher de rire. Elle se retourna. Le joyeux drille était... Tancrède. Il la vit aussi et sourit.

– Bonjour, quelle surprise, dit-il, laconique.

Il projeta une boule sur la piste d'à côté. Le bloc de quilles explosa.

– Tu joues au bowling ? demanda platement Bettina.

– Si dégommer une quincaillerie plastique avec un boulet de trois kilos et demi s'appelle jouer. Mais je comprends ton ébaubissement ; je classe d'ordinaire ce jeu dans la catégorie « arme de destruction massive de l'intelligence ».

Béhotéguy gloussa.

– Nous, dit-elle, on croyait être à la bibliothèque municipale.

– Ce jeu est en tout cas assez idiot pour favoriser l'introspection, conclut-il.

Bettina joua, puis interrogea :

– Charlie n'est pas avec toi ?

– Non. Charlie n'est pas avec moi.

Il évalua la cible. Sa main exécuta un gracieux balancé dans la ligne scapulo-humérale. Basile, songea Bettina, n'aurait jamais cette désinvolture chic ; le gracieux balancé aurait envoyé par terre ses petites lunettes de myope.

Elle pensa à Basile avec tendresse mais lucidité. Le plus étonnant était que, si le charme de Tancrède venait de ses manières fluides et sûres, celui de Basile naissait de sa parfaite gaucherie. Elle laissa son tour à Béhotéguy et repartit à la charge.

– Elle n'a pas voulu venir ? Charlie ?

Il hésita.

– Nous sommes…

Flottement.

– Fâchés ? avança Bettina.

(Déjà ?)

– Oh non. Pas du tout. Mais ça demande un peu d'adaptation d'être… heureux.

Bettina le dévisagea. Elle avait bien compris ? Trop heureux ? Le gracieux balancé trucida trois rangs de quilles.

– Tu es doué, dit-elle.

Il se tapota la narine avec une mimique.

– Pas si doué.

– Au bowling.

– Au bowling seulement, alors.

Fut-il troublé ? Son jeu suivant manqua le but.

– Tu vois. Même pas au bowling.

Il compta les points, et sans transition lança :

– As-tu déjà été amoureuse, Bettina ?

Gracieux balancé de questions inattendues. Bettina, prise de court, frotta son poignet gauche contre son poignet droit, comme pour l'astiquer.

– Un peu, dit-elle prudemment, avec un regard à Béhotéguy qui renouait sa chaussure à quelques pas.

Il sourit.

– Drôle de réponse. Courage. Oui ou non ?

– Oui, avoua-t-elle après un temps.

– Ah. Alors tu dois certainement savoir...

– On monte à la cafét ? s'écria Béhotéguy en surgissant près d'eux. Dans cinq minutes y aura plus de place et j'ai soif.

Au fond, Bettina fut soulagée. Elle n'était pas sûre de vouloir en savoir plus sur les mystères de la vie amoureuse adulte.

Tancrède fit le signe qu'il restait. Elles s'éloignèrent avec un léger salut. Béhotéguy embraya illico :

– C'est lui le locataire canon qui... ?

– C'est lui, soupira Bettina.

Elles poussèrent la porte de la cafétéria. Elles choisirent de la limonade et de l'eau gazeuse.

– Je sais, dit soudain Bettina après leur passage en caisse.

Elles s'assirent sur une banquette bleue.

– Bravo. Tu sais.

– Oui. Je viens de le décider.

– Bravo. Tu as décidé.

Béhotéguy plongea sa paille dans la canette d'eau.

– Puis-je te demander... Tu as décidé QUOI ?

– Quand je vais voir Merlin.

– Oh.

Béhotéguy aspira et souffla dans la paille.

– Et c'est quand ?

– Demain.

*
* *

Hortense lisait *Moi aussi on m'a adoré* de Jan Mark et se sentait terriblement (quand elle lisait, Hortense se sentait toujours terriblement) Jane Turner, l'arbitre amoureuse du champion de tennis du collège.

Au milieu du match, le téléphone sonna. Hortense n'entendit rien jusqu'à ce qu'elle eût réalisé qu'elle était seule, que personne ne répondrait. Avec un soupir, elle abandonna Jane Turner en train de tailler son crayon d'arbitre avec les dents.

– Allô ?

– Hortense ? C'est Cécilia.

Cécilia Zerbinski ! Le cœur d'Hortense fit un saut dans sa gorge. Elle allait avoir des nouvelles de Muguette !

– Comment... ça va ? murmura-t-elle.

– Bien je crois. On a opéré Muguette ce matin.

– Oh.

– Ça s'est bien passé. Le docteur est confiant.

– Alors elle va guérir maintenant ?

– On l'espère.

– Qui est-ce qui... qui lui a donné de la moelle ?

– Une de ses cousines. C'est celle dont le sang était le plus compatible.

– Muguette va guérir, ça veut dire ça, non ?

– Oui. On le veut tous. Elle, la première. Elle guérira. Il faut juste attendre.

– Attendre quoi ?

Elle entendit l'infirmière souffler dans l'écouteur. Cécilia Zerbinski rejetait la fumée de sa cigarette. Ou bien... était-ce un soupir ? Un soupir pouvait signifier (cacher ?) tellement de choses pénibles.

– De savoir si le corps de Muguette accepte d'habiter avec cette moelle, dit Cécilia simplement. Ce qu'il va en faire.

– Qu'est-ce qui... ?

Hortense voulait demander : « Qu'est-ce qui se passera s'il ne veut pas habiter ? » Au lieu de cela, elle dit :

– Qu'est-ce qui lui ferait plaisir à Muguette ?
– Une grande lettre.
Hortense se tut un moment. Elle reprit :
– D'accord. Merci d'avoir téléphoné.
– Écris-lui vite. Tu es sa meilleure amie.
– Je vais écrire. Oh, euh, Cécilia…
– Oui ?
– Est-ce que vous êtes en train de fumer en ce moment ?
– Non. Pourquoi ?

14

Dans la cuisine, encore.
Dans le train enfin.

Charlie reprit le travail au laboratoire.

Son absence expliquait peut-être (mais ce n'est pas certain) pourquoi ce midi-là Geneviève eut un mal de chien à rassembler la tribu autour de la table du déjeuner. Ou pourquoi, à la fin d'un repas proprement bordélique, Désirée se retrouva à mâcher des lacets de chaussures que Harry avait judicieusement mélangés aux spaghettis. Ou pourquoi Enid brandit soudain sa côte de porc à pleine main, l'os pointé comme un revolver en direction d'Hortense, hurlant :

– Mange-la, toi ! Moi je te dis que c'est gras !

Et de balancer ladite côte à l'autre bout de la cuisine à la grande fortune des chats.

Bettina s'éclipsa, un peu coupable d'abandonner Geneviève au chaos. Mais elle avait à faire. Un train à prendre dans une heure. Et se préparer avant.

Elle referma sa chambre, si délicieusement calme après tout ce bazar. Elle ouvrit sa fenêtre grand, respira l'océan à pleins poumons. Une fine écume flottait à la surface comme si on y avait battu des œufs en neige. La baie semblait plongée dans un verre d'eau où une goutte de lait serait tombée.

Quand Bettina referma la fenêtre, sa mère se trouvait dans sa chambre.

– Ne traîne pas, dit-elle, tu vas rater ton train.

Lucie Verdelaine portait le long tablier en plastique brun et les sabots en caoutchouc de ses grandes journées jardinage.

– J'y vais, murmura Bettina.

– Te voilà décidée enfin. Tu as mis le temps, dis.

– J'attendais le moment.

– Mmmm. Tu donnais plutôt l'impression que tu le reculais.

– C'est vrai. J'ai la trouille.

– Qui ne l'aurait pas ? D'ailleurs, je viens t'encourager.

Elle sortit de son tablier une poignée de cerises qu'elle offrit à sa fille.

– Tiens. Elles sont délicieuses.

– Ce n'est pas du tout la saison.

– Là-bas, si. Là-bas on a un peu d'avance.

Bettina secoua la tête.

– Merci, mais je dois me préparer. Tu m'as dit de ne pas traîner.

Mme Verdelaine se cala sur le coin de la console à imprimante et dégusta une cerise.

– Tu es une romantique, au fond. C'est drôle, tu n'es pas celle dont on dirait ça.

– Bonnes, ces cerises ?

– Exquises. Tiens, prends.

Bettina fit non. Mme Verdelaine eut un soupir.

– Il faut bien quelques compensations… à…

– Au paradis ? Car c'est bien le paradis, là où tu es avec papa ?

Une expression de grande tristesse voila les yeux de sa mère.

– Sans vous, ça ne peut pas l'être. Malgré toutes les meilleures cerises du monde.

Lucie Verdelaine pianota sur l'ordinateur.

– Tu te souviens quand tu es venue réveiller ton père à 7 heures du matin… Tu avais cinq ans, dernière année de maternelle, tu as déboulé dans la chambre, tu as secoué ton père comme un sac de patates en braillant : « Réveille maman pour qu'elle vienne nous réveiller ! »

– Je me réveille sans aide désormais.

Bettina avait jeté des cintres hors de la penderie, étalé en désordre sur le lit corsages, pulls, polos, chemisiers.

– À ton avis ? dit-elle. Le plus joli ? Pourvu qu'il ne pleuve pas. Mon brushing est de ce matin. Une heure bras en l'air avec le séchoir. Je ressemblerais au Delmer de tante Lucrèce sinon. Ce polo, hein ? Tu es d'accord ?

Comme il n'y eut pas de réponse, elle vérifia dans le miroir de l'armoire… mais elle avait deviné. Sa mère avait disparu. Bettina regretta brusquement d'avoir refusé les cerises… Serait-il resté des noyaux ? Des noyaux de l'au-delà venus jusqu'au creux de sa main !

Elle ôta ses vêtements et enfila ceux auxquels elle rêvait depuis des jours.

Une jupe prune raccourcie exactement jusqu'où il faut. Pas trop courte pour éviter les zooms des passants. Mais pas trop longue. Le mignon polo en soie, court et cintré, volé à Hortense. Court et cintré pour moi. Large et flottant pour Hortense, si vous voyez ce que je veux dire.

Elle mit un imper neutre. Pour éviter les questions de ses sœurs. Et pour le cas où il pleuvrait, naturellement. Avec Merlin elle l'enlèverait.

Après un dernier coup d'œil à son reflet – puis un deuxième dernier coup d'œil, puis un troisième, puis un quatrième dernier, vraiment le dernier ce coup-ci –, elle leva les yeux au plafond :

– Maman ? Si là où tu habites on a le droit de dire des gros mots, dis-moi merde s'il te plaît.

En bas, Geneviève lui avait écrit un message. Elle avait emmené la tribu vociférante à la plage. En désespoir de cause. La pauvre.

Bettina remonta l'impasse de l'Atlantique en poussant son vélo. Les peupliers souriaient. Elle n'eût pas été étonnée si l'un d'eux lui avait soudain crié ses félicitations. Au bout, elle enfourcha le vélo et fila à la gare.

Son train n'était pas affiché. Il restait vingt minutes.

Elle composta son billet et attendit sur un banc devant le kiosque à journaux, où pendant un quart d'heure elle lut trente fois que le tarif du gaz augmentait, qu'une crème empêchait (enfin !) la repousse des poils indésirables, qu'une lotion faisait (enfin !) pousser les cheveux, qu'une gendarmerie avait sauté en Corse, que Zuleika Lester avait (enfin !) trouvé le bonheur avec Helmut Garcia, le *latin lover*.

Quand sa voie s'afficha, elle bondit comme un ressort et galopa jusqu'au quai. Son portable se mit à sonner. Zut ! Pourquoi les appels sur ces engins tombaient-ils FORCÉMENT TOUJOURS mal ?

– Allô ? haleta-t-elle sur le marchepied, le téléphone entre clavicule et zygomatique.

C'était Denise

Oui, très bien, ça allait vraiment bien, non, le trac, même pas figure-toi, oui, elle avait préparé ce qu'elle allait dire, non, top secret tu permets, oui, ma petite jupe prune et le polo en soie, non, tu ne me déranges pas du tout, mais je suis dans le train et il va démarrer dans... euh, oh il a démarré, salut.

Bettina coupa. Tout en parlant elle avait repéré une place et s'était assise.

Il y avait juste un voyageur de l'autre côté de l'allée. Parfait, elle avait besoin de tranquillité pour réfléchir.

Car naturellement elle n'avait rien préparé. Elle avait prévu un tas de choses aussi précises que la couleur de sa jupe, la matière de son polo, sa coiffure, l'adresse de Nanouk Surgelés, tout le tintouin. Mais chaque fois qu'elle avait commencé à penser : « Qu'est-ce que je vais dire ?

Qu'est-ce qu'on va se dire ? », elle avait éludé et tout remis à plus tard.

Elle s'obligea, essaya de s'obliger à se concentrer, mais c'était dur, par où commencer ?

– Mon chien ne vous dérange pas ? demanda le voyageur.

Un chien ? Le monsieur désigna un point par terre. Bettina se pencha et aperçut sous sa banquette une espèce de gros oreiller qui aurait eu la malchance de passer la nuit sous une tête d'insomniaque, plein de plis, de creux, de protubérances.

– Goulasch est très gentil. Il ne tuerait pas une puce. Sauf en cas de légitime défense, bien sûr.

Elle sourit poliment.

– Vous savez, poursuivit le monsieur, j'essaie de lui apprendre une langue vivante. Mais j'ai du mal.

Il avait l'air sérieux.

– Ça dépend peut-être, répondit-elle du tac au tac, de ce que vous lui apprenez ?

– Rien de bien difficile : miaou.

Elle éclata de rire. Le monsieur lui sourit.

– Vous aviez l'air si solennelle en fixant ces braves vaches par la vitre ! J'aime beaucoup les vaches, mais il me semble que…

Et il parla jusqu'à l'arrivée.

Sur le quai elle les salua, lui et l'oreiller en bout de laisse, puis elle marcha vers la sortie.

Villeneuve était *ze* grande ville dans un rayon de soixante kilomètres. À la maison on l'appelait Big City.

Bettina y était souvent allée, mais jamais seule jusqu'à aujourd'hui. Big City était bruyante, puait aux bouches d'égout et ailleurs, mais elle était gaie et vivante, surtout l'été avec ses touristes. Bettina savait qu'un jour elle vivrait et travaillerait à Big City ou dans une ville encore plus grande. Le tram la conduisit dans le quartier de Nanouk Surgelés.

À l'instant où elle posa le pied par terre, elle se rendit compte de tout ce qu'elle avait fait, de tout ce qu'il y avait à faire, et elle eut la tremblote.

15

Chignon de danseuse

Par chance, il y avait un fast-food juste en face (si un fast-food peut jamais être une chance). Elle prit un jus d'orange et s'assit au fond. Ainsi, elle avait vue sur la rue et la vitrine de Nanouk Surgelés.

À chaque entrée ou sortie, la porte en verre de Nanouk s'ouvrait automatiquement, Bettina pouvait voir à l'intérieur, le temps de compter 1, 2, 3, 4, 5.

Elle vit Merlin six minutes après s'être installée. Elle empoigna son gobelet sur la table, le porta à ses lèvres, c'était la salière, la reposa avec une grimace, le temps de localiser le gobelet, la porte en verre s'était refermée.

Il avait changé. Il était, comment dire ? Plus blond ? Non, c'était idiot. Bronzé. Retour de vacances ? Non, non, c'était plus subtil.

Elle acheta un autre jus d'orange, moyen format (et plus que moyen de goût), un Sundae fraise, et retourna à sa place. La porte de Nanouk s'ouvrit et, 1, 2, 3, 4, 5, elle revit Merlin, cette fois un peu plus longtemps, 6, 7, 8, 9, car la cliente qui sortait traînait son caddie à petits pas.

Il se tenait devant la caisse. Il était beau. Vraiment, oui. Comment avait-elle pu un jour lui trouver de la laideur ? C'est elle qui avait changé. Lui était resté tel. Beau, donc.

Elle s'étrangla, terrassée par une toux violente. Tout le monde se retourna. Elle emprisonna sa bouche dans ses paumes, avec la crainte d'être repérée de l'autre côté de la rue… Saleté de jus d'orange, son acide citrique, ses extraits végétaux…

Quand elle eut repris sa respiration, elle poursuivit son observation. Une fille avec un chignon de danseuse entra chez Nanouk, puis une jeune femme avec une poussette.

Bettina échafauda un premier plan. Elle allait quitter cette banquette et aller là-bas. Elle marcherait droit vers Merlin, elle plongerait droit son regard dans le sien. Elle dirait : « Il faut qu'on se parle. »

Pouâ. Ce mélo. Même dans *Cooper Lane* ils n'osent pas. Non. Elle téléphonerait. « Bonjour, c'est moi. » Simplicité. Désinvolture. « Si on se voyait ? » Ton léger, amical. « Oh Bettina, je pensais justement à toi. » « C'est vrai ? C'est drôle, ça, parce que devine où je suis ?… »

Pétillant dialogue. Même dans *Cooper Lane* ils n'étaient pas aussi bons !

D'un trait elle avala acide citrique, colorants et extraits végétaux. Elle sortit fiévreusement son portable. Elle composa le numéro de Nanouk Surgelés, l'œil rivé à la porte automatique. Laquelle était en train de laisser le passage à un couple chargé de sacs isothermes. Merlin, 1, 2, 3, 4, 5, était debout dans l'allée entre les congélateurs. À l'oreille de Bettina, la sonnerie retentit trois fois. On décrocha.

– Allô ? dit une voix pressée.

– Bonjour, euh, j'aimerais parler à, euh, Merlin.

– Quittez pas. Merlin !?…

Deux jeunes en jean papotaient sur le seuil de Nanouk, bloquant le mécanisme d'ouverture. Merlin panoramiquement visible dans son allée.

Mais… Bettina sentit son cœur se tasser brusquement, il roula comme un petit chiffon sale… Merlin discutait avec la fille au chignon de danseuse.

Dans l'écouteur la voix pressée criait :

– Merlin ! Tu es sourd ? C'est pour toi !

Là-bas, il se retourna, jeta un dernier mot à la fille au chignon, disparut au pas de course à l'arrière du magasin. Une seconde après, sa voix dans l'oreille de Bettina :

– Allô ?

Bettina raccrocha.

Impossible. Elle ne pouvait pas lui parler. Pas en sachant qu'un chignon de danseuse l'attendait.

La porte entre-temps s'était refermée. Bettina ne distinguait plus rien ; un reflet de camion entra en trombe dans la vitrine pour s'évanouir aussitôt.

Bettina pianota sur la table avec deux doigts. Il lui restait exactement trois choses, trois possibilités pour éviter l'humiliation, la grande, celle qui fait mourir : 1°) disparaître ; 2°) disparaître ; 3°) disparaître.

Et plus tard réfléchir.

Elle ramassa l'imper en boule à côté d'elle, se glissa dedans, aussi froissée, aussi chiffonnée que lui… Mais elle se rassit aussitôt.

Merlin et la fille au chignon de danseuse traversaient la rue en direction du fast-food !

Bettina comprit assez bien ce que peut ressentir l'animal piégé par le chasseur. Elle vérifia à gauche, à droite. L'issue arrière, *pas le temps d'y aller*. Les toilettes, *on va forcément me voir*.

L'idée lui vint de plonger sous la table, elle se retint. Trahie ET grotesque, ça non.

Elle piqua du nez dans son jus. Sa joue, côté rue, écrasée sur son poing. Elle les entendit franchir le seuil, commander, une éternité, sa joue faisait mal, écrabouillée contre son poing crispé. Elle coula un regard par sa frange.

Ils étaient tous les deux au milieu de la salle, Merlin avec un plateau, cherchant une table avenante. Elle repiqua du nez et se mit à touiller son jus avec la paille, cou tordu, surbaissé, rabattu.

Ils s'assirent très précisément... derrière Bettina. Si elle renversait la tête, ses cheveux touchaient ceux de Merlin, elle en était certaine. Bien sûr elle ne vérifia pas.

Cependant, si elle ne pouvait pas les observer, elle pouvait les écouter au mieux.

– Je suis content que tu sois venue, disait Merlin à la fille. Même pour un quart d'heure.

Bettina fut si troublée d'entendre cette voix si longtemps absente que le sens de la phrase lui échappa tout d'abord. Quand elle comprit, la tristesse appuya de toutes ses forces sur sa poitrine, à deux pouces, et y enfonça ses punaises.

– Un quart d'heure ! Mais c'est trop ! répondit Chignon. Dix minutes, et encore ! Mon baby-sitting commence dans vingt minutes. Et j'ai cinq stations de tram !

Elle avait la voix singulière de certaines chanteuses. En l'écoutant, on comprenait que les cordes vocales étaient des muscles qui se touchaient.

– J'aurais aimé t'accompagner, dit-il, mais maman est seule au magasin aujourd'hui. Comment s'est passé ton cours ?

– Ça va. La prof a interdit les rollers. Elle dit que pour bousiller des chevilles il n'y a pas mieux. Je n'ai pas dit que pour rencontrer des garçons, c'était aussi le mieux.

Ils rirent. C'était apparemment une blague intime. Ensuite, le silence. Non, pas vraiment, bruit d'aspiration dans les pailles. Bettina ne bougeait ni ne respirait. Elle glissa un regard entre les cils, certaine que toute la salle, témoin de sa déconfiture, allait partir d'un grand rire.

Mais la salle se fichait de Bettina Verdelaine.

Elle aperçut, en hauteur, une paroi laquée noire qui soutenait un faux lierre. Lierre déprimant. Mais la laque noire un miroir horriblement efficace. Elle y vit Merlin se pencher et prendre dans le creux de sa main, un peu comme un cornet de glace, le petit visage de Chignon, et y poser un baiser tendre.

Sa voix, derrière, murmura :

– Heureusement qu'elle n'interdit les rollers que maintenant. Comment je t'aurais rencontrée sinon ?

Bettina plongea sa frange dans son gobelet vide, avec l'envie violente de s'étendre sur le carrelage et d'y mourir rien qu'en le voulant.

La voix de la fille lui fit relever les yeux sur la paroi laquée.

– Ce chignon me tire les joues, disait-elle. Genre Flora Farell dans *La Momie* après lifting et bandelettes, tu vois ? L'impression que ça me remonte le nombril.

– Tu es beaucoup mieux qu'une momie.

– Tu permets… hop !

Le reflet de sa main fit trois petits tours au-dessus du chignon… qui devint en un instant une queue-de-cheval souple virevoltant dans un rond de poignet. Elle était ravissante. Le mouvement était bien celui d'une danseuse, menu, gracieux. Ce pull à rayures lui allait vraiment… Plaquée sur sa banquette, Bettina la buvait des yeux.

La fille regarda sa montre :

– *Sky !* Mon baby-sitting…

Elle rit. Elle avait le rire joli aussi, tactile comme sa voix. Elle se leva. Merlin se leva.

Ils étaient de dos, mais Bettina reçut comme une flèche lorsque Merlin papillota des doigts, et fit apparaître, par magie, un foulard rose. La fille poussa un joyeux waow, pas mal, et Merlin lui noua le foulard au cou. Tous deux se retrouvèrent, riant, riant, dehors, mais qu'est-ce qu'ils avaient à rire, comme ça, à tout bout de champ ?

Bettina baissa le nez. En coulissant son regard vers l'angle de la table, sa vision périphérique lui permettait de distinguer les deux silhouettes par-delà la vitre, mais sans netteté, un peu brouillées. Elle faisait souvent cela quand un film était trop gore. Si le couteau de Charpie, ou de Freddy, ou de Norman

Bates, étincelait dans les ténèbres, Bettina glissait vite son regard de côté, vers le point optique où on voyait encore l'écran, mais flou.

Elle ne vit donc pas complètement leur baiser ; elle en devina la fusion. Mais cela n'adoucit pas la poignante certitude.

Elle resta figée à sa table, tandis qu'un froid mouillé de vieille pierre descendait lentement sur ses épaules et sa poitrine, et lui gelait le cœur.

*
* *

Elle retrouva la gare et le train du retour sans se rappeler avoir marché. Son ange gardien eut pitié d'elle, il composta le billet à sa place, vérifia le quai, le train, le wagon.

Elle attendit une heure sur le même genre de banc qu'à l'aller, devant le kiosque où les journaux rapportaient toujours les sauts de trampoline du tarif du gaz, les migrations du poil humain *via* les crèmes dépilatoires et capillaires, le chaos de la politique corse, les odyssées amoureuses de Zuleika Lester avec Helmut le *latin lover*.

Rien de changé donc. Un wagon comme à l'aller. À ceci près qu'il n'y avait pas de monsieur avec chien-oreiller. Lorsque le train démarra, Bettina ressentit le souffle du soulagement en voyant Big City reculer par la vitre.

– Permettez ? dit une voix.

Goulasch reconnut Bettina le premier et partit en jappements de tendresse.

– C'est un sentimental, expliqua son maître en s'asseyant de l'autre côté, comme à l'aller. Savez-vous qu'il pleure au cinéma ?

– Cinéma ? répéta-t-elle sans avoir écouté.

– Il adore les films. Surtout s'il a lu le livre avant. Ça vous dérange si je fume ? continua le monsieur.

Le cœur lui tournait, mais elle dit non je vous en prie. Le monsieur sortit une boîte d'allumettes. Il en craqua une première qui s'éteignit. Puis une deuxième qui s'éteignit aussi. Et une troisième. La quatrième enfin resta enflammée et il put allumer sa cigarette. Il rangea ensuite religieusement l'allumette carbonisée dans sa boîte en disant :

– Celle-ci, je la garde... Puisqu'elle marche.

Bettina eut un sourire squelettique.

– Ah ! soupira le monsieur. Enfin !

– J'ai l'air si lugubre, dit-elle, que vous vous donniez ce mal de chien pour me faire rire ?

– Disons que je vous trouve un poil tristounette.

Elle hocha la tête et se rencogna sur sa banquette pour contempler le paysage. Au bout de cinq minutes, le voyageur reprit la parole :

– Vous connaissez l'histoire du bègue qui ?...

– Merci. Je n'ai pas envie de la connaître.

– Vous avez raison. Elle est interminable.

Elle ne sourit pas. Car, soudain, impossible de se retenir, sa gorge couina curieusement, sa bouche se tordit et se plissa jusqu'à toucher son nez, ses joues montèrent puis descendirent, puis remontèrent, et pour finir un jet de larmes jaillit de ses yeux.

– Oh Dieu, s'exclama le monsieur très embêté. C'est ma faute, je n'aurais pas dû insister. Oh Dieu, et Goulasch qui s'y met !

Goulasch accroupi au milieu de la travée enchaînait une série de longs aboiements funestes.

– Dieu, Dieu, grommelait le monsieur, cessez de pleurer, par pitié, ça ne peut pas être si grave. Il va hurler tout le voyage, je vous dis, ce chien est un sentimental.

*
* *

Geneviève se tira la langue en passant devant le miroir d'une cheminée.

– Tu es une lâche ! dit-elle à son reflet. (Elle se sourit d'un air radieux.) Mais j'ai ENFIN la paix !

Elle avait abandonné Enid, Harry et Désirée devant la télé. Elle s'en voulait beaucoup car il était question d'un immonde immortel nommé Red Sculptor qui bousillait tout sur son passage. Mais ELLE AVAIT LA PAIX !

Pour se sentir moins coupable, elle décida de faire un cake. Mais avant, elle voulait un bain plein de mousse. Elle fit un petit coucou à Hortense qui lisait *David Golder* dans sa chambre, et s'enferma dans la salle de bains.

Elle fit couler l'eau pendant qu'elle se déshabillait. Après, elle se posta devant la glace de la porte, pivotant sur un pied, droite, gauche, le coude en l'air, la hanche décalée, genre concours d'élégance du Trophée Vendôme. Elle piocha un crayon rouge et un crayon noir dans la trousse de Charlie. Dessina sur ses tempes deux lignes Cléopâtre mais, avec la chaleur et la buée du bain, l'œil vira beurre noir. Elle essuya avec un gant, frotta. Nez et paupières devinrent tomate.

Elle fuma ensuite le crayon noir, avec distinction. Elle releva ses cheveux blonds d'un côté, de l'autre, puis tout ensemble, mima le baiser exalté, la moue fatidique, la mèche volcanique, le menton ardent, le sourcil hardi, l'épaule fanfaronne, le sourire fatal, le regard jusqu'au-boutiste… Mouais. Le crayon baveur la classait plutôt fiancée de Frankenstein. Zut, la baignoire débordait !

Elle ferma les robinets et glissa sous la mousse brûlante. Elle prit le *20 ans* qui traînait sur le sac de linge sale, et le feuilleta en flottant. « Moi d'abord, clamait un titre, 32 trucs pour doper un ego rikiki. » Geneviève lut les 32 points avec soin ; bien entendu, il n'y avait rien qu'elle pût mettre en pratique.

Elle ressortit rouge, brillante comme un derrière de babouin, les doigts tout ridés. Elle extirpa du fond d'un tiroir le tube de Choc Cream (nom de céréales de petit déj', crème amincissante en fait) et s'en tartina les joues et les lobes d'oreilles. Depuis toujours elle trouvait ses joues trop rondes ; quant aux lobes, papa les appelait « mes p'tits chaussons aux pommes » quand elle était enfant. Six semaines qu'elle se les crémait comme du pain de mie. Elle les examina dans le miroir loupe. Pas de transformation notable.

Elle recasa le gel dans son tiroir. Elle rinça la baignoire, se sécha et se rhabilla en vitesse.

En bas, les trois zoulous étaient toujours sagement alignés devant la télé. Ils écoutaient, bouche bée, un courtier en cravate assurer que « le Nasdaq ne pouvait qu'évoluer dans une prospective baissière dérivée de la masse des flottants qui… » Geneviève referma la porte et passa en cuisine.

Flairant un vent culinaire favorable, Ingrid et Roberto la suivirent.

Geneviève chauffa le four, touilla alertement 104 g de beurre avec quatre œufs, un sachet de 7 g de levure, 128 g de sucre, 133 g de farine, en offrit une lichette aux chats. Elle était juchée sur un tabouret à la recherche de raisins secs lorsque le bruit d'une voiture l'attira à la fenêtre.

C'était Basile.

Elle enfourna précipitamment la pâte sans les raisins, tant pis ce serait un quatre-quarts, et courut au bas du perron où Basile coupait son moteur. Après une stupide et inexplicable demi-seconde d'hésitation, ils s'embrassèrent. Comme d'habitude. Comme avant, rectifia Geneviève.

Sous les yeux de Basile la peau était fine, grise, gonflée.

– J'ai lâchement attendu que Charlie ait repris son travail, dit-il. Je ne tenais pas à la revoir… trop vite.

Geneviève hocha la tête. Elle voulut lui prendre la main pour le réconforter, mais elle avait les doigts pleins de farine, de bouts de pâte crue. Elle les essuya. Mais Basile s'était éloigné.

– Je viens récupérer des affaires, dit-il. Quelques fringues, mon rasoir…

Il faillit entrer dans le salon, Geneviève le retint.

– Les petits y sont.

Elle pensait qu'il n'avait pas très envie de voir du monde. Il passa par le couloir. Elle lui ouvrit le placard aux CD et aux vidéos dont certains lui appartenaient, mais il n'y jeta pas un regard. À l'étage elle retrouva une ceinture et deux pyjamas qu'il prit sans s'attarder.

Quand ils redescendirent, Geneviève était effrayée par sa mine.

– Ça va ?

– Bien sûr.

– Tu as de quoi emporter tout ça ?

– Euh… Complètement oublié. Désolé. J'avais pourtant préparé un sac.

Elle alla chercher des poches Hyper Promo dans le cellier. Au retour, elle le trouva bras ballants au milieu du couloir, qui fixait le bout de ses souliers.

– Tiens, dit-elle.

Il contempla les sacs en plastique, l'air de se demander à quoi diable ça pouvait bien servir.

– Merci, dit-il au bout d'un moment.

Il y flanqua les affaires pêle-mêle.

– Si tu vois que tu as oublié quelque chose… commença-t-elle.

– Non.

Il sourit, mais quel curieux sourire. Elle sut qu'il ne reviendrait pas.

*
* *

Bettina remontait l'impasse à vélo. Elle serrait d'une main son imper autour d'elle. *Si Denise et Béhotéguy m'appel-*

lent pour me demander, je hurle. Si Charlie me demande où j'ai passé l'après-midi, je hurle. Si Enid ou Hortense font une réflexion sur la tête que j'ai, je les tue. D'ailleurs je tue aussi Charlie, Denise et Béhotéguy !

La voiture de Basile arrivait en face. Qu'était-il venu faire, pauvre Basile ? Récupérer l'irrécupérable ? Réparer l'irréparable ? Toi et moi on peut faire des conférences là-dessus maintenant. Pauvre Basile et pauvre Bettina.

Elle vit Geneviève qui accourait derrière la voiture avec un paquet. Basile freina. Pendant qu'il ouvrait la vitre à Geneviève, Bettina franchit les quelques mètres qui les séparaient, laissant choir son vélo contre le talus.

– Tu avais oublié, haletait Geneviève, ton rasoir !

– Oh, dit-il. Ce n'était pas si… Merci.

– Et aussi… Je sais que tu l'aimes bien.

Geneviève montra ce qu'elle tenait. C'était un tableau, oh très petit tableau, aux dimensions d'un livre de poche – un tableau de poche en somme –, que leur père avait mis des mois à peindre. Bettina se souvint de lui avoir lancé :

– Tout ce temps pour peindre deux arbres, papa ?

– Une phrase exige autant que cent pages.

Elle avait pouffé ho ! hé ! Mais son père était sérieux.

Basile tourna la tête vers elle :

– Bonjour, Bettina. Ça va ?

– Ça va.

Il regarda Geneviève, puis le tableau avec le couple d'arbres, deux cyprès, l'un dodu, l'autre en pinceau. Il ouvrit brusquement la portière et sortit de la voiture, les bras grands ouverts. Il serra les deux filles contre lui. La figure dans leurs cheveux, il souffla :

– Merci…

Embrassés au milieu de l'impasse, ils fondirent en larmes tous les trois.

16

Couscous aux larmes

Tancrède emmena ce soir-là Charlie au cinéma.

– Basile nous emmenait toutes, fit remarquer Enid avec une pointe de regret quand les amoureux furent partis.

– Ce pauvre Basile était amoureux de la Vill'Hervé et de son contenu, soupira Hortense. Tancrède, lui, aime Charlie, ce n'est pas du tout pareil.

– Est-ce que quelqu'un sait faire le couscous ? intervint Geneviève. Oublié de demander la recette à Basile.

– Maman, dit Désirée, elle prétend que ça ne peut pas se rater. Je l'ai souvent regardée faire.

– C'est vrai ? Tu pourras nous montrer ?

– Faut éplucher. Éplucher. Éplucher.

– Ça, c'est vrai. Ce pauvre Basile y passait des heures, vous vous rappelez ? dit Enid. On lui disait de se grouiller.

– Arrêtez avec « pauvre Basile » ! s'irrita Bettina. On a passé notre temps à penser et dire « pauvre Basile » !

Ce n'était pas faux. Mais que le reproche vienne de Bettina les surprit.

– J'ai VRAIMENT envie de couscous ce soir ! geignit Hortense.

– Moi aussi, dirent Enid et Désirée.

– Moi aussi, fit Geneviève.

– Moi de poulet-frites, dit Harry.

Elles se mirent à chercher, sauf Bettina, la recette dans les livres de cuisine. Désirée répétait qu'elle en avait souvent préparé avec sa mère.

– Alors question : temps de cuisson pour le bouillon ? interrogea Hortense.

– Euh. Deux heures ?

– Dans ce bouquin, ils disent à peine une.

– Ça dépend, dit Désirée sans faiblir, du bouillon et des légumes.

– À propos, articula Geneviève en la fixant soudain œil dans œil, on met des poireaux dans le couscous ?

– Mmm ? fit Désirée d'une petite voix candide. Oh ! non. On le confondrait avec le cassoulet.

Vingt minutes plus tard, jonchée d'épluchures du sol au plafonnier, la cuisine avait un lien de parenté indéniable avec une porcherie. Au début, sous la conduite de Désirée, la semoule docile fut bien un couscous. Mais, lasse de mijoter, elle vira en polenta, puis, excédée, en porridge. Ensuite, Enid renversa par accident du bouillon dessus. Le porridge devint soupe. Qu'elles avalèrent.

La mère de Désirée avait raison, le couscous c'est inratable. Pourtant... Le petit goût « Basile » était absent. Avec cette soupe de couscous, les filles eurent conscience qu'une page de la Vill'Hervé se tournait. Lorsqu'elles remportèrent casseroles et marmites, la soupe reçut une larme de chacune à la dérobée, et devint définitivement immangeable. Le dernier mot revint à Harry :

– Le poulet-frites c'est encore plus inratable.

*
* *

En pleine nuit, une explosion ébranla la vieille maison. Tout le monde se retrouva sur le palier, effrayé, ébouriffé, les yeux baveux comme des omelettes.

Tonnerre ?

Déferlante ?

Pot d'échappement d'un égaré dans l'impasse ?

Mur écroulé ?

Meuble valsé par Ingrid et Roberto ?

Avant qu'on puisse vérifier, une odeur pénétrante emplit le palier et leurs narines.

La porte palière qui les séparait de Tancrède s'entrebâilla sur sa tête en pétard.

– Tancrède ! Tu es blessé ?

– Euh. Non.

– Tu casses tout ?

– Je ne crois pas.

– Hou, con... Tu as fait quoi à tes cheveux ? s'écria Désirée.

– Un gros mot, un euro, marmonna Tancrède, prenant Harry de vitesse. Pourquoi ? J'ai quelque chose à mes cheveux ?

– C'est ce qu'on te demande.

– Ils sont verts, dit Geneviève.

– Vert orangé. Genre...

– Genre caca de choucas.

Tancrède passa cinq doigts dans la matière en question. Les cinq doigts se colorèrent fidèlement.

– J'ai raté une expérience, avoua-t-il. Avez-vous remarqué que l'amnium de sunitol sent la patelle de roche ?...

On le fixa, l'œil moins baveux mais très demandeur d'infos.

– ... et l'erysinum aurique la langouste scandinave ? continua-t-il rêveur.

– Je propose, dit gentiment Charlie, du ton qu'elle prenait lorsque Enid, à trois ans, venait fièrement exhiber à table une crotte de nez sur son index comme l'émeraude du roi de Siam, je propose que tu ailles te doucher pendant qu'on prépare un truc chaud en bas, tu nous raconteras ensuite la vie enthousiasmante de la patelle de roche et de la langouste scandinave. OK ?

OK. Il passa quinze minutes à restituer sa vraie couleur à sa tignasse, puis rejoignit tout le monde en bas.

Où il expliqua.

– Voilà. Je suis nez.

– Né où ? dit Hortense.

– Pas « né où ». Nez tout court. Comme celui de Cléopâtre. Qui n'était pas court d'ailleurs.

On le dévisagea, perplexe. Il soupira.

– Mon laboratoire crée des particules odorantes...

– Tu peux dire « parfums », dit Charlie, nous avons quelques lettres.

– On dit aussi « jus ». Des « jus », donc, pour les grands couturiers. Mais aussi le savon, le dentifrice, les plats cuisinés, les produits ménagers, les chewing-gums, etc. On appelle « nez » les inventeurs de parfums.

– Pour Dior ? Fath ? Mugler ? dit Bettina. Lacroix ?

– Exactement. Je m'occupe de la prochaine crème de Praducci. Chut. Top secret. On est trois concurrents sur la même crème. Trois souris pour un fromage. Bref, je me suis isolé ici pour la tranquillité, la sécurité. Et l'ambiance olfactive. Mlle Praducci veut une crème (il huma à fond) atlantique. Embruns, phare, crachin...

– Poiscaille, vasouille, bigorneau, compléta Charlie. Romantique et sophistiqué.

– Six mois d'étude de marché , continua Tancrède imperturbable. Panel de 1 127 individus de 14 à 74 ans, tous sexes et catégories ethnoprofessionnelles. Mais bon, pourquoi pas romantique et sophistiqué. Et atlantique. Alors, quand j'ai vu le nom de l'impasse avec l'écriteau « À louer », imaginez...

Le silence impressionné fut à peine troublé par le ronflement aérien de Harry entre les bras de Charlie. Qu'un cosmétique chic puisse naître dans cette brave vieille baraque pourrie de Vill'Hervé, ça confondait, non ?

Bettina s'éclaircit la gorge :

– Et, euh, ça explose… les crèmes ?

Tancrède secoua ses cheveux fraîchement douchés.

– En principe jamais.

– Eh bien ?

– L'amnium de sunitol est un excellent récepteur, l'erysinum aurique un lingard hors pair… Non, je ne comprends pas.

– Bon sang ! grommela Charlie. Et dans un éthiol inversé ? Tu as essayé dans un éthiol inversé ?

Il la regarda avec hésitation. Puis tout s'illumina d'un sourire.

– Nom d'un… ! s'écria-t-il. Nom d'un… Bien sûr !

– Un gros pot, un miro, marmotta Harry, paupières closes.

*
* *

Les jours suivants furent doux, sots, béats, un peu douloureux quand on pensait à Basile, très vagabonds avec Tancrède.

Comme convenu, après les avoir menées en bateau avec son mystérieux métier, le nouvel amoureux de Charlie les emmena en voilier. Ce matin-là, miracle, tout le monde fut debout à 5 heures pour embarquer à la marina de Potron-Soufflant où Tancrède avait loué un Fly Aster 111, blanc oiseau de huit mètres aux souriantes voiles blanches, qui se nommait *Nunquam*.

On quitta une baie baignée d'or pour une mer légère, gazeuse, anisée, une vapeur. Les barques de pêche y flottaient comme des tranches de fruits.

Geneviève sortit sa lotion indice de protection 40, tartina les nez à proximité, et tout le monde enfila un gilet de sauvetage orange. Enid, Harry, Désirée et Hortense partirent se balancer dans les drisses avec des waouwaou flibustiers.

Le capitaine Tancrède à la barre, son second Charlie à ses côtés, le reste de la troupe trouva place sur le plat-bord ou le banc de nage, ou sous les voiles gonflées comme des gorges de mouettes.

Le capitaine entonna :

– *J'ai oublié mon chapeau à Haïti*
dans un bouge malfamé d'Haïti,
j'pourrais pas raconter comment j'y ai atterri.
J'me souviens de rien sauf du court-circuit
quand cette fille devant moi a surgi.

Pantalon brun roulé à mi-mollets et chemise rouge, Charlie avait une allure corsaire des Antilles. Du fond d'un filet suspendu où elle tanguait façon hamac, Geneviève la jugea resplendissante, très *Ann of the West Indies*, et elle essaya de ne pas en éprouver d'inquiétude.

– Qui veut du poisson à midi ? lança Tancrède.

– Moi ! crièrent les petits, et Hortense, et Charlie.

– Alors on le pêche !

Ils lancèrent et arrimèrent des lignes. Geneviève renouvela l'opération Indice de Protection 40. Tancrède distribua de la limonade, Charlie se servit un verre de quelque chose qui avait la couleur de l'eau mais qui la fit éclater de rire dès la troisième gorgée.

À la quatrième, elle roucoula un de ces airs que miaulaient les crooners préférés de tante Lucrèce :

– *Je regretterai la volupté,*
l'enchantement des nuits d'été
du Pacifique...

– Évite d'évoquer cette chère tante L., ça finit qu'elle apparaît ! dit Hortense.

– Tante Lucrèce ? Ici ? Ah ! Ah ! claironna Charlie, toisant de haut l'horizon infini.

Enid inspecta les alentours de la coque comme si leur tante avait pu surgir de l'eau en marsouin ou, plus probable, en requin.

– On ne sait jamais, souffla Bettina.

Charlie pouffa et se coula confortablement entre les bras du skipper. Geneviève quitta son filet et se dirigea vers les petits avec son tube de crème. Absorbés par leur pêche, ils se laissèrent enduire comme des gigots sans lui accorder la moindre attention.

Bettina, qui depuis le départ était étendue sur un coude sur le plancher du pont avant, replia ses jambes de côté comme dans un conte d'Andersen.

Au début la balade ne lui avait paru ni désagréable ni agréable. Elle aimait le soleil, mais beaucoup moins être entourée d'eau. Elle jetait des regards d'envie à ses sœurs qui, visiblement, adoraient ça, elles.

Sans rien bouger de sa personne que le strict minimum, elle fouilla d'une main dans le panier pique-nique, trouva l'exemplaire de *Futile* qu'elle y avait glissé, le feuilleta mollement au gré de la houle. Page, houle, page, houle. Son œil voulut s'arrêter sur un titre qui sauta hors de son champ de vision, il n'avait manifestement pas envie d'être lu. Elle l'obligea à s'immobiliser. Elle réussit à déchiffrer : « Soyez sexy sans être… » Le reste sauta une nouvelle fois en l'air, mots éparpillés entre ciel et mer.

Bettina renonça. Houle. Elle se remit à. Houle. Tourner les pages. Elle avala sa. Salive. Avec l'impression. D'avaler une. Langue qui n'était pas. La sienne. Elle ferma les yeux.

Très loin, Geneviève s'exclamait :

– À propos de tante Lucrèce… Ce n'est pas bientôt son anniversaire ?

On médita à vive allure. Oui, c'était dans ces eaux-là… mais quand ?

– Pourvu que la date ne soit pas passée, soupira Charlie,

la tête abandonnée sur le quadriceps du skipper. Ou on n'a pas fini de l'entendre chanter *Ramona*.

– Ou *Je regretterai la voluptéééé des nuits d'étéééé !* brailla Enid à tue-tête.

Geneviève, Charlie, Hortense s'époumonèrent en chœur :

– *Acapulcoooooo ! Acapulcoooooo...*

Tancrède se boucha les oreilles et leur resservit de la limonade, sauf à Bettina qui somnolait. Hortense lâcha :

– Et moi ? Mon anniversaire ?

Elle pointa un index soupçonneux vers Enid :

– Toi par exemple. Sais-tu quand c'est ?

Enid vérifia avec soin le moulinet de sa canne à pêche.

– Pourquoi moi ?

– Réponds. Est-ce que tu sais ?

– Évidemment. Puisque ton anniversaire est chaque année à la même date.

Charlie pouffa dans la casquette du skipper. Geneviève sourit. Bettina garda les yeux fermés.

– Quand ?! s'égosilla Hortense pour couvrir les claquements du foc.

– Si tu ne le sais pas, c'est quand même pas à moi de te l'apprendre ! rétorqua Enid avec une dédaigneuse logique. Oh ! On dirait que ça mord...

Ça ne mordait pas du tout. Mais l'échappatoire lui permit de rejoindre Désirée et Harry.

– Et toi, Bettina ? relança Hortense. Ne fais pas semblant de dormir. Tu te rappelles quand je suis née ?

– Bien. Entendu, murmura Bettina. Paupières crispées.

– C'était quand ?

– Il y a. Au moins. Onze ans. Et demi ?

Sur ce, Bettina rouvrit brusquement les yeux, se jeta à plat ventre sur la lisse et vomit sa limonade par-dessus bord.

Ce qui stoppa net la discussion.

Elle reprit vie dans la cabine. Elle était allongée. Charlie lui passait de l'eau froide sur la figure. Bettina détailla sa grande sœur sous ses cils à demi baissés. La toile rouge des banquettes lui faisait des joues d'ivrogne.

– Tu as le mal de mer, chuchota Charlie.

– Non, dit Bettina. J'ai mal au cœur.

– C'est pareil, dit Charlie.

Non, pensa Bettina. Je veux dire : j'ai mal à mon cœur.

Quand le *Nunquam* rentra au port, le soleil rasait les mâts des bateaux et blessait les yeux.

Bien sûr, dès qu'elle posa le pied sur la terre, le monde pour Bettina se recomposa enfin. Elle se sentait honteuse, d'autant que tout le monde était ravi de la balade. Harry et Enid balançaient en chantant un seau où trois harengs tournaient en cage, Charlie sifflotait *Acapulcoooo,* le capitaine, bronzé, enchanté, portait sacs, paniers, cannes à pêche comme il aurait tenu des plumes. Hortense, Désirée et Geneviève papotaient devant.

Bettina, bonne dernière, se sentait méprisable, vexée. Délivrée.

De ce poste arrière d'observation des autres, elle intercepta le sourire et le regard de sa sœur aînée sur Tancrède. Et, avec un froid glacial au cœur, elle remarqua que quelque chose dans le visage de Charlie n'était déjà plus là.

Derrière eux, la mer joua quelques minutes avec le soleil comme avec un ballon. Enfin, d'une chiquenaude, elle le fit basculer dans l'hémisphère sud.

*
* *

Tancrède garait la Ford Mondeo au pied de la tour quand le téléphone retentit à l'intérieur de la maison. Charlie courut ouvrir en fredonnant *Acapulcooooo*. La clef coinça. Charlie lui marmotta une insulte, puis *Acapulcoooo*. Et la serrure accepta de céder.

Tandis que les autres déchargeaient la voiture, elle se rua au salon, chercha le téléphone qui, bien évidemment, n'était pas sur son support. Le dénicha sous le coussin du fauteuil.

– Allô ? s'écria-t-elle essoufflée.

– Bonjour. Cécilia Zerbinski.

– Oh, bonjour Cécilia. On commençait à se poser des questions. Surtout Hortense. Comment ça va ? Et Muguette ?

– Pas bien. Elle…

Cécilia prit le temps d'une respiration. Mais Charlie avait deviné.

– Muguette est morte, dit Cécilia d'une voix qui se brisa en sanglots bruyants.

17

Lettres et cachettes

Lettre de Cécilia Zerbinski à Charlie

Je me rappelle le geste très précis de notre Muguette quand elle repoussait son assiette. Ou lorsque je lui donnais un vêtement qu'elle ne voulait pas mettre. Elle l'éloignait du bout du doigt en disant : « Non merci. » De la même manière, il me semble, elle a rejeté sa greffe. « Non merci, ça suffit comme ça. » Je ne dirai pas que je m'y attendais, c'est faux, j'avais l'espoir au cœur comme tous ici. Mais Muguette était épuisée par tous ces mois d'efforts. Je l'imagine très bien, un soir, en grande réunion avec ses globules, rouges et blancs, ses plaquettes, etc., pour leur dire : « On arrête tout, hein ? Qu'est-ce que vous en pensez ? »

Je suis soulagée, lâchement, que vous ayez répondu au téléphone l'autre soir, je n'aurais pas su annoncer une telle chose à Hortense. Pas au téléphone. Vous trouverez, dans ce courrier, une lettre que Muguette m'a confiée pour elle. Votre jeune sœur a été quelqu'un de très important. Cette lettre fut écrite quand il lui restait encore quelque force. Ses doigts étaient faibles, vous le verrez à l'écriture tremblée, je l'ai parfois aidée en lui soutenant la main.

La semaine prochaine je pars dans le Sud. J'en profiterai pour passer non loin de chez vous, le temps d'un détour, car j'ai quelque chose pour Hortense de la part de Muguette. Adieu. Je vous embrasse toutes,

Cécilia.

*
* *

LETTRE DE MUGUETTE À HORTENSE

Tu as été une de mes meilleures amies. Non, je blague. Tu es la meilleure que j'aie jamais eue. Tu sais quand tu me disais que c'était la première fois que tu rencontrais plus dingue que toi ? Eh bien, je peux te le dire maintenant : tu es assez dingue toi aussi.

Un jour, j'ai demandé à ma mère : « Tu es née à Douai ? » « Oui », elle a répondu. « Et papa ? Il est né à Nice ? » « Oui », elle a répondu. « Et moi, je suis née à Annecy ? » « Oui, et alors ? » elle a demandé. « Alors, comment on a fait pour se rencontrer tous les trois ? »

Bon, la question était idiote et j'avais quatre ans... Mais pas si idiote si on pense que toi et moi on s'est rencontrées grâce à ma maladie. Comment aurait-on osé me faire passer deux mois dans ce trou perdu de la Vill'Hervé sinon ?

J'aimerais te raconter plein, plus de choses. Par exemple, comment ce salopard de toubib me troue les fesses quatre fois par jour, et comment je me suis vengée en lui renversant la poche de glucose sur ses mocassins en chevreau. Ou comment ce cher pitbull de Zerbinski drague l'infirmier-chef en lui demandant ma feuille de température. Mais je suis fatiguée ; comme si tu demandais à une chenille de porter la tour Eiffel sur son dos. C'est moi la chenille.

J'ai trouvé un nouveau nom de département : la Merde-et-Poisse. Zerbinski adore. Où allez-vous en vacances cet été ? En Merde-et-Poisse. Ses forêts où on se perd, ses lacs où on se noie, ses montagnes qui vous dégringolent sur la tête... Hu ! Hu !

Je serre tout le monde dans mes bras. Y compris toi. Faites gaffe, serrez pas trop, voyez bien, j'ai des tuyaux partout !

Je vous embrasse. Surtout toi,

Muguette.

PS : Suite de mes blagues existentielles de quand j'avais quatre ans.

Un jour ma mère me montre une photo d'elle dans les bras d'un jeune homme fabuleux, riant, les cheveux au vent. Dialogue :

– C'est qui, lui ? (Rappel : j'ai QUATRE ans !)

– Mais… c'est ton papa, ma biche.

– Papa ? Mais alors c'est qui le vieux monsieur, là ? j'ai dit en montrant, dans le canapé, mon pauvre père.

Quatre ans. Et déjà un humour supérieur, non ?

*
* *

Bettina composa le numéro de Raymond. Oui, Raymond au QI de chapeau. On lui eût demandé pourquoi, elle n'aurait rien su répondre. Par chance, elle n'obtint que la boîte vocale. Par chance.

*
* *

Raymond la rappela deux heures après. Le numéro s'était inscrit sur son écran, il avait cherché et, quand il avait compris que c'était elle, Bettina, il n'y avait pas cru, comment ça va Bettina, est-ce que t'es invitée jeudi à l'anniversaire de Victorien Fouilloux qui…

– Non.

Vachement dommage parce qu'il y aurait Anne-Annette Lhopital, Paul-Edern Zubor, Lola Dufoy, Sylv…

– Je n'ai pas envie d'y aller.

– Tu m'appelais pour quoi ?

Elle faillit lui répondre : « Par dépit. » Mais elle ne trouvait plus très drôle d'être méchante. Elle dit :

– Je me suis trompée de ligne dans mon agenda.

Elle se demanda en fronçant les sourcils si c'était *vraiment* moins méchant. Il s'exclama, réjoui :

– Je suis dans ton agenda ?

Chapeau irréversible. Elle s'en voulut de le penser. « Je suis dans ton agenda. » Oh ! non, stop. Dans quoi me fourré-je ? Elle fit mine de ne pas l'entendre. Elle déglutit et cracha d'une seule pelote :

– C'est gentil d'avoir rappelé. Excuse-moi Raymond et merci. Au revoir.

Elle raccrocha aussitôt.

*
* *

Il y avait trois portes au cellier. Une qui donnait sur la cuisine, celle du fond sur le garage, la dernière sur un réduit de quatre mètres carrés qui avait abrité la mangeoire d'hiver des bêtes lorsque la Vill'Hervé était une ferme de hobereaux. Le réduit était devenu buanderie, un lavabo en faïence avait remplacé la mangeoire, lave-linge et table à repasser tenaient lieu d'animaux domestiques.

Bettina traversa rapidement les rayonnages à bocaux, ouvrit la buanderie à la recherche du flacon de colle du Pharaon. Elle voulait réparer l'ourlet du seul jean propre qui lui restait jusqu'à la prochaine lessive.

Elle inspectait l'armoire murale quand la porte du cellier claqua, aller et retour. Bettina fit un pas en arrière pour crier « Qui c'est ? » par principe et par habitude, mais la voix de Tancrède l'arrêta.

– Je t'aime, disait-il à mi-voix.

Un rire doux. Le rire voilé de Charlie.

– Parce que j'ai préparé le déjeuner ? dit-elle.

– Aussi.

Bettina rabattit silencieusement la porte de la buanderie en un mince entrebâillement. Elle entendait toujours leurs voix, mais au moins elle leur éviterait l'embarras de la découvrir.

– Humm, gelée de mûres maison, disait Tancrède. Mon péché mignon.

Bettina se concentra sur sa recherche. Mais elle ne put empêcher ses oreilles d'entendre le couple qui avançait peu à peu dans la pièce, se rapprochait.

Soudain, la frayeur de sa vie ! La porte du réduit se rouvrit et se referma prestement. Une ombre se faufila à l'intérieur. Bettina aurait dû hurler de peur. Mais Geneviève (c'était elle) lui posa l'index sur la bouche, roulant de gros yeux pour lui intimer calme et silence. Bettina comprit que sa sœur se trouvait dans la même situation qu'elle. Espionne sans le vouloir !

– Du coulis de myrtille, poursuivait Tancrède.

Bettina articula sans un son, à l'adresse de Geneviève :

– Tu étais où ?

– Au fond, lui fit Geneviève de la même manière.

Charlie et Tancrède se rapprochaient, leurs paroles étaient de plus en plus distinctes.

– Si je ne t'embrasse pas maintenant je vais sûrement mourir, murmurait-il.

Silence d'un baiser. Les deux sœurs cachées ne bougeaient plus.

– Ton baiser est triste, dit-il avec douceur.

– Je suis triste, dit Charlie.

– Beaucoup ?

– Tellement.

– Pour Muguette ?

– Pour Muguette, oui. Pour Hortense qui a tant de chagrin. Et pour plein d'autres choses aussi.

– Quoi par exemple ?

– Eh bien… Tu vas retourner à Paris.

– Je t'emmène avec moi.

Le cœur de Bettina fit une espèce de cabriole. Geneviève cessa de respirer.

– Tu sais bien que non, dit Charlie à voix basse mais ferme. On en a parlé. Plusieurs fois. Je ne peux pas. Ma place est ici.

– Viens avec moi, dit-il. (Il l'implorait.) Venez toutes avec moi à Paris.

– Paris n'a pas besoin de nous.

– Moi, j'ai besoin de toi.

De l'autre côté de la porte, dans la buanderie, Geneviève saisit le bras de Bettina et le serra très fort, en silence, contre sa poitrine.

– Tu as choisi entre Basile et moi, reprit Tancrède d'un ton plus doux. Moi, je suis de Paris.

Il y eut un long, très long silence, au bout duquel la voix de Charlie s'éleva, étrange, à la fois solide et tremblante, dure et pleine d'amour, une voix que Bettina et Geneviève ne lui connaissaient pas :

– Entre ma maison et toi je ne te choisis pas, mon amour, dit-elle. Entre mes sœurs et toi, je ne te choisis pas non plus. Cet endroit, et tout ce qu'il contient, c'est ma vie.

Le cœur de Geneviève se tordit de douleur avec celui de Tancrède. Comme il devait avoir mal.

– J'achèterai une grande maison, riposta-t-il bravement. Nous y vivrons tous les six... tous les huit ! j'oublie les chats ! Quinze, trente même, autant que tu voudras ! Le reste... n'est qu'un déplacement géographique, n'est-ce pas ?

– Non, chuchota Charlie, la voix emplie de chagrin. Pas seulement géographique. Je ne quitterai pas la Vill'Hervé. C'est ma maison.

Il hésita. Comme s'il avançait d'un pas sur un dangereux verglas. Vaillamment il fit le grand saut :

– La mienne est à Paris. Il faut donc que l'on se quitte.

– Je sais.

– Vraiment ?

– Oui.

Un bocal se brisa à grand bruit sur le sol.

– Oh, murmura Charlie. La gelée de mûres.

– Je vais nettoyer.

Le pas de Tancrède s'éloigna. Puis, tout de suite après, celui de Charlie qui courait derrière. La porte claqua à nouveau, aller et retour, et le silence retomba.

Geneviève et Bettina se regardèrent, les larmes aux yeux.

18

Diamant, parfum et robe du soir

Hortense s'enferma dans la salle de bains pour laver ses collants en paix.

Depuis le jour où Muguette les avait plantées là, elle et la Terre entière, Hortense avait rangé ses tiroirs un par un, trié toutes ses chaussettes, ses classeurs, ses tee-shirts, ses cahiers, ses pulls, ses feuilles, ses crayons, ses photos. Elle avait battu le tapis qui n'avait pas vu ça depuis l'été, passé l'aspirateur sous et sur les livres, épousseté l'abat-jour, lavé les vitres, recousu l'ourlet du rideau, changé la poignée de la porte. Et n'avait pas écrit un mot dans son journal.

Opération collants propres donc. Elle emplit une bassine d'eau tiède, saupoudra de lessive, et y jeta les roulés-boulés de collants. Pendant que j'y suis autant laver celui que je porte. Elle le retira, en se tortillant, le lança lui aussi dans la bassine. Et son cœur bondit comme une cloche.

Elle fixa un long instant la tache sombre sur le collant gris clair. Enfin elle se baissa, vérifia ses genoux, ses mollets, ses cuisses.

Pas de blessure, pas d'égratignure.

Elle se regarda dans la glace, aperçut le visage anxieux d'une fille aux yeux très noirs, aux cheveux très courts. Au nez très. Au menton très. Chez elle tout était très. Elle se pencha à nouveau et ôta sa culotte.

C'était ça, une petite tache rouge en forme d'amande. Ce qui l'étonnait, c'était de ne ressentir aucune douleur.

Sa mère apparut, en robe du soir jaune soleil, cousue d'adorables roses rouges, une robe qu'Hortense ne lui avait jamais vue mais qu'elle rêva aussitôt de porter plus tard, quand elle serait…

– … grande ? dit sa mère en lui caressant la joue d'un doigt. Lorsqu'une fille a ses…

– Papa ne vient pas ? coupa Hortense avec une légère inquiétude.

– Bien sûr que non. C'est entre toi et moi, tu connais son tact. Quand une fille a ses règles pour la première fois, une mère est censée dire certaines choses.

– Quoi par exemple ?

Hortense était soulagée de ne pas être seule en un pareil moment. Elle attendit la suite, en prenant le temps d'admirer les ravissants clips rouges aux oreilles de sa mère.

– Eh bien, il convient de dire : « Tu es une femme, ma fille. » Ou : « Tu es grande maintenant, fais attention avec les garçons. »

– Mais ce n'est pas ça que tu vas me dire ?

– Ah si ! dit Lucie Verdelaine en vérifiant l'ordonnancement de sa coiffure dans le miroir. Ce genre de propos peut encore avoir cours. Mais il y a ce qu'on dit plus rarement.

– Tu vas à une soirée ? demanda Hortense.

– Oui. J'ai persuadé ton père de porter un smoking. Une semaine pour le convaincre.

Cela dit, pensa Hortense, ce soir est aussi MA soirée. Ma première fois que j'ai mes…

– C'est quoi les règles, maman ?

– Enid posait souvent la question à Basile. Tu n'as donc pas écouté la réponse ?

Hortense haussa les épaules.

– Ce n'est pas pareil.

Sa mère l'entoura par les épaules. Elle sentait la violette.

– J'ai une théorie sur la question, dit-elle. Je crois que chaque femme a sa propre définition... Oh, bien sûr, il y a l'anatomie, les follicules, la lune, tout ça, mais...

– Mais...

– Pour moi c'est comme porter, quatre ou cinq jours par mois, un diamant caché même si tu es fringuée comme une voleuse de poules. C'est porter un objet précieux à l'insu de tout le monde. Une plaisanterie très privée, rien qu'entre toi et toi.

– Une plaisanterie ? Ah, tu trouves ?

– Ce que je préférais quand j'étais encore de ce monde, c'était marcher sur la plage ces jours-là. J'avais la sensation que personne, sauf moi, ne pouvait comprendre avec une telle perfection les vagues et leur mouvement. J'étais une vague moi-même.

– Mmm. C'est bien joli, mais est-ce que tu peux m'expliquer, toi, pourquoi le sang est bleu calanque dans les pubs Tampax à la télé ?

– Pour éviter de faire peur aux garçons, pauvres garçons.

Hortense plissa le nez. Elle reprit :

– Chaque mois, c'est quand même un peu casse-pieds...

– Ça dépend. Parfois tu penseras quelle idée ! quelle idiotie ! quel fardeau ! quel ennui ! Et d'autres fois, tu diras quelle idée (mais sur un ton différent), quelle surprise, quelle chose étonnante ! Parfois tu te sentiras délicate. D'autres fois incassable.

Lucie Verdelaine sourit à sa fille dans le miroir.

– Avec tout ça, je néglige la seule vraie question au fond. Serviettes ou tampons ?

– Ah non, je ne mettrai jamais de...

– Ttt. Ttt. Si on lisait d'abord le mode d'emploi ?

– Explique doucement, s'il te plaît. Pense que tu me racontes les dessous d'un tremblement de terre.

Elles lurent la petite fiche, la tête penchée de la mère contre la tête penchée de la fille.

– D'après Basile, reprit Hortense, c'est l'évacuation des structures endométriales...

– Quoi donc ?

– Les règles. Maman ! De quoi est-ce qu'on parle, là ?

Sa mère fit une courbe en l'air avec son poignet, d'une manière qui rappelait Charlie quand elle fumait :

– Basile, dit-elle, il peut dire ce qu'il veut !

– Il est médecin !

– Soit. Mais c'est un homme. Il n'aura jamais de règles !

Sa mère prit le vaporisateur de parfum de Charlie, l'approcha de son décolleté, mais elle se ravisa et le reposa.

– Pas de mélange. Déjà que ton père aime modérément les parfums.

Hortense plongea sa culotte dans la bassine. L'eau se teinta de rose clair.

– Tu ne m'as pas dit quel genre de soirée... commença Hortense avant de s'apercevoir que, comme toujours, sa mère s'était volatilisée.

Elle était seule. Elle attendit un moment, puis :

– Bon. Je vais essayer de me débrouiller, dit-elle à mi-voix. Merci quand même, maman.

19

Fraises et hippopotames

Harry et Désirée repartaient pour Paris dans deux jours. Ç'avait beau être triste, c'était prévu.

En revanche, la bombe fut l'annonce du départ de Tancrède.

La journée débuta avec une Charlie qui déboula en lançant : « Bonjour ! » comme elle aurait dit : « Haut les mains ! »

Ensuite, après une plaisanterie de Désirée qui fit s'esclaffer tout le monde mais laissa Charlie de glace, Hortense remarqua :

– Va falloir des haltères à tes zygomatiques.

Aucune réaction de la sœur aînée.

À midi on nota l'absence de Tancrède à table. Enid, la bouche pleine, voulut s'informer :

– Pourwoi i'wient pas, Tanwrède ?

– Il fait ses paquets, leur apprit Charlie.

On se regarda.

– Paquets ? répéta Hortense.

D'un coup de fourchette, Charlie empala sa patate bouillie avec autant d'énergie que si c'était un caillou.

– Valise. Cartons. Bagages. Paquetot. Il part.

Elle bondit de table tel un ressort et s'enfuit en courant, les laissant absolument atterrées.

– W'est-ce wui lui wrend ? s'informa Enid.

– C'est fini avec Tancrède, murmura Bettina.

Geneviève à son tour quitta la table pour courir dehors à la suite de leur grande sœur.

D'abord elle ne la vit pas. Elle fit le tour du perron, du double porche, des allées, ne trouva personne. Elle remontait vers le potager quand elle entendit des sanglots. Elle poussa la porte. Charlie, assise dans le carré de fraises, pleurait de toute son âme.

Geneviève s'agenouilla près d'elle et l'entoura de ses bras. Les sanglots redoublèrent. Geneviève lui tapota le dos, sans rien dire.

Quand elle retrouva un peu son calme, Charlie leva un regard de noyée vers sa jeune sœur.

– Il s'en va. C'est mieux pour tout le monde, non ?

Sans attendre elle ajouta :

– Je le savais. Depuis le début.

Elle se remit à pleurer. Plus bas. Longtemps. Geneviève continuait de lui tapoter le dos. Longtemps. Doucement. Les larmes finirent par cesser.

– Pourquoi les gens font-ils toujours ça ? demanda Charlie d'une voix presque normale.

– Font quoi ? dit Geneviève.

– Quand on pleure. Vous broyer le dos à grandes claques dans la colonne vertébrale ?

– Je donne de grandes claques, moi ?

– Des petites. Mais des claques quand même.

Geneviève cessa de tapoter et sourit. Elle détailla en silence le visage de sa sœur aînée et se sentit emplie de tendresse et d'admiration. Elle pensa tu as lâché Basile pour un Tancrède dont tu savais que tu ne le suivrais jamais. Huit jours de passion que pas de passion du tout. Un centimètre de bonheur, de délices déraisonnables qu'un hectare de quiétude et de modération. Quelle audace. Ma grande. Tout ça pour une baraque en ruines et quatre frangines qui ne valent pas un pet.

– Des claques d'accord, dit-elle. Mais alors extrêmement tendres.

– Je t'en montre des claques extrêmement tendres ? fit Charlie en se redressant. Zut, les fraises. Vois. Je viens d'inventer une nouvelle façon de faire la confiture.

Geneviève plaqua un gros baiser sur la joue de Charlie. Et ne put s'empêcher de lui donner une dernière claque – tendre – dans le dos.

*
* *

Hortense agita la main en direction de Cécilia Zerbinski. Elle entra dans le café, le cœur battant. Elle se tint une demi-seconde devant la jeune femme. Zerbinski l'avait toujours intimidée. Pourtant elle était à peine plus âgée que Charlie. Était-ce son élégance ? Ses yeux bleus un peu distants ?

L'infirmière se leva pour l'embrasser. Son sourire était chaleureux.

– Ça va ?

– Mmmm, dit Hortense.

Cécilia portait un imperméable vert noisette, une écharpe fleurie, un chapeau-cloche feuille morte.

Hortense pensa « feuille morte ». Puis « morte ». Elle prit place sur la banquette en cuir brun.

– Tu bois quoi ?

– Je ne sais pas.

– Un chocolat ?

– Un truc frais. Du jus de pomme.

Cécilia Zerbinski commanda le jus de pomme. Elle demanda comment les choses allaient à la Vill'Hervé. Hortense pensa : « J'ai mes règles, c'est la première fois. » Puis elle se souvint du diamant caché, des habits de voleuse de poules. Elle était mieux habillée qu'une voleuse de poules. Mais elle marchait en cow-boy avec ce rectangle de cellulose entre les deux jambes. « Anatomic », disait la publicité. N'empêche, elle avait la sensation d'avancer assise debout sur le Petit Classique Larousse de *Britannicus*. Elle comprenait ce que sa mère voulait dire à propos d'une « plaisanterie privée entre toi et toi ».

Mais elle tut cela à Cécilia. Elle se borna à raconter qu'elles hébergeaient des cousins en vacances jusqu'à demain, qu'elles avaient un locataire à l'étage.

– En vacances lui aussi ?

Hortense regretta d'avoir évoqué Tancrède.

– Non, il s'en va, éluda-t-elle.

Elle regarda Zerbinski.

– Est-ce que Muguette vous a parlé de moi ?

– Souvent. Tu t'en doutes.

Hortense fit oui, plongea sa paille dans le jus de pomme que le serveur venait d'apporter.

– Je me demandais pourquoi Muguette n'appelait pas. Et n'écrivait pas.

– Elle t'écrivait et te parlait très très souvent. Dans sa tête. Ses bras et ses jambes ne suivaient pas. Sa voix avait faibli. Elle savait que, si tu l'entendais, tu devinerais qu'elle n'allait pas bien. Quant à écrire…

Zerbinski tapota le bord de sa tasse et se mordilla la lèvre.

– Tenir un crayon pour elle, c'était comme…

– Demander à une chenille de porter la tour Eiffel sur son dos.

Zerbinski hocha la tête et renoua son foulard. Elle plongea ensuite la main dans son sac et retira un paquet blanc fermé avec du scotch.

– Elle m'a remis ça pour toi.

– Qu'est-ce que c'est ?

– Je ne sais pas.

Hortense défit le paquet. Le papier était la page de titre arrachée à la version poche de *Papa Longues Jambes*. À l'intérieur, il y avait une boîte d'allumettes petit format. À l'intérieur de la boîte, deux hippopotames verts.

Hortense sentit ses yeux piquer.

– Ses barrettes.

– Elle aimait les barrettes. Malgré ses cheveux courts. Celles-ci étaient ses préférées.

Hortense fixa les deux hippopotames, attendant d'eux un sourire, un clin d'œil, un coucou de la tête.

– Un jour, raconta-t-elle, c'était la deuxième fois que je la voyais, Muguette m'a dit : « Cet été je serai Meurthe-et-Moselle. »

Elle but une gorgée de jus de pomme, puis elle tendit les deux hippopotames à l'infirmière.

– Vous me les accrochez dans les cheveux, s'il vous plaît ?

20

Mycroft, Mylène, Lulu, Ernest, Raoul et les autres

Hortense lavait la terrasse au jet d'eau lorsque Tancrède sortit de la maison, côté tour, deux cartons sous le bras, des valises aux mains. Elle se concentra sur son tuyau. Elle arrosait les persils bibliques. Depuis que Basile les avait apportés, personne n'avait touché à la vigne volage, à l'olivier adolescent. Ils survivaient mais semblaient plus tordus que jamais dans leur coin de terrasse.

Elle jeta à Tancrède un regard par en dessous. Il claquait le coffre. Jusqu'ici elle n'arrivait pas à y croire vraiment. Mais il partait réellement.

– Pourquoi si vite ? songea-t-elle.

Elle fit un signe à Geneviève, Bettina et Désirée qui jouaient à une espèce de poker compliqué sur les marches du perron. Seule Geneviève regarda dans sa direction, et comprit le message. Elle abandonna ses partenaires de jeu pour retrouver Hortense.

– Il s'en va ? chuchota-t-elle. Maintenant ?

Hortense hocha la tête.

– On va toutes lui dire au revoir.

– Et Charlie ? Elle est en ville.

Geneviève fit une moue mélancolique.

– À mon avis, c'est pour ça qu'elle est en ville. Ils se sont dit adieu depuis un bout de temps. Quand ça s'éternise, ça rend tout insupportable.

Tancrède redisparut dans la maison. Bettina et Désirée délaissèrent le poker et les rejoignirent sur la terrasse.

– Il part ? chuchota Bettina comme si Tancrède pouvait l'entendre.

– Quand même, dit Hortense. Charlie aurait dû être ici.

Geneviève la fixa d'un drôle de regard.

– Vaut mieux pas. Il y a des limites à la force d'un être humain. Elle pourrait au dernier moment monter dans la voiture et ne jamais en redescendre !

Hortense la dévisagea avec incrédulité.

– Tu veux dire... Elle quitterait la Vill'Hervé ? Elle NOUS quitterait... ? Pour toujours ?

Geneviève regarda la maison sans répondre. Bettina détourna la tête.

Elles se tenaient bras ballants, face à la Ford Mondeo, comme si elles attendaient d'elle la résolution des mystères de l'humanité.

Tancrède reparut au pied de la tour. D'un élan elles coururent vers lui.

– Oh ! euh, vous êtes là, dit-il.

Lui aussi parlait bas. Il plaça les derniers cartons dans le coffre. Avec les cliquetis caractéristiques.

– Tu nous enverras un échantillon du parfum que tu auras inventé ? dit Bettina.

– Promis.

– Comment elle s'appellera, cette crème vase-et-bigorneau ? demanda Hortense.

– Ce n'est pas décidé.

– Tancrède...

– Oui ?

– On est contentes que tu sois venu ici.

– Très contentes même.

Il étira les lèvres entre sourire et grimace. Il souffla.

– Moi aussi.

– Tu vas continuer tes recherches à Paris ?

– J'ai fini. Ce parfum a été facile à trouver. C'est à cause de cet endroit.

Il aspira profondément en regardant autour.

– Ici tout sent quelque chose, dit-il. Ça donne un million d'idées.

Il y eut un silence.

– À Paris, tu diras bonjour à Gros Dégueulasse et à sa fée.

– Je n'y manquerai pas.

– J'aimais bien sa chanson, dit Désirée. *Dans un coin pourri du pauvre Paris...*

Il les embrassa très fort et très longtemps. Enid débarqua à ce moment-là, un sixième sens probablement. Elle se jeta dans les bras de Tancrède.

Il monta enfin dans la voiture. Geneviève se pencha à la portière :

– Au revoir.

Elle aurait aimé ajouter qu'elle était désolée, qu'elle l'aimait bien. Mais elle se tut.

Elle aimait bien Basile aussi. Et pour lui aussi elle était désolée.

Il leur fit un clin d'œil, et démarra.

*
* *

Au bout de l'impasse, juste avant la route, une petite silhouette jaillit des fourrés et se dressa devant la Ford Mondeo. Tancrède freina.

– Harry ! C'est dangereux de débouler comme ça !

Harry avança vers lui, une boîte de pastilles des Vosges à la main.

– Tiens, dit-il. Je les ai ramassés rien que pour toi. Ils sont même plus jolis que les autres.

Tancrède ouvrit la boîte. Elle était remplie de terre. Trois vers s'y ébattaient avec langueur. Il les regarda. Puis il secoua gentiment la tête.

– Merci, Harry. C'est un magnifique cadeau qui me touche beaucoup, mais…

– Tu disais que tu aimais les vers de terre.

– C'est vrai. Voilà pourquoi je les préfère libres. Remets-les où tu les as trouvés, Harry.

– Ils s'appellent Lulu, Ernest et Raoul.

– Ce sont de très jolis noms, mais ils préféreront avoir une belle terre que de jolis prénoms, tu ne crois pas ?

Harry garda le silence. Tancrède sortit de la voiture et s'accroupit auprès du petit garçon.

– Rends-leur la liberté. Ils sont à l'étroit là-dedans, ils étouffent. Ils sont malheureux.

Harry hocha la tête.

– Charlie disait la même chose pour Xavier-Lucien.

La paupière de Tancrède se crispa douloureusement.

Harry avança la main et reprit la boîte de pastilles. Il la retourna sur le talus fleuri. Les vers de terre se tortillèrent. Tancrède sourit et prit le petit garçon dans ses bras.

– Mais c'était le plus beau cadeau que j'aie jamais eu, lui chuchota-t-il à l'oreille.

Il parut réfléchir. Il se redressa. Harry le regarda ouvrir le coffre et en sortir la cage où Milady était en train de piquer un roupillon.

– Tiens, dit Tancrède. Je sais que tu lui rendais visite avec Mycroft quand j'étais absent.

– Comment tu as su ça ?

– Mycroft est un sacré bavard, répondit Tancrède. Il est surtout très amoureux de Mylène. Je compte sur toi pour qu'ils se retrouvent ?

– D'accord.

Harry ouvrit la cage et prit la rate au creux de son bras. Elle dormait toujours. Tancrède remonta dans sa voiture.

– Salut ! lui dit Harry, très fier.

– Salut ! dit Tancrède par la portière.

– Hé…

– Oui ?

– Elle s'appelle pas Mylène, elle s'appelle Milady !

– Milady ? Comment ça ?

– Mycroft est un sacré bavard.

Tancrède sourit et mit le contact. Harry cria :

– À Paris, dis bonjour à Gros Dégueulasse et à sa fée !

– Un gros mot, un euro, lui répondit Tancrède.

Et il démarra.

21

Ingrid, Rosette, Roberto, Mycroft, Milady et les autres

Geneviève entendit Charlie pleurer une longue partie de la nuit. Au matin, elle lui monta un plateau avec le petit déjeuner. Charlie dormait. Ou faisait semblant. Geneviève posa le plateau et repartit sur la pointe des pieds.

À midi, revenant de courses en ville avec Enid, Hortense et Bettina, elle trouva Charlie en tablier de toile et foulard sur la tête, qui repeignait les volets de la façade ouest.

– Quarante-cinq minutes pour un volet, dit-elle. Il y en a vingt-quatre en tout. Qui peut me calculer le temps que ça prendra ?

– On t'aime trop pour te donner un résultat aussi déprimant, dit Geneviève en passant un bras autour d'elle.

Harry fit son apparition.

– J'ai relâché Rosette ! annonça-t-il, triomphal.

Il y eut un quintuple cri effaré :

– Relâchée !?

Puis un autre :

– OÙ ?!

Il se dandina un peu. Euh, voilà, il avait cherché, cherché, et puis, surprise, il avait aperçu deux ou trois copains à Rosette qui jouaient au foot avec un petit pois dans l'évier.

– Des cafards qui disputaient un match de foot dans notre évier ? se révulsa Hortense.

On se rua à l'intérieur, devant l'évier où le match était apparemment terminé. Les joueurs devaient prendre leur douche aux vestiaires, c'est-à-dire la tuyauterie inférieure.

– Mondieumondieumondieu, se lamenta Geneviève. Nous avions un rat…

– Maintenant un élevage de cafards.

– À propos de rat… commença Harry.

– QUOI ?! hurla tout le monde.

En voyant ces pupilles braquées sur sa personne, Harry comprit que parler de Milady serait une erreur. Il acheva sa phrase au petit hasard :

– Euh, ça fait longtemps qu'on n'a pas vu Mycroft.

– Il ne me manque pas ! dit Bettina.

À dire la vérité, un peu. Quand Merlin lui proposait d'aller chasser le Mycroft dans le parc.

– À la prochaine visite de tante Lucrèce, dit Charlie lugubre, je suggère un lâcher de cafards dans les poils de Delmer.

– Ce n'est pas très gentil pour Delmer.

– Ni pour les cafards, d'ailleurs.

Un moteur pétarada au loin. Les cinq filles s'entre-regardèrent. Non. Oh ! noooon…

Pétrifiée, Enid souffla :

– Qui a prononcé son nom la première ?…

– Celle-là est une sorcière ! acheva Charlie.

Elles hurlèrent en chœur :

– BRANLE-BAAAS.

– À l'abordage ! brailla Harry qui n'avait pourtant pas revu tante Lucrèce depuis l'année de ses trois ans (et l'avait oubliée).

La Twingo se rapprochait.

Enid chopa Roberto par le cou, Geneviève embarqua Ingrid qui se toilettait sur le buffet. On les jeta dans le cellier.

– Harry, murmura Charlie. Si tu as ramassé ou caché des

animaux dont tu ne nous as pas encore parlé, c'est le moment de le faire.

– Quels animaux ? interrogea-t-il, candide.

– Je n'en sais rien, je te le demande. Sûr ? Pas d'araignées, de mouches, de crabes, de phasmes, de...

– Phasmes ? répéta Harry, l'œil brillant. Qu'est-ce que c'est ?

– Oh bon, soupira Geneviève en jetant des regards éperdus autour d'elle, de toute façon c'est le bazar, ici, comme toujours...

La Twingo freina en cercle au bas du perron. La voix de tante Lucrèce cria :

– Hou, hou ! Mes chéries !

On soupira. On se prépara à l'assaut. Bettina ouvrit.

Tante Lucrèce apparut, une étole jetée en travers de son bras droit, Delmer en travers de l'étole.

– Le pauvre amour, raconta-t-elle après avoir embrassé ses petites-nièces. Il sort d'une purge. Il a dévoré le torchon où la femme de ménage avait renversé du jus de poulet. Il est fou de jus de poulet. Seulement, pauvre minou, un torchon même 100 % coton ce n'est pas très digeste.

Delmer avait une petite mine. Geneviève se dit qu'au moins, pour une fois, il ne courserait pas les chats. Bettina et Hortense jugèrent qu'un chien qui confondait un torchon avec un poulet devait avoir un sérieux bug. Enid songea que ce n'était vraiment pas sa faute, le pauvre, avec une maîtresse qui l'appelait « minou »...

– Du thé, tante Lucrèce ? dit Hortense.

– Pourquoi pas. Qui sont ces enfants ? interrogea la tata en dardant ses prunelles sur les cousins.

– Tu ne les reconnais pas ? Harry et Désirée !

– Oh... Bien sûr.

Elle leur offrit son plus bel étirement de lèvres – impossible de qualifier cela de sourire. Elle étendit ses longs doigts, aux longs ongles, les plongea en tentacules dans les cheveux serrés de Harry.

– Indéniablement Afrique, dit-elle. Leur mère est... quoi déjà ?

– Gabonaise, répondit Désirée.

– Tu peux leur poser directement les questions, ma tante, dit froidement Geneviève. Ils parlent.

– Leur père, continua leur tante sans écouter, le frère de votre mère, s'est toujours montré un peu hurlu...

– Le thé est prêt !

Hortense la servit. Tante Lucrèce tourna sa cuillère dans la tasse, calée par une fesse au bord du canapé.

– J'ai appris que vous aviez un locataire...

– Il est parti, coupa Charlie.

– Tant mieux. Ce n'est pas très convenable. Un homme seul dans une maison où il n'y a que des femmes !

– Je suis une fille, dit Enid. Pas une femme.

– Je suis un garçon, dit Harry. Pas une femme.

– Et nous avons Roberto, sexe masculin, ajouta Geneviève.

– Roberto ?... répéta la tante.

– Notre chat.

Tante Lucrèce se tapota la narine comme si le seul mot de « chat » allait lui déclencher une allergie. Elle soupira, fit glisser l'étole avec Delmer sur un coussin, pour ouvrir commodément son sac à main.

– Je vous ai apporté le chèque. Plus un autre. Mais à une condition : plus jamais d'inconnu dans la maison, vu ? Promis ? Je suis responsable de vous.

Charlie détourna la tête. Tante Lucrèce lui tendit les deux chèques avec un triomphe qu'elle retenait... et retenait si visiblement qu'il éclatait plus encore.

Au prix d'un gros effort, Charlie prit les chèques et les plia dans sa poche

– Tu ne regardes pas ?

Charlie les ressortit, docile, regarda. Elle se leva, posa les chèques sur le guéridon et quitta la pièce. On l'entendit monter le Macaroni en courant.

– Qu'est-ce qui lui prend ? s'étonna leur tante.

– Euh, l'émotion, dit Hortense.

– Cet argent lui ôte un souci, expliqua charitablement Geneviève.

Elles savaient bien que l'argent n'avait rien à voir avec la sortie subite de leur sœur aînée. C'était ce blabla à propos du locataire… Tante Lucrèce avait remué le couteau dans une plaie vive. Un long silence flotta.

Personne ne remarqua que Delmer, tout flagada qu'il fût, dressait soudain une oreille, puis l'autre. Son œil canin se dirigea vers la fenêtre où deux ombres rôdaient… Enid les aperçut aussi. Ingrid et Roberto ! Ils s'étaient échappés du cellier !

Avec une vigueur retrouvée, Delmer bondit par-dessus sa maîtresse, fit valser au passage la tasse de thé. La tata poussa un cri, et montra sa main.

– Je suis ébouillantée !

– Il faut faire couler de l'eau froide dessus.

On se mit à trois pour la piloter, tremblante, vers la cuisine. Elle n'était pas ébouillantée, l'étole avait tout absorbé. Hortense actionna le mitigeur de l'évier et laissa l'eau couler.

Provoquant, par l'orifice du trop-plein, l'évacuation d'une colonie de…

– Cafards ! hurla la tata en lâchant sa serviette.

À côté, profitant des portes ouvertes, Ingrid piégea Delmer d'un tour de passe-passe. Le pauvre se retrouva coincé devant le vaisselier.

Mycroft, qui faisait à Milady les honneurs de sa nouvelle demeure, se promenait également dans les parages. Les chats ne savaient où donner de la tête. Un chien ! Des rats !

C'était la fête ! C'était trop ! Ils lâchèrent Delmer, qui redevint illico poursuivant, et tout le monde galopa entre les pieds des humains.

Tante Lucrèce s'égosillait comme si elle avait vu King Kong. Harry ne perdit pas le nord. Il prit un Tupperware sur l'égouttoir et récolta trois cafards dans l'évier. Il reconnut formellement Rosette parmi eux. Il ferma le Tupperware.

Dans le salon, tante Lucrèce haletait, la main en alternance sur le cœur, la gorge, le ventre.

– Je n'y crois pas ! Je… j'ai bien vu… des…

– Des chats, dit gentiment Bettina.

– Non, non… des… des… r…

Harry arriva avec son Tupperware qu'il ouvrit. Il en exhiba le contenu à la tata qui repartit à s'époumoner.

– Rosette, Bernadette, Georgette, présenta-t-il poliment.

– Des… des… s'étouffa-t-elle.

Elle attrapa Delmer au vol alors qu'il filait par-dessus la table aux trousses des félins démoniaques.

Quand elle lui eut mis le grappin dessus, tante Lucrèce tenta de reprendre sa respiration :

– Ces… ces… animaux colportent la peste ! la méningite ! les allergies…

Elle agita son immense index sous les narines de Harry, très Cruella avec son étole sur le bras.

– Je ne resterai pas une minute de plus ! Ou ça me tombera dessus ! L'épée de Damoclès ! L'épée de Damoclès !

On ne sait pourquoi Harry ne trouva rien de mieux que de lui éclater de rire au nez.

Bouillant de rage et de frayeur, tante Lucrèce sortit de la maison, dévala le perron, Delmer sous le bras.

Alertée par le remue-ménage, Charlie reparut juste à temps pour voir la Twingo démarrer.

On regarda la voiture filer vers l'impasse, tout le monde bien aligné sur le haut des marches : Charlie, Geneviève,

Désirée, Bettina, Enid, Hortense, Harry, Roberto, Ingrid. Et Rosette, Georgette, Bernadette dans le Tupperware posé sur la rambarde.

– Hé ? murmura Bettina qui sentait venir le fou rire. Ces touffes verdâtres qui dépassent de son coffre…

– On dirait… ?

– Des poireaux, affirma placidement Désirée. Les derniers. Après, fini, y en a plus.

– Elle est marrante, la tante Lucrèce, murmura alors Harry. Vraiment marrante. Surtout quand elle parlait des pets de Damoclès.

Geneviève

L'été

Prologue

Premiers jours d'été, derniers jours d'école

Charlie plongea la main dans une pyramide de bouchées au poulet, en prit deux, donna l'une à Geneviève, mordit dans l'autre.

– Ça fera un demi-euro, annonça tranquillement Jean-Rachid derrière son stand.

– Hein ? Cette bête a donc été élevée au caviar ?

– À l'alfalfa de mémé, riposta tout aussi tranquillement Isild qui tenait avec Jean-Rachid le stand *Morceaux de poulet frit* de la fête de l'école.

Une barque jaune traversa le ciel bleu, son ombre alla s'abattre sur les visages de Charlie et de Geneviève.

Elles retinrent une forte envie de fuir. Parler à un bateau qui vole ne leur disait rien qui vaille. Surtout qu'il s'agissait du bibi de Mme Bouin, mère d'élève réputée.

– Charlotte Verdelaine ! Et Geneviève ! s'exclama sa bouche mauve sous le chapeau-bateau jaune.

– Euh, oh, bonjour.

La pelouse de l'école était une pagaille de stands de tir, de pêche aux canards, de confiture de carotte en pots, de profs en goguette, d'élèves en vadrouille, de colloques sur le pouce. Après le lycée de Geneviève, le collège d'Hortense et de Bettina, Charlie commençait à en avoir jusque-là des fêtes de fin d'année. Dieu merci, l'école d'Enid était la dernière.

– Nous attendons le numéro d'Enid, dit Geneviève en

désignant le coin de bosquet où une sorte de théâtre était érigé sur une estrade.

Depuis le début de l'après-midi, on avait vu s'y jouer une saynète des CE2, la parade des animaux du zoo par les CP, l'inévitable poème de Prévert par... (Geneviève se le rappela soudain avec effroi) la petite Bouin ! Fille de madame.

– Vous avez vu ma Zoé ? susurrait, justement, la madame en question.

– Elle a été très bien, assura charitablement Geneviève.

Elle piocha un morceau de poulet qu'elle offrit à Mme Bouin dont le couvre-chef oscilla :

– Merci, non. Cet alignement d'os... Ça me rappelle trop ce film que j'ai vu hier soir.

– Quel film ? s'enquit Charlie qui s'en fichait.

Elle cherchait des yeux ses sœurs dans la foule éparpillée. Ah, elle voyait Bettina, là-bas, dans une robe de coton rose qui faisait flamber sa tignasse rouge et pâlir les barbes à papa alentour, discutant avec Denise et Béhotéguy.

– Voyons, poursuivait Mme Bouin, le titre, c'était... Peu importe. L'histoire d'un *serial killer* mélomane traumatisé par sa prof de piano qui l'obligeait à répéter *La Lettre à Élise* tandis qu'on massacrait son élevage de souris.

– Oh.

Un silence. Geneviève interrogea timidement :

– Quel rapport avec ces morceaux de poulet ?

Le bibi tangua, tribord, bâbord.

– Oh, ce n'est pas tant le poulet... Plutôt les morceaux.

Mme Bouin rit. Elle fut la seule. Geneviève regarda du côté du préau où était censée se trouver Hortense.

– Avez-vous remarqué ? reprit Mme Bouin en faisant apparaître un sachet de pralines qu'elle entreprit de croquer avec méthode. En ce moment il n'y a que ça à se mettre sous la dent.

– Des pralines ?

– Des films avec des tueurs en série.

À l'autre bout du préau, au stand fléchettes, Hortense agitait allègrement le bras dans leur direction. Sous leur nez, le chapeau jaune ondula telle une nageoire de sole.

– Je dois voir ces films-là, expliqua Mme Bouin (parente d'élève fameuse donc, mère d'une Zoé prodige qui ânonnait Prévert, et membre du conseil d'école), car je suis à la commission qui délivre le label VINOCHEPET.

– VINOCH… ?

– … EPET. VIsible ou NOn par nos CHErs PETits.

Elle leur présenta son sachet de pralines. Charlie et Geneviève dirent non merci, pour cause de poulet récent. Mme Bouin continua :

– Je suis obligée d'en avaler régulièrement.

– Des films avec des tueurs en série ?

– Des pralines. Mon hypoglycémie. Cela me rappelle le film où un tueur confiseur trucidait ses victimes dans une cuve de guimauve fumante et qui…

– Voici Hortense ! s'écria Geneviève avec soulagement.

Leur cadette arrivait du tir aux fléchettes, portant sous le bras une version gigantesque de Yokonono, la poupée qui faisait fureur à Tokyo car on tirait de ses lèvres en polyuréthane des paroles aussi subversives que *Où sont les toilettes, bordel ?* et *Le Nikkei est en forte baisse ce matin !* rien qu'en lui pinçant l'oreille.

– Regardez ! claironna Hortense épanouie.

Elle pinça le jouet qui roucoula une bouillie inaudible. Charlie se permit une moue.

– Qu'est-ce qu'elle baragouine ?

– Je sais ! coupa Mme Bouin, toute fière. Elle a dit *Rendez-vous avenue de Messine* !

Hortense secoua la tête, navrée :

– Du tout. Elle a dit *On s'en fout, de la venue du Messie*. Mais la pile est usée.

Mme Bouin sourit comme si deux doigts crochus avaient étiré ses lèvres.

– À propos d'usure, dit-elle. Notre médecin de famille part à la retraite. Que vaut ce jeune docteur... Ce Basile Quelque Chose ?

Charlie piqua un fard. La teinte de ses joues se troubla violemment, et celle de son cou.

– On ne le voit plus... guère, articula Geneviève.

– Un bail, jeta Hortense, lugubre.

– Oh. Je croyais. On m'avait dit que vous le...

Où sont les toilettes, bordel ? Le Nikkei est en chute libre ! Où sont les...

Charlie retrouva sa couleur habituelle. Sa voix fut presque normale :

– Basile ne vient plus chez nous mais ça ne change rien à ses compétences médicales, dit-elle. Allez le consulter sans crainte. Hortense, tu vas me chercher un sirop d'orgeat ?

*
* *

À quelques mètres de là, avec le soutien de Bettina et Béhotéguy, Denise essayait de convaincre sa mère qu'elles pouvaient s'il-te-plaît-je-t'en-prie-par-pitié partir en vacances toutes les trois.

– On ne sera pas seules ! répétait-elle pour la quatorzième fois en onze minutes. Puisque la cousine Bethsabée sera avec nous. Dans sa maison ! Et elle a trente ans !

– La maison ?

– La cousine.

Mme Comencini soupira en silence. (Les trois filles comprirent que la digue cédait.) Enfin.

Bettina se dépêcha de battre le fer :

– Moi, ma grande sœur a commencé par dire non tout

comme vous, madame Comencini. Elle a changé d'avis quand elle a su que la cousine Bethsabée serait avec nous.

C'était la pure vérité. Charlie ne l'aurait jamais laissée partir camper une semaine dans le pré d'une maison inconnue sans l'assurance de Mme Permoullet, maman de Béhotéguy, qu'elles auraient un chaperon.

– Et ce n'est qu'à cinquante kilomètres, appuya Denise. Moins d'une heure en train si on veut revenir. Ou si tu viens nous rendre visite.

Les deux hypothèses relevaient de la science-fiction, bien sûr, mais étaient une espèce de TVA à leur bonne foi. À bout de résistance, Mme Comencini ralluma son cigarillo. Huit jours que ces trois chipies l'asticotaient... Elle se donnait quinze secondes encore. Par principe.

La mère de Béhotéguy jaillit à cet instant d'un groupe de parents et fonça sur elle.

Mme Permoullet : complet veston anthracite à rayures tennis, cravate, cheveu ras. Mme Comencini : jupe plissé soleil à coquelicots, perles ventrues, turban vermillon.

– Ma chère !

La mère de Denise sentit se liquéfier ce qui lui restait d'énergie. Se colleter Mme Permoullet, elle n'en avait pas le courage. Elle souffla, en hâte, à sa fille :

– Oh bon. C'est d'accorrrd pour votrrre fichu camping.

Denise, Béhotéguy et Bettina se mirent à sautiller frénétiquement avec de petits cris d'extase, ainsi que dut le faire César à la dernière bataille des Gaules. Une voix au micro les interrompit. On annonça *Le Roi et la Marquise* !

– Le numéro d'Enid et Gulliver !

On prit place sur les chaises en fer. Par Dieu sait quel accident – mais en était-ce un ? – Mme Bouin se retrouva à côté de Charlie. On attendit. Enfin le rideau s'ouvrit sur deux espèces de gros babas chantilly en escarpins : Enid et Gulliver, avec jabots, dentelles et perruques poudrées. Sous les doigts de Mlle Austerlitz, la maîtresse de musique, le clavecin trottina d'un sabot léger. L'un des babas gonfla (il se mettait debout) et entonna :

Voulez-vous danser, marquise ?
Voulez-vous danser le menuet ?
Ha ha ha ha ! Le menuet c'est la polka du roi !

– Ils sont vraiment… murmura Mme Bouin.

Quoi ? On ne sut jamais.

Hortense se désintéressa assez vite d'une mise en scène qu'elle jugeait un tantinet amateur. (Elle-même suivait de *vrais* cours d'art dramatique !) Elle en profita pour prendre une décision importante : ce soir, elle aborderait le sujet de SES vacances. Elle avait trop attendu. D'accord, après cette semaine d'affrontements avec Bettina sur le même thème, Charlie tournerait dingo… Tant mieux, elle serait épuisée. Après tout, pourquoi Bettina serait-elle la seule à avoir le droit de villégiaturer ?

Mais soudain !… Qu'y a-t-il marquise ?
Je ne vous sens plus très bien entre mes bras !
Vous fondez ?… comme une banquise…
Ho ? Ho ? Ho ? Ho ?

La marquise Enid roula de grands yeux, puis sa voix, édentée, chevrota :

Hélaf, monfieur… Ve suis en cire
Et vous, vous êtes au musée Grévin
Nous ne fommes plus des humains
Hon hon hon hon… Fini la danfe !…

Il y eut six rappels. Score des plus honorables (Zoé Bouin en avait totalisé quatre).

– Quelle magnifique idée ! s'écria Mme Bouin. Ce théâtre devant ces collines ! N'est-ce pas ?

Elles opinèrent. Déprimées.

– Oui, dit Charlie. Ça mérite le label Vinocheprout.

Madame Bouin la scruta avec incertitude. Mais l'aînée Verdelaine affichait une mine impavide.

– Cet air ! Ce piquant ! L'azur ! Ah, la nature, j'adore ! s'exalta alors Mme Bouin, les narines large ouvertes. Pas vous ?

Elles opinèrent. Terrassées. Songeant qu'avec une nature qui l'avait faite chapeautée, déclamante et emmerdeuse, Mme Bouin n'était vraiment pas rancunière.

1

Lessive, beau gosse, et contrebandiers

Geneviève adorait avoir des sœurs. Parfois elle en aurait aimé trois ou quatre de plus.

Excepté les jours de lessive. Les jours de lessive, l'été.

Comme aujourd'hui.

Elle avait passé la matinée à courir par toute la maison pour collecter un quintal de jeans sales, de chaussettes seules, jupes, tee-shirts, slips, soutiens-gorge, sans parler des draps, des taies, des torchons ; et des lubies.

Par exemple, un jour, Charlie avait décidé que les serviettes de table, ça ne servait à rien qu'à grossir le tas de linge crade, à user inutilement la lessive, à encombrer le fil. Exit donc les serviettes.

– Avec la cuisine à côté, on n'aura qu'à se laver les mains, décréta-t-elle.

Seulement, comme personne n'avait envie de se lever au milieu du repas pour aller se savonner à l'évier, les pantalons étaient devenus essuie-doigts. Le pire étant les jours pizza. Les jours pizza, cinq jeans partaient d'un coup dans le panier à linge.

Et il y avait le ramassage. Une vraie chasse au trésor. Enid qui faisait des élevages de socquettes sous les placards et les étagères. Hortense qui piquait des crises lorsque quelqu'un d'autre qu'elle-même osait récolter ses culottes. Bettina qui se décolorait le poil des avant-bras, interdisant l'accès à la salle de bains où, précisément, il y avait le linge en attente…

Geneviève sortit sur le perron ce matin-là, sa bassine de propre bien calée sur la hanche.

– Tu vas où ? l'interpella une voix tombée des nues.

– Au bal de la Vaubyessard ! répondit Geneviève en levant la tête vers Charlie. Je cours au parc où la fée ma marraine fera de ma jupe pourrie et de ma chemise dégueu un ensemble Chanel !

Charlie, debout sur les ardoises du toit, haussa les épaules et se remit à déblayer la gouttière du fatras habituel de feuilles, d'écorces, brindilles et papiers divers. Par quelle magie les emballages de chewing-gums atterrissaient-ils là ? Une fois, elle avait trouvé un bout de journal qui annonçait le divorce de Liz Taylor et de Richard Burton, scoop qui datait d'au moins mille trois cents ans.

Geneviève rejoignit la portion de parc où poussaient les arbres fruitiers. Le fil d'étendage allait d'un pommier à un autre, puis du prunier qui ne donnait rien à l'abricotier qui donnait quelquefois. Quand, vraiment, il y avait un gros retard de lessive, on utilisait le fil de secours tendu entre l'abricotier et le cerisier.

Précisément, ce fut sous le cerisier qu'elle surprit son père à flâner ce matin-là. Fagoté bien entendu comme le Vagabond des banquises, anorak en peaux et godillots fourrés, son vieux bonnet péruvien à la verticale sur la tête.

Fred Verdelaine n'avait jamais beaucoup prêté attention à sa garde-robe, mais depuis qu'il était mort, ça passait l'imaginable. Geneviève posa sa bassine sur l'herbe et alla l'embrasser tendrement.

– Deux semaines et elles seront à point, dit-elle en le voyant lorgner le cerisier. Maman n'est pas avec toi ?

– Tu connais ta mère. Elle mène une pétition contre les conditions de détention au purgatoire.

– Oh, s'écria Geneviève fort intéressée. Une pétition à l'attention de ?...

Son père fit un geste ample, lequel englobait le cerisier, le pommier, le prunier qui ne donnait rien, l'abricotier qui donnait quelquefois, et probablement tout un tas d'autres choses. Il dit :

– Son mot d'ordre est : ce n'est pas parce qu'on a le cul entre deux chaises qu'on doit vivre comme si on allait tomber... Vivre étant une façon de parler, bien entendu.

Geneviève déploya un drap par-dessus le fil. Elle le secoua, le lissa, l'équilibra. Roberto sauta de la branche où il somnolait et vint atterrir à ses pieds. Fred le souleva dans ses bras. Le chat se laissa caresser. Il l'avait reconnu.

– T'as pas chaud, fringué en Inuit ? demanda Geneviève.

– Ça n'a plus aucune importance pour moi, tu sais bien.

Il fit la moue :

– Tu me parles comme si j'étais un petit garçon de sept ans.

– Tous les hommes sont des petits garçons de sept ans. C'est maman qui le di... sait, corrigea-t-elle vite et doucement.

Elle cala deux pinces à linge aux coins de sa bouche.

– 'e 'ais 'awailler 'out 'uillet ! reprit-elle avec un large sourire dû en grande partie aux pinces.

– J'ai beau être un esprit, rétorqua Fred en grignotant une fleur de pommier, je veux dire un esprit supérieurement intelligent, je ne comprends rien à ce que tu dis, ma chérie.

Elle libéra les pinces, les planta sur les manches d'un tricot.

– Je vais travailler tout juillet, répéta-t-elle. M. Mespoulède m'a embauchée pour tenir son stand de glaces sur la plage.

Fred gratouilla Roberto, exactement là où Roberto aimait.

– Bravo. Tu dois être contente.

– Payée pour aller à la plage, génial, non ? Avec ça, je continue la boxe à la rentrée. Et tu sais quoi ? Je pense me mettre à la trompette.

Son père se boucha les oreilles et fit une grimace comme s'il entendait une cacophonie insupportable.

– Ne parle pas de trompettes, je te prie, j'ai ma dose depuis que...

Il se tut, le regard malicieux derrière ses petites lunettes en lunes.

– J'aurais préféré que tu vendes des crêpes. J'adore les crêpes.

– C'est plus de boulot. Et il fait trop chaud. Je commence tout à l'heure, à 11 heures. C'est juste à côté du minigolf. Papa ?...

Geneviève regarda alentour. Fred avait disparu. Il ne restait dans l'herbe que la fleur de pommier qu'il avait mâchouillée.

– Pourrais prévenir, grogna-t-elle.

Le chat s'installa en travers de ses épaules tandis qu'elle extirpait un jean tordu de la bassine pour le secouer. Comme un prunier.

2

L'été commence, c'est les vacances

Enid poussa le verrou des W.-C., baissa son jean, son slip imprimé d'insouciants lémuriens en montgolfières roses, et s'assit sur la lunette en chêne.

– Salut, dit-elle. Tu es là ?

Oui, il y était, discrètement installé, le dos tourné, derrière le réservoir. On distinguait juste la pointe d'une babouche dorée à pompon. Le Gnome de la Chasse d'Eau était un être poli, bienséant, un gentleman. Enid coupa un carré de papier-toilette qu'elle plia en forme de salière.

– Je t'ai trouvé un nom, dit-elle.

Le Gnome attendit.

– Qu'est-ce que tu penses de Kobold ?

Il toqua deux fois, avec vigueur, au tuyau. C'était le code entre elle et lui. Un toc, oui. Deux, non.

– Dommage. Et Jeannot ?... Jacquot ?

Ah non ! fut la réponse.

– Haribert ? Gaudéric ? Dosithée ? Lubin ?

Non. Non. Non. Non.

Elle songea subitement que le Gnome était peut-être... une fille. Jamais jusqu'ici l'idée ne lui était venue. Elle énuméra tous les noms de fille qui lui traversaient l'esprit :

– Éponine ? Luchésie ? Damia ?

Non, non, nom d'un petit bonhomme. Ce n'était pas une question de fille ou de garçon. Il voulait simplement un nom qui lui plaise ! Elle en proposa une vingtaine. Quand elle fut à court, pour se donner le temps, elle fabriqua deux cocottes en papier toilette, trois voiliers, un avion, et encore une cocotte.

– Cary Grant ? dit-elle en désespoir de cause.

Un silence, puis… Toc !

– Cary Grant ? répéta-t-elle, surprise. Je disais ça pour rire. C'est pas un nom. Pas un vrai. C'est celui du vieil acteur mort préféré à tata Lucrèce.

Toooc ! Impératif.

– Bon, bon. Si c'est ce que tu veux… Cary Grant.

Elle inspecta le rouleau de papier. Il ne restait presque plus de feuilles. Elle détacha les dernières.

– Fais-moi penser à remettre une provision de rouleaux, ou bien houlà les crises de nerfs.

Ce qui était formidable avec le Gno… heu, Cary Grant (décidément elle allait devoir s'habituer), c'est qu'on pouvait lui causer fil dentaire, colique, ou divisions à dix-neuf chiffres, tout le passionnait.

– Tu as entendu ce boucan, hier soir ?

Toc. Elle expliqua :

– Hortense contre Charlie. Sept rounds. Hortense veut partir en vacances, elle dit qu'il n'y a pas de raison que Bettina soit la seule. Charlie a fini par dire oui. Par K.-O. Avec quand même une condition.

Enid fit une pause pour démarrer la métamorphose du dernier carré de papier toilette, puis elle reprit :

– Tu ne me demandes pas la condition ?

Toc ? fit Cary Grant.

Un toc plein de curiosité. Enid sourit :

– Elle veut qu'Hortense ne parte pas seule. Hortense partira donc avec quelqu'un.

Nouvelle pause. En quelques pliures, le carré était gentiment devenu un paquebot rose parfumé.

– Tu ne demandes pas qui ?

Toc ?

– MOI. Tu ne demandes pas où ?

Elle posa le bateau rose sur l'étagère, prit un des *Futile* de Bettina qui achevait là inexorablement son existence de magazine. Elle arracha une page et amorça une tour Eiffel avec.

Le Gno… enfin, Cary Grant cogna avec impatience.

– À Paris ! lui répondit Enid en riant et en frappant des talons avec allégresse. À PARIS !! Chez Harry et Désirée ! Hortense est un génie des fois, elle obtient tout ce qu'elle veut à faire son emmerdeuse !

Toc toc toc toc ? voulut-il savoir.

– Trois semaines. Tu seras là à notre retour ?

Toc. Satisfaite, Enid posa sa tour Eiffel sur un tuyau.

– Tu veilleras sur Ingrid et Roberto ? Je sais, c'est pas tes oignons de gnome mais…

Toc, l'assura-t-il. Elle expédia un bisou à la babouche à pompon toujours appuyée sur le bord du réservoir.

– Sank you, Cary.

Elle actionna la chasse d'eau. Attendit que le bruit diminue, et dit :

– Tu me manqueras.

Elle tira le verrou, ajouta :

– En fait, Cary Grant ça te va super bien.

Elle sortit. Dehors, Bettina attendait son tour et la dévisagea avec soupçon.

– Avec qui tu rigolais, là-dedans ?

– Personne.

– Tu rigolais.

– Je rigolais pas.

– C'est qui, Cary Grant ?

La petite ouvrit de vastes yeux et tapota de l'index toc-toc sur le front de sa sœur. Bettina la repoussa avec tonus et vérifia à l'intérieur des toilettes. N'y trouvant rien de remarquable, elle s'enferma quiètement.

Six minutes plus tard, ses cris et vociférations secouèrent le rez-de-chaussée de la maison.

– Qu'est-ce que c'est ?

– Un éléphant dans le couloir.

– Le dernier CD de Cindi Sauerkrout.

Enid avait deviné. Elle se mordit un bout de joue, oh crotte, pensa-t-elle.

– C'est Bettina, dit-elle.

– Elle s'est peut-être fait mal. Quelqu'un va voir ?

Personne ne bougea. Les hurlements augmentèrent en quantité et en vitalité. Les filles tendaient l'oreille.

– Qu'est-ce qu'elle raconte ?

– Il ne fait aucun doute, dit Hortense après trois secondes d'écoute intense, que ce séjour aux W.-C. rend cette pauvre Bettina complètement maboule.

– Mais qu'est-ce qu'elle crie ?

– Bizarre… Il est question de bateau, de tour Eiffel, d'avion… Elle veut aussi qu'on lui apporte une piqûre.

– Une piqûre ?

– La pauvre.

– J'y vais, dit Geneviève.

– Je serais toi, murmura Enid, j'irais sans piqûre…

Geneviève se leva. La petite fit son regard de sainte :

– … mais avec du P.Q.

*
* *

Dans le chemin des douaniers, le vent d'été ébouriffa sa jupe. Geneviève la retint d'une main, à plat sur la hanche, et marcha à reculons sans quitter l'océan des yeux, le bras en visière, direction là-bas là-bas là-bas, vers le phare. « Brume sur Potron-Soufflant, beau temps ! » disaient les pêcheurs de Belle-Anse.

Un VTT en bonnet de marin rouge déboula sur le sentier cabossé et la dépasssa à vive allure. Elle eut le temps de faire un bond et de se raccrocher à un tamaris. Du vélo, il resta un jet de poussière.

– Touriste ! grogna-t-elle.

Elle secoua sa jupe. Dans la courbe du chemin, après le blockhaus, il y avait un banc en bois. Sur le banc, trois vieux messieurs assis. Pour le moment, tout était caché par un pan du blockhaus, mais encore cinq ou six pas et ils seraient là, elle le savait. En additionnant leurs propos interceptés depuis trois matins dans la courbe, elle avait déduit qu'ils s'appelaient Paul, Jacques, Pierre, et qu'une Janique de soixante-dix ans était le gracieux sujet de leurs préoccupations.

Ils étaient là.

– Bonjour, leur dit-elle.

Elle eut droit au triple salut de leurs crânes quasi chauves. Ils la regardèrent passer, avec ses cheveux qui bougeaient d'une joue à l'autre, ses chevilles gaies, sa jupe ronde et bleue sur l'horizon bleu et plat, son petit air pressé. Elle les laissa loin derrière, et s'engouffra dans le virage suivant.

Quelques pas, et une voix l'appela :

– Hé ! Tu peux m'aider, là ?

Elle se tourna à gauche, à droite…

– Ici ! guida la voix. En bas.

Une tête rouge, des bras, remuaient dans la broussaille qui descendait en pente casse-cou vers la mer.

– Mon vélo a dérapé.

– Tu t'es fait mal ?

– Non, dit-il. Tu vois la branche ? Par terre ? Donne-moi un bout et accroche-toi à l'autre.

Elle avança dans la pente. Merci maman, se dit-elle, une

brillante idée, la jupe ! Ce matin devant l'armoire, Lucie Verdelaine la lui avait chaleureusement recommandée : « C'est plus avenant pour le chaland », avait-elle argué (depuis sa mort elle s'exprimait tarabiscoté, parfois). Geneviève avait obéi.

Maman, songea-t-elle, toi qui as des accointances avec le Divinatoire et le Surnaturel, c'était quand même la moindre des choses de prévoir, quoi, merde. *A fortiori* quand on est UNE fantôme, c'est-à-dire dotée en plus de LA féminine intuition...

En attendant, Geneviève peinait comme dix mulets, les buissons s'agrippaient comme de mauvais pièges, vous grignotaient le mollet avec leurs petites dents. Elle évitait les grandes enjambées, déprimée à l'idée que ce garçon au nez levé, en contrebas, puisse bêtement voir sous sa jupe. Ouais, bravo maman... Elle attrapa enfin la branche.

– Assez longue ? interrogea le garçon.

Dans un geste de pêcheur de truite, Geneviève la souleva.

– Tu as failli me renverser, tout à l'heure, fit-elle remarquer au garçon. Dans le chemin.

Elle s'accrocha au tronc d'un pin. Elle lui tendit la branche.

– Elle a la bonne longueur, dit-elle.

Il étira les doigts, de toutes ses forces, mais sans réussir à toucher la branche. Il roula son bonnet vers l'arrière.

– Tu ne t'es pas excusé, reprit-elle.

– Tu as bien fait d'attendre. Tu vois : je suis à tes pieds !

Elle sourit. Il compta un, deux, trois. Main tendue, il fit un bond vers la branche. La manqua. Il grogna un juron très rare.

– Attends, dit-elle.

Elle s'arc-bouta au pied du pin, un talon calé par les cailloux. Elle pointa la perche vers lui, le plus loin qu'elle put. Il l'agrippa.

Il prit son vélo sur son dos et tira sur la branche. Geneviève se raccrochait au pin, grimace, langue mordue, paupières serrées. Sitôt franchie la pente, le garçon laissa tomber la branche. Il intercepta en passant la main de Geneviève, et ils retrouvèrent ensemble le chemin.

– Merci, dit-il.

Il la lâcha pour examiner son vélo.

– Ça ira ?

Il tira sur son bonnet ; puis sur son nez joliment écrasé. Il avait les yeux clairs, mais on ne s'en apercevait pas tout de suite parce qu'ils étaient très près des sourcils.

– Cinq sur cinq, répondit-il.

Il enfourcha son VTT.

– On ne s'est pas déjà vus ? s'écria Geneviève.

La question vint plus vite que sa pensée car, sous ce bonnet rouge, le visage du garçon était devenu brusquement familier.

Il s'éloigna sur le vélo qui grinçait. Qui grinçait ou... est-ce lui qui ricanait ? Elle cria :

– Je vends des glaces sur la plage !

Elle aurait pu rougir après coup, mais il avait déjà filé.

3

Littératures et cheveux de tout poil

Hortense écarta une pile de livres, en souleva une deuxième, se dit bon sang ma chambre a rétréci ! fourra la troisième pile entière dans la valise ouverte par terre, se dit zut zut zut où est-ce que j'ai pu le mettre ? Elle poussa une rangée sur l'étagère, déplia quatre jeans, on ne sait jamais, ça pouvait se trouver dedans.

– C'est ça que tu cherches ? demanda sa mère.

Hortense regarda avec mauvaise humeur. Elle saisit le livre que sa mère montrait.

– C'est malin ! Des heures que je fouille partout.

– Là, tu en rajoutes. Tu n'occupes cette pièce que depuis neuf minutes.

– Parce que tu m'espionnes ?

Sa mère eut une expression de reproche.

– Pardon, se repentit Hortense. Mais comment se fait-il que tu aies ce bouquin ?

– J'ai eu envie de m'y replonger. Tu te souviens, je te le lisais, le soir, avant de dormir. Tu avais neuf ans.

– Et demi. Neuf ans et demi. Six mois avant que tu meures.

Pour une fois, Hortense trouvait sa mère habillée de façon convenable. Une robe d'été vert anis, un chapeau et des mocassins crème. Lucie Verdelaine se pencha pour inspecter le contenu de la valise :

– Pas de crème solaire ? Et, oh mon Dieu... trois culottes seulement ! Pour trois semaines de vacances ? Une par semaine ? Depuis quand ? Allez, hop, revoyons tout ça !

Dans le fond, Hortense n'était pas fâchée. Elle avait oublié un tas de choses, elle le savait bien. Sa mère darda sur elle un œil pointu :

– C'est nouveau, ton amour pour les voyages ? s'enquit-elle à brûle-pourpoint. Toi qu'on doit traîner par les cheveux quand il y a un train à prendre !

Elle lui tourna la tête d'un coup d'index et capta son regard :

– Cela aurait-il un rapport avec ce Tancrède, des fois ?

Hortense admira *in petto* la finesse de sa mère.

– Tu veux aller à Paris pour parler à Tancrède. Bon. En as-tu discuté avec Charlie au moins ?

Hortense fit non.

– Laisse-la régler ça elle-même, conclut Lucie.

– Tancrède est amoureux de Charlie, expliqua Hortense dans un souffle. Il faut absolument lui dire que...

– Que... ?

– Qu'il ne doit pas la laisser se sacrifier pour nous. Que, s'ils s'aiment, il y a une solution, forcément.

Sa mère avait sorti une paire de socquettes rayées qu'elle secoua et plia avec un long soupir attendri.

– Tu es absurde. Mais je t'aime beaucoup. Connais-tu seulement son adresse ?

Hortense se redressa. Elle sourit à la valise qui continuait, guillerette, à s'emplir.

– J'ai celle de son laboratoire, dit-elle avec fierté.

Mais sa mère ne se trouvait plus dans la pièce. Preuve ni vivante ni tangible (mais preuve tout de même) qu'E égale bien mc^2.

Hortense était habituée. Elle continua seule et en silence le remplissage de la valise. Soudain elle fit claquer sa langue.

– Maman ! Mon livre !

Lucie réapparut une brève seconde, sans un mot, le livre tendu, l'air contrit. Puis re-hop, re-$E = mc^2$! Hortense lui cria merci avant de glisser le livre dans ses affaires. Il s'agissait du roman de Robert Louis Stevenson, *Un mort encombrant*.

*
* *

Dans la salle de bains ce soir-là, Geneviève se lança dans une série d'essais de coiffure. Elle releva ses cheveux, les abaissa, tortillonna, tire-bouchonna, ébouriffa, les roula, les déroula, les tressa, les détressa, les stressa, les cajola, les malmena, les câlina, les persécuta, les tendit, les détendit, les brossa à rebours, en l'air, en bas, en vrille, en soufflé, en raplapla, en chou, à la Rita, à la Mylène, à la Joconde, à la Greta, à la Mickey, Minnie, Carla, Laetitia...

Elle finit par se les brosser comme tous les jours.

Normal, queue-de-cheval.

Elle ressortit au bout d'une heure. Bien entendu, derrière la porte, il y avait une sœur et un chat qui attendaient que ça se libère. Enid et Ingrid en l'occurrence. Qui, avant d'entrer, la suivirent longuement du regard.

– Qu'est-ce que j'ai ? s'inquiéta Geneviève.

– Rien... Tu pourrais pas faire autre chose qu'une queue-de-cheval, des fois ? Pour changer ?

*
* *

Béhotéguy, en maillot deux-pièces, ouvrit à Denise et Bettina. Elles s'embrassèrent, deux bises chacune, règle en vigueur depuis l'Âge de bronze du collège et pour un bon nombre d'années encore.

– Tu es en retard, nota Denise.

– Je sais ! grogna Béhotéguy. À cause de Suzy. Qui m'a collé une sœur pareille ?

– Tes père et mère. Je présume.

Le maillot de Béhotéguy était à rayures, menthe et réséda, si petit qu'il paraissait en voie de désintégration.

– Tu comptes prendre le train AVEC nous AVEC ça ?

– Pitié. Ma mère m'a demandé la même chose. Je me suis simplement mise à l'aise pour finir les bagages.

– 14 h 33, commenta Bettina. Le train part à...

– Je sais ! s'énerva Béhotéguy.

Elle les mena au fond du couloir de l'appartement familial, ouvrit une porte d'une manière qui évoquait un lancé de peau de banane vers la poubelle.

– Regardez !

Au milieu de sa chambre, Suzy, sœur de Béhotéguy, essayait de fourrer un monticule de livres dans un bagage qui débordait.

– Cette idiote nous retarde parce qu'elle veut absolument caser ses mangas incasables.

– Si tu étais moins pilifère, riposta Suzy avec dédain, tes tubes de crème ne boufferaient pas toute la place et je pourrais mettre mes livres !

– Voyez ce que je veux dire ? jeta Béhotéguy.

– Pilif... quoi ? dit Bettina.

Suzy, dix ans, taches de rousseur, lunettes, appareil dentaire, enquiquineuse de sœur aînée, aurait pu servir de moule au modèle de la préadolescente type. Mais, finaude, elle y avait échappé. Notamment parce qu'elle avait décidé, à huit ans, d'apprendre chaque jour trois mots difficiles du dictionnaire. Du coup, elle devait être un des rares humains de dix ans (et plus) à pouvoir définir isotélie, odynophagie, philibeg, ripicole, sibilance, zloty, cacochyme, butyrine...

– Quand il est 14 h 35, dit Denise, et qu'on a un train à...

– On n'a le temps que d'une chose...

– Trouver un accord !... conclut Bettina.

– ... ou un sac supplémentaire !

Denise farfouilla dans ses affaires, sortit une poche Hyper Promo chiffonnée.

– Mes mangas dans... ça ? se révulsa Suzy.

– À prendre ou à laisser, fit sa sœur.

Le téléphone sonna du côté du salon.

– Tu réponds, Bého ? cria quelque part la voix de Mme Permoullet.

Béhotéguy fit un bruit avec sa bouche mais obéit. Sitôt qu'elle fut sortie, Suzy se dépêcha d'alléger le bagage de sa sœur d'une demi-douzaine de tubes et pots, et les tendit en vrac à Denise et Bettina.

– Soyez cool, dit-elle. Débarrassez-moi de ça.

Elle emplit tranquillement l'espace vacant avec huit mangas bien serrés. Les autres commencèrent par protester, mais Denise fit remarquer qu'il était 14 h 41. Alors Bettina ouvrit son sac à dos et bourra ses baskets de rechange avec les pots ; Denise farcit son coupe-vent avec les tubes.

Pendant ce temps, Béhotéguy, au salon, reposait le téléphone sur son support. Elle le fit très lentement car très perturbée par ce qu'on venait de lui annoncer. Elle réfléchit trois minutes en se tapotant la narine droite...

Enfin elle se résolut à retrouver les autres comme si de rien n'était.

– Ça y est ? demanda-t-elle, le cœur battant un peu plus fort que la normale.

– 14 heures 51 : fin des hostilités, clama Denise.

Bettina se souvint de quelque chose.

– Hé, dit-elle à Suzy. Ça veut dire quoi, ton mot de tout à l'heure ? Pif... pif...

– Pas pif-pif. Pilifère.

– Laisse tomber, coupa Béhotéguy.

– Mais si Bettina veut enrichir son vocabulaire ? Pilifère signif...

– Ça va. Prends ce sac et cesse de faire ta Ginette Larousse !

Cependant, au bas de l'immeuble, alors que Béhotéguy et Denise s'affairaient avec Mme Permoullet à empiler les bagages dans le coffre de la voiture, Bettina repartit à la charge.

– Alors, chuchota-t-elle à Suzy. Pilifère, ça signifie ?...

– Avec des poils.

Et la sale gamine jeta un coup d'œil goguenard aux mollets de Bettina.

*
* *

La plage commençait à se remplir.

Geneviève posa son carton de chichis sur un muret et ouvrit l'arrière de la baraque. À l'intérieur, elle débloqua les volets amovibles et les fit glisser avec lenteur – ils étaient lourds – de part et d'autre du comptoir. Le soleil entra à flots, avec son reflet sur le sable, le bleu du ciel, et le vent depuis la mer.

Elle arrangea les chichis dans la vitrine. Elle déroula l'auvent jaune et blanc. Elle planta dans le sable le cornet de glace en polystyrène géant qui annonçait qu'ici on vendait des chichis chauds, des cornets glacés, des boissons fraîches. En dernier, elle ouvrit la caisse avec la monnaie que M. Mespoulède venait de lui remettre, comme chaque jour, à la boulangerie.

Un petit garçon accourut. Depuis quatre jours qu'elle tenait la cahute, il était toujours son premier client. Il commandait un cornet à la pistache. Elle vit que ses coups de soleil de la veille avaient diminué.

– Comme d'habitude ?

Il hocha la tête. Elle lui donnait sept ans. Il regarda vers le minigolf où son frère attaquait le cinquième trou.

– C'est toi qui gagnes, aujourd'hui ?

Pistache fit non en léchant sa glace, il paya et repartit en courant.

De là où elle était, Geneviève apercevait les sept premiers trous, ainsi que les 16, 17, et 18. Elle le regarda faire son premier essai. La balle sauta hors limites. Pistache fit une grimace et regarda autour de lui. Pour ne pas le vexer, elle détourna vite la tête. Devant le comptoir, une jeune fille aux yeux verts l'observait.

– Salut !

– Salut.

Geneviève la connaissait de vue. Elle s'appelait Darie. Chaque été, ses parents louaient la villa jaune pâle, la plus grande et la plus belle de Belle-Anse. Ils étaient de Montauban. Geneviève trouva Darie encore plus jolie que les autres fois.

– Tu travailles, cette année ?

– Oui, dit Geneviève. Et toi ? Toujours à la villa Banane ?

Le vrai nom était la villa Éliane mais tout le monde disait villa Banane à cause de sa couleur et de sa forme. Geneviève chercha une suite amusante, ou agréable, mais rien ne vint. Au reste, Darie était occupée à faire des signes à ses partenaires de beach-volley abandonnés au bord de l'eau. Un garçon puis un autre arrivèrent bientôt.

– J'ai soif, leur dit Darie.

– Ce doit être une expérience intéressante, se moqua le garçon qui avait relevé ses lunettes de soleil sur les cheveux.

– ... et je n'ai pas un centime sur moi, continua-t-elle.

– Ah, cette expérience, je la fais souvent ! rit l'autre garçon, un grand aux épaules qui pelaient.

– Vous n'êtes pas drôles.

Elle fit une moue. Ils éclatèrent de rire et la chahutèrent. Le garçon aux lunettes finit par acheter trois sodas, puis tous deux entourèrent Darie pour la consoler. Quelque chose dans le champ de vision de Geneviève prit soudain une tonalité criante, mais elle n'en prit pas conscience tout de suite. Elle suivit Darie du regard, admira son maillot, un maillot comme jamais elle n'oserait en porter. Les trois jeunes gens repartirent à leur beach-volley.

Sur le comptoir, une abeille sirotait une goutte de sorbet fondu. Geneviève l'observa un moment, puis la tonalité familière revint, la mit en alerte et lui fit lever la tête. Là-bas, près des barques alignées en tranches, il y avait un garçon, de dos, avec un bonnet de marin rouge. Elle le fixa si intensément qu'il se retourna. Il agita un bras. Elle agita le sien en réponse :

– Salut, Tristan ! dit-elle.

Tristan était le fils d'André, le pêcheur qui prêtait parfois son bateau aux Verdelaine, à l'embarcadère de Potron-Soufflant. C'est vrai… Il portait un bonnet rouge. Aussi. Elle ne l'avait jamais remarqué auparavant.

*
* *

Il fit beau, chaud, et la cahute fut prise d'assaut. Au milieu de l'après-midi, à court de glaces, elle appela M. Mespoulède qui promit d'envoyer son apprenti. Geneviève en profita pour faire une pause. Elle baissa l'auvent et alla se promener sur le remblai. Quand elle revint, l'apprenti de M. Mespoulède l'attendait avec des cartons

– Bonjour, Julius, dit-elle. Tu as mis quels parfums ?

– Ce matin ? *Tall Men*, le nouveau Praducci. Rien que pour toi. Tu aimes ?

Elle lui sourit. Ils avaient le même âge, sa coiffure évoquait Tintin, ou un espadon, ses yeux remontaient de chaque côté, comme ses lèvres, même quand il ne riait pas. Elle le trouvait sympathique.

– Oh, tu parlais des sorbets ? reprit-il. J'ai là cassis, mangue, fruits de la passion...

– Pistache ?

– Pas avant jeudi. M. Mespoulède doit repasser une commande.

Zut. Demain, son fidèle petit client du matin n'aurait pas sa glace favorite.

– Merci, Julius.

Il hésita, passa les doigts dans sa mèche, enfin se lança :

– Tu fais quelque chose ce soir ?

– J'aide ma petite sœur à préparer sa valise. Elle part demain à Paris.

– Oh.

Elle devina ce qui allait suivre. Et demain ? Et après-demain ? Elle regarda Julius dans les yeux et coupa court gentiment :

– Je ne peux pas non plus laisser ma grande sœur. Depuis sa rupture, je la sens un peu seule.

Elle n'avait pas prémédité de dire ça, et fut toute surprise de réaliser que ce n'était pas un mensonge. Oui, Charlie avait beau donner le change en bricolant tous azimuts (depuis le printemps, elle avait repeint l'intégralité des volets et des barres d'appui, enduit les fissures, bouché les trous du parquet, changé des tuiles, etc.), quand le soir tombait elle avait un drôle d'air souvent. L'air de quelqu'un qui se demande comment il a réussi à passer la journée.

Julius se donna une tape fataliste sur la cuisse, par-dessus son tablier de pâtissier, et soupira comiquement.

– Tant pis. Je n'ai plus qu'à changer de parfum.

Un client vint se poster devant la liste du cornet en polystyrène géant.

– OK, salut ! conclut Julius. Mes amitiés à la petite et à la grande sœur !

Elle le regarda disparaître sur son vélomoteur. Le client qui épluchait la liste se retourna et lui fit face. C'était le garçon au bonnet rouge.

Sans bonnet.

– Bonjour, dit-il.

Elle répondit d'un léger signe. Il avait le soleil derrière lui.

– Une bouteille d'eau.

Il ne la reconnaissait pas. Il faut dire qu'il la regardait à peine. Elle comprit que ce n'était pas du tout la liste des glaces qui l'intéressait, mais un groupe, là-bas, sur le sable.

– Plate ou gazeuse ? demanda-t-elle.

Par hasard, ou par un mystérieux appel à distance, une fille hurlante de rire quitta le groupe et se mit à courir dans leur direction, suivie par deux garçons, puis une autre fille.

– Plate ou gazeuse ? répéta Geneviève.

Non seulement il ne l'avait pas reconnue mais il lui accordait moins d'attention qu'au cornet en polystyrène.

– La moins chère, dit-il en se détournant de trois quarts.

Elle posa la bouteille au moment où les deux garçons et les deux filles freinaient à leur hauteur en riant. L'une des filles était Darie, Geneviève ne connaissait pas l'autre. Les garçons étaient les mêmes que ce matin. Tous les quatre haletants, rieurs, les bras et les cuisses pleins de sable.

– Qui c'est qui offre ? s'écria Darie. Sergio ?

– Moi, j'ai déjà donné. À Pol !

– Pol est fauché, fit Darie.

– Toi, tu ne l'es pas ! riposta la deuxième fille.

– Non. Mais mon maillot n'a pas de poche !

Elle avait pris une voix menue pour souligner la petitesse de son maillot. Sans poche, en effet. Et sans place pour l'imagination, songea Geneviève.

Le regard de Darie se promena à l'autre bout du comptoir.

– Tu es nouveau, toi.

Le garçon au-bonnet-rouge-sans-bonnet mit un certain temps à comprendre qu'on s'adressait à lui. Il empochait la monnaie que venait de lui rendre Geneviève. Il fit une moue qui signifiait : « Bon, oui, et alors ? »

– Tu es en vacances ? insista Darie.

– Mm.

Il se tourna vers Geneviève en brandissant sa bouteille d'eau.

– Je peux en avoir une moins froide ?

Elle reprit la bouteille et se baissa pour en piocher une autre dans une caisse. Et là, sous le présentoir à chichis, elle reçut en plein cœur la sensation crue et poignante de sa propre insignifiance. Elle se redressa, un peu pâle et très vite, car il est toujours désagréable d'affronter son âme sous un comptoir de baraque de plage. Elle se retrouva nez à nez avec le garçon qui s'était déplacé.

– Merci, dit-il avec un grand sourire.

Il prit la bouteille, son poignet toucha le bras de Geneviève.

– Une glace citron pour moi, réclama Darie. Et toi, Lili ?

– Pistache.

Le garçon regarda Geneviève, leva soudain les sourcils. Il s'exclama :

– Je ne t'avais pas reconnue !

– Je n'ai plus de pistache, dit faiblement Geneviève à Lili.

– Sur le chemin, l'autre matin, avec mon vélo dans le décor, insista-t-il. C'était bien toi ?

Geneviève fit signe que oui.

– Une à la passion alors, dit Lili. Et vous, les garçons ?

– Je ne t'avais pas reconnue du tout, répéta-t-il.

Quand elle eut servi à tous leurs cornets, et rendu la monnaie sans regarder une seule fois de son côté, Geneviève se fit le pari qu'il était parti. Elle s'obligea à ranger deux caisses avant de tourner la tête vers l'extrémité du comptoir.

Il était là. Il buvait son eau au goulot. Il referma la bouteille.

– Tu fais quelque chose ce soir ? dit-il.

Geneviève empoigna un chiffon et essuya le comptoir. Qu'allait lui répondre Darie ? Au bout d'un silence, elle vit tous leurs regards braqués sur elle.

– C'est à toi qu'il demande si tu es libre ce soir, dit doucement Darie.

Une longue chaleur traversa Geneviève.

– Moi ? murmura-t-elle.

– Toi, dit le garçon. Je vais louer une barque à moteur. Tu connais le coin ?

– Euh, oui.

– On peut faire une balade.

– Ciao ! lança Lili.

– Salut, dit Sergio.

– Au revoir, dit Pol.

Darie sourit sans rien dire. Tous les quatre s'éloignèrent. Geneviève rinça un verre.

– Ils sont partis, dit-elle au garçon. Tu peux arrêter les frais.

Quand avait-elle vu ce garçon ? Où ?

– Qu'est-ce que tu dis ?

– Tu as réussi à agacer Darie. Ça fait que tu n'es plus obligé de m'inviter.

Il avait des yeux en forme d'amande à l'envers. Un trou au menton, pas tout à fait au milieu, des épaules lourdes, des poignets compacts, des lèvres et des oreilles charnues.

– Darie ? C'est son nom, à cette fille ?

Il avala ce qui restait d'eau, puis il appuya les coudes sur le comptoir et se pencha presque sous le nez de Geneviève.

– Et toi ?... Ton nom ?

– Geneviève.

Il sourit. Ses dents alignées en petits carrés sages lui faisaient le sourire étonnamment doux, des yeux vraiment lumineux.

– Moi c'est Vigo... Je t'ai demandé si tu étais libre ce soir.

Elle répondit ce que l'on répond absurdement dans ces moments-là. Où l'on est si surpris, si heureux qu'on vous pose une question comme celle-là. Où l'on ne sait quoi dire, mais où il faut absolument parler, être éblouissant. Où, quelle que soit la proposition, on sait déjà qu'il y a un nombre déraisonnable de chances qu'on réponde oui.

Geneviève, donc, répondit :

– Ça dépend.

Il aurait dû demander : « De quoi ? »

Mais il dit simplement :

– J'ai envie d'une balade en bateau. Jusqu'à l'île là-bas.

– Je finis à 17 h 45.

– Tu dis ça comme si c'était un problème.

Il s'inclina et fut encore plus près d'elle. Ses épaules cachaient les trois quarts du soleil.

– Non. (Geneviève respira.) Ce n'est pas un problème. D'accord.

– Je passe te chercher.

Il bougea et Geneviève reçut le soleil dans la figure. Il s'éloigna. Elle essaya de garder les yeux ouverts. Une dame blonde arriva avec deux enfants :

– Trois chichis, dit-elle. Deux grands, un petit.

4

Blair Witch à 4 kilomètres

À Mello-lès-Bussière, personne ne les attendait. Hormis un gigantesque lampadaire à deux abat-jour qui se mit à leur gambader autour, sur le quai, en criant *wooof wooof wooof.*

– Bouly !

Bouly était le king-cromwell à poil long de M. Trotti, le chef de gare ; les abat-jour, ses deux oreilles.

– Il n'a que dix mois, s'excusa M. Trotti. C'est encore un adolescent.

Denise toisa le bestiau.

– C'est le seul ado que je connaisse dont les poils pèsent trente kilos.

– Moi, j'en connais au moins trois, murmura perfidement Suzy.

– On aimerait lui dire bonjour, dit Bettina. Mais dans quel sens ?

Le téléphone appela M. Trotti dans sa gare. Elles restèrent avec Bouly.

– Il est gentil, dit Suzy quand le chien lui lécha le menton. Mais j'ai l'impression qu'il souffre de cacostomie.

Personne ne releva. On avait décidé d'ignorer ses écarts de langage.

– Votre cousine Bethsabée n'était pas censée nous accueillir ?

– Elle est toujours en retard, dit Suzy. Je ne rêve pas, ce clebs est un super cas de cacostomie.

Nulle cousine sur la route. Béhotéguy se mit à pousser mélancoliquement un emballage de bonbon du bout de sa Pataugas moutarde. Elles attendirent.

À 5 heures, cousine Bethsabée n'apparaissait toujours pas.

– On peut aller à pied, suggéra Béhotéguy. À peine quatre kilomètres.

– Quatre ! ! ?

– Mettons trois trois quarts.

– Avec notre barda ?

– On chantera.

– Sans tes mangas, ce serait moins lourd.

– Sans ta connerie, tu serais poids plume.

Béhotéguy jeta en représailles un chaton de platane à la tête de la petite sœur. Bouly rattrapa au vol.

– Bravo Bouly, dit Suzy. Vraiment dommage que tu sois sujet à la cacosto…

– Arrête avec ça.

Avant de prendre la route, elles restituèrent Bouly.

– Il est très sympathique, dit Denise à M. Trotti tout en tapotant affectueusement une portion du chien qu'on supposait être le crâne. Mais il a une haleine de chien.

– Un peu de cacostomie, dit M. Trotti, philosophe. Comme la plupart des chiens.

Suzy offrit un sourire radieux aux trois autres. Elles se mirent en marche à la queue leu leu. La route était déserte. Béhotéguy prit un air soucieux et sombre. Le ciel aussi. Surtout à droite, derrière les peupliers.

Après dix minutes, une roulade formidable fit trembler la terre sous leurs pieds : là-bas, un dinosaure orange fendait les blés, hoquetant, s'ébrouant.

– On demande à ce tracteur de nous avancer un peu ?

Elles crièrent :

– Hé !

– Ho !

– Hééé !

– Hooo !

Mais le monstre orange poursuivit sa route. Lorsqu'il eut atteint la taille d'une coccinelle à l'horizon du champ de blé, Denise reçut la première goutte. Bettina les trois suivantes. Denise six. Suzy quinze.

En une demi-minute l'orage éclata. Le vent coucha violemment les blés, le tonnerre tonna, la pluie dévala le chemin. Elles réussirent à courir, malgré les bagages, et à s'abriter sous le maïs serré d'un champ voisin.

– Ta cousine Bethsabée va m'entendre.

La campagne était noire, le sol tremblait aux coups de tonnerre. Ça rappelait à Béhotéguy le roulement des poubelles municipales sur les pavés de sa rue. Denise se bouchait les oreilles à chaque éclair.

– Je sais au moins que je ne suis pas en sucre. Sinon je serais en train de fondre.

Les trombes redoublèrent. Le vent hurlait. À 5 h 10 en juillet, il était 9 heures du soir en automne.

– On change de place ? suggéra Denise.

– Avec qui ? ricana Béhotéguy en montrant les champs déserts autour.

– On devrait se remettre en route. Je veux dire, je ne crois pas qu'on puisse être plus mouillées.

Denise essora sa frange.

– J'ai désormais une idée assez précise de la vie des serpillières.

Elles repartirent sous la pluie.

– Vous connaissez l'histoire du chef papou qui revient de Béziers ?

– Elle ne peut pas être pire que celle que nous vivons.

– Un chef papou revient de Béziers, il raconte à sa tribu une scène qui l'a fasciné : « Il y avait vingt mille personnes qui priaient, les bras au ciel, autour d'une belle prairie verte. Des guerriers à tunique bleue sont arrivés, bientôt suivis de guerriers à tunique rouge. On a chanté. Puis le sorcier est apparu, apportant un gros œuf. Il y a eu un grand silence. Le sorcier a sifflé. Et le miracle est arrivé : la pluie s'est mise à tomber ! »

– Qu'est-ce qu'il y a de drôle ? dit Suzy en recrachant la pluie qui lui entrait dans la bouche.

– Il assistait à un match de rugby, idiote.

– Je ne vois pas en quoi ce...

– Chut. Écoutez.

Bettina arrondit ses paumes en jumelles autour des yeux pour scruter à travers le rideau de pluie. On entendait un grondement.

– Le dinosaure orange !

Il revenait à toute allure (enfin, à celle qu'il pouvait) dans le chemin ruisselant, ses roues crachant des jets de pluie brune, avec ce qui semblait être un wigwam d'Indien à son sommet. À leur hauteur, il ralentit. Ce n'était pas un wigwam mais un parasol. Dessous, elles virent un garçon assis avec un canard et un chat.

Le garçon leur fit signe de monter et de s'asseoir. Elles ne se firent pas prier. Lui-même sauta au bas du tracteur et, en trois gestes, il empila leurs sacs avant de reprendre le volant. Elles s'étaient agglutinées autour du manche du parasol.

– Merci ! hurla Suzy pour couvrir l'orage et le grondement du dinosaure qui repartait.

– On vous a fait signe dans le champ de blé, tout à l'heure.

– On va chez Bethsabée Balclémentou. Vous savez où c'est ?

Il hocha la tête, sans un mot, ses animaux à plume et poil

flanqués aux basques – ce qui reste une expression puisqu'il portait un short de toile et un trop grand tee-shirt qui pochait à l'encolure… où un moineau s'abritait.

– Oh ! s'écria Bettina. Il est mignon…

Elle tendit la main, mais l'oiseau s'échappa sous l'averse.

– Oh, dit-elle, déconfite. Pardon…

Le garçon haussa les épaules et sortit du chemin d'un coup de volant. Quelques minutes plus tard, le moineau revint se blottir dans son col. Suzy et Denise s'extasièrent. Béhotéguy gardait ce petit air crispé qui ne la quittait pas depuis le départ.

– Ça me rappelle la Côte d'Azur, racontait Denise. Il pleuvait des cordes. Avec mes parents, on s'est rabattus sur Cabourg… Des trombes. Mais maman prétend que le changement d'eau nous a fait du bien.

Bettina examina leur silencieux sauveur. Seize ans à peu près, la goutte au nez à cause de la pluie, il plissait la bouche de temps en temps pour siffler deux notes qui faisaient tourner la tête du moineau, du chat et du canard vers lui. C'était assez fascinant. Ses poches étaient aussi gonflées que s'il y avait rangé le Sacré-Cœur de Paris et la mairie de Villeneuve.

Elle songea qu'il était peut-être muet. Mais il annonça soudain :

– On y est.

La maison de la cousine se profila contre le ciel mauve et les nuages noirs. Les rafales cognaient les peupliers sur le mur. La pluie s'était allégée mais le tonnerre grondait encore mauvais. Sur une plaque en émail était écrit en rose : « Les Seigles ».

– C'était une grange avant, expliqua Béhotéguy en voyant la mine perplexe de ses amies. À l'intérieur, c'est confortable.

Denise frissonna.

– On se croirait dans une musique de Danny Elfman.

– Tu veux dire dans la banlieue de Gotham City ?

– Ou *Le Projet Blair Witch*.

Leur guide porta les sacs, depuis le tracteur jusqu'à la barrière.

– Tu t'es tordu le pied ? lui demanda Bettina en voyant qu'il boitait légèrement.

Il fit non et remonta sur son tracteur avec ses bestioles.

– Si vous avez besoin de quelque chose, dit-il avant de redémarrer, je suis à la ferme.

– Et la ferme est... où ?

– Derrière ces arbres.

Elles lui firent un signe d'adieu. Il répondit d'un court sourire, et demi-tour.

– Service minimum question mondanités, commenta Bettina.

Béhotéguy sonna plusieurs fois. Pas de réponse. Elles tambourinèrent à huit mains. Personne.

– Tu es sûre d'avoir une cousine Bethsabée ?

– En fait, dit tranquillement Suzy, Béhotéguy a oublié d'emporter le piano.

– ...

– Les clefs de cette maison étaient posées dessus.

Bettina et Denise fixèrent leur amie dans les yeux.

– N'écoutez pas cette naine, se hérissa Béhotéguy. Je viens de me souvenir qu'elles sont...

Elle alla se percher sur une vasque en poterie, promena la main sous une tuile du muret de clôture :

– ... là !

Elles entrèrent, ruisselantes.

– Je boirais bien un blanc sec ! claironna Bettina.

L'intérieur de la maison pouvait être confortable, en effet... sous réserve d'un ménage sérieux. Un couple de chauves-souris jouait à Tarzan et Jane sur les poutres. Les toiles d'araignées faisaient tapisserie. Quand on retira les housses du canapé et des chaises, une poussière violette vola et fit tousser tout le monde. Bettina vit passer quelque chose.

– Hum. Souris grises et souris chauves. Cette maison me paraît tout sauf inhabitée…

– Bethsabée ne vient qu'aux vacances, plaida Béhotéguy.

– Preuve que non.

– Si seulement j'avais une capsule, soupira Suzy. Comme Bulma et Sangoku.

– Traduction ?

– Dans *Dragon Ball*. Quand Bulma a besoin d'une moto, d'une auto, d'une maison avec piscine et salle de bains, elle lance une capsule par terre et vooouich ! ça se matérialise !

– Ton *Dragon Ball*, c'est la productivité sans la lutte des classes, conclut Denise.

– Traduction ? fit Suzy.

– Tu l'as dans *Le Capital* de Karl Marx.

– À propos, elle travaille dans quoi, la cousine ?

– Elle fait des tableaux.

– Je ne vois ni tubes ni pinceaux.

– Elle se sert d'épluchures.

– ?…

– Elle fait sécher les pelures d'oranges, de courgettes, de poires, tout ça. Et elle leur donne des formes sur des toiles. C'est là-haut.

– La cousine Bethsabée, dit Denise, c'est la productivité sans les déchets. (Elle fit une grimace.) Ça n'explique pas pourquoi elle n'est pas là.

– Elle a peut-être glissé sur une épluchure.

– Appelle ta mère, Bého.

Béhotéguy soupira, ce qui la fit retousser. Elle alla s'isoler avec le téléphone dans la pièce à côté.

– J'ai faim, dit Suzy.

– Normal. Tu n'as rien mangé depuis une demi-heure.

– On peut allumer un feu, nota Denise.

– Je ne pensais pas à un méchoui. Un bout de fromage suffira.

*
* *

À l'aube, à trente kilomètres à l'est, une petite nuée s'était élevée au-dessus du lac de Buhl, traînant à sa suite, comme une cane ses canetons, un pointillé de petits cirrus. Vers 10 heures, gavés de vapeur, ils avaient triplé de volume. À midi, étaient devenus de mafflus nimbostratus ; en milieu d'après-midi, de vilains cumulonimbus qui éclatèrent en orages hargneux sur toute la région, jusque dans la nuit. Celui qui tomba sur Suzy et les DBB était un de ceux-là.

Un de ses frères décida de quitter la bande pour s'en aller voir la mer. Il prit son temps. Il toucha les côtes seulement vers 19 heures.

Avant ça, à 17 h 45 tapantes, Geneviève abandonna chichis et cornets après avoir balayé, nettoyé, rangé, mis les volets et fermé la cahute. Le soleil était moins haut mais il ne blessait pas encore les yeux. Geneviève marchait comme son cœur battait : vif et gai.

En montant les marches du remblai, elle aperçut Vigo. Cette fois, c'est lui qui avait le soleil dans ses yeux en forme d'amande à l'envers, tout plissés.

– Le bateau est là-bas, dit-il.

Elle fut déçue lorsqu'il mit ses lunettes de soleil. Il ressemblait à n'importe quel garçon de la plage.

– Tu es déjà allée sur cette île ?

– Plusieurs fois.

– Alors tu connais le chemin.

Pendant qu'il poussait la coque à l'eau, Geneviève défit ses cheveux mais, après une hésitation, elle les rattacha comme ils étaient. Normal, queue-de-cheval. Vigo accrocha le bloc moteur à l'arrière de la barque.

– Prête ?

Il avait déjà sauté à l'intérieur. Il se redressa pour aider Geneviève. Le bateau ballottait sur ses soixante centimètres d'eau. Elle leva une jambe et visa le banc de nage. Mais Vigo l'empoigna par la taille et les hanches et la souleva par-dessus l'eau.

– Merci.

Il ôta ses lunettes, les accrocha au col de son tee-shirt et actionna le moteur. La barque se mit à filer doucement sur les vagues. Vigo sourit à Geneviève.

L'île arriva au-devant d'eux, plate comme une péniche, couverte d'herbe et de goélands. Ils accostèrent sur une petite plage grise.

– On voit la Vill'Hervé, dit-elle en pointant le doigt. C'est ma maison.

Il regarda, le bras en visière. Elle rit.

– Tu ne mets pas tes lunettes ?

Il haussa une épaule. Ils marchèrent un peu entre les rochers, puis :

– Elle a l'air grande, ta maison. Tes parents sont riches ?

Elle pouffa.

– Tu devrais dire ça à Charlie.

– C'est ton père ?

– C'est ma sœur. Elle nous élève.

– Vos parents vous ont abandonnés ?

Ce garçon posait des questions étonnantes, mais celle-là était inimaginable. Fred et Lucie abandonnant leurs cinq filles !

– Ils sont morts.

En le disant, Geneviève eut subitement conscience que, oui, en un sens, ses quatre sœurs et elle avaient été abandonnées. Elle n'avait encore jamais envisagé les choses comme ça. Vigo ramassa un coquillage qu'il examina en silence. Geneviève se laissa tomber sur une bosse de sable sec.

– Si j'étais riche, dit-elle, je ne vendrais pas des glaces sur la plage.

Elle leva les yeux. Il s'assit à côté d'elle.

– J'ai mon maillot sur moi, dit-elle. Et toi ?

Il secoua la tête. Il remit ses lunettes.

– Baigne-toi si tu veux, dit-il.

Toute seule elle n'avait pas très envie. Elle garda le silence. Il s'étendit pour se rapprocher. Il leva le bras et lui toucha la nuque. Il se dressa sur un coude, elle sentit son souffle sur son menton. Elle se leva.

– Finalement je vais me baigner ! dit-elle.

Elle l'entendit rire tandis qu'elle courait au rivage.

Finalement elle ne se baigna pas. Elle ne voulait pas se déshabiller. Elle jeta un regard sur le reste de l'île. Au bout, sur la pointe, on distinguait les silhouettes d'un couple avec de jeunes enfants qui pêchaient entre les rochers. Sans voir, sans même entendre, elle sut que Vigo arrivait derrière elle. Il resta debout sans rien dire.

– Il pleut, dit-elle au bout d'un moment. Tout là-bas. Tu vois ?

Elle se tourna. Il était en train de l'observer. Où avait-elle déjà vu ces yeux ?

– Ça vient par ici. On ferait mieux de rentrer.

Un brouillard noir se déplaçait à quelques milles, entre le ciel et l'océan, comme un rideau de salle à manger plein de poussière.

Ils retournèrent au bateau qu'ils avaient tiré au sec. Ils le traînèrent au bas de la pente. La mer était descendue et la distance de sable plus grande. Vigo avait posé le bloc moteur. Il retourna le chercher pendant que Geneviève tenait la barque pour l'empêcher de dériver. Quand il revint, elle l'aida à accrocher le moteur. Puis elle voulut monter la première. Mais une vague la surprit et elle fit un bond en riant. L'eau couvrait ses mollets.

Elle se sentit soudain repoussée, puis aussitôt retenue avec force. La figure de Vigo était tout près, son bras la serra, sa cuisse prit place entre les siennes. Il l'embrassa. Elle vit que de son autre bras il retenait toujours le bateau, puis plus rien parce qu'elle ferma les yeux. Elle les rouvrit longtemps après, quand elle perdit la respiration. Elle s'écarta. Elle souffla :

– Attends... attends... je n'arrive plus à resp...

Mais il l'écrasa plus fort et l'embrassa encore. Et puis encore. Elle se sentit comme avalée. Elle pensa qu'il allait la manger toute crue, la faire mourir étouffée. Elle eut peur de la dureté qu'elle sentait dans ce bras, cette cuisse, ce baiser. Mais pas tant que ça, au fond. Pas tant que ça. C'était une peur incroyablement délicieuse aussi. Elle soupira. Elle glissa la main entre sa poitrine à lui et sa poitrine à elle, et le poussa doucement. Il retenait toujours la coque du bateau. Ils montèrent et s'installèrent, et Vigo fit partir le moteur.

À mi-chemin ils ne s'étaient toujours rien dit.

Et il se mit à pleuvoir.

*
* *

– J'ai faim, dit Suzy.

Elles avaient trouvé dans le grenier une collection d'épluchures en train de sécher sur des fils ou des planches, collées sur des feuilles, seules denrées végétales laissées par la cousine artiste. Le reste, placards et frigo, était totalement vide.

– J'ai faim !

– Nous aussi, lui lança Béhotéguy, alors la ferme !

L'œil de Bettina, que l'inanition rendait torve, fut traversé d'un éclair sagace.

– La ferme, dit-elle. La ferme !

– J'ai entendu, grogna Suzy.

– Je veux dire : veau, vache, cochon, couvée !

Du regard de ses camarades de disette, l'espoir jaillit enfin, comme le jet d'eau du tuyau percé. Puis tout le monde soupira. Chemins boueux, orages récurrents et récurant, la nuit en cours d'atterrissage... Voilà qui refroidissait toute envie de sortir.

– Qui c'est qui s'y colle ?

Bettina finit par lever la main. Elle quitta le canapé et alla se poster devant le feu dans la cheminée. Dix minutes plus tard, elle s'y trouvait toujours.

– Oui, oui, fit-elle en interceptant l'œil implorant de Suzy et celui de Denise. Je me prépare psychologiquement.

Elle enfila une des paires de bottes alignées dans l'entrée, son coupe-vent, se coiffa d'une cloche imperméable, et prit son porte-monnaie en forme de tube dentifrice.

– Et, ajouta-t-elle, par pitié ne me trouvez pas dévouée, altruiste, humaine, généreuse, magnanime, philanthrope...

Elle ouvrit la porte à un moment où le tonnerre marmonnait au loin.

– ... je ne suis que morte de faim !

À peine dehors, elle se mit à courir sous le ciel noir en direction des peupliers. Elle parvint hors d'haleine aux bâtiments de la ferme. Elle traversa la cour, qui était déserte. En ce soir d'été mouillé, les fenêtres étaient déjà éclairées. Un trapèze de lumière jaune tomba sur la terre battue : quelqu'un venait d'ouvrir une porte. Bettina reconnut le garçon au tracteur.

– Bonsoir, dit-elle.

Elle ouvrit son coupe-vent. Moins parce qu'elle avait chaud que par souci de courtoisie équitable, car il portait encore ce tee-shirt qui bâillait à l'encolure. Elle vérifia : aucun moineau ne s'y trouvait plus.

– On voudrait acheter du lait, des œufs, du fromage, des trucs comme ça.

Une silhouette d'homme arriva dans le trapèze jaune.

– Qu'est-ce que c'est, Augustin ?

– Quelqu'un des Seigles, qui veut acheter de quoi dîner.

L'homme vint au-devant de Bettina. Il devait être en plein dîner, il mastiquait en lui serrant la main.

– Qu'est-ce qui vous ferait plaisir ? demanda-t-il.

Sans attendre la réponse, il poursuivit :

– Augustin, tu vas avec elle au magasin ?

Il rentra dans la maison et le trapèze jaune claqua sur la terre battue. Le silence vespéral tomba sur Bettina et Augustin. Au bout d'un temps, il lui fit signe de le suivre.

Il la conduisit à l'arrière du corps de ferme. Il boitait, pas beaucoup mais assez pour attirer l'attention. Ça lui donnait un peu l'air de danser.

Il ouvrit une petite porte blindée qui donnait sur une grande pièce très fraîche avec deux allées de rayonnages remplis de boîtes, de terrines, de bocaux, de saucissons, de fromages pendus, de tonneaux, de cageots de fruits frais.

Le cœur de Bettina gonfla sous l'effet d'une douce chaleur… Elle choisit des abricots, des cerises, un grand pot de fromage blanc, du jambon, du bacon, des œufs, du lait. Elle prit aussi un demi-pain rond. Après ça, son porte-monnaie dentifrice fut vide, et elle jeta un regard de regret au riz au lait de l'armoire réfrigérée.

– Je te donne un sac, dit Augustin.

Il s'agissait d'une poche en papier kraft sans anse.

– Tu pourras porter tout ?

Elle hocha la tête. Mais, au milieu de l'allée, le papier se déchira.

– J'aurais dû t'en donner deux, dit-il.

Il disparut au détour de l'allée. Bettina attendit. Elle trouva qu'il y mettait le temps. Elle commençait à tapoter du pied lorsque Augustin reparut avec les deux sacs. Il transvasa une partie dans l'un, le reste dans le second. Il lui donna le moins lourd, garda l'autre et dit :

– Je t'accompagne.

Il ne fut pas le seul. Sitôt qu'ils aperçurent Augustin dans la cour, une pie et le chat et le canard de l'après-midi lui embrayèrent le pas. Un poussin se joignit bientôt à eux. Augustin le cala sur son épaule. Bettina vit un autre bec dépasser d'une de ses poches.

– Si tu prévois le déluge, s'esclaffa-t-elle, prends-les par couples.

Il rit. Le ciel était vert pomme par-dessus le chemin, rose bonbon derrière. Et tandis qu'ils marchaient côte à côte, c'est-à-dire qu'elle marchait et qu'il dansait, Bettina essaya de faire la conversation.

– Tu la connais, la cousine Bethsabée ?

– Pas trop. Elle vient qu'aux vacances.

– Preuve que non.

Un temps. Elle réprima un rire nerveux.

– Tu es le fils de, euh, du monsieur que j'ai vu ? Le fermier ?

– Alain ? Non.

– Tu travailles ?

– C'est ma famille d'accueil. Mon père m'a placé là.

Ça sentait le compliqué. Elle se demanda s'il fallait aborder la météo. Mais la question suivante, c'est Augustin qui la posa.

– Demain, c'est le marché. Vous viendrez ?

Elle mit cinq secondes avant de comprendre que ça pouvait être une invitation.

– Tu y seras ? s'enquit-elle.

– Je vends les fruits et légumes.

Il s'arrêta et lui donna le second sac. Elle vit alors qu'ils étaient arrivés, qu'ils étaient à la barrière des Seigles.

– Merci beaucoup, dit-elle.

Il se gratouilla la tempe en marmonnant une phrase qu'elle ne réussit pas à entendre.

– Pardon ?

– J'ai dit : c'est rien du tout.

Elle pivota avec les deux sacs serrés contre la poitrine. Augustin lui ouvrit la barrière, referma derrière, puis il partit. Sur le seuil de la maison, elle se retourna.

C'était une drôle d'image qu'elle voyait de là, ce garçon qui cheminait en dansant sous un ciel mi-pomme mi-bonbon, un poussin à l'épaule, un oiseau dans la poche, un chat et un canard autour, une pie sur la tête...

Elle rabattit la porte de la maison en clamant :

– Je ne rangerai rien ! !

– Waoooo ! brailla Suzy. Du fromage ! Des œufs !

Elle piocha une poignée de cerises qu'elle croqua dans la masse.

– Wiiiippp ! s'écria Denise. Et du lait ! Et un poulet !

– Wuuuzz ! fit Béhotéguy. Du pain ! Du riz au lait !

Un poulet ? Du riz au lait ? Comment ça ?

Bettina vérifia. Aucun doute, il y avait du surplus ! Signé Augustin.

*
* *

Ils accostèrent sous une pluie droite. Vigo tordit les pans de sa chemise, en extirpa un bon demi-litre d'eau douce, Geneviève roula sa chevelure dégoulinante en chignon express. Lorsque bateau et moteur furent à l'abri dans le hangar, Geneviève attrapa en courant la main de Vigo et le pilota sous les gouttes jusque Chez Julien, seul café ouvert par ce temps et à cette heure.

Ils n'y arrivèrent jamais.

En haut des marches du remblai, un homme en ciré de pêche jaillit de l'averse et empoigna Vigo avec violence par le col. Leurs fronts s'entrechoquèrent.

– De quel droit as-tu pris mon bateau ? cria l'homme. Qui t'a donné la permission ? Réponds !

Vigo, étranglé, cligna des yeux sous les gouttes, sans pouvoir articuler un mot. L'homme au ciré le gifla, joue droite, joue gauche. Vigo tenta de le repousser avec vigueur.

– Ça s'appelle un vol, hurla l'autre sans le lâcher. Suis-moi chez les flics ! Allez, grouille !

Il fit pivoter Vigo qui se débattait, sans réussir à se libérer. Dans le mouvement, la capuche du ciré bascula.

– Dédé ! s'écria Geneviève, stupéfaite.

Elle connaissait André Jourd'hui depuis toute petite. Mais elle ne l'avait jamais vu en colère.

– Je n'avais pas vu que c'était toi !

C'est toujours à lui que Charlie achetait le poisson ; que les Verdelaine louaient un bateau quand il leur prenait l'envie d'une balade en mer.

– Génette ? dit-il.

Par habitude et par affection, il donnait à Geneviève le même diminutif qu'à sa fille qui se prénommait également Geneviève.

– Depuis quand tu fréquentes les voyous ? reprit-il, sévère.

Geneviève chercha un point où poser son regard, finalement elle prit le parti d'affronter Dédé dans les yeux.

– C'est ma faute, dit-elle tout bas. C'est... moi qui lui ai demandé d'emprunter ton bateau.

– Toi ?

Il n'en croyait pas ses oreilles. Elle rougit.

– Je me disais qu'à moi tu ne dirais rien... Tu ne diras rien ?

André lâcha Vigo qui retomba lourdement, le dos au parapet.

– Je n'arrive pas à y croire ! Tu dis ça pour le couvrir.

– Il faisait si beau. Je voulais tellement aller en mer...

Elle s'approcha, lui toucha le bras :

– Je ne voulais pas te mettre en colère. Je pensais qu'à cette heure-ci tu n'en aurais plus besoin.

– Génette, toi…

Il remit sa capuche. Geneviève était toujours tête nue, des milliers de gouttes coulaient le long de sa colonne vertébrale.

– D'accord, dit-il. D'accord. Parce que je te connais. Je sais que tu n'as pas voulu mal faire.

Il hochait la tête et la fixait en silence. Elle soutint son regard.

– Va te mettre au sec, dit-il doucement. Tu vas prendre froid.

Elle fit un pas, avec l'intention de l'embrasser sur les deux joues. Mais André fit demi-tour dans le rideau de pluie. Elle cria :

– Merci…

Trop tard. Il avait disparu.

Elle rejoignit Vigo près du parapet. Il l'attrapa. Elle reçut la pluie de ses cheveux sur la figure.

– Excuse-moi, dit-il.

Immédiatement il ajouta :

– Je t'avais promis une balade en bateau. Et il ne s'en louait plus à cette heure-là. C'est pour ça.

Sa main était caressante autour d'elle. Elle eut l'impression d'être en train de signer un pacte dont elle ignorait le contenu. C'était désagréable, pas du tout rassurant. Elle se détourna, effrayée de se sentir à ce point troublée par lui.

– Pour toi, chuchota-t-il, insistant.

Elle fit oui. Elle se passa le dos de la main sur le visage. Elle ruisselait. Soudain, sans l'avoir vraiment prémédité, elle lui tourna le dos et s'enfuit.

*
* *

Il en avait plus qu'assez de ce satané orage. Il était tard. Ça durait depuis le début de la nuit. Il décida de s'abriter. D'ailleurs, il savait très bien où aller. Et comment entrer.

Il alla et il entra.

Il comprit dès la première seconde que la maison n'était pas vide. Il marcha avec précaution. Au salon, le canapé était occupé, trois matelas étaient éparpillés par terre, dans tous les sens. Il y vit des formes humaines, des jeunes filles.

Il avança à pas silencieux et souples. C'était sa manière naturelle. Il s'arrêta un instant devant le miroir penché. On avait enlevé la poussière, il y voyait mieux. Il y lissa sa moustache et reprit son inspection des lieux.

Il contourna les lits. L'une des filles avait glissé à moitié sur le carrelage et il dut lui enjamber le poignet pour se rendre à la cuisine. Il aimait les cuisines. Surtout quand la maison était habitée, comme aujourd'hui. Personne ne savait qu'il venait, comme ça, la nuit, personne ne l'avait jamais surpris. Les gens n'aiment généralement pas les rôdeurs.

Une suave vibration lui indiqua que le réfrigérateur était branché. Donc intéressant. Il l'ouvrit d'un coup, sans hésitation. Il trouva un palpitant paquet qu'il défit. Du jambon. Il l'emporta sur le plan de travail et s'en coupa un morceau d'un coup de dents. Il but du lait, renversa quelques gouttes, s'essuya. Il acheva un reste de fromage blanc au fond d'un ramequin. Puis il quitta la cuisine en laissant le frigo entrouvert. Il savait les ouvrir… il n'avait jamais su les refermer. Au reste, il s'en fichait royalement.

L'estomac satisfait, il se promena en silence dans la maison. Il aimait bien les maisons. Surtout quand tout le monde dormait. Comme en ce moment. Et quand il pleuvait dehors. Comme maintenant.

Il s'arrêta brusquement… Petit bruit connu… Petite ombre enthousiasmante... La joie lui dressait à chaque fois les poils. Il ne s'en lassait jamais. Il attendit, immobile, aux aguets.

L'ombre trottinait, innocente. Il bondit... et faillit l'intercepter !

Il eût dû. Si la minuscule imbécile n'avait effleuré un bras mal rangé ! L'une des formes humaines se redressa subitement sur son matelas en hurlant.

Bettina venait de se réveiller avec l'odieuse sensation que quelqu'un lui avait frôlé la main. Elle s'assit en rejetant son drap de côté. Suzy, Béhotéguy et Denise s'éveillèrent aussi. Mais leur esprit flottouillait trop pour qu'aucune se souvienne où se situait l'interrupteur. Elles restèrent un temps, toutes raides, à fixer les ténèbres.

Denise poussa le deuxième cri. Suzy le troisième.

– Il y a des yeux ! Là ! Suspendus dans le noir !

– Ce doit être ceux de Béhotéguy.

– Béhotéguy ! Tes yeux sont-ils jaunes, globuleux et penchés ?

Béhotéguy poussa le cri n° 4 : on venait de lancer un projectile glacé sur sa joue.

– Un tueur nous tire dessus ! hurla-t-elle.

Le n° 5 fut poussé en quatuor. Dans un éclair de lucidité, Bettina se souvint qu'elle avait posé une lampe à pile près de son oreiller, justement pour des cas comme celui-là ; ou, plus banal, un pipi nocturne. Elle tâtonna, trouva, alluma.

Cri n° 6. Les yeux étaient dans l'ombre et regardaient Bettina ! Elle laissa choir la lampe, vit une souris qui lui arracha le n° 7, braqua à nouveau le rayon vers les yeux suspendus à la nuit.

Un chat.

Un chat aux oreilles en dentelle, au cou de travers, au poil hérissé, encore mouillé d'un récent séjour dehors. Il était difficile de définir sa couleur. Quelque chose entre le steak grillé et la soupe de tomate.

Il dévisageait les quatre filles. Qui en faisaient autant à son endroit. Il finit par se lécher sans le moindre énervement.

– Il est à ta cousine ?

– Non. Tu ne le reconnais pas ? C'est celui qui suit Augustin...

– Je vous répète que j'ai reçu un truc sur la joue...

– Il a l'air d'être chez lui.

– ... un truc vachement froid, même.

– Qui se sent le courage de le fiche dehors ?

Personne.

– Je suis sûre qu'on m'a tiré une balle dans la joue.

Denise regarda les volets, les portes et les fenêtres.

– Tout est fermé, dit-elle d'un ton sinistre, le tueur est donc l'une de nous.

– Arrête de nous foutre la trouille, Denise ! Ou je t'arrache un œil au hasard !

– Avec un œil en moins, je te ficherais encore plus la trouille !

Béhotéguy poussa une exclamation. Elle avait reçu un autre projectile ! Elle leva la tête en direction du plafond.

– Une fuite ! Là, au plafond !

S'ensuivit un branle-bas où l'on refoula les matelas le long des murs, où l'on dut défaire et refaire les literies, où l'on installa une bassine pour récolter les gouttes. Bettina avertit qu'elle se les réservait pour son shampooing demain. Le chat moitié-steak moitié-soupe les observait avec gravité. La pièce avait des airs de mer Rouge au passage des Hébreux.

Quand enfin il fut temps d'éteindre la lumière (on avait resitué l'interrupteur), l'animal évalua du coin de l'œil et durant un bon quart d'heure le confort de chaque lit.

Il opta pour celui de Bettina, qui avait pourtant empilé drap, couette, oreiller, au petit bonheur. Il s'installa entre les deux bosses que formaient ses pieds en bout de lit. Bettina ne le vit pas. Elle s'était déjà rendormie.

5

À nous Paris !

Geneviève tira la porte-fenêtre – loooong griiiincement – et passa côté terrasse. Charlie s'y trouvait, dans la posture dite du poirier, entre la vigne volage et l'olivier adolescent. Sur un coin de table, la radio susurrait *forte baisse du taux de réussite au bac cette année, les candidats ont eu à…*

Geneviève se versa un bol de lait froid et le porta à ses lèvres. Elle se plia en deux, ce qui lui permit d'admirer l'intérieur des narines de sa grande sœur.

– Tu as décidé de ne faire qu'un avec la nature ?

– Je fais Bobosse.

– Bobosse ?

– Ce type avec une bosse sur le crâne, qui vit debout à l'envers dans l'espoir de l'aplatir.

– Tu as une bosse ?

– Non. Mais très probablement un bug au cerveau.

– Emprunte un chapeau à Mme Bouin.

– Je préfère la bosse.

Geneviève déversa les feuilles de thé infusées sur le terreau de l'olivier impubère.

– Ça fera engrais, expliqua-t-elle. Pourquoi crois-tu avoir un bug ?

– Disons que j'ai un problème.

– Moi aussi : il n'y a plus de glace à la pistache.

– Mon problème est moins grave… Je vais mourir.

– D'ennui ?

– De vie amoureuse inexistante.

– Tu avais deux amoureux.

Charlie haussa les épaules. Sa position inversée lui donna l'air de les abaisser.

– Je ne les ai plus.

Elle se remit à l'endroit et s'assit sur le ciment qui commençait à chauffer. Geneviève se beurra du pain, avant de réaliser qu'elle n'avait pas faim du tout (pourtant, elle n'avait pas dîné hier). Elle tendit la tartine à Charlie qui mordit aussitôt dedans.

– Tu ne mourras pas de faim, nota Geneviève.

– J'ai un signal d'alarme infaillible quand je dois manger.

– Lequel ?

– Je meurs de faim.

Charlie chopa Roberto qui passait là. Il se tortilla un peu pour la forme mais se laissa faire. Charlie lui donna un gros baiser sur la babine du bas. Le chat détourna la tête.

– Vois ! Je dégoûte jusqu'au seul élément mâle de cette maison !

Geneviève pensa à Vigo hier. À son baiser. À sa bouche. Sa bouche à elle s'écrasa sur le filet doré de sa tasse.

– Tu as des nouvelles de Tancrède ?

Charlie fit un mouvement qui voulait dire non.

– De Basile ?

Charlie libéra le chat et fit le même mouvement qui disait non. Sans le savoir, elle s'était mise à fixer l'olivier adolescent.

– Tu ne t'en occupes pas bien, murmura Geneviève.

– Exact. Ma vie amoureuse est un désert.

– Je parle de cet olivier, de cette vigne. Cadeaux de Basile.

– Ils poussent.

– Toi aussi tu pousses… un peu trop sur les bords, si tu veux mon avis.

Geneviève acheva de beurrer une deuxième tartine qu'elle tendit à Charlie.

– Toi aussi tu as besoin qu'on s'occupe de toi.

Charlie remua ses doigts de pied.

– Tu te mets du rouge aux orteils ? s'étonna Geneviève.

– Je l'ai pris à Bettina. Dans ses tiroirs on trouve tout pour devenir Miss Gâtinais ou Miss Arrière-Pays Cannois.

– Tu veux devenir Miss Gâtinais ?

Sur le front des incendies, 9 000 hectares de maquis ont brûlé en deux jours sur les hauteurs d'Allioles, un camping a dû être évacué…

– Ce qu'il y a de bien avec la radio, c'est qu'à côté du malheur du monde, les nôtres c'est du poil à gratter.

Geneviève regarda l'heure, se leva.

– Faut que j'y aille.

– Si tôt ? Tu vas être en avance.

– …

– Et tu n'as rien mangé !

– Prends ma part.

Geneviève vérifia sa silhouette dans la porte vitrée, se mordit les joues pour y faire un creux, puis elle prit son sac avec son maillot et partit sur le chemin douanier.

Les trois vieux se trouvaient dans la courbe, évidemment. Ils la saluèrent.

– On est en avance aujourd'hui ! dit l'un.

Elle leur sourit et emprunta le raccourci qui menait au village. Elle fit un détour pour éviter la boulangerie de M. Mespoulède et rejoindre l'épicerie où elle acheta une boîte d'un litre de glace à la pistache. Elle courut ensuite jusqu'à la plage, entra dans la cahute par la porte arrière et, dans la pénombre, rangea la glace au congélateur. Après quoi elle se déshabilla, enfila son maillot et ressortit sur la plage, une serviette à l'épaule. Le soleil l'aveuglait. La mer était loin.

Elle nagea un moment avant de se retourner pour contempler la plage. Quelqu'un, assez loin, un garçon, marchait dans sa direction. Elle pivota à quatre-vingt-dix degrés et s'obligea à faire trente brasses… Elle arrêta à vingt-sept. Elle se tourna vers le garçon qui marchait vers elle. Son cœur battait fort.

Ce n'était pas Vigo. Elle plongea et resta une minute sous l'eau.

Elle se redressa, à bout de souffle. Le garçon qu'elle avait pris pour Vigo l'avait dépassée. Elle l'observa de dos. Il ne lui ressemblait pas du tout. Celui-ci était maigre, un cou interminable, l'air d'être tiré vers le haut. Vigo était massif, lourd, et marchait comme s'il cognait la terre ou enfonçait ses pas dans le sol.

Elle sortit de l'eau, récupéra sa serviette sur le sable. C'était une serviette à Bettina, un flamant rose sur fond de bambous. Elle alla se rincer à la douche de la plage. Elle se frictionna ensuite avec le bec du flamant et les tiges de bambou, très fort, même la figure. Enfin elle réintégra la cahute où elle se rhabilla.

Quand elle ouvrit, il était pile l'heure.

Pistache quitta le minigolf au milieu du trou n° 16 et déboula vers la cahute.

– Pistache ? dit-elle en plongeant vers la boîte qu'elle avait achetée pour lui.

Il secoua la tête.

– Non. Aujourd'hui, citron.

Elle le regarda sans rien dire. Elle lui servit son cornet citron. Elle lui fit un large sourire et le regarda s'en retourner en sautillant vers le trou n° 16.

Son cœur se remplit de tristesse.

*
* *

La dernière fois qu'Hortense était venue à Paris, c'était quatre ans auparavant, avec ses parents. Elle avait un peu oublié. Elle tenait fort serré la main d'Enid et toutes deux trottinaient à la suite de tante Jupitère qui portait leur sac. Un sac pour deux, Charlie avait trouvé que ça suffisait bien. Tout comme devait suffire le billet de cinquante euros confié sur le quai du départ.

Après trente minutes de chaud et de chahut métropolitain, elles jaillirent, haletantes et chiffonnées, hors de la station. Elles s'engouffrèrent rue Pillet-Will au moment où un long hurlement déchirait le ciel et lançait par-dessus les toits une panique de pigeons.

– Qu'est-ce que c'est ? dit Enid d'une petite voix inquiète.

Tante Jupitère sourit. Elle était toute haute, toute mince, avec des joues étonnamment rondes qui lui donnaient des airs de pomme au chocolat.

– La sirène. Elle couine le premier mercredi du mois à midi. Donc, il est midi. À midi cinq, elle couinera la fin. Vous ne l'aviez jamais entendue ?

Hortense n'en avait pas le souvenir.

– Faites un vœu ! s'exclama leur tante avec bonne humeur. Paris fait tout ce qu'elle peut pour vous accueillir avec les honneurs !

Pillet-Will était une rue courte, et en coude.

– Un genre de gros macaroni, résuma Jupitère. Quand on est à un bout, on ne voit pas l'autre.

Immeubles aux façades grandioses. En regardant bien, il n'y avait que des bureaux, des compagnies d'assurances. L'immeuble de leur tante ne faisait pas exception : façade à colonnes, caryatides… Et cinq étages occupés par la Ants & Beehive, la Prospective & Advenir Limited, et la Suisse Prévoyeuse.

L'ascenseur ne montait pas au-delà du cinquième, elles

continuèrent par un minuscule escalier, celui-là sans cire ni tapis, caché par une porte, et qui tortillonnait vers le dernier étage. Impossible d'y grimper autrement qu'en file indienne et en poussant son sac sur son ventre.

– Ça ressemble un peu, dit Enid, à notre vieille tour. À la Vill'Hervé.

– En moins humide, dit aimablement Hortense. (En plus tarte et plus décourageant, songea-t-elle moins aimablement.) Et sans les mouettes, ajouta-t-elle.

Mais il y avait les pigeons, leurs *gluluk ruliou gluluk ruliou*, tout au long des gouttières.

Tante Jupitère les précéda dans un couloir de tommettes rouges, lui aussi carrossable uniquement à la queue leu leu. À mi-chemin, elle s'arrêta, tête levée.

– On est là ! appela-t-elle. Vous êtes où ?

D'un seul geste, elle poussa une porte du mur droit avec sa main droite et une porte du mur gauche avec sa main gauche. Une paire de têtes rieuses apparurent porte droite.

– Maman ! Enid ! Hortense ! Hortense ! Maman ! Enid !

On se tomba dans les bras au milieu du couloir, on cria de joie et on fondit de tendresse.

– Pourquoi tu fais cette grimace ? demanda Hortense quand elle eut embrassé Harry.

– Et qu'est-ce que c'est que cette tête de hamster ? coupa Enid. Tu héberges un animal dans tes joues ?

À Pâques, à la Vill'Hervé, Harry avait adopté un crabe, des vers de terre, une cafarde, une rate…

– Pas d'animal, dit Désirée. Un trou.

– Un trou ?

– Une carie, dit Jupitère. On appellera le dentiste demain, d'accord, poussin ?

Elle embrassa la deuxième joue de son fils. Avec la même expression que Charlie, pensa Enid, quand il faut payer la facture de gaz. Son air *Zut, je t'aime énormément mais tu n'aurais pas pu attendre un peu pour avoir mal aux dents ?* Hortense chercha puis serra les cinquante euros de Charlie au fond de sa poche. Elle dit :

– C'est vraiment rigolo, ces deux pièces face à face…

– N'est-ce pas ? fit Jupitère, pleine de gratitude pour le changement de sujet. On va de l'une à l'autre d'un seul pas, on enjambe le couloir !

Une porte s'ouvrit à l'autre bout des tommettes rouges. Une dame en robe à fleurs roses et manches ballon apparut sur le seuil.

– Elles sont arrivées ? s'écria-t-elle.

– Ça y est, madame Essaïra, dit Jupitère. Vous n'aurez pas à garder mes deux monstres avant longtemps, les cousines sont là.

Un petit garçon blond bouclé, très petit, apparut derrière la robe à fleurs roses. Il dévisagea tout le monde de son regard foncé.

– Bonjour, Mohammed, lui dit doucement tante Jupitère. Tu as chanté aujourd'hui ?

– Toute la matinée, répondit Mme Essaïra. Sa voix est un cadeau de miel. Lui, il ne grandit pas, tout le monde lui donne sept ans. Mais sa voix… ah oui, elle grandit, elle embellit chaque jour.

– Mohammed est très doué, renchérit Jupitère.

– Il entend une fois une chanson, dit Mme Essaïra, hop, il la chante. Fais voir ta voix, mon agneau.

Au lieu de quoi, Mohammed leur montra sa langue. Aussitôt après il sourit, angélique.

– Il a tiré la langue ! s'indigna Harry.

– Il a également souri, remarqua Jupitère.

Enid observa Mohammed. Le temps de mettre au point une grimace compliquée… Sans prévenir, elle lui expédia ladite grimace.

Mohammed la fixa avec stupeur. Puis il éclata de rire.

– Tu nous chanteras un truc ? lui dit-elle. Pas maintenant... mais un jour ?

Mohammed garda le silence.

– Il ne grandit pas, répéta sa mère. Mais sa voix... Ah ! Sa voix...

Elle leur fit un signe et rentra chez elle avec lui.

– Nous partageons beaucoup de choses avec Mme Essaïra, soupira Jupitère. Le baby-sitting. Le sel, le sucre, les clous. Les problèmes de sous. La même caisse de Sécu. Quoi d'autre ?

– Les W.-C. sur le palier ! suggéra Désirée.

On leur présenta la première pièce : la cuisine-salle-à-manger-douche-garde-manger (sept mètres carrés, évalua Hortense). De l'autre côté du couloir, la seconde pièce : salon-chambre-salle-de-télé-bibliothèque (au mieux, huit mètres carrés et demi.) Enid regarda Hortense, Hortense regarda Enid. Elles baissèrent les yeux.

– Au Lion d'or ! dit Harry en souriant de toute sa joue de hamster.

Il tira le plaid du canapé. Le canapé était un empilement de matelas.

– Harry veut dire : au lit, on dort ! précisa Jupitère.

Elle jeta un coup d'œil au réveil, soupira :

– Je vais devoir partir au travail. Ce soir, c'est au tour de Janie de commencer plus tard... Janie, c'est ma collègue.

– Tu travailles aussi le soir ? s'étonna Enid.

– Le soir, oui, sourit Jupitère. Et le matin aussi. Mais pas au même endroit.

Hortense avisa, sur un guéridon, un cahier ouvert sur des colonnes de chiffres. Tante Jupitère suivit son regard, referma le cahier avant de le glisser dans un tiroir. Elle dit :

– J'ai espéré trouver un collier de diamants en bas de cette colonne... Mais je crains de devoir encore attendre, mettons... cent ans et deux mois.

Hortense ne réussit pas à lui retourner son sourire. Ni à poser la question qui la taraudait : où était passé l'oncle Florentin ?

Un voile passa sur le joli visage chocolat de tante Jupitère, très vite. Hortense eut envie de pleurer à l'idée de toutes les peines que tante Jupitère taisait. Très vite elle aussi, Hortense se pencha sur son sac de voyage (elle remerciait désormais Charlie d'avoir insisté pour qu'elles emportent un bagage pour deux ! où aurait-on mis l'autre ?) et sortit un paquet roulé dans l'alu, lui-même enveloppé dans un sac plastique. Harry poussa un cri de félicité.

– Le cake aux noix de Geneviève !

Il fut le premier à croquer dedans. Même si ce fut avec un seul côté de la mâchoire.

– Vous dînerez chez Mme Essaïra, leur dit Jupitère. Laissez-en un peu pour le dessert.

Elle sortait du coin douche de la cuisine, elle avait enroulé une grande serviette jaune tournesol autour d'elle. Elle traversait et retraversait les couloirs d'une pièce à l'autre. Elle alla chercher le séchoir dans la petite et se coiffa dans la grande. Elle prit son vernis à ongles dans l'une, son eau de toilette dans l'autre. Elle allait et venait, enjambait les petits qui dessinaient, étendus par terre. Enid avait un pied dans le couloir, Harry la tête et les deux mains dans la cuisine, Désirée moitié dehors et moitié dedans.

– Tu travailles où ? Je parle du soir.

Jupitère sourit à Hortense. Elle était installée en tailleur sur les matelas empilés et vernissait ses orteils.

– Au *Fantasy Theatre*.

– C'est un théâtre ?

– Pas exactement. Un lieu où on danse et où on peut boire un verre.

– Un cabaret.

– Si tu veux. Peux-tu me passer ce petit flacon, là-bas ?

– Tu veux dire, « ici » ? Ce n'est pas assez loin pour « là-bas ».

– C'est vrai. Rien n'est loin ici.

Elle rit avec sa nièce. Hortense se pencha pour regarder le vernis sur les pieds de sa tante.

– C'est joli, ce doré, sur ta peau chocolat.

– Saurais-tu dessiner des pétales roses par-dessus ?

– Même sur le petit orteil ?

– Non. Lui, on peut le laisser.

Hortense prit l'autre flacon de vernis rose. Avec précaution, elle dessina des pâquerettes sur le fond doré. Elles attendirent que ça sèche. Après quoi, sa tante se releva prestement et alla s'habiller derrière le paravent.

À 19 heures, elle était prête. Hortense avait calculé qu'entre ses deux travails sa tante dormirait quatre heures et demie.

Jupitère les embrassa tendrement et partit en leur disant :

– À demain ! Soyez sages...

Au bas du petit tortillon d'escalier, elle leur envoya des baisers pressés.

Ils ignoraient que, demain, ils ne la reverraient pas.

*
* *

Ils avaient dîné chez Mme Essaïra. De spaghettis au poulet, de fromage blanc et de ce qui restait du cake aux noix. Mohammed n'avait pas voulu chanter. Il n'avait même pas parlé. Enid avait demandé où était M. Essaïra. Mme Essaïra répondit que son mari « nettoyait le périph » chaque nuit depuis treize ans.

– Tout seul ? avait interrogé Enid qui ne voulait pas montrer qu'elle ignorait le sens du mot « périph ».

Elle avait été un peu vexée du grand rire de Mme Essaïra.

Elle repensait à tout ça tandis que tout le monde, dans la petite pièce, dormait sous les étoiles du vasistas ouvert. Un pigeon tardif, ou dérangé, ou insomniaque, amorça une série de *gluluk ruliou* sur sa gouttière avant de se rendormir lui aussi.

Enid repensait, écoutait tout ça. Paris. Le souffle du boulevard, la nuit, la chaleur des toits en métal.

– Pas trop déçue ? demanda son père en enjambant le vasistas.

– Sais pas, grommela-t-elle. On n'est qu'au début.

– À qui tu causes ? chuchota Hortense en se redressant sur le matelas à côté.

– Personne.

6

À nous la liberté !

À cinq cents mètres du marché, Suzy se mit à gémir et à boiter.

– Allons bon. Qu'est-ce qu'elle a ? fit sa sœur.

Suzy frappa rageusement le talus du talon. L'herbe garda un silence de bon aloi.

– J'ai une phlyctène ! brailla Suzy.

– Bravo. On peut en avoir aussi ?

– J'ai mal !

– Boite des deux pieds... ça fait marcher droit.

– C'est quoi, « phlyctène » ?

– Ne dis rien, Suzy, surtout. On cherche.

– Phlyctène... Phlyctène...

– C'est de la famille des revers de pantalon ?

– Des gnous ?

– Des fruits confits ?

– De *Cooper Lane* ?

– Des antibiotiques ? Des bottines à boutons ? Des lentilles vertes ?

Suzy se laissa tomber dans l'herbe :

– J'ai une am-pou-le ! !

– Ah. Elle parle français.

Elles se penchèrent avec sollicitude.

– Des ampoules, marmonna Béhotéguy, c'est super...

– … pour marcher la nuit… dit Denise.

– … à condition d'être électrifiée ! dit Bettina.

Suzy leur lança des mottes de terre. Riant, Bettina sortit de son sac à dos une petite trousse qu'elle ouvrit, en tira un sparadrap glissé là par Charlie avant le départ, ou bien Geneviève, elle ne savait pas, elle était tombée dessus ce matin en rebouchant son huile solaire.

– Spécial fliphène, dit-elle en offrant le sparadrap à Suzy.

– Phlyctène… Merci, ajouta Suzy après un temps.

Elle se remit en marche et franchit, sans douleur et sans boiterie, les derniers hectomètres avant le village. Bettina s'arrêta et se tourna vers ses amies.

– Je suis comment ?

– À pied, ricana Suzy.

– Sans ampoule, *a priori*, dit Béhotéguy.

– Je vous demande de quoi j'ai l'air !

– De la fille qui ne va pas tarder à voir le garçon qu'elle aime bien.

– Oooch, gémit Bettina, ooooch…

– Pitié, ne sors pas toi aussi tous les mots difficiles du dictionnaire !

Elles virent les poussins, le canard et le chat avant de voir Augustin. Il était là, derrière son étal de légumes et de fruits, auréolé de ses bestioles à plume, à duvet, à poil, etc. Il eut l'air heureux de les voir.

– Bonjour, dit-il. Vous êtes là.

– Oui.

Bettina agita les doigts, désinvolte, et entraîna dare-dare sa troupe sur une contre-allée jonchée de paille, de bouses et de génisses aux yeux tendres.

– Tu nous fais courir comme des voleuses, dit Béhotéguy. Je ne comprends pas. Tu ne veux pas le voir, c't'Augustin ? On n'est pas venues pour ça ?

Bettina haussa une épaule.

– Allez ! grogna Denise. Cette fois, tu nous suis.

Elles se retrouvèrent devant la table d'Augustin.

– Y vaut combien, c'te canard ? lui demandait un fermier.

– Je le vends pas, dit Augustin.

– Et le chat ?

– Non plus. Que les fruits, que les légumes.

Augustin cligna de l'œil vers les trois filles. Elles se mirent à rire. Bettina pensa qu'Augustin avait le don de simplifier ce qui paraissait très compliqué. Elle vit qu'il la regardait et elle lui sourit. Il avait son poussin perché sur l'épaule, son chat soupe à la tomate sur l'autre, et les oreilles un peu rouges. Peut-être qu'elle aussi... Elle plongea dans son sac à la recherche de son huile solaire. Elle renonça, releva la tête. Augustin lui souriait toujours. Un dindon lui fila entre les mollets et faillit la faire s'étaler dans le fourrage. Dans un kiosque de la place, la fanfare de trombones partit comme un gros pet : *Aïda*, pouet-pouet, sur fond de meuuuh et cocoricos.

– Tu as entendu ce que dit Augustin ? hurla Denise.

– Quoi ?

– Il va nous aider à monter la tente cet après-midi.

– Il nous montrera le meilleur endroit du pré pour camper.

Elles firent quatre fois le tour de la foire et n'avaient toujours pas envie de rentrer. Une demi-heure plus tard, elles se retrouvèrent quasi naturellement au point de départ, au stand d'Augustin. Il les fit asseoir derrière, sur des caisses.

– Goûtez, dit-il. Ce cidre.

– Il est doux ?

Il s'esclaffa :

– Il est frais.

Comme il n'avait pas de verres, il le versa dans des ramequins.

– Comment vous trouvez ?

– Ça pique un peu.

– Mais c'est bon.

– Très bon.

Il était midi passé. Sous la toile plastique qui servait d'abri au stand, elles avaient chaud.

– Il a un nom, ce chat ? murmura Bettina.

– Grimace, répondit Augustin.

Une vapeur montait dans l'odeur de la volaille et de bêtes de ferme. Elles n'avaient plus envie de bouger de leurs sièges. Elles étaient épuisées de chaleur, étourdies de bruits, amollies par le cidre.

– Des prunes ? Des cerises ?

Elles battirent des cils en espérant qu'il comprendrait que ça voulait dire non.

Il était 14 heures quand on commença à ranger et à remballer. Augustin entassa cartons et caisses vides dans une charrette accrochée au tracteur. Il balaya. Il se tourna vers les filles qui n'avaient bougé que pour changer de place assise :

– On vous emmène ?

Il les emmena. Le caneton et le poussin dans les poches, le chat sous son tee-shirt. Un trognon de chou et des carottes au creux des genoux.

– Si vous voulez venir goûter à la ferme, dit-il soudain, il y a du clafoutis de ce matin.

Bettina pouffa sans savoir pourquoi. Augustin coupa brusquement le moteur du tracteur. Il leur fit signe de ne pas parler. Ensuite, il fit un bruit de bulles avec les lèvres. Elles attendirent, intriguées. Soudain, une boule de fourrure grise jaillit d'un bouquet de joncs. Un lapin. Qui resta un moment sur son quant-à-soi avant d'avancer d'un petit bond. Augustin passa le trognon de chou à Bettina :

– Donne-lui. Par petits bouts.

Elle prit le chou, cassa une feuille, la lança au lapin. L'animal avança par sauts, comme s'il basculait. Augustin mit les morceaux de carottes sur les genoux de Suzy, de Denise, de Béhotéguy.

– Par petits bouts, répéta-t-il.

Quand elles eurent tout donné, le lapin fila dans ses joncs. Le tracteur redémarra. Suzy avait installé Grimace au creux de sa robe. Elle sourit à Augustin.

– Tu es fortiche en animaux, toi. Tu dompterais un ischiopage, hein ?

Il sourit.

– Je préfère les animaux qui ont la queue de la même famille que leur tête, fut son énigmatique réponse.

Suzy sembla ravie. Pour une fois, quelqu'un avait compris de quoi elle parlait ! Les DBB, à l'arrière, se confinèrent dans un silence ébahi.

*
* *

Le clafoutis était de sucre, de cerises et de soie. Sur la grosse table en bois installée au centre de la cour, elles en reprirent trois fois. Au troisième morceau elles apprirent que l'auteur de ce délice était Augustin lui-même.

– Tu sais faire les gâteaux ? s'extasia Denise qui ne savait pas casser d'œufs sans faire d'omelette.

Bettina le fixa. Il se frotta le nez, se fourra le doigt dans la narine tant il était embarrassé, se dépêcha de le retirer, attrapa le chat qui vaquait entre deux pots de crème.

– J'aime ça.

– Nous aussi.

– Je veux dire, plus les faire que les manger.

– Moi, c'est le contraire ! gloussa Denise.

Suzy intercepta le regard de Bettina vers Augustin. Elle se mit à rire.

– Attention à tes risorius, Bettina.

Béhotéguy leur fit une mimique de compassion.

– Désolée, dit-elle. Si on m'avait demandé mon avis en frangine, je n'aurais pas choisi ce modèle.

– Elle arrive quand, votre cousine ? interrogea soudain Augustin.

La toux de Béhotéguy claqua comme un pétard. Suzy la regarda s'étouffer, sans aménité.

– Moi non plus, dit-elle. En frangine, je n'aurais pas choisi ce modèle.

– Je... dit Augustin embarrassé.

– C'est vrai, appuya Suzy. C'est bizarre de n'avoir aucune nouvelle de la cousine Bethsabée.

Augustin tendit à Béhotéguy un verre d'eau charitable.

– Alors ? insista Suzy. La cousine Bethsabée ?

Béhotéguy respira à fond. Elle plongea l'index dans la jatte de crème, suça l'index et dit :

– Il n'y aura pas de cousine Bethsabée.

– M'en doutais ! brailla Suzy.

– Tais-toi. Elle a téléphoné... (Béhotéguy re-plongea son index.) Vous savez, le coup de fil le jour du départ ? C'était elle. Bethsabée. Pour reculer nos vacances de quinze jours. Elle a reçu une commande de saints en épluchures... Enfin, des tableaux d'épluchures représentant des saints... Pour un couvent.

On dévisageait Béhotéguy comme si elle relatait la dernière tentation du Christ.

– J'ai pas eu le courage de le dire, avoua Béhotéguy. Ni à vous. Ni à maman. On y avait trop pensé. On avait eu tant de mal à convaincre Charlie. Et ta mère, Denise. Alors, voilà.

Grimace fut le seul à émettre un bruit, quand il se mit à laper le fond d'un ramequin. Puis Denise éclata de rire. Et Bettina.

– J'aurais fait la même chose ! s'écria Bettina.

– Moi aussi ! fit Denise. Enfin, non. Moi, je nous l'aurais dit.

– J'avais peur que… vous ayez peur.

Elles se tapèrent dans la main. Augustin leva un sourcil :

– On s'occupe de la tente au lieu de s'occuper de la cousine ?…

Denise sourit.

– Retour au quotidien extraordinaire.

– Oxymoron, dit Suzy.

*
* *

Pour leur première nuit sous la tente, il fit un temps magnifique.

*
* *

Fred Verdelaine apparut à sa fille Geneviève en fin de journée du lendemain. La journée passa, gris nuage. Nul nageur dans l'eau, morne plage. Peu de glaces.

– Il est temps de remballer, on dirait.

Geneviève sursauta.

– Tu as l'air déçue de me voir, dit-il avec une once de tristesse. Tu attends un amoureux.

– Mais pas du tout ! se défendit-elle. Ça va pas !

– Ttt ! Ttt ! C'est toi qui ne vas plus. Où est passée ma Geneviève pragmatique ? Celle qui sait combien de litres d'essence il faut pour parcourir 247 kilomètres à 76 à l'heure. Ou qui peut dire où se rencontreront deux trains qui roulent à même vitesse dans un trajet de…

– Arrête, papa ! chuchota-t-elle d'une voix aiguë. Aide-moi plutôt à fermer les volets.

Mais il ne put pas. Les fantômes n'ont aucun muscle.

– Désolé, dit-il. J'étais pourtant un type sur qui on pouvait compter.

– Ça va. Je vais me débrouiller.

Elle empoigna seule le premier volet. Le vent de l'océan qui soufflait fort et à contresens lui donna du fil à retordre. Elle bloqua le lourd volet et reprit sa respiration avant d'attaquer le second. Elle le souleva avec une pensée pour les haltérophiles. Et le volet perdit son poids, il devint léger, tout léger... Elle le plaça sur le rail sans la moindre peine ! Quand elle eut fini, elle vit que Vigo était là, à côté.

C'est lui qui l'avait aidée.

– À qui tu parlais ? demanda-t-il aussi à l'aise que s'ils s'étaient vus dix minutes avant.

– À personne.

Il eut un mouvement d'épaules, celui qu'on a quand on se débarrasse d'une veste ou d'une idée encombrante. Il lui montra quelque chose sur le boulevard de la Mer.

– Qu'est-ce que c'est ? demanda-t-elle.

C'était une voiture, elle avait bien vu.

– Une Golf. Prêtée par mon oncle.

Il se pencha vers elle, enjôleur.

– Tu conduis ?

– J'ai l'âge, répondit-il.

– C'est vraiment à ton oncle ?

– Oui.

Elle rangea les bacs à glace dans le congélateur. Elle sortit de la cahute et ferma la porte. Elle n'eut pas le temps de mettre les clefs dans son sac, Vigo l'avait prise et retournée dans ses bras. Pas comme l'autre fois. Plus doux, plus tendre.

– Je veux qu'on passe cette soirée ensemble, murmura-t-il à son oreille. Toi et moi. On peut aller dîner pour commencer... je connais un endroit.

Pour commencer.

– J'ai envie, reprit-il. Et toi ?

Elle leva les yeux et fut étonnée de voir dans les siens une gentillesse qu'il n'avait pas l'habitude de montrer. Elle battit trois fois de suite des paupières, sans le vouloir, et répondit :

– Oui. Moi aussi.

*
* *

Elle enfourcha son vélo et roula en trombe jusqu'à la Vıll'Hervé. Elle se sentait presque voler, presque E.T. pédalant vers sa lune. Sauf que ce n'était pas la lune qu'on voyait descendre là-bas, mais le soleil, gonflé comme une pastèque à l'horizon des vagues.

En cours de route, sa mère sauta sur le minuscule porte-bagages, derrière elle.

– Ce garçon est fichtrement séduisant, dis-moi.

– Trop pour être honnête, riposta Geneviève hors d'haleine

– Un côté Brando. Le front, les sourcils... Tu roules vite. Tu l'as déjà rencontré, disais-tu ?

– Rencontré, je ne sais pas. Vu, oui

– Dans la rubrique « faits divers » ?

– Ne dis pas de bêtises !

– Je te taquine. Roule moins vite ou c'est toi qu'on trouvera rubrique « faits divers ».

– Il me reste à peine quatre-vingt-dix minutes pour me...

– ... faire belle ?

– ... préparer. Douche. Shampooing. Séchoir.

– Ton père ne dit rien de gentil à son propos. Ne l'écoute pas. Les papas sont toujours un peu jaloux des petits amis de leurs filles. À quelle heure devez-vous vous retrouver ? Et où ?

– Sept heures et demie. Boulevard de la Mer.

Lucie Verdelaine garda un moment de silence. Geneviève en profita pour jeter un regard par-dessus son épaule. Sa mère se tenait, d'une fesse, sur le porte-bagages aux dimensions de carte postale.

– Je vois que tu as mis un pantalon, dit Lucie.

– Mon unique jupe est au sale. Mes pantalons aussi, d'ailleurs. Celui-ci, je l'ai emprunté à Charlie.

Sa mère marqua encore un temps. Elle eut un sourire que sa fille ne put pas voir.

– Ce que je vais te dire, reprit-elle, n'est ni romantique ni romanesque, mais...

– Je sais, maman, coupa Geneviève.

– S'il doit se passer quoi que ce soit avec ce garçon, je te demande...

– Je sais maman !

– Tu en as avec toi ?

– Non.

– Charlie ?

– Aucune idée.

– Arrête.

– Quoi ?

– Arrête de pédaler et descends.

Geneviève freina. Sa mère se laissa gracieusement glisser du porte-bagages. Elle portait un jean et un long pull jaune en grosses mailles mousse. Ses cheveux étaient plus bouclés que lors de sa précédente apparition. Elle fouilla dans sa poche revolver, en tira quelque chose qu'elle mit dans la main de sa fille.

– Tiens.

– Qu'est-ce que c'est ? demanda Geneviève sans regarder car elle savait très bien de quoi il s'agissait.

– Un préservatif.

Geneviève laissa échapper un petit rire.

– D'où tu sors ça ? On s'en sert au paradis ?

– Au paradis comme ailleurs.

Geneviève le mit dans sa poche.

– Merci.

Elle se rejucha sur la selle, voulut attendre que sa mère reprenne sa place derrière. Mais Lucie n'était plus là. Elle avait bien disparu cette fois. Geneviève tenta alors une expérience.

Elle roula jusqu'à la Vill'Hervé, laissa son vélo contre une balustrade, entra dans la maison vide, gravit quatre à quatre le Macaroni et tomba toute droite sur son lit. Là, seulement là, elle glissa une moitié de main dans sa poche, avec précaution... et la retira comme si elle s'était brûlée ! Le préservatif était là. Réel. Dans son étui en plastique.

Un objet offert par un fantôme avait-il le pouvoir de devenir vrai ?

Un grand rire la secoua. Où sa mère s'était-elle procuré ce truc ? On trouvait donc des pharmacies là-bas ? Des distributeurs automatiques ? Ou se fournissait-elle directement auprès de saint Pierre ? De saint Georges ? Marie-Madeleine ? Ou Belzébuth ?

Elle fonça dans la salle de bains. Elle y resta une heure. Un minimum quand on se prépare pour la personne dont on est peut-être tombé amoureux.

– Je ne suis pas amoureuse, chantonna-t-elle sous le séchoir. Je ne suis pas du tout, du tout, du tout amou...

La porte s'ouvrit.

– Tu sors ? s'étonna Charlie.

– Tu aurais pu frapper.

– J'ai frappé.

– C'est le séchoir. Il fallait attendre.

– J'ai attendu.

– Il fallait crier.

– J'ai crié ! En outre, cette porte était ouverte !

Geneviève soupira.

– Tu sors ? répéta Charlie.

– Avec des amis.

Ce fut au tour de Charlie de soupirer.

– Tu avais prévu quelque chose ? lui demanda Geneviève.

– Non. Tu vas où ?

– Grignoter. Peut-être danser, on ne sait pas encore.

– Danser ? Toi ?

– Pourquoi pas ?

– Je peux venir ?

Charlie reçut l'expression de sa sœur.

– Je blague, dit-elle aussitôt.

Elle fit demi-tour.

– Je vais me faire un cinoche ! dit-elle. Où est le programme ?

Emplie de remords jusqu'aux yeux, Geneviève se rendit à la buanderie. Zut, c'est vrai... elle n'avait rien lavé avant-hier. Elle monta fourrager dans la penderie de Bettina. Bettina était plus petite qu'elle, mais nettement plus branchée. Elle avait peut-être des tailles uniques ?

Elle essaya deux hauts, trois bas, plus un machin rose qui se situait entre les deux. Rien ne convenait. Geneviève vérifia l'heure. 19 h 11. Son sang fit deux tours. Elle déboula dans la chambre de Charlie. Qui, étendue en travers d'un fauteuil, confectionnait autour de son index des anglaises à Ingrid.

– Belles moustaches pour une fille, non ?

– Tu aurais quelque chose à me prêter ?

– Toute mon attention. Ou de mauvaises intentions. C'est pour quoi ?

– ... ?

– Les fringues. Une sortie entre potes filles ? Potes filles-garçons ? Ou un seul garçon ? Et ce garçon est-il un copain ? Ou plus ? Note bien que je ne te pose ces questions que pour te conseiller la meilleure tenue !

– Tu vas au cinéma finalement ?

– Oui. J'aime passer de bras en bras... de fauteuils, naturellement.

Charlie était malheureuse. En d'autres temps, Geneviève aurait pu... Mais ce soir... Impossible. Impossible. Impossible !

– Prends ma robe en satin noisette, dit Charlie. Je ne la mets jamais. Et la veste qui va avec. Et aussi...

– Merci ! s'exclama Geneviève en l'embrassant sur les joues.

19 h 18.

7

Poète, vos papiers !

Il était là à l'heure dite. Elle aussi. Il avait troqué sweat-shirt, short et bonnet rouge contre chemise blanche, pantalon de toile et veste crème. Ses cheveux encore humides étaient coiffés en arrière. Ça faisait de lui, jugea Geneviève, le plus beau garçon du monde. Il lui ouvrit la portière. Il sentait bon.

– Tu es... super, dit-il avec un regard pour la robe satin noisette de Charlie.

– Ce n'est pas la mienne, répondit-elle en le regrettant aussitôt.

– Eh bien, un conseil : garde-la.

Elle se glissa dans la voiture. Quand ils furent assis l'un à côté de l'autre, ils fixèrent le pare-brise. Le boulevard entre chien et loup s'étirait en cinémascope tout le long de la côte.

– Où on va ? demanda-t-elle.

– J'ai quelques pistes. Et toi ?

– Aucune.

– Tu n'as plus qu'à me suivre.

Elle n'avait pas le choix.

Le restaurant était à Saint-Jean, à dix kilomètres, près du casino. Il s'appelait *Le Corsaire rouge*. Depuis le parking, Geneviève regarda la façade avec inquiétude.

– C'est là ?

– C'est là. Il y a une baie de l'autre côté, sur la mer.

Elle sortit de la voiture, avec incertitude.

– Ça ne va pas ? demanda-t-il.

– Ça a l'air…

… très cher, pensa-t-elle.

– … cossu, dit-elle.

Un resto pour vieux de trente ans, pensa-t-elle encore. Pas pour un garçon et une fille de notre âge.

– Je ne suis pas assez bien habillée, tenta-t-elle encore.

Elle trouvait le choix de Vigo étrange, incroyablement incongru.

– Tu es parfaite. Viens.

Il lui prit le coude avec une autorité qui lui fit gagner trois ans d'un coup. Au fait, quel âge avait-il ?

– Bon, dit-elle. Mais on partage ?

Il s'arrêta brusquement, pour la détailler avec une expression si féroce qu'elle sentit ses genoux trembler.

– C'est moi qui invite, OK ?

Une flamme dans les yeux, comme s'il avait dit : « Ce revolver est à moi, on ne touche pas ! » Elle se demanda pourquoi elle pensait à une arme.

Ils entrèrent.

Geneviève tint son cou droit, remercia Charlie de lui avoir suggéré des talons (quatre misérables centimètres et demi, mais tout de même). Elle sourit au maître d'hôtel mais ne rencontra que le reflet de ses lunettes.

– Par ici, murmura l'homme, et il prit leur destin en main.

Les hautes baies, où l'on avait relevé les tentures d'un rouge Versailles, donnaient sur la mer et les jets d'eau du casino. La musique était caressante et énigmatique, les lumières pourpres, veloutées, parfaitement déloyales.

On leur apporta les menus. On leur demanda s'ils prenaient un apéritif. Geneviève ouvrit la bouche pour s'écrier : « Oh non, alors ! » Mais Vigo la devança.

– Volontiers, dit-il, cérémonieux.

Elle gloussa dans sa serviette. Volontiers ! Elle avait l'impression de se trouver dans *Cooper Lane*, l'épisode où les parents fêtent leurs vingt ans de mariage.

– Nous avons un excellent ratafia, susurra le maître d'hôtel.

Geneviève plongea le nez dans son menu. Ratafia. Rien que le nom la faisait sangloter de rire.

– De champagne, leur précisa-t-on. Du ratafia de champagne.

Vigo lorgna Geneviève, la vit au bord de l'explosion.

– Va pour le ratafia, dit-il, lugubre.

L'homme s'éloigna. Ils en profitèrent pour rire. Dans la salle il n'y avait que des couples, tous âgés de plus de trente ans.

– Tu es déjà venu ici ? chuchota-t-elle.

– Jamais.

– Je croyais que tu connaissais.

– Quelqu'un me l'a conseillé.

– Ton banquier, j'imagine.

– Un mec. Que j'aimais beaucoup.

Le ratafia arriva. Geneviève attendait un breuvage de sorcière… C'était un breuvage de sorcière. Doré, avec un parfum de réglisse, enjôleur. Vigo leva son verre, le fit tinter contre celui de Geneviève.

– J'ai vingt-deux ans, énonça-t-elle. Mon bac a une éternité. Je suis devenue… éleveuse de chiens ou de chèvres.

– J'ai vingt-deux ans, dit-il. Ma 4e segpa… aucun souvenir. Ce que je suis devenu… aucune idée.

Elle s'esclaffa. À cause du ton. Ou du ratafia. Plus tard ce fut le plateau de fruits de mer qui la mit en joie.

– C'est amusant d'avoir vingt-deux ans, remarqua-t-elle. On demande, et on obtient tout ce qu'on veut.

Elle leva la tête et sa fourchette à huîtres.

– J'ai seize ans, dit-elle tout bas. Et toi ?

– Dix-huit. Et demi, ajouta-t-il prestement.

Il se pencha pour lui prendre la main et lui embrasser le creux du poignet.

– Arrête ce truc de vieux, dit-elle à voix basse. Je vais croire que tu as vraiment vingt-deux ans.

Mais il lui garda le poignet et l'embrassa encore. Le cœur de Geneviève fondit comme pistache au soleil. Elle essaya de protester, la voix fluette, pas sûre :

– Si c'est tout ce que tu trouves pour m'empêcher de manger la dernière crevette !

– On se casse ? proposa-t-il au bout d'un moment.

– Un dessert ? s'enquit au même moment le serveur qui arrivait. Nous avons du *dulce de leche*.

– Kézaco ? demanda Vigo.

– De quoi s'agit-il ? corrigea Geneviève avec un large sourire.

– Eh bien, dit l'homme, on peut appeler ça une version, hum, tropicale, de l'irish coffee.

– Je prends, dit Vigo.

Elle prit aussi.

Le *dulce de leche* se révéla une chose crémeuse et ardente, résolument exquise et tout aussi fourbe que le reste.

À mi-chemin de sa coupe, Vigo fit la remarque que c'était lui qui conduisait. Geneviève allongea illico un bras pour aligner sa demi-coupe près de la sienne, et engloutit l'ensemble avec joie.

Vigo paya tout avec des billets. Des billets de dix, de vingt, de cinquante. Même le vestiaire. Elle s'interdit de se poser des questions. D'ailleurs, sa tête naviguait.

– Tu me suis toujours ? demanda Vigo sur le parking, devant les parterres d'iris du casino.

– Bien sûr. Si la version tropicale de l'irish coffee veut bien cesser de me tirer vers la gauche.

Il lui ouvrit la portière dans une révérence. Elle essaya de monter avec élégance. Il lui sembla qu'elle y réussit. La voiture démarra.

*
* *

Ils avaient parcouru douze kilomètres, nocturnes et hypnotiques, lorsque soudain Geneviève posa la main sur le bras de Vigo.

– Demi-tour. Ce n'est pas la route. Là, on va vers Villeneuve.

– Hein ? Tu es sûre ?

Elle hocha la tête et commença à pouffer dans son poing.

– On va se retrouver en Angleterre !

– Ce n'est pas drôle, dit-il.

Elle se tourna. Il avait l'air inquiet.

– Il y a une voiture de flics, dit-il tout bas. Derrière.

– On ne roule pas vite.

– Non. Mais j'ai bu.

Un silence. Puis :

– Et je n'ai pas les papiers.

Elle le regarda, dégrisée :

– C'est… la voiture de ton oncle ? Vraiment ?

– Oui.

– Alors ils vont t'accompagner chez lui et tout ira bien.

Son lourd silence lui fit subitement peur. Elle interrogea :

– Qu'est-ce qu'il y a, Vigo ?

La voiture de police les dépassa et leur fit signe de s'arrêter. L'épouvante qu'elle put lire sur les traits de Vigo l'épouvanta elle-même. Il stoppa. Ils attendirent.

Un premier uniforme s'encadra dans le pare-brise, puis un second.

– Bonjour, dit le premier policier.

– Bonjour, dit Geneviève.

– Je, euh, je ne crois pas avoir dépassé la limite, dit Vigo.

– Non, en effet. Puis-je voir vos papiers ?

Durant la demi-minute où Vigo fit semblant de chercher dans ses poches, Geneviève eut la sensation d'une chute infinie dans un puits de honte.

– J'ai dû les oublier, finit-il par dire piteusement. Vous comprenez, ce n'est pas ma voiture. Mon oncle se nomme Angelo Angelopoulos. Il a son garage à la sortie d'Ambrose-la-Chapelle.

Le policier le plus proche hocha la tête.

– Voilà qui complique la situation. Vous avez quel âge ?

– Dix-neuf ans. Presque.

Le policier examina attentivement la figure de Vigo. Puis celle de Geneviève.

– On peut jeter un coup d'œil au véhicule ?

Le faisceau d'une torche rampa autour d'eux, sur la banquette arrière, dessous ; la porte du coffre claqua à l'arrière. Geneviève sentit la peur, la sueur de Vigo, tout près. Pourquoi avait-il peur ? Elle le regarda. Elle connaissait cette expression-là sur ce visage-là. Où l'avait-elle déjà vue ? Elle ouvrit la portière avec brusquerie et sortit respirer.

– Prenez garde, mademoiselle, dit un gendarme. Restez sur le bas-côté, vous pourriez vous faire renverser.

Il fit un signe à la voiture de police garée à quelques mètres devant. Geneviève regarda du même côté… et poussa un cri léger. À l'intérieur, une silhouette connue levait le bras. Geneviève accourut dans sa direction.

– Que fiches-tu là, bon sang, en pleine nuit ? s'écria Basile.

Elle lui planta deux baisers sur la joue, soulagée de retrouver la bienheureuse familiarité de l'ami de toujours.

– Vigo voulait me ramener à la Vill'Hervé mais… on s'est trompé de route.

– Il n'a pas ses papiers, dit un policier. Il va falloir…

– Une minute, leur dit Basile. Je la connais.

– Et toi ? dit-elle. Qu'est-ce que tu fais là ?

Elle fut surprise de sentir à quel point il était heureux de la voir. Et embarrassé d'être heureux. Elle glissa le bras sous le sien.

– Je suis de garde, expliqua-t-il. On est intervenus sur un accident à La Saline.

Il se tourna vers un des policiers.

– Victor ? On laisse tomber, pour les papiers ? Elle est de ma famille.

– OK. Mais le garçon, on lui fait l'alcoolémie.

Basile désigna Vigo dans la voiture.

– Qui c'est ?

– Un ami de la maison, mentit-elle.

– Ah, justement... Elle va comment, la maison ?

– Elle va. Enid et Hortense sont en vacances à Paris. Bettina est partie camper. Roberto squatte ta chaise.

Quoi dire sur Charlie ? Elle ne trouva pas.

– Et toi ? dit-il.

– Je bosse... pour ma boxe.

Elle rit. Elle commençait à avoir froid. *Elle est de ma famille.*

– Cette veste, reprit Basile. Elle est...

– ... à Charlie, oui.

– Il me semblait bien.

Elle se demanda si c'était une perche pour parler d'elle. Ou s'il avait simplement eu envie de prononcer son nom.

– 0, 49 ! annonça le policier. Du bol, mon gars.

Geneviève entendit le soupir de Vigo. Elle sourit. Elle repensa au *dulce de leche*. Le vent atlantique était de plus en plus glacial.

– Mon sang doit en contenir trois fois plus, dit-elle. J'ai bu sa part.

– Vous pouvez y aller, dit le policier nommé Victor.

Elle le remercia. Elle embrassa Basile, sur l'autre joue.

– Bonsoir, dit-elle. Et merci.

– Bonsoir.

Elle le regarda s'installer dans la voiture de police. Elle aurait voulu lui dire que la Vill'Hervé n'était plus pareille, que Charlie était malheureuse comme une pierre. Mais elle ne savait pas si elle en avait le droit. D'ailleurs, ce n'était pas le moment. Elle lui adressa un salut d'adieu et s'en retourna vers Vigo.

– C'était qui ? demanda-t-il par la portière. Un flic ?

Elle s'assit à côté de lui.

– Un docteur, dit-elle.

– Il est tombé pile.

Il la regarda en oblique.

– Il a l'air de bien t'aimer... Et toi aussi.

– C'est... C'était l'amoureux de ma sœur aînée.

Elle le dévisagea bien en face.

– Tu as quel âge, Vigo ?

– Je t'ai dit. Dix-huit et demi.

– Ton âge véritable.

Il grattouilla le volant du bout des doigts.

– Dix-huit dans seize jours. Qu'est-ce que ça change ?

– Que la loi t'interdit de conduire pendant encore seize jours. Et ça veut dire que tu n'as pas le permis. Sans Basile, tu dormais en prison.

Il donna une tape sur le volant ; de sa gorge jaillit un puissant rugissement qui devait être un rire. Un rire méchant, railleur, rageur. Pas forcément contre elle, elle le devinait. Mais horrible à écouter.

– Ça veut dire aussi que je refuse d'être conduite par quelqu'un qui n'a pas le permis !

Elle bondit hors de la voiture.

– Remonte ! dit-il. Tu ne vas pas coucher là.

– Je vais appeler un taxi de cette cabine.

– Je ne te laisse pas seule sur une route la nuit.

Il sauta de son siège et jaillit dehors. Il lui attrapa le bras, elle le repoussa.

– Laisse-moi !

– Appelle qui tu veux. Mais j'attendrai ici avec toi.

– Il ne peut rien m'arriver.

– L'être humain a une foutue imagination pour mettre des vies en l'air.

– Ce qui veut dire ?

Il soupira. L'implora :

– Laisse-moi te ramener chez toi.

Elle courut et s'engouffra cent mètres plus loin dans la cabine éclairée. Après brève réflexion, elle appela chez elle.

– Allô ?... répondit la voix flottante de Charlie au bout de sept sonneries.

– C'est moi. Tu dormais ?

– Debout. À cause d'une histoire que je lis. Que t'arrive-t-il ?

– La voiture de... mes copains est tombée en panne.

– Vous êtes où ?

Geneviève lui indiqua, dit merci trois fois, et raccrocha. Charlie serait là dans vingt minutes. Elle s'assit sur une borne rouge et blanc marquée 57 km. Vigo vint se poster près d'elle.

– Je voulais que cette soirée soit vraiment bien. La Golf, je l'ai prise uniquement pour ça.

Elle ne répondit pas.

– Bon, je sais. Sans ton ami Émile, on...

– Basile.

– ... on y serait encore. Je sais, je sais, je sais.

Elle le cloua d'un regard glacé :

– Cet oncle Angelo, il existe ? J'ai une autre option : tu as *emprunté* cette voiture comme tu avais emprunté le bateau ?

Il gronda. Il donna un coup de pied dans une souche et fit

demi-tour avec fureur. Il remonta dans la voiture en claquant la porte. À partir de là, ils ne s'adressèrent plus la parole. Il resta, comme promis. (Et, dans le fond, elle préférait. Un coup d'œil alentour avait révélé des taillis ténébreux, des buissons pas attirants pour un sou.) Mais sans un mot.

Quand la voiture de Charlie jaillit de l'obscurité, repérable à ses crachottis, Geneviève, frigorifiée, quitta sa borne. Vigo démarra et la Golf s'évanouit dans la nuit.

– Hé ! se récria Charlie en freinant. Me dis pas qu'on t'a plantée là toute seule ?

– Ça va.

– C'est quoi ces amis qui vous abandonnent le soir sur une route déserte ? Dis-moi leur nom, je leur passe un savon !

– Laisse tomber. Ils viennent de partir.

Elle monta près de sa sœur. L'odeur coutumière de la vieille automobile l'enveloppa comme une couverture et lui donna une envie de dormir quasi instantanée.

– J'ai... vu... Basile... marmonna-t-elle avant de délicatement sombrer dans le sommeil.

Sa phrase finie, elle dormait déjà. Voilà pourquoi, sans doute, elle ne sentit pas que la voiture de Charlie faisait un petit bond de côté.

8

Dame souris trotte... et capote

Elle avait dormi tout le trajet, mais sitôt dans sa chambre elle revit tout le film de cette soirée, du sourire de Vigo quand ils s'étaient retrouvés à son départ en colère. Elle se retournait dans son lit clos, au grand dam de Roberto et d'Ingrid qui, en mal d'Enid, avaient changé de crémerie.

Elle était couchée depuis quatre minutes à peine quand elle se releva. Elle avait chaud. Elle alluma, échangea son tee-shirt de nuit contre un autre, très vieux, très usé, mais plus mou et plus frais. Elle ouvrit la fenêtre et respira le parc mélangé à la mer.

Une petite ombre de velours noir entra par la fenêtre et se mit à papilloter au plafond. C'était Swift. Les deux chats quittèrent illico l'édredon et sautillèrent à sa poursuite.

– Si vous voulez mon avis, leur murmura Geneviève, vous vous trompez de taulière. Revenez tous quand Enid sera là ! Ouste.

Mais elle dut éteindre pour que la chauve-souris se décide à enfin ressortir par où elle était entrée. Et les deux chats, bien éveillés, amorcèrent un reniflage scrupuleux de chaque millimètre carré de la pièce. Geneviève se recoucha, serra son édredon contre sa joue, avant de le mordre de toutes ses dents puis de le serrer à nouveau. Les yeux mi-clos, elle suivit les balancements du hêtre au-dehors.

Un bruit de pluie la tira du semi-sommeil. Elle écouta. Il ne pleuvait pas. Elle se redressa, écouta encore. Le bruit recommença. Elle se releva, courut à la fenêtre. Sur le parquet, son talon nu toucha quelque chose qui semblait du sable. Roberto évita une collision de justesse.

– Va ailleurs ! grommela-t-elle.

Elle leva la tête en direction de la fenêtre ouverte Elle fut à deux doigts de hurler.

– Chut ! Ne crie pas, lui chuchota la voix de Vigo.

– Qu'est-ce que tu fais là ? souffla-t-elle, le cœur battant.

– Je t'ai fait peur ? Excuse-moi. Je ne voulais pas. J'ai envoyé du petit gravier pour te prévenir mais...

Il quitta la branche du hêtre dans un grand écart, depuis l'arbre jusqu'à l'appui de la fenêtre. D'un bond, il était dans la chambre de Geneviève. D'un autre, il était devant elle, dans le noir.

– Écoute-moi, dit-il. Je ne voulais pas qu'on se quitte en colère. Je vous ai suivies, toi et ta sœur. J'ai laissé la Golf à l'entrée de l'impasse. Il fallait que je te parle. Même si je ne savais pas très bien de quoi... et que je ne le sais toujours pas.

Émue, elle ouvrit les bras et le prit contre elle. Il se blottit en silence. Ils roulèrent dans la couette... d'où Ingrid jaillit avec un miaulement de reproche. Geneviève sourit.

– J'ai changé de tee-shirt il y a deux minutes, dit-elle. J'ai mis celui qu'il ne fallait pas, bien sûr.

– M'en fiche, du tee-shirt. Tu sens bon.

Il glissa les mains dessous, mit sa bouche sur la sienne et tout parut s'accélérer. Il bascula sur le côté pour ôter sa chemise, déboucler son pantalon. Elle entendit un farfouillis fébrile, ensuite de petits froissements. Soudain un gros mot.

– Un gros mot, un euro, dit-elle.

Elle rit.

– Tu peux allumer, s'il te plaît ?

Elle tâtonna jusqu'à la boule de chevet, alluma. Elle regarda Vigo. Il avait un air déconfit.

– Tu n'aimes pas embrasser mon sein gauche ?

– J'adore ton sein gauche. C'est juste que… la capote… Elle est tombée. Là.

Il montra l'interstice entre la paroi et la porte du lit clos.

– Marrant pour dormir, ce meuble, chuchota-t-il. Mais pas hypercommode.

– Ce n'est pas une commode, dit-elle, c'est un lit.

Elle observa ses tentatives pour récupérer l'objet dans l'interstice… et finit par étouffer son rire dans l'édredon. Roberto et Ingrid rappliquèrent, voir ce qu'on cherchait de si intéressant, et apportèrent leur contribution en grattant la paroi. Le fou rire gagna Vigo. Cela dura plusieurs minutes, ils riaient en s'embrassant, s'embrassaient en riant. Ils étaient hors d'haleine.

L'hilarité de Vigo s'éteignit brusquement. Geneviève suivit son regard inquiet au plafond.

– C'est rien, dit-elle. C'est Swift.

Il sauta du lit et se remit debout. Il avait retiré tous ses vêtements, et c'était la première fois que Geneviève se trouvait dans une chambre avec un garçon totalement nu. Pour la deuxième fois de la soirée, elle pensa qu'il était le plus beau garçon de la terre.

– Une chauve-souris ? grimaça le plus beau garçon de la terre.

– Si c'est une poule, elle vole drôlement bien.

Elle lutta contre le fou rire qui menaçait à nouveau.

– Et tu lui as donné un nom ?

– Swift. C'est plutôt ma petite sœur qui le lui a donné. Elles sont copines.

– Copi… ?

On frappa à la porte.

– Geneviève ? Tu dors ? fit la voix de Charlie.

En un quart de seconde, Geneviève avait éteint la boule de chevet, Vigo sauté à l'intérieur du lit-clos et coulissé la porte d'un tiers. Charlie entra dans la chambre sombre.

– Tu ne dors pas ?

– Debout seulement. N'allume pas, s'il te plaît.

Charlie s'appuya à l'embrasure.

– Je voulais savoir… commença-t-elle.

Elle se tut.

– Oui ?

– Je voulais savoir… Basile, il a dit quelque chose ?

Geneviève se garda de raconter que, sans l'intervention de Basile, c'est au poste que Charlie serait venue la chercher.

– Il a remarqué que je portais ta veste.

– Ah ?

Nouveau silence.

– Il avait l'air comment ?

– Normal.

– Heureux ?

– Je ne dirais pas ça, non.

– Malheureux ?

– Non plus. Ni l'un ni l'autre.

– Il a demandé des nouvelles ?

– Oui. Mais je n'ai rien dit sur toi. J'avais peur de faire une bourde.

Elle est de ma famille. Geneviève aurait bien voulu répéter cela à sa sœur. Mais expliquer les circonstances ? Elle garda le silence. Charlie soupira, la main sur la poignée de la porte.

– Bonne nuit. Si je te dérange encore pour ce genre d'idioties, tu auras le droit de me recevoir avec des gifles.

Elle quitta la chambre. Geneviève guetta le *zouiip* qui indiquait que Charlie fermait sa porte, puis elle ralluma. Au fond du lit clos, profitant de la conversation, Vigo s'était rhabillé.

– Tu t'en vas ? s'étonna-t-elle.

Il s'assit au bord du lit pour enfiler et lacer ses chaussures. Il prit des cigarettes dans sa poche, en alluma une. Il en tira une interminable bouffée puis la passa à Geneviève. Elle déclina.

– Tu ne fumes pas ?

– J'ai essayé un jour.

– Et alors ?

– Toute une falaise m'est tombée sur la tête.

Il eut une moue perplexe puis sourit. Le matelas faisait une pente vers lui. Geneviève se leva, traversa la pièce et fouilla dans le pantalon qu'elle portait l'après-midi, en sortit le préservatif donné par sa mère et le tendit à Vigo.

– *From paradise*, dit-elle en s'asseyant à côté de lui.

Il regarda, sourit et se pencha. Il lui mit un baiser sur le nez, un sur l'épaule, un sur le genou.

– On le garde pour après-demain, chez mon oncle ? Il sera à sa station-service.

Elle aurait préféré demain. Elle s'abattit en arrière sur le lit et contempla le plafond.

– Ce n'est pas bien ici ?

Il rit. Avec gentillesse. Et se tordit le cou pour mieux lui mordiller le menton :

– Disons qu'ici c'est plein de trucs qui déconcentrent.

Leurs deux visages l'un au-dessus de l'autre, il l'attira par les joues pour l'embrasser longtemps, tendrement, profondément. Elle aima beaucoup ce baiser-là.

– On se donne rendez-vous où ? demanda-t-elle tandis qu'il se relevait pour partir.

Il enjamba la rambarde avant de répondre :

– Au cabanon de l'école de voile ?

Elle fit oui de la tête. Après-demain. Au cabanon. Il lui envoya un baiser depuis le hêtre... esquivant Swift qui revenait dans les parages, histoire d'examiner de près ce visiteur acrobate. L'acrobate fit la moue et disparut dans la nuit.

Enfin, Ingrid puis Roberto retrouvèrent l'édredon.
Et Geneviève son sommeil.

*
* *

... Suite du scandale Cheap Export : trois milliards de dollars détournés des bilans annuels. Cinq mille employés au siège new-yorkais se retrouveront au chômage à la fin de l'été...

Charlie baissa la radio d'un cran.

– Incroyable ! Depuis que nous ne sommes que toutes les deux, cette maison est un foutoir !

Geneviève lui lança un coup d'œil par-dessus le numéro Spécial Plage de *Futile* qui venait d'arriver dans la boîte. On y montrait en quatorze pages toutes les façons de se décorer le nombril. Geneviève découvrait là des perspectives... vite perturbées par Charlie qui se posta devant elle, l'index menaçant :

– Toi qui m'as emprunté ce pantalon hier, peux-tu m'aider à remettre la main dessus, je te prie ?

Geneviève se leva avec un soupir d'exaspération. Que Charlie ne put pas entendre. Les exaspérations de Geneviève étant violentes mais le plus souvent silencieuses. Elle extirpa des tréfonds du canapé en bataille une roulade en chiffon.

– Le voilà ! lança-t-elle, impériale.

Charlie la dévisagea, bouche bée. Qu'arrivait-il à Geneviève ? Jamais encore on ne l'avait surprise à transformer les pantalons en serpillières !

– Tu es amoureuse ?

– Oh, ça va.

– La question est sérieuse. Qu'est-ce qui t'arrive ?

– Il arrive que ce sont les vacances. Je peux, trois semaines par an, ne rien ranger dans cette maison, il me semble.

Geneviève sourit amicalement avant de poursuivre :

– Et range, toi aussi ! Il existe un truc nouveau, ça vient de sortir, tu vas a-do-rer. C'est une boîte avec des étagères d'un côté, une penderie de l'autre. Ça s'appelle une armoire.

Sur ce, elle replongea placidement dans les décorations de nombril. Charlie en resta muette. Pas la radio qui soliloquait à mi-voix dans son coin : *Attentat à Moscou. Seuls les trois kamikazes ont été tués. Le président russe a fait brûler un cierge pour ce qu'il a appelé un miracle. La piste tchétchène est privilégiée…*

Charlie secoua la serpillière pour tenter de lui redonner sa forme initiale de pantalon. Un petit étui en plastique tomba.

– Tiens. Je l'avais oublié…

Elle le ramassa.

– Le dernier modèle de préservatif d'Hubuc Lab. J'étais censée donner mon avis.

Futile tomba des mains de Geneviève.

– Hubuc Lab ? répéta-t-elle.

– À propos, dit Charlie. Je vais être en retard.

Geneviève garda le silence. Voilà. Ce truc venait du laboratoire où travaillait Charlie et se trouvait donc déjà dans cette poche. Évidemment que sa mère n'avait jamais pu le lui donner, puisque… Comment avait-elle pu croire… Les larmes lui piquèrent les yeux… Elle monta la radio d'un cran, juste pour faire du bruit… *plafond s'est effondré cette nuit dans la capitale. La boîte de nuit a été détruite en quasi-totalité, les sauveteurs dégagent les victimes. Deux morts, onze blessés, le bilan est provisoire. On ignore encore l'origine de cet effondrement… Baisse du Dow Jones hier à Wall Street, suite aux mauvais résultats de…*

Charlie tordit définitivement le cou à la radio. Elle enfila sa veste, empoigna ses clefs de voiture, la mine lugubre.

– J'aimerais être cynique pour trouver ça réconfortant.

Elle embrassa Geneviève et partit travailler.

9

Pacte de Politique agricole commune
ou
C'est Paris, mes jolis !

C'est à la Politique agricole commune, dont la commission siège à Bruxelles, Belgique, que Bettina fut redevable d'émotions amoureuses, bonheur estival, délices des sentiments, douceurs de pensées et félicité du cœur... Mais si, mais si.

Explication. Depuis deux mois, la région souffrait de mordante sécheresse. Les orages n'y avaient rien changé, au contraire. Le ministre de l'Agriculture avait donc saisi la Commission européenne pour autoriser les éleveurs à récolter le fourrage sur les prés en jachère afin de nourrir les bêtes sans herbe. Bruxelles venait de dire oui.

Voilà pourquoi, ce matin-là, Augustin déboula en coup de vent au campement des filles. Sur le tumulus, les deux tentes rouges (qu'il avait aidé à monter quelques jours auparavant) semblaient le croisement entre une coccinelle et un pont de Brooklyn en vinyle.

– On va faucher les jachères ! cria Augustin. Vous voulez venir ?

Elles étaient étendues toutes les quatre sur l'herbe. Suzy sur un coude dévorait le *Dragon Ball* n° 34, Denise plongeait le nez dans *La Protestation*, de Guy Jimenes, et ses dix orteils dans l'eau du petit ruisseau qui dévalait la pente fraîche,

Bettina déroulait les nuages du ciel derrière ses lunettes de soleil, Béhotéguy cousait un bouton-pression à son maillot.

– Jachère ? C'est quoi ?

– C'est quoi, oui ?

Augustin les regarda. Comment expliquer un truc que tout le monde ici connaissait ?

– Terre cultivable laissée temporairement au repos, énonça Suzy sans lâcher le *Dragon Ball* n° 34 d'une pupille.

– Et alors ? fit Bettina avec intérêt.

Augustin portait un chapeau de paille, autour duquel deux moineaux et un colibri tournaient comme l'anneau autour de Saturne, et son tee-shirt à deux poches ; l'une disait *miaou*, l'autre faisait *kissi kissi kissi*.

– Ça veut dire qu'on va faucher, récolter, sécher, trier, ballotter… rigoler, quoi ! Tu lis à l'envers ? dit-il à Suzy.

– C'est le sens japonais. C'est nous qui lisons à l'envers. Pour les Japonais, je veux dire. Pourquoi c'est rigolo de faucher, récolter, ballotter et tout ça... ?

Il chassa un volatile qui en prenait à son aise à faire le ventilateur devant sa figure. Le moineau se posa sur le bord du chapeau. Augustin fit un large sourire.

– Venez, vous verrez.

Elles allèrent. Et ne regrettèrent pas du tout. Alain, le fermier, avait embauché des journaliers qui s'éparpillaient en ordre stratégique au milieu des champs et des herbes folles. Deux machines fauchaient, les hommes passaient derrière, triaient à la fourche et rassemblaient le foin ainsi récolté qu'une autre machine roulait en meules.

Augustin chargea le fourrage dans la grange. Suzy et les DBB s'empressèrent de l'aider.

Façon de parler.

– Hé ! hurla Suzy, perchée sur la galerie en bois. Regardez ! Yuuuuuuu…

Elle se laissa tomber dans les balles ventrues. Elle réapparut, crachant, riant, toussant. Elle avait de la paille partout, dans la bouche, les trous de nez et d'oreilles.

– Ça pique ! cria-t-elle.

Cela ne l'empêcha pas de courir à l'échelle, et de recommencer. Les autres l'imitèrent, évidemment. Le foin piquait, étouffait, ensevelissait... mais quelle chute divine depuis la galerie ! Et ça sentait bon l'herbe coupée ! À midi, elles étaient épuisées et ravies. On partagea un déjeuner de gros pain beurré, de saucisson où Augustin coupa des tranches aussi fines que la soie, tomates vinaigrette et compote de prunes rose.

– Si ma mère nous voyait ! soupira Béhotéguy en se renversant avec bonheur dans le fourrage. J'ai soif.

– Vous devriez les appeler pour leur dire, dit soudain Augustin.

Elles le fixèrent. Il remplissait d'eau, tranquillement, les verres.

– Appeler qui ? Pour dire quoi ?

– Vos mères. Leur dire que votre cousine n'est pas là.

– Avec ma mère, l'affaire est réglée, dit Bettina.

Elle se renversa aussi dans le foin et crut – oh, un instant – voir sa mère assise sur une des poutres de la grange. Non. Il s'agissait d'un reflet... mais Bettina rougit.

– Question de confiance, reprit Augustin.

Il goba sa dernière cuillerée de compote. Denise fit un signe aux autres... Toutes les quatre s'emparèrent de ses bras et jambes et l'envoyèrent par le bas, dans les meules qui l'engloutirent.

Il s'écoula une minute. Il ne réapparut pas.

– Augustin ? fit Bettina, le cœur battant.

Elles se lancèrent un regard d'angoisse incrédule.

– Augustin ?

– Augustin !

Elles dévalèrent l'échelle, grattèrent, secouèrent l'herbe

en appelant. Au bout de quelques secondes, Denise, enfin, trouva...

– Un pied !

Un pied dans une chaussette rouge, le tout dans une basket qui sortait de la meule. Le pied d'Augustin. Aucun doute.

Inerte. Elles devinrent blêmes.

Bettina fut la première à réagir. Elle dispersa le foin avec vigueur et dégagea les jambes, la poitrine... Là, elle marqua un arrêt. Tout à coup, dans un grognement terrifiant, deux bras jaillirent du foin et l'attirèrent à l'intérieur de la meule. Elle hurla. Puis Suzy. Puis Denise. Puis Béhotéguy. Puis Suzy, Denise et Béhotéguy.

Augustin se redressa soudain et, avec des gestes à la Frankenstein :

– Grriii... Grrrouk... Grrrrook ! gronda-t-il.

Elles s'échappèrent en criant. Il intercepta Bettina et, avant qu'elle puisse crier elle aussi, il lui donna un petit baiser dans le cou. Elle le regarda, un peu fâchée et riant beaucoup. Elle attrapa une grosse poignée de foin qu'elle lui fourra dans la bouche ! Il se débattit. Les trois autres rappliquèrent dare-dare.

– Aidez-moi ! cria Bettina.

– Non ! gémit-il. Aidez-moi, MOI !

Il poussa un horrible grognement loup-garou. Elles le repoussèrent dans le foin et s'enfuirent dehors à toutes jambes. Augustin resta assis, sans bouger. Puis il s'allongea, les mains derrière la tête et observa le plafond de la grange avec un long sourire.

*
* *

Dans la courte rue Pillet-Will, un camion à benne emboutit une voiture qui vint cogner un scooter.

Hortense leva vers le cadran du réveil les yeux qu'elle venait d'ouvrir. 7 heures. Elle se précipita à la fenêtre. Elle s'attendait à la catastrophe, véhicules encastrés et corps démantibulés. Déception. Sur la rue, un automobiliste interpellait vivement le conducteur du camion à benne qui répondait sur le même ton. Un autochtone achevait de fourrer dans le conteneur « verre seulement » les cadavres d'une douzaine de bouteilles de champagne. Le bruit mélangé de l'altercation et du verre fracassé rebondissait le long des façades.

Hortense referma la fenêtre et jeta un coup d'œil à Désirée et Harry. Ils dormaient à poings fermés. À force d'en entendre, ces deux-là étaient devenus sourds. Enid, en revanche, fille des grands espaces et de la mer ronronnante, dardait sur sa sœur de grands yeux effrayés.

– Qu'est-ce qui se passe ?

– Rien. Paris.

Hortense regarda les matelas où ils s'étaient endormis tous les quatre la veille. Harry et Désirée refusaient de dormir dans leur coin. Pas question de quitter leurs cousines, pas un instant, et surtout pas pour la nuit. Tous ensemble ou la guerre.

– J'adore être entassé-touillé comme une portée de Mycroft, avait soupiré Harry avant de sombrer.

À sa suite, les petites n'avaient pas tardé à fermer l'œil. Hortense avait eu plus de difficultés, coincée entre tous ces bras, toutes ces jambes et tous ces gémissements de rêveurs emmêlés. Elle avait attendu Jupitère, mais le sommeil était arrivé le premier. Force était de constater qu'elle avait réussi à dormir, malgré la surpopulation.

Sur la pointe des pieds, elle sortit du salon-chambre-salle-de-télé-bibliothèque. Elle traversa le palier, ouvrit doucement la porte de la cuisine en face et se mit en quête de la cafetière. Le café n'était pas passé que le visage d'Enid s'encadrait dans la porte.

– Où elle est, Jupitère ?

– Elle dort encore.

– Non. Elle n'est pas dans son lit.

– Misérable curieuse. Qui t'a donné la permission de regarder derrière le paravent ?

– Je n'ai pas fait exprès. Je n'ai pas pu empêcher mes yeux de voir. Je te signale qu'elle n'est pas non plus aux toilettes. Et que son lit n'est pas défait. Et que c'est toi qui ne fais attention à rien.

– Tu ferais une bonne policière, constata Hortense.

– Je sais, admit Enid avec modestie. Avoue, où elle est, Jupitère ?

– Au travail, fit la voix de Désirée. Pourquoi vous êtes déjà debout ?

– Parce que nous sommes très nature. Les rues parisiennes sont trop bruyantes pour nos oreilles bio. Qui te dit qu'elle est au travail ? Elle n'a pas laissé de mot.

Désirée prit un tabouret et s'installa à la table de la cuisine, en face d'Hortense, à côté d'Enid, bien calée entre l'évier et la poubelle.

– C'est son patron. Quand beaucoup de gens réservent pour le midi, il fait venir les employés plus tôt.

– Et quand elle n'est pas là, on peut savoir comment vous vous débrouillez ?

– On se lève, on mange et on part à l'école.

– Tout seuls ?

– Tout seuls à deux.

Hortense avait l'air si perplexe que Désirée se mit à rire.

– Pas de panique. Elle finit toujours par rentrer. Et elle sait que tu es là pour t'occuper de nous.

– C'est que j'avais des projets, soupira Hortense.

– T'inquiète. On fera sans toi. Enid nous surveillera.

La porte de la cuisine vint frapper dans le dos d'Hortense.

– Pousse-toi, fit Harry dans l'entrebâillement. Moi aussi je veux déjeuner.

Hortense se leva, repoussa son tabouret contre le frigo et ménagea un passage à Harry. Elle nota que sa joue avait encore enflé.

– Pourquoi les cuisines parisiennes sont-elles si petites, si étroites et si mal fichues ?

– Parce que les appartements parisiens sont petits, étroits et mal fichus, répondit placidement Désirée en étalant une large couche de confiture sur sa tranche de pain de mie. Et le nôtre encore plus que les autres.

– Parce que nous vivons comme des rats, approuva Harry avec satisfaction. Savez-vous que *les rats forment une espèce extraordinairement solidaire* ?

*
* *

À cuisine riquiqui, nettoyage speedy. Quand les bols furent empilés dans l'évier et les pyjamas sous les oreillers, quand les matelas furent entassés et leurs habitants habillés, il s'avéra, une fois de plus, que l'exiguïté des logements parisiens constituait un obstacle sérieux à la vie d'intérieur. Dès qu'il est en nombre, le pauvre Parisien est de sortie. Non qu'il soit particulièrement sociable mais il souffre de rester trop longtemps à l'étroit.

Après une grande heure passée à regarder d'un œil morne des dessins animés imbéciles, la bande des quatre se résolut à la promenade.

– Vous êtes en vacances, après tout, dit Désirée. Vous êtes un peu obligées de vous promener.

– On pourrait faire un pique-nique, suggéra Harry. On beurre le reste du pain, on cuit des œufs bien dur, on remplit d'eau la vieille bouteille de limonade, et je suis d'accord pour porter le sac.

– Mais s'il pleut ? objecta Enid en regardant par la fenêtre le ciel.

– S'il pleut, c'est encore mieux, répondit Désirée. Notre coin de Paris est percé de galeries.

– Très drôle, fit Enid.

– Ce n'est pas une blague ratière. Je te parle de galeries humaines.

– Mais, si tu préfères, on peut dire aussi les « passages ».

Pendant ce temps, Hortense s'était enfermée dans la cuisine avec le téléphone. Ce qui donnait à peu près ceci :

– Hortense, oui. Sa sœur. En vacances à Paris. Non, Charlie est à la Vill'Hervé. Elle répare. Si tu avais le temps, j'aurais bien aimé… Attends, je prends un crayon. Répète : Palais-Royal, devant la fontaine, 13 heures. C'est connu, le Palais-Royal ? C'est facile à trouver ?

Désirée fit irruption :

– On part en pique-nique !

*
* *

– C'est l'enfer, remarqua Hortense.

– Pourquoi ? demanda Harry en levant un regard curieux.

– Ce bruit.

– Quel bruit ?

– La poussière, la fumée.

– Quelle fumée ?

Hortense lui lança un regard vexé mais il n'avait pas l'air de se moquer. Peut-être qu'il aimait ça, après tout, l'enfer, comme d'autres aiment l'air salé qui vient du large.

– Je veux acheter une carte pour Gulliver, clama Enid.

Hortense songea qu'elle avait de la chance de pouvoir écrire à un ami. Elle aurait aimé, elle, écrire au dos d'une carte : Mademoiselle Muguette, Champs du ciel, Pâques-et-Trinité.

– Pourquoi tu fais une drôle de tête ? demanda Désirée en glissant la main dans celle d'Hortense.

– Parce que j'ai les yeux qui me piquent.

– C'est les gaz des voitures.

– Pour les cartes, c'est par ici !

Planté devant l'entrée d'un large couloir ouvert sur la rue, Harry jouait les sémaphores.

– On prend la galerie. Ou le passage, si Enid préfère.

Les deux sœurs Verdelaine firent connaissance avec le passage Verdeau. Il avait tout pour ressembler à ce qui se fait de plus moderne en matière de centre commercial : un sol carrelé, une verrière, des commerces, des chalands. Mais, miracle et grâce de la construction, il avait l'air ancien. Vraiment ancien. Vraiment très joliment ancien.

Hortense était rêveuse, Enid était ravie.

– Trop beau ! répétait-elle. Est-ce qu'on peut habiter dedans ?

Les galeries trouaient le quartier, s'interrompaient le temps d'un boulevard, changaient de nom aux carrefours, et celui qu'on préféra entre tous fut le passage des Panoramas. Le préféré, parce que le plus énigmatique : quel panorama espérer d'un couloir entièrement couvert ? À l'intérieur, les vitrines avaient quelque chose de rassurant. Tout semblait vieux ou riche, ou vieux et riche. Comme si vos grands-parents pleins aux as avaient décidé d'ouvrir de petites boutiques dans un coin protégé. On vendait là des gravures, d'affreux petits tableaux, des jouets, des objets inutiles. Et des cartes postales au prix de l'or. Enid acheta une photo en pied de la tour Eiffel, qu'elle n'avait encore jamais vue ; Hortense, d'une nichée de chiots qui disaient : « Tu me manques. » Dans le sac d'Harry, les œufs durs commençaient à sentir l'œuf dur. Dans l'estomac de tous, l'heure se mit à clignoter : il était temps de manger. Enid déplora que personne n'eût le cran de s'asseoir sur le sol d'une galerie pour partager le repas.

– Pourtant il y a plein de gens assis par terre dans la rue… plaida-t-elle. En plus, ils tendent la main.

– Impossible, répondit Désirée. Imagine que je rencontre une fille de mon école.

Enid réfléchit quelques secondes.

– Ce serait horrible, consentit-elle. Je n'aimerais pas du tout que Gulliver Doniphon me voit assise par terre en pleine ville en train de manger des œufs durs avec les doigts.

Harry proposa la place de la Bourse.

– On regardera les rollers et les joueurs de hockey. Et s'il pleut, on pourra toujours courir jusqu'à la galerie Vivienne, ou sous les arcades du Palais-Royal.

Hortense jeta un coup d'œil à sa montre et sursauta.

– Le Palais-Royal n'est pas loin ?

Il n'était, par chance, que tout au bout de la rue.

– Tu entres sous un porche et c'est là. Un grand jardin rectangulaire.

– Sans voitures ?

– Avec poussière, mais sans voitures.

– On s'y retrouve ?

D'accord. Aux colonnes.

– Quelles colonnes ?

– Demande aux indigènes. Ils sauront.

Elle ne prit même pas la peine de recommander les petits à Enid, ni de recommander Enid aux petits. Elle fila si vite qu'Enid oublia de lui demander ce qu'elle avait d'aussi urgent à fabriquer dans ce Palais-Royal dont elle ignorait l'existence le matin. En fait de palais, le Royal était un très grand bâtiment carré, une sorte de cité d'époque monarchique au milieu de laquelle les architectes royaux avaient planté des jardins fleuris et de gaies pelouses interdites au public. Hortense regretta un instant d'avoir laissé les autres place de la Bourse au milieu d'un carrefour. Ils auraient été plus à l'aise sur un banc, sous les phlox.

Elle arriva au milieu du jardin devant la fontaine ronde. Assis autour du bassin sur des chaises en fer, rangés comme des fraises autour d'un fraisier, des Parisiens prenaient le soleil, les pieds sur le rebord. Les uns tenaient un sandwich à la main. Les autres un livre. D'autres avaient les deux mains occupées : ils tournaient les pages de leur journal d'un doigt couvert de mayonnaise.

Hortense fit celle qui n'espérait personne. Rien de plus pathétique, quand on attend, que d'avoir l'air d'attendre. Elle entama un large tour de la fontaine. Elle avait adopté la mine indifférente des habitués qui ne s'étonnent de rien.

Au deuxième tour de la fontaine, elle parvint à saisir l'allure pressée des Parisiennes balançant entre la crainte et l'espoir de croiser des visages connus. Au troisième tour, elle mit les mains dans ses poches et releva le menton pour obtenir cet effet insolent-goguenard des jeunes indigènes. Comme elle amorçait son quatrième, elle sut qu'elle tenait enfin le personnage : elle était devenue la vraie, l'unique, l'authentique fleur de pavé. Au milieu du quatrième tour, donc, on frappa sur son épaule. Surprise en plein exercice, elle fit volte-face. Il était là, devant elle, les mains dans les poches, le menton relevé.

– Tancrède !

– Clémence !

– Hortense.

– Hortense, bien sûr. Pardon, ma chérie.

Il n'était pas moins beau. Vêtu comme il l'était (veste de lin gris, écharpe de soie bleue), il l'était même un peu plus. Il chassait du revers une mèche qui lui retombait aussitôt sur les yeux. C'était bien lui, Tancrède.

– Je travaille énormément, disait sa voix. Une dizaine de jus en prévision... Succès énorme... Contrats immenses... Pas le temps de t'inviter à déjeuner... Mais partager des sushis au labo avec les filles... Très sympas, tu verras... On passe devant la Comédie-Française et on y est... Voilà, c'est là !

– La Comédie-Française ?

Décidément, après le Palais qui n'était pas mal, la Comédie lui sautait dessus. Elle se serait volontiers agenouillée pour baiser les pierres sacrées.

– Et ce machin là-bas, de l'autre côté de la rue ?

– Mais c'est le Louvre !

Hortense eut l'impression cuisante (et malheureusement assez juste) de passer pour une bécasse. Elle arrêta là ses questions, et suivit Tancrède qui entrait au pas de charge dans une cour décorée de bougainvilliers en pots. Une personne maigrelette, tirant sur sa courte robe noire, se précipita pour leur ouvrir la porte.

– Tancrède, gémit-elle. Les sushis sont livrés et tout le monde t'attend.

– Je suis allé récupérer mademoiselle, fit-il en repoussant sa mèche. Une petite amie de province.

La maigre en noir n'eut pas un regard pour Hortense.

– Tu les prends de plus en plus jeunes, murmura-t-elle, mais assez fort pour qu'Hortense entende.

– Ne me dis pas que tu es jalouse, susurra Tancrède en lui pinçant la joue. Vilaine.

La vilaine eut un misérable petit rire et Hortense fut saisie d'une envie difficilement répressible de lui arracher les yeux.

L'épreuve pourtant ne faisait que commencer. Des vilaines de cette sorte, des sottes, et des franchement détestables, des miniveuves en maxideuil tirant sur leur jupe, le bureau de Tancrède en était rempli. Il les présenta en vrac, d'un geste large :

– Mes assistantes.

Sur une longue table vernie, attendaient les sushis. Soit six plateaux sur lesquels s'alignaient de petites crottes de riz blanc cernées d'un film noir.

– Goûte ça, dit Tancrède. Ils sont délicieux.

Là-dessus, convaincu d'en avoir assez fait pour cette

jeune Clémence, il se laissa happer par une vague d'assistantes et entraîner à bonne distance. Il eut, en disparaissant, le geste désolé de celui qui n'en peut mais.

Abandonnée, Hortense se sentit libre.

Elle rafla deux rangées de sushis qu'elle emballa dans une serviette en papier et qu'elle enfourna dans son sac. Dans l'indifférence générale, elle prit la direction de la sortie. Elle ne chercha pas à dire au revoir.

Pour une mission de réconciliation, c'était un désastre. Elle avait prévu des retrouvailles échevelées, de l'émotion, des embrassades. Elle s'était imaginé réveiller dans le cœur du jeune homme le souvenir de Charlie, suscitant des larmes au récit de la triste solitude de son aînée. Elle n'était même pas parvenue à prononcer le nom de Charlie !

Le pire était sans doute qu'elle ne le regrettait pas. Elle aurait eu l'impression de trahir sa sœur en l'associant à sa déroute. Elle refoula les larmes qui lui montaient aux yeux. Ce n'était pas de vraies larmes de tristesse, mais de pauvres larmes de colère et d'humiliation qui se tarirent avant d'atteindre la paupière.

Elle repassa devant la Comédie-Française, effleura du plat de la main les murs vénérables et retrouva le Palais-Royal. Les colonnes se dressaient devant elle, de véritables petites colonnes bien rondes et gracieusement rayées, coupées à différentes hauteurs, rangées les unes à côté des autres, comme les sushis sur leurs plateaux. Et là, au fond de l'alignement, posés en stylites, chacun sur son tronçon, les trois petits qui la guettaient.

– Qu'est-ce que tu as fait ? cria Enid.

– Embrassé le seuil de la Comédie-Française. Et j'ai trouvé des mininourritures. Il vous reste un œuf ?

Il restait un œuf, qu'Harry lui échangea contre les sushis qu'ils partagèrent. Hortense avait bien fait les choses : elle en avait embarqué seize, qui est un multiple de quatre.

Quatre sushis par tête de pipe ne font pas un repas mais fortifient l'amitié.

Hortense se dit que Paris était une belle ville, à condition d'y être avec des gens qu'on aime.

– Qu'est-ce qu'on fait ? demanda Désirée.

Les trois petits se tournèrent ensemble vers Hortense. Qui se souvint avec bonheur qu'elle était responsable de ses ouailles. Elle les avait laissés pour assouvir ses rêveries imbéciles. Maintenant il fallait qu'elle assure. Elle fouilla ses poches. Sous ses doigts, le billet de Charlie craqua.

– Où vont les touristes qui viennent de terminer leur œuf dur au Palais-Royal ?

– Ils remontent le jardin, ils reprennent la rue Vivienne et ils vont au musée Grévin. Voilà ce qu'ils font tous, et voilà pourquoi il y a toujours une file devant l'entrée.

– C'est joli, le musée Grévin ?

– Je ne sais pas, dit Désirée. On n'y est jamais allés. Maman dit que c'est bon pour les touristes.

– Parfait, dit Hortense. C'est exactement ce qu'il nous faut.

Ils firent la queue sur le boulevard Montmartre, pris en tenaille par un groupe d'Alsaciens et un groupe d'Australiens. En payant les entrées, Hortense éprouva un pincement du côté du cœur. Tout le billet de Charlie allait y passer. Elle récupéra quelques picaillons de monnaie et les glissa dans sa poche. On pourrait encore se payer une glace à la sortie.

– Allons-y, dit-elle vaillamment. À nous quatre, Grévin.

*
* *

– Je comprends pourquoi votre mère ne voulait pas payer l'entrée. Dix euros pour voir des marionnettes mochissimes, on ne sait même pas qui elles imitent, c'est cher.

– Enid, annonça Hortense. Si tu commences à casser l'ambiance, je te mets une claque.

– Tu ne donnes des claques qu'à Bettina.

– Soit. Alors je te préviens que j'ai l'intention d'acheter des glaces pour tout le monde. Mais toi tu peux toujours courir.

– Des menaces minables, soupira Enid. Ce n'est pas à toi que j'en veux, c'est à Grévin qui m'a ennuyée. Ou peut-être que je n'aime pas les musées.

– Peut-être qu'elle n'aime pas, dit Harry en écho. Elle a le droit.

– Peut-être, dit Désirée. C'est légal de ne pas aimer.

– Peut-être bien, dit enfin Hortense. C'est donc moi que je vais priver de glace. Trois cornets italiens, s'il vous plaît, mademoiselle. Vanille.

– Tu n'en veux pas ? demanda Enid, suspicieuse.

– Je suis ruinée. Il est temps que Jupitère rentre du travail ou tu vas vraiment pouvoir t'asseoir par terre dans les galeries et tendre la main.

– Si maman ne vient pas à nous, alors nous irons à maman, déclama Harry. Tous au Bœuf à la Ficelle !

– C'est ça, approuva sa sœur. Elle sera drôlement contente de nous voir. Une vraie surprise. Et très marrante.

Hortense doutait que Jupitère fût enchantée de voir débarquer sa nichée plus ou moins poussiéreuse, plus ou moins maculée de glace fondue. Mais à la guerre comme à la guerre. Elle n'avait plus un sou. Il fallait en aviser le commandement supérieur.

– C'est loin, le Bœuf à la Ficelle ?

– Oh non, dit Harry, un doigt sur la joue (la glace venait de réveiller la douleur assoupie). On reprend les passages, ensuite la rue Vivienne... et c'est à deux pas du Palais-Royal

10

Paris a un goût de Javel

Geneviève se hâta de ranger le cornet géant en polystyrène ainsi que les vraies glaces à l'intérieur de la cahute, de fermer les volets, de fermer tout court. Elle se pencha sur la vitre du présentoir, vérifia que sa coiffure tenait toujours, elle troqua son pantalon contre une jupe – préparée ce matin dans un sac Hyper Promo avant de quitter la maison – et sortit, direction l'école de voile.

Elle essaya de ne pas courir. Elle marcha. Mais vite.

Les drisses des bateaux au repos tintaient en milliers de clochettes au vent. Elle vit tout de suite que personne ne l'attendait et faillit faire demi-tour, pour arriver une deuxième fois. Elle attendit, appuyée mi-assise mi-debout sur le rebord d'une barque penchée.

Elle observa les premiers retours. Les derniers nageurs. L'horizon où le soleil baissait. Les maîtres nageurs qui descendaient le drapeau vert et inscrivaient sur l'ardoise la météo et la marée du lendemain.

– Tu es toute seule ? s'enquit la voix de Darie derrière elle.

Darie. En maillot une pièce. C'est-à-dire la poitrine nue.

– Tu attends Vigo ?

Geneviève se redressa et sourit à Darie :

– Toi aussi, tu es seule ?

Du pouce par-dessus l'épaule, Darie montra ses amis derrière, simplement devancés. Elle s'arrêta.

– Tu attends Vigo ? répéta-t-elle.

Geneviève dut se résoudre à répondre.

– Oui.

Darie plissa le nez, trouant le sable de son gros orteil droit.

– Tu le trouves pas bizarre, comme mec ?

– Non…

– Il dit qu'il a vingt ans. Je crois qu'il ment.

Et comment ! songea Geneviève. Darie vit le sourire qui passait dans les yeux de Geneviève. Un sourire qui signifiait des choses qu'elle trouva horripilant de ne pas comprendre.

– Tu devrais te méfier. Tu es sortie avec lui ?

Les autres arrivèrent providentiellement à ce moment-là.

– Hé ! Dépêche, Darie !

Ils saluèrent celle qui leur avait servi des glaces l'après-midi même et s'éloignèrent en groupe serré. Geneviève les envia.

Elle attendit longtemps, bien longtemps. Il faisait presque nuit quand elle quitta, gelée par la brise du soir, la plage de l'école de voile.

*
* *

Le Bœuf à la Ficelle était un de ces bistrots de bureaux où tous les banquiers, les assureurs et les commissaires-priseurs du quartier venaient le midi manger et parler boutique. Jupitère y travaillait cinq jours par semaine jusqu'au départ de la dernière table. Parfois ça pouvait durer jusqu'à 16 heures.

C'est Renée, la responsable de salle, qui accueillit les quatre enfants.

– Jupitère ? dit-elle du ton peu aimable de la dame qui a trop souri, trop marché, trop servi, trop remercié.

Elle avait des cheveux noirs fatigués, des plis au coin de la bouche, les mêmes au coin des yeux.

– Si elle veut garder le job, elle a intérêt à servir une sacrée bonne excuse au patron. On a galéré, sans elle, aujourd'hui !

– Maman n'est pas là ? s'étonna Désirée. Où elle est ?

– Si je le savais. Bon, on est en train de plier bagage, là. Vous bougez un peu ?

– Où est maman ? cria Harry. Où est maman ?

Un homme apparut sur le seuil des cuisines.

– Qu'est-ce qui se passe, Renée ? Pourquoi il hurle, le marmouset ?

– Rien, dit-elle, ce sont les petits à Jupitère. Le patron, présenta-t-elle.

L'homme les toisa, l'un après l'autre.

– Deux noirs, deux blancs, ricana-t-il. Elle œuvre pour l'équilibre des espèces ?

Hortense avança d'un pas et planta son regard dans le sien.

– Vous verriez le reste de la famille ! Xiao Tien a un papa qui vient de Pékin. Ramajeelayan et Rasadeemyan, les jumeaux, leur père est de Calcutta. Cordobes et Emenerguildo, respectivement du Pérou et de Milan. Oh, j'oubliais Inouten le petit Finlandais. C'est pour ça que maman Jupitère parle sept langues !

L'homme la dévisagea, bouchée bée.

– Elle se fout de toi, Léon, dit Renée d'un ton las.

Elle les raccompagna dehors. Au tout dernier moment, elle se pencha et leur souffla :

– Avec un certificat médical, il ne fera rien. Qu'elle amène un certificat médical…

Ils se retrouvèrent dans la rue, face à une porte close. Le cerveau d'Hortense se mit à sonner le tocsin. Où était tante Jupitère ? Pourquoi n'avait-elle pas travaillé aujourd'hui au Bœuf à la Ficelle ?

– Elle est peut-être rentrée à la maison ?
– En ce cas, on se sera croisés.
– En ce cas, on aurait pu pique-niquer avec elle.
– Ou alors elle a démissionné. Elle a trouvé un travail mieux. Elle a quitté ce travail parce qu'elle en a trouvé un mieux. Plus payé. Moins fatigant.

Ils longèrent la rue Vivienne, la place de la Bourse et prirent la rue Laffitte pour retrouver Pillet-Will. Ils montèrent le bel escalier avec tapis, puis le petit minus sans, qui tortillonnait. En haut, Hortense fut transpercée d'un pressentiment horrible. Mais, comme ils passaient devant une porte, Mohammed Essaïra montra le bout de sa frimousse.

– Je ne chanterai pas ! clama-t-il d'une voix de stentor. Non, non, non, je ne chanterai pas !

Il disparut et referma aussi sec.

– Il est timbré, décréta Désirée.

Hortense était reconnaissante à Mohammed d'avoir rompu l'espèce de sortilège maléfique qui pétrifiait leur cœur à tous depuis le Bœuf à la Ficelle.

Ils frappèrent aux deux portes, cuisine-salle à manger et chambre-salon. Personne. Malgré tout, ils espéraient un tout petit peu encore. Ils vérifièrent sous la douche, derrière le paravent. Ils cherchèrent d'autres endroits où chercher... Mais, ici, presque tout était visible au premier coup d'œil. Il fallut se rendre à l'évidence. Jupitère n'était pas là.

*
* *

À presque minuit, Hortense se leva. Les petits dormaient, assommés par la belle portion de coquillettes menthe et fromage apportée par Mme Essaïra. Le pauvre Harry, lui, était assommé par la douleur à sa dent et le lait chaud qu'elle lui avait préparé avant le coucher.

Hortense prit le téléphone, l'emporta silencieusement,

serré contre son ventre, de l'autre côté du palier, et sortit côté cuisine.

Là. Ne plus bouger. Réfléchir. Essayer. Essayer à tout prix. Ou il se peut bien que je fonde en larmes, se dit-elle, debout dans le couloir noir. Se poser les bonnes questions et tenter d'y répondre par le bon bout de ma raison, vieux pompon... Elle sursauta. Quelque chose, quelqu'un venait de bouger dans la nuit du palier.

– Qui c'est ? demanda-t-elle, le cœur battant.

Elle tâtonna, sans même penser qu'il y avait peut-être un danger à se découvrir. Hortense avait toujours préféré les blessures à l'incertitude. Elle alluma.

– Qu'est-ce que tu fiches là, Mohammed ? interrogea-t-elle, l'air sévère mais le cœur formidablement soulagé.

– Tu vois bien. C'est toi qui me déranges.

Il était enroulé dans un sac de couchage posé sur la tommette, sous un robinet en fonte qui ne servait plus. Il fronçait de sombres sourcils sous ses clairs cheveux.

– Pourquoi ne dors-tu pas chez toi ?

– Trop petit. Trop chaud. Trop folklo.

Elle marqua un temps.

– C'est la première fois que je t'entends, remarqua-t-elle en chuchotant. Pourquoi tu ne nous parles jamais ?

– Pour dire quoi ?

Elle ne sut rien répondre à cela. Elle haussa les épaules.

– Bonne nuit, dit-elle en entrant dans la cuisine, tandis qu'il tournait le dos pour se rendormir.

Elle alluma et se posta face au ballon électrique d'eau chaude. Jupitère y avait scotché un grand plan de Paris qui faisait le tour. Chaque arrondissement possédait un fond de couleur différent. Hortense s'approcha tout près, scruta l'arrondissement bleu pâle, celui où elle se trouvait, chercha un bon moment avant de débusquer la rue Pillet-Will... et soupira. Quoi chercher ? Comment ? Une aiguille dans une botte de foin, à côté, c'était superfastoche. Suffit de presser le foin par poignées... et quand vous criez : « Aïe », c'est que l'aiguille vous a trouvé ! Aussi simple que ça.

Paris était pire. Et y chercher quoi ? Un théâtre ? C'était une des villes du monde qui en contenaient le plus. Hortense fit un pas en arrière, avec l'intention de s'asseoir sur le tabouret qu'elle savait entre la table et le frigo. Elle heurta la pointe d'un pied. Elle pivota en un éclair.

– Tu ne dors pas, Mohammed ? souffla-t-elle, contrariée d'avoir été surprise par deux fois en dix minutes en flagrant délit de frayeur.

– Non. Tu cherches quelque chose ?

– Oui. Mais je ne sais pas quoi, avoua-t-elle.

– Tu me donnes un verre d'eau ?

Elle fit couler l'eau du robinet, remplit deux verres, en donna un à Mohammed. Elle but l'autre en retenant sa respiration. L'eau de Paris avait l'odeur et le goût infâmes. Mohammed reposa son verre.

– J'adore ce goût d'eau de Javel, dit-il en souriant. Je le trouve rassurant.

– Dégueulasse, oui.

– Parisien.

Il prit le tabouret, le déplaça de quarante centimètres, de façon à le poser sous le ballon d'eau chaude, il grimpa dessus. Il posa le doigt sur un point du plan.

– C'est là, dit-il.

– Tu parles de quoi ? fit Hortense en retenant son souffle.

– C'est la rue du théâtre où travaille Jupitère.

Elle le fixa comme s'il venait de danser au plafond en jonglant avec cinq balles.

– Quelle rue ? dit-elle enfin. D'où tu sais ça ?

– Je fais la collec de papiers dorés. J'aime bien. Superbeaucoup, même. L'autre jour, Jupitère m'en a donné qui traînaient par là.

Hortense le fixa.

– Attends, attends, attends, fit-elle à voix basse. Quel rapport entre ta collection et… ?

Il tira d'on ne sait où un petit rectangle d'or qu'il lui tendit. Sans oser le prendre, elle lut :

Fantasy Theatre…

Il y avait un dessin de coupe à champagne, un horaire, une adresse…

– … un téléphone !

– Je te la prête si tu veux.

Mohammed s'en retourna dans le couloir, retrouver son couchage sous la fontaine. Hortense resta immobile, un œil sur la carte dorée, l'autre sur le téléphone qu'elle avait apporté. Au bout de quelques secondes, elle composa le numéro du *Fantasy Theatre*. Un disque lui apprit que la ligne était en dérangement, il fallait appeler soit les renseignements soit le service après vente. Elle fit les deux. Les deux étaient fermés à cette heure.

Elle refit trois fois le numéro du *Fantasy Theatre*, au cas où… Mais elle n'entendit que le disque. Elle réfléchit, le regard posé sur la carte dorée. Enfin, elle prit sa décision.

*
* *

Il fallait remonter la rue des Martyrs. Ce nom convenait tout à fait à une fille qui avait quitté sa Vill'Hervé estivale pour les nocturnes boulevards de Paris et qui cheminait, à minuit passé, vers une place de la Goulue. La fille en question imaginait qu'au bout de la rue une sorte de Gargamelle goulue engloutissait les pauvres passants par sa bouche large ouverte au ras du trottoir.

Les boutiques étaient fermées, sauf une ou deux épiceries, mais leurs vitrines éclairaient fort bien. Elle croisa un couple qui ne fit absolument pas attention à elle. Et elle se demanda si c'était chose normale, à Paris, de voir une fille de douze ans se balader seule la nuit. Elle changea de trottoir en voyant un monsieur ivre qui marchait comme Xavier-Lucien, le crabe vert qu'Harry avait voulu apprivoiser au printemps dernier.

Elle se mit à courir, enfin presque, à marcher vraiment vite en tout cas, en essayant de penser à des choses de sa maison. Le vieux bahut rouge qui miaulait, à Ingrid et Roberto qui grinçaient… euh… non…

Et elle arriva.

Elle reçut à plein nez l'odeur du plâtre en suspension et des cendres de béton. Une matière fibreuse flottait dans l'air, comme de la toile d'araignée éparpillée, elle toussa. Il y avait des ambulances, une voiture de la Croix-Rouge, des bennes dans lesquelles des hommes en combinaison jetaient des gravats à la pelle, des fers tordus, des briques cassées, des morceaux de bois ou de ciments. Une lampe phare jetait un rayon bleu puissant, étrange, sur ce qui ressemblait à une gigantesque mâchoire et qui avait été une façade.

Hortense voulut avancer mais un cordon rayé rouge interdisait l'accès. Le regard d'un jeune homme en jean sombre et chemise claire tomba sur elle.

– Tu n'es pas toute seule, tout de même ?

Le sang de Hortense fit un bref aller-retour.

– Non, balbutia-t-elle. Ma… mon… papa est par là.

– Va le rejoindre, alors. Ici, ça peut être dangereux.

– Pourquoi ?

Le jeune homme avait un tout petit anneau à l'oreille et un sourire agréable. Elle eut l'intuition que c'était un policier en civil.

– Pourquoi les enfants demandent-ils toujours pourquoi ?

– Pour qu'on leur explique ce qu'on ne veut jamais leur expliquer, répondit-elle.

Il la regarda mieux et sourit.

– Qu'est-ce que tu veux savoir ?

– Où est le *Fantasy Theatre* ?

Il lui coula un regard en biais. Quand il vit que c'était une question sincère, il montra la grande mâchoire fracassée.

– C'était là. Ce qui reste. *Le Fantasy* s'est écroulé l'autre nuit. Des heures qu'on cherche... Montre-moi où est ton papa.

Hortense, muette, se mit à trembler. Quelqu'un appela le jeune homme, mais elle bondit et le rattrapa par le bras sans se rendre compte qu'elle le pinçait de toutes ses forces.

– Est-ce qu'il y a des morts ? cria-t-elle. Est-ce qu'il y a des blessés ?

– Des morts, des blessés, répondit-il gravement.

Il se pencha pour scruter ces yeux qui le dévoraient de toute leur noirceur fiévreuse :

– Dis-moi.

– Il y a quelqu'un de ma famille... qui travaillait là...

Il lui prit la main.

– Comment t'appelles-tu ?

– Hortense Verdelaine.

– Inspecteur Valéry Clotilde. Le premier c'est mon prénom, le second, mon nom, précisa-t-il devant sa mine perplexe. Je sais ce qu'on va faire. Suis-moi.

Il l'emmena au pas de course vers un fourgon de police posté dans une rue transverse.

– Tu veux quelque chose à boire ? demanda-t-il avant de monter.

Elle fit non. Il coulissa la porte du fourgon sur deux policiers en uniforme. L'un était une, elle dictait quelque chose au téléphone. L'autre, un homme, pianotait sur un ordinateur portable devant une table au look camping.

– Mathieu... Fais-moi une copie de la liste, tu veux ?

L'autre hocha la tête sans lever les yeux de l'écran.

– Tu ne veux vraiment pas quelque chose à boire ? redemanda Valéry Clotilde.

Hortense répéta non. Un étau de glace lui écrabouillait le cœur.

– Est-ce que cette personne de ta famille a le même nom que toi ?

– Jupitère Kapa. E accent grave, R, E, à Jupitère, précisa Hortense. C'est féminin. Jupitère n'a pas le même nom de famille que Désirée et Harry, parce qu'elle n'est pas mariée avec mon oncle Florentin qui s'appelle comme maman, puisqu'ils sont frère et sœur.

Elle était sûre qu'après ça il allait lui dire : « Peux-tu répéter depuis le début s'il te plaît, etc. » Mais non. Il ne fit rien répéter. Il prit juste un temps pour réfléchir et ç'eut l'air tout simple pour lui. Il écrivit Kapa comme ça se prononce, en quoi il eut bien raison. Valéry Clotilde n'était pas homme à s'étonner d'un nom. Primo, il était flic. Secundo, son propre nom lui avait ouvert des horizons fort tôt.

– Sais-tu quel travail elle faisait, ta tante ? Était-elle serveuse ? Danseuse ? Est-ce que qu'elle était...

Il hésita, se tut.

– Elle tenait le vestiaire, dit Hortense. Avec une autre dame... Janine, je crois. Pourquoi vous dites « était » ?

Il lui donna une pichenette sur le nez :

– Parce que, dans ce théâtre effondré, je ne vois pas qui pourrait désormais donner son manteau à garder.

Le policier Mathieu tendit la feuille qu'il venait d'imprimer. Clotilde s'en empara. Il eut l'air de prendre une grande respiration et lut. Il battit des paupières et dit :

– Hortense ? Le nom de ta tante n'est pas sur cette feuille. Ni celui de Janine, mais... Il y a une Janie. Janie Monghi. Ça te dit quelque chose ?

– Janie, voilà. Tante Jupitère n'a pas dit son nom de famille. Mais Janie, oui.

– Au vestiaire, dis-tu.

Il chercha le regard des autres. Hortense eut l'impression qu'il appelait à l'aide. Mais, un quart de seconde après, elle pensa qu'elle se trompait. Valéry Clotilde la prit par les épaules :

– Assieds-toi. Tu veux boire quelque chose ? Non, c'est vrai. Quand tu me disais que ton papa était avec toi...

– C'était pour vous tranquilliser.

– Me tranquilli... ?

– Vous vous seriez fait du souci en voyant une fille de douze ans toute seule la nuit. Non ?

– Exact. La preuve : je m'en fais.

– Ce n'est pas la peine. Ma grande sœur Charlie veille sur nous. Elle a presque vingt-quatre ans.

– C'est jeune. Pour s'occuper d'une famille.

– Pas si jeune. Mais elle est encore très jolie quand même. Et encore plus jolie quand elle est enrhumée !

– Enrhumée ? Elle doit se moucher, pourtant, et renifler, et tousser !

– Elle se mouche, oui, elle renifle, elle tousse... Mais ça lui va très bien. Ses yeux scintillent, elle a la voix mouillée, les joues plus roses... C'est quoi cette liste ?

– Quelle liste ?

– Avec les noms.

Clotilde marqua un silence, le temps de se gratter l'oreille. Celle qui portait l'anneau.

– Ce sont les gens qui sont morts ? continua Hortense.

Il hocha la tête. À l'ordinateur, le policier Mathieu cessa brièvement de taper. La policière au téléphone, elle, continuait de parler. Le portable vous coupe du monde, on le sait bien.

– Montrez-moi, murmura Hortense. Je veux voir.

Il lui tendit la liste. Le nom de Jupitère n'y était pas inscrit. Le cœur d'Hortense tomba comme une feuille morte, au ralenti.

– Je veux bien boire, dit-elle.

Il lui versa un verre d'eau.

– Je n'aurais pas menti, dit-il doucement.

Il reprit la liste, tout en gardant la tête baissée.

– On n'a pas retrouvé tout le monde, dit-il. Il y a encore des personnes sous les décombres. On ne sait pas combien. Le patron de cette boîte faisait travailler beaucoup de gens qu'il ne déclarait pas.

– Ça veut dire quoi ?

– Qu'il embauchait sans contrat et payait deux fois moins de salaire. En échange, il était sourd et muet.

Elle montra qu'elle comprenait. Tante Jupitère avait dû accepter le travail pour mille et une raisons… mais Hortense n'aurait pu en citer aucune à ce policier pourtant si gentil.

– Donne-moi les coordonnées de ta grande sœur Charlie, dit-il. Le bureau appellera sitôt qu'on saura quelque chose.

Elle fut à deux doigts de donner le numéro de la Vill'Hervé. Elle se retint *in extremis*. De son air le plus candide, elle énonça celui de Pillet-Will. Le deuxième policier notait tout sur l'ordinateur. On lui posa ensuite des questions, son nom, son âge, tout ça. Elle se garda bien de dire qu'elle était en vacances… On lui aurait demandé sa véritable adresse. On lui demanda aussi de décrire sa tante Jupitère, sa taille, ses yeux, ses cheveux, les habits qu'elle portait en partant.

– On ne l'a pas vue partir. Tout le monde dormait.

– Un signe particulier ?

– Vous voulez dire un grain de beauté, une cicatrice, ce genre de trucs ?

– Par exemple.

Elle chercha, elle dit non. Puis Valéry Clotilde se redressa tout en écrivant quelque chose sur un papier.

– Mon numéro direct au bureau. Si tu as du nouveau, tu appelles, OK ?

Question disparition ou réapparition de personnes, Valéry Clotilde avait vu des choses incroyables.

Hortense s'apprêta à sortir du fourgon. Le policier lui emboîta le pas.

– Tu ne vas pas t'en tirer comme ça, s'écria-t-il avec gaieté. Je raccompagne toujours les dames chez elles.

Elle en fut soulagée et contrariée. Elle ne rentrerait pas seule, soit. Mais pourvu qu'il ne se mette pas à fouiner...

Il ne fouina pas. Il la laissa aimablement devant la porte cochère de l'immeuble.

– Je ne vous invite pas à prendre un dernier verre, dit-elle, solennelle. Je n'ai que douze ans.

Il ouvrit de grands yeux, s'étrangla et finit par lui donner une tape dans le dos.

– Tu sais que tu es drôle ?

– Quand je suis morte d'inquiétude, je suis extrêmement désopilante.

– Allons, ne t'en fais pas.

– Au revoir, monsieur Clotilde.

– Salut, Hortense.

Elle referma soigneusement derrière elle et monta quatre à quatre. La nuit, les cinq étages de bureaux étaient vides. Au sixième, elle trouva Désirée qui dormait à poings fermés, et Enid en train de bercer le pauvre Harry réveillé par sa rage de dents.

– Où tu étais passée ? fit Enid sur un ton de reproche.

– J'ai pris l'air. J'avais chaud.

– Toute seule ? La nuit ? Dans la rue ?

Hortense s'agenouilla près du canapé en matelas empilés. Harry, un peu pâle, se donnait de petits coups sur la joue, là où ça cuisait. Sa joue était très enflée.

– Je n'ai pas osé lui donner de médicaments, dit Enid. Vous dites toujours que je suis trop jeune pour savoir.

– Vrai. Tu as bien fait.

Hortense songea qu'elle-même n'était pas très grande, non seulement question médication mais dans le genre « support de famille abandonnée sans le sou ». Elle regretta le musée Grévin, où les cinquante euros avaient fondu comme cire.

– Recouchez-vous, je vais préparer un lait chaud et les cachets.

Elle éteignit la pièce et sortit sur le palier pour la cuisine. Là, elle ouvrit le mini-frigo, prit la brique de lait entamée (il n'y en avait plus après !), en versa dans une casserole, alluma la plaque électrique. Elle s'assit à la table et attendit que ça chauffe. Les larmes commençaient à envahir sa gorge lorsqu'une caresse infiniment douce effleura son épaule.

– Tu te débrouilles comme un chef, ma fille, dit Lucie Verdelaine. Mais promets-moi de ne plus te balader comme ça, la nuit, dans cette ville.

Sa mère portait une combinaison de ski, un bonnet norvégien, des moufles en laine mérinos. Elle regarda autour d'elle.

– Où est-ce que je peux poser mes skis ? C'est vraiment minus, ici. Il était gentil, cet inspecteur. Je crois qu'on peut compter sur lui.

Hortense fixa sa mère.

– Comment tu tiens avec tout ça sur le dos ? C'est l'été, maman.

Hortense sourit, malgré elle, malgré les larmes si proches. Lucie l'embrassa sur l'oreille.

– Je te fais sourire, au moins ça. Surveille ton lait, mon chéri.

Hortense bondit et retira la casserole. Elle ouvrit la boîte de Doliprane pendant que sa mère remplissait de lait une tasse.

– On lui en donne combien ?

La mère, avec un doux et réconfortant sourire, posa la dose qu'il fallait dans la main de sa fille. Hortense regarda sans bouger.

– Comment faire ? murmura-t-elle dans un brusque accès de désespoir. Comment je vais faire ? Je ne peux pas leur annoncer que tante Jupitère est peut-être… Je ne peux pas leur dire qu'il nous reste deux euros dix-sept et qu'on ne peut pas payer un dentiste avec ça !

Sa mère la reçut contre elle et la serra.

– Pour Jupitère, attends un peu. Elle était peut-être sortie du *Fantasy Theatre* au moment où ça s'est effondré. Quant à l'argent, laisse-moi trois minutes.

Trois minutes fut exactement le temps qu'il fallut à Hortense pour sortir de la cuisine, passer de l'autre côté du couloir, gagner la chambre et donner le lait au paracétamol à Harry.

Dans la semi-pénombre, elle vit qu'il se frappait la joue contre l'oreiller. Enid s'était rendormie. Elle s'assit sur le bord du lit à côté d'Harry et posa sa main fraîche sur le front du petit garçon.

– Tiens, bois. Ça va aller.

Elle laissa sa main sur son front et attendit un peu avant de ressortir direction cuisine. La petite ombre de Mohammed se dressa entre les deux portes, son sac de couchage enroulé autour de lui.

– Tu parlais à qui ?

– À Harry, dit-elle. C'est ses dents.

– Non. Là. Dans la cuisine. Il y a quelqu'un ?

Ses grands yeux noirs étaient levés vers elle.

– Avec ma maman, avoua-t-elle au bout d'un moment. Elle est morte mais, quand j'ai besoin d'un conseil, elle vient m'aider.

– Je peux la voir ?

– Non, tu ne peux pas. Allez, va te recoucher.

Elle entra dans la cuisine.
– J'ai une idée ! dit Lucie Verdelaine.

*
* *

– J'ai eu une idée ! leur dit Hortense le lendemain matin.

11

Le fantôme fait des heures sup'

Ce jour-là fut pour Fred Verdelaine un des plus chargés de sa vie de fantôme. Cela commença avec Geneviève.

Elle faisait sa pause de la mi-journée. Elle ferma la cahute de M. Mespoulède et courut faire ce qu'elle mourait d'envie de faire depuis le matin : se rendre à l'école de voile. Elle se dirigea vers un moniteur, il avait l'air disponible, et un menton à la George Clooney. Souriant, il la regarda venir à lui, jolie, blonde, essoufflée.

– Bonjour ! lança-t-elle.

– Salut ! l'accueillit aimablement le menton-de-George-Clooney. Tu veux prendre des cours ? Oh, mais je te reconnais, c'est toi qui...

– Oui ! dit-elle. Je voulais savoir... Par hasard, quelqu'un aurait-il...

– Si tu t'informes, reprit Menton-de-George-Clooney, sur mes goûts en crème glacée, mon parfum préféré c'est café.

– Quelqu'un a-t-il laissé un message pour moi, hier ?

Il regarda autour de lui. Une véliplanchiste en combinaison néoprène sortait d'une cabine avec une planche jaune fluo. Des enfants choisissaient des gilets de sauvetage orange et roses.

– Quel genre de message ? fit Menton. D'amour ?

Geneviève rougit. Ce fut le moment que choisit son père

pour faire son apparition, pyjama rayé, bleu ciel, bleu orage, bleu nuage, pas rasé, pas coiffé :

– Pourquoi ne pas lui donner carrément le signalement de ton amoureux ? lança-t-il. On perdrait moins de temps.

– Oh, ça va ! s'agaça Geneviève.

Menton la dévisagea, surpris :

– Je ne voulais pas te vexer. Non, personne n'a laissé de message hier pour toi. C'est Geneviève, ton nom, n'est-ce pas ?

– Comment tu sais ?

– La seule jolie fille de la plage qui ne soit pas en maillot de bain.

– Je travaille, dit-elle, plus aimablement.

– Moi aussi. Mais je suis malin.

– Bon, merci.

– Tu bosses, après ? On va au Kino, ce soir, avec la bande.

– Non, merci.

Elle commença à prendre le large.

– Il s'appelle comment ? Celui au message ? Que je sache, des fois qu'il passerait avec du retard...

Elle lui fit un petit adieu, sans répondre. Fred Verdelaine lui embraya le pas.

– Tu ne te trouveras jamais un mari, ma pauvre, à répondre ainsi aux garçons.

Elle oublia de sourire. Il glissa un bras paternel sous le sien.

– Ne te tracasse pas. Ton Vigo a sûrement une bonne raison de ne pas être venu.

– Il aurait pu appeler. Laisser un mot. Quelque chose.

– Ça me rappelle une fois avec ta mère. Il n'y avait pas encore les portables, nous avions décidé de nous donner rendez-vous à...

Ils arrivèrent à la cahute sans qu'il ait réussi à la faire rire. Geneviève avait à peine ouvert que Darie accourut sur le jonc de mer qui traçait un chemin sur le sable. Geneviève nota *in petto* que jusqu'ici, Darie n'avait encore jamais mis deux fois le même maillot. Il est vrai qu'elle n'utilisait que les moitiés inférieures.

– Une fraise pour moi. Une chocolat pour Lili.

Geneviève sortit les bacs de glace. Son père chipa un chichi qu'il croqua.

– Voilà une donzelle plutôt antipathique, dit-il.

– Chut, fit Geneviève.

– Pardon ? fit Darie.

– Voilà le chocolat.

– Et Vigo ? lança Darie tout à trac. Toujours l'homme invisible ?

Y avait-il du contentement dans sa voix ? L'idée effleura Geneviève que Darie, peut-être, la narguait parce que...

– Peut-être, dit Fred. Cette fille me semble assez désinvolte. Quant à ton Vigo...

– Oh, ça va ! lança-t-elle, irritée, à son père. Ce n'est pas mon...

Elle se tut à temps.

– Pardon ? répéta Darie.

Quelque chose poussa dans la gorge de Geneviève, un quelque chose qui enfla très vite, un peu comme un pamplemousse, et qui était une grosse, une très grosse colère contre le monde entier.

Elle leva sa main qui tenait la glace à la fraise. Et quiconque connaissait Geneviève savait que ce n'était pas la Geneviève ordinaire. Celle-là avait une expression inhabituelle. Elle éleva – donc ! sa main avec le cornet, jusqu'au minois frais et joli de Darie. Et lentement, minutieusement, elle lui écrabouilla la crème glaciale sur le nez.

Stupeur passée, Darie se mit à hurler.

– Bravo, dit Fred. Je peux avoir une glace, moi aussi ? Citron. Mais dans un cornet, de préférence.

*
* *

Un des aspects agréables de l'état de fantôme est le don d'ubiquité. Au même instant, Fred Verdelaine se trouvait également à des centaines de kilomètres de là, passage Jouffroy, Paris 9e, là où ça fait un coude et où il y a des marches, devant l'hôtel Chopin.

Oh Professor Higgins ! Oh Professor Higgins !

Il n'était pas seul. Il y avait même une foule de badauds qui savourait le même spectacle que lui : cinq enfants qui bramaient à tue-tête un air de *My Fair Lady.*

...The raiiin in Spaiiin
Stays maiiinly in the plaiiin

– Ça veut dire quoi ? s'informa un spectateur.

Fred Verdelaine se lança :

– Le sens importe peu, expliqua-t-il, affable. Seule compte la répétition des sonorités. *La tramontane en Allemagne flâne du coq à l'âne en montagne.* Voyez ? Ou bien *La pluie luit sur les lits la nuit en Sibérie.* Voyez ?...

Avant de se rappeler que l'autre ne pouvait ni l'entendre ni le voir.

– *Once again !* clamait Hortense pour la galerie et avec conviction. *Where does it rain ?*

– *On the plain ! On the plain !* s'époumonaient Désirée, Enid, Harry et Mohammed.

– *And where is that bloody rain ?*

– *In Spaiiiin ! In Spaiiiin !* hurla leur chœur sous la voûte.

La chanson chantée, Enid et Harry passèrent dans la foule avec une boîte de Doliprane vide.

– Vous faites la manche ? s'offusqua Fred à l'oreille de sa fille.

– Idée de maman. On n'a pas le choix quand il vous reste deux euros dix-sept. Mais ça marche génial ! Regarde.

– *My Fair Lady*, murmura Fred, vaincu, ému. Ta mère aurait adoré vous entendre. Mais elle conduit une manif contre l'organisation du temps de travail dans les limbes.

– Chut. Écoute.

Mohammed sortit du cercle formé par ses quatre coéquipiers. Sa voix, vaporeuse et stellaire, s'éleva sous le verre :

Il était venu de son pays de neige
Tout droit vers le sud sans presque s'arrêter
Mon Dieu que c'est loin, c'est loin de la Norvège,
La Méditerranéééééée…

– *Tou tou tou tou tou tou tou tou tou tou tou…* roucoulèrent les coéquipiers en guise de ponctuation musicale.

C'était ses yeux verts (reprenait Mohammed)
Et c'était sa guitare
Qui avaient payé ce voyage de fou
Quand il en jouait on lui offrait à boire
On lui donnait des sous

– *Tou tou tou tou tou tou tou tou tou tou tou…* susurrèrent les enfants.

– *Tou tou tou tou tou tou tou tou tou tou tou…* entonnèrent les badauds.

Christiansen
Il parlait quelques mots de mauvais anglais
Christiansen
Il parlait quelques mots de mauvais français

Hortense, tout en chantant, marcha de côté pour se rapprocher de son père. Elle fit tinter les pièces récoltées depuis le début de l'après-midi.

– C'était le seul moyen pour qu'Harry aille chez le dentiste, *Et pourtant je comprenais bien.* Faut bien payer, c'est pas gratos, *Même quand il ne disait rien.* J'espère doubler la mise d'ici une heure, *Christianseeeen...*

– Tu as, ma fille, des expressions de bookmaker.

– *Tou tou tou tou tou tou tou tou tou tou...*

– À propos, attention ! souffla-t-il. Voilà la police !

Hortense se retourna.

– Et alors ? On n'a pas le droit de chanter ?

– Trouble de l'ordre sur la voie publique. Ça peut coûter une amende.

Trois agents se trouvaient à l'entrée du passage, côté boulevard. Hortense se dépêcha de passer parmi les spectateurs qui applaudissaient.

– Merci, merci, une autre fois, dit-elle en hâte à ceux qui en redemandaient.

Pas le temps de compter. Elle fit signe aux autres.

– Les flics, chuchota-t-elle. On file... mais avec style et panache !

Ils filèrent en trombe et en tas.

Les policiers les rattrapèrent rue Rossini. Le commissariat de la rue Drouot étant à cent mètres, on les y emmena en trente secondes.

Dans la salle d'attente, Hortense demanda l'inspecteur Valéry Clotilde. Persuadée qu'elle bluffait, Enid contemplait sa sœur avec admiration.

– Clotilde ? répéta un des agents, moqueur. Une copine à vous ?

– C'est un homme ! J'ai son numéro. Je peux l'appeler ?

– Donne-moi plutôt celui de tes parents.

Hortense plongea son œil droit dans celui du policier.

– C'est lui, mon père !

– Alors là, intervint Fred en apparaissant et en disparaissant aussitôt. Tu exagères vraiment !

Enid aussi pensa que sa sœur exagérait. Hortense tendit le papier avec le numéro que Valéry Clotilde avait inscrit l'autre soir. L'agent eut un froncement de sourcils. Il appela. Il demanda Valéry Clotilde. Toussa quand il réalisa que c'était effectivement un homme. Toussa encore plus quand il comprit que c'était un vrai inspecteur de la vraie police.

Il écouta, dodelina. Pour finir, il passa le combiné à Hortense :

– Votre père, l'inspecteur Clotilde. Il a quelque chose d'important à vous dire.

– Allô ? fit Hortense en prenant le téléphone. Papa... ?

À califourchon sur un classeur à rideau, Fred Verdelaine croisa des bras réprobateurs.

*
* *

Heureusement pour lui, il avait, exactement au même moment, la satisfaction de se trouver en compagnie de Bettina, qui s'amusait et riait comme une folle avec Denise, Suzy, Béhotéguy et Augustin.

La raison en était simple : Augustin les laissait conduire le tracteur à tour de rôle. C'était hilarant, surtout lorsque l'engin roulait sur un nid-de-poule ou se perchait sur un tertre.

– Le 14, c'est fête ! lança subitement Augustin.

– Le 14 ?

– Le 14 quoi ?

Le reste se perdit dans un long cri de terreur joyeuse : le tracteur fonçait dans les cahots d'un champ de moutarde.

– Le 14-Quoi, reprit Augustin, il y a la fête au bourg. Un bal et un feu d'artifice. Une tombola. On gagne des cochons et des télévisions.

Grimace le rôdeur avait embarqué avec eux et se laissait chambouler avec délice d'un genou à l'autre, au gré du roulis. Fred Verdelaine protesta :

– Je commence à avoir mal au cœur, dit-il à Bettina. Peux-tu faire cesser ces jeux idiots ?

Il agita le bras pour chasser le ballet de moineaux autour du chapeau de paille d'Augustin, chapeau dont les bords lui chatouillaient le nez depuis qu'il avait embarqué. Bettina ignora ce papa rabat-joie.

– Un bal ! s'exclama-t-elle. C'est vrai que c'est bientôt le 14 !

– Le 14-Quoi. On n'arrête pas de te le dire ! s'écria Suzy. Tu disais, Augustin, qu'on aura droit à une pyrotechnie ?

– Oooh ! s'écria Béhotéguy. Mais tu as attrapé des éphélides !

Elle pointa un doigt horrifié sur sa sœur. Denise regarda Suzy :

– Pouââ ! Quelle horreur !

– Quoi ? Qu'est-ce qu'il y a ? interrogea Suzy, alarmée.

Bettina fit le geste de s'éventer, d'être près de s'évanouir. Et un clin d'œil à Augustin.

– Des éphélides ! cria Denise. Tu crois qu'on en a attrapé aussi ?

– Mais c'est quoi ? hurla Suzy au bord de la crise de nerfs. Des éphélides ?

Elle se tâta le cou, les joues, le front. Elle ne sentait rien.

– C'est grave ? demanda-t-elle d'une petite voix.

– Ben...

– Ça dépend...

– Faut du temps avant que ça parte. Tu ne pourras pas aller au bal du 14-Quoi.

– Cruelles ! marmonna Fred Verdelaine, balayant toujours du bras les oiseaux autour du chapeau.

– Ça lui fera les pieds, à cette punaise ! chuchota sa fille.

Fred aperçut des silhouettes, au loin, au bout du champ, en arrêt au creux du petit chemin.

– J'en connais, murmura-t-il, dont les pieds vont être faits très très bientôt ! Et qui n'iront pas au bal du 14-Quoi non plus !...

Le dinosaure orange mit le cap en crachotant sur le bout du chemin. Suzy s'égosillait crescendo :

– C'est quoi des éphélides ? C'est quoi ??

Et juste au moment où Bettina estimait que ç'avait assez duré, à la seconde où elle avait décidé de révéler à la pauvre Suzy qu'elle-même possédait une tonne d'éphélides sur le nez, les joues, partout où elle avait de la peau, et ce depuis sa naissance, les deux silhouettes mentionnées par Fred devinrent également distinctes pour les mortels qui se trouvaient sur le tracteur.

Deux silhouettes. Deux dames.

Bettina pâlit. Béhotéguy faillit se trouver mal. Denise s'étrangla dans un cri qu'on n'entendit jamais. Augustin freina et coupa le moteur car les deux dames debout au milieu du chemin ne paraissaient pas vouloir en bouger.

– Maman... fit Béhotéguy, la voix mourante.

– Madame Permoullet... Madame Comencini, chevrota Bettina.

Il y eut un long silence. Puis, d'une seule voix, les deux mères s'exclamèrent :

– Allez ouste ! Plaisanterie terminée ! On s'en va ! Tout le monde à la gare de Mello-lès-Bussière !

12

Où il arrive qu'un chat parle

Assis en sphinx sur le bureau, tout près de la chaleur de l'ordinateur, Roberto suivait avec intérêt la souris qui cliquait respectivement sur :

– Yaourts, quantité : 2 lots
– Cire, quantité : 1 bidon
– Huile de colza, quantité : 2 bouteilles
– Enveloppes autocollantes, quantité : 30
– Engrais à géraniums, quantité : 500 ml
– Terrine pour les chats, quantité...

Geneviève soupira, cliqua et annula tout. Elle en avait assez. Elle gratouilla d'un doigt l'oreille de Roberto. Elle posa ensuite sa joue sur un poing et contempla sur l'écran uni le curseur qui clignotait comme un battement cardiaque.

Elle enfouit soudain sa figure dans ses bras croisés et pleura en silence. Roberto avança le cou pour lui renifler les cheveux et les tempes. Elle leva le nez. Son regard mouillé rencontra celui, miel, du chat.

– Quelle idiote, hein ? Tu peux me le dire, tu sais.

Elle le caressa au creux des omoplates. Roberto s'étira, se lécha entre les griffes et, nonchalamment, posa les deux pattes de devant sur le clavier. Geneviève cessa de pleurer. Elle fixa l'écran où Roberto écrivait – car écrire était le mot, et quelle réponse !

ffffffoooooollllllll

L'œil stupéfait de Geneviève alla de l'écran au chat, du chat à l'écran.

– Folle ! Tu as raison ! Folle, je suis ! Fffoooollll !

Elle plongea le nez dans la fourrure de l'animal.

– Tu n'as pas mis de point d'exclamation, dit-elle.

Et elle se mit à rire.

*

* *

... massage des coquillages est interdit sur la côte pour cause de présence d'algues microscopiques susceptibles de provoquer de violentes diarrhées...

– J'ai justement envie de bulots ! s'écria Charlie. Pas toi ?

Geneviève se pinça la lèvre inférieure et s'arracha une peau morte.

– De bulots, de moules et de bigorneaux, continua Charlie avec un soupir.

Elle empoigna le marteau et cloua deux traverses sur une structure en bois. Reculant d'un pas, elle jugea du résultat.

– Qu'est-ce que tu fabriques ? demanda Geneviève comme si elle découvrait à la minute ce que faisait sa grande sœur depuis une bonne heure.

– Tu ne vois pas ? J'abats des mouches à coups de marteau.

Geneviève leva les yeux. Charlie plissa le nez.

– Oui, je me moque de toi. Depuis des jours j'ai l'impression de parler avec le dahu des alpages.

– Excuse-moi, fit Geneviève à voix basse. Je ne suis pas très en forme.

... Spectaculaire chute collective dans l'étape du Tour de France. Un coureur a trouvé la mort, et il y a dix-sept blessés graves. Les casques étaient pourtant de...

– Qu'est-ce qui se passe, ma chérie ? s'écria Charlie en

lâchant son marteau et en prenant sa petite sœur contre elle. Tu as l'air tellement malheureuse !

Geneviève s'écarta en silence.

– J'ai des jours de congé à rattraper, dit Charlie. On ira où tu veux. Quand tu veux. Ou, si tu préfères, je ferai toute la lessive en retard.

Geneviève sourit.

– Tu veux que je t'aide à finir cette tonnelle ?

– Je n'osais pas te le demander.

Elle lui tendit clous et marteau et l'on se remit au travail. Un peu plus d'une heure plus tard, la tonnelle était installée. Dans leurs nouveaux pots en terre colorée, vigne volage et olivier adolescent avaient désormais des tuteurs sur lesquels compter.

– Basile serait épaté... murmura Charlie. Drôlement.

Geneviève entoura les épaules de sa sœur, sans rien dire. Charlie demanda :

– On arrose ?

On arrosa.

Nouveau bilan dans l'effondrement du Fantasy Theatre *à Paris... On a retiré des décombres le corps sans vie d'une jeune femme. Deux autres personnes ont également été retrouvées. Ces dernières ont eu, quant à elles, plus de chan...*

Charlie éteignit la radio et se versa rêveusement un verre de limonade fraîche.

– Je crois que, si je rencontrais Basile maintenant, dit-elle, je lui flanquerais une gifle gigantesque.

Geneviève opina, sans avoir vraiment entendu. Et détacha une énième peau morte de sa lèvre.

Le portable de Charlie sonna. Elle reposa sa limonade, vérifia le numéro qui s'affichait. Non, ce n'était pas celui que...

– Allô ?... Madame Comencini, bonjour... hein ?... COMMENT ?!!

*
* *

Ils étaient seuls dans la salle d'attente. On entendait des bruits de flacon, de cuillère qui tourne dans un verre, des bip-bip extraterrestres, pas forcément rassurants. L'inspecteur Valéry Clotilde posa une main amicale sur le crâne de Hortense et lui parla en détachant chaque mot. Hortense eut un peu l'impression que c'était elle la malade. Mais l'inspecteur Clotilde, comme la plupart des adultes quand ils s'adressent à des enfants, ne s'en rendait pas compte.

– La dame que tu vas voir est une des deux dernières rescapées mais elle n'a pas été identifiée, expliqua-t-il. On n'a retrouvé aucun papier sur elle. Ni à côté. Il y a plusieurs moyens de découvrir qui c'est, mais ça demande du temps. Si c'est ta tante Jupitère, mieux vaut le savoir maintenant, n'est-ce pas ?

Une infirmière parut sur le seuil.

– Vous pouvez y aller. Pas trop longtemps. Elle dort.

– Tu es prête ? Tu n'es pas obligée, Hortense.

– Ça va.

L'inspecteur prit Hortense par le coude et, après un couloir tout en plastique gris miroir, ils entrèrent dans la chambre 112.

Hortense ferma les paupières, respira, et les rouvrit.

Un humain était couché sur le lit en métal haut. Une partie de son visage était masquée par des pansements. Hortense s'approcha. Valéry Clotilde resta près de la porte, sous l'inscription 112, sa main gauche agrippée à son poignet droit.

Sous le pansement, les yeux de l'humain étaient clos. De minces tuyaux en plastique transparents sortaient d'une bouche et d'un nez. La peau de l'humain était foncée comme celle de tante Jupitère mais Hortense aurait été incapable de dire s'il s'agissait d'une femme ou d'un homme. Encore moins de reconnaître Jupitère... Jupitère vous parlait, venait vous chercher à la gare, faisait frire des oignons, vernissait ses ongles, marchait vite en plissant les yeux, une moue de côté.

L'humain allongé, là, devant, était morne et muet.

Hortense regarda, regarda de toutes ses forces, pendant longtemps. Mais à la fin elle se tourna vers l'inspecteur Clotilde, toujours debout près du n° 112, sa main droite agrippée à son poignet gauche.

– Je ne crois pas, dit-elle tout bas.

Il hocha la tête, se pinça l'oreille qui portait l'anneau, il faisait ça quand il était embarrassé, Hortense avait remarqué. Elle traversa la chambre blanche... Près de la porte, elle s'arrêta, pivota pour un dernier regard à l'humain masqué étendu sur le lit.

– Une minute, dit-elle.

Elle retourna sur ses pas. Elle tendit les doigts vers la bordure du lit, côté pied. Elle souleva doucement le drap. Sur le blanc, un joli talon caramel reposait, doux, bombé. Il y avait du vernis doré sur les ongles et, sur chacun excepté le petit orteil, des pétales de pâquerettes roses.

– C'est elle. C'est tante Jupitère.

13

Mauvaise, Méchante, Morose...

De Mauvais Poil. Méchante Humeur. Morose. Maussade. Mal lunée. Voilà ce qu'était Bettina depuis cinq jours. Cinq grandes, et traînantes, et lentes, et longilignes journées...

Adieu le bal et le feu d'artifice du 14-Quoi. Adieu les cochons et les télévisions. Adieu Augustin. On n'avait même pas eu le temps de se dire au revoir. Ni à Grimace le chat, ni aux moineaux qui se prenaient pour l'anneau de Saturne. Il avait fallu, hop, hop, démonter les tentes coccinelles, boucler les bagages, s'engouffrer dans la voiture furieuse, affronter les deux mères en rage.

Ingrid sauta sur les genoux de Bettina, qui la caressa distraitement.

– On se demande comment a pu se former ce tas d'immondices ! s'exclama Charlie debout sur le toit.

Suite aux derniers orages, la gouttière était à nouveau bouchée.

– Si je n'étais pas privée de sortie une semaine, je te le dirais, rétorqua Bettina.

– Regarde ça ! Sur un toit ! D'où ça peut bien sortir ?

En silhouette sur les ardoises, elle agitait une page arrachée à un journal.

– Si je n'étais pas privée de sortie depuis cinq jours, j'aurais pu te répondre, dit Bettina.

– *Le général de Gaulle rend visite au chancelier allemand...*

Que vient fiche sur le toit de notre maison ce machin vieux d'un demi-siècle ?

– Si tu ne m'avais pas privée de sortie, gnagnagnagna... ânonna Bettina.

– Tu penses m'avoir à l'usure ? J'ai des trésors de patience.

– J'EN AI ASSEEEEZ ! hurla Bettina sur la pelouse.

– Toi et tes copines, vous n'avez que ce que vous méritez. Mensonge. Duperie. Trahison. Forfaiture. Désertion. Fourberie. Il y en a qui passent au supplice de la chèvre pour moins que ça. Ne te plains pas : il ne te reste que deux jours.

Ingrid quitta lestement les genoux de Bettina. Elle bondit sur la balustrade, puis sur la tonnelle nouvelle, puis sur un pignon, puis sur la gouttière où elle rejoignit Charlie et renifla le « tas d'immondices ».

– C'est injuste. Pourquoi cette bête fait-elle en quatre secondes ce qui me demande à moi quinze minutes, une échelle et une bonne dose de vertige ?

– Je te répondrais si...

Un cri coupa Bettina. Elle leva la tête vers le toit et hurla elle aussi. À la vitesse effroyable d'une pierre, le corps de Charlie traversait le vide et piquait droit sur l'herbe.

Il ne tomba pas sur l'herbe. Il fut avalé, à soixante centimètres près, par le gros massif d'hortensias. Bettina demeura immobile, frappée de stupeur.

Il fallait s'approcher. Aller voir dans le massif. Mais elle n'y arrivait pas. Elle avait peur de ce qu'elle allait trouver...

– Si tu m'aidais au lieu de rester là comme une bûche ? gémit la voix de Charlie du tréfonds des hortensias.

Elle sortit, couverte de tiges, de fleurs et de feuilles, crachant de la terre et du vert. Elle serrait son bras gauche, une expression de douleur extrême sur le visage. Bettina, toute pâle, courut à elle.

– Qu'est-ce que tu as fait ?

– Moi, rien. C'est Ingrid. Elle s'est jetée sur un oiseau. Mais entre elle et lui, il y avait moi. Saleté !.... Je crois, continua Charlie dans un souffle, que je... me suis... cassé... le bras !...

Et elle retomba évanouie dans le massif d'hortensias, fauchant irrémédiablement les fleurs qui avaient résisté à la première chute.

Bettina courut dans la maison alerter médecin et ambulance. Quand ils arrivèrent, une demi-heure plus tard, elle avait allongé sa sœur sur l'herbe, l'avait bardée d'une couverture, mis un coussin sous sa tête.

– Il était temps que vous arriviez, murmura Charlie aux ambulanciers. J'étouffe sous cette couverture. Mais ma petite sœur, qui a vu trop de films, est persuadée que c'est ce qui se fait. Enlevez-moi ça, par pitié.

Le médecin sourit. Il s'agenouilla sur la pelouse à côté de Charlie, examina ses os et ses articulations, conclut à une fracture du coude et exigea des examens complémentaires pour éliminer tout doute.

– Ces fleurs ont été héroïques, dit Charlie. J'écrirai au président. Qu'il leur décerne la croix du Mérite.

On la glissa sur une civière et on l'installa dans la voiture. Bettina sauta sur le marchepied, prête à s'asseoir au chevet de la blessée.

– Stop ! fit la blessée, d'une voix mourante. Je te rappelle que tu es privée de sortie.

*
* *

Geneviève ferma la caisse, posa une boule de glace à l'abricot sur un cornet en gaufre et ferma la cahute. Elle passerait sa demi-heure de pause sur le sable à déguster sa glace. Elle n'avait pas envie de nager aujourd'hui.

Sur la plage, tout le monde savait qui elle était maintenant. On la saluait, elle souriait. Elle vit Darie et ses amis devant le club des Dauphins. Elle bifurqua pour les éviter. Elle n'avait pas envie que Darie lui demande pour la dixième fois cette semaine : « Alors ? Des nouvelles ? »

Non, elle n'avait aucune nouvelle de Vigo mais Darie n'était pas une compatissante. Ses motifs étaient suspects. Le regard de Geneviève fit un large panoramique sur la totalité de la plage grouillante. Si Vigo s'y trouvait, elle était sûre qu'elle l'aurait vu. Parmi ce millier de corps, elle l'aurait reconnu. Il ne pouvait en être autrement.

Elle repensait à la nuit où il était venu dans sa chambre, il y avait un siècle, et elle luttait contre une dramatique envie de pleurer tellement tout était devenu flou, comme si ça n'avait jamais eu lieu. Ou alors ailleurs, loin.

Une tache rouge entra dans son champ de vision. Geneviève regarda aussitôt. C'était un grand-père, en bob rouge, qui se promenait avec son petit-fils.

Il restait une possibilité. Mais Geneviève la mettait de côté. Pour quand elle ne pourrait plus tenir… ce qui ne semblait plus bien loin. Elle s'était souvenue, deux nuits auparavant. Elle s'était réveillée d'un bond, comme si un projecteur s'était allumé plein feu sur elle.

Mon oncle se nomme Angelo Angelopoulos. Il a son garage à la sortie d'Ambrose-la-Chapelle. Elle savait où c'était, elle était passée des dizaines de fois devant, en voiture. Un ballon lui sauta sur les genoux. Elle leva la tête : c'était Pistache, joueur de minigolf émérite, qui parfois (c'était le cas) jouait au foot. Elle lui renvoya le ballon, il repartit après un petit signe.

– Au voleur ! cria quelqu'un. Au voleur !

Toutes les têtes pivotèrent du même côté. Un garçon avec un chapeau en jean fonçait du club des Dauphins en travers de la plage et galopait à toute allure vers le remblai où il comptait se perdre dans une ruelle. Le garçon fila devant elle et bondit sur les marches. Geneviève resta assise, absolument fascinée.

– Il a piqué mon portable ! clama le garçon qui le poursuivait.

Le voleur enfila une rue perpendiculaire et disparut. Le volé trépigna et tapa du pied avec rage, et fit aïe aïe car il était pieds nus.

– Vous avez réussi à le voir ?

Geneviève ne répondit pas. Elle l'avait vu mais était incapable de le décrire. Tout ce qu'elle aurait pu raconter, c'était l'expression d'animal aux abois, la peur qui dilatait les yeux, sa manière de courir la main en avant, comme pour se protéger d'un mur… Elle ne connaissait pas ce voleur mais elle savait où elle avait déjà vu cette expression chez un homme… Elle se rappelait. Enfin.

L'hiver dernier, le jour des achats de Noël avec tante Lucrèce, sur le boulevard des magasins. Un jeune homme en passe-montagne marine… Il avait tenté d'arracher le sac de la tata. Le garçon (oh mon Dieu, comme son regard, son menton, ses cheveux, sa lourdeur même, étaient familiers, soudain !), le voleur s'était retrouvé par terre, fauché par la prise de boxe thaïe de Geneviève. Puis on l'avait laissé s'enfuir.

Voilà. Vigo avait été, pour elle, tout de suite, terriblement proche et intime. Parce qu'ils s'étaient déjà rencontrés. Elle le reconnaissait. Elle savait enfin qui il était. Vigo en voleur… La révélation la laissa engourdie, sans force, au soleil.

Elle se redressa brusquement et s'engouffra dans une cabine téléphone de la promenade sur la mer. Le verre des parois était brûlant, l'appareil glissait entre les doigts comme s'il avait été ciré. Geneviève eut l'impression d'être un persil dans une mini-serre.

Pour commencer, elle appela les renseignements. On lui donna le numéro qu'elle demanda. Elle poussa ensuite la porte de la cabine et la maintint ouverte du bout de son pied tendu. Ce qui lui donna une pose un peu alambiquée quand il fallut composer le numéro en même temps.

Le numéro sonna. Quatre fois. Une voix fit :

– Allô ?

– Excusez-moi de vous dér… amorça Geneviève dans un filet de voix.

– Oui ? Qui est à l'appareil ?

Elle toussa pour s'éclaircir la gorge.

– Je voudrais parler à M. Angelo Angelopoulos, s'il vous plaît.

– C'est moi.

Elle reposa le pied et laissa se fermer la porte de la cabine. Elle avait besoin de toutes ses forces.

– Bonjour, monsieur. Vous êtes bien l'oncle de Vigo ?…

14

Le goéland à lunettes

Charlie n'avait jamais fait de parachute de sa vie. Mais dans son rêve elle sautait. Elle sautait même d'une façon inédite puisqu'elle tenait les fils de son parachute à bout de bras, comme Mary Poppins son parapluie lorsqu'elle débarque ce matin de grand vent dans le jardin de la famille Banks. Charlie exécuta quelques entrechats gracieux par-dessus un pointillé de menues nuées, hip, hep, hop, mais tout à coup le parachute siffla et se tordit en vrille. Elle passa du bercement horizontal à la chute verticale, et de vingt-trois kilomètres heures à trois cent vingt !

– Quelqu'un pourrait-il m'aider ? s'informa-t-elle auprès d'un V de canards sauvages qui volait par là en direction du sud, et le plus courtoisement possible, en regard de sa situation.

Un des canards lança un lamentable *coin coin*, les autres ne lui prêtèrent même pas un regard.

– Quelqu'un pourrait-il m'aider ? répéta-t-elle en se retenant aussi fort qu'elle pouvait à son parachute.

Un goéland la dépassa et revint sur ses... peut-on dire « ses pas » ? En tout cas, il revint vers elle. Et il lui parla. Et sa voix n'était pas inconnue. Il avait de drôles de lunettes octogonales.

– Ça va faire un peu mal, dit le goéland. Il faudrait une injection d'antidouleur et...

– Vous allez me faire une piqûre ? demanda Charlie qui se sentait tomber de plus en plus vite.

– Pour éviter d'avoir mal.

– Mais quand je rencontrerai le sol, dit Charlie, une simple piqûre antidouleur sera-t-elle suffisante ? Croyez-vous ?

– Vous dormirez. Dormir est une excellente façon de ne pas avoir mal, expliqua le goéland avec un drôle de sourire dans les yeux.

– Je n'avais jamais rencontré de goéland avec des lunettes auparavant... Oh, mais je sais, vous parlez comme Basile, vous avez sa voix !

– C'est mon nom, dit le goéland. Je me nomme Basile. Quant à mes lunettes...

Il fut interrompu par le canard idiot qui criait *coin coin coin coin* si fort et si près des tympans de Charlie qu'elle s'éveilla en sursaut !

Elle était étendue dans un lit d'hôpital, sous un plafond d'hôpital, dans un silence d'hôpital. Elle avait mal au bras gauche. Elle baissa les yeux. Il était claquemuré dans un plâtre.

Sa tête roula sur l'oreiller blanc. Elle se rendit compte alors qu'elle n'était pas seule dans la chambre. Le second lit était occupé. Elle regarda la silhouette allongée sous le drap, depuis le pied du lit jusqu'au bandage qui entourait le front. Les yeux de Charlie, épuisés, se fermèrent.

Elle les rouvrit tout de suite. Elle étira le cou.

– Jupitère ? C'est toi ?

Elle se redressa, gémit à cause de son bras, le goéland Basile avait raison, elle avait mal, elle se demanda où elle se trouvait. Si Jupitère était à Paris avec les petits, comment pouvait-elle dormir aussi dans cette chambre ? Que faisait-elle à l'hôpital ? Charlie essaya de rassembler ses idées, ses esprits, ses pensées. C'était difficile, vu que le goéland lui avait administré cette satanée piqûre que...

Elle rêvait, forcément, et cette pensée la rendormit aussi sec.

Elle passa la langue sur ses lèvres et ouvrit lentement les paupières. Elle avait moins mal au bras.

Six paires d'yeux la contemplaient en silence. Charlie garda le silence elle aussi, puis, d'une voix qui tanguait un peu, elle demanda :

– Suis-je dans... la quatrième dimension ?

– Non, à Villeneuve, dit Geneviève.

– À l'hôpital Florence-Cor, dit Bettina. Chambre 27.

– Étage des Petits Tracas de Toute Sorte, dit Hortense.

– Service des bras éparpillés, dit Enid.

– Du professeur Ouille-Ouille-Ouille, dit Désirée.

– Et des mouches qui font de l'escalade, dit Harry en fixant le plafond où une mouche en effet faisait de...

Charlie laissa tomber sa tête dans l'oreiller. Mais se redressa aussitôt. Elle vérifia le lit voisin. Jupitère y dormait.

– Je ne rêvais donc pas ! C'est bien elle. Et je ne suis pas à Paris. Est-ce que quelqu'un peut m'expliquer ?

Hortense s'avança et chuchota :

– C'est Valéry Clotilde. Il a tout fait. Grâce à lui, on est tous revenus. Une policière nous a reconduits en voiture à gyrophare jusqu'ici, avec l'ambulance de tata Jupitère qui roulait devant, sur l'autoroute. Il ne voulait pas qu'on soit tout seuls à Paris. Il t'avait téléphoné à la Vill'Hervé avant mais, quand il a su que tu étais à l'hôpital comme tata Jupitère, il s'est arraché les cheveux.

Charlie, les yeux exorbités, écouta, incrédule, tout ce charabia.

– Vous êtes sûrs, articula-t-elle avec difficulté, que je ne suis pas dans la quatrième dimension ?

Hortense se tourna, pleine d'inquiétude, vers les autres.

– La piqûre. Ça lui ralentit le cerveau.

– Non, se défendit Charlie. C'est à cause de ce maudit goéland ! Il voulait absolument..

Charlie se tut. Si elle parlait du goéland nommé Basile et de sa piqûre antidouleur, elle était certaine de perdre à jamais son autorité sur les cadettes. Tant pis si elle ne comprenait rien à rien pour le moment ! Elle sourit et leur tendit son bras valide :

– Venez que je vous embrasse tous !

Ils l'embrassèrent d'un seul élan. Et Geneviève put expliquer que le vaste et historique comptoir de vestiaire du *Fantasy Theatre* avait constitué à la fois un bouclier et une sorte de poche d'air sous les décombres, grâce à quoi Jupitère avait été protégée, elle avait pu respirer et être retrouvée saine et sauve. Geneviève s'apprêtait à relater un tas d'autres péripéties lorsque la porte s'ouvrit, et une blouse blanche fit son apparition.

Sur la blouse, était épinglé un badge avec en lettres bleues : Docteur B. Chanteloup. Et dans la blouse, il y avait le B. en question.

– Basile !!!!!! s'exclama tout le monde, et tout le monde lui sauta au cou.

Sauf Charlie qui n'avait plus ni voix ni force. Et, en outre, qu'un seul bras. Et un millier d'autres motifs pas forcément avouables ici.

Basile portait toujours ses petites lunettes octogonales. Ses cheveux, nota Enid, avaient encore éclairci. C'est-à-dire, songea Bettina, qu'il en avait moins sur le crâne. Ça lui donnait, se dit Hortense, l'air plus mûr, plus sérieux. Un air de papa gentil comme tout, pensa Désirée.

Harry, lui, se préoccupait de sa mouche.

– Bonjour ! s'écria Basile en les embrassant l'un après l'autre.

Il garda Enid et Désirée blotties contre lui.

– Bonjour, ajouta-t-il à l'intention de Charlie, avec un

léger penché de tête. Ça fait plaisir de vous revoir. Tous. Dommage que ce soient dans ces circonstances…

Il se tourna vers Jupitère, dont le sommeil ne semblait pas le moins du monde troublé par la multitude.

– Elle a eu énormément de chance, dit-il. Elle n'a que deux côtes fêlées, quelques points de suture sur le cuir chevelu. Des hématomes. Elle est sous sédatif à cause de la douleur et du traumatisme psychique.

– Maman dort ? fit Désirée.

– Bien sûr. Comme je te l'ai dit tout à l'heure.

– Elle se réveillera quand ? questionna Harry en fourrant la mouche vivante dans un étui à lunettes sans lunettes.

– Dès que la piqûre que je lui ai administrée aura cessé son effet.

– Ah ! s'écria Charlie. Je savais bien que…

Elle referma la bouche. Parler du goéland ? Jamais !

Basile pivota enfin vers elle pour étudier la feuille de soins suspendue au lit. Bettina remarqua que son pouce tremblait.

– On va arrêter la polochlyrinexone, diminuer le Xuloxupanor et le Monizodon, énonça-t-il, mathématique. Et commencer une cure intensive de calcium pour accélérer la…

– Tu sais quoi ? le coupa brusquement Charlie, avec un regard droit dans les yeux.

– Non, dit le docteur Basile dont le ton paisible ne pouvait évidemment pas dissimuler l'agitation de ses doigts, ni de ses paupières, ni de sa pomme d'Adam.

– Je te préfère en blouse blanche qu'en goéland !

Elle gloussa devant leur mine perplexe à tous. Elle ajouta :

– À moi, tu ne me fais pas la bise ?

*
* *

Le lendemain matin, Charlie rentrait à la Vill'Hervé en bus, avec quinze jours de congé maladie et un bras en écharpe. À peine arrivée, elle amorça de son bras disponible le lessivage des pièces du haut.

– Il m'est venu une idée à l'hôpital, annonça-t-elle. On en reparlera.

Le soir, il tomba un déluge quasi tropical. Geneviève et Hortense organisèrent un « dîner buffet »... en fait, un empilement, sur un coin de table, de pain d'hier, de rôti froid d'avant-hier, de fromage de jeudi dernier, de fruits de tout à l'heure mais qui avaient eu chaud.

Harry poursuivait (dans tous les sens du mot) sa collection de mouches commencée la veille à l'hôpital. Il les récoltait dans l'étui à lunettes. Ce soir-là, les malheureuses se jetaient dans la gueule du loup, la pluie torrentielle les rabattant à l'intérieur.

À 19 heures, on sonna.

– Quelqu'un attend quelqu'un ? interrogea Charlie.

Hortense courut ouvrir.

– Basile !!!! s'exclama tout le monde, à peu près sur la même note que la veille, quand il était apparu dans la chambre d'hôpital.

Il se tortillait, ruisselant, un panier à la main.

– Je peux entrer ?

– Seulement si tu as le mot de passe ! dit Enid.

– Couscous ! hurla-t-il car la gouttière sur le mur faisait un vacarme d'enfer.

Il entra. Il frappa ses bottes l'une contre l'autre, en un geste retrouvé dont il n'eut pas même conscience.

– Je serais venu avant, mais j'étais de garde.

– C'est vrai ? s'écria Enid. Tu viens faire un couscous ?

– Aussi, dit-il, énigmatique.

Il entra, ses yeux cherchèrent et trouvèrent ceux de Charlie. Où rôdait une fine lueur joyeuse.

– C'est trop dommage, murmura Hortense en glissant son bras sous celui de Basile. On avait composé un si joli buffet de pain rassis, de fruits pourris et de rôti congelé !...

Basile fixait toujours Charlie. Qui fixait toujours Basile. Hortense retira son bras et fit une mimique aux autres. Basile leva en l'air son panier d'où jaillissaient des feuilles de céleri, des tiges de navets, des fanes de carottes, des queues d'aubergines et de courgettes, des... et des... et des...

– Qui m'aide à éplucher ?! lança-t-il d'une voix de stentor.

*
* *

Le J.A.P. lui avait donné une feuille à remplir et signer en plusieurs exemplaires, qu'elle devait remettre au S.P.I.P. où elle remplirait et signerait d'autres formulaires. On lui avait demandé si Vigo se trouvait en C.D. ou bien en C.P...

Geneviève avait répondu à tout. Elle avait appris que C.D. était un centre de détention, que C.P. ne voulait pas dire cours préparatoire, comme elle l'avait toujours cru, mais centre pénitentiaire, que S.P.I.P. n'était pas une boisson gazeuse rigolote mais le service pénitentiaire d'insertion et de probation. Elle avait eu à montrer sa carte d'identité plus de fois en une journée que durant les seize années de sa vie.

Le centre de détention se trouvait dans une rue bizarrement appelée rue des Boucheries. Elle s'arrêta au bas du très très haut mur, devant une porte encastrée qui paraissait minuscule. Elle sonna. On lui ouvrit. Immédiatement devant la porte, il y avait une grille.

Un surveillant qui portait au ceinturon une matraque, une arme et un cercle de fer plein de clefs, agitées comme des sardines, ouvrit la première grille qu'il referma sitôt franchie. Cliquetis de clefs sous la voûte. On vérifia derrière un guichet les autorisations, les papiers, sa carte d'identité. Un autre gardien lui fit signer un cahier où il indiqua qui elle était, qui elle venait voir, son heure d'arrivée. Il ouvrit une deuxième grille qu'il referma également. Cliquetis. Elle traversa sans son sac un portique magnétique qui sonna. Elle se sentit rougir, se transforma soudain en une coupable formidable. Le surveillant lui demanda de vider ses poches. Elle y avait oublié les clefs de la Vill'Hervé. Elle les lui remit et passa. Cette fois, le portique garda le silence. Et le gardien les clefs de la Vill'Hervé... qu'il lui échangea contre un reçu.

Dernière grille. Cliquetis. On la conduisit dans un large couloir de carrelage vert et gris où circulaient d'autres gardiens, des sardines plein la ceinture. On la fit entrer dans une pièce nue, verte, moite, sans fenêtre.

– Asseyez-vous, proposa aimablement son guide.

Elle s'assit, attendit. Se releva. Elle se frotta les mains l'une contre l'autre. Au bout d'un couloir, quelqu'un hurla. Puis, ailleurs, on éclata de rire. Ça sentait comme à la piscine. Et il faisait aussi chaud.

Geneviève se rassit. Puis, comme des pas claquaient sur les dalles vert et gris, juste devant la porte, elle se leva une nouvelle fois. Le surveillant annonça qu'ils avaient vingt minutes, puis il laissa entrer Vigo.

Elle regarda aussitôt les mains de Vigo, ses poignets, et se rendit compte qu'elle s'était attendue à voir des menottes. Mais bien sûr il n'en avait pas. Elle se sentit incroyablement soulagée. Ses vêtements étaient presque normaux.

Il s'assit en face d'elle, de l'autre côté de la table. Il jeta un coup d'œil à la petite ouverture creusée dans la porte. Elle aperçut l'arrondi d'une casquette. Le surveillant était juste derrière.

– Bonjour, lui dit-elle.

Il ne répondit pas.

– Je t'ai apporté un tee-shirt. J'avais bêtement fait un paquet-cadeau. J'aurais dû penser qu'on l'ouvrirait. Tant pis.

Elle posa le tee-shirt sur la table. Le regard du surveillant se déplaça derrière la fenêtre. Vigo laissa le tee-shirt où il était. Il posa le mollet droit sur son genou gauche et s'affala un peu plus sur la chaise. Elle se mit à parler à mi-voix :

– J'ai téléphoné à ton oncle Angelo. C'est comme ça que j'ai su où tu étais.

Il fit un bruit avec la bouche comme s'il avait avalé un air malpropre qu'il s'empressait de rejeter.

– Pourquoi ne veux-tu pas me parler ? dit-elle.

Il fixa un losange vert sur le sol. Elle se tut aussi, un moment, puis :

– Tu aurais dû me dire que tu étais... ici. Ça n'aurait rien changé, tu sais. Rien du tout.

Il se leva brutalement, la chaise fit un bruit affreux sur le carrelage.

– Mais qu'est-ce que tu es venue foutre ici ? explosa-t-il. Voir la bête curieuse ? Vigo le voleur ?

Elle se leva, fit le tour de la table pour le rejoindre. Elle s'arrêta à deux pas de lui.

– Angelo m'a raconté que tu étais en semi-liberté depuis un mois. Que tu devais rentrer chaque soir à heure fixe. Mais qu'un jour tu as eu six heures de retard... Et qu'un retard, c'est hypergrave, que c'est comme une évasion.

Il sourit, d'un sourire qui faisait mal à voir, qui vous remplissait le cœur de larmes.

– Exact. J'ai eu une semaine de mitard.

Elle le dévisagea.

– Le mitard ? C'est quoi ?

Il refit le bruit avec la bouche. Elle s'approcha d'un pas.

– Ce que je veux savoir... Le jour où tu n'es pas rentré à l'heure... est-ce que c'était le soir du restaurant ? Le soir où tu es venu dans ma chambre ?

Il ne répondit pas. Elle s'essuya les lèvres avec le poing. Elle sentit une goutte de sueur couler derrière son oreille sur son cou.

– Dis-le-moi. Est-ce que c'est cette fois-là ? Est-ce que c'était... à cause de moi ?

Elle ne sut pas si c'est elle qui fit le pas en avant, ou lui... L'instant d'après ils étaient enlacés, serrés. La bouche de Vigo à son oreille, le murmure de sa voix :

– Je m'en foutais. Je m'en fous. Je l'ai voulu. C'était tellement bien. Je ne regrette rien du tout. Je recommencerais, même.

Elle se blottit entre ses bras et ils restèrent sans parler un long temps. Puis il chuchota :

– Voilà pourquoi on n'a pas pu se revoir. Tu m'as attendu ?

– Un peu, dit-elle pudiquement. Qu'est-ce que c'est, le mitard ?

Il souffla une espèce de rire.

– Si je te le dis, tu vas pleurer.

– Je pleure déjà.

– Pas vrai. Tu es une forte, toi.

– Pas tant que ça.

– Tu es en tout cas la seule personne qui m'ait jamais balancé par terre !

Elle leva la tête, surprise.

– Tu te rappelles ? Toi aussi ? Noël ? Devant les magasins ?

– Je m'en suis souvenu bien avant toi. C'était drôle de te regarder chercher. Je ne t'avais pas oubliée.

Elle se haussa sur la pointe des pieds, posa sa joue contre sa joue.

– Embrasse-moi, dit-elle à voix basse.

Il l'embrassa. Et, tout de suite après, il pleura.

15

Les grandes vacances allaient vers leur fin

... mais pas l'été... qui a la bonne idée d'expirer en septembre !

Basile apporta un deuxième bagage de vêtements. Ce qui laissa supposer qu'il avait l'intention de demeurer un peu plus que pour des vacances.

Fin juillet, comme convenu, Geneviève cessa de vendre des glaces sur la plage. M. Mespoulède lui remit son chèque en disant qu'il était prêt à la reprendre l'an prochain.

Quant à la Vill'Hervé, son destin se joua au long du mois d'août, avec toutes ces visites que l'on n'attendait pas, toutes ces apparitions, ces allées et venues...

Un dimanche matin, alors que Roberto et Harry étaient la seule représentation masculine de la maison – Basile était de garde à l'hôpital –, un vélomoteur déboucha de l'impasse et s'arrêta au bas du perron.

Un garçon en descendit et retira son casque, d'où s'envola immédiatement un moineau. Il ouvrit son porte-bagages, libérant un écureuil, un poussin, un canard et un chat.

Bettina poussa un cri et quitta d'un bond son bol de café au lait, elle traversa la terrasse comme une flèche, dévala le perron et, sous la mine ébahie de ses sœurs et de la représentation masculine, elle accueillit l'arrivant avec de grands rires.

On s'approcha, prudemment à cause de tous ces volumes à plume, à poil, volants ou à pattes, qui s'égaillaient à l'air libre.

– Augustin ! C'est Augustin ! leur cria Bettina. Avec Grimace ! Et Moineau. Et Canard. Et Poussin. Et...

Harry, lui, galopa dare-dare. Canard, moineau ? Poussin ? Il en lâcha son étui à lunettes d'où trente-six mouches s'évadèrent. Bettina fit les présentations.

– Bonjour, marmonna Augustin, rougissant, un peu embarrassé.

– Qu'est-ce que tu fabriques par ici ? lui demanda Bettina.

– J'ai quitté la ferme, dit-il.

– Pourquoi ?

Il ne fallait pas compter sur Augustin pour des explications par le menu. Il haussa une épaule en faisant hufff, et acheva :

– J'ai reçu ta lettre.

Bettina devint rose à son tour.

– Café au lait ? s'enquit Charlie. Thé ?

– Café sans lait, dit-il.

Harry tournait, intéressé, autour des plumes à bec et des poils à pattes.

– Ils sont à toi ?

– Non, dit Augustin. Un animal n'appartient jamais à un humain. On se tient juste compagnie.

Harry l'examina avec intensité.

– J'avais des mouches, dit-il. Elles sont reparties.

– Tu vois.

Charlie lança un regard à Geneviève. Hortense apporta un bol, Bettina la cafetière.

– Tu resteras un peu ? dit-elle à Augustin. Je vais appeler Denise, Bého. Et même Suzy.

Augustin trempa dans son bol de café la tartine qu Enid

venait de beurrer à son intention. Il regarda autour de lui, vit des visages majoritairement féminins, amicaux et avenants. Il soupira d'aise et mordit dans son pain.

– Si tu nous parlais un peu de monsieur ? lança suavement Charlie à Bettina.

Le soir du même jour, Jupitère quitta l'hôpital. Basile la ramena en voiture. Son joli visage brun était plus petit, moins rond, ses cheveux taillés courts, mais ses yeux brillaient. Elle embrassa ses petits en disant :

– Je suis là. Maman est revenue.

Pour fêter son retour, Augustin confectionna une marquise au lait de coco, Basile une fricassée de légumes à l'estragon. On dîna sous la tonnelle où la vigne caracolait entre les croisillons, tout près de l'olivier qui s'étirait comme un chat, ou un pacha, par-dessus son pot.

Le lendemain, Augustin leur fit un barbecue de lisettes qu'il avait pêchées au petit matin. Le surlendemain un granité à la fraise des bois. Puis des macarons parfumés au mimosa, puis un cheesecake aux myrtilles, puis des tomates farcies, puis…

Quinze jours plus tard, il était toujours là. Ses bestioles aussi. Mais personne ne songeait à les voir partir. Pas même Ingrid et Roberto, que le barbecue de lisettes avait émus.

La troisième apparition eut lieu quelques soirs plus tard, à l'entrée de l'impasse.

*
*   *

Charlie, vêtue d'un vieux tee-shirt flottant découpé à la manche gauche pour cause de plâtre volumineux, un bob vert sur la tête, roulait de son bras unique la poubelle le long de l'impasse afin de la poster, comme chaque jeudi, sur le bord de la route où les éboueurs la videraient.

Il était 9 heures du soir, chien et loup en cette mi-août. À l'entrée de l'impasse, une voiture rouge foncé, feux allumés, était à l'arrêt sur le bas-côté, à l'endroit habituellement préposé aux poubelles. Charlie s'arrêta, sourcils froncés.

Un homme essayait de déchiffrer le panneau pâli *Vill'Hervé, impasse de l'Atlantique*, quelques lettres s'étant évanouies sous les vents, les pluies, les embruns.

– Je peux vous aider ?

Il se retourna. Elle regretta sur-le-champ son tee-shirt cisaillé, son pantalon taché, son bras en écharpe. Elle fit le geste de rajuster sa frange… Sa main rencontra le bob vert. Elle en aurait crié de rage !

– Je cherche la famille Verdelaine.

– C'est ici.

La trentaine récente, un anneau presque invisible à l'oreille. Il ne lui lança qu'un bref regard mais elle aurait parié qu'il savait déjà tout sur sa silhouette, la couleur de ses yeux, la forme de ses ongles, le grain de beauté qu'elle avait sous le menton. Il rejoignit sa voiture en trois pas, éteignit les phares, ferma les portes et revint vers elle, les mains dans son blouson en cuir.

– Vous devez être Charlie ?

Elle hocha la tête. Elle réalisa qu'elle tenait toujours la poubelle et s'empressa de la caler sur le talus. Elle se frotta les mains. Il lui tendit la sienne.

– Valéry Clotilde. Dans l'ordre : prénom et nom. J'ai eu à m'occuper d'Hortense et de ses cousins à Paris. À vrai dire, c'est moi le policier qui les a renvoyés ici. Je passais prendre des nouvelles.

– Vous êtes venu exprès ? Savez-vous qu'il existe un truc très bien qu'on appelle téléphone ?

Il lui décocha un sourire qu'elle trouva épatant.

– Vous êtes enrhumée, là ? demanda-t-il.

– Pardon ? Grands dieux, non ! Pourquoi ?

– Qu'est-ce que ce doit être, alors… Je suis en vacances, enchaîna-t-il.

– En ce cas, venez ! dit-elle en le précédant dans l'impasse.

Elle s'empressa de perdre le bob vert dans la broussaille.

*
* *

Hortense lisait, enfouie dans les bosses du canapé orange. Son regard parfois glissait de sa page de lecture vers la réalité du salon. Le bord supérieur du livre étant son horizon-frontière entre fictif et réel. Un peu comme entre l'écran de cinéma et la salle.

Bien sûr, il arrive que les deux se confondent. Comme en ce moment, avec le livre qu'elle était en train de lire, *Une vague d'amour sur un lac d'amitié*. Et elle s'interrogeait. Qui, de Basile ou de Valéry, figurait le lac ? À voir toutes les petites taches roses qui s'épanouissaient sur le décolleté de Charlie depuis l'arrivée du policier quatre soirs plus tôt, il y avait des chances pour qu'il fût la vague…

Hortense baissa les yeux sur sa page. Le téléphone retentit.

– Pour toi ! lui claironna Enid.

Hortense se leva. C'était Mohammed. Rue Pillet-Will, Paris.

– Ça va ?

– Mm. Et toi ?

– Ça baigne. À propos, c'est vrai que tu habites près de la mer ?

– De ma fenêtre, on plonge direct dedans.

– La chance !

– Tu veux venir voir ? La plage est grande.

– Je ne peux pas laisser ma mère.

– Viens avec elle.

– C'est vrai ? Y a de la place, chez vous ?

– Pour l'instant, ce n'est pas encore plein.

– Appelle Jupitère. Ma mère veut lui parler. Pour prendre des nouvelles. Salut.

– Salut.

Trois jours après, Mme Essaïra débarqua avec Mohammed. On alla chercher des matelas au grenier. Bettina proposa de leur laisser sa chambre et d'aller camper au fond du parc avec Denise et Béhotéguy. Ses sœurs n'en crurent pas leurs oreilles. Bettina ? Prêter sa chambre ? Elles ne pouvaient pas deviner que ce camping impromptu était une piqûre de rappel à leurs bons souvenirs de juillet...

*
* *

Une moitié de lune plus tard, alors qu'Enid et Gulliver disputaient une partie de craps avec Harry et Désirée, tous les quatre posés sur les marches du perron comme des notes sur une portée de musique, un pas sur le gravier leur fit lever la tête.

Un garçon qu'on ne connaissait pas se tenait devant eux, sa veste pendue par l'index en travers de l'épaule. Il sourit aux quatre enfants, les traits un peu fatigués.

– Bonjour, dit-il. Geneviève est là ?

– Ça dépend, fit Enid. Tu veux la Geneviève qui lave le linge plus blanc que blanc ? La Geneviève qui a des paillettes argentées dans les yeux quand elle dit « Frisbee Rikiki » ? Celle qui peut ressembler à Marilyn Monroe quand elle met des talons ? Ou ma sœur qui a seize ans ?

Il eut un rire qu'on entendait très peu mais qui se voyait très bien.

– Toutes si possible, répondit-il.

Mais on n'eut pas besoin de monter la chercher. Geneviève, qui nettoyait les vitres dans une chambre à l'étage, avait abandonné son escabeau, couru dans la salle de bains pour s'essuyer les mains et se passer les doigts dans les cheveux, puis dévalé le Macaroni en direction du perron.

– Bonjour ! dit-elle en arrivant essoufflée devant le garçon qu'on ne connaissait pas.

Ils se sourirent. Et, sous l'œil désapprobateur des petits, tous deux se jetèrent dans les bras l'un de l'autre comme s'ils avaient été, l'un pour l'autre, un gâteau d'Augustin. Pudiquement, Gulliver, Désirée, Enid et Harry reprirent leur partie de craps. Désirée et Enid eurent le temps de dire trois fois : « Craps, pas moi ! » avant que les deux grands se séparent. Enfin, Geneviève mit son bras autour du garçon qu'on ne connaissait pas et dit :

– Voilà. C'est Vigo.

Les quatre petits le saluèrent poliment. Enid prit son air le plus affable pour demander :

– Est-ce qu'on devra descendre un autre matelas ?

16

La vache qui crie

Le chèque mensuel de tante Lucrèce arriva avec du retard et des excuses. La tante était allée en thalasso à Djerba, elle avait totalement oublié, mais dès son retour elle passerait les voir, promis…

– Mon Dieu, surtout pas ! grommela Bettina.

Charlie fit une liste mentale et rapide de tout ce que contenait actuellement la Vill'Hervé et qui risquait de rendre la tata folle d'horreur :

– des bêtes à plume.
– des bêtes à poils
– des hommes
– des étrangers
– des jeunes
– des gens joyeux
– de la multitude
– du bazar

Charlie réunit ses quatre sœurs au grenier, seul endroit de la maison où l'on pouvait encore se rencontrer sans écraser un matelas, un bagage ou un animal.

Charlie promena un regard perçant sur Enid, Hortense, Bettina, Geneviève – regard un tantinet dramatique, elle se l'avoua volontiers. Ensuite, elle présenta le chèque de tante Lucrèce et, impériale, le déchira en huit morceaux. Après ce petit effet :

– Débarrassons-nous de tante Lucrèce ! décréta-t-elle.
Un murmure de frayeur mêlé de fascination les parcourut.

– Tu veux l'éliminer ?

– Oui.

– Tu veux dire ?...

– En finir avec elle, son chien, son crooner, son argent

– Tu proposes... quoi ?

Charlie repromena son regard dramatique, en sens inverse pour changer. Elle sortit un livre de sa poche, couverture en vue. On pouvait y lire : GUIDE DES MAISONS PIMPANTES.

– Tu veux la tuer avec un livre ?

– Il n'est pas gros.

– Et elle a le crâne dur...

– Roald Dahl, il fait ça avec un gigot surgelé, suggéra Hortense.

Charlie haussa les épaules.

– Qui parle de l'occire, pauvres cervelles criminelles ? Je veux juste ne plus jamais avoir besoin d'elle ! La Vill'Hervé pourrait devenir une maison pimpante, avec des chambres d'hôtes ! On verrait du monde ! Du monde du monde entier ! Et ça nous ferait des sous.

Ses sœurs gardèrent le silence, le temps d'une digestion mentale. Bettina fut la première à le rompre :

– Augustin serait pâtissier en chef.

– Basile, docteur ès couscous en chef.

– Vigo, bricolo en chef.

– Jupitère, hôtesse en chef.

– Et toi, Charlie ? Tu ferais quoi ?

– Je serais la chef des chefs.

Elles soupirèrent.

– Ce serait vraiment bien.

– Vraiment vraiment bien.

– Vraiment super bien.

– Qui est pour ?

Tous les bras se levèrent.

Charlie pointa un doigt solennel vers les poutres du grenier :

– Je décrète aujourd'hui premier jour de l'opération « Maison pimpante » ! À partir d'aujourd'hui nous...

– Chut.

Écoutez...

On écouta. On frémit. On gémit. On n'y crut pas.

– Qui a prononcé son nom la première ?

– Celle-là est une sorcière !!!

Elles dégringolèrent les deux étages et se retrouvèrent dehors au moment où la Twingo de tante Lucrèce franchissait le double porche.

– Consigne : éviter à tout prix que la tata entre dans la maison !

Delmer, le swamp-terrier, sauta par la portière. Tante Lucrèce sortit ensuite, très élégante dans son tailleur Christian Duchose. On savait que c'était du Christian Duchose à cause du sigle Christian Duchose sur les boutons. La tata était bronzée, amincie, la thalasso avait réussi.

Delmer tourna la tête de tous les côtés, à la recherche de ses ennemis jurés (et invisibles pour le moment), Roberto et Ingrid.

– Je vous ai apporté un souvenir de Djerba !

Embrasser tante Lucrèce, c'était la laisser heurter en alternance vos joues avec les siennes en écoutant ses baisers exploser dans le vide, exactement au niveau de vos oreilles. Les cinq filles se laissèrent, donc, heurter joues et oreilles. Charlie la mena adroitement vers la terrasse.

– Veux-tu voir la nouvelle tonnelle, ma tante ? Viens donc, tu y seras au frais...

Tante Lucrèce se laissa conduire et prit place dans un des sièges. Elle se releva dans un cri. Un bec sifflant et furieux claqua à la hauteur de ses fesses. La tata venait de déranger la sieste de Canard. À défaut de chats, Delmer trouva que ce bestiau-là faisait l'affaire aussi bien. Il s'élança à sa poursuite. Mais battit en retraite illico. Le volatile était combatif et pas intimidé du tout par ce poilu poids plume. La tata attrapa Delmer sur son cœur.

– Qu'est-ce que c'est que ça ? siffla-t-elle en montrant le canard d'Augustin.

– Le dîner de demain, répondit Bettina, macabre.

Delmer, qui voulait ce dîner tout de suite, repartit à la charge et coursa l'animal. Le bruit attira Ingrid qui était dans le parc, puis Roberto qui était dans le potager, puis Grimace, le chat mi-steak mi-soupe de tomate qui, lui, somnolait sous l'escalier. Alertés également, le moineau, l'écureuil, le poussin. Et, des profondeurs de la maison, les rats, anciens et nouveaux, Mycroft et Milady, quelques cafards qui avaient de la mémoire.

Cette ménagerie se retrouva sur la terrasse à tournoyer dans une tornade de cris, d'aboiements, de duvets, de fourrures, de crocs, de queues, de griffes, de miaulements, autour de la tata paralysée d'épouvante.

Bettina empoigna un pan du tailleur Christian Duchose, Hortense l'autre pan, Charlie la tira par les épaules, Geneviève la prit par les deux chevilles et on l'arracha au typhon animalier pour d'urgence l'emporter à l'intérieur de la maison. On la lâcha entre les bosses du canapé orange.

La pauvre haletait, tremblait comme si elle avait vu Dracustein et Frankula réunis. Enid eut pitié d'elle.

– Je t'apporte un jus de fruits frais.

Tante Lucrèce gémit. Sous ses paupières, ses yeux étaient vitreux.

– Qu'est-ce qu'on peut faire pour qu'elle se calme ?

– De la musique ?

– Ma tante, tu veux de la musique ?

– Mais on n'a pas de disque d'Engelberk Humpertruc.

– Humperdinck, corrigea faiblement la tata. Engelbert.

– Tu veux du classique : Schubert ? Mozart ? Sheila ?

La tata but le jus frais et se redressa quelque peu dans les bosses.

– Il n'y a qu'une chose qui me calme, geignit-elle. C'est...

Elle se tut. Mohammed et Harry venaient d'apparaître. Le bruit les avait interrompus au milieu d'une chasse aux mouches particulièrement fructueuse.

– Mon Dieu, se lamenta leur tante. D'où sort ce petit... euh... indigène ? Et l'autre... N'est-ce pas lui... l'autre fois... avec les cafards ?...

– Cette fois, on a des mouches ! claironna Harry, tout réjoui, en ouvrant large son étui à lunettes d'où s'échappa un nuage noir vrombissant.

La tata s'époumona.

Geneviève refoula lestement les garçons vers la porte. Bettina jeta un disque dans la gueule du lecteur. Enid lui resservit du jus frais. Hortense la contempla avec une expression de mépris glacial.

La tata ne s'en aperçut pas. Aux premières mesures de musique, elle soupira et parut se calmer un peu.

– Où est Delmer ? murmura-t-elle.

On venait de le récupérer sur la terrasse. On le déposa dans ses bras.

– Repose-toi, ma tante. Tout va bien.

Enid haussa la musique d'un cran. La tata dodelina.

– *La Chevauchée de la Walkyrie* de Wagner, dit-elle. Ce qu'il me fallait. *La Walkyrie* de Wagner...

Mohammed pouffa. On lui fit les gros yeux. Mais il demeura hilare.

Enfin tout parut se rasséréner.

Seulement... Attirée par le raffut, Désirée arriva. Suivie bientôt par Augustin. Ensuite Jupitère et Mme Essaïra de retour de la falaise. Puis Basile et Vigo qui réparaient dans les étages. Il manquait Valéry Clotilde, mais il était, lui, sur la plage.

En voyant tous ces visages surgir dans la pièce, dont pas mal d'inconnus, tante Lucrèce eut un spasme. Geneviève se dit que leur tante n'était pas seulement allergique aux plumes et aux chats, mais probablement à l'humanité entière.

– Qui sont ces gens ?

– Nos amis, ma tante.

Tante Lucrèce se rassit, s'efforçant de prouver qu'elle était une « dame du monde ». Elle tendit au hasard ses doigts secs à des mains qu'elle ne serra pas.

– ... enchantée... chantée... chantée... marmonna-t-elle, en mesure avec *La Walkyrie*.

Elle souleva Delmer sous son bras et, mue par une vigueur subite, elle sauta sur ses deux jambes. Elle fit un dernier signe à la cantonade, un sourire à la multitude, et se précipita vers la porte et hors de la maison avec un hoquet de soulagement.

Elle évita soigneusement la terrasse avec canard, poussin, chats et autres monstres... Elle regagna en vitesse l'abri de sa Twingo.

À cet instant, le portable de Charlie sonna. Elle dit zut, avec cet air agacé qu'ont toutes les personnes dont le portable sonne. Mais elle prit quand même la communication. Comme toutes les personnes dont le portable sonne.

– Allô ?

La voix de Fred Verdelaine, son père, chuchota à son oreille.

– Je suis avec toi à fond Éliminons-la. Je n'ai d'ailleurs jamais pu la sentir.

– Pap... commença-t-elle, prête à rire.

Puis elle se souvint. Regarda les autres autour d'elle. C'était comme pour le goéland. Comment jeter une telle info à l'échelle humaine ?

– Je vous en prie, dit-elle au téléphone. Au revoir.

– C'était qui ? demanda Enid que l'embarras de sa sœur animait toujours de soupçons.

– Un... faux numéro. (Charlie se pressa d'enchaîner.) J'ai raison ! Sortons cette enquiquineuse de notre vie ! Je nous donne six mois. Mettons sept. Le temps que la Vill'Hervé se refasse une beauté !

Jupitère prit Harry dans ses bras.

– Plus de mouches, compris ? lui chuchota-t-elle.

– Compris ? dit Mme Essaïra à son fils.

Mohammed pouffa. Harry l'imita. Tous les deux prirent le large.

– Je t'avais dit, gloussa Harry, que c'était une marrante, la tata.

– Ouais, s'esclaffa Mohammed. Elle mange sa Vache qui rit aux waters.

Épilogue

22 septembre, dernier jour de l'été

On était dimanche. Cela expliquait que Valéry fût là. Il venait de Paris un week-end sur deux. Un week-end sur deux, il prenait le train et descendait à l'hôtel du Grand Faou et de la Plage. Il préférait, assurait-il, même si la Vill'Hervé était assez grande. Tout le monde devinait que c'était à cause de Basile.

Pourquoi les affaires des grandes personnes étaient-elles si compliquées ? songeait Hortense allongée près d'Enid. Les cinq sœurs étaient seules sur la plage à profiter de ce beau jour d'été, le dernier de cette année.

Bettina se tartinait les mollets de crème. Assise sur le sable, Charlie tressait les cheveux de Geneviève.

– Regardez ! s'écria Enid en pointant le doigt vers le ciel. On dirait la vieille Volvo de papa.

Elles levèrent la tête, les mains en visière, pour observer les nuages qui voguaient, légers, comme la fumée des petits trains.

– Moi je trouve qu'il a le profil de cette chanteuse à la télé, dit Hortense. C'est quoi son nom, déjà ?

– Astrida, dit Bettina, experte ès chanteuses à la télé.

– Elle a de la barbe, fit remarquer Geneviève.

Elle aperçut, sur le rocher à côté, Lucie Verdelaine, sa mère, qui, en longue robe de satin bleu et délicats escarpins dorés, ramassait des coquillages dans un seau en plastique.

– Qu'est-ce que…

Geneviève se tut. Jamais sa mère ne lui était apparue « en public ». Elle se contenta de la lorgner sans rien dire. Sa mère se tourna vers elle et montra son seau rempli de coques.

– Regarde, dit-elle. Pour le dîner.

– Pour le dîner, rétorqua Geneviève sans réfléchir, Augustin nous fait une marmite de poissons.

Hortense regarda Geneviève avec surprise.

– Et alors ? dit-elle. On le sait.

Geneviève lança un regard de reproche à sa mère. Elle aurait aimé lui dire qu'une robe de satin et des escarpins n'étaient pas la tenue idéale pour une partie de pêche dans les rochers.

Fred Verdelaine apparut alors et vint s'asseoir auprès d'Enid et d'Hortense.

– Vous me prêtez un coin de votre serviette ? quémanda-t-il.

Hortense recula de dix centimètres.

– Un peu plus, insista-t-il. Je peux à peine poser une fesse.

– Dix centimètres sur une serviette qui en fait quarante de large, c'est beaucoup, marmonna Hortense.

– Qu'est-ce que tu racontes ? lui demanda Enid. À qui tu parles ?

Hortense rougit. Elle n'allait certainement pas expliquer.

Fred et Lucie s'approchèrent et poussèrent légèrement Enid. Qui roula sur le sable et se redressa avec colère.

– Arrête ! dit-elle à Hortense.

– Je n'ai rien fait ! protesta Hortense.

Enid aperçut alors ses parents. Goguenards tous les deux.

– Ça suffit, dit-elle. Ce n'est pas parce que vous êtes adultes qu'il faut vous conduire comme des bébés !

Charlie fixa sa sœur, bouche bée.

A qui parles-tu ?

Curieusement, les quatre autres parurent très intéressées par la réponse d'Enid et tournèrent la tête.

Enid se tortilla sur sa serviette.

Elle regarda son père qui lui souriait. Il portait une salopette de travail sous un trench sans ceinture, des baskets fourrées.

– Vas-y ! l'encouragea-t-il gentiment. Je ne t'ai jamais interdit de parler de nos petites conversations.

Enid se tourna vers ses sœurs qui la dévisageaient toujours.

– C'est papa, finit-elle par avouer. Et parfois, c'est maman. Ils sont là. Ils me parlent. C'est bête, hein ?

Ses sœurs restèrent muettes, avec une drôle d'expression.

– Je ne suis pas cinglée ! s'écria Enid. Je sais bien qu'ils ne sont pas là. C'est juste comme ça.

Bettina s'écroula brusquement sur sa serviette, avec un rire. Hortense l'imita presque aussitôt. Et Charlie. Et Geneviève. Et, sur leur rocher, se tenant les côtes, Lucie et Fred Verdelaine.

– Vous vous moquez de moi ! dit Enid avec chagrin et colère.

Charlie quitta sa place et prit sa petite sœur dans ses bras.

– Non, dit-elle, non, tu n'es pas cinglée. Ou alors, on l'est toutes les deux. Moi aussi, je vois papa. Moi aussi je vois maman.

– Moi aussi, dit Hortense.

– Moi aussi, dit Bettina.

– Moi aussi, dit Geneviève.

Elles se regardèrent. Leur rire était devenu un peu incertain…

– En ce moment, par exemple, dit Hortense. Vous les voyez ?

– Ils sont là. Sur ce rocher.

– Non. Ils sont assis près de Geneviève, sur la serviette.

– Pour moi, dit Hortense, ils sont juste là près de l'eau. Ils se tiennent la main.

– Et, s'informa Geneviève avec intérêt, est-ce que maman porte une robe de satin bleue et des escarpins dorés ?

– Pour moi non, dit Charlie. Maman a une robe fleurie. Celle qu'elle portait quand elle attendait Enid.

– Pour moi, en ce moment, elle est en jean et tee-shirt rose.

– Et papa ?

– Indescriptible !

– Comme l'as de pique. Vous savez bien.

Elles rirent de bon cœur. Fred et Lucie s'installèrent au milieu du cercle qu'elles avaient formé en se parlant et en se rapprochant.

– Aujourd'hui est un jour un peu spécial, dit-il.

– C'est le dernier jour de l'été, dit Hortense. Le 22 septembre.

– Pas seulement, leur dit Lucie. Nous avons décidé, eh bien…

– Que vous étiez assez grandes, toutes. On a pu voir à quel point vous vous débrouilliez bien sans nous.

– On ne se débrouillera jamais bien sans vous ! s'écria Hortense.

– Pourtant si ! murmura Lucie en lui prenant la main qu'elle serra très fort. C'est pour ça qu'on a décidé de vous fiche la paix.

– Fini de me voir fringué… comment dis-tu, Bettina ? Comme un voleur de poules…

– Fini de vous casser les pieds avec nos apparitions et nos disparitions.

– J'adore quand tu es fringué comme un voleur de poules, dit Bettina, les larmes aux yeux.

– J'adore quand maman pêche des coquillages dans une robe de soirée, dit Geneviève tout bas.

– On reviendra, dit Lucie. Une fois ou deux dans votre vie. Pas plus. Et seulement pour des circonstances exceptionnelles.

– Alors, dit Charlie, on se dit au revoir ?

Son père hocha la tête. Sa mère sourit.

– Vous n'allez pas partir comme ça. On s'embrasse.

– On s'embrasse ! s'exclama Fred avec une gaieté un peu appuyée.

Ils s'embrassèrent. C'est-à-dire que Fred et Lucie Verdelaine embrassèrent quatre fois chacune des joues de chacune de leur fille. Ça chatouillait, et ça caressait comme le vent qui s'élevait à cet instant précis sur la mer.

Ensuite, tandis que leurs parents disparaissaient, redevenaient des particules du paysage, toutes les cinq gardèrent le silence.

– C'est dommage, soupira Bettina en se rallongeant sur sa serviette, dommage qu'on en ait parlé seulement maintenant. Je veux dire, entre nous.

Enid soupira et se replongea dans sa contemplation des nuages.

– Hé ! s'écria-t-elle. Celui-là ressemble à Basile !

Elles regardèrent.

– Basile en marquise Louis XV, alors ! dit Bettina.

Basile en marquise passa, et se déforma, et se délita.

– Écoutez. La mer fait un bruit de limonade secouée, dit Hortense.

– Les garçons ne devaient pas nous rejoindre ? s'informa Charlie.

– Ils bossent, dit Hortense. Ils scient, ils clouent, ils rabotent, ils touillent le ciment et le plâtre, ils cassent les murs, ils enduisent, ils peignent, ils…

– Bientôt, soupira Geneviève. Bientôt la Vill'Hervé sera une maison pimpante.

– Oui, bientôt, murmura Enid.

Elles fermèrent les yeux, tout au délice des derniers rayons de l'été.

Enid se releva, frappée d'une idée soudaine, et regarda ses quatre sœurs étendues au soleil :

– Et Cary Grant, je veux dire le Gnome de la Chasse d'Eau… Lui aussi vous le voyez ?

Du même auteur à *l'école des loisirs*

Collection NEUF

Les joues roses
Minuit-Cinq
Aggie change de vie

Collection MÉDIUM

Boum
Fais-moi peur
Faux numéro
Rome l'enfer
Sombres citrouilles